서양소설가 열전

서양소설가 열전

헨리 토마스 · 다나 토마스 지음 | 정정호 옮김

푸른사상

🐚 머리말

「의사 지바고」에서 20세기 러시아 소설가 보리스 파스테르나크는 구소련 공산주의의 병폐뿐만 아니라 세계 전역에 퍼져있는 비인도주의의 병폐를 힘있게 보여주었다. 프랑스의 소설가 아나톨 프랑스는 "대부분의 사람들에게는 독창성에 대해 적대감이 있다"는 것을 상기시켜준다. 독창적인 사고를 하지 못하는 사람이 감히 독창적인 사고를 하는 사람들을 비판할 때는 특히 그러하다.

이것 때문에 많은 위대한 소설가들은 살아 생전에 푸대접을 받았다. 노예들의 세계에서는 그 예속이 정치적이든 사회적이든 윤리적이든 이념적이든 간에 자유롭게 자기 의견을 말하려면 용기와 신념과 인내심이 필요하다. 다른 말로 하면 인간은 영웅을 창조하기 위해서는 영웅이 되어야 한다.

이 책에 들어있는 대부분의 소설가들에서 우리는 이런 영웅적인 성격을 발견한다. 소설가들은 비논리적인 세계를 논리적인 줄거리로 바꿔놓고 우리의 삶을 수많은 매력적인 친구들로 채우고자 과감한 노력을 경주했다. 교육받은 사람들은 언제나 돈키호테, 로빈슨 크루소, 걸리버, 아이

반호, 다르따냥, 보바리 부인, 레베카 샾, 트리스트램 샌디, 데이비드 커퍼필드, 미코버, 제인 에어, 안드레 왕자, 톰 소여, 허클베리 핀과 같이 살아 있는 인물들을 가장 친밀한 친구들로 받아들였다.

그러나 위대한 소설가는 단순히 줄거리를 엮거나 인물들을 창조해내는 그 이상의 존재이다. 소설가는 철학자, 시인, 극작가, 전기 작가, 심리학자, 역사가, 예술가, 종교적 스승으로 이 모두가 결합된 존재이다. 위대한 소설이란 아마도 최고의 문학형식일 것이다. 왜냐하면 소설은 실제로 다른 형식들을 거의 모두 포괄하기 때문이다. 모든 시대를 통하여 두 편의 최고소설을 꼽는다면 구약의 욥 이야기와 신약의 예수 이야기이다.

그리고 세계적으로 특출한 소설들 중에 소설가 자신들의 이야기가 포함될 것이다. 이 소설가들의 생애를 하나하나 살펴보는 동안 19세기 미국의 최고시인인 월트 휘트만처럼 우리도 어쩔 수 없이 이런 탄성을 지를 것이다. "자 여기 한 인간이 살고 있구나!"

신성한 상상력과 열정을 끌어안은 탁월한 인간이 말이다. 희랍의 철학자 헤라클레이토스가 방문객들을 집으로 초대할 때 했던 말과 똑같이 독자 여러분들을 이 책의 페이지 안으로 초대하고 싶다. "대담하게 들어오십시오. 그러면 여러분들은 여기에서 여러 신(神)들을 만날 것입니다."

헨리 토마스
다나 토마스

이류시인이던 영국의 문인 월터 스코트가 일류소설가로서 첫걸음을 내디뎠을 때 그는 자신의 이 새로운 역할에 대해 수치감을 느꼈다. "결단코 나는 역사소설 『웨이벌리』를 내가 썼다고 밝히지 않겠다. 마치 법원 서기와도 같이 내가 소설을 쓴다는 것이 점잖은 일인지 확신할 수가 없다"라고 적고 있다. 19세기 초 스코트가 살던 시대에 소설은 시의 여신의 의붓자식이라고 여겨졌다. 다시 말해 문학계에서 소설은 미운 오리새끼였다. 당시 영국의 저명한 문예지 『에든버러 리뷰』의 한 편집자는 "소설은 생선도 고기도 훈제한 청어도 아니다. 소설에는 도덕적 가치가 전혀 없다. 왜냐하면 소설은 너무 재미있기 때문이다"라고 간파하였다.

그러나 오늘날 소설은 그 자체로 독립적인 예술형식이 되었다. 가장 뒤늦게 생겨난 소설은 이제 가장 오래되고 고상한 문학유형들과 어깨를 나란히 할 수 있는 대작들을 생산해냈다. 근대소설은 낮은 차원에서 보더라도 독자를 망각의 축복이라는 황홀경으로 데려다주는 마법의 양탄자다. 그리고 오늘날 생명의 강장제이다. 좀더 높은 차원에서 볼 때 소설은 극적 형식으로 재현된 철학적 사유의 해명이다. 최상의 상태에서 소설은 고대 서사시의 산문적 부활이다. 19세기 미국의 문인이며 사상가였던 랠프 에머슨은 "모든 위대한 소설이 그리스의 호메로스에게 빚을 졌다"고 말했다. 호메로스의 서사시처럼 소설은 최고의 상태에서 삶에 적용된 철학의 요체일 뿐만 아니라 모든 다른 형식들—시, 극, 역사, 전기, 과학, 사회학, 정치학, 모험담, 종교와 예술—을 포함하는 문학형식이다. 현재의 위대한 소설은—그리고 다른 시대의 위대한 소설도 마찬가지다—인간에 대한 해석이다. 인간의 몸과 마음과 영혼 모두를 포괄하는 그림이다.

그리고 소설은 이 모든 것을 넘어서는 어떤 중요한 것이다. 소설은 한 인간으로 소설가 자신을 드러내는 그림이다. 소설이라는 이야기의 최상의 부분은 소설가에 관한 이야기이다.

이 책에서 우리가 소설가들에 대해 이야기하는 목적은 각 소설가의 삶의 여러 사실들을 통하여 알 수 있는 외적인 인간뿐만 아니라 소설가의 마음속 사유를 통해 나타나는 내적인 인간을 묘사하기 위해서이다. 이런 이중적 시각에서 보았을 때 우리는 모든 위대한 소설가들이야말로 위대한 소설의 주인공이라는 사실을 발견하는 커다란 즐거움을 맛볼 것이다.

⊚ 차례

사랑은 이제 죄가 아닙니다. 그것은 다만 기쁨일 뿐입니다.

조반니 보카치오

(1313~1375)

주요작품 ⋯⋯⋯⋯⋯⋯⋯⋯⋯⋯⋯⋯⋯⋯⋯⋯⋯⋯

「사랑의 신고(辛苦)」「필로스트라토」
「테세우스 이야기」「피아메타」「사랑의 환영(幻影)」
「데카메론」「코르바치오」「단테 전」

보카치오
Giovanni Boccaccio

1

조반니 보카치오는 역경에 처해도 쾌활한 기분을 잃지 않았으므로 사람들은 그를 "차분한 조반니"라고 불렀다. 그는 또한 자기의 쾌활함을 남에게도 전파시킬 수 있는 특별한 능력을 타고났다. 단조로운 삶으로 인하여 권태로워 어쩔 줄 모르는 귀부인들의 모임에서 조반니는 부인들이 권태로움에서 벗어나도록 웃기는 일을 도맡아 했다. 그리고는 즐거운 사랑 이야기야말로 세상에서 가장 재미있는 것임을 알아챘다. 보카치오는 여인들의 가장 큰 낙이 불같은 정열로 사랑놀이를 하는 것임을 알아챘다. 그러나 여인들은 혹시 불에 손가락이라도 델까봐 겁날 때에는 이런 불장난을 한 다른 사람들의 이야기를 읽어 자신이 직접 경험할 때와 거의 유사한 기쁨을 얻고자 한다는 사실도 알아냈다. 이런 "대리 사랑놀이"는 직접적인 사랑의 위험에 처하지 않고도 온갖 흥분을 경험할 수 있었다. "용기가 적은 여인들은 모험심이 많은 여인들의 행동을 마치 본인들이 행하는 것처럼 상상하기를 좋아한다." 그래서 조반니는 이렇게 용기 없는 여인들의 상상의 날개를 만족시켜주려고 현대소설의 발명가가 되었다.

보카치오의 소설은 자세히 살펴보면 무한한 다양성을 엿볼 수 있고 이탈리아의 풍경만큼이나 그림같이 아름답다. 작가가 만들어낸 이야기 속에서 은빛 웃음이 가득한 달빛 아래서의 분위기, 고요하고 아름다운 평원, 멋들어진 해학이 넘쳐흐르는 시내, 갑작스럽게 구부러진 길, 기대치 않게 나타나는 광휘, 시샘해서 쏟아지는 폭풍우, 덧없는 슬픔을 나타내는 떠도는 구름, 만인의 우의를 보여주며 모든 것을 포용하는 태양과 같은 소재를 접할 수 있다. 보카치오의 세계는 한낮에 쏟아지는 태양의 광휘를 듬뿍 받고 있는 빈틈없이 환한 세계이다. 원만하면서도 혈기 왕성한 남녀 주인공들이 중세의 풍경을 배경으로 아주 자연스럽게 대화하고 힘차게 사랑하므로 우리 세계와 그들 세계 사이에는 비록 수세기의 거리가 있지만 우리는 그들을 직접 보고 듣는 듯처럼 울고 웃고 공감할 수 있다. 보카치오는 아주 충실하게 생의 거울을 재창조하였다. 한 비평가는 언젠가 보카치오에 대해 "신이 조반니를 창조했을 때 신은 두 번의 창조를 하셨다"고 평했다.

2

조반니 보카치오는 단테가 살던 종교적인 시대에 한 플로렌스 상인의 서자로 태어났다(1313). 교회의 신비주의 속에서 교육을 받았지만 그는 곧 삶이라는 현실주의로 돌아섰다. 조반니의 정규교육은 형식적이었다. 그는 고전을 맛만 조금 보다가 10살 때에 파리의 한 사업가에게서 상업에 대한 수습교육을 받았고 몇 년 후에는 아버지를 위해서 지방판매 담당 외무사원이 되었다. 그러나 보카치오는 행상인 노릇은 죽기보다 싫었고 탐욕스럽게 독서를 사랑했다. 아버지는 항상 "저놈은 물건을 팔기는 커녕 책만 사들인다"고 불평하곤 했다. 조반니는 본능적으로 학자 기질이 있었으므로 그가 습득한 문학 지식은 당시의 대학 졸업생들과 버금갈 정도였다. 또한 조반니는 문학뿐만 아니라 인생도 배우고 있었다. 그리하여 시를 쓰는 것과 사랑하는 것을 둘 다 능숙하게 할 수 있게 된 조반니는 책의 세계를 정열적으로 좋아하는 한편 여인의 세계도 정열적으로 추구했다. 보카치오는 사업에 대해서는 "아버지를 사업에 힘쓰시게 하자. 아버지의 혈관에는 금이 흐르고 내 혈관에는 빨간 피가 흐르니까"라고 간단하게 생각했다.

아들을 사업가로 만들 수 없게 되어 실망한 아버지는 아들을 법률가로 만들어보겠다는 결심을 하고서 아들을 나폴리 대학으로 보냈다. 이곳에서 조반니는 법률 공부만을 빼고 모든 일에 적응하고자 열심히 노력했다. 아버지에게 적절한 자금을 받아놓은 조반니는 모든 진기한 지식의 열매를 따먹기 위해, 특히 금지된 열매를 따먹기 위해 진력했다. 그 시대에는 단테의 영향을 받아서 진지한 젊은이들일수록 지옥과 연옥과 천국의 신비를 깊이 탐구하였다. 보카치오는 신성한 이 세 가지 신비의 세계에 보다 더 인간적이어서 그만큼 더 흥미로운 이 세상 신비의 세계를 네 번째로 첨가시켰다. 단테와 페트라르카(1304~74. 이탈리아의 시인, 인문주의자, 문예부흥의 주창자: 역주)는 세상 사람들의 관심의 초점을 베아트리체와 로라의 정신적인 사랑에 맞추었다. 그러나 보카치오는 시칠리아 로베르토 왕의 서출인 마리아와의 관능적인 사랑의 세계로 눈과 마음을 돌렸다. 이 정사(情事)에 빠져들었을 때 보카치오는 28세였고 마리아는 이미 결혼한 몸이었다. 그러나 보카치오의 방탕한 세계에서 법적 남편은 불법적인 연인의 한낱 사소한 방해물에 불과했다. 그녀에게 "작은 불꽃"을 뜻하는 피아메타(Fiammetta)라는 시적 이름을 지어준 보카치오는 자기 자신은 훔쳐 온 그녀의 정열적인 불길 속에서 무모하게 정열을 불태웠다. 그뿐 아니라 보카치오는 연인의 은전(恩典)에 충분히 보답하기 위하여 그녀의 이름을 딴

소설을 썼고 「데카메론」에서는 그녀를 주인공으로 등장시켜 영원성을 부여하였다.

보카치오는 현세(지금 이곳)에 집착하면서도 그 시대의 진정한 총아였기에 내세에도 깊은 관심을 보였다. 그는 단테의 전기를 썼지만 그것은 실패작이었다. 보카치오는 인간 희극에 너무 깊이 심취해 있었기 때문에 단테의 「신곡」을 이해할 수 없었다. 보카치오의 영적인 눈은 감겨 있었기 때문에 자신이 묘사하고자 하는 인물을 명확하게 그려낼 수 없었다. 그는 단테의 시는 숭배했지만 신학에 대해서는 무관심했다. 그는 단테의 종교적인 불을 재창조하고자 애썼지만 결과적으로는 단지 희미한 신비주의의 연막을 일으켰을 뿐이다. 신학을 "신의 시"라고 부르면서도 자기 자신은 신의 존재에 대해서 회의적이었으므로 신의 시의 현실성에 대한 의구심이 있었다. 보카치오의 「단테 전(傳)」은 이탈리아 문학에서 아름다운 선율로 노래되지만 희미한 가락에 불과했다. 이 작품은 실제로 믿음도 없는 사람이 중세기의 신앙을 찬미하려는 의도로 쓴 것이다.

「단테 전」에 뒤이어 보카치오는 여러 편의 문학 작품을 시도했지만 계속 희미한 가락만이 울려나왔다. 당시의 문체는 상당히 무겁고 인위적이며 장식적이었다. 반면에 보카치오의 문체는 단순하고 자연스러웠으며 진지했다. 보카치오가 동시대인들처럼 뽐내려 했지만 그의 작품은 실패했다. 당시의 가식적인 산문이나 과장된 운문은 웃음을 사랑하는 보카치오의 입에 어울리지 않았다. 길고 학구적이면서도 낭만적인 소설인 「사랑의 신고(辛苦)(Filocolo)」는 질척한 진흙 둑길 사이로 굽이쳐 흐르는 길고도 완만한 강물과도 같다. 이 작품에서 매력이라고는 찾아보기 힘들다. 보카치오는 말할 때처럼 건전하고 자연스러운 문체로 쓰는 법에 아직 서툴렀다. 그는 복잡하고 현학적인 표현법을 너무 자주 사용하였다. 예를 들면 "사랑에 빠진 젊은 연인들"을 표현할 때, "생의 여명기에 있는 자들이 시데레아(비너스)의 어린 아들(큐피드)의 팔락거리는 금빛 깃털에서 불어나오는 바람의 방향으로 이리저리 흔들리는 마음의 돛을 맞추노라"라고 표현한다. 「사랑의 신고」에서는 저녁이 조용히 오는 법이 없고 항상 나팔을 한바탕 울려댄 다음 지는 해의 불꽃을 너울거리며 어둠 속으로 인도하는데, 그것을 "아폴로의 열정적인 말들이 낮의 긴장으로 흥분되어 무럭무럭 김이 나는 자기들의 몸을 서쪽의 대양 속으로 뛰어든다"고 표현한다. 이 작품의 주인공들은 괴물들이어서 절대로 자연스런 목소리로 이야기하는 법이 없고 항상 우리를 향해 확성기에 대고 소리친다. 한 잔의 물을 청할 때에도 그들은 항상 목마름에 대해 장황하고 화려하게 연설한다. 보카치오의 언어는 여전히 볼품없고 야단스러웠다. 그는 자신의 우수한 면을 표현하는 대신 선각자들의 열등한 면을 모방한다. 단순한 이탈리아 말을 내버려둔 채 보카치오는 그리스어나 라틴어의 복문으로 서투르게 표현하였다. 당대의 볼품없는 소설작품의 표본이라고 할 수 있는 「사랑의 신고」에서 보카치오는 자신이 고전학자로서는 일류급이지만 낭만시인으로는 이류(二流)라는 사실을 극명하게 드러냈다.

그러나 「사랑의 신고」는 문학적으로는 볼품없지만 재정적으로는 큰 성공을 거두었다. 당시의 세상 사람들은 소설이란 장르를 맞을 준비가 되어있었다. 보카치오는 문학상 새로운 가락으로 노래했고 그것이 대중의 마음에 들었다. 보카치오는 산문으로 쓴 로맨스(모험담, 무용담, 연애담 등 공상적인 사건을 엮은 공상소설의 일종: 역주)가 인기를 얻자 용기를 얻어 이제는 운문으로 로맨스를 시도했다. 이 작품은 「테세우스 이야기」라는 제목이 붙었는데 로마의 시인 버질의 「이니이드(Aeneid)」를 모델로 삼아 쓴 서사시로 「사랑의 신고」 못지않게 생명감이 없는데도 그만큼 성공을 거두었다. 이 작품은 영웅들의 이야기지만 보카치오 자신은 영웅시에 대해서 불신하고 있었다. 「테세우스 이야기」는 장엄하지만 생명감은 결여된 파노

라마로, 석화(石花)된 한 고대의 아름다운 행렬을 그린 것이다. 그 안에 움직임, 생명감이라고는 없다. 이 작품은 시로 쓰였다는 사실을 제외해도 운문의 모든 섬세한 요소들을 갖추고 있어서 문학적인 능력을 엿볼 수는 있다. 그러나 열정의 불꽃이 결여되어 있었다.

그러나 보카치오는 조금씩 머리보다 마음으로 작품을 쓰는 방법을 터득하고 있었다. 다음 작품 「필로스트라토」는 보카치오 시대의 삶에 조금 더 접근했음을 알 수 있다. 이 작품에서 보카치오는 트로일러스(그리스 전설에 나오는 트로이 왕 푸리암의 아들이고 크레시다의 애인: 역주)와 크레시다의 이야기를 하는데, 우리는 처음으로 옛날식 이름을 가졌으면서도 현대적인 마음을 지닌 두 주인공을 만난다. 그들의 사랑은 건강하고 세속적인 정열을 보여주며, 초기 주인공들의 감정을 무신경하게 만든 웅변적인 호언장담과 나약한 신비주의가 모두 제거되고 없다. 보카치오는 이제 외유에서 돌아와 문학의 정도(正道)를 제대로 찾았다. 인생을 연구하기로 결심한 보카치오는 대리석 조상(彫像)에 두었던 눈길을 살아있는 인간에게로 즉 자신이 가장 가까이서 알고 있고 또 가장 사랑하는 사람들에게로 돌렸다. 여러 해 동안 어둠 속에서 암중모색한 나머지 드디어 자기 자신을 찾은 것이다. 이제 명랑한 풍자가이자 점잖은 철학가로서의 면모를 갖춘 이 소설가는 사람들을 향해 비웃는 대신 그들과 함께 웃는 법을 터득하였다. 보카치오는 신랄한 기지로 사람들을 날쌔게 꿰찌르다가도 혹시 그들을 다치게 할까 걱정스러워 부드러운 해학으로 그들을 어루만진다. 보카치오의 천재성을 감상하려면 「필로스트라토」라는 작품을 대할 때 그 목표에 가까이 있음을 느낄 것이다. 우리는 이 작품에서 소설가의 후기에 나타나는 신비적인 천재의 수풀에서 떨어져 나와 뿔뿔이 흩어져있는 잎사귀와 가지들을 몇 잎이나마 찾아볼 수 있다. 후에 「데카메론」을 창조해 낸 보카치오의 진정한 목소리를 사랑을 묘사하는 다음의 글에서 그 편린이나마 들을 수 있다. "아, 생각하기도 싫어요! 그렇게 연인들을 책망하며, 사랑을 하느니 돈을 벌겠다고 고집 피우는 수전노들의 슬픈 모습 말이에요! 그들 보고 스스로 물어보라고 하세요. 일생 동안 벌어놓은 황금이 단 한순간의 사랑만큼 기쁨을 가져다 준 적이 있는지 말이에요. 그들은 물론 '네'하고 대답하겠죠. 결코 진실을 말하지 않을 테니까요. 그들은 사랑을 비웃고 사랑을 '골치 아픈 미친 짓'이라고 매도하지요. 그렇지만 그들이 돈을 모으는 동안 환희의 진수는 손가락 사이로 모두 빠져나가 버릴 거예요. 돈은 한 순간에 모두 다 없어질 수도 있잖아요. 그러나 사랑은 한번 맛을 보면 영원한 기쁨으로 남지요. 신이여! 수전노들은 비통을 맛보게 하시고 그들이 모아놓은 돈은 연인들에게로 가게 하소서!"

학자로서의 보카치오가 서서히 시인 조반니로 변모하고 있었다. 지식의 신인 아폴로에게 보였던 충성을 포기한 조반니는 사랑의 여신인 비너스의 종교를 택할 준비를 갖추었다. 다음으로 집필한 「사랑의 환영(幻影)」에서 보카치오가 이런 방향으로 다가가고 있음을 알 수 있다. 이 작품은 단테의 시에서 영감을 얻긴 했지만 스승의 "환상적인 하늘을 추상적으로 묘사한 거울"과 분명히 결별했다는 것을 보여준다. 스승과는 반대로 이 작품은 현세를 구체적으로 묘사하는 거울이다. 단테는 육신에서 영혼으로 옮아간 반면 보카치오는 영혼에서 육신으로 내려왔다. 이런 하강에서 보카치오의 난해하고 숭고한 맛은 조금 덜해졌지만 이해할 수 있는 인간적인 맛은 한층 증가했다. 보카치오가 창조해낸 세속적인 여주인공들은 단테가 그려낸 낙원의 천사들보다 완전치 못한 면이 엿보였기 때문에 그만큼 더 흥미를 자아냈다. 단테의 천사들은 독자들의 경탄을 자아내지만 보카치오의 여인들은 독자들의 연민의 정을 자아낸다. "그들은 어쩜 이다지도 우리와 같을 수 있단 말인가! 그런 만큼 더욱더 사랑스럽구나!" 보카치오는 새로운 복음, 즉 인간의 사랑을 선포하고 있다. "사랑은 이제 죄가 아닙니다. 그것은 다만 기쁨일 뿐입니다.”

보카치오는 이제 변덕스럽고 죄 많은 매력을 지닌 '영원한 여인상'을 묘사하는 법을 배웠다. 그 시대 여성들을 둘러싸고 있는 감상적인 기사도 정신의 광채를 전파하였고 여인들의 입에서 나오는 순진한 발언뿐만 아니라 그다지 순진하다고만 할 수 없는 마음속 생각까지 묘사해내기 시작했다. 단테 가브리엘 로제티(1828~82. 영국의 낭만주의 시인, 화가. 역주)가 번역한 다음의 소네트에서 우리는 14세기 이탈리아 여성의 실물 그대로의 모습을 처음으로 접할 수 있다.

> 자그마한 들판 맑은 우물가에
> 푸른 잔디와 가지각색의 꽃들이 만발한데,
> 어린 세 소녀가 앉아 (내가 알기로는) 사랑 이야기를 나눈다.
> 아리따운 얼굴을 나뭇가지로 가리고서.
> 푸른 잎들이 금빛 머리에
> 그늘을 드리우고, 달콤한 그 두 빛깔이
> 조화를 이루는데 일어났다 잔잔해지는
> 부드러운 바람으로 가벼이 흔들리누나.
> 잠시 후 그들 중 한 소녀가 말했다네.
> (나는 들었지) “얘들아! 만일 시계가 다음 시간을 알리기 전에,
> 우리의 연인이 오늘 이곳에 나타난다면,
> 우리들은 도망갈까 아니면 두려움에 떨까?”
> 다른 소녀가 답하기를, “그런 행운을 버리고
> 도망가는 소녀는 분명 바보일 거야.”

이토록 자연스런 감정을 솔직하게 표현한 보카치오는 현대문학의 사실적인 교향곡의 서곡을 울려주었는데도 많은 평자들은 이를 사실주의적인 불협화음이라고 불렀다.

보카치오는 「코르바치오」에서 훨씬 더 분명하게 사실주의적으로 솔직

한 곡조를 한 번 더 울려댄다. 그는 떠들썩하고 쾌활한 과부에게서 버림받은 상태였다. 처음 순간의 충동대로라면 단도로 자결해버리고 말겠지만 보카치오는 삶을 정말로 사랑했기에 좀더 현명한 계획을 세웠는데, 그것은 기지의 단도로 믿을 수 없는 여인을 찌르는 것이었다. 이 작품의 착상은 다소 저속한 면은 있지만 풍자만은 훌륭했다. 보카치오는 한 발 더 「데카메론」의 정신으로 접근하고 있었다.

3

「데카메론」에서 보카치오는 드디어 완전한 안식처를 발견했다. 「데카메론」의 세계야말로 그의 것이었고 이 작품의 주인공들은 실제생활의 인물들과 마찬가지로 그들 자신을 분석하기를 단념하고 드디어 즐기기 시작한다. 그들은 자유로이 생각하고 행동한다. 그들의 인생관은 경박한 만큼 솔직하다. 세상의 악을 치유할 의무는 없다고 분명히 말하는 주인공들은 이런 악에 대해서 기꺼이 눈을 감아버린다. 주인공들은 단지 한 가지 계명―'인생을 즐겨라 그리고 남들도 즐기게 내버려두라'는 말에 기꺼이 동의한다. 자신들이 남을 위해 희생하려 하지도 않고 남들도 그들을 위해 희생해주기를 바라지 않는다. 그들은 중세기의 광신적인 행위를 내팽개쳤고 그것과 함께 중세기의 좁은 도량도 내던졌다. 그들은 십자군 정신에 의해 감명 받지 않았고 개종하기를 요구하지도 않으며 개종되는 것도 원하지 않는다. 그들은 과거나 미래에 똑같이 무관심하다. 어제의 추억과 내일의 약속을 오늘의 즐거움과 교환할 준비가 되어 있다. 그들의 자세는 자신들이 좋아하는 한 이야기에 잘 묘사되어 있다. 철학자 디오게네스가 알렉산더 대왕을 만나자 디오게네스는 왕의 야망이 어리석음을 꾸짖는다. 철학자는 묻는다.

"대왕님께서 아테네를 정복하신 후에는 무얼 하시렵니까?"

"그 다음에는 페르시아를 정복하겠네."

"페르시아를 정복하신 다음에는 뭘 하실 겁니까?"

"이집트를 정복하지."

"그 다음에는 뭘 하시죠?"

"전 세계를 정복하지."

"대왕님이 전 세계를 정복하신 후에는요?"

"그 후에는 마음을 편히 갖고 인생을 즐겨야지."

디오게네스는 다시 묻는다.

"그럼 왜 지금 마음을 편히 갖고 인생을 즐기지 못하시나요?"

「데카메론」에 등장하는 주인공들은 모두 다 지금 마음을 편히 갖고 열심히 인생을 즐긴다. 그들에게서 공적 책임감은 찾아볼 수 없다. 플로렌스에서 1348년에 역병(疫病)이 발생했을 때 주인공들은 도시에 남아서 희생자를 돌봐야한다는 의무감을 느끼지 않는다. 그들은 좀더 유쾌하고 안전한 도시로 옮겨가 먹고 마시고 유희하며 외설스런 이야기나 나누면서 하루하루를 보냈다. "나는 단지 평화로운 생의 순간에만 관심이 있거든."

차분한 조반니가 그려낸 「데카메론」에서 즐거이 묘사되는 세계는 피상적이고, 생각이 깊지 못하며, 교활하고, 평화로우며, 어떤 헌신이나 증오에도 동요되지 않는, 그런 인생을 보여준다. 수세기 동안 세상 사람들은 원죄의식에 사로잡혀 있었고 후에 닥칠 형벌을 두려워하고 있었다. 사람들은 웃음이 주는 정화의 힘을 잃었는데 보카치오가 그들에게 웃는 방법을 가르쳐주었다.

「데카메론」의 주제는 정말로 케케묵은 이야깃거리이다. 그것들은 보카치오가 창작해낸 것이 아니다. 「아라비안나이트」처럼 보카치오의 이야기는 이미 많은 나라에서 많은 사람들이 만들어놓은 것이다. 그러나 보카치오는 이 조잡하고 제멋대로인 개요를 따다가 자기 나름대로 다듬고 그 속에 귀중한 생명력을 불어넣었다.

「데카메론」은 앞뒤가 맞지 않는 이야기를 마구 모아놓은 것이 아니고 논리적인 구성과 체계 하에 만들어진 조직체이다. 이 작품에는 10명의 주인공이 등장하는데 7명의 숙녀와 3명의 신사가 "상상의 제전"에서 흑사병이라는 대역병(大疫病)의 공포를 피해 도망을 간다. 열흘을 소일하기 위해 그들은 각자 하루에 이야기 하나씩을 하게 된다. 그리하여 하루에 10편의 이야기가 생겨나고 열흘에 100편의 이야기를 하게 되는데 그날그날 이야기되는 10편의 줄거리는 서로 유사하다. 예를 들어 두 번째 날은 모두 다 불운을 겪다가 마침내 성공하게 되는 사람들에 관한 이야기이다. 세 번째 날에는 파렴치한 악당들의 모험을 그렸는데 그들의 부정행위는 합리화될 수 없지만 그런대로 재미가 있다. 네 번째 날 이야기들은 불행한 결말로 끝이 나고, 여섯 번째 날 이야기들은 모두 일화인데 이것들은 모두 다 재치 있는 응답으로 멋지게 끝난다. 속임수에 걸려 넘어갈 찰나에 있는 사람이 신랄하면서도 재치 있는 대답으로 적보다 한 수 앞서는 것이다. 일곱 번째 날 이야기들은 남편을 속여 넘기는 한 무리 부인들의 이야기인데 남편들이 부인들에게 다정하게 대하지 않기 때문에 그런 대우를 받아 마땅하다. 이런 식으로 줄거리가 그날그날 전개된다.

개개인이 하는 이야기의 주제가 무엇이든지 간에 책 전편에 폭포수 같은 웃음이 흘러 넘친다. 아무리 슬픈 이야기라도 뒷맛이 쓴 채로 남지 않는다. 보카치오의 슬픔은 찬란한 풍경에 드리워진 한 조각 그림자에 불과하다. 고통과 대조가 없다면 그의 즐거움은 생기를 잃을 것이다. 18세기 프랑스의 볼테르는 눈물을 감추기 위해 웃는다고 말했다고 한다. 보카치오는 아마도 웃음의 맛을 돋우기 위해서 때때로 눈물을 뿌렸다고 말할지도 모른다.

보카치오는 풍자가지만 냉소적이지 않았다. 사람들을 조롱하지만 채찍으로 후려치지 않는다. 사람들의 비웃음을 자아내게 하지만 그 웃음은 아주 점잖고 부드러우며 다른 사람에게 전염되는 것이어서 비웃음을 당하는 사람까지도 보카치오와 함께 웃지 않을 수 없다. 어리석은 행동을 조롱하는데도 놀림 당하는 사람들의 사랑을 차지한다. "이 친구들 좀 보시게. 저런 어리석은 짓이나 하며 살다니"하고 말한 다음 얼른 어깨를 으쓱하면서 상냥하게 말한다. "하지만 우리 모두가 다 그런걸 뭐!"

<h1 style="text-align:center">4</h1>

「데카메론」의 각 이야기는 대체로 짧다. 그래서 오늘날 이 작품은 "짧은 단편들"이라고 불린다. 각 이야기들은 몇 마디 안 하고 벌써 상황이 전개되어 뜻밖의 우여곡절을 겪은 뒤에 갑자기 끝난다. 탐욕스런 에르미노 그리말디 이야기가 그런 예로 적절하다. 그는 재치 있는 한 친구에게 말한다. "난 말이지, 우리 집에 페인트칠을 새로 하고 싶거든. 자네 뭐 좋은 생각 없나? 내가 지금까지 보지 못했던 거로 말이네." 그러자 친구는 재빨리 응답하기를, "관대(寬大)의 칠을 해보시게나." 이런 종류로 또 다른 예를 들면 왕이 유혹하고자 하는 여인의 집에서 겪는 모험을 다룬 이야기가 있다. 그 여인을 소유하고 싶은 욕망이 어찌나 크던지 왕은 여인의 남편을 십자군 원정에 내보낸다. 그런 다음 왕은 저녁을 먹겠다고 몸소 여인의 집으로 나선다. 여인은 왕의 명령에 불복할 수 없었지만 왕의 구애 또한 받아들이고 싶지 않았다. 호화로운 진수성찬을 차리려고 여인은 많은 닭 요리를 준비한다. 닭 한 마리 한 마리마다 다른 모양으로 조리를 해놓은 여인은 계속해서 왕에게 닭 요리만 대접하였다. 닭 요리만 계속 나오자 왕이 놀라서 "부인, 이 지방에는 다른 종류의 음식은 없는 모양이

지요?"하고 묻자, 부인은 대답하기를, "아닙니다, 폐하. 허나 폐하, 여자들이란 이 닭과 같아서 아무리 모습을 다르게 꾸미고 있어도 어딜 가든지 모두 다 똑같답니다."

눈치가 빠른 왕은 더 이상 헛수고하지 않고 왕비에게로 돌아간다.

때때로 이런 이야기를 펼쳐나가면서 보카치오는 훨씬 더 놀라운 예상 외의 결과로 클라이맥스에 도달하기도 하여 다양성을 준다. 이것은 오 헨리(1862~1910. 「마지막 잎새」로 유명한 미국의 단편작가. 역주)가 자주 쓰던 수법으로, 대단원에 두 배의 탄력성 있는 활기를 불어넣는다. 「데카메론」에서 이런 종류의 가장 좋은 예는 유대인 아브라함의 이야기이다. 아브라함은 아주 정직한 사람이어서 친구 지노 드 시비그니는 그를 기독교로 개종시키고자 열심을 기울였다. 그러나 유대인은 친구의 애원을 들은 체도 아니하고 자신에게는 어느 종교도 자기 종교만큼 중요하지 않으며 자기는 유대인으로 태어났으니 그런대로 살다가 죽겠다고 말했다. 이만큼 완강했는데도 지노가 열심히 설득하자 마침내 유대인은 개종하기로 동의한다. 아브라함은 선언하기를 "그런데 말이지, 개종하기 전에 내가 로마에 가서 교황을 만나보고 그의 행실을 좀 살펴봐야겠네. 다른 주교들의 행실도 좀 살펴보고 말이지. 그런 후에 자네 종교가 내가 믿는 종교보다 낫다고 생각되면 자네가 말한 대로 개종을 하고 만일 그렇지 못할 때에는 그냥 유대인으로 남겠네."

지노는 이 말을 듣고 걱정이 태산 같았다. "여태껏 헛수고했구나. 아브라함이 로마에 가서 성직자들의 못된 행실을 보면 기독교인이 되지 않겠다고 할 뿐만 아니라 현재 기독교인이었더라도 유대인이 되겠다고 고집부릴 게 분명하잖아."

그래서 지노는 친구가 로마에 가는 것을 말리려고 애를 썼다. 그러나 유대인은 결심이 굳은 터라 말을 타고 로마로 가서 성직자의 행실을 살펴보기 시작했다. 놀랍게도 그가 알아낸 것은 "성직자들이 온갖 추잡한 짓은 다 실행하고 있었고… 무엇보다도 탐욕에 열심이었으며… 돈을 어찌나 좋아하는지 보통 사람들의 피는 말할 것도 없고 기독교인들의 피까지도 팔아 넘길 자들이었다… 다른 일은 못 본 척한다 해도 이런 사실들은 유대인에게는 무척 역겨웠다. 왜냐하면 그는 아주 착실하고 검소한 사람이었기 때문이다. 유대인은 충분히 살펴본 후에 집으로 돌아갔다…."

이것만으로도 충분히 논리적인 결말이 됨직하다. 그러나 보카치오는 딴전을 부리고서 더 큰 놀라움으로 끝을 맺는데, 놀라움 자체만으로도 쓸만하던 이야기가 아주 대작으로 바뀐다. 아브라함은 로마에서 돌아오자 친구에게 자기는 결국 기독교로 개종하기로 마음먹었다고 말한다. "성직자가 그토록 열심히 기독교를 타도하려고 애쓰고, 그토록 기독교의 신용 타락을 위해 노력하는데도 불구하고 기독교가 이토록 빨리 번성하는 것을 보니까 말이지, 하나님의 영이 기독교를 모든 종교 중에서 가장 진실하고 신성한 종교로 보호하고 있음이 너무나 분명하지 않은가."

차분한 조반니는 사람들의 신앙에 대해서 관대할 뿐만 아니라 그들의 약점에도 아량을 베풀었다. 살면서 저지르는 "해가 되지 않는 사소한 범죄행위"에 대해서 조반니는 "그런 위반행위를 저지르고도 벌을 받지 않고 무사히 빠져나가는 사람들에게 행운을" 빌 정도였다. 기회 있으면 즐기시오 하는 식이었다. 다른 사람들과 즐거움을 같이한다면 즐기는 것이 수치가 아니다. 그의 주인공들은 가장 당혹스런 순간에 처할 때에도 결코 부끄러워하지 않는다. 재미있는 오락에서처럼 농담이 그들을 빗대어 던져졌다는 것을 알아차리면서도 그들은 그 즐거운 시간을 그들을 낚아챈 사람들에게로 넘겨줄 태세를 갖추고 있다. 보카치오는 웃음의 계관시인이다. 슬픔에다 타격을 줄 수 없어서 슬픔을 그리려고 하지 않았다. 조반니는 너무나도 따뜻했고 부드러운 사람이었으므로 남을 해칠 수 없었다.

편협과 증오가 가득했던 시대에 태어난 보카치오는 어떤 편견이나 악의가 없던 사람으로 이름이 높았다. 인종, 계급, 신념, 국가 이런 단어들이 그에게는 모두 다 똑같은 의미로 다가왔고, 인류라는 큰 덩어리의 형제 속에 존재하는 소단위의 인간 단위로 생각되었다. 그는 열렬한 세계 시민이었지만 자기 나라에 대해서는 무관심한 시인이었다. 보카치오는 태어난 곳에 상관없이 모든 사람을 세계 우애의 집단에 수용했다. 그는 이탈리아 사람 못지않게 프랑스 사람을, 이방인 못지않게 유대인을 똑같이 존경하였다.

문학사상 진정으로 주옥같은 작품인 「데카메론」에서 가장 훌륭한 이야기는 '세 개의 반지'라는 작품인데 이 세 반지가 상징하는 것은 세 종교, 유대교, 기독교, 모하메드교이다. 보카치오는 다음과 같이 적고 있다. "옛날에 한 훌륭한 부자가 있었는데 그에게는 대단히 아름답고 진귀한 반지가 있었다… 이 반지가 영원히 대대로 가문에 남기를 바랐던 부자는 유언으로 명하기를 어느 아들이든지 이 반지를 물려받는 자식이 상속자가 되어 가문의 우두머리로 인정되고 존경받아야 한다고 말했다." 보카치오는 계속해서 말한다. 시간이 흘러 부자가 죽고 나자 그의 아들이 이 고귀한 반지를 상속받는다. 그 후 여러 세대에 걸쳐 아버지에게서 자식에게로 반지가 대를 물려 내려오는데 마침내 반지는 아들이 셋인 자손에게로 전해진다. "세 아들이 모두 다 덕망이 높고 아버지에게 효성스러워서 아버지는 셋을 똑같이 사랑한다." 아버지는 세 아들에게 똑같이 귀한 선물을 남겨주고 싶었으므로 몰래 보석상을 시켜서 진짜와 똑같은 반지를 두 개 더 만들게 한다. 보석상 주인이 반지 세 개를 가지고 왔을 때 이 반지들은 가치나 아름다움에서 너무나 똑같았으므로 아버지조차도 어느 것이 진품인지 구별할 수 없을 지경이었다. 아버지는 죽으면서 세 아들에게 반지를 하나씩 나눠주었다. 그러자 아들 셋은 싸우기 시작했는데 제각기 자기 반지가 진짜라고 주장하였다. "드디어 세 아들은 누가 상속자가 되어야 하는지 알고 싶어 법에 호소했다. 그러나 그 사건은 오늘날까지도 미결인 채로 남아있다." 보카치오는 다음과 같이 결론짓는다. "하나님 아버지께서 우리에게 주신 세 종교는 이렇게 해서 생겨났는데… 각기 모두 자기가 하나님의 진정한 상속자라고 믿고 있다… 그러나 우리들 중에서 누가 옳은지는 이 세 반지처럼 확실하지 않다."

그리고 어느 누구도 하나님이 정말로 누구 편인지 알 수 없으므로 우리 모두는 공동체 의식을 가져야 한다. "세계의 모든 나라들이여! 하나로 연합하여 선의를 실행하자!"

5

초년에 보카치오는 세상을 경솔하게 생각했다. 노년에 접어들어 그는 세상사를 다루는 데 신중을 기했다. 그는 단테에 관한 강연을 하였고 외교의 임무를 띠고 여러 나라를 여행하였으며 「데카메론」을 집필하면서 지은 "죄"를 속죄하기 위하여 성직자가 되겠다는 마음까지 먹었지만 단념했다. 보카치오는 언짢은 얼굴을 한 성인으로 삶을 마감하는 대신 살았을 때와 마찬가지로 다정한 죄인으로 죽었다.

차분한 조반니는 세상의 다정한 죄인들, 즉 사랑하고 용서하며 또 사랑 받기를 바라고 용서받기를 바라는 선남선녀로 이루어진 매력이 넘치는 사회에서 매우 중요한 자리를 차지하고 있다.

인간에게는 제공되지 않는 것을 욕심내는 본성이 있다.

프랑소와 라블레

(1495~1553)

주요작품 ....

「팡타그뤼엘」 「가르강튀아」

라블레
François Rabelais

1

이상스럽게도 타인에 관해서는 그렇게도 능변인 위대한 작가들이 대체로 자기 자신에 관해서는 입이 무거웠다. 셰익스피어에 대해서 잘 알려져 있지 않듯이 라블레의 생애에 대해서도 알려진 것이 거의 없다. 이 두 사람은 자신들의 생각을 기록하는 데 전념한 나머지 자기 자신에 대해서 말하기를 잊었다. 라블레에 관한 이야기를 하는 데는 몇 백 단어만 있으면 충분할 것이다.

프랑소와 라블레의 혈관에는 농부의 피가 흐르고 있었으므로 솔직하고 건강하면서도 거친 면이 있었다. 라블레의 바로 윗대 선조들이 소작농에서 유산계급으로 승격하였는데, 부친인 앙트완느 라블레는 부유한 지주이자 시농의 변호사였다. 시농이라는 마을은 잔 다르크가 반세기 전에 주목할만한 첫발을 내디딘 곳이다. 프랑소와는 1495년에 태어났는데 그의 유년 시절과 청년 시절은 알려지지 않았다. 그의 분명한 첫 발자취는 26세가 되었을 때에야 비로소 나타나는데, "그는 키가 크고 멋있고 쾌활한 모습의 청년으로 미남자였으며 이마는 단단해 보였고 광대뼈가 불거

져서 강한 인상을 주었으며 멋진 눈의 소유자였다." 프랑소와의 지식은
놀라운 것이어서 "그 시대에 그토록 풍부한 지식을 가진 사람이 어디 또
있을지 의심스러웠다." 어디에서 교육을 받았는지 알 수 없지만 라블레
는 1520년에 뿌아 생 마르땡 수도원에 있는 프란체스코회(1209년에 이탈리아
성 프란체스코가 창설한 교단으로 철저한 빈궁과 넓은 사랑으로 평민적 전도를 목적으
로 돌아다니면서 동냥하는 것이 특색이었다. 역주)에 가입하였다고 한다.

　라블레가 수도회에 입단한 이유는 아무도 모른다. 그의 쾌활한 성격은
프란체스코 수도사들에게 요구되는 겸손과 가난한 생활에 맞지 않을 것
같은데, 어쩌면 자기보다 먼저 프란체스코회에 가입한 몇몇 친구를 즐겁
게 해주려고 그 길을 택했는지도 모른다. 왜냐하면 우정은 평생 동안 라
블레의 마음을 지배한 열정의 대상 중 하나였기 때문이다. 라블레는 다른
사람들을 기쁘게 해주는 것을 가장 큰 기쁨으로 여겼다.

　게다가 수도원 생활은 학자에게는 보상이 없지도 않았다. 라블레는 수
도원 생활에서 연구하고 집필할 수 있는 여가를 얻었고 또한 경제적으로
걱정할 필요도 없었다. 만일 라블레에게 학구적인 성향만큼 모험심도 있
었다면 그는 종교상의 임무로건 아니면 세속적인 일을 위해서건 여행을
할 수도 있었다.

　한 마디로 말해서 수도원 생활이 학문을 사랑하고 인생을 사랑하는 사
람에게는 그다지 불편한 것은 아니었다. 수도사로서의 일상적인 임무를
수행하는 데에 그다지 오랜 시간이 걸리지도 않았고 또 고되지도 않았으
므로 라블레는 뿌아 생 마르땡 수도원에서 마음껏 문학적인 취미활동을 추
구할 수 있었다. 수도원이 위치한 퐁뜨네라는 마을은 인문주의자들—즉
"과거의 숭고한 문화를 현재의 인간적인 욕구"에다 적용시키려고 노력하
는 사람들—이 모여드는 지식인 서클의 중심지였다. 정신적인 대부인 데
시데리우스 에라스무스(1466~1536. 네덜란드 인문주의자, 문예 부흥의 선각자. 역

주)의 영향 하에 이 집단은 앙드레 티라꼬라는 지사의 정원에서 모임을 가졌고 그곳에서 그들은 월계수나무 그늘 속에서 포도주를 음미하면서 시와 정치, 음악과 종교, 예술과 형이상학, 도덕과 법률에 대해 의견을 나누었다.

라블레가 이 모임에 가입했을 때에는 젊을 때였는데도 곧바로 모임의 지적인 지도자로 인정받게 되었다. 때때로 찻잔을 마주하고 조용히 의견을 나누다가도 논쟁의 광풍으로 돌변할 때도 있었는데 주제가 여성과 결혼에 관한 것이었다. 티라꼬(앙드레 티라꼬, 1480~1558. 박학한 법학자였다: 역주)는 11세의 어린 소녀와 결혼을 하였고 아내가 남편에게 해야 할 의무에 대한 책을 써서 아내에게 지침서로 삼게 하였다. 티라꼬는 모든 여성을 책임감 없는 아이들로 간주하면서 그런 식으로 여자들을 대했다. 그의 책은 여성들이 "그들 본연의 자리"를 지켜야 한다고 주장하는 보수주의자들의 흥미를 끌어 열광적인 호응을 받았고 널리 보급되었다. 티라꼬는 당시에 가장 훌륭한 반여권주의자로 갈채를 받았다.

그러나 퐁뜨네 문학 서클의 젊은이들은 티라꼬의 견해에 강력한 이의를 제기했다. 이들 중 "반항심이 강한" 한 젊은이는 책을 한 권 출판하여 "다소 연약하기는 하나 훨씬 더 매력적인" 여성을 지지하는데 온힘을 쏟았다. 그러자 화가 난 티라꼬는 조금 더 두꺼운 책을 한 권 내놓았고 그것은 여자들의 의무와 남자들의 특권에 관한 입문서였다. 여자는 반드시 남편에게 복종해야 하고 남자는 결코 부인에게 빠져서는 안 된다. 그는 계속해서 남자들은 너무 볼품이 없거나 너무 예쁜 여자와는 결혼하면 안 된다고 주장했다. 너무 못생긴 여자는 남편에게 기쁨을 줄 수 없고 너무 예쁘면 다른 남편들에게 기쁨을 주기 때문이었다. 부인에게 남편과 동등하다는 생각을 갖게 해서도 안 되고 반면에 필적할만한 자를 아녀자로 삼아도 안 된다. 부인하고는 언제나 신중하게 거리를 유지하여 부인이 남편을 호릴 만큼 가까이 다가가도 안 되고 그렇다고 다른 남자들을 호릴 만큼 멀리해도 안 된다. 여자들한테는 항상 다정하고도 엄격하게 대하고 약간의 애무를 음식물로 먹이되 때때로 위협이란 양념을 곁들여야 한다.

이 책이 시중에 나왔을 때 퐁뜨네의 지식인들 모임에서 설전(舌戰)이 벌어졌다. 사람들이 양편으로 갈라졌는데 이상스럽게도 라블레는 보수파 티라꼬 편을 들었다. 티라꼬 지사의 주장에 감동받은 것이 아니라 라블레는 항상 여성들의 어리석음에 대하여 날카로운 재치의 창을 풍자적으로 던질 준비가 되어 있었기 때문이다. 그는 여성들을 한 부류로 좋아할 마음은 없었다.

남성들에 대해서도 마찬가지였다. 비록 라블레는 남자를 인간 개인으로는 좋아했지만 "어리석고 악의 있는" 인간들에게 우호적인 멸시감을 느꼈다. "경멸할 만한 동료"들에게는 연민을 느껴서 그들과 함께 웃으면서 연구한 결과 「팡타그뤼엘」과 「가르강튀아」에서 그들을 실물 그대로 꼭 닮게 그려냈다. 티라꼬의 정원에서 만난 온갖 직업에 종사하는 전문가들 즉 법률가, 의사, 상인, 예술가, 학자, 사업가 등 모든 사람들이 아주 독특해서 흉내도 낼 수 없는 무수한 인물 묘사에 모델이 되었다. 셰익스피어만이 비견될 수 있는 재능으로 라블레는 주인공들의 피부 속으로 파고 들어가 그들의 마음속을 샅샅이 타진했다. 그는 온갖 직위의 온갖 직업을 가진 사람들을 두루 파악하고 있었다. 라블레는 시농에서 농부들의 생활태도를 터득한 터라 그들의 사투리로 말했고 그들의 감정을 분석했으며 그들의 사고방식을 이해했다. 또한 그는 프란체스코 수도사들의 생활에 대해서도 깊은 안목을 획득했고 퐁뜨네에서는 지사들과의 친분을 두텁게 함으로써 정치를 연구할 수 있는 실질적인 근간을 이루었다. 그런 후 라블레는 "풍습과 인간을 폭 넓은 범위에서 조망해보기 위해" 자신의 예정표에서 다른 항목을 찾아내었다. 그는 프란체스코회를 떠나 베네딕

트회(이탈리아의 수도사 성 베네딕트(St. Benedict 480?~543?)가 창시한 수도회로 각 수
도원에서는 수도사가 선거로 뽑은 원장 하에 자치제를 가졌고 기도 이외의 시간은 침묵
이나 유익한 작업에 종사하였다: 역주)로 옮겼다. 이렇게 한 데에는 3가지 이유
가 있었는데 첫째, 좀더 교육받은 신부들의 집단으로 옮기면 연구를 좀더
용이하게 추구할 수 있을 것이고 둘째, 라블레가 옮겨간 베네딕트 수도원
의 우두머리 제프리 데스티삭이 이 나라에서 가장 교양 있는 인물로 손
꼽혔으며 셋째, 데스티삭은 라블레에게 순회비서 직을 제안하였고 그 직
책은 "세상경험을 넓힐 수 있게 하나님이 베푸신 기회"였기 때문이었다.

라블레는 이탈리아 전역을 여행하였다. 라블레처럼 풍성한 상상력을
지닌 사람에게 이번 여행은 꿈과 환상의 나라를 방문하는 것과도 같았다.
이교도의 아름다움과 기독교의 경건함이 자극적으로 조화되어 있는 로마
에는 무한한 매력이 숨어있었다. 평소의 화려한 언어를 사용하여 라블레
는 로마를 "세계의 수도"라고 불렀다. 짧은 기간 동안 머물면서도 라블레
는 마치 일생 동안 이 도시에 산 사람처럼 도시를 자세히 탐사하여 터득
하게 되었다. 이탈리아에서 돌아온 라블레는 "내가 로마의 거리나 오솔
길을 아는 만큼 자기 집을 알고 있는 사람도 드물 것이다"라고 적고 있다.

대수도원장을 따라서 라블레는 유럽의 몇몇 다른 나라들도 여행하였
다. 그리고 가는 곳마다 그는 다양한 "태도, 활동, 기질"을 지닌 사람들과
황태자들을 연구하는 것을 업으로 삼았다. 라블레에게는 평화시와 전쟁
시의 그들을 살펴볼 기회가 있었다. 왜냐하면 당시는 인간 역사상 항상
그렇듯이 침략자들이 소유자를 약탈하고자 애쓰던 그런 시기였기 때문이
다. 프랑스와 스페인의 왕들은 북부 이탈리아 지방을 황폐시키고 있었고
터키 황제는 비엔나를 점령하고 있었으며 독일 병사들은 로마를 짓밟고
있었다. 이런 식으로 광기와 살인이 줄곧 소용돌이치고 있었다. 이렇게
인간이 인간에게 비인간적인 행동을 하는 부끄러운 광경을 지켜본 라블

레는 분노가 아니라 웃음으로 이런 행동을 공격하기로 마음먹었다. 「팡타그뤼엘」 33장에서 그는 어리석은 침략정책을 소극(익살극)으로 줄여서 폭로하였다. 피크로콜(비터바일) 대공은 명예를 높이고 지갑을 부풀리고자 갈망한다. 대공의 신념은 아주 엉뚱하게도, 한 나라는 다른 나라를 희생시켜야만 번영한다는 것이었다. 그리하여 3명의 공범인 스몰트래쉬경(작은 재떨이), 스왓쉬벅클(허세) 백작, 라우지록스(엉터리 자물쇠) 영주의 지휘 하에 이웃나라를 공격할 계획을 세운다. 세 장군을 모아놓고 자신들의 나라는 영광으로, 이웃 국가는 시체로 가득 차게 할 작전을 세운다. "그런데 전략회의에 전투경험이 많은 노신사가 한 사람 참석했다… 이름이 에크프론(신중) 씨인 노신사는 이 작전계획을 듣고 말하기를 '내 생각에는 이 모든 사업이 마치 구두장이가 우유가 가득 든 통을 메고 가면서 부자가 되는 환상을 꾸는 이야기와 똑같은데 우유 통이 깨졌을 때 그에게는 먹을 것이 하나도 없었거든… 이토록 거창한 정복을 해서 도대체 무엇을 하겠다는 겁니까? 단지 통만 깨뜨릴 뿐인데…' 그러자 허세 백작이 말하기를 '아! 여기에 굉장한 얼간 씨가 있었군요! 그렇다면 어서 가서 굴뚝 구석에 몸을 숨기고 뜨개질이나 하고 실이나 뽑고 진주알이나 꿰고 있는 숙녀들 틈에 끼어 인생이나 즐기죠? 모험을 꾀하지 않는 자는 말도 노새도 얻을 수 없답니다…' 그러자 신중 씨는 '허나 도가 지나친 모험을 꾀하면 말도 노새도 잃지요'라고 응답했다."

요컨대 공격적인 군국주의에 대한 견해가 여기에 모두 다 요약되어 있다. 각 시대를 살아가는 모든 현자들과 마찬가지로 침략자에게 궁극적인 승리란 없으며 초기에 승리한다 해도 그것은 단지 최종적인 패배를 알리는 서곡에 불과하다는 사실을 라블레는 간파하였다.

그러나 라블레는 평화와 전쟁의 문제에 깊이 관여하지 않았다. 사실 그는 정치적이거나 사회적인 문제에 깊이 관여하지 않았다. 라블레는 본질적으로 풍자가가 아니라 해학가였다. 자신은 의미 없는 인간희극을 "앉아서 휴식하며 즐길" 때가 가장 행복하다고 라블레는 말했다. 항상 기분이 좋은 상태였던 라블레는 자신의 웃음을 냉소가의 고함소리로 침범당할 수 없었다. 라블레는 왕성한 소화력을 즐겼으므로 동료들의 어리석음을 보고 분개하지 않았다. 그의 인생관은 항상 초연했다. 그리하여 라블레는 다른 유성에서 보내진 우월한 존재로서 지상에서 상연되는 즐거운 소극을 보면서 보고서를 쓰는 사람 같았다.

인생 보고서에 만족하지 못하는 라블레는 항상 새로운 각도에서 인생을 관찰하려고 애썼다. 베네딕트회 수도사로서의 임무를 완수한 라블레는 의학도로서의 새로운 임무를 맡았다. 몽펠리에 대학에서 의학 공부를 시작했을 때 라블레의 나이는 32세였다. 3년 후 박사 학위를 받은 라블레는 의술과 웃음으로 인간의 불행을 퇴치하는 중요한 임무를 새로 떠맡게 되었다. 라블레가 처방전과 「팡타그뤼엘」을 쓰기 시작한지 5년 후에 대작이 가명으로 세상에 등장하였다.

2

「팡타그뤼엘」 이야기는 어떤 분류법으로도 정리하기가 어렵다. 이 작품은 광기와 도덕, 조잡함과 아름다움, 불경스러움과 경건함, 형이상학적이고 무의미한 생각이나 철학적인 지혜, 터무니없고 쓸데없는 이야기와 시적인 장엄함이 놀랍게 혼합되어 있고 인생살이처럼 줄거리도 없으면서 놀라움으로 가득 찬 작품이다. 작품 전편을 통해서 신과 라블레만이 생각해낼 수 있는 사고의 급변과 문체의 전환이 흘러넘친다. 작가는 독자들을 평탄한 길로 안내하다가도, 갑작스럽게 통과할 수 없는 산을 대면시킨다. 그래서 독자가 그의 술수에 놀라고 실망해서 멈춰서면, 갑자기 산 속에 있는 굴로 안내하여 꿈에서도 상상해보지 못한 아름다운 지하 동굴로 재빨리 회오리치듯 데려간다. 그런 다음 햇빛이 비추는 곳으로 나오자마자 작가는 질식할 정도의 온갖 추잡함으로 독자들을 압도한다. 너무 넌더리가 나서 포기하려는 찰나에 작가는 신비한 새벽이슬로 독자를 정화시키고 새로운 생명력을 불어넣어주므로 독자는 다음에 나타날 매혹적인 풍경을 찾아 계속 따라나설 준비를 하게 된다. 라블레는 그 정도의 효과, 아니 그런 효과를 연속적으로 독자들의 마음속에 불러일으킨다. 문학세계의 프로테우스(희랍 신화에서 모습을 제 마음대로 바꾸고 예언하는 힘을 가졌던 바다의 신: 역주)인 라블레는 백만 가지 기분과 환상을 만들어내는 마술사이다.

라블레는 문학구조에는 관심이 없었다. 기술적으로 살펴보면,「가르강튀아」나「팡타그뤼엘」이나「파뉘르즈 이야기」에는 비논리적이고 황당무계한 생각들이 뒤범벅되어 있다. 제1권에는 가르강튀아의 출생과 어린 시절 그리고 교육 과정이 묘사되어 있다. 팡타그뤼엘의 아버지인 가르강튀아는 파리에서 자기 말의 목에 걸어줄 목적으로 노트르담의 종을 어떻게 훔쳤고, 또 그의 조부는 존이라는 수도사의 도움으로 어떻게 비터바일 대공을 누르고 승리를 거두었으며, 그래서 어쩌면 조부는 수도사에게 그에 대한 보상으로 텔레므 수도원을 지어주었을 테고 수도원은 '그대가 바라는 대로 행하라'는 규칙을 따르는 종단의 본거지가 되었다는 등 여러 이야기가 등장한다. 라블레는 이 교단의 단 한 가지 규칙이 어떤 규칙도 준수해서는 안 된다는 것이라고 말한다. 수도원에는 시간이나 의무를 상기시켜 줄 시계가 있어서는 안 된다. 이 수도원에 소속된 수도사와 수녀들은 순결, 청빈, 복종이라는 세 가지 맹세를 따르는 대신에 결혼이 허용되었고 부(富)를 축적할 수 있었으며 법률이 그들 손에 달려있었다. 이 사원의 문은 "완고한 사람, 위선자, 변호사, 판사, 지사, 은행가, 호색가,

거짓말쟁이, 겁쟁이, 사기꾼, 도둑들"에게는 영원히 닫혀져야 한다. 그 대신 이곳은 즐거움을 사랑하는 남자들, 즉 "명랑하고, 재치 있고, 흥겹고, 쾌활하며, 맵시 있고, 즐겁고, 생기 있고, 유쾌하고, 가치 있고, 잘 생겼으며, 친절하고, 부드러운 사나이들"이나 "상쾌하고, 매혹적이며, 유쾌하고, 사랑스러우며, 매력이 흘러넘치고, 활발하면서도 모습이 단정하고, 진귀하며, 완숙하면서도 젊고, 빼어나고 귀여우며, 매혹적이고, 변덕스러우면서도 영리하고 달콤하며 황홀하게 만드는" 기쁨을 기꺼이 주고자 하는 숙녀들의 마음에 꼭 맞는 은신처가 되어야 한다.

라블레가 사용한 형용사를 조금 나열해 보았는데, 그런 남녀가 하고 싶은 대로 하라는 새 교단을 구성할 인물들이다. 그들의 생활은 단식이 아니라 축제로 영위될 것이고 기쁨을 주고받는 생활이며 배를 가득 채우고 마음을 즐겁게 하여 평화스러운 만족 속에서 즐기는 생활이 될 것이다. 욕망을 충족시켜 주어라. 그러면 탐욕이 없어질 것이다. "왜냐하면 인간에게는 제공되지 않는 것을 욕심내는 본성이 있기 때문이다."

이렇게 텔레므 수도원을 넉살스럽게 묘사하면서 「팡타그뤼엘」 제1권이 끝난다.

제2권은 가르강튀아의 아들인 팡타그뤼엘의 출생 및 교육 그리고 그가 파뉘르즈를 만나게 된 경위를 이야기한다. 파뉘르즈는 지갑에 항상 돈이 없어 쪼들리고, 영리하기는 하지만 성실치 못한 의사로 "도박꾼, 술주정뱅이, 허영꾸러기이고 간부(姦夫)면서 파리에서 단연 으뜸가는 품위 없고 방탕한 악당이다. 그래도 다른 모든 점에서 그는 세상에서 둘도 없는 좋은 친구이다." 이렇게 주인공을 정식으로 소개한 라블레는 독자들의 손을—아니 그게 코였던가?—직접 잡아끌고 어디서도 찾아볼 수 없는 지평선 너머 잡동사니로 가득한 정원으로 인도한다.

그러고 나서 라블레는 독자에게 경고한다. "만일 내가 지금 이 시점에서 하는 이야기를 확고하게 믿지 않으면 여러분은 유황불이나 바닥도 없는 구덩이에 빠질지도 모릅니다." 계속해서 라블레는 파뉘르즈가 터키인의 손아귀에서 벗어난 이야기, 육십 만하고도 열 네 마리 개를 잘 얼러서 그의 접근을 거절한 숙녀 주변에 풀어놓았는지에 대한 이야기, 들어본 일도 없는 별난 방법으로 팡타그뤼엘이 오만 삼천 명의 사내아이와 그 수만큼의 여자아이를 낳은 이야기, 거인들과 싸워 큰 승리를 얻은 이야기, 머리가 잘려나간 에피스테몬이 다시 살아나 지옥의 최근뉴스를 이 세상에 전해주는 등의 진기한 이야기를 한다. 이런 식으로 제2권의 막도 내리는데 끝으로 "신사님들, 안녕! 허지만 한 가지는 잊지 마시오. 내 잘못을 너무 생각지 마시게. 그러면 당신의 잘못을 잊을지도 모르니까 말이야"라고 덧붙인다.

이 "익살맞은 공상적 작품이자 엉터리 바보 같은 이야기"의 제3권은 제1권과 제2권보다 구조적인 관점에서 훨씬 더 비논리적이다. 첫 장면은 철학자 디오게네스(412?~323? B. C. 희랍의 냉소철학자로 금욕주의 생활을 하면서 큰 통 속에 살았으며, 기이한 행동을 많이 하였다. 역주)가 물통을 굴리는 모습을 103개의 동사를 연속적으로 사용하여 묘사하는데, 이것은 셰익스피어라도 따라갈 수 없는 놀라운 언어구사능력이다. 그런 다음 라블레는 독자를 지상낙원으로 데려간다. 이 "공상의 나라"에는 구십 억 인구가 살고 있고 그들은 온 세계를 정복하고자 애쓰고 있다. "그러나 그들은 무력이 아니라 사람들의 걱정을 덜어주고 사람들에게 평화롭게 잘 사는 방법을 가르쳐주며, 훌륭한 법률을 만들어주고 가능한 한 공손하고 예의 바르게 그리고 부드러운 사랑으로 대해줌으로써" 정복하는 것이다.

그런 다음 라블레는 독자를 마음에서부터 갈망하던 나라로 안내하였고 독자가 기대의 나래를 펴서 계속 모험의 세계로 비약할 수 있도록 준비시켜놓은 다음 저자는 갑자기 이야기를 중단하고서 나머지 부분을 결혼 이야기로 채운다. 그 이유인즉 파뉘르즈는 결혼하고 싶은데도 혹시 부인이 정숙하지 않을 것이 겁나서 결혼하기를 망설인다는 것이다. 마음에 이런 의심을 품고 있는 그는 여자들이 남편에게 충실한지 아닌지의 여부를 가리기 위해 34장에 걸친 조사에 착수한다. 그는 다수의 사람들과 상담을 하는데 그들 중에는 무녀, 시인, 농아, 점성가, 신학자, 의사 및 광대가 포함된다. 그렇지만 그들 모두가 장황하게 말하도록 만들어놓고는 현명한 인물들로 묘사하지 않는다. 그렇지만 광대에게서 실질적인 제안을 하나 얻는데 그것은 모든 것을 풀어주는 신탁(神託)으로 그 문제를 의논하러 가보라는 것이다.

이것이 실마리가 되어 독자들은 신탁을 구하러 가는 여행이야기인 제4권과 제5권을 만난다. 이 여행길은 후세 사람들을 위하여 지상, 지하, 공중으로의 모험과 웃음의 길을 열어놓고 있다. 팡타그뤼엘과 파뉘르즈가 탐색의 종점에 도달하여 신탁으로부터 알아낸 대답이란 '마셔라' 하는 단 한 마디였다. 인생을, 아름다움을, 쾌락을, 지식을, 진리를 마음껏 깊이 마셔라. 파뉘르즈는 지적한다. "이 모든 것이 사랑스러워." 그러나 그는 이 대답으로 신탁을 얻기 위해 길을 떠나기 전이나 마찬가지로 결혼문제를 해결해줄 지혜를 얻지 못한다.

그리하여 터무니없고 엉터리 같은 이야기의 복잡한 실마리는 시작도 없이 결말도 없이 갑자기 중단된다.

이 이야기의 비논리적인 줄거리 설명은 그 정도면 충분할 것 같다. 세부적인 설명을 하는데도 라블레는 비논리적으로 산만하게 다룬다. 어떤 대목에서는 가르강튀아가 거인으로 등장하지만 또 다른 대목에서는 보통 키의 사나이로 묘사된다. 파뉘르즈도 어떤 때는 현명하고 용감하고 정직한 사람으로 묘사되고 또 다른 때는 악당, 겁쟁이, 바보로 등장한다. 이 이야기의 행위는 이 세상과 마찬가지로 미친 듯 즐겁게 소용돌이치며 진

행된다. 제1권에서 가르강튀아는 유토피아라는 전설적인 나라에서 살아
간다.

제2권에서 그는 "아무런 이유도, 계절의 변화도 없이" 라블레의 고향
인 투레인 지방으로 옮겨진다. 제2권의 23장에서 가르강튀아는 요정의
나라로 옮겨가 갑자기 증발된다. 그런 다음 제3권의 35장에서 아무 일도
없었다는 듯이 그는 이야기 중간에 끼어든다. 이것은 이 책의 수많은 모
순되는 사건에 대한 몇 가지 예에 불과하다. 라블레는 사소한 인물들의
고민거리를 떠맡은 적이 없다. 그는 대작을 만드느라 정신이 없어서 평범
한 문학가들처럼 만지작거리느라 고민할 시간이 없었다. 최고의 예술가
란 최악의 기능공인 법이니까. 신이여, 그 점을 감사드리옵니다!

3

지금까지 살펴보았듯이 외면상으로 보면 라블레 작품은 미친 듯하고
쓰러질 듯하며 두서없이 무의미하기도 하고, 또 계획 없는 기발한 착상에
불과하다고 볼 수 있다. 그러나 독자들이여, 다시 한번 문을 활짝 열고 혹
시 그 안에 놀라운 보물이라도 숨겨져 있나 자세히 살펴보자. 우선 무엇
부터 살펴볼까? 한없이 환상적이고 풍부하며 다양하고 현란하고 생생한
장면에 마음이 취해버려 무엇부터 골라야할지 결정하기 어렵다. 라블레
를 평가할 수 있는 유일한 방법은 처음부터 끝까지 그의 작품을 읽는 것
이다. 그렇지만 아무 페이지나 펼쳐놓고 읽어도 그의 작품의 독특한 맛을
알 수 있다. 가령, 이런 방법으로 그를 맛보자. 즉 "재치가 차고 넘치는
곳"이 아니라 보통 수준의 뛰어난 곳에서 말이다.

예를 들어, 법정에서 재판관들이 판결을 내릴 때 별 의미 없이 거만 떠
는 행동이 어떻게 풍자되고 있는지 한번 살펴보자. 약속파기대장 경(卿)과

주먹쓰기대장 경이 팡타그뤼엘의 면전에서 한바탕 말다툼을 벌인다. 양쪽 편의 말을 다 들은 다음 팡타그뤼엘이 내린 판결문을 들어보자.

"본 법정은 약속파기대장 경과 주먹쓰기대장 경의 진술을 보고, 듣고, 계산해 보고 충분히 검토하였으므로 그대들에게 선고하노라. 등에 쇠뇌를 메고 말을 탄 원숭이가 사는 로마식 풍조에 젖은 바보들이 지저분한 행동과 분노 때문에 생긴, 한 분대의 졸개조차 거느리기에 어울리지 못하는 이 사람들의 사소한 싸움을 평정하기 위해 하지선(夏至線)으로부터 분연히 내려온 박쥐의 전율과 엄숙함을 고려할 때, 원고가 그 선량한 여인이 한쪽 발은 구두를 신고 다른 발은 맨발인 채, 바람으로 파괴된 3층 범선의 갈라진 틈을 뱃밥으로 채우는 것은 당연하다. 그러므로 18마리의 암소 털과 자수집에서 필요로 하는 털의 수와 똑같은 수의 해초 열매와 야생 피스타치오 열매이면 충분하다. 그가 일으켰다는 위험의 소문을 고려해서 이번에 원고가 입은 특수 분뇨사건은 무죄임을 선고하는 바이다."

이처럼 횡설수설하는 문단이 몇 개 더 계속된 다음 재판관은 원고에게 "5월에 있는 8월 중순 경에" 벌금을 피고에게 지불하라고 명한다.

혹시 이 사건의 전말이 어떻게 돌아가는지 하나도 이해할 수 없다고 불평하면, 독자들은 장난스럽게 웃으며 "나도 역시 몰라"하는 작가 자신의 고백을 듣게 된다.

라블레는 변호사업을 경멸하였다. "우리 법은 거미줄과 같다. 왜냐하면 어리석고 약한 파리 떼는 걸려들어 자멸해 버리지만, 강하고 힘센 부류들은 법망을 파기하고 자기들이 원하는 대로 끌고 가서 멋대로 해석해버리기 때문이다." 대부분의 변호사들의 문제는 "입으로는 너무 많은 말을 지껄이는데 머리에 들어있는 지혜는 별로 없다는 데 있다"고 라블레는 논평했다.

라블레는 이와 똑같은 평가가 철학자들 특히 "존재하지 않는 것들을 학자 투의 용어로 기술하고 과학적인 용어로 측정하는 형이상학적 이론가들"에게도 적용된다고 선언한다. 라블레는 이런 형이상학자 중 한 사람이 "진공 속에서 윙윙거리며 날아다니는 키메라(머리는 사자, 몸은 염소, 꼬리는 뱀으로 불을 뿜어내는 괴물: 역주)가 2차적 관념들(보편성의 인식에 의한 차이, 동일 종류: 역주)에 열심히 겨눠볼 수 있을까" 하는 문제에 대하여 현상학적인 논문을 한편 썼다고 말했다. 다른 형이상학자들은 "혼돈의 신인 카오스의 아가리 밑 오른쪽과 경계를 이루고 있는 플라톤의 이데아가 데모크리투스(460?~370? B. C. 그리스 철학자: 역주)의 원자(原子)(철학용어로는 물질의 불가분한 궁극적 미립자를 가리킨다: 역주)를 쫓아낼 수 있을까"라든지 아니면 "지구 중심부의 동질(同質)의 고체성을 통해 직각선으로 지나가는, 우리와 지구 반대쪽에 있는 대척지(對蹠地) 겨울의 혹한이 부드러운 역연동(逆緣動)으로 우리들의 발뒤꿈치가 닿은 표면을 따뜻하게 할 수 있을까"와 같은 문제에 몰두해있다는 것이다. "말이라는 담요 밑에 생각을 깔아 질식시켜 죽이는 빌어먹을 공론가(空論家)들"이다―이 사이비 학자들은 아무 것도 아닌 것에 대해 점점 더 많이 배우게 되어 마침내 그들은 아무 것도 아닌 것에 대해 모든 것을 알게 된다. 이렇게 눈먼 선생들이 깜깜한 방에서 그곳에 있지도 않은 검은 고양이를 찾으려고 버둥거리는 눈먼 학생들을 가르친다.

선량한 라블레는 그런 모든 우둔함으로부터 우리들을 구원한다. 그는 아지랑이같이 막연한 생각이 아니라 견고하고 확실한 사실들을 우리들 눈앞에 가져다놓는다. 또한 이런 사실들을 우리의 모든 살아있는 감각으로 경험하게 해준다.

그러나 라블레는 이성(理性)의 예지로 우리들의 감각을 건드린다. 그의 풍성한 상상력은 지혜와 아름다움의 폭포수가 되어 페이지마다 넘쳐흐른다. 라블레는 허구(虛構)라는 매체를 통해 진리를 해석하는 세계적인 대가다. 라블레의 작품 속에 들어있는 계시를 주는 일화들이나 자극적인 이야기들이 귀에 거슬릴 때도 있지만 거의 대부분의 이야기들은 완전히 이해되어 우리 가슴에 와 닿는다. 라블레에게 삶이란 하나의 일화이며 신랄하게 끝나는 성스러운 농담과도 같다. 극적인 신랄함이 없다면, 즉 놀라운 충격이 없다면 삶은 살아볼 가치가 없고 그 이야기는 읽을 가치가 없다. 라블레는 완벽한 극작가이다. 그의 이야기 속에서 독자들은 항상 예기치 못한 일들을 예상해야 한다. 독자들은 귀머거리 여인과 결혼한 남자의 모험에서, 프랑소와 비용(1431∼1463. 무도한 생활을 하며 죄를 짓다가 사형을 면하고 파리에서 추방된 프랑스 서정시인: 역주)과 영국의 에드워드 왕에 관한 일화에서, 돈이 내는 소리로 빵에서 나는 김의 값을 치른 짐꾼 이야기에서, 성적 욕구를 억제하기 위해 파뉘르즈가 채택한 다섯 가지 방책에서, 이 모든 것 중에서 가장 재미있는 한스 카아벨의 반지 이야기에서 청천벽력과도 같은 돌발성을 찾게 된다. 직접적이고 단순한 현대영어로 읽기에는 지나치게 조잡스러울 수도 있지만 라블레의 이야기들은 16세기 프랑스어의 미묘한 뉘앙스 속에서 완전히 품위를 갖추고 있다. 라블레는 짜릿한 포도주 맛을 상식이라는 향기로 조절하는 법을 알고 있었다.

4

라블레의 만년은 그의 이야기들과는 달리 언제나 상식만이 아닌 향료로 조미되었다. 의학강의도 하고 해부연구에 절개(切開)를 처음부터 도입한 라블레는 혀 절단기인 글로토토몽이라는 외과기구를 발명했다. 그는 잠시 동안 성 머르 수도원에 머물면서 "수도원이란 것이 이 세상에 생긴 이래로 가장 올바른 수도사"로 처신하였다. 그러나 그 후 라블레는 정치계에 입문하여 투옥되기도 했다. 짧은 형기를 마치고 출감한 라블레는 출판사 고문으로 활동하였고 한동안은 충일하는 정력을 쏟을 출구로 무대에 나서려는 시도도 했다.

그런 다음 라블레는 수도원으로 돌아와 신부가 되었고 정결의 맹세를 새로 했으며, 그것을 깨뜨리고 영적인 아버지일 뿐 아니라 육신의 아버지가 되었고, 또 다시 자신의 나약함을 참회하고 나서는 그 참회를 또 다시 뉘우쳤다. 결국 라블레는 풍성한 모험을 시도했지만 장수(長壽)하지 못하고 1553년 4월 9일에 영면(永眠)하였다.

이렇게 라블레는 이 세상 어느 누구보다도 쾌활한 풍자가로 웃으며 살다가 저 세상으로 돌아갔다.

살아서 어리석었으니 죽어서는 조금이라도 현명해지도록 노력해야겠다.

미구엘 데 세르반테스

(1547~1616)

주요작품 ·····································

「갈라테아」「돈키호테」
「파르나소 산(山)의 여행」「모범 소설집」
「페르시레스와 시하스문다의 고난」
그 외 여러 편의 희곡과 시들

세르반테스
Miguel de Cervantes

1

우리들은 세르반테스 덕분에 문학사상 가장 흥미진진한 작품 2편을 접할 수 있다. 그 중 하나가 돈키호테의 기이한 생활을 그린 이야기이고 다른 하나는 훨씬 더 특이한 세르반테스 자신의 이야기이다.

유감스럽게도 세르반테스의 전기 작가들은 그의 경력 중 자기들 마음에 들지 않는 면은 무시하는 경향이 있었다. 그러나 독자들이 세르반테스의 진면목을 안다고 해서 그의 작품을 숭배하지 않을 이유가 없다. 장미가 평범한 진흙땅에서 자라나는 것을 인정한다고 해서 장미 덤불을 깔보는 것은 아니기 때문이다. 아름다움을 키워나가는 것은 습기와 진흙이다. 세르반테스의 예술은 고통의 산물이다. 세르반테스의 생이 만일 그렇게 고통스러운 것이 아니었더라면 돈키호테 이야기가 그토록 훌륭하지 못했을지도 모른다.

미구엘 데 세르반테스 사아베드라는 셰익스피어와 동시대인으로서 아르카라 데 에나레스라는 대학가에서 태어났음에도, 어린 시절에는 그 도시의 문화적인 분위기를 거의 맛보지 못했다. 왜냐하면 그의 아버지는 떠돌이 의사여서 이 마을 저 마을을 떠돌아다니며 환자로 자처하는 불쌍한 사람들에게 흡각 사혈법이나 절단법을 사용하여 치료해주고 생계를 꾸려 나갔기 때문이다. 어린 미구엘은 아버지를 따라 여행하였으므로 책에서 배운 것은 거의 없었지만 인생사에서 많은 것을 배웠다. 그는 대학 문턱에도 가보지 못했지만 그 시대의 영리한 젊은 신사로 성장했다. 비교적 어린 나이에 그는 결투를 하게 되었다. 그 후 얼마 되지 않아서 세르반테스는 한 시녀(侍女)와의 비교적 불미스러운 연애사건에 휘말려들었다. 그는 후에 자기 작품에 사용할 자료들을 재빨리 모아서 비축해놓고 있었다.

23세 때 세르반테스는 로마에서 발견되는데 아마도 젊은 시절의 분별 없는 행동으로 인해 추방되었을 것이다. 그 도시에서 약 1년간 일을 하며 지낸 다음 군에 입대하게 되는데 세르반테스는 마음이 들떠서 가만히 있을 수 없었기 때문이었다.

레판토 해전에 참가한 세르반테스는 언월도(偃月刀)를 맞아 거의 왼쪽 팔을 잃을 뻔 한다. 이 상처로 인해 평생을 불구로 지냈으므로 그는 "레판토의 불구자"라는 별명을 얻었다. 그러나 그는 죽는 날까지 자기가 작가로서 지녔던 비범한 천재적인 재능보다 군인으로서의 평범한 능력을 한층 더 자랑스럽게 여겼다.

전쟁에서 집으로 돌아오는 도중에 세르반테스는 무어 인(아프리카 서북부 모로코 지방에 사는 회교 인종으로 8세기에 스페인에 침입하여 정착하였다: 역주) 해적에게 잡히는 신세가 되어 노예로 팔려가 몸값을 지불하고 풀려날 때까지 5년이란 세월을 보낸다.

군인 노릇, 노예 노릇을 경험해 본 세르반테스는 이제 시인으로서의 운수를 시험해본다. 그리고 그는 스페인 문학사상 가장 흉측한 엉터리 익살시 몇 편을 내놓을 수 있었다.

아직도 안정을 찾지 못한 세르반테스는 희곡에 손을 댄다. 화산과도 같이 폭발적인 정력으로 30내지 40여 편의 희곡을 썼지만 용암을 분출해 내는 대신 잿더미만 내뿜는 결과를 낳았다. 세르반테스의 희곡작품은 시보다도 훨씬 더 못했다.

마침내 그는 전원소설을 시도하는데, 이것은 지금까지 시도한 것 중 최악이었다. 세르반테스는 작가가 되어서는 안 될 것처럼 보였다.

명성을 얻으려는 노력에 실패한 세르반테스는 행복을 찾기 위해 정착하고자 했다. 세르반테스는 자기보다 18세나 어린 여인과 결혼했다. 여자가 그토록 어렸는데도 변하기 쉬운 그의 환상의 나래를 만족시키지 못하였던지, 결혼 후 1년도 못 되어 다른 여인과의 사이에서 아이가 태어났다.

한동안 세르반테스는 문필 활동으로 같이 사는 가족은 물론 법적인 가족까지 먹여 살리려고 애를 쓴다. 그리고 41세가 되는 1588년에는 "좀더 실질적인" 수입원을 갖고자 무적함대를 대상으로 하는 회사의 대행인 노릇을 시작한다. 그러나 그는 또 한번 불운을 맛보아야 했다. 무적함대가 패배를 당하자 직업을 잃었다.

그라나다에서 세금징수원으로 일하던 중 부정행위를 했는지 아니면 태만했는지 공금의 상당액을 유용(流用)하게 되어 세르반테스는 체포되어 징역형을 선고받았다.

자유의 몸이 된 세르반테스는 다시 한번 생계를 위하여 문학에 손을 댄다. 그는 이른바 "직업적인 운문 아첨장이"가 되어 서사시로부터 산과학(産科學) 논문에 이르기까지 온갖 주제를 다루는 온갖 책에 운문으로 된 찬양의 서문을 써주었다. 일반적으로 이런 서문은 그 서문이 실리는 책 정도의 수준밖에 되지 못하는 법이어서 스페인의 위대한 극작가인 로페 데 베가는 1604년 8월 14일자 편지에서, 스페인에서 세르반테스보다 재능이 없는 시인은 없다고 적고 있다. 세르반테스 자신도 이 사실을 인정하고 "나는 운문(verses)보다는 실패(reverses)의 경험이 더 많다"고 익살스럽게 빈정거렸다.

이렇게 해서 세르반테스는 인생의 황혼기라고 할 수 있는 58세에 이른다. 희망이 다 꺾인 그는 실망에 가득 차서 세상을 넌더리내는 노인이 되었다. 그는 모든 것, 특히 문학에서 완전한 실패자였다. 그가 자신을 묘사한 것을 인용해 보면, 20년 전만 해도 "황금빛이던 수염이 은빛으로 변했고, 콧수염이 더부룩하고 입은 자그마하며 치아는 있으나마나한" 인물이 되었으며 "여섯 개밖에 남지 않은 치아도 그나마 좋지 못한 상태로 제멋대로 들쑥날쑥 나 있어서 위 치아와 아래 치아들이 서로 맞지도 않았다." 세르반테스가 계속해서 "혈색은 건강한 갈색이 아니라 핏기 없이 흰 편이고 어깨는 무겁게 처진 상태이며, 발은 날쌔게 움직일 수도 없게 되었다"고 묘사한 그의 모습은 호감을 주지 못하는 그림으로, 영원한 망각의 세계인 죽음의 세계로 발길을 돌릴 준비를 한 낙오자의 모습이었다.

2

그런 후 나팔소리 하나 없이 세르반테스는 갑자기 영예의 자리로 비약한다. 지는 해가 토해내는 광채과도 같이, 젊은 시절에 최악의 시를 써내던 사람이 노년에 이르자 세상에서 가장 훌륭한 소설을 쓰도록 영감을 받았다. 세르반테스는 이미 오래 전에 작품 「돈키호테」에 착수하고 있었다. 일부분은 감옥에서 지낼 때 썼고 거의 모든 부분이 누추한 빈곤과 쓰라린 절망 속에서 계획되고 구성되었다. 「돈키호테」는 글자 그대로 진흙 속에서 생겨난 정원이다. 고통에서 잉태된 지혜, 즉 민감한 육체 속에서 고통받던 부드러운 영혼이 드디어 모습을 드러냈다.

그러나 이 작품은 비록 세계적인 대작으로 인정을 받고 있지만 완전한 작품으로 보기는 힘들다. 왜냐하면 그것은 온통 눈에 띄는 결점 투성이기 때문이다. 많은 비평가들이 지적하듯이 이 작품은 "스페인 작가가 인간이 빠지기 쉬운 죄악인 장황함의 죄를 저지른 것"이었다. 이 작품은 너무 길고 지리멸렬하다. 세르반테스의 지혜의 꽃들은 웅대한 경치에 뿔뿔이 흩어져 있어서 멀리 떨어져 있는 아름다운 지점에 도달하려면 수많은 지루한 오솔길을 여행해야 했다. 「돈키호테」의 작품 길이가 반 정도였다면 두 배는 더 좋은 작품으로 되었을지 모른다.

더군다나 이야기 자체가 구조면에서나 문체 면에서 부정확한 경우가 너무나 많다. 세르반테스는 분명 자기 작품을 고치지도 않았고 쓰는 도중에 다시 읽지도 않았을 것이다. 새로운 장을 시작할 때마다 수도 없이 지난 장 끝 부분과 모순된다. 구약에 나오는 여호수아처럼, 그는 어떤 때는 시간의 흐름을 멈추게 하여 태양이 몇 시간이고 하늘에 정지 상태로 떠 있게 한다. 돈키호테와 산초 판자는 땅거미가 질 무렵에 공작의 집으로 저녁식사 초대를 받아서 갔다. 여러 가지 요리를 먹고 적어도 한밤까지는 걸렸을 긴 대화를 즐긴 다음에 세르반테스는 "이제 저녁이 막 시작되는군"하고 말한다. 또 어떤 때는 세르반테스는 도둑이 산초 판자의 당나귀를 훔쳐갔다고 말하고는 이 도둑맞은 당나귀에다 일곱 번 정도 산초 판자를 태운다. 이런 식으로 이 책에는 부정확한 묘사가 가득하다.

그러나 우리 독자들은 세르반테스가 잘못 생각했던 대로 그 잘못들을 해석할 도리밖에 없다. 그는 「돈키호테」 2부를 쓰면서 독자들의 관심을 1부의 불완전한 점에 쏠리게 한 다음 그것들을 일소해버린다. "주여, 우리 인간은 이토록 실수 투성이랍니다!" 세르반테스는 자기 잘못을 사과하려고도 수정하려고도 하지 않는다. 주인공의 옷맵시에 신경 쓰지 않듯이 그는 자기 이야기를 다듬을 생각을 하지 않는다. 주인공과 이 작품을 그토록 사랑스럽고도 생생하게 해주는 것은 그의 얼굴에 나있는 우스꽝스러운 사마귀이고 어색하고 터무니없는 구절들이다. 어떤 예술작품은 너무 완전해서 인간성을 느낄 수 없는 데 반해 이 「돈키호테」라는 작품은 너무나 인간적이어서 완전할 수가 없다.

「돈키호테」는 부드러운 냉소자가 말하는 온화한 미치광이 이야기이다. 이 작품에서는 인간의 어리석음을 점잖게 풍자한 익살극이나 어떤 신랄함을 찾아보기 힘들다. 우리는 돈키호테가 저지르는 어리석은 행동 속에 우리 자신의 어리석음이 투영돼 있음을 알고 웃으며, 산초 판자의 속물근성에 투영된 우리 자신의 조잡함을 보고 미소 짓는다. 어떤 순간에는 신중하다기보다 용맹스럽다고 할 수 있는 기사와 밀착된 나 자신을 느끼다가도 다음 순간에는 용맹보다는 신중하다고 할 수 있는 기사의 종자(從者)에게 동감한다. 되풀이해서 한 사람은 칼을 가지고 또 한 사람은 입으로 싸우는 모습을 보고 있으면 우리는 진심으로 "세르반테스라는 천재 덕분에 나와 똑같은 영상을 볼 수 있군" 하고 말하지 않을 수 없다.

세르반테스가 알고 있듯이 우리 인간은 칼의 시절과 혀의 시절이 있는 법이어서 돈키호테와 산초 판자의 복합물이다. 우리가 가진 무기의 위력을 믿을 때도 있고 우리의 재빠른 다리에 의존할 때도 있으며 한 순간은 어리석음 속에서도 현명해져서 돈키호테와 함께 가상의 적과 싸우다가, 또 다른 순간에는 지혜 속에서도 우둔해져서 종자와 한편이 되어 "오늘밤은 땅위에서 자고 싶어 싸우기를 피하노라"하고 말하기도 한다. 그러나 현명하건 우둔하건 간에 우리 모두는 슬픔에 처해있는 사람들이 좀더 보람 있는 삶을 영위하게 만들겠다는 공동의 목표를 향해 영원히 맹목적으로 달려간다.

3

자, 이제 감격적인 순간을 맛보기 위해 우리의 말을 타고 돈키호테를 만나러 달려가 보자. 슬픔에 젖은 표정으로 한 신사가 다리가 가냘픈 말로시난테를 타고 숭고한 모험의 길을 나선다. 돈키호테는 껑충한 키다리 모습의 50세 독신남성으로 지갑에 돈이 없어 항상 쪼들리지만 두뇌만은 환상으로 가득하다. 기사들의 무예편력을 하도 많이 읽은 돈키호테는 본인이 직접 무예 수도자로 나서기로 마음먹고서, 자기 몸만큼이나 낡고 녹슬은 쇠사슬로 엮어 만든 갑옷을 차려입고, 헬멧은 밤에도 풀 수 없을 정도로 여러 차례 매듭을 묶고는, 7월 어느 화창한 날 아침에 몰래 집에서 빠져나온다. "지혜가 모두 사라져 버린" 그는 풍차를 거인으로, 부목사들을 해적 떼로, 이발사들을 마술사로, 오두막을 성으로, 죄수들을 신사들로, 술집의 여급들을 여왕으로 잘못 본다. 돈키호테는 압제자를 물리치고 억압당하는 자들을 구원해내려다가 대체로 그들 양편 모두에게서 주먹질을 당한다.

그러나 고통이 커갈수록 광기(狂氣)도 심해진다. 그는 온 일생을 자신의 존재를 알지도 못하는 한 시골 처녀를 "구원"하려고 바치는데 그녀를 "나의 태양 둘시네아"로 명명하였고 기사의 충실한 종자 역할을 산초 판자에게 요청한다.

산초 판자는 주인이 미친 만큼이나 어리석다. 그러나 우리가 앞으로 보게 되겠지만, 그는 때때로 솔로몬의 지혜를 가진 듯한 날카로운 발언도 한다. 당나귀를 타고 주인을 따라 온갖 미친 듯한 상황 속으로 뛰어드는 산초의 희망, 주인 돈키호테가 종국에 가서는 한 섬의 지사자리라도 시켜주겠지 하는 것이었다.

그리하여 두 사람은 어느 날 아침 찌그러지고 지치고 우스꽝스럽고 전혀 당황하지 않은 모습으로 독특한 모험의 길을 떠날 차비를 한다. "돈키호테는 눈을 들어 한 무리의 사람들이 걸어오는 것을 보는데, 한 12명 정도의 사람들의 목에 묶인 쇠고리는 염주 알처럼 서로 끼어있었고 모두

다 손에다 수갑을 차고 있었다. 그들을 지휘 감독하는 사람들도 보였는데 두 명은 말을 타고 있었고 다른 2명은 걸어오고 있었다. 말을 탄 사람들은 화승총(화약심지와 화승불로 터지게 하여 터뜨리는 구식 총: 역주)을 차고 있었고, 걸어서 오는 사람은 창과 검을 들고 있었다. 산초는 그들을 보고 "이 사람들은 왕을 위해서 갤리 선(중세에 주로 지중해를 다니던 돛과 노가 많이 달린 단 갑판 대형선[船]: 역주)을 저어야 하는 죄수들이에요,"라고 말했다. 그러자 돈키호테는 되물었다. "아니 뭐라고! 강제라고? 왕이 아무한테나 강제로 그런 일을 시키는 것이 가능한가?" 산초가 응답하기를, "아니죠. 허나 사람들은 그들의 죄과로 인해 왕을 위해 갤리 선에서 강제로 노를 젓도록 선고받거든요." 돈키호테는 다시 말한다. "아무리 그렇다고 해도 이 사람들이 그런 취급을 받고 또 어쩔 수 없이 강제로 끌려가야 하다니… 그렇다면 지금이야말로 내가 임무를 수행해야할 시기인 것 같구면. 그러니까 내 임무란 폭력과 불법을 없애고 고통 받는 자, 도움이 필요한 자들을 구조해내는 것이니까 말이지."

이때쯤 일련의 죄수들과 가까이서 마주치게 되었고 돈키호테는 첫 번째 죄수에게 어째서 갤리 선의 노예형을 선고받았는지 묻는다. 노예는 대답하기를 "사랑 때문이라오." 돈키호테는 되묻는다. "어째서?" "나는 한 바구니의 리넨을 어찌나 사랑했던지 그것을 품에 안고 도망가려고 했지요"라고 노예는 설명한다.

돈키호테는 또 다른 노예에게 무엇 때문에 체포되었는지 묻는다.

죄수는 답하기를, "더컷 금화(옛날 유럽 여러 나라에서 사용되던 금 또는 은화: 역주) 10냥이 없어서랍니다. 내가 10냥만 있었다면 그걸로 공증인의 펜에 기름칠할 수 있었을 터이고, 그러면 내 변호사의 지혜도 상당히 돋우어져서 지금쯤 이렇게 개처럼 쇠사슬에 끌려가지 않고 톨레도의 시장 바닥에 있으련만."

세 번째 죄수는 자기가 "중죄"를 선고 받았다고 돈키호테에게 말한다. 자신은 도둑질한 것을 고백하는 용서받지 못할 죄를 저질렀고, 침묵만 지킬 수 있었다면 지금은 자유의 몸이 되었을 것이라고 한탄한다.

인내심을 가지고 돈키호테는 모든 죄수들의 이야기에 귀 기울인 다음 이 사람들이 법률상으로는 죄인들이지만 그래도 슬픔에 처해 있는 사람들이라고 규정지었고, 그들의 불운은 그들이 체포되었다는 우연한 사실에 기인한다고 생각했다. 그리하여 돈키호테는 무예수도자로서의 자신의 임무가 "도움이 필요한 사람들의 편에 서서 그들을 도와주는 것"이라고 말한다.

돈키호테는 어리석은 말을 그대로 미친 행동으로 옮겨 갑자기 간수들에게 공격을 가한다. 간수들은 놀라 떨면서 도망가고 죄수들은 사슬에서 풀려난다. 돈키호테는 자신이 거둔 승리에 득의양양해져서 구조된 죄수들에게 쇠사슬을 높이 들어 자신의 "사랑하는 둘시네아"에게 트로피로 갖다 바치라고 명한다.

사슬에서 풀려난 죄수들은 이런 기이한 요청을 받고는 돈키호테와 산초 판자에게 돌 세례를 준다.

그런 다음 죄수들은 제각기 다른 방향으로 도망가고 "당나귀와 말, 산초와 돈키호테만이 남게 된다. 당나귀는 머리를 아래로 늘어뜨리고는 돌 세례가 아직 끝나지 않았고 돌이 머리주변으로 날아다닌다고 생각했는지, 때때로 귀를 흔들어 대며 슬픈 듯이 서 있다. 말은 주인과 매한가지로 돌 세례를 맞고는 쓰러진 채로 누워있고, 산초는 스페인 경찰인 신성단의 총탄이나 맞지 않을까 두려워하며 웅크리고 서 있었으며, 돈키호테는 땅바닥에 쭉 뻗은 채 자신이 그토록 위험을 무릅쓰고 도와준 바로 그 사람들에게서 이런 대우를 받는 것을 한탄하였다."

돈키호테와 산초 판자는 마침내 신성단의 분노를 피하기 위해 산으로 몸을 피한다. 여기서 슬픈 표정의 기사는 과거의 기사들이 했듯이 속죄할 것을 제안한다.

"무엇을 속죄하는데요?"하고 놀란 산초가 묻는다.

"이렇다 할 특별한 것은 없지"하고 돈키호테는 대답한다. 누구든지 그 럴듯한 이유로 어리석을 수 있다. 그러나 아무런 이유가 없는데도 어리석 을 수 있다는 것은 신기한 재주다. 과거의 기사들은 믿을 수 없는 그들의 숙녀들이 배반을 했기 때문에 번민하고 고통스러워했다. 돈키호테는 고 통을 겪는다는 것이 즐거웠기 때문에 자신을 고문하고 싶어했다.

그래서 그는 옷을 다 벗고 자기 머리를 돌에다 찧기 시작한다. 그리고 는 산초 판자에게 "나의 고통스러운 속죄과정을 잘 관찰해 두었다가" 그 의 둘시네아에게 잘 전하라고 명한다.

속죄행위를 끝마친 돈키호테는 또 다른 미친 모험의 길로 빠져든다. 이런 일련의 모험은 돈키호테가 포도주를 넣은 가죽부대를 요술에 걸린 거인으로 오인하고 치열하게 결투하는 대목에서 절정에 달한다.

이렇게 그는 광기를 거듭하는데 마침내 이웃마을 부목사가 이 "사랑스 러운 미치광이"를 찾아 나서고 그는 우스꽝스러운 모험을 하고 있는 돈 키호테를 기습하여 잡아다가 집에 가둔다.

돈키호테와 그의 종자가 마을에 당도하자 산초 판자의 아내가 달려 나 오더니 남편을 붙들고 걱정스럽게 입을 놀리기를, "당나귀는 아무 일 없 나요?"

"나보다는 낫지"라고 산초 판자는 답한다.

"정말로 잘된 일이군요!" 아내는 열심히 중얼거렸다.

이렇게 제1부가 끝을 맺는다.

4

세르반테스가 「돈키호테」 제1부인 이 재미있는 책을 세상에 내놓은 때는 1605년이었다. 아직도 그의 생활은 비참했다. 계속 가난에 쪼들려서 사회 밑바닥에서 전과 같이 세월을 보내야 했다. 딸과 누이동생과 함께 수상쩍다는 평판이 있는 집의 한 칸을 차지하고서 세르반테스는 딸에게 "세상에서 가장 오래된 직업"(매춘)을 갖게 하고는 거기서 나오는 수입으로 먹고 살았다는 말까지도 들린다. 그리고 나서 1605년 6월 27일, 그 날은 그에게 최악의 불운의 날이었다. 한 귀족계급의 난봉꾼이 세르반테스와 그의 친척들이 살고 있는 집에서 죽은 채로 발견되어 가족 모두가 살인혐의로 체포되었다. 그래도 운이 좋았던지 무죄 방면되었다.

다음 10년간 세상 사람들이 「돈키호테」를 읽으며 즐기는 동안 세르반테스는 작품 활동을 거의 하지 않았다. 평범한 시와 결코 무대에 오르지 못한 소수의 희곡작품 그리고 중간 정도 수준의 단편집이 세르반테스가 10년 동안 쏟아낸 문학 활동의 총결산이다. 그 외에 그의 대작의 2부도 탄생되었다.

5

「돈키호테」 2부는 여러 면에서 1부보다 훨씬 더 흥미롭다. 2부는 광란으로 미쳐 날뛰는 어리석음과 냉정한 지혜가 혼합되어 있다. 돈키호테는 광인처럼 말하다가도 어떤 때는 현인 같다. 그리고 세르반테스의 천재성으로 말미암아 이런 모순되는 말들이 살아 있는 한 인물의 언행일치로 탄생된다.

2부 주인공은 돈키호테라기보다는 산초 판자이다. 이 장난꾸러기 인물의 멀쩡한 정신이 주인의 광기보다 훨씬 더 불합리해진다. 그는 아직도 "음식을 애무하고 술잔에 입 맞추기를" 좋아하지만 1부에서처럼 태평스러운 바보는 아니다. 지금은 야망이 많은 바보가 되었다. 산초는 돈을 벌어서 딸에게 훌륭한 결혼식을 베풀어주기를 갈망한다. "건강하고 쾌활한 젊은 여자가 혼자 사는 것은 위험한 일이야. 딸은 불법으로 남자와 지내느니보다는 불행하게라도 결혼을 하는 편이 안전하거든."

그래서 산초는 돈키호테에게 봉사해주면 주겠다고 약속한 섬을 달라고 계속 요구한다. 자기가 유능한 지사 노릇을 할 수 있다고 확신한다. 왜냐하면 "나는 모든 것에 대해 조금은 안다"고 자신을 평가했기 때문이다. 그렇지만 사실 그는 모든 것에 대해 거의 아무 것도 몰랐다.

산초 판자는 이 책의 처음부터 끝 부분 사이에 학교에 다닌 것처럼 보인다. 1부에서 그는 건강한 만큼이나 무지한 사람으로 등장하지만 2부에서는 다수의 격언을 내뱉는다. 산초의 입에서는 일이 일어날 때마다 격언이 쏟아져 나와 수백 개에 이르는데 이치(理致)는 찾아보기 힘들지만 운율은 들어있다.

이렇게 종자(從者)와 주인은 혈기 왕성하면서도 쓸데없는 인생 항로를 헤쳐 나가고 있었다. 돈키호테는 마술사가 그와 그의 공적 사이를 가로막고 있다고 확신하고, 산초 판자는 그의 연인 둘시네아까지도 마술에 걸렸다고 주인을 확신시키는 데 성공한다. 종자는 주인에게 둘시네아가 아름다운 처녀에서 보기 흉한 시골 처녀로 둔갑했다고 전한다.

돈키호테는 자기 여인을 마술에서 풀려나게 해야겠다고 결심한다. 돈키호테는 그를 놀려 먹으려는 한 익살꾸러기로부터 둘시네아가 당한 곤경이 산초 판자 때문이라는 말을 듣는다. 둘시네아가 주문(呪文)에서 벗어

나려면, 산초 판자가 "용감무쌍한 엉덩이에 3,300대의 채찍질"을 맞아야
한다는 소리를 듣는다.

산초는 "내 엉덩이에 볼기를 맞는 것이 둘시네아 아가씨의 행복과 무
슨 관련이 있다고는 생각되지 않는 걸요"하고 불평을 터뜨리지만 매를
맞으면 후하게 보상해준다는 주인의 제안에 마음을 고쳐먹는다. "좋습니
다. 주인님이 말씀하시는 대로 해서 아가씨가 마술에서 풀려나게 해드리
죠"하고 동의하고는 돈키호테와 함께 숲으로 간다. 숲에 가서 산초는 옷
을 벗고 덤불 뒤에 몸을 숨기고서 손에 무거운 채찍을 쥐고 후려치기 시
작한다. 자기 몸이 아니라 덤불을 한 번 내리칠 때마다 산초는 심하게 신
음소리를 낸다. 돈키호테는 덤불 반대편에 서 있으므로 채찍질하는 것을
볼 수 없었는데, "자신의 숭고한 시종이 스스로 형벌을 가하는 고통"을
들으며 연민으로 몸부림친다.

산초 판자는 매질을 끝내고 나서 속사포처럼 격언을 한바탕 토해놓는
다. 그러고 나서 두 사람은 다음 모험을 찾아 떠난다.

이번 모험으로 그들은 한 공작의 성에 다다른다. 공작은 그들의 우스
꽝스러운 짓에 대해 이미 들은 터라 그들이 더욱 더 괴이한 행동을 하게
끔 부추긴다. 세르반테스는 이 사람을 이 작품에서 가장 어리석은 인간으
로 보았다. 왜냐하면 그는 "다른 바보들의 행동을 조롱하는 데서 즐거움
을 찾기" 때문이었다. 공작은 돈키호테를 꼬여서 "마술에 걸린" 고양이들
과 싸움을 벌이게 한다. 또 돈키호테를 유혹해서 공작부인의 시녀와 익살
맞은 정사를 벌이게도 만든다. 그래서 돈키호테는 모욕을 당하고 욕설을
들으며 온몸을 구타 당한다. 이런 식으로 공작은 돈키호테를 "즐겁게 해
주는" 한편, 산초 판자는 "바라타리아 섬의 지사"의 지위로 "올려간다."
이 "섬"은 사실 육지의 한 마을이다. 그러나 산초 판자는 너무나 얼간이
였으므로 그 차이를 알지도 못했다. 자기 딴엔 왕이나 된 듯이 불손하게

뻐기는 과장된 조롱으로 "섬김"을 받고 있었다. 산초는 값비싼 음식접시에 압도당하는데 음식에는 식욕을 돋우는 양념을 쳤고 가장 향기로운 포도주가 담긴 술병이 곁들여져 있었다. 산초의 뱃속에서는 일만 벌어지기를 고대하고 있는데, 궁정 의사는 식탁 위에 어느 것도 건드려서는 안 된다고 경고한다. "이 섬에는 스파이들이 있어서 지사의 술과 음식에다 독을 타고자 하는 자가 분명 있습니다."

가련한 산초! 고양된 지위의 기쁨을 누릴 수도 없으면서 지위에 따르는 책임을 떠맡아야 했다. 그는 백성들의 논쟁을 해결해야 할 심판관의 위치에 오른 것이다. 그리고 무지한 산초는 갑자기 정의를 위해 다니엘(셰익스피어의 「베니스의 상인」 4막 1장에 나오는 명 재판관: 역주)과 같은 재판관이 된다. 산초는 열흘 동안 "벅찬 가슴과 배가 고픈 상태"로 섬을 지배하고는 권좌에서 물러날 결심을 한다. 섬이 공격당하고 있다는 소식을 들었기 때문에 한층 더 미련 없이 결심한다. "죽은 왕보다야 살아있는 부하가 백 번 낫지."라고 결론 내린다. 산초는 그 동안 섬의 지사 노릇을 한 대가로 당나귀에게 줄 한 줌의 귀리와 자신이 먹을 치즈 반 조각과 빵 한 덩어리를 요구했을 뿐이다.

산초는 돈키호테에게로 돌아가 주인의 계속되는 모험에 기꺼이 시종 노릇을 계속하겠다고 제의한다. 그러나 사랑스러운 광인의 모험도 거의 끝에 달하고 있다. 친구들은 가능한 수단을 모두 다 써서 그를 광기로부터 벗어나게 하려고 애를 썼고 마침내 실현성 있는 착상을 하게 된다. 그들은 돈키호테를 꼬여서 무술 수행자로 가장하고 신원을 숨겨왔던 옛 친구인 사뮤엘 카라스코와 결투를 벌이게 만든다. 돈키호테는 결투에서 패한 기사는 반드시 승자의 명령에 복종해야 된다는 말을 듣는다. 카라스코는 돈키호테를 쉽게 물리치고는 그에게 집으로 돌아가서 다시는 무예수도자의 위험한 길에 들어서서는 안 된다고 명령한다.

그러나 이 엉뚱한 돈키호테는 아직 끝난 것이 아니었다. 모험 많은 기사직을 그만둔 돈키호테는 호색적인 양치기라는 똑같이 미친 짓을 하려고 계획한다. 그러나 돈키호테는 불치병에 걸려 이 최후의 광기에서 구조된다.

최후의 날이 다가오자 돈키호테는 제정신을 차리고는 "이제야 자유롭고 분명한 판단력을 가지게 되겠군. 끊임없이 계속해서 기사들의 책을 읽다보니 무지라는 안개 낀 구름이 나를 덮었는데 이제는 맑아지겠지… 살아서 어리석었으니 죽어서는 조금이라도 현명해지도록 노력해야겠다."

6

세르반테스는 「돈키호테」 2부를 약간은 게으르고 확고하지 못한 마음 상태로 시작했다. 아마도 한 사기꾼의 도전이 없었다면 세르반테스는 이 작품을 끝내지 않았을지도 모른다. 이 사기꾼은 아벨라네다라는 익명으로 「돈키호테」의 후편을 그럴듯하게 써냈다. 이 사기꾼의 뻔뻔스러움에 분개한 세르반테스는 2부의 완성을 서둘렀고 1615년에 발표하였다.

세르반테스가 이렇게 서두른 것은 정말 잘된 일이었다. 왜냐하면 다음해에 그는 갑자기 생의 종지부를 찍었기 때문이다. 사랑스러운 광인이자 철학자인 돈키호테와 세르반테스 둘 다 세상을 떠났다. 두 사람 모두가 "어리석음 속에 살고 지혜 속에 죽을 수 있는 행운을 입은" 것이다.

삶이란 위험으로부터의 끊임없는 도피이다.

다니엘 디포우

(1661~1731)

주요작품

「기획론」「순수한 영국인」
「단두대 찬미」「로빈슨 크루소」「몰 플랜더스」「명상」
「벙어리 철학가」「던컨 캠벨」
「한 왕당파의 회고록」

디포우
Daniel Defoe

1

　　다니엘 디포우와 같은 시대에 살던 한 사람이 "디포우는 악마에 의해 태어나서 변덕쟁이에 의해 양육되었다"고 말하였다. 그리고 정말로 「로빈슨 크루소」의 작가인 디포우는 자기 세대에서 가장 불안정한 사람 중 하나였고, 그의 불안정은 항상 천사들의 발자취를 따르는 것이 아니었다. 일생을 통해서 디포우는 두 주인—하나님과 황금—을 섬기려고 노력했다. 그리고 그런 양분된 충성심 때문에 그는 어느 한쪽도 충실하게 섬길 수 없었다. 목사직을 위해 교육을 받은 디포우는 사업에 투신했다. 사업가로서의 다양한 경력을 살펴보면 디포우는 식료품과 스타킹, 포도주와 굴, 벽돌과 타일, 가옥과 아이디어를 팔았다. 그는 정치에 손을 대기도 했고 감옥생활도 했으며 단두대에 서기도 했다. 디포우는 유력자의 가문에—대개 뒷문을 통해—출입했고, 반역자나 무법자들과 어울렸다. 디포우는 영국 국교(성공회) 반대자로 왕족에 대항도 했고 그들을 위해 첩자 노릇도 했으며 상당한 재산을 모았지만 채권자들을 피해 숨어 지내다가 죽음을 맞이했다. 디포우는 300여 편이 넘는 책을 썼지만 「로빈슨 크루소」,

「몰 플랜더스」, 「역병 유행기」 3권만이 오늘날 읽힌다. 간단히 말해서 디포우는 좋든 나쁘든 거의 모든 인간활동의 복합체였다. 그리고 평범한 조각을 아름다운 것으로 변형시키는 햇빛과도 같은 천재성을 지닌 바람과 바위와 강과 그림자와 꽃으로 이루어진 살아있는 풍경이었다.

이제 다니엘 디포우라고 알려진 이 현란한 잡동사니와도 같은 인물을 좀더 자세히 살펴보자.

2

젊었을 때 디포우는 양초 제조업자인 제임스 포우의 아들인 다니엘 포우(Foe)로 알려졌다. 그러다가 40세가 지나서 그는 이름을 디 포우(D. Foe)로 서명하다가 후에는 디포우(Defoe)로 결국에는 다니엘 디포우로 사용하였다. 그리고 자기의 지위를 이름에 걸맞게 하기 위해 디포우는 문장(紋章)을 샀고 자신이 귀족의 후예라는 것을 증명하는 가짜 족보를 만들었다.

그러나 아버지는 자신의 가문에 어떤 귀족의 피도 흐른다고 생각하지 않았고 자식들을 "중류 영국신사의 건전한 전통"에 따라 교육했다. 아버지는 영국 국교에서 이탈한 비국교도였으며 가족들에게는 불만의 정신을 심어주었다. 아주 어려서부터 다니엘은 불안정한 방랑자와 인생의 예민한 비판자가 되도록 훈련된 셈이다.

다니엘이 유아기를 벗어날 무렵에 런던에는 가공할 만할 두 개의 비극적인 큰 사건이 일어났다—하나는 1665년의 대역병(大疫病)이고 다른 하나는 1666년의 대화재(大火災) 사건이었다. 포우 가는 이 두 재앙에서 해를 입지 않고 빠져나왔지만 두려움에 휩싸여있었다. "삶이란 위험으로부터의 끊임없는 도피이다."

그러므로 위험에 대비하여 자신을 강화시키는 지속적인 노력이 뒤따라야 했다. 죽음의 위험과 빈곤의 위험이 그것이다. 역병과 화재는 수많은 가정에 기아를 가져왔다. 포우 가는 자신들이 결코 이런 비극에 노출되지 않도록 조심해야 했다. 아버지는 "아들아, 궁핍에 대항하여 싸워라. 평생 동안 궁핍하지 않도록 노력하라"고 항상 가르쳤다.

그리고 아버지 제임스 포우 자신은 궁핍과 대결하여 상당히 성공했다. 그는 양초 제조업을 포기하고 도살업을 시작하였고 빛을 가져다주는 것보다 고기를 대접하는 것이 훨씬 이윤이 많다는 것을 알아냈다. 그는 이제 자식들에게 좋은 교육을 시킬 것을 생각할 정도로 여유가 생겼다. 아버지는 다니엘을 사립학교에 보냈다. "네가 목사가 되었으면 좋겠다. 목사가 아니라면 상인이 되려무나. 그렇지만 어떤 경우든 나는 네가 성공적인 신사가 되기를 원한다"고 아버지는 아들에게 말했다.

다니엘은 아버지의 충고를 따라 사업에 손대기로 결심했다. 성공에 이르는 길이 비국교도 목사에게는 너무나 어려운 일이었을 것이다. 그래서 우리는 디포우가 20세 되던 해에, 아이디어는 많으나 현금은 하나도 없는 활기찬 젊은이가 방직업의 위탁상인으로 런던의 상점들을 방문하는 것을 보게 된다. 디포우는 부업으로 "술과 담배, 의류와 굴, 파이프 담배와 코담배"를 취급했다. 모든 것이 디포우의 금전적인 야심을 채우는 돈벌이감이었다.

디포우는 정력적인 여러 재능과 적극적인 사고방식을 가진 젊은이였다. 그러나 그는 거의 생각대로 살지는 않았다. 남들에게는 일찍 결혼하는 것을 반대하는 충고를 하면서도 자신은 24살에 결혼했다. 그러나 이것은 성급한 판단이 아니라 영리한 판단이었다. 왜냐하면 그의 아내는 3,700파운드(약 18,500달러)의 지참금을 가져왔기 때문이다.

또한 디포우는 친구들에게 정치를 멀리할 것을 충고하면서도 자신은 정치에 깊이 관여했다. 그는 제임스 2세의 왕권에 대항하는 만머스 경(영국왕 찰스 2세의 서자로 후에 처형당함: 역주)의 반역모의에 가담하였고, 이 어리석은 일로 자신의 유일한 목숨을 잃을 뻔했다.

한동안 디포우는 반역모의의 생각은 깨끗하게 버렸으나, 무모함과 당돌함은 버리지 못하였다. 그는 상선(商船)에 과다하게 투자하였고 런던과 시골에 각각 저택을 구입하였으며 눈에 띄는 모든 과감한 계획에 투기했다―그 결과 디포우는 "거래가 부족한 것보다 과다한 것이 더 위험하다"는 것을 알게 되었고 30대 초반에 이미 총액 17,000파운드(약 85,000달러)에 달하는 파산을 당했다.

그런 다음에 파란만장한 소송과 역소송의 시대를 맞이하여 위증과 공갈, 사기의 혐의를 받게 되었고 결국에는 자신의 펜으로 지금까지의 손실들을 보상하기 위해 처절한 노력이 시작된다. 디포우는 새 상품, 즉 생각과 사상을 판매하기 시작하였다. 그는 많은 시편들과 소책자들을 썼으며 식구수가 점점 늘어가는 남자에게는 그것들이 단지 보잘것없는 보장밖에 되지 못한다는 것을 알게 되었다. 그래서 디포우는 다시 사업에 손을 댔다. 그는 정부발행 복권을 팔고 국세청의 회계원이 되었으며 파산자에게는 기묘한(!) 직장인 영국 화폐제도 개혁에 전문 상담가가 되었다.

그러나 디포우는 공무원으로서의 출세가 쉴 새 없는 야망에 비해 너무 느리다는 것을 알았다. 그래서 그는 자신을 위하여 다시 한번 새 출발해야 한다는 생각에 초조했다. 붓도 술술 놀릴 뿐 아니라 언변도 좋아서 디포우는 친구들로부터 수백 파운드를 긁어모아 벽돌과 타일공장을 열었고, 그것은 예상을 넘어서는 대성공이었다. 그는 마차 한 대와 집 한 채를 새로 사들였고 몇 년 안에 대부분의 빚을 갚았다.

그리고 무엇보다 잘된 것은 디포우가 글을 쓸 시간을 가지게 된 것이다. 처음에는 하나의 고통스런 직업으로 억지로 자신을 문학으로 끌어들였지만, 이제는 문학을 즐거운 작업으로 대하게 되었다. 그는 도로건설에서 여성해방에 이르기까지 모든 주제에 대하여 수십 권의 소책자를 썼다. 그 중에는 영국의 부당한 법령에 대한 격렬한 공격도 있었다— "이 법망들은 모두 다 송사리들은 걸리고 큰 고기들은 빠져나가는 불합리한 것들이다"라고 갈파하였다. 또 풍자시로 「순수한 영국인」이 있는데 이 시에서 디포우는 외국인, 특히 화란 이민자들에 대한 영국 본토박이 사람들의 잔인성을 혹평하고 있다.

이 풍자시로 인해서 디포우는 상당한 명성뿐만 아니라 왕의 총애도 얻게 되었다. 왜냐하면 윌리엄 3세 자신이 영국의 제임스 2세의 딸과 결혼한 화란사람이었기 때문이다. 디포우의 말을 빌린다면 "이 가장 위대하고 훌륭한 제왕"은 디포우에게 "과분한 대접"으로 보상하였다. 양초 제조업자의 아들이 41세라는 약관의 나이로 왕의 고문이 되었다.

디포우가 이런 성취를 자랑스럽게 여긴 것은 당연한 일이었다. 그러나 그는 자기 앞에 놓여있는 함정들을 알아차리지 못했다.

3

디포우의 곤경들은 어느 정도 그 자신의 성격에 들어있는 묘한 모순에서 기인한 것이었다. 비국교도 장사꾼의 아들인 디포우는 물질적인 야심과 도덕적인 고결함이라는 역설의 화신이었다. 그의 야심은 어떤 때는 그의 고결함을 무시하기도 하지만 다른 때는 그 고결함이 야망을 압도하기도 했다. 사업관계에서는 자신의 이중성을 항상 극복하는 것은 아니면서도, 자신의 청교도 신앙에 관한 한 절대로 이중성에 굴복하지 않았다. 이 완고한 청교도 신앙으로 디포우는 번영하던 때에도 법정소송이라는 재앙으로 계속 빠져들었다. 정치활동에서는 간혹 지조를 버리기도 하였지만 디포우는 종교 활동에서는 결코 양심을 팔지 않았다. 그와 반대로 디포우는 적대적인 의회 앞에서 비국교도의 인기 없는 대의명분을 강력하게 주장함으로써 항상 곤경에 빠져들었다. 디포우가 비국교도들을 옹호하기 위해 쓴 소책자 중 한 권이 보수적인 의회를 너무 자극하여 그에 대한 체포영장이 발부되었다. 디포우는 피신하였고 그의 소재에 대해 50파운드의 보상금이 걸렸다. "그는 약 40세 가량의 보통 몸집이고, 얼굴색은 갈색이며 머리카락은 짙은 갈색이나 가발을 쓰고 있음. 매부리코에 야윈 턱, 회색 눈동자와 입 근처에 커다란 검은 점이 있음…" 이것이 디포우를 수배하는 고시문의 일부였다.

디포우는 1703년 7월 9일에 발각되어 다음과 같은 판결을 받았다. "단두대에 세 번 서고, 벌금으로 300마르크를 지불해야 하며, 앤 여왕이 원하는 만큼 감옥에 있어야 한다."—디포우의 후원자였던 왕은 그때 이미 말에서 떨어져 세상을 떠난 뒤였다.

대중 앞에서 단두대 위에 올라서는 것은 디포우에게 굴욕감을 주기 위해서였는데 오히려 그에게는 하나의 승리였다. 왜냐하면 의례히 그렇듯이 사람들은 썩은 달걀과 썩어 구린내 나는 생선 세례를 퍼붓는 대신 디포우를 박수갈채로 환호하였기 때문이다. 여기에 자신의 의견을 과감하게 주장한 사람이 있다! 단두대에서 감옥에 이르는 디포우의 행진은 정복한 영웅의 행진과도 같았다.

그러나 감옥 문이 닫힌 다음 디포우를 경모하던 사람들은 곧바로 디포우의 존재를 잊었다. 여러 달 동안 비국교도를 증오하는 국교도 교회의 성도였던 "앤 여왕이 원하는 만큼" 디포우는 감옥에 갇혀있었다. 그동안 벽돌공장은 도산하였고 가족들은 끼니를 잇지 못할 지경에 이르렀다. 만일 새 수상인 로버트 할리(1661~1724. 영국의 정치가. 역주)의 교활한 기지가 없었더라면 디포우는 죽을 때까지 감옥에 있어야했을지도 모른다. 각료 정치가인 할리는 디포우의 '종교적인' 원리에는 냉담했지만 디포우의 '정치적인' 원리를 이용할 정도로 간교한 사람이었다. 아니 좀더 정확히 말한다면 할리 수상은 디포우의 정치적인 원리가 확고하지 못한 점을 이용했다. 할리는 능숙한 소책자 작가인 디포우의 필력이 아주 특별난 정치적인 공중제비를 넘을 수 있다는 것을 알았다. 어떤 때는 의회파를 칭찬하고 다른 때는 왕당파를 칭찬하기도 하리라. 왕당파였던 할리는 좀더 온건한 의회파의 호의를 얻어내려고 몸이 달아 있었다. 그래서 그는 디포우와 약정을 맺었다. 디포우의 문학적인 도움을 받는 보답으로 그는 디포우에게 석방을 제안했다.

디포우는 그 제안을 받아들여 정부측 대변인이 되었다. 후원자의 재정적인 도움으로 그는 주간지인 「리뷰」지를 시작하였다. 디포우는 이 잡지가 "편견이나 당파와는 무관한" 주간지라고 강조했지만 독자들이 더 잘 알았다. 「리뷰」지의 글은 디포우의 것이지만 목소리는 할리의 것이었다.

사실상 디포우는 할리의 목소리를 흉내 내는 것이 그다지 어렵지 않다는 것을 알았다. 왜냐하면 할리는 자유주의적인 왕당파인 반면 디포우는 자유주의적인 의회파였기 때문이다. 자유주의란 어떤 이름 아래서나 어떤 진영 아래서나 똑같은 얼굴색을 가진다. 디포우가 두 개의 대립적인 진영의 좀더 온건한 사람들을 상호이해라는 공통의 광장으로 모이게 하려는 자신의 노력이 조국을 위한 봉사라고 느꼈던 것이 아마도 아주 이치에 닿지 않는 것만은 아니었다.

이런 일들은 사람을 혹사시켰지만 보수는 보잘것없었다. 디포우는 「리뷰」지의 매 호마다 글자 하나까지도 자신이 썼다. 왜냐하면 할리는 그렇게 미묘한 작업에 대해 다른 어떤 사람도 신뢰하려들지 않았기 때문이다. 그러나 교묘한 솜씨로 디포우는 양쪽 진영의 과격한 극단주의자들과 끊임없이 계속해서 대항하였다. 편집자로서의 생활은 독설과 비난과 위협과 가난에 대처하는 투쟁의 연속이었다. 할리는 구체적인 현금이 아니라 추상적인 약속으로 대가를 지불하는 사람이었다. 디포우는 "아, 난 지금 7명의 아이들이 딸린 대가족을 먹여 살려야한다"고 탄식하며 오랜 기간 밀려있는 보수를 모욕감을 느끼면서 반복적으로 구걸할 수밖에 없었다. 할리의 일이란 노예인 디포우에게 장래에 대한 끊임없는 불안감을 줌으로써 언제나 자신에게 충성하게끔 만드는 것이었다.

할리는 이런 목적을 가지고 계속해서 디포우를 정부의 비밀 모의에 점점 더 밀어 넣었다. 간단히 말해서 그는 디포우를 스파이—그는 그것을 완곡하게 비서라고 불렀다—로 만들었다. 정부 스파이로서 디포우가 하는 일은 알렉산더 골드스미스라는 가명으로 전국을 돌면서 사람들과 이야기하고 그들의 일을 자세히 살피고 그들이 여왕과 수상에 대해 어떻게 생각하는가를 알아내는 것이었다.

디포우가 "비밀스런 정보" 여행을 시작한 것은 1704년 여름이었다. 그는 이 여행이 자신의 기호에 꼭 들어맞는다는 것을 알게 되었다고 고백했다. 타고난 보고자였던 디포우는 사람들과 교제하면서 그들의 습관을 관찰하고 성격을 연구하고 생각을 분석하기를 좋아했다. 디포우는 꼬치꼬치 캐묻는 스파이라기보다 친절한 충고자였다. 정부 측 입장에서 보면 상당히 잘된 일이었다. 왜냐하면 디포우는 왕권 비판자들을 유죄 판정하려고 노력하는 대신에 그들을 설득시키려고 노력했기 때문이다.

잉글랜드와 스코틀랜드가 확고하게 연합하게 된 것은 특히 디포우의 귀중한 업적이었다. 스코틀랜드에 처음 도착했을 때 디포우는 돌멩이 소나기로 환영받았다. 그날 밤 그가 기거하는 집은 영국을 혐오하는 격분한 군중들의 공격을 받았다. 그들은 "스파이를 타도하라! 영국과의 연합은 없다!"고 아우성쳤다. 디포우는 겨우 뒷문으로 빠져나올 수 있었다. 그러나 디포우는 조금씩 스코틀랜드 지도자들의 동감을 얻어냈다. 마침내 디포우는 할리에게 편지를 쓸 수 있었다. "저는 이제 이 모든 혼란의 결실을 보게 되어 만족할 수 있을 것 같습니다… 연합 말입니다… 이 글을 쓰고 있는 동안에도 (연합을 축하하기 위해) 성에서는 축포가 터지고 있습니다. 제 생각으로는 결론도 보았으니 이제 저는 이 일에서 손을 떼게 해주십사고 부탁드릴 수 있을 것 같습니다…"

그러나 할리는 디포우를 그 일에서 떠나도록 내버려두지 않았다. 디포우는 그토록 빨리 놓아주기에는 너무나 소중한 노예였다. "디포우를 계속 일하게 하고 헛된 희망을 먹여주자." 할리는 디포우에게 100파운드 수표를 보냈다. 그런데 그 액수는 가족을 양육하는 데는 충분했지만 어떤 실속 있는 사업을 일으키기에는 충분치 못했다.

디포우는 상전을 섬기면서 좀더 희망에 찬 미래를 설계했다. 자신뿐 아니라 인류를 위한 좀더 행복한 삶을. 그는 할리를 위해 정보원 노릇을 계속하면서 스코틀랜드에서 이 일 이외에 영국산 식탁보 판매도 했고, 사회의 재구성을 위한 몇 권의 소책자도 썼다. 디포우는 1709년에 국제연합의 결성과 국제사법재판소의 설립을 주장했다. 그때는 바로 공격적인 프랑스의 루이 14세가 영국군에게 굴욕적인 패배를 당했을 때였다. 디포우는 다음과 같이 적고 있다. "지금이야말로 영국과 연합군이 힘을 합해 유럽에서 더 이상의 전쟁이 일어나지 않도록 영원히 예방할 때이다. 그들의 힘으로 유럽에서 왕국과 왕국 사이 또는 군주와 신하 사이에 일어날 수 있는 모든 이견과 분쟁을 중재할 수 있다. 이 연합의회가 상처받고 탄압받는 모든 사람들을 위한 재판소가 될 수 있을 것이다… 여기에서 작은 국가들은 이웃 강대국들의 폭력으로부터 보호받을 것이고 다수가 소수를 또는 강자가 약자를 더 이상 짓밟을 수 없을 것이다… 이런 (비침략국들의) 연합은 그들이 원한다면… 이 세상이 끝날 때까지 전쟁억제력을 유지할 수 있을 것이다."

그러나 18세기의 고립주의자들은 마치 20세기의 고립주의자들이 우드로 윌슨(미국 제28대 대통령[1913~21]: 역주)에게 그랬던 것처럼 다니엘 디포우에게 별로 주의를 기울이지 않았다.

<h1 style="text-align:center">4</h1>

우리는 상당 기간 동안 디포우의 행적을 모른다. 정치적 운명의 수레바퀴는 할리에게 불리하게 돌고 있었다. 그는 권력의 정상에서 감옥의 나락으로 떨어졌다. 할리는 디포우를 포함한 수많은 지지자들을 감옥으로 끌고 들어갔다. 감옥에서의 이 마지막 형기로 디포우는 정치에 대한 흥미를 싹 씻어버렸다. 디포우는 아래와 같이 적고 있다. "목회자들이 모든 것은 영혼의 허영심이며 번뇌였다고 말했듯이, 나는 이 정치가들에 대해서 다음과 같이 말하고 싶다. 어느 시대 어느 정부 아래서도 모든 당파의 모든 것이 단지 하나의 허식이며 지긋지긋한 위선이다. 그들은 권좌밖에 있을 때는 안으로 들어오려고 투쟁한다. 안에 있을 때는 밖으로 밀려나는 것을 막기 위하여 싸운다… 모든 당파와 우리가 아는 거의 모든 사람은… 어느 정도—이해관계가 원칙을 지배한다—는 일반적인 비난에서 벗어날 수 없다."

디포우 자신의 정계투신은 이해관계도 원칙도 발전시키지 못했다. 몸은 병들고 마음에는 상처를 입은 디포우는 마침내 정치의 노리갯감으로부터 자신을 해방시키고는 안개 속으로 잠적했다.

그러고 나서 60세가 될 무렵에 디포우는 다시 한번 나타났다. 런던의 명사들은 거만한 태도로 동정하며 "아, 이 무슨 추태인가!"라며 고개를 끄덕였다. 왕족의 조언자가 부엌 아낙네들을 위한 이야기꾼이 되었던 것이다. 정치학 논문의 저자가 전락하여 난파된 선원의 모험이나 보고하게 되었다. 디포우의 동시대 사람들은 「로빈슨 크루소」를 쓰기 위해 몸을 구

부렸던 다니엘 디포우가 영원불멸의 명성으로 솟아올랐다는 것을 전혀
인식하지 못했다.

5

디포우는 결국 자신을 발견했다. 그는 사업가도, 소책자 작가도, 정치
가도 아니었고 다만 소설가였다. 그의 전 인생은 이 목적을 위한 하나의
암중모색이었다. 모순되는 모든 인물들—제조업자, 행상인, 비국교도, 화
해자, 보수주의자, 모반자, 단체원, 스파이—의 역할을 해본 것은 인간상
황의 다양한 활동을 내부에서 이해하려는 하나의 무의식적인 노력에 불
과했다. 디포우는 "네 형제의 죄를 설명하려면 네 자신이 네 형제의 몸
안에 들어가 봐야한다"고 말했다.

온갖 종류의 인간역할을 경험한 디포우는 이제 인간의 해석자가 되었
다. 그의 생의 마지막 10년은 놀라운 창작 활동기였다. 몸은 점점 쇠약해
지고 있었지만 정신은 점점 명민해졌다. 민첩한 그의 상상력으로 인해 소
설이 연이어 발표되었다. 「해적 왕」, 「던컨 캠벨의 모험」, 「한 왕당파의
회고록」, 「싱글톤 선장」, 「잭 대령」, 「몰 플랜더스」, 「록사나」, 「역병 유행
기」, 「악마 이야기」. "그토록 나이가 많은 사람이 어떻게 이토록 많은 책
을 써낼 수 있었을까?"

디포우는 아직도 사업에 투기할 시간을 찾는 것일까? 왜냐하면 디포우
는 정치에서는 손을 떼었지만 무모한 성격은 결코 버리지 못했다. 그는
죽는 날까지 무지개 끝에 걸려있는 황금단지를 계속해서 따라다녔다. 소
설로 벌어들인 돈을 모두 다 무모한 투자에서 잃었다. 이 무분별한 투자
에 그는 몇몇 가장 가까운 친구들과 자신의 딸 하나를 포함하여 몇몇 친
척들을 끌어들여 곤란을 겪게 만들었다.

결국 디포우는 사업실패로 인한 손실을 벌충하기 위해 「사업성공의 철저한 가이드」란 책자를 썼다. 이 가이드는 디포우의 말에 따르면 "우리…사업가들 특히 젊은 초보자의 교시를 위해 계획된" 것이었다.

디포우는 남의 충고를 따르는데 익숙하기보다는 남에게 충고를 하는데 일급 전문가였다. 대부분은 근거 없는 것이지만 디포우가 65세에 "사기꾼"으로 낙인찍혀 소송사건에 휘말린 것을 볼 수 있다. 4년 후로부터 디포우의 행방은 오리무중이다. 그는 채권자들로부터 피신해 있었다. 당시 그의 소재에 대한 유일한 단서는, 1730년 8월 12일 사위인 헨리 베이커에게 보낸 한 통의 편지이다. 편지에는 "너의 불행한 D. F."라고 서명되어 있고 "켄트 주 그리니치에서 약 2마일 떨어진 곳에서"라고 적혀있었다. 편지는 "지탱할 수 없는 슬픔에" 짓눌리고 가족으로부터 버림받은 한 노인의 딱한 사정을 말해준다. 디포우는 아마도 또 다른 터무니없는 투기를 하기 위한 돈을 거절한 "자신의 아들의 비인간적인 대우" 때문에 크게 슬퍼하고 있었고 "중병에 걸려" 고통 받고 있었다. 또한 딸과 사위로부터 마지막 포옹의 위로를 받을 수 없어서 디포우의 마음은 미칠 것 같았다. 왜냐하면 디포우로서는 그들을 "잠깐 와서 보고 급히 되돌아가야 한다는 것이 너무나도 커다란 고통이었기 때문이다." 딸 부부가 디포우를 만나러 오는 것은 불가능했다. 그가 숨은 곳이 그에게 또 다른 사람 누구에게도 가장 소중한 사람들에게까지도 밝혀져서는 안 되기 때문이다.

그런 다음 편지는 체념의 애조를 띠고 다음과 같이 끝맺고 있다. "나는 여행의 끝에 다다른 것 같다. 피곤한 자들이 쉬고 있고 사악한 자들이 고통을 주지 않는 곳을 향해 나는 서둘러가고 있다. 그 가는 길이 아무리 험하다 해도 폭풍이 몰아친다 해도 주님은 기꺼이 어떤 길을 통해서든지 나를 여행의 끝으로 데려가실 것이므로 어떤 경우에도 주님을 찬미하는 침착한 기분으로 내 삶을 마치고 싶다."

이렇게 디포우는 영혼을 하나님의 손에 의탁하고서 난파선 선원으로
홀로 어둠 속의 미지의 섬을 향해 친구 하나 없이 떠나갔다.

부유한 자들은 왕국을 구걸하고, 가난한 자들은 빵 부스러기를 구걸한다.

조나단 스위프트
(1667~1745)

주요작품

「책들의 싸움」「통 이야기」
「걸리버 여행기」「하인들에게 주는 훈계」「상류 담화술」
기타 수많은 풍자시들

스위프트
Jonathan Swift

1

조나단 스위프트의 이야기는 소인국 릴리푸트 사람들에게 결박을 당한 한 거인의 비극이다. 그러나 그것은 또한 자신의 속박을 비웃을 줄 아는 냉소가의 희극이기도 하다. 스위프트는 너무나 연약한 몸에 너무나 강건한 지성을 가졌다. 이 둘의 조화는 인간을 재미없는 설교가 아니면 훌륭한 익살꾼으로 변화시킬 수 있는데, 스위프트는 두 가지 모두였다.

스위프트의 뛰어난 지력은 3살 때부터 명백했다. 그토록 어린 나이에 그는 이미 혼자서 성경을 읽을 수 있었다. 그리고 몸이 유약하다는 것도 거의 같은 시기에 분명해졌다. 아주 어려서부터 스위프트는 주기적으로 발생하는 메스꺼운 현기증으로 고생했다.

스위프트의 전 생애는 정말로 모순의 혼합체였다. 그리고 이런 모순은 태어날 때부터 시작되었다. 영국인 부모를 둔 스위프트는 아일랜드에서 태어나 생의 대부분을 그곳에서 살았다. 성격 면에서 그는 조상과 환경의 이중적인 영향을 드러냈다—그는 영국적인 머리와 아일랜드적인 마음을 가지고 성장했다.

태어나 6개월이 되었을 때 스위프트는 아버지를 여의었고, 12개월 때에 유모에게 유괴되었다. 유모는 영국에 사는 삼촌이 자신에게 유산을 남겨놓고 죽었다는 소식을 듣고는 여주인에게 아무런 통보도 하지 않고 영국으로 향하는 배에 올랐고—유모는 여주인의 아이를 뱃전에 데리고 있었다. 스위프트는 3년이 지난 뒤에야 어머니의 품으로 되돌아왔다. 어린 아이는 성경 읽기를 아주 좋아했지만 짓궂고 못된 장난을 치는 것도 무척 즐겼다.

6살에 킬케니 문법학교에 입학했고 14살에는 더블린의 트리니티 대학에 입학하였다. 여기서 스위프트는 "독서에는 열정을, 규율에는 혐오감"을 나타냈다. 그럭저럭 간신히 대학은 졸업했지만 스위프트는 "부학장에게 필요 없이 불손"하다는 이유로 석사과정에서는 정학을 당했다. 그는 굴욕감을 느끼며 집으로 돌아왔다.

그러나 스위프트는 "필요 없는 불손함"에도 불구하고 윌리엄 템플 경의 비서직을 얻어냈다. 템플 경은 평범한 작가였고 영국왕의 측근 보좌관이었으며 악의에 차고 십중팔구 근거 없는 낭설이 그렇듯이 조나단 자신의 "생부"로 알려지기도 했다. 스위프트의 직위는 수입이 연봉 20파운드였고 하인들과 함께 보조좌석에 앉았다.

그런대로 보수는 괜찮았지만 자존심은 상해있던 이 총명한 젊은 비서는 평범한 주인의 생각들을 기록하는 일에 몰두했다. 여가 시간에는—그리 많지도 않았지만—스위프트는 주로 운문으로 자신의 생각들을 기록해두었다.

그러나 바쁜 도제생활 중에도 젊은 조나단은 헤스터(또는 스텔라) 존슨이라는 어린 소녀를 가르치는 즐거움을 찾았다. 8살 난 이 매력적인 아이는 윌리엄 경 가문의 일원이었다. 스텔라의 출생뿐 아니라 이 가문에서의 위치도 신비의 수의에 쌓여있었다. 법적으로는 윌리엄 경의 가정부와 토지 관리인인 에드워드 존슨 사이의 딸로 세례를 받았지만 윌리엄 경의 총애를 받아 그 가문의 일원으로 대우받고 있었다. 소문에 의하면—이것은 상당한 근거가 있었다—스텔라 역시 윌리엄 경의 "사생아"였다고 한다. 어쨌든 윌리엄 경은 죽을 때 그녀에게 유산도 약속했을 뿐만 아니라 조나단 스위프트가 후견인이 되어 숙녀가 될 때까지 교육시키도록 조처를 취했다.

젊은 스위프트는 스텔라를 지도하는 일이 즐거웠다. 그리고 스텔라 편에서도 신랄한 화술과 부드러운 미소를 지닌 이 키 크고 멋있는 엄격한 선생님을 열렬히 존경했다.

학생과 선생간의 이런 유쾌한 관계는 9년간 지속되었다. 그러고 나서 조나단 스위프트는 직업을 바꾸었다. 더블린 성의 전속목사로 서품되었다. 이 젊은 사제는 영적인 명예는 만족해했지만 물질적인 면은 그렇지 못했다. 일단 성직에 발을 들여놓기로 결심한 스위프트는 아일랜드의 변방에 보잘것없는 존재로 남기보다는 영국국교회에서 정상의 위치로 올라가기를 열망했다.

그러나 그의 상급자들은 스위프트가 그토록 열렬하게 원하는 영국 국교회의 중요한 직책을 그에게 주는 것을 격렬하게 반대하였다. 왜냐하면 이 "미친 사제"—그들은 스위프트를 그렇게 불렀다—는 정통적인 신앙의 지도자로서는 지나칠 정도로 예측할 수 없는 정신과 지나치게 과격한 필력이 있기 때문이었다. 스위프트가 언제 동료 성직자들의 신앙에 포탄을 던져 큰 소동을 벌일지 모를 일이었다. 아직은 감히 출간하지 않았지만 스위프트가 유럽의 종교적인 관례의 어떤 측면에 대하여 이미 치명적인 풍자작품을 써놓았다는 사실이 널리 알려져 있었다. 스위프트는 이 풍자작품을 「통 이야기」(A Tale of a Tub)라고 불렀다. 이 제목은 그가 서문에서 설명한 바에 따르면 바다 사람들의 관습에서 따온 것이다. 바다 사람들은 바다에서 고래를 만나면 빈 통을 던져 고래의 관심을 다른 데로 돌려서 배를 공격하는 것을 막는다는 것이다. 이와 똑같이 스위프트는 이야기를 던져줌으로써 무신론자들이 교회를 공격하는 것을 막고자 했다는 것이다.

그리고 스위프트는 계속해서 기독교가 그리스도의 종교로부터 얼마나 벗어났는지를 보여준다. 스위프트는 값어치가 똑같은 3벌의 외투를 세 아들—피터(가톨릭교), 마틴(영국 국교)와 잭(칼빈교)—에게 남겨준 아버지에 관한 우화로 자신의 주장을 전개시킨다. 아버지는 "이 외투들은 너희들이 살아있는 동안 너희들을 힘차고 건강하게 유지시켜줄 것이다… 자, 그것들을 입고 솔질을 자주 해라… 더 열심히"하고 말하고는 다음과 같이 충고하였다. "유언으로 나는 너희 형제들이 사이좋게 한 집에서 살기를 명한다. 왜냐하면 그렇게 하면 너희들은 확실히 번영할 것이고 그렇지 않으면 번영치 못할 것이기 때문이다."

세 형제가 각기 외투를 들고 갔고 그리고는 곧바로 아버지의 유언을 잊어버렸다고 스위프트는 계속해서 이야기한다. 그러나 형제들은 시대의 변모하는 유행에 따라 여러 차례 코트를 고쳤다.

피터는 자기 외투에다 어깨받침과 황금 레이스와 여러 가지 물건들로 장식하여 그것이 더 이상 아버지가 처음 주실 때의 외투라고 알아볼 수 없게 되자, 자신만이 하나뿐인 진짜 외투의 소유자라고 생각했다. 더욱이 피터는 자신만이 아버지 집의 소유자라고 선언하고는 곧바로 다른 두 형제들을 추위 속으로 쫓아냈다.

그 결과 쫓겨난 두 형제는 아버지의 유언(성경)을 다시 살펴보면서 자기들이 가지고 있는 외투를 원래의 단순한 형태로 다시 복구시키려고 노력했다고 스위프트는 쓰고 있다.

스위프트는 이런 시도에서 마틴이 상당한 성공을 거두었다고 결론짓는다. 마틴은 많은 노력을 기울여서 결점을 강조하거나 숨기는 데 필요한 장식만을 남겨두고 외투에서 불필요한 모든 장식을 떼어냈다. 그러나 잭의 경우 외투를 단순하게 만들기를 어찌나 열망했던지 외투를 엉망으로 잘라내어 누더기로 만들었다. 그러자 사람들은 그것을 보러 오던지 아니면 비웃으러 왔다―나머지 이야기는 현대적인 기호에는 어울리지 않게 너무나 조잡하다.

「통 이야기」가―익명으로―출판된 것은 작품이 완성된 지 수년 후였다. 이 풍자작품은 스위프트가 영국 국교회에 대한 자신의 선호를 비유로 나타내기 위한 것이었지만, 영국 국교회 주교들이나 대주교들의 찬동을 얻어내지 못했다. 그들은 다른 교회의 결점에 대한 스위프트의 풍자를 조롱하였고 국교회의 결점을 넌지시 암시한 것에 대해서 노발대발했다. 그들은 이 젊은 사제가 자신의 이익을 챙기는 일에 지나치게 영리하다고 생각했다. 스위프트는 잘 구슬려야할 사람이었고 감시도 해야 할 사람이었다.

2

스위프트는 노인이 되어 「통 이야기」의 몇 페이지를 보고는 "이런 세상에, 이 책을 썼을 때 난 얼마나 천부적인 재능이 있었던가!"라고 중얼거렸다. 이 점이 그의 불운이었다. 그의 천재성은 동시대 사람들이 이해하기에는 너무나 위대했다. 소인배들은 스위프트와 같은 대인을 두려워하였다. 그들은 용의주도하게 스위프트를 여기저기 시원치 않은 지위에 묶어두었다. 그는 더블린 성에서 라라코르 지방의 시골교구로 옮겨갔고, 라라코르의 교회에서 또 다시 더블린에 있는 성 패트릭 대성당으로 옮겼다. 그렇지만 영국에서나 아니면 심지어 아일랜드에서조차 스위프트에게 주교 자리를 내주지 않았다. 대성당의 수석사제 자리가 그들이 감히 스위프트에게 제공한 최고직위였다. 그는 신학박사 학위를 받았고 영국에서 가장 영향력 있는 사람들과의 친분을 두텁게 했으며 수상과 식사도 함께 하고 재무부 장관과 카드놀이도 했지만 모두가 소용없었다. 스위프트는 국교 내의 요직을 신청할 때마다 완강히 거절당했다. 그의 필력은 지옥에서 타고 있는 불과 유황에 너무 깊이 젖어있었다. 한번은 스위프트가 여왕에게 직접 탄원서를 보내기도 했지만 결과는 똑같이 부정적이었다. 수석사제 스위프트는 그가 살던 시대에 지위는 낮으면서도 가장 유명했던 사람이었다.

그러나 스위프트는 이 모든 일을 겪으면서도 외견상으로는 명랑하였다. 너무나 빈번히 찾아오는 현기증에 대한 불평을 제외하고 그의 생활은 경구와 웃음으로 가득 차있었다. 그는 사람들을 전체로는 증오하였지만 개개인으로는 사랑하였다. 키 크고, 정력적이며, 거무스름한 피부에다 모든 사람의 관심을 차지하기 좋아하는 스위프트가 날카로운 푸른 눈, 검고 숱 많은 눈썹과 왕왕대는 목소리로 만들어낼 수 있었던 이야기들! 특히 남자들과 함께 있을 때 사용할 수 있었던 언어! 그리고 그의 체질적 결함에 대한 소문이 무성함에도 불구하고 숙녀들에게 얼마나 상냥했던가!

스위프트는 외견상으로는 명랑하지만 내면에서는 분노가 끓어오르는 사람이었다. 자기 시대의 지도자들보다 우월하다고 의식하고 있었지만 스위프트는 그들과 함께 있을 때에는 할 수 없이 비위를 맞추어야 했다. 아일랜드 사람들을 위하여 (그리고 자신의 승진을 위하여) 임무를 띠고 런던에 온 스위프트는 당시 두 명의 영국 최고정치인(볼링브로크와 할리)을 만나 그들의 총애를 얻으려고 최선을 다했지만—"런던에 오면 네 발로 기어야한다"—그들이 총애하는 광대로 남았다.

그러나 보수도 받지 못하는 광대였다. 디포우와 마찬가지로 스위프트는 할리를 위해 정치적인 소책자를 썼다. 그러나 디포우와는 달리 스위프트는 자기가 한 일에 대해 보상받는 것을 거부하였다. 한번은 할리가 스위프트와 악수를 하면서 손바닥에다 50파운드짜리 수표를 힘들게 쥐어주려고 했다. 크게 화가 난 스위프트는 할리의 얼굴에 수표를 내던지고 방에서 당당하게 걸어 나간 다음 두 번 다시 할리를 보지 않았다. 결국은 할리가 개인적으로 사과하기 위해 스위프트의 집으로 찾아왔다.

스위프트가 일의 대가로 원했던 것은 보수가 아니라 고위성직이었다. 그러나 스위프트는 이것을 할리나 다른 어떤 사람에게서도 결코 얻어낼 수 없었다.

그러나 스위프트의 영국체류는 정치적으로는 실패였지만 지적인 승리였다. 말솜씨가 날카로운 런던의 재사(才士)들이 날마다 말의 대결을 하기 위해 모여드는 커피하우스에서 그는 두드러진 인물이 되었다. 이 "미친 사제"는 항상 가장 절묘한 것은 아니었지만 그래도 대결자들 중에서 단연 가장 교묘하고 능란하였다. 그의 신랄한 풍자는 깊고 날카롭고 결정적이었다. 진정으로 상처주기를 원할 때 스위프트의 말에는 동정의 진정제가 한 방울도 없었다. 그의 전기 작가였던 버트램 뉴만은 "일찍이 스위프트보다 더 많은 기지와 더 적은 유머를 가진 사람은 본 적이 없다"고 적고 있다.

스위프트의 기지는 복잡 미묘하여 삶의 더러움을 덮고 있는 위선을 거칠고 무자비하게 잡아 찢어 떼어내었고, 환상적인 것의 과장된 호화로움을 현실적인 것의 불합리로 축소 환원시키는 냉소적인 배리법이었다. 그의 냉소적인 기지는 적대적이고 불친절한 행위에서뿐만 아니라 우호적이고 친절한 행위에서도 나타났다. 그는 항상 철저하게 논리적이어서 너무나 예상 밖의 놀라운 일을 하였다. 시인 알렉산더 포우프(1688~1744. 영국 신고전주의 시대의 최고 시인: 역주)는 다음과 같은 일화를 적고 있다. "어느 날 저녁, 존 게이(『거지 오페라』의 저자이자 배우: 역주)와 나는 조나단 스위프트를 보러 갔다―여러분은 우리 셋이 얼마나 친했는지 잘 알 것이다. 우리가 들어가자, 그는 '어이 신사분들, 무슨 일로 여기를 오셨는가, 당신네들이 그토록 좋아하는 고관대작들을 모두 다 내버려두고 어째서 이 가난한 수석사제를 보러 여기까지 왕림하셨소?'

"그 사람들보다 당신이 더 보고 싶어서 왔소이다."

"아, 당신들을 잘 알지 못하는 사람들이라면 그 말을 믿겠지요. 그렇지만 이왕 왔으니까 당신들에게 저녁이라도 대접해야 되지 않겠소, 안 그렇소?"

"아니올시다. 우리는 저녁을 벌써 먹었습니다."

"벌써 저녁을 들다니! 그건 말도 되지 않소. 아직 8시도 되지 않았는걸."

"정말로 저녁을 먹고 왔습니다."

"그것 참 이상한 일이로군요. 그렇지만 만일 당신네들이 저녁을 먹지 않았다면 당신들에게 뭔가 대접해야 했겠지요. 가만 있자. 무엇을 대접했을까? 왕새우 2인분? 아, 그거 참 좋았겠구먼―2실링이라, 그리고 과일파이 1실링이 들었겠군요. 당신들은 내 주머니가 축나지 않게 하려고 보통보다 훨씬 일찍 저녁을 들었긴 해도 말입니다. 그래도 나하고 포도주 한 잔은 마실 거죠?"

"아니요, 술을 마시기보다는 선생님과 함께 대화를 나누고 싶습니다."

"그렇지만 어느 모로 보아도 응당 식사를 했어야죠. 그러니까 선생님들이 나와 함께 저녁식사를 했다면 포도주도 함께 마셨을 것 아니겠소? 포도주 한 병에 2실링. 2더하기 2는 4, 그리고 1을 합하면 5요. 두 분에게 각기 정확하게 2실링 6펜스요. 포우프 씨, 여기 당신을 위한 반 크라운짜리 은화가 있소. 그리고 게이 씨, 당신도 반 크라운을 받으십시오. 나는 당신네들로 인해 한 푼도 절약하지 않기로 결심했단 말입니다."

"그래서 우리가 있는 말 없는 말 다 해가며 아무리 사양해도 스위프트는 정말로 강제적으로 우리가 그 돈을 받게끔 만들었다."

이토록 냉소적이고 부드럽고 정력적이고 무뚝뚝한 수석사제 스위프트는 변칙적으로 행동했다. 그는 천재적인 작가로서 칭송을 받았고 설교가로서는 솔직성 때문에 경멸 당했으며, 어디서나 인용되지만 어디서도 이해받지 못하던 저명 인사였다. 그는 많은 명예를 등에 지고서 새로운 직책은 거부당한 채 영국으로부터 아일랜드로 되돌아왔다. 그는 소인들의 세계에 결박되어 있는 거인이었다.

그러나 스위프트는 영국의 소인배들을 두고 떠나기 전에 그들에게 장난을 쳤다. 그는 존 파트리지라는 사람을 통해 허세의 풍선을 터뜨렸다. 직업이 구두수선공이었던 파트리지는 예언자로 자처하려고 노력했다. 파트리지는 일 년 동안 일어날 일을 예언하는 점성술 연감을 출판했다. 스위프트는 이런 예언의 어리석음을 폭로하기 위해서, 아이작 비커스태프란 필명으로 자신의 예언목록이 들어있는 경쟁적인 연감을 출간했다. "나의 첫 예언은 연감 제작자인 파트리지와 관련된 것이다. 출생의 별에 자문해 보았더니… 파트리지는 다음 3월 29일 밤 11시에 심한 열병으로 틀림없이 죽을 것이라는 것을 알아냈다"고 스위프트는 적었다.

3월 29일이 지나갔다. 파트리지는 자신이 아직 살아있다고 항의했다. 그러나 "아이작 비커스태프"는 자신의 주장을 굽히지 않았다. 그는 「이 달 29일에 연감제작자 파트리지 씨의 죽음에 대한 해명」이란 면밀하고 상세한 책을 출간했다. 파트리지 씨는 다시 한번 자신이 죽지 않았다고 항의했다. 그러자 "비커스태프 씨"는 근엄하게 존 파트리지는 죽은 송장일 뿐만 아니라 거짓말쟁이라고 선언하였다.

이렇게 해서 사기 협잡꾼이 사기를 당했고 죽을 때까지 "죽은 사람이며 거짓말쟁이"로 남게 되었다.

<h1>3</h1>

스위프트는 기이한 사람이었다. 그에게서 가장 기이한 점은 스텔라나 바네사와의 관계였다. 스텔라는 이미 말한 대로 스위프트가 윌리엄 템플 경의 비서로 있을 때 그가 개인교수를 했던 어린 소녀였다. 스텔라는 성인이 되었을 때 스위프트의 애인은 아니었지만 친구 이상의 관계를 맺고 있었다. 바네사는—진짜 이름은 에스더 반홈리였다—스위프트가 런던을 방문했을 때 만났으며 그 후 바네사에게 깊은 애정을 느꼈다. 바네사도 스위프트가 거의 아버지뻘이 될 정도로 나이 차이가 있었음에도 불구하고 정열적인 사랑에 빠졌다.

그리하여 사랑의 역사 중 가장 특이한 삼각관계가 여기서도 시작되었다. 스위프트는 두 사람 모두에게 몹시 헌신적이었지만 어느 한쪽으로 그의 마음을 기울이지 않았다. 영국에 있을 때에 그는 스텔라와 사랑의 편지를 나누었고, 아일랜드에 있을 때에는 바네사와도 똑같이 친밀하게 편지왕래를 하였다. 그리고 마침내 성 패트릭 대성당의 수석사제로 더블린에 정착하게 되었을 때 그는 두 사람 모두가 가까이에 살고 있다는 사실로 인해서 당황스럽긴 했지만 그래도 그 짐을 즐겁게 졌다. 스텔라는 성 패트릭 대성당에서 그다지 멀지 않은 집에서 살았고, 스위프트가 출장 중일 때 바네사는 자주 그의 처소에 와서 지냈다. 그리고 바네사도 그 지방에 약간의 부동산을 상속받았으므로 그 일을 직접 맡아 처리해야 했기 때문에 더블린 교외에 집을 한 채 구했다.

스텔라와 바네사는 결코 만나지 않았다. 그러나 각자가 상대방의 존재를 알고 있었고 두 사람 모두 질투심으로 스위프트를 괴롭혔다. 둘 중에서 바네사가 더 열렬했다. "저는 격렬한 열정을 가지고 태어났어요. 그리고 그것은 모두 당신에 대한 표현할 길 없는 열정에서 끝난단 말예요… 제발 저에게 얼마간의 사랑을 보여주세요. 그렇지 않으면 미칠 것 같아요…"라고 바네사는 스위프트에게 보낸 한 편지에서 고백하였다. 결국 바네사는 그러한 열정을 이기지 못하고 무릎을 꿇었다. 1723년 5월 1일에 그녀는 유언장—의식적으로 스위프트의 이름은 뺐다—을 썼고 1723년 6월 1일에 "하나님이나 사제들의 도움도 없이" 바네사는 "두 손에 「통 이야기」의 찢어진 조각을 쥔 채로" 죽었다.

바네사와 마찬가지로 민감했지만 분별력이 훨씬 더 많았던 스텔라는 그 후 5년을 더 살았다. 대체로 스텔라는 "미친 사제"에게 꾸준한 영향력을 끼쳤다. 강건한 성격과 온건한 판단력을 지녔던 스텔라는 "잘못된 의견에 저항하기보다는 승인하는 경향이 있었다. 그녀가 흔히 내놓은 변명은"—조셉 애디슨의 말을 빌린다면—"시끄러운 것을 예방하고 시간을 절약하기 위해서였다." 스위프트의 애정을 반만 차지한다는 것은 무척 싫었지만 스텔라는 이따금씩 "두 마음을 사랑하는 연인의 이중적 언행"을 날카롭게 공격하는 것으로 만족했다. 스텔라는 대체로 스위프트가 특별한 요령으로 다루어야 할 특별한 사람으로 파악하고 있었다.

그리하여 스텔라는 "스위프트의 정부라기보다는 여비서"로 요령 있게 살았다—스위프트의 몇몇 동시대 사람들이 암시한 것처럼 두 사람이 결혼한 적이 있었다는 것을 증명할만한 증거는 전혀 없다. 마침내 스텔라가 죽자 이 늙고 슬픈 수석사제의 마음속에 영원히 비어있는 공간이 생겼다. 이제 스위프트의 외적 행위를 살펴보면 그의 내면적인 생각과 마찬가지로 비참해진 인간의 모습이었다. 한 친구에게 스위프트는 다음과 같은 글을 보냈다: "나는 이 세상을 혐오한다. 왜냐하면 전반적으로 이 세상에 적응한다는 것이 점점 더 어렵기 때문이다."

4

　수석사제 스위프트는 자기 생일날이면 어김없이 자신이 태어난 날을 저주하는 욥기의 성경구절을 읽는 것이 하나의 의식이었다. 스위프트는 점점 더 인류를 경멸하는 법과—그리고 다른 사람들을 섬기는 법을 배우기 시작하였다. 그는 특히 아일랜드 사람들의 멍에를 가볍게 해주고 싶었다. 스위프트는 그들을 말로 호되게 꾸짖고는 손으로 그들을 어루만져 달랬다. 아일랜드의 고통은 노년의 스위프트를 압도적으로 억누르던 걱정거리였다. 그리하여 이 고통을 경감시켜주는 것이 그의 격렬한 야심이 되었다. 어느 때인가 영국 정부가 아일랜드 국민들을 탄압하는 조치를 제안했을 때 스위프트가 일련의 편지를 통하여 그 부당성을 어찌나 통렬하게 혹평하였든지 정부는 그 제안을 기각할 필요성을 느꼈다. 스위프트가 "엠 비(M. B.) 드레이피어, 아일랜드 산 포목점 주인"이라고 서명한 이 편지들은 스위프트에 대한 아일랜드 국민들의 "영원한 감사"를 얻어냈지만 자기 자신에게는 "영원한 골칫거리의 원천"이 되었다. 왜냐하면 그는 사람들의 아첨을 좋아하지 않았기 때문이다. 스위프트는 자신이 '아일랜드 사람들'에 대한 애정 때문이 아니라 '예속'에 대한 증오심 때문에 그들을 도왔다고 말했다. 그는 군중들의 변덕을 알고 있었다. 군중들은 자신들을 위한 그의 대담한 행위에 박수갈채를 보낼 준비가 되어 있었다. 그러나 그들은 스위프트의 대담한 행위가 가져올 결과로부터 그를 구해주기 위해 도움이 필요할 때 과연 조금의 노력이라도 기울일 것인가? 이 점을 설명하기 위해 스위프트는 다음과 같은 재미있는 이야기를 했다. 한 무리의 흥분한 학생들에 둘러싸인 채 스페인 계 유태인 한 사람이 화형대로 끌려가고 있었다. 젊은 학생들은 그 사람이 주장을 철회하는 경우 재미를 빼앗길까 염려하여 그의 등을 계속 두드리며 "모세여, 흔들리지 말고 계속하시오"라고 소리쳤다.

그래서 스위프트는 어리석은 젊은이들과 세상의 잔인한 심문자들에게도 불구하고 굳건히 계속했다. 그는 위증, 정열, 어리석음, 사기나 전쟁을 일삼는 야후(Yahoo)라는 인간 족속에 대해 애처로워하면서도 경멸하였다. 그는 인간이 다른 사람에 대해 무자비한 것에 놀랐다. 그는 인간 이성에 대한 모든 신뢰를 잃었다. 그래서 스위프트는 한 소책자에서 인간 신뢰에 대해 이런 파멸을 선언하였다. 그 책자의 통렬한 논리는 스위프트의 저작 중에서도 단연 최고걸작이다. 이 소책자의 제목은 「빈민 아동이 부모나 국가에 부담을 주는 것을 예방하고 공공에 이익이 되도록 만드는 하나의 적절한 제안」이다. 아일랜드 농부들을 "무서운 가난과 괴로운 궁핍"에서 해방시키기 위한 모든 제안들이 무슨 소용이 있느냐고 그는 반문한다. 무엇 때문에 현지에 살고 있지 않은 지주들에게 "적어도 소작농에게 최소한도의 자비심을 가질 것"을 가르치느라 시간을 낭비하는가? 그런 "쓸모없고, 한가하고 환상적인 생각들"일랑 집어치워라! 「적절한 제안」의 저자인 스위프트에게는 전혀 새롭고도 현실적인 계획—"희망컨대 전혀 반대의 여지가 없을" 계획—이 있었다.

그러면 여기에 간단히 요약된 그 계획을 들어보라.

"런던에 사는 지식이 풍부한 내 미국인 친구가 알려준 이야기로 확신하는데, 친구의 말에 의하면 잘 키운 건강한 어린아이는 1살 때에 스튜를 하든 굽든 끓이든 아주 맛있고 영양도 많고 건강에도 좋은 양식이 된다고 한다. 나 역시 1살짜리 어린아이가 프리커스(잘게 썬 고기를 스튜로 하여 고기즙을 발라서 먹는 요리: 역주)나 라그(고기와 채소를 넣고 후추를 쳐서 먹는 스튜의 일종: 역주) 요리로 이용될 수 있다는 것을 전혀 의심치 않는다."

그러므로 아일랜드 농부들은 영국 지주들의 식탁을 위해 어린아이들을 키우자. "어린아이 하나로 친구들을 위한 초대연에서 두 접시 고기는 나올 것이고 가족끼리 먹을 때는 앞부분과 뒷부분만으로도 적당한 한 접시가 나올 것이며, 특히 겨울에는 약간의 후추나 소금으로 4일 동안 양념 해두면 아주 맛있는 요리를 만들 수 있을 것이다…"

"이 요리는 값이 다소 비싸서 지주들이 먹기에 매우 적당할 것이다. 지주들은 이미 대부분의 부모들을 삼켜 버렸으므로 그 아이들에 대한 권리도 우선적으로 그들에게 있으리라고 생각된다…"

"거지아이 하나를 기르는 데 드는 비용을 계산해 보았더니… 대략 1년에 2실링 정도가 들 것 같다… 그래서 신사들이 제법 통통하게 살찐 아이의 몸뚱이에 10실링을 준다고 해도 전혀 후회하지 않을 것이다… 이렇게 되면 지주들은 소작인들 사이에서 인기가 올라갈 것이고, 아이 엄마도 순이익으로 8실링을 가질 것이며 다음 아이를 출산할 때까지 일도 할 수 있을 것이다."

그러고 나서 스위프트는 풍자의 채찍을 마지막으로 휘둘러서 "좀더 절약하는 지주들이라면… 몸뚱이의 껍데기를 벗길 수도 있다. 껍데기는 제대로 가공만 하면 경탄할 만한 숙녀용 장갑을 만들거나 고상한 신사들을 위해 여름용 부츠를 만들 수도 있을 것이다"라고 했다.

지주계급 무리들은 이 소책자를 읽고나서 이 글을 쓴 저자의 야만성에 대해 혐오감을 표현했지만 그래도 그들은 아일랜드 소작인들을 서서히 굶겨 죽이는 "개화된 문화적인" 사업을 계속했다.

"야만인" 스위프트는 "지독한 분노와 원한"을 느끼며 모든 사람을 향해 으르렁거리고 호통을 치면서도 날마다 그의 집 앞에 몰려드는 거지들에게 적선하는 일을 꾸준히 계속했다.

스위프트는 거지들을 미워했다. 이 세상은 거지들로 가득 차있다고 말했다. 거지들은 가난한 자들뿐만 아니라 부유한 자들 중에도 있었다. "부유한 자들은 왕국을 구걸하고 가난한 자들은 빵 부스러기를 구걸한다.”
스위프트는 가난한 거지보다 부유한 거지를 훨씬 더 증오했다. 그는 「걸
리버 여행기」에서 부유한 거지들일수록 눈과 코에 주는 고통이 훨씬 더
크다고 말한다. 스위프트 자신은 구걸할 필요가 전혀 없었다. 왜냐하면
그는 돈이 필요 없었기 때문이다. 이런 면에서 그는 자신이 전지전능하신
하나님의 모습을 따르려고 노력했다며 “하나님이 돈을 기꺼이 주시기를
원했던 사람들을 생각해보니, 하나님이 얼마나 돈을 중시하지 않는지 잘
알 수 있다”고 말했다.

　이렇게 해서 “미친 사제”는 세상을 조롱하고 분노하고 꾸짖으면서 늙
어갔다. 스위프트는 모든 사람들이 보기에 물구나무를 하고 거꾸로 서 있
는 것 같았다. 왜냐하면 뒤죽박죽 거꾸로 된 세상에서 스위프트만이 두발
로 제대로 서 있었기 때문이었다.

5

　스위프트는 이제 미몽에서 깨어나 지혜에 이르는 나이가 되었고 이 지
혜를 르뮤엘 걸리버의 환상적인 여행에다 집어넣기로 작정했다. 1726년
8월 8일 그는 「걸리버 여행기」의 원고를 출판업자인 벤자민 모트에게 보
냈다. 이 원고와 함께 그는 “리차드 심슨”이라고 서명한 편지도 보냈다.
그 편지에서 스위프트는 자신을 르뮤엘 걸리버의 사촌이라고 설명했다.
“걸리버 씨가 수년 전에 이 여행기 원고를 나에게 맡겼습니다… 나는 이
원고를 비판적 안목과 능력이 있는 몇 사람에게 보였습니다. 약간 풍자적
이라고 생각될 수 있는 부분이 몇 군데 있긴 하지만 별다른 불쾌감을 자
아내지 않을 것이라는 의견들을 제시해 주었습니다…” 그런 다음 “심슨”
씨는 원고료로 200파운드를 제안하며, 만일 이 책의 판매가 부진할 경우

에는 출판사가 지불한 원고료에서 차액을 배상해주겠다는 조건을 제시하였다.

이 책은 1726년 가을에 출간되었고 초판이 1주일 내에 매진되었다. 모든 사람들은 야후 족의 어리석음을 걸리버가 통렬하게 공격한 것을 보고 웃으면서 읽었다. 왜냐하면 사람들은 공격대상이 자기 자신이 아니라 다른 이웃이라고 생각했기 때문이었다. 그래서 스위프트는 어느 때보다도 더 서글펐다. 이 소설을 쓴 목적을 이루지 못했기 때문이었다. "나는 세상 사람들을 즐겁게 해주려고 했던 것이 아니라 괴롭혀주고 싶었"다. 「걸리버 여행기」는 정상적인 사람이 미친 듯한 이 세상의 우둔함과 허영심을 경험하는 이야기였다. 만일 이 세상이 정상적인 인간들에 의해 즐거움을 얻는 대신 그들에 의해 통치될 수 있다면 얼마나 좋을까! 그렇게만 된다면 이 세상엔 탐욕보다는 자비가, 개인의 재산보다는 공통의 우애가, 잔인성보다는 동정이, 휘황찬란함보다는 영광이, 오만보다는 양식이 더 많아질 텐데. 스위프트는 알렉산더 포우프에게 보낸 편지에서 다음과 같이 적었다. "나는 지각 있는 사람들 사이에 우정을 이룩하려고 간간히 노력을 경주했습니다… 그런 사람들은 한 세대에 서너 명을 넘지 않습니다. 그러나 그들이 단결될 수만 있다면 이 세상을 잘 이끌어갈 것입니다."

스위프트가 만난 그런 지각 있는 사람 중에 볼테르가 있었다. 이 반항적인 프랑스 청년은 지나치게 정직한 말버릇 때문에 그 당시 영국에 망명하여 살고 있었는데, 그는 "내가 생각하고 있는 바를 그대로 말하는 것이 나의 직무"라고 말한 바 있었다. 볼테르는 이 "미친 사제"를 숭배하였고 그의 철학에 탐닉하였으며, 「걸리버 여행기」의 모방 작품(「미크로메가스」)을 쓰기도 했다. 볼테르는 후에 전 세계 통치자들의 증오와 불의를 파기하겠다는 새로운 비전을 품고서 프랑스로 되돌아갔다.

그리고 이 "미친 사제"는 이성적인 세계를 향한 추구를 피로한 줄 모르고 계속했다. 그의 몸은 고통으로 몸부림쳤고 그의 마음은 사랑하는 친구들을 차례로 상실함에 따라 반복해서 슬픔에 차있었다. "장수라는 선물은 너무나 값비싼 대가를 치러야 하는구나." 고독한 노년의 시련에 강하게 대처하기 위해 스위프트는 기도문을 썼다. 그것은 사후에 발표되지 않은 원고뭉치 속에서 발견되었는데 다음과 같은 구절들이 있다. "오, 주여! 당신은 무한한 정의와 자비에 알맞게 당신의 축복과 징벌을 행사하십니다… 바라건대 우리가 견뎌야하는 말할 수 없는 슬픈 상실보다는 우리가 즐길 수 있는 행복으로 우리의 생각을 돌려주옵소서."

불평으로 인간을 대했던 냉소주의자 스위프트는 항상 인간의 행복에 대해서 생각하고 있었던 것이다.

6

이제 스위프트의 사색과 고통과 빈정거림은 모두 다 지워져서 자비로운 망각으로 사라졌다. 그의 마음은 이제 하나의 빈 공백이었다. 어느 날 스위프트는 「통 이야기」를 읽다가 책의 저자가 자신인 것을 알고서 "오! 아니야, 이 책을 쓴 사람은 천재였어,"라고 말했다. 거울 속에서 자신의 말라빠진 얼굴을 볼 때마다 그는 개인적인 슬픔을 나타내지 않고서 "가련한 늙은이"라고 중얼거렸다. 생일날에 그를 축하하기 위해 종소리가 울려 퍼지고 모닥불이 피워지면 스위프트는 물었다. "사람들이 이렇게 헌신적으로 사랑하는 이 사람은 도대체 누구인가?"

1745년 10월 19일. 머리 위로는 맑은 하늘이 펼쳐져 있었고 마음속에는 어두운 구름이 드리워져 있었다. 그러나 일순간 구름이 걷히자, 그는 "오, 주여! 저의 이 마지막 여행을 눈동자같이 보살펴주옵소서"라고 나지막이

중얼거렸다.

　스위프트가 영면의 길을 떠났을 때 전 시민이 그의 명복을 빌었다. 왜
냐하면 그들은 스위프트를 위대한 증오와 위대한 사랑의 사람으로 경배
하는 법을 배웠기 때문이다. 스위프트는 실로 불의를 증오하였고 인류를
사랑한 사람이었다.

원하신다면 무엇보다도 제가 인간이 되도록 해주십시오.

로렌스 스턴
(1713~1768)

주요작품

「정치 로맨스」
「트리스트램 섄디」
「요릭 설교집」「감성 여행」

스턴
Laurence Sterne

1

로렌스 스턴의 할아버지는 한 곳에서만 화강암 기념비처럼 오래 머물러 있었던 영국 중부에 있는 요크의 대주교였다. 또한 스턴의 아버지는 바람처럼 이곳저곳을 끊임없이 돌아다닌 군인이었다.

"내가 태어난 날은 가난한 내 아버지에게는 불길한 날이었다. 왜냐하면 내가 태어난 다음날 다른 많은 용감한 장교들과 함께 파면을 당했고 그는 아내와 두 아이와 함께 광활한 세계로 내던져져 표류하게 되었기 때문이다." 스턴의 아버지는 "육군성에 있는 반대파들에 의해 율리시즈처럼 떠돌아다녀야 하는 놀이감"이었다. 더욱이 그의 운명은 약하고 빈혈증이 심한 아이들만을 줄줄이 낳아댈 아내의 손아귀에 들어있었다. 연대로부터의 전출 명령에 따라 스턴의 어머니는 "끊임없이 여러 애를 낳았다가 죽으면 파묻어 가면서 아일랜드에서 영국으로, 영국에서 아일랜드로, 내륙 지방에서 해안으로, 다시 해안에서 내지로" 남편을 따라다녔다. 마치 어린애들이 천국에서 직접 지옥으로 우송되는 불행한 화물들인양, 마침내 스턴 부인은 어디서 이 애가 죽었고 또 다른 곳에서 저 애가 죽었다고 말하기 시작하였다고 남편들은 전했다. 정말로 죽음이란 여러 가지로 다가오는 듯싶었다. 지브롤터에서 "그렇게 참을성 많은 노병"이던 로렌스 스턴의 아버지는 "한 마리의 거위 때문에" 벌어진 결투에서 검으로 관통상을 입었다. 이 결투는 작은 방에서 벌어졌고, 필립스 대위는 힘을 다하여 가늘고 긴 쌍칼을 스턴 대위의 몸 속으로 찔러 넣었으며 스턴 대위는 거의 뒷벽에 핀에 박힌 듯한 상태가 되었다. 그러자 칼에 찔린 이 작은 장교는 간신히 정신을 가다듬더니 필립스 대위에게 정중하게 요청했다. 검을 자기 몸에서 빼기 전에 자기 몸 이쪽 칼끝에 붙어있는 석회가루를 떨어줄 수 없겠느냐고 말했던 것이다. 왜냐하면 "칼을 빼낼 때 반대편 칼끝에 붙어있는 석회가루가 자기 몸에 들어가면 아주 불쾌하기" 때문이었다.

스턴 대위는 부상에서 회복되었지만 상처를 좀더 치료하기 위해 퇴직하고 자메이카로 갔다. 그러나 그는 그곳에서 열병으로 죽었다. "스턴의 병은 처음에는 그의 정신을 빼앗아갔고 다음에는 그를 어린아이처럼 만들었다. 결국 그는 한두 달 동안 계속 걸어서 여기저기 돌아다니더니 불평 한 마디 없이 안락의자에 앉아서 마지막 숨을 거두었다."

이런 비극과 변덕스러운 기형(奇行)의 혼합—평생 동안 이 작은 군인을 뒤쫓던 운명—은 아들인 로렌스에게도 계속되었다. 아버지처럼 로렌스도 바람 불듯이 우연에 의해 희롱 당했고 변덕스런 동료들로부터 농락당했다. 로렌스 스턴은 자기 아버지를 다음과 같이 관찰하고 있었다. "사람들은 아홉 번이 부족하다면 하루에 열 번이라도 내 아버지를 속여 넘길 수 있었을 것이다."

2

　스턴의 아버지는 가족들에게 "돈이라고는 한 푼도" 남겨놓지 않았다. 그러나 다행스럽게도 한 사촌이 도움을 제공했다. 사촌은 이 "야위고 유식한" 젊은이에게 고전교육을 시켜주기 위해 돈을 투자했다. "아마도 너는 장차 네 할아버지처럼 대주교가 될 수 있을지도 모르잖니?"

　사촌은 로렌스가 애호하는 고전작품 중의 하나가 오비디우스(43 B.C.~ 17? A.D.「변형」의 저자인 로마의 시인으로 아우구스투스 황제에게 추방당하여 유배지에서 죽었다: 역주)의 「사랑의 기술」이었다는 것을 알고 있었을까? 그리고 로렌스가 여자 애들과 시시덕거리며 노닥거리기에 열중하던 것을 알았을까? 그 후 로렌스는 호라티우스(65~8 B.C. 로마의 시인: 역주), 플라톤, 플리니우스(62?~113. 로마의 저술가, 정치가, 웅변가: 역주), 키케로(106~143 B.C. 로마의 정치가, 웅변가: 역주), 이소크라테스(436~338 B.C 아테네의 웅변가: 역주)와 성인 열전(聖人列傳) 등을 읽으며 응당 받아야 할 교육을 받은 후에 성직을 수임받고 서튼 온 더 포리스트(Sutton-on-the-Forest) 지방의 요크셔 교구에서 성직자로 정착하였다. 스턴은 영향력 있는 성직자였던 숙부의 도움으로 정치에 뛰어들었고 다른 교구에서 추가로 성직록(聖職祿)을 받았으며 그런 연후에 고위직으로 진급하기 위해 아내가 될 사람을 주위에서 찾았다. 스턴은 엘리자베스 루미리에게 2년간 구애하였다. 지금까지 이토록 반(半)고전적으로 상사병에 걸린 젊은 목사처럼 연애편지를 쓴 사람은 한 명도 없었다. "스턴은 밀턴의 「실낙원」에서 인용하고 '거지 오페라'(존 게이의 극작품으로 인기 있었던 풍자풍의 가극: 역주)를 인용하며 키스로 편지를 봉했고 포우프의 「인간론」의 각주에서 나온 말을 빌려 그의 탄식을 강조했다." 엘리자베스는 "나를 좋아한다고 고백하였으나 결혼해서 같이 살기에 충분할 정도로 그녀 자신이 돈이 있는 것도 아니었고 나도 너무 가난하다고 생각했다⋯ 그녀는 폐결핵을 앓았다. 그러던 어느 날 저녁에 엘리자베스가 그토록 아픈 것을 보고 아주 상심하여 그녀 곁에 앉아있을 때 그녀는 말했다. '나의 사랑하는 로오리, 나는 결코 당신의 것이 될 수 없어요. 왜냐하면 분명 나는 오래 살지 못할 것 같으니까요! 그렇지만 난 동전 한 잎까지 전 재산을 당신께 남겨놓겠어요.' 그녀는 이렇게 말한 뒤에 나에게 유서를 보여주었다. 이렇게 아낌없이 준다는 말에 나는 압도당했다. 그 말이 하나님도 감화시켜 엘리자베스는 폐결핵에서 회복되었고 우리는 결혼을 했다⋯."

두 사람의 결혼생활은 이렇게 훌륭하게 시작되었다. 부인은 음악에 취미가 있었다. "목사가 저음의 비올(지금의 바이올린의 전신: 역주)을 연주하면 부인도 따라서 반주하였다."

그러나 그것은 지루한 생활이었다. 스턴 부인은 재미없는 여자였다. 아내는 남편의 지적인 도약에 함께 동반하고자 했지만 그녀의 단조로운 능력으로는 그것이 불가능했다. 그래서 스턴 부부는 일심동체로 살아가야 하는 행복한 결혼의 첫 번째 본분을 수행할 수 없었다. 스턴은 재치 있는 사람이었고 공상은 쉽게 그를 웃음의 날개 위로 이끌었다. 반면에 아내는 무거운 걸음걸이로 느릿느릿 이해도 하지 못한 채 힘들게 따라갈 뿐이었다. 자신이 성직자임에도 불구하고 스턴은 혈통은 아니더라도 기분으로는 여하튼 가장 유명한 가계의 후손 즉 덴마크 왕궁의 광대들인 요리크(셰익스피어의 「햄릿」에서 왕의 광대인 그가 죽은 뒤 인부들이 그의 해골을 파내는 장면이 나온다. 역주) 가족의 후예라고 상상하기로 마음먹었다. 아, 가련한 요리크! 왕의 광대는 이미 죽었다. 그러나 그 광대의 후계자인 세계를 조소하는 자여, 만수무강하소서!

왜냐하면 이 세상은 슬픈 것이기에 즐거움을 주어야만 한다. 그러니

위엄은 꺼져 버려라! "위엄이란 아주 위험하고 못된 악당이다. 그것은 교활한 놈이다… 위엄의 본질은 음모이다… 즉 정신의 결점을 감추기 위한 육체의 이상스러운 행위이다."

그래서 로렌스는 성경의 4복음서 이외에도 일군의 4개의 세속적인 복음서—그림 그리기, 비올 연주, 웃음이라는 복음서들 그리고 책들에 대한 숭배—를 선택하였다.

이 모든 것에도 불구하고 스턴은 아직도 자신이 좋아하는 "행복 추구"를 위한 오락시간을 찾아냈다. 많은 숙녀들이 감수성이 예민한 젊은 목사의 가슴에 불을 질렀다. 스턴의 "플라토닉한 애욕의 장난기 있는 놀음들"은 교구민들의 추문—그리고 질투—이었다.

그러나 이런 욕정의 희롱들은 스턴의 승진에 방해요소가 아니었다. 그는 계속해서 승진했고 사람들은 아직도 스턴의 다재다능함에 경탄하고 있었다. 스턴은 치안판사로 임명되었고 자기조소로 반짝이는 눈빛으로 교구민들을 판결하였다. 수도사 터크(로빈 후드와 한 패인 힘세고 유쾌한 수도승: 역주)의 시대 이래로 영국에는 이 요크서 사제와 같은 볼 만한 인물이 일찍이 없었다. 스턴은 죽은 사람들을 매장하고 새로 태어난 어린아이들에게 세례를 주며 허리가 아플 때까지 시끄럽게 웃고 또 웃었다.

의무보다는 웃음이 항상 먼저였다. "스턴이 어느 일요일에 스틸링턴이라는 곳에서 설교하기 위해 들판을 건너가던 중에 그의 포인터 개가 자고새(partridge) 한 떼를 날아가게 한 적이 있었다. 스턴은 교회에서 목사가 오기를 기다리는 교인들을 그대로 내버려둔 채 총을 가지러 곧장 집으로 되돌아갔다." 그는 하인 한 사람을 고용하고는 하인에게 아주 재미있는 유머로 "나의 죄 많은 아멘"(고대 이집트의 생명과 번식을 주관하던 신 또는 기독교 교인들이 기도 끝에 하는 말: 역주)이라고 불렀다.

항상 자신의 불완전함을 알고 있었기에 스턴은 다른 사람들의 불완전함에 동정심을 가졌다. 스턴은 자신들을 "미치광이 무리"라고 부르면서 "미친 성(城)"이라는 별명이 붙은 시골의 어떤 장소에서 모이는 일단의 교양 있는 방탕자들과 "깊은 동지애"를 느꼈다. 그곳에서 그들은 먹고 마시고 즐거워하며 문학과 사랑을 논하고 사랑의 여신 비너스와 여신의 대자(代子)인 프랑소와 라블레에게 소네트를 바쳤다.

> 그리고 그들이 만났던 저녁시간보다
> (그것을 생각할 때마다 즐겁기만 하네)
> 노아의 홍수 이전에도 이후에도
> 더 즐거운 무리들이 만난 적은 없었다네.

스턴은 그런 것들을 추구하면서 영국 지방의 한 구석에 처박혀서 인생의 전반부를 이름도 없이 그저 만족하며, 될 대로 되라는 자포자기의 심정으로 살아가는 무리들로부터 비난도 받고 사랑도 받으면서 살았다. 스턴은 많은 악덕을 지녔음에도 불구하고 한 가지 미덕—살아 있는 모든 사람들에 대한 따뜻한 친절—은 철철 흘러넘치고 있었다.

스턴의 친절함은 고통 속에서 자라난 것이었다. 로렌스 스턴은 병자였다. 외모는 그의 웃음과 일치하지 않았다. 검은 옷을 입고 야위고 홀쭉한 모습이었고 거미다리에, "힘이라고는 하나도 없는" 가슴에 뺨이기보다는 푹 파인 기다란 가죽뿐인 얼굴로 스턴은 세상 사람들에게—그리고 그 자신에게—자기 자신이 자기가 아닌 다른 사람이라고 설득시키려고 노력했다. 스턴은 오염된 폐가 죽어감에 따라 서서히 피를 토하기 시작했다. 스턴의 커다란 콧구멍만이 기지의 숨소리로 계속 움직이고 있었다. 자연은 스턴에게 비극적으로 연약한 체격을 주었고 그런 체질 내에서 웃음의 정신이 간신히 육체를 살아 움직이게 만들고 있었다.

3

스턴은 바이올린을 잠시 옆에 치워둔 후 몇 시간 동안 서재에 앉아서 글을 썼다. 이 서재는 유머의 은총을 입은 삼위일체 즉 "루시안(120?~180? 그리스의 풍자시인: 역주), 나의 친애하는 라블레, 더 사랑하는 세르반테스"에게 헌정된 사원이었다. 이 세 작가는 이 세상에서 슬픔을 받았지만 기쁨을 되돌려준 작가들이었다. 이들 다음으로 스턴이 좋아하는 신들은 몽테뉴, 포우프, 스위프트였다. 바로 이 서재에서 스턴은 고대의 비교적(秘敎的)인 신비사상에 몰두하였고 벙글 웃음의 기이한 카발라(유대의 율법 박사들이나 중세의 신학자들 사이에서 논의되던 경전의 전통적 신비적 해석: 역주)에 탐닉하였다. 이런 분위기에서 스턴은 이 세상을 놀라게 하고 이 세상에 영감을 불어놓고 이 세상을 분노케 한 책을 준비하였다. 그것은 "새롭고 독창적인" 소설이었다. 이런 소설은 일찍이 쓰인 적이 없었다. 그것은 형식도 논리도 위엄도 없었다. 스턴은 단지 이 세상의 지혜와 어리석음, 비극과 희극, 두려움과 약점, 증오와 사랑을 관찰하여 그렸을 뿐이고 이 모든 것들이 합쳐져서 인생 자체와 같이 재미있는 일은 많고 플롯은 없는 이야기가 만들어졌다. 스턴은 이 이야기에 라블레적인 강한 유머의 맛을 가미하였고 이 놀라운 허구 이야기에 「트리스트램 샌디의 생활과 의견」이라는 이름을 붙였다.

스턴은 저녁식사 후 몇몇 친구들에게 이 소설의 첫 부분을 읽어주었다. 그런데 친구들은 모두 이내 잠이 들었다. 스턴은 깊이 상심하여 벽난로가로 다가가서 화염 속으로 원고를 던져 넣으려고 했다. 바로 그 순간 한쪽 눈—먼 미래를 내다보는 눈—을 뜨고 있던 한 친구가 원고를 잡아채어 우리의 장래를 위해 구해냈다.

책이 출간된 이후에도 스턴은 독자들이 쉽게 이 소설을 받아들일지에 대해 회의적이었다. "이 소설은 머리도 꼬리도 없는 아주 괴물이다"—예를 들면 이야기 서두에 있어야 할 서문이 이야기 한가운데 나오니 말이다. 그리고 이 이야기의 자기 찬사 유머도 지나치다. "여러분은 여러분의 재기(才氣)로 이 소설을 맘껏 즐길 수 있다… 그것은 남자가 정부(情婦)를 가지고 노는 것과 같다… 만지작거리며 희롱하는 남자에게는 즐거운 위안물이 되나 그냥 보고 서있는 구경꾼에게는 별로 재미없을 것이다."

그러나 스턴은 사람들이 이 소설을 이 이야기와 같은 해에 출간된 "어느 시대에나 가장 재미있는" 볼테르의 「깡디드」(부패된 제도와 교회에 대해 비판하면서 불합리한 현실과 사상을 조소 비판하는 일종의 철학 소설: 역주)와 비교해 줄 것을 바랐다. 스턴은 이 소설의 등장인물들인 섄디 가족들이 위대한 허구의 초상화 미술관에 편입되기를 퀴네공드(퀴네공드 공주는 「깡디드」에 나오는 인물로 주인공 깡디드의 애인: 역주) 뮤즈의 여신에게 기원했다.

이제 스턴은 「트리스트램 섄디」의 신간 견본을 읽은 런던의 친구들에게서 서평을 받기 시작했다. "자네의 소설은 여성적인 성격을 가진 어떤 사람의 손에도 들어갈 수 없다는 것이 최고의 평가들의 예외 없는 의견이라네." 스턴은 빈정대며 다음과 같이 답장했다. "자네들이 미망인은 예외로 해주기 바라네. 왜냐하면 절대로 그들은 그렇게 점잔을 빼지는 않으니까 말일세."

그런 일이 있은 뒤 직접 런던에 올라왔을 때 스턴은 자신의 소설이 마침내 독서계를 석권하고 말았다는 것을 알게 되었다. 「트리스트램」이 런던을 정복하였다. 그리하여 스턴은 하루 밤 사이에 저명인사가 되었다.

4

"샌디(shandy)"란 말은 요크셔 지방의 방언으로 "미치고 불안정하고 명랑함"을 뜻한다. 그런데 바로 이것이 인쇄의 체제에 이르기까지 이 소설 전체의 특징이었다. "소설의 각 페이지는 줄표, 별표, 바이올린과 비슷한 모양들, 음차(音叉), 잘못 매겨진 페이지들(마치 제본하는 사람의 실수에 의한 것처럼), 완전히 공백으로 남아있는 페이지… 기상 상태 기록부와 같이 갈지자 모양의 행(行)들의 기묘한 배열… 각각의 길이가 아래쪽으로 1인치나 쳐져 있는 줄표들…" 그리고 런던 시민들은 이 소설을 읽기 시작하면서 소설을 한참 쳐다보기도 하고 경탄하기도 하며 이해하지 못하여 거북해하며 머리를 긁기도 하였지만 그러면서도 그들은 계속 읽어나갔고 점차 소설 속으로 빠져들게 되었다. 얼마나 진기한 생각들인가! 얼마나 사랑스런 인물들인가! 오디세이와 같은 이 얼마나 이국풍의 머나먼 모험들인가!

이 모험은 트리스트램의 출생과 함께 시작되지 않고—사실 주인공은 3권에 가서야 태어난다—후에 사람이 되어 태어날 태아기 어린아이의 엉뚱한 생각, 운수, 의무와 특권의 이야기로부터 시작된다. 그런 후에 화향(花香)과 같은 이 소설은 우리에게 이 기이한 태아의 기이한 아버지인 월터 샌디를 서둘러 소개한다. 월터 샌디는 이론은 능하지만 실천은 약한 사람이다. 그는 항상 단순한 일보다는 복잡하고 정교한 일부터 일부러 하려고 하므로 결과적으로 언제나 아무 일도 이루어지는 법이 없다. 월터는 오른쪽 귀를 긁어야 할 때 항상 왼손을 머리 뒤로 돌려서 긁으려고 애쓴다. 이렇게 되어 손은 고통으로 뒤틀리게 되고 귀는 긁히지도 않은 채 그대로 남아 있다. 그는 신비주의에 관한 인용과 마술에 대한 신념으로 놀랍게 치장하고 무장한 타고난 웅변가이다. 그러나 그의 커다란 비극은 그의 웅변을 듣는 청중이 없다는 것이다. "월터는 맹인들이 모인 앞에서 고군분투하는 요술쟁이와 같다."

월터의 아내조차 남편의 재능을 이해하지 못하고 남편의 말에 아주 냉담한 반응을 보인다. 남편은 자신이 열렬히 원하는 기회, 즉 자기 견해를 주장할 수 있는 기회를 단 한 번도 가져보지 못했다. "나의 어머니는 세계가 회전하는지 그대로 서 있는지도 모르는 채 마침내 이 세상을 떠나셨다. 아버지께서는 천 번 이상이나 지구가 회전한다는 것을 친절하게 가르쳐주었지만—어머니는 항상 잊어버렸다"고 트리스트램은 평한다.

우리는 이제 샌디 가(家)의 또 다른 인물인 월터 씨의 동생 토비 씨를 만난다. 엉클 토비는 말년을 샌디 가에 와서 지내고 있는 퇴역군인으로, 마음은 착한 생각으로 가득 차있고 생각은 별로 깊지 않은 사람이다. 월터가 철학적인 이야기를 할 때면 엉클 토비는 파이프 담배를 피우며 파리를 잡곤 한다.

파리를 잡고 나서는 다시 놓아준다. "엉클 토비는 어느 날 저녁 식탁에서 코 주위를 붕붕거리며 날아다니고 식사를 하는 동안 잔인하게 자신을 괴롭히는 커다란 파리에게 제발 다른 곳으로 가달라고 말한다… 엉클 토비는 너를 해치지 않을게라고 말하면서 손에 파리를 쥔 채 의자에서 일어나 방을 가로질러 걸어가 창가로 간다—네 머리털 하나도 다치지 않으마—그는 다른 곳으로 가라고 말하며 창문을 들어올려 열고 손을 펴서 파리가 날아가게 했다—가라, 이 불쌍한 것아, 내가 날려 보내주마. 어떻게 너를 해칠 수 있겠니?—이 세상은 정말로 너와 내가 살기에 아주 넓은 곳이란다."

토비 샌디는 아름다운 영혼의 소유자이다. 그러나—로렌스 스턴의 아이러니에 주의하라—하나님의 창조물에 대한 이 예민한 애호가는 또한 인간의 파괴에 대한 열렬한 옹호자이기도 하다. 토비는 형 월터에게 전쟁에 대한 옹호를 웅변적으로—그리고 설득력 없게—토해낸다. "내가 어린 학생이었을 때 북 치는 소리는 듣지 못하고 북소리로 뛰어오르는 심장의 고동소리를 들을 수 있었다면 그것이 내 잘못이었을까? 내가 가슴에다 그런 성향을 심어놓았던 것일까? 우리가 10년 8개월이나 지속된 트로이 성 공략에 관한 이야기를 읽을 때—영국군에게 지금 나무르(벨기에 서남부에 있는 주: 역주)에서 볼 수 있는 일렬로 늘어선 대포가 있었다면 트로이는 일주일 내에 함락되었겠지만—헬렌(제우스와 레다 사이에서 태어난 절세 미녀. 스파르타의 메네라우스의 왕비였으나 트로이의 미남 파리스에게 잡혀갔기 때문에 트로이 전쟁이 일어났다: 역주)을 화냥년이라고 욕했다고 해서 나는 회초리로 오른쪽 손바닥에 2대, 왼쪽 손바닥에 1대, 모두 합해 3대의 매를 맞지 않았던가? 헥토르(트로이 전쟁의 용사로 그리스 측의 아킬레스에게 살해됨: 역주)가 죽었을 때 어느 누가 나보다 더 많은 눈물을 흘렸는가? 프리암 왕(트로이의 마지막 왕으로 트로이 함락과 더불어 피살됨: 역주)은 헥토르의 시체를 찾으러 그리스 진영으로 찾아왔지만 뜻을 이루지 못하고 눈물을 뿌리면서 다시 트로이 성으로 되돌아가는 장면을 읽었을 때—형님도 아시다시피—난 그날 저녁을 먹을 수 없었어요."

토비는 살해된 사람을 보는 것은 싫었지만 죽이는 사람들을 보는 것은 좋아했다. 아니 오히려 그는 죽이는 과정에서 드러나는 훌륭한 솜씨를 보고 싶어 했다. 수년 동안 그는 군사전술학을 집중적으로 연구했으며 그의 부하인 트림 병장과 함께 이탈리아와 플랜더스에서 말보로 공작(1650~1722. 1704년 브레님에서 있었던 프랑스군과의 전투에서 대승을 거둔 영국의 장군: 역주)이 수행한 야전(野戰)을 재연하였다. 토비는 날마다 전투를 분석한 다음에 샌디 언덕과 인접하고 있는 볼링 경기장에서 그 전투를 재연한다. 그는 담배 파이프를 총 대신 사용하였고 담배연기를 내뿜어 격렬한 포화를 대신한다. 포격 하나하나 명령 하나하나, 말보로 공작의 공적과 묘기를 그대로 본떴다. "말보로 공작이 거점을 확보한 것처럼 엉클 토비도 거점을 확보했다… 엉클 토비가 트림을 데리고 전투 기상으로 힘차게 출격하는 것보다 더 큰 장관은 없었으리라―엉클 토비는 손에 관보(官報)를 들고 트림은 어깨에 삽을 메고 작전을 수행하였다. 트림 병장이 방어선의 구멍을 파고 있을 때, 혹시 한 치라도 더 넓게 또는 더 좁게 파지 않도록 병장 위에 서서 명령문을 반복해서 읽는 엉클 토비의 눈동자에는 얼마나 강렬한 기쁨의 빛이 흐르는지! 그러나 방호선이 완성되면 트림 병장은 아저씨를 도와 공격에 가담하여 군기를 손에 들고 아저씨를 따라 올라가 마침내 성채 위에 군기를 꽂는다―하늘! 땅! 그리고 바다! 그 모든 것이 내 것이다!―엉클 토비로서는 얼마나 멋진 승리인가!"

이것이 바로 트리스트램이 태어난 가정이다―약간은 변덕스럽게 표류하는 세계에서 표류하고 있는 변덕스런 가정이다. 소설 5권에 이르는 동안 트리스트램은 불합리성(不合理性)과 유머의 신체적 정신적 도덕적 미로(迷路) 속을 방황하면서 우리들을 무한대를 통해 무(無)에서 끌어내어 다시 무로 되돌려 보내면서, 그와 함께 여행하는 우리들에게 예측 불가능한 불합리와 흥분, 계시와 환희를 안겨준다. 가면을 쓴 등장인물들이 "각기 난잡하고 전대미문(前代未聞)의 혼란 속에서 이웃의 발, 머리, 코트를 잡아당기고 끌어당기며" 이성과 질서도 없이 배회하는 미친 듯한 사육제에 참석한 듯한 우리는 그 숨 가쁜 흥분 속으로 함께 빠져든다.

모든 것이 끝나고 나면 우리는 숨을 가다듬으면서 "얼마나 미친 듯한 모험이었던가! 그러나 얼마나 즐거운 광기(狂氣)인가!"라고 탄성을 지를 것이다.

5

로렌스 스턴은 소설 「트리스트램 섄디」의 수많은 속편에서 계속해서 이런 광기를 부리고자 했다. 스턴은 소설 주인공을 공중에 띄워놓은 다음 후에 지상으로 떨어뜨리려고 계획했다. 그 동안 그는 런던을 직접 방문하여 자신이 문단의 총아가 되어있다는 것을 알게 되었다. 모든 사람들이 "요크셔 주 출신의 키 크고 정열적인 모습을 한 목사 시인"에게 경의를 표하였다. 이 목사 시인에게는 경건함이 아주 묘하게 결합되어 있었다. 개릭(1717~79. 셰익스피어 연극배우로도 유명한 극장경영주이자 극작가: 역주)과 체스터필드 경(1694~1773. 영국의 정치가, 외교관으로 서간문의 대가: 역주)이 스턴을 보살펴 주었다. 아침부터 밤늦게까지 스턴의 방에는 "수많은 사람들로 꽉 차"있었다. 스턴이 동료들에게 던진 농담은 커다란 웃음이 되어 커피하우스로 퍼져나갔고 신문지상을 통해 세상에 널리 퍼졌다. 새로운 "난센스의 철학"인 섄디이즘(shandyism)은 "원만한 방종"의 시대에 "모든 남자들과 대부분의 여자들에게" 유행처럼 되었다. 식품점에서는 섄디 샐러드가 판매되었다. 아일랜드 경마(건 돈 전부를 한 명 또는 몇 명이 독점하는 경마놀음: 역주)의 말들은 트리스트램 섄디로 명명하여 입장시키고 화장품, 의류 심지어 카드놀이에도 이 소설의 이름이 붙었다.

그리고 섄디이즘의 명성은 영국해협을 건너서 퍼져나갔다. 이 소설의 이상한 언어와 문법에 어긋나는 구두점을 이해할 수 없었던 프랑스 사람들은 계속해서 "도대체 섄디란 작자가 누구냐"고 물었다.

마침내 런던 시민들의 절정에 가까운 찬사를 받고 「트리스트램」의 재판본의 삽화로 호가스(1697~1764. 영국의 풍자적인 풍속화가: 역주)의 "절묘한 화법"을 이용할 것에 합의를 본 스턴은 프랑스 남부의 따뜻한 환영을 받기 위해 배를 타고 떠날 계획을 세웠다. 왜냐하면 스턴은 자신의 가느다란 핏줄을 통해 다른 목소리들이 계속해서 그를 부르는 소리를 들었기 때문이었다. 그것은 별로 유쾌하지 못한 환영의 소리였다. 스턴을 검진한 의사들은 "참으로 훌륭한 친구인데 올 겨울을 넘기지 못한다는 것은 정말 유감스런 일이로군"하고 말했다. 그리고 이 소식은 그가 말한 농담만큼이나 재빨리 퍼져나갔다. "스턴은 침대 가득히 피를 쏟았고 여러 사람들 앞에 나타난 이래로 수일 동안 한 마디 말도 못하고 침대에 누워있다. 그럼에도 불구하고 스턴이 프랑스에 건너가 화제를 불러일으킨 경위는 이러했다!"

스턴은 도버 항에서 배를 탔다. 갈 길은 험난하다! 스턴은 선실에 누웠다. 바람이 목을 죄는 듯했다. "그렇지만 맹세코 죽음이 즐겁게 추적하게 만들어야겠다. 별로 의심치 않을 무도회로 죽음을 인도해야겠구나. 왜냐하면 나는 한 번도 뒤돌아보지 않고 가론 강(피레네 산맥에서 서북으로 흐르는 프랑스의 강: 역주) 둑까지 달려갈 것이니까. 그런 다음에 죽음이 발뒤꿈치까지 바짝 따라온다면 나는 베수비우스 산(이태리 서남부 나포리만 근방에 있는 활화산: 역주)으로 도망갈 것이고, 그곳에서 다시 조파(팔레스타인 서부의 항구: 역주)로 도주할 것이며, 조파에서 다시 이 세상 끝까지 도망갈 것이다. 그곳에서도 죽음이 계속해서 나를 따라온다면 하나님께 죽음의 목을 부러뜨려달라고 기도해야겠다!"

그러나 죽음은 참아주었다. 죽음은 속임수에 빠져 자기 일을 그르치지 않을 것이다. 로렌스 스턴의 건강은 꾸준히 악화되었다. 목표지에 다다를 때까지 "마차의 의자바닥에 계속 누워서 출발 전에 선견지명이 있어 미리 사둔 커다란 베개를 베고 죽음의 신인 플루토에게 끌려가는 짐짝처럼 거의 시체가 되어 창백한" 스턴은 파리 시내로 들어왔다.

그런 다음에 갑작스럽게 기적이 일어났다. 스턴은 이불을 박차고 일어나 삶과의 마지막 유희를 위해 번잡한 사교계로 뛰어들었다. 파리에 도착한 지 채 6주가 못되어 그는 "파리 사교계의 반 이상의 여성들과 무도회에서 춤을 추었다."

잠시 동안 죽음조차도 당황한 듯했다. "죽음은 자기 임무를 잊은 채 문에서 돌아서며 자신의 침입에 대해 '확실히 뭔가가 잘못된 것 같습니다'라고 사과하였다."

프랑스 사람들은 놀라고 있었다. "그런데 말이지 이 샌디 씨는 정말로 훌륭해!" 오를레앙 공작(1747~93. 프랑스의 정치가. 역주)은 스턴에게 자신의 유명한 "기인(奇人)" 열전의 일원이 되어달라고 요청했다. 한 여주인은 목요일마다 스턴을 독차지하고는 그의 재치를 반찬으로 한 식사에 "배고프고 메마른 사람들을 모두 다" 초대했다. 스턴의 샌디 식의 기지에서 안전하게 벗어날 수 있는 것은 하나도 없었다. 기기묘묘한 생각들이 스턴의 머리를 통해 끊임없이 흘러나왔다. 스턴은 파리에서 "머리보다는 가슴에서 우러나오는" 설교를 몇 차례 했다―그러나 그는 언제나 "웃음을 참지 못하여 비틀거리고 청중들 면전에서 가발을 벗어 던질 뻔했다"… "나는 울음이 나올 때까지 웃고 그리고 웃음이 나올 때까지 운다"고 썼다.

런던에서와 마찬가지로 여기 파리에서도 여성들의 아름다움이 스턴을 압도했다. 관찰력이 뛰어난 한 프랑스 사람은 "이 성직자는 모든 여성들을 사랑한다. 그렇게 함으로써 그는 순수성을 유지한다"고 갈파하였다. 스턴은 숙녀의 손톱 끝 촉감에 전율을 느끼고 숙녀 신발의 버클을 채워주기를 좋아하며, 여관에서도 숙녀들이 들어있는 방 옆에서 묵기를 좋아했다. "그렇게 하는데 무슨 해가 되겠는가?"

스턴은 자신의 활동력을 지나칠 정도로 잘못 알고 있었고 다른 사람들의 활동력과 불합리한 점에 대해서는 상당한 호기심을 가지고 있었다. 그는 하인에게 주홍색 제복을 입히고는 노새를 타고 프랑스 남쪽으로 여행을 떠난다. 엉겅퀴를 씹고 있는 당나귀에게 마카롱(달걀흰자에 설탕을 함께 이겨 아몬드 또는 야자열매를 넣어서 만든 과자: 역주)을 주고는 당나귀의 얼굴이 변하는 모습을 관찰하기도 한다. 스턴은 긴 장화에 매달리는 거지들에게 장엄한 몸짓으로 동전 몇 닢을 던져준다. 그는 또 여행 중에 만난 탁발(托鉢) 수도사들과 단지 재미있는 이야기를 몇 마디 더 나누기 위해 계획된 여정에서 몇 마일씩 벗어나기도 한다. 장갑가게로 들어가 장갑 파는 "여점원"의 팔목을 잡는다—스턴이 그녀의 맥박 수를 스무 번째 헤아렸을 때 한 남자가 들어온다. "저의 남편이에요"라고 말하자 그는 계속해서 마흔 번째까지 센다… 스턴은 극장에 가서는 몸집이 큰 독일 군인을 아래층 맨 앞의 일등석에서 쫓아내기 위해 감시원을 부른다. 왜냐하면 그 커다란 독일 군인은 바로 뒤에 앉은 몸집 작은 스턴이 무대를 볼 수 있도록 머리를 조금만 비켜달라는 요청을 거절했기 때문이다. "우리 모두는 연극내용을 알기 위해 무대 전면을 보려고 노력하는 난쟁이들이 아닌가? 우리는 두 방울의 굴욕적인 눈물 사이에 매몰된 한 방울의 자존심의 눈물과 같은 존재들이 아닌가?"

이제 스턴은 또 다시 죽음의 발자국 소리를 듣는다. 저 "커다란 걸음걸이의 악당과도 같이 겁나게 하는 죄인"은 빠르게 목적지에 다다르고 있었다. 스턴은 죽음과의 해후가 아내, 딸, 친구들의 관심에서 멀리 떨어진 한적한 여관에서 이루어지기를 바랐다. 그리고 모든 사람에게 반드시 오고야마는 출두명령에 따라 법정에 들어설 때 염라대왕 앞에서 자신의 변론이 지나치게 무례해보이지 않기를 바랐다. 스턴의 생애에 성스러움이 그토록 없었을까? 좋다, 그렇다고 하자. 그렇지만 위선도 거의 없었다. 운명의 여신에게 스턴은 항상 기도했다. "원하신다면 저에게 지혜와 종교의 축복을 주소서. 허나 무엇보다도 제가 인간이 되도록 해주십시오." 스턴은 결코 그 이상의 것이 되려고 잘난 체한 적이 없었다. 엉클 토비의 극렬한 맹세 중의 하나를 인용한다면 "제발, 저를 인간이 되게만 허락해주소서"였다.

"스턴이 고발당하여 하늘의 대법정으로 날아 올라가서 그것을 인정했을 때 고발 천사는 수줍어 얼굴을 붉혔고, 기록 천사(인간의 선악행위를 기록하는 천사: 역주)는 스턴의 고발장을 적어놓고는 그 위에 눈물을 떨어뜨렸으며 천사의 눈물은 그것을 영원히 지워버렸다."

고통을 겪으면서도 일을 계속하는 것은 용감한 사람이 해야할 일.

월터 스코트
(1771~1832)

주요작품

「마지막 음유시인의 노래」(시집) 「마미언」(시집)
「호반의 미인」(시집) 「웨이벌리」 「가이 매너링」 「감옥」 「라머무어의 신부(新婦)」
「아이반호」 「수도원」 「대수도원장」 「케닐워스」 「해적선」
「니겔의 모험」 「정상(頂上)의 페브릴」 「쿠엔틴 다워드」
「성 로난의 우물」 「붉은 손가리개」
「파리의 로버트 백작」
「나폴레옹의 생애」(총9권)

스코트
Walter Scott

1

　　1777년 가을 월터 스코트의 어머니와 사촌인 콕번 여사는 스코트 가족과 하루 저녁을 보냈다. 다음날 아침 콕번 여사는 자기 교구 목사에게 다음의 편지를 보냈다.

　　"… 어젯밤 저는 스코트 가족과 함께 저녁을 먹었습니다. 그런데 그 아들이 내가 여태껏 만나본 일이 없는 아주 뛰어난 천재소년입니다. 그 아이는 내가 들어갈 때 어머니께 시를 읽어드리고 있더군요. 그래서 나는 계속 읽게 했답니다. 그 시는 난파선을 묘사한 것이었어요. 그 아이의 열정이 폭풍우와 함께 일어나면서 눈과 손을 들어올리고는 '저기 돛대가 가라앉는구나. 부서지고 마는구나! 그들은 모두 소멸하고 말리라!' 하고 낭송을 하더군요. 이런 흥분상태가 가라앉자 그 아이는 나에게로 향하더니 '너무나 우울한 시지요. 아주머니께 좀더 재미나는 시를 읽어드릴 걸 그랬나 봐요' 하더군요. 나는 담소를 나누면서 그 아이가 지금 읽고 있는 존 밀턴과 다른 책들에 대해 생각하는 바를 물었더니 대답이 걸작이더군요. 그가 한 말 중에서 한 가지만 말해보면 말이죠. '세상에 막 나오게 된 아담이 모든 것을 알고 있다는 것이 정말로 기이하지 않아요!'… 어젯밤 그 아이는 잠자리에 들기 전에 자기 아주머니께 그 부인이 마음에 든다고 말하더래요. 그래서 그 아주머니가 '어떤 부인이 맘에 든다고?' 하고 물으니까 '있잖아요, 콕번 여사요. 내 생각에 그녀도 나처럼 대가인 것 같아요' 하더래요. 제니 아주머니가, '월터, 대가가 뭐야?' 하고 묻자 '그것도 모르세요? 음, 그것은요, 모든 것을 알고자 소원하고 또 모든 것을 알게 될 그런 사람이에요'하고 대답하더랍니다."

그런 다음 콕번 여사가 목사에게 보낸 편지의 최고지점에 달한다. "목사님, 이 소년이 몇 살이나 된 것 같으세요? 제가 말씀드리기 전에 한번 맞춰보세요. 14살? 12살? 아니에요. 그 아이는 이제 여섯 살도 되지 않았답니다!"

2

여섯 살짜리 조그마한 대가는 엄청난 마음과 굳건한 몸과 절룩거리는 다리를 가지고 있었다. 18개월 때에 소아마비를 앓았기에 평생 동안 다리 하나가 불구였다. 그러나 나머지 부분은 월터 자신의 말을 빌리면 "건강하고 혈기왕성하며 튼튼한" 상태였다. 그는 걷기, 말 타기, 심지어 달리기까지 누구 못지않게 하려고 애썼다.

스코트의 아버지 쪽이나 어머니 쪽 모두가 "양가"(良家) 출신이라는 점이 월터에게 오만함은 아니지만 자존심을 불어넣은 요소였다. 일생동안 그는 훌륭한 친구들 중에서도 훌륭한 친구였다. 한 머슴이 몇 년 후 말하기를 "월터 스코트 씨는 사람들을 대할 때 마치 그들이 육친이나 되는 것처럼 말한답니다."

유아기부터 스코트는 "회오리바람과도 같이 쉴 새가 없었다." 언제나 뭔가를 하고 있거나 아니면 뭔가를 말하였다. 그의 기억력은 한 장의 압지와도 같아서 들은 것, 읽은 것을 뭐든지 흡수했다. 월터는 집 주위를 뛰어다니며 시를 암송하였는데 그것은 차라리 악을 쓴다고 하는 편이 나았다. 그가 있으면 다른 사람의 말을 알아듣기가 불가능했다. 교구 목사는 월터에 대해서 다음과 같이 말하곤 했다. "저 아이가 있을 때는 대포 쏘듯이 말씀하셔야 합니다."

월터는 배우는 일에 왕성한 식욕을 보이는 "방자한 장난꾸러기"였다. 8세 때 학교에 입학했을 때는 셰익스피어와 호머를 거의 암송할 정도였다. 그러나 산수에 대해서는 아는 것이 하나도 없었다. 그래서 선생님은 월터를 자기 반의 지진아 그룹에다 집어넣었다.

처음에는 소년들이 스코트가 발을 전다고 상대해주지 않았다. "절름발이와 어떻게 치고 박고 할 수 있나요." 그러나 월터는 그들에게 도전하였고 싸움을 벌여서 수차례 코피가 나도 참고 견디자, 드디어 친구들은 그를 존경하였다.

나중에는 친구들이 감탄하게 되었다. 왜냐하면 월터가 이야기를 해줄 수 있다는 것을 알게 되었기 때문이다. "으악, 세상에 이렇게 재미있는 이야기도 있구나!" 스코틀랜드 고지지방과 저지지방에 대한 이야기 그리고 국경지대의 사람이 하나도 없는 지방에서 고지주민들과 저지주민들 사이에 벌어진 "피비린내 나는 충돌"에 대한 이야기였다.

그러나 독서와 결투, 그리고 이야기를 해주는 바쁜 생활 속에서도 스코트는 산수 공부할 시간을 마련하였고 2년 내에 우수반에 들게 되었으며 그로부터 2년 후에는 대학에 들어갈 준비를 갖추었다.

그러나 중병에 걸린 스코트는 학업을 중단했고 거의 목숨까지 잃을 뻔했다. 내장 혈관이 파열되었다. 수 주 동안 고통 속에서 지내고 수개월 동안 요양을 한 후, 월터는 다시 학업을 계속할 차비를 차려서 대학에 들어갔고 아버지의 직업을 이어받기 위해 법학공부를 하였다. 월터 스코트는 법정 변호사가 되기보다 군인이 되는 편이 훨씬 나았을 것이다. 그러나 군인생활은 불구의 몸으로는 불가능하였으므로 스코트는 학위를 받은 후에 체념상태에서 아버지의 사무실에서 법률서류를 복사하고 있었다.

그러나 스코트의 마음은 계속해서 세상을 방랑하고 있었고 가슴은 군대음악으로 가득 차있었다. 한때 그는 정말로 지원 기마대에 입대했고 일상훈련에도 참여하였다. 그러나 스코트는 육체적인 결함으로 제대할 수밖에 없었다. 그는 사무실로 돌아와 마음의 모험을 계속하였다.

스코트는 "나의 스코틀랜드 친구인 로버트 번즈"(1759~96. 스코틀랜드 출신의 낭만주의 전기파의 영국시인: 역주)에 대한 경쟁심으로 시를 쓰기 시작했다. 아버지는 온 힘을 다해 그를 말렸다. "아무 이익도 없는 이런 환상의 비약은 너를 망치고 말거야." 그러나 스코트는 끝까지 고집하였다. 아버지의 고객들을 위해서 스코틀랜드 고지지방에 가서 임차료를 거두어들이는 일은 아버지의 보조원으로서 그가 담당해야 할 임무에 속했다. 이런 여행 중에 어린 월터는 많은 매력적인 인물들을 만났고 많은 재미있는 이야기도 수없이 들었다. 그리고 월터 자신도 얼마나 이야기를 즐겨했던가! 게다가 얼마나 훌륭하게 남의 이야기를 들어주었던가! 한 고지지방 주민은 이런 말을 했다. "이런 세상에, 그 사람은 정말 끝없는 웃음보따리를 가지고 다닌단 말이야! 채 열 마디도 나누기 전에 우리는 껄껄대고 웃거나 소리치거나 아니면 노래를 부르고 만다니까."

이렇게 스코틀랜드 고지지방으로 "집세를 거두러가는 돌격여행"으로 인해서 월터 스코트의 시가 생겨났고 나중에는 그것이 발전되어 그의 역사소설이 탄생되었다.

3

스코트는 그와 결혼하기를 거부하는 한 소녀를 사랑하였고 그를 사랑하기를 거부하는 소녀와 결혼하였다. 그러나 그녀는 스코트의 성격이 견실하고 마음이 명랑했으며 정신상태가 위대하였으므로 그를 숭배하였다. 두 사람의 결혼생활은 아주 열렬한 상태는 아니었지만 지속적인 애정으로 이루어져서, 월터의 천재성을 건강하게 성장시킬 수 있는 그런 온건한 환경을 조성하였다.

스코트는 자기 자신의 천재성을 "잡기나 쓸 수 있을 정도의 능력"이라고 말했다. 그는 몇 편의 스코틀랜드 시를 쓰다가 내동댕이치고는 독일어로 쓰인 작품을 번역하였다. 당시의 나이가 이미 28세였는데도 월터는 문학가로서의 야망은 조금도 없었다. 그때쯤 그는 이미 "환상의 비약으로 먹고 살기란 힘들다"는 아버지의 견해에 동의하고 있었다. 그는 "변호사의 여가시간을 위한 취미"로 작품을 썼다. 월터는 법정에서 출세하려고 결심한 터였다. 당시 월터는 셀커크셔 지방의 책임자로 임명받았던 관계로 상당한 수입을 올리고 있었고, 시간적 여유도 많았다. 그래서 스코트는 자유롭게 법정에서 사건을 규칙적으로 다룰 수 있었다.

또한 문학적인 취미에 눈돌릴 시간도 많아졌다. 여러 해 동안 스코트는 오래된 스코틀랜드 변경지방의 민요를 수집해놓았다. 그래서 그는 이제 그것들을 편집하여 출판할 채비를 차렸는데, 그것은 자기 자신의 명예를 위해서가 아니라 과거의 학교친구였던 인쇄업자 제임스 발렌타인을 위해서였다. 친구의 인쇄업이 파산하지 않기 위해서는 일이 필요했다. 그래서 스코트는 인쇄가 반드시 발렌타인의 인쇄소에서 이루어져야 한다는 유일한 조건으로 출판업자에게 변경지방의 민요모음집을 넘겨주었다.

그리하여 월터 스코트의 문학가로서의 경력은 한 친구를 도와주는 것으로 시작되었다.

그 민요모음집의 제목은 「스코틀랜드 변경지방의 노래와 시」였는데 재정적 성공을 거두지 못했다. 스코트 역시 그것을 기대한 것은 아니었다. 월터는 "내가 문학 활동을 하는 것은 이득이 목적이 아니라 즐거움을 얻기 위한 것이다"라고 말했다.

스코트는 첫 번째 독창적 시집인 「마지막 음유시인의 노래」를 내놓으면서도 금전상의 성공을 거두리라 기대하지 않았었다. 그러나 놀랍게도 이 작품은 성공작이었다. 스코트의 운명의 별은 그의 일생을 통한 작업이 법률이 아니라 문학이라고 분명히 지시해주고 있었다. 그러나 스코트는 34세가 되었는데도 자신의 진정한 소명이 무엇인지 깨닫지 못했다. "문학에 대한 애착으로 인해서 나는 그것을 추구하는 기쁨 때문에 부유해질수도 있고 직업상의 명예를 얻을 수도 있는 아주 좋은 기회들을 놓치고 있다"고 그는 쓰고 있다. 스코트가 가장 바라는 것은 스코틀랜드 법률가들 중에서 가장 시시한 인물이 되는 것이었다. 그래서 스코트는 스코틀랜드 작가들 가운데서 가장 위대한 인물이 되었을 때 실망이 아주 컸다.

그리고 당시의 스코틀랜드 사람들은 그 자신의 가치평가를 액면 그대로 받아들였다. 스코트의 표현을 빌리면 그는 "모든 농가에서 안식처를 발견하였는데," 그러나 그것은 북부지방의 위대한 시인으로서가 아니라 상냥한 "셀커크셔 지방의 책임자"로서 그랬다. 그리고 만일 스코트의 동시대인들에게 그들의 감정을 설명해달라고 부탁한다면 아마도 그들은 자신들이 숭배한 사람이 책임자 월터 스코트가 아니라 인간 월터 스코트였다고 답변했을 것이다. 월터는 정말로 사랑스러웠고 자연스러웠으며 겸손했고, 항상 일화를 듬뿍 지니고 다녔고, 현학자인 체하는 사람이 아니었으며, 친구들에게 아주 헌신적인 인물이었다. 스코트는 잘못을 보건 덕목을 보건 간에 아주 유쾌한 사람이었다. 스코트는 한 독자에게 다음과 같은 글을 써 보냈다. "당신은 내가 머리가 텅 비어있는 반쪽 법률가이고 반쪽 운동가인 것을 알게 될 겁니다. 머리 속에는 5살 때부터 기마부대가 훈련하는 모습으로 가득했거든요. 또한 교육도 반밖에 받지 못해서 친구들이 항상 지적하듯이 반미치광이랍니다. 모든 면에서 반쪽 노릇밖에 못하지만 그래도 전적으로 당신의 충실하고 사랑스러우며 봉사심이 강한 종이 되어드리겠습니다."

"전적으로… 당신의 종." 이 구절이 월터 스코트의 성격을 가장 잘 나타내는 요지였다.

4

월터 스코트는 관대했다. 그러나 실속도 차릴 줄 아는 인물이었다. 이제 네 아이의 아버지가 된 스코트는 가족을 편안하게 해주기 위해서 그동안 저축했던 것을 발렌타인의 인쇄업에 투자했다. 그리하여 월터는 두 가지 요인만 없었더라면 성공했을지도 모를 사업의 동업자가 되었다. 그러나 발렌타인은 사업상태를 판단할 능력이 부족했고 스코트는 발렌타인을 제대로 평가할 능력이 부족했다. 여러 해 동안 인쇄사업은 비틀거리며 운영되었고 스코트는 계속해서 자신의 수입을 그곳에 쏟아 부었다. 그는 꾸준히 비극적인 함정으로 빠져들었지만 그것을 깨닫게 된 것은 한참이 지나서였다.

한편 스코트는 계속 법정에 나가 '약간의' 수입을 얻었다. 또한 그는 계속해서 취미삼아 시를 썼는데, 그것은 오히려 '상당한' 순이익을 올려주었다. 그는 「마미언(*Marmion*)」과 「호반의 미인(*Lady of the Lake*)」, 그리고 몇 편의 중요하지 않은 시를 써냈다. 스코트는 문학으로 얻는 영예에 어깨를 한번 으쓱하고 말았고, 문학으로 받는 타격은 미소로 받아들였다.

언젠가 「호반의 미인」에 대한 비판을 들었을 때 그는 호탕한 웃음을 터뜨렸다. 왜냐하면 그 비판은 13살짜리인 자기 딸 소피아에게서 나왔기 때문이었다. 「호반의 미인」이 출판되고 얼마 지나지 않아서 제임스 발렌타인은 스코트의 서재에서 우연히 소피아와 마주치게 되었고 아버지의 시를 어떻게 생각하느냐고 물었다. 월터 스코트에게 제임스가 전한 바에 따르면, "소피아의 대답은 아주 간단하더군. '아, 저는 그 작품을 읽지 않았어요. 왜냐하면 아빠가 그러시는데, 나쁜 시를 읽는 것만큼이나 젊은이들에게 해로운 일은 없대요.'"

허지만 스코트의 시는 위대한 것과는 거리가 멀었지만 그래도 졸작하고도 거리가 멀었다. 파이의 맛은 먹어보면 금방 안다. 그리고 그것을 맛보는 사람은 반드시 교육받은 사람일 필요가 없다. 어느 날 스코트는 「호반의 미인」 제1편, 사슴사냥의 효과를 알아보기 위해 한 농부친구를 만났다. 그 친구는 학교교육을 받지 않았지만 이해력이 있고 열정적인 사냥꾼이었다. 스코트는 다음과 같이 적고 있다. "그는 손을 이마에 얹고서 굉장히 주의 깊게 사슴사냥을 묘사한 부분을 들었다. 마침내 이야기가 주인을 따르던 개들이 호수로 투신하는 장면에 이르러서… 그는 갑자기 감탄하여 소리를 지르고 탁자를 손으로 치면서 그곳에서 기대하던 비난의 어조로 말했다. 그토록 힘들여서 추적했는데 세상에 물에 빠지게 만들다니, 개들은 분명 모두 다 죽고 말았을 거라고 단언했다."

교육받은 사람은 물론이고 무지한 농부에게도 이 시를 읽은 독자는 인생의 특이한 맛을 느꼈다. 「호반의 미인」은 비록 운율이 단조롭고 때로 장황한 면은 있지만 오늘날에도 생생한 맛과 특이한 맛을 느끼게 해준다.

「호반의 미인」의 성공은 기대 이상이었다. 그리고 이 시는 작가뿐만 아니라 로크 카트린 근방에 사는 모든 여관주인, 마부, 여인숙주인, 수렵가의 종자들의 주머니를 그득하게 해주었다. 왜냐하면 영국의 방방곡곡에서 심지어는 유럽대륙에서까지 "영국 북부지방의 마술사인 월터 스코트로 인해 유명해진 시에 나오는 장면을 감상하기 위하여 많은 사람들이 모여들었고… 인근에 있는 모든 집과 여인숙들이 계속되는 방문객들로 꽉 찼기" 때문이었다.

로크 카트린 지방은 성지가 되었고 이 시는 복음이자 구호가 되었다. 1811년 한 중대원이 웰링턴 장군(1769~1852. 영국의 장군, 정치가. 1815년에 워털루에서 나폴레옹을 격파한 것으로 유명함: 역주)의 지휘 하에 반도에서 전투를 벌이고 있었을 때 중대장은 6편에 나오는 전투묘사 부분을 큰 소리로 읽어주었다. 군인들은 적의 포탄이 머리 위로 윙윙 날아다니는 동안에도 땅에 납작하게 엎드려서 힘이 솟게 하는 시에 귀를 기울였다. "프랑스 군대가 쏘아대는 총탄이 그들 바로 뒤에 있는 둑을 맞출 때마다 울려 퍼지는 기쁨에 넘친 환호소리"를 제외하고는 고요와 집중만이 있었다.

이 시는 계속 팔려나갔고 판에 판을 거듭하였다. 거기서 나오는 인세로 스코트는 시골에다 저택을 짓고자 하던 평생의 꿈을 실현할 수 있었다. 이리하여 트위드 강(스코틀랜드의 남부에서 동쪽으로 흘러 북해로 들어가는 강: 역주) 둑에 지은 저택에 정착한 스코트는 "애보츠포드(트위드 강가의 작은 농지로 스코트는 여기서 1812년부터 죽을 때까지 살았다: 역주)의 지주"가 되어 자기 집 대문과 마음을 활짝 열어 "그 지방의 공작으로부터 농부에 이르기까지 모든 사람을" 환영하였다. 친구들이 스코트에게 지나치게 호인 노릇을 하는 것을 보고 주의를 주자 스코트는 모든 방문객들이 "이런저런 방법으로 셈을 치렀다"고 오히려 그들을 안심시켰다. 왜냐하면 아무리 변변치 못한 사람일지라도 그에게는 가장 고귀한 선물인 새로운 친구가 되기 때문이었다. 우정이라는 화폐가 환대라는 상품에 충분한 대가가 된다고 스코트는 생각했다.

이제 희끗희끗한 노신사로 변한 스코트는 한 다정한 친구에게 다음과 같은 글을 보냈다. "그런데 하얀 눈이 아무리 내려도 내 머리도 내 마음도 전혀 식은 것 같지 않다네." 정말로 아무리 나이가 들어도 그의 머리와 마음을 차갑게 식혀 주기는커녕 해가 갈수록 그것들이 새로운 상상의 도약을 할 수 있도록 따뜻하게 덥혀주고 있었다. 중년이 되도록 시를 쓴 스코트는 이류의 음유시인이 되는데 성공했다. 이제 그는 눈길을 산문으로 돌렸고 일류의 시인이 되었다.

5

월터 스코트는 젊었을 때 한두 번 산문소설을 시도한 적이 있었지만 그때마다 능력의 부족을 느끼고는 포기했었다. 1805년 그는 역사소설인 「웨이벌리(Waverley)」의 일곱 장을 다정한 비평가인 윌리엄 어스킨에게 보냈다. 그 친구는 퉁명스럽게 "없애버려"하고 충고했다. "이것들은 사실을 너무 잘 표현하고 있어서 허구라고 할 수가 없어." 그러나 스코트는 그것들을 없애지 않고 한쪽에 보관해두었다. 그러다가 1813년 우연히 낚시도구를 찾느라고 다락을 뒤지다가 책상에 들어있던 이 원고와 마주치게 되었다. 그는 이야기의 첫 부분을 다시 읽어보고는 "단지 재미로" 이 작품을 끝내보겠다고 결심했다.

그리하여 월터 스코트는 잘 알지도 못한 채 금광의 권리를 획득했던 것이다.

그러나 스코트는 자기 소설의 '실제적인' 가치를 인식한 후에도 소설의 '예술적인' 가치에 대해서는 확신을 갖지 못했다. 그는 이 작품들을 모두 다 익명으로 출판하였는데 그 이유는 스코트 자신이 임종시에 설명했듯이 지방장관이 소설가가 되는 것을 품위 없는 일로 생각했기 때문이었다. 그래서 그는 마치 어떤 비밀스럽고 부끄러운 타락행위에 몰두하는 사람처럼 남몰래 급하게 소설을 써 내려갔다. 그래서 작품이 완성되었을 때 그는 "소설들이 마음대로 흘러가게 내버려두었고," 그것을 다음과 같이 표현하였다. "그리고 운명에 맡겨라."

그리고 소설을 고귀한 짐으로 받아들인 바람은 금과 명예라는 똑같이 고귀한 짐을 스코트에게 다시 실어다주었다. 그러나 그것은 일반적인 명예일 뿐이었다. 어쩌다가 통찰력 있는 비평가가 그 소설의 작가를 추측해 볼 뿐이었다. 마리아 에지워드(1767~1849. 영국의 여류소설가: 역주)는 「웨이벌리」를 다 읽고 난 후 그 작품의 "알려지지 않은 저자—스코트이거나 아니면 악마"에게 편지를 보냈다. 그러나 스코트는 그 책과의 관련성에 대해서 긍정도 부정도 하지 않았다. 언젠가 그가 영국의 섭정 황태자(조지 3세 때 1811년부터 1820년까지 부왕을 도와 섭정했던 후의 조지 4세: 역주)와 만찬을 하는 자리에서 황태자는 "웨이벌리의 저자를 위해서… 축배합시다" 하고는 의미심장하게 스코트를 쳐다보았다. 그러자 스코트는 자기 잔에 술을 가득 따르고서 말했다. "폐하께서는 본인이 마치 지금 이 건배의 영예를 받을 인물로 생각하시는 것 같군요. 저에게는 그런 권리가 전혀 없습니다. 허지만 폐하께서 방금 베푸신 칭찬이 진짜 저자에게 돌아갈 수 있도록 처리하겠습니다."

소설 인세가 마치 폭포수와도 같이 스코트의 돈궤 속으로 계속 쏟아져 들어왔고 그는 계속해서 그것을 발렌타인의 인쇄업이라는 밑 빠진 독에 부어넣었다. 그리고 비극적이게도 그는 이 사업이 악화 일로를 걷고 있다는 사실을 전혀 모르고 있었다. 그는 점점 더 많은 땅을 사들였고 담보 저당망에 얽혀 들어갔으며 다수의 방문객들을 환대해 주었다. 또한 그는 저택 정원에서 시골사람들을 위한 만찬연회와 춤잔치를 베풀었고, (불구이면서도) 산과 계곡을 헤매고 다녔으며, 말을 타고 사냥을 하였다. 그토록 바쁜 세월 속에서도 스코트는 이야기를 만들어냈고 ("대관절 언제 이런 일을 할 시간을 마련한담?") (준-남작 직위를 포함하여) 자신이 받은 훈장들을 즐거워했으며, 자녀들을 출가시켰고, 더 많은 소설작품을 썼고, 더 많은 수입을 올렸으며, 발렌타인의 파멸적인 사업에 점점 더 깊숙이 빠져들었고 마침내 와르르 파산하였다. 발렌타인이 도산하게 되자 스코트의 전 재산은 씻은 듯이 사라졌다.

그런 타격은 비극적인 것만큼이나 갑작스러웠다. 그러나 이것은 좋은 친구였던 스코트가 훌륭한 인간으로 전환되는 계기가 되었다. 이제부터 그는 자기가 써낸 그 어느 작품보다도 더 많은 영감을 주는 이야기의 주인공이 되었다. 스코트의 빚은 발렌타인이 파산한 결과로 11만 7천 파운드(약 60만 달러)에 이르렀다. 친구들은 스코트에게 파산선고를 하라고 충고했다. 변호사였던 스코트 역시 고객들에게는 종종 그와 유사한 충고를 주었다. 그러나 그는 이런 법적인 도피수단을 이용하기를 완강히 거부했다. 스코트는 선언했다. "어느 한 사람도 나로 인해 한 푼이라도 손해 보게 할 수는 없다." 가족들이 동정하려고 하자 스코트는 그들을 방에서 몰아냈다. "나는 울어서 퉁퉁 부어오른 눈이나 훌쩍거리는 소리는 듣기 싫소." 냉정하게 스코트는 글쓰기에 착수했고 "모든 빚을" 갚기 위해서 끊임없이 글을 써댔다. 그는 살아있는 기계로 변신했다. 어느 날 록크하트와 멘지즈 두 젊은이가 멘지즈네 집에서 저녁식사를 하고 있었다. 갑자기 록크하트는 멘지즈가 불안한 모습으로 창문을 쏘아보는 것을 보았다.

"왜 그래? 어디 몸이 불편한가?" 하고 록크하트가 물었다.

"아니," 멘지즈가 대답했다. "그저 나를 자네 자리에 앉게 해주면 곧바로 좋아질 걸세… 여기 내 눈앞에 지독한 손이 하나 있다네. 우리가 여기 앉았을 때부터 나는 쭉 지켜보고 있었거든—그것이 내 눈을 끌어당겼기 때문이지—지금까지 한 번도 쉬지를 않았네—종이가 한 장 한 장 끝날 때마다 원고더미로 옮겨졌는데 아직도 지칠 줄 모르고 계속되고 있다네

—그리고 그것은 촛불이 켜지는 시간까지 계속될 것이고 그 후에도 얼마나 계속될지 누가 알겠는가… 매일 밤 계속되고 있다네… 아마도 어리석고 억척스럽고 정신 나간 서기관일거야…"

아니 억척스러운 서기관이 아니라, 월터 스코트가 빚을 청산하고 있는 중이었다.

스코트는 과로로 병들었다. 그러나 그는 병도 스토아 철학자처럼 받아들였다. "고통을 겪으면서도 일을 계속하는 것은 용감한 사람이 해야 할 일이지." 스코트는 앉아있을 수 없게 되자 침상에 누워 원고를 받아쓰게 했다. 너무 아픈 나머지 이를 악물 때도 있었는데 고통이 멎으면 곧바로 받아쓰기를 계속시켰다. 부인이 죽어서 그녀를 떠나보낸 후에도— "고독은 정말 참기 힘들군"—그는 작업을 계속했다. 그는 소설, 시, 전기를 닥치는 대로 써나갔다. 그래서 빚은 4분의 3으로 반으로 그리고 4분의 1로 줄어들었다. 지나치게 무리한 나머지 스코트의 정신도 육체와 마찬가지로 탈이 났다. 그는 자기 빚을 모두 다 갚았다는 행복한 환상 속에 빠져들었다. 의식이 조금 맑을 때에 스코트는 자기 소설 속에 등장하는 인물인 병자의 모습을 그렸다. 그것은 자기 자신의 모습이었다. "방석으로 가득한 안락의자, 플란넬로 휘감은 축 늘어진 팔 다리, 풍성한 실내복을 비롯해 잠잘 때 쓰는 모자가 병자라는 것을 보여준다. 그렇지만 과거엔 활기가 넘쳐흐르던 희미해진 눈, 수다스러운 입술—그것을 오므렸다 폈다 하면 활기찬 그의 얼굴에 성격이 나타나곤 했었지—그리고 한때 그토록 남성적인 열변을 홍수같이 토해내던 더듬거리는 혀, 그래서 그것은 종종 현자들의 견해에 영향을 미치기도 했었지—이 모든 슬픈 증세들이 내 친구가 지금 불행하게도 동물의 생활원칙이 정신세계를 능가하는 그런 우울한 상태에 있다는 것을 보여준다…"

그러나 이토록 고통을 겪는 중에도 스코트의 정신은 되살아나 또 다른 소설 「파리의 로버트 백작(Robert of Paris)」을 완성시켰다. 그런 후에야 스코트는 휴식을 취할 준비를 마쳤다. "쟁기는 이제 마지막 논두렁을 갈고 있는 중이다."

친구들은 해군본부의 관대한 도움으로 스코트를 지중해 순항함에 태울 수 있었다. 그의 여행에 안전을 빌기 위해 배웅 나온 사람들 중에 지주들, 귀부인들 그리고 스코트가 가장 숭배하는 한 '평민'인 윌리엄 워즈워스(1770~1850. 영국 낭만주의의 최고시인: 역주)가 있었다. 항해 중에 스코트는 2편의 소설을 새로 쓰기 시작했는데 건망증이 황혼기에 접어든 중에도 절박한 번갯불의 번쩍임이 나타났기 때문이다. "죽기 전에 내가 반드시 해야 할 일이 있다." 어느 날 스코트는 독일의 대문호 괴테가 죽었다는 소식을 접했다. 그는 선장에게 여행을 중단해주기를 요청했다. "적어도 괴테는 집에서 죽었단 말이요. 어서 애보츠포드로 돌아갑시다."

스코트는 1832년 7월 11일에 도착했다. 걷기도 힘들었는데도 스코트는 책상에 앉혀달라고 간청했다. "이제 나에게 펜을 주고 잠시 동안만 나를 혼자 있게 해주렴." 딸이 펜을 손에 쥐어주어도 손가락이 말을 듣지 않았다.

그들은 스코트를 침대로 옮겼다. 그는 두 달간을 그럭저럭 목숨을 이어가다가 마침내 완전히 고요한 가운데 두 눈을 감았다. "어떤 조각가도 지금껏 이보다 더 침착하고 위엄 있는 인물을 만들어내지 못했다."

그리고 스코트가 그토록 평화롭게 보이는 것은 놀라운 일이 아니었다. 그는 하늘에 계신 채권자 하나님께 진 빚을 모두 다 갚았다.

오노레 드 발자크

(1799~1850)

주요작품 ⋯⋯⋯⋯⋯⋯⋯⋯

「루이 랑베르」「야생 당나귀의 가죽」
「플랑드르의 예수」「으제니 그랑데」「우스운 이야기들」
「알려지지 않은 걸작」「고리오 영감」「농부들」「골짜기의 백합」
「시골 의사」「세라피타」「무신론자의 미사」「이브의 딸」「사촌누이 베트」
「사촌형 퐁스」「보트랭」(희곡)「파멜라 지로」(희곡)

발자크
Honoré Balzac

1

어린 시절에 발자크는 한 번에 몇 시간이고 조그만 빨간 바이올린을 켜곤 했다. 그는 견디기 힘든 소리를 냈고, 사람들이 무엇 때문에 자기 음악의 아름다움을 느끼지 못하는지 이해할 수 없었다. 학교에서 발자크는 학과 공부는 하지 않고 인간의지에 관한 논문을 한편 썼다. 그리고는 선생님이 무엇 때문에 화를 내며 그 논문을 찢어버리는지 도통 알 수가 없었다. 탐구적인 그의 두 눈이 어찌나 강렬해보였던지 사람들은 그가 몽상으로 정신이 멍해졌다고 생각했다. 그러나 어머니는 이따금씩 발자크의 입에서 심오한 말들이 새어나올 때 놀라지 않을 수 없었다. 7살 짜리 어린 아들을 향해 어머니는 부르짖었다. "오노레, 네가 방금 한 말을 무슨 뜻인지 알고 했다면 정말 대단하다!" 오노레는 그가 성(聖) 오노레 날에 태어났으므로 붙여진 이름이다. 한 소년이 성자의 보호를 받고 그것도 명예로운 성자가 대부 노릇을 해준다는 것이 얼마나 고무적이고 의욕을 북돋아 주는 일인가!

발자크의 아버지는 군수용품 공급담당자였고 머리 속은 "몽테뉴, 라블레, 토비 아저씨"(로렌스 스턴의 소설 「트리스트램 샌디」에 나오는 등장인물: 역주)

에 대한 생각으로 가득한 사람이었다. 그는 상상력이 풍부한 낙관주의자였고 아들에게 꿈이라는 유산 외에는 아무 것도 남긴 것이 없었다. 고등학교 선생님들은 발자크를 실패자로 낙인찍었고 꿈의 세계에서 살도록 내버려두었다. "이 조그맣고 통통한 친구는 지적인 혼수상태에서 헤매고 있다"고 그들은 기록하였다. 그래서 오노레는 고등학교에서 나와 길을 따라 걸었고 환상적인 일과 사실을 알기 위해 도서관에 출입하였다. 망령과도 같이 발자크는 소르본느 대학으로 미끄러져 들어가서 눈치 채이지 않고 대가들의 강의를 경청하였다. 빅토르 쿠쟁(1792~1867. 프랑스 철학가로 소르본느 대학의 현대철학 교수였다: 역주)도 귀조(프랑소와 귀조, 1787~1874. 프랑스의 역사가, 정치가, 소르본느 대학의 현대사 교수였다: 역주)도 역사, 정치, 철학에 대한 자신들의 견해가 얼마만큼 그리고 어느 정도 영향을 미치고 있는지 전혀 깨닫지 못했다.

어머니는 상당히 빈틈없는 여인으로 발자크를 현실세계로 다시 불러들여 법률공부를 하도록 지시했다. 아버지는 당시 74세였으므로 은퇴상태였고 생활은 아주 옹색했다. 그러던 어느 날 발자크는 자신이 즐겨 찾았고 또 진지한 영감을 공급받고 심오한 생각을 숙고하며 야심에 찬 계획을 만들어내던 파리 근교의 페르 라셰즈 공동묘지에서 전과 마찬가지로 산보를 하던 중에 자기의 본분을 다하라는 부름을 받고 발걸음을 멈추었다.

발자크는 집으로 돌아와 가족에게 알렸다. "법률 공부는 싫어요. 저는 작가가 되고 싶어요."

저런, 귀신이나 잡아가지! 어머니는 나름대로는 천재였으므로 아들이 최근의 몽상에서 깨어나게 할 계획을 궁리했다. 어머니는 아들에게 집이 너무 협소하니 집에서 일하기는 힘들겠다고 말하면서, 다락방을 하나 얻어 겨우 목숨이나 부지할 수 있을 정도의 필수품만 그곳에 갖추어주었다.

그녀는 발자크가 혹시 "헛된 야망"을 버릴지도 모른다는 희망으로 그에게 불편이라는 선물을 주었던 것이다.

오노레는 어머니에게 감사했다. 더러움과 쓰레기더미에 둘러싸이자 오히려 그는 굶주리는 문필계의 왕들인 정신적인 조상들의 권좌에 앉은 것 같은 기분이 들었다. 아! 이런 꿈의 세계로 탐닉해 들어갈 수 있다니 그에게는 더 없는 행복이었다.

발자크를 찾아왔던 한 친구는 그의 방문기록을 다음과 같이 남겼다. "내가 한 조그만 다락방에 들어가 보니 그곳에는 바닥도 없는 의자 하나, 부서질 듯한 책상, 비참하게 초라한 잠자리가 놓여있었고, 잠자리 주위에는 반쯤 드리워진 두 쪽의 더러운 커튼이 내리쳐 있었다. 테이블 위에는 잉크스탠드, 온통 낙서 투성이인 커다란 습자책 한 권, 레모네이드가 들어있는 주전자, 유리컵 하나 그리고 빵 조각이 널려 있었다. 이 초라한 소굴은 숨 막힐 듯 무더웠고 방안에는 악취가 가득했다." 발자크는 머리에 면 모자를 쓰고 잠자리에 누워있었다. "여보게, 잘 왔네. 이런 누추한 곳을 찾아오다니. 지난 두 달 동안 한 번밖에 이 곳을 나간 적이 없었거든. 그 동안 나는 대작을 만드느라 침대에서 나간 적이 없었다네."

테이블 위에는 방금 끝낸 희곡이 놓여 있었는데 그 "대작"을 쓰느라 발자크는 그토록 엄청난 더러움을 만끽하고 있었다. 어느 날 그는 그 대작을 집어 들고 가족에게 낭독해주었다. 그러나 호의적인 반응을 얻지 못했다. 그래서 그는 그것을 프랑스 학술원에 있는 희곡의 권위자에게로 들고 갔다. "선생님, 이 작품을 한번 검토해 보시고 제가 미래에 뭘 해야 할지 방향을 제시해주십시오." 그 사람은 원고를 읽고나서 대답하기를 "미래에 어느 것을 해도 좋소만 글 쓰는 일만은 하지 마시오." 오노레는 어깨를 으쓱하더니 "아마 비극이 제 성미에 맞지 않나 보군요."

그렇지만 발자크는 계속해서 그 초라한 다락방에서 작품을 썼다. 세상 사람들을 슬프게 만들 수 없음을 알고 그는 세상을 즐겁게 해줄 결심을 하였다. 영감을 주는 비극을 쓰는데 실패하였으므로 발자크는 땀으로 범벅이 된 돈벌이 위주의 작품을 쓰려고 했다. 싸구려 잡지에 선정적인 소설을 발표했다. 머리 속은 온통 줄거리로 가득 차 있었고 – 마음과 지갑 속은 텅 빈 상태였다. 그는 여동생에게 이런 편지를 보냈다. "로오르야, 배가 고프구나. 두 가지 나의 큰 욕망이 이루어질 날이 있을까? 난 유명해지고 싶고 또 사랑도 받고 싶단다."

발자크는 들뜬 상태에서 작업을 계속했고 몇 편의 작품을 틀에 박힌 일정한 방식대로 만들어냈다. 하루 60페이지씩 썼고 3년 동안 여러 가명으로 31권의 모험소설을 완성시켰다. 그러나 아직도 그는 사랑도 받지 못하고 유명해지지도 못했다. 그가 쓴 작품에 대한 인세는 거의 언제나 미래에 지불되는 약속어음 형식으로 지불되었다. 그래서 그도 자기가 갚아야 할 모든 것을 미래에 갚겠다고 약속했다. 하여튼 발자크는 결코 현재에 매달리려 애쓰지도 않았다. 그리고 항상 지불해야 할 청구서가 수입보다 앞섰기 때문에 꿈과 같은 이야기를 더 빨리 써내야한다고 생각했다.

그러나 이 몽상가도 마침내 다른 일을 구해야한다는 것을 피부로 느끼게 되었다. 왜냐하면 유쾌한 꿈은 다만 따뜻한 옷을 입고 배가 부른 다음에야 오는 것이기 때문이다. 그는 창작과는 관계없는 정기적인 주급이 필요했다. 그렇지만 어떻게 그것을 벌 수 있겠는가? 여하간 머리 속이 갖가지 계획들로 가득 차있던 발자크는 대화 중에 사람들을 간단히 매혹시킬 계획들을 제시할 수 있었다. 그 중 하나가 출판업자가 되는 것이었다. 계획 중인 사업을 어찌나 열렬하게 제스처를 써가며 열심히 설명했던지 한 돈 많은 사업가가 발자크에게 출판사를 구입해주었다. 그러나 출판사는 비누방울처럼 무너졌다. 후원자는 칠만 프랑을 손해 보았는데도 아직도 발자크의 웅변의 마술에서 풀려나지 못했다. 그는 발자크를 자기 동생에게 소개시켜 주었고, 그 동생도 역시 부유했으며 출판업 대신 인쇄업을 하게 해주었다.

인쇄업도 출판업과 마찬가지로 발자크의 관리 하에서 파산되었다. 그러나 혀는 아직도 마술적인 설득력을 가지고 있었으므로 발자크는 친구들을 부추겨서 활자 주조판을 사주게 만들었다. 그것 역시 재빨리 실패의 길로 미끄러져 들어갔으므로 친척들은 그를 파산에서, 그의 가족을 불명예에서 구출해내기 위하여 충분한 자금조달을 해주었다.

발자크는 신문사를 시작했고 그것 역시 꿈처럼 흘려보냈다. 그런 다음 그는 즐겁게 낄낄거리며 작품 활동으로 돌아갔다. 그렇다고 누구에게도 원한을 품지 않았다. 발자크는 자신이 실패한 것이 운도 없고 동업자들의 성의도 부족했던 탓이라고 굳게 믿었다. 자기 자신은 아무 것도 잘못한 것이 없었다. 그렇지만 무엇 때문에 그런 일로 속을 썩일 필요가 있겠는가? 그는 나름대로의 몽상으로 행복에 젖어있었다. 30세가 채 되기도 전에 10만 프랑이라는 빚을 졌다고? 글쎄! 그는 방에다 파란색 옥양목으로 만든 휘장을 걸어놓았고 그 빛깔이 그를 황홀경으로 몰아넣었다. 그리고는 여동생에게 편지를 썼다―편지를 부칠 돈을 마련하느라 쩔쩔매었다―"아, 로오르. 까만 실로 수놓은 2쪽짜리 푸른 휘장을 내가 얼마나 갈망하는지 네가 알기만 한다면! (허나 이 일은 비밀이다! 영원히 비밀을 지켜줘!)" 하도 고통스러워서 지쳐 쓰러졌다고? 휘장이 그의 뇌리에서 떠나질 않았다. 잠자면서도 "항상 휘장을…" 하고 중얼거렸다. 그것은 고정된 생각이었다. 배를 채워줄 빵이 없다 한들 무슨 상관이랴? 훨씬 더 중요한 것―영혼의 아름다움이 있었다. 저녁때가 되면 백묵을 끄집어내어 테이블 위에 접시를 나타내는 원을 그리곤 했다. 그런 다음 접시 속에다 좋아하는 음식의 이름을 적어놓았다. 그리고 자기가 생각해낼 수 있는 가장 이국적인 음식들을 단식(斷食)하고 씹고 삼켰다. 침이 입안에 가득 고이고 행복의 눈물이 넘쳐흘렀다.

그러나 마음이 절망감으로 휩싸이는 순간도 있었다. 그런 순간에 발자크가 자살하는 것을 막아준 것은 자기보다 나이가 훨씬 더 많은 한 여인의 사랑과 이해심이었다. 발자크는 암담한 기분이 들 때면 그 여인을 찾아갔다. "나를 위로할 생각은 마십시오. 소용없는 짓입니다. 나는 죽은 사람이니까요." 그러나 그녀가 위로의 말을 한 마디 하는 순간 "맹세코 당신 말이 옳습니다! 나의 수호신이 나를 살려줄 것입니다."

반면 발자크의 기차는 때마침 섭리의 궤도로 달려들고 있었다. 어리석은 혼란의 시기를 거쳐 그는 종착역에 도착하는 중이었다. 어리석을 정도로 많은 양의 소설을 쓴 결과 발자크의 지성이 아름답게 형성되고 있었다. 고통스럽게도 지불하지 못한 청구서들이 마치 칼끝처럼 그를 찔러댔지만 발자크는 이 세상에 대해 심오한 지식을 습득했고 고통에 대해 엄청난 동정심을 갖게 되었다. 야망에서 휙휙 나오는 힘에서, 고통의 땀과 연기와 수증기에서 예술가의 비전이 떠올랐다. "이 비전은 삶과 죽음처럼 짧고 심연과 같이 깊으며 바다 소리만큼이나 위대하다… 일은 소리쳐 부르고 모든 솥은 열을 받고 있으며 구상의 황홀경에 빠져 후에 일어날 슬픔을 잊는다. 예술가의 비전은 그러하다. 그러나 예술가는 표면상으로는 아주 자유로운 의지의 초라한 도구이지만 실제로는 노예에 불과하다."

2

이제는 본명으로 소설들이 출판되었다. 신흥 부르주아 계급들인 상점 주인, 은행가들, 고리 대금업자들의 이야기를 썼는데, 그들의 신은 돈이고 그들의 영혼은 증기로 변한 상태였다. 발자크는 자신이 불러일으킨 소요에 대해서 득의양양하여 소리높이 웃었다. "얘야, 너에게 알려줄 좋은 소식이 있다. 평론가들이 이제 내 작품을 좋게 평가해준단다. 히히히! 베르넷 씨는 내가 쓴 「시골의사」가 8일만에 다 팔렸다는 소식을 전해주었단다. 하하하! 그 돈으로 너를 괴롭히는 11월, 12월의 지불청구서를 처리해주마. 야호! 「으제니 그랑데」에서 나올 돈이 수백만 프랑이다!" 그리고는 자신이 프랑스 협회에 의회에 또는 정부의 고위직에 앉아있는 모습을 꿈꾸었다. 작가들과 몽상가들이 정치세계에 들어가지 못할 이유도 없지 않은가? "이념의 세계를 두루 여행한 자들이 사람을 다스리는 일에 가장 적합하지 않겠는가? 내가 장관직에 임명되었을 때 깜짝 놀랄 친구들의 얼굴을 보고 싶다!"

그런 다음 은행통장을 살펴본 발자크는 꿈에서 깨어났고 얼굴에 돌던 분홍빛이 사라졌다. 작품을 많이 쓰면 쓸수록 빚은 점점 더 늘어나는 것 같았다. 이것은 논리적인 법칙에 대한 상당한 도전이었다. 발자크는 바람이 자기에게 유리하게 불고 있다는 첫 번째 징후를 보았을 때 자신이 치장해놓은 방을 휘둘러보았다. 웅장한 도서들, 고풍어린 의자, 조각이 새겨진 탁자들, 화려한 예술품들, 색소니 도자기들, 중국제 주단을 둘러보았다. 그리고 그는 초조한 마음에 숨도 크게 못 쉬고 다시 일로 돌아갔다.

B 백작부인을 위해서 사치스럽게 일을 했다. 그는 무서운 악당들과 뻔뻔스러운 난봉꾼들에 대한 이야기를 썼다. 발자크는 마치 바람의 신 이올리스의 가방에서 일곱 가지 바람을 풀어놓은 것처럼, 사회의 부패한 냄새를 격노하여 풀어놓았다. 그리고 자신은 도미니크 회(스페인의 가톨릭교 성직자인 성 도미니크에 의해 창설됨. 수도사들은 침묵과 단식을 지키며 설교가 임무임: 역주)의 수도사처럼 흰옷을 입고 앉아서 일을 했다. 그는 금빛 테를 두른 빨간 모로코 실내화를 신고 풍성한 몸체에 베네치아 식의 금빛 허리띠를 둘렀고, 허리띠에 접는 황금색 지팡이, 금빛 칼, 금빛 가위를 매달았다. 그리고는 잠을 쫓기 위해 뜨거운 커피를 수도 없이 들이켰다. 창작은 미

사와 같이 엄숙한 의식이어서 새벽 두 시에 사제가 침대에서 일어나 펜을 쥐면서 시작된다. 촛불을 4개 켜들고 그는 파리의 연회에서 흘러나온 사랑과 추문의 찌꺼기인 성스럽지 못한 쓰레기를 살그머니 들여다본다. 아침 여섯 시에 발자크는 목욕을 하고 커피를 여러 잔 마신다. 그런 다음 그는 인쇄업자를 위해 교정지를 봐준다. 아침 9시부터 정오까지 소년들이 인쇄업자에게서 작가에게로 달려와서는 허둥대다 잘못 끼어 들어간 페이지라든가 십자표나 별표한 부분이라든가, 즉흥적으로 새로 만든 말들을 가리키는 화살표를 알아보려고 애쓴다. 마침내 교정지는 마치 중세기 점성가의 신비스러운 책처럼 보인다.

사치를 위한 고생. 아름다움을 보는 눈은 크리스털과 같이 맑아, 너무나도 투명하여 자기 자신의 행복을 좌우하는 여인의 명암을 비춰주지 못한다. 소설 속에서는 마음의 역사를 그토록 잘 다루는 대가면서도 발자크는 실생활에서 그야말로 여인에 대한 문제에 아주 숙맥이었다. 여인의 명암은 불투명한 고급품이어서 그 빛깔이 발자크의 눈을 현란케 하여 마음으로 그 속을 들여다보는 것이 허용되지 않았다. 그는 외국의 한 후작부인을 열렬히 사랑하였다. "어느 날 저녁 나는 그녀의 모든 것이었다. 다음 날 아침 나는 그녀에게 아무 쓸모없는 존재였다. …… 밤이 흘러가는 동안 내가 사랑한 바로 그 여인은 죽어버렸다." 폴란드의 한 대저택에서 외롭게 살아가던 한 "외국 여인"은 별다른 할 일이 없었으므로 신비로 포장한 사랑의 편지를 그에게 보냈다. 발자크는 남몰래 스위스에서 그녀를 만났고 그녀의 남편 앞에서 사랑의 키스를 나누었으며 비스톨라 강(폴란드에 있는 강으로 카파티안 산맥에서 발틱 해로 흐름: 역주) 너머에 사는 짝사랑하는 귀부인에게 18년에 걸쳐서 그의 희망, 정력, 생명을 모두 다 바쳤다.

"일, 하루 종일 일이 계속되었다. 열기로 가득한 밤이 그 다음날 밤의 열기로 이어졌고, 명상의 낮은 그 다음날 낮의 명상으로 이어졌다. 착상에서 실행으로 그리고 착상으로 연결되었다." 저택을 사들이고 고관대작과 같은 생활을 영위하는 것은 이야기 한 편을 써내는 것만큼이나 쉬웠다. "반신반인(半神半人)과 같은 사고를 하면서 중산층 시민처럼 살아갈 수는 없는 일이지." 아하, 여기 살아가는데 기본양식인 돈이 조그만 피라미드를 이루고 있군. 그리고 몇 주가 못 되어서 피라미드는 눈 녹듯 사라졌다. 마흔 살에 이르자 발자크가 진 빚은 17만 프랑에 달했다. 재빨리 계산해보니 그만큼의 돈에 붙는 이자만 해도 매해 6,000프랑에 달할 정도였다. 그는 자기가 들고 다니는 금지팡이를 보고 위세당당한 말이 끄는 이륜경마차를 타고서 옆에는 조그만 애완용 호랑이를 앉히고 돌아다녔다. 3일에 걸쳐 소설 한 권을 써냈다. 그리고 또 다른 작품을 시작하여 6주에 걸쳐 단지 80시간밖에 자지 못하면서—그러니까 평균 하루에 2시간을 자면서—재빨리 완성했고 그런 다음에는 정부(情婦)의 우아한 정원에서 열정의 사랑 속에 빠져들었다.

소설이 필요한 재원을 충당해주지 못하자 발자크는 무대로 눈길을 돌렸고 16일 만에 희곡 작품 한 편을 써냈다. 그러나 그 작품은 거절당했다. 그러자 생각을 다시 정리하여 또 다른 희곡을 써냈고 그것은 수락되었다. 서둘러서 그는 고티에(테오필 고티에, 1811~72. 프랑스의 시인, 소설가, 비평가. 역주)를 부르러 보냈고 그가 도착하자 조바심치며 외쳤다. "드디어 도착했군, 테오." "이 게으름뱅이, 멍청이, 느림뱅이. 한 시간 전에 도착했어야지! 내일 나는 5막 짜리 대 희곡작품을 하렐에게 읽어주려고 한단 말이네."

"그러니까 나보고 듣고 충고해달란 말이지?"하면서 고티에는 자리에 앉아 기다란 낭독을 들을 자세를 취했다.

"작품은 아직 쓰지 않았어!" 발자크는 간단히 말했다.

"저런! 그렇다면 그 연출가에게 낭독해줄 날짜를 6주는 미뤄야겠군."

"아냐. 우리가 얼른 서둘러 희곡을 써서 돈을 벌어야 해. 갚아야 할 큰 빚이 있거든. 자 그럼 잘 들어보게, 테오. 여기 내가 고안해놓은 방법이 있으니까. 자네가 1막을 쓰고 오르리악이 2막을, 3막은 로랑이, 드 벨로이가 4막, 그리고 내가 5막을 쓰겠네. 그러면 예정대로 내일 12시에 하렐에게 전 작품을 읽어줄 수 있잖겠나."

"좋네, 그럼 우선 주제를 얘기해보게. 줄거리를 설명해주고 또 몇 마디로 인물들도 대충 묘사해보게나. 그럼 일을 착수해 보지"하고 고티에가 말했다.

"음, 만일 내가 자네에게 주제를 얘기해줘야 한다면 이 작품을 결코 끝낼 수 없을 걸세!" 발자크는 장엄한 표정으로 소리쳤다.

하여튼 그 작품은 쓰였다. 한 친구가 리허설에서 발자크가 어떻게 했는지 생생하게 묘사하고 있다. "발자크는 걱정과 과로로 거의 알아보기 힘들었다. 당황해하는 꼴은 대중의 구경거리가 되어 사람들은 극장 문 앞에서 발자크가 거리로 뛰어나오는 모습을 보려고 기다리곤 했다… 그는 가죽을 댄 커다란 구두가 바지 안이 아니라 밖으로 나오게 신고 나타났다. 그가 입고 있는 것은 모든지 너무나 커서 거리 먼지를 온통 뒤집어쓰고 있었다."

공연하기 직전에 발자크가 써놓은 것을 보면 "나는 많은 불행을 겪었다. 그러나 성공하면 내 불행은 끝이 나겠지. '보트랭(Vautrin)'이 공연되는 그 저녁에 내가 얼마나 초조할지 상상해 보라. 5시간이 흐르고 나면 내가 빚을 갚을 수 있을지 없을지 결정이 날 테니까."

그 연극은 성공을 거두지 못했다. 연극에 나오는 "악당"이 자신의 배역을 희극으로 처리해버렸다. 모자를 벗었을 때 나타난 머리를 보니 그는 루이 필립 왕(1773~1850. 1830~48년에 재위했던 프랑스 왕: 역주)의 독점적인 특권이었던 피라미드형의 가발을 쓰고 있었다. 오를레앙 공이 화가 나서 좌석에서 일어나 극장을 나가버렸다. 청중들이 하도 야유의 소리를 내고 왁

자지껄하고 휘파람을 불면서 야단법석을 떠는 바람에 공연을 끝내기가 어려웠다. 그러자 공식검열관이 즉석에서 공연을 금지시켰다.

그러나 첫 번째 공연이 진행되는 동안 발자크는 당황하지 않았다. 그는 극장 뒤쪽의 의자에 앉아 깊은 잠에 빠져서 또 다른 꿈의 세계를 헤매고 있었다.

3

발자크는 헛된 꿈을 또 한번 꾸었고 운명은 또 다시 내리막길을 걸었다. 그는 여인의 복장이나 화려한 가면을 쓰고 빚쟁이들에게서 도망쳤다. 바람이 부는 대로 다락방을 몰래 들락거리고 시골 별장을 오르내렸다. 그는 친구들의 집으로 숨어들어가 당시에 또 다른 "위대한 인물"이던 조르쥬 상드(1804~76. 프랑스의 여류작가. 역주)와 저녁 5시부터 다음날 아침 5시까지 도덕, 문학, 사랑을 토론하였고, 그런 다음 새로운 작품을 만들어냈다. 그 결과 새로운 빚이 추가되었다.

발자크는 출판업자들을 프로메테우스의 살을 뜯어먹는 욕심꾸러기 독수리들이라고 불렀다. 그들에게 그는 다음과 같은 편지를 보냈다. "그 날이 그렇게 멀지 않을 것 같은데, 언젠가 당신들은 나로 인해 한 재산 모을 것입니다. 우리의 마차가 보와 숲을 지나가면 당신의 적과 나의 적은 질투로 안절부절못할 겁니다. 당신의 친구 B로부터." 그런 다음 추신으로 조그맣게 덧붙였다. "그건 그렇고 친구여, 지금 나는 돈이 한 푼도 없어서 로스차일드(1777~1836. 런던의 은행가. 역주)에게서 1,500프랑을 빌려오고 당신 앞으로 10일 기한 어음을 발행하였습니다."

그러나 발자크는 여전히 어떤 사업계획으로 자신이 독립할 것이고, 그러면 사치스럽게 계속해서 몽상할 수 있을 것이라고 기대에 부풀어있었다. 고대의 로마인들이 사르디니아(이탈리아 반도 서쪽 지중해에서 둘째로 큰 섬: 역주)에서 은광을 채굴하였다는 것을 그는 읽은 적이 있었다. 그래서 그는 아직 채굴되지 않은 은광이 남아있으리라고 확신하였다. 발자크는 한 상인에게 이 논리를 설명하고 그 상인과 제휴하였는데, 어느 날 아침 신문을 보니 한패인 그 상인이 자신을 빼돌리고 정부기관과 공동으로 사르디니아에서 광산을 채굴 중이라는 기사를 접하였다.

그러나 발자크는 희망적인 몽상에 계속 매달렸다. 어느 날 밤늦게 그는 두 친구 고티에와 상도(쥴 상도, 1811~83. 당시 유명작가들과 공동작을 많이 낸 작가: 역주)를 깨워 말하기를, 황홀상태에 빠져있는 자신에게 어떤 목소리가 들렸는데 그 소리는 투생 루베르뛰르(1743~1803. 아이티 섬의 한 해방자로 흑인이며 군인, 정치가임: 역주)가 보물을 묻어둔 지점을 알려주었다는 것이었다. 불행하게도 그 계획은 아직도 실행에 옮겨지지 못했다. 이 별 볼일 없는 작가들 중 어느 누구도 아이티에 갈 만한 재력이 없었다.

그렇지만 발자크는 끊임없이 계획을 세웠다. 그는 처남과 동업으로 철로를 위한 경사면 체계를 고안해냈다. 발자크는 낭트에서 오를레앙으로 가는 운하를 건설할 꿈을 꾸었고, 폴란드에서 프랑스로 오크나무를 운송하는 것, 도시에 파인애플을 키우는 것 등을 꿈꾸었는데, 단지 수천 프랑만 있으면 사업을 시작했을 터였다. 그는 나폴레옹 어록을 수집하여 4천 프랑을 받고 한 모자업자에게 팔았다. 모자업자는 그것들이 혹 프랑스의 레지옹 도뇌르 훈장(1802년 나폴레옹1세가 제정한 것으로 문무의 공로가 있는 자에게 수여하는 상: 역주)을 받는데 도움이 되지나 않을까 생각했다. 그런 다음 발자크는 유럽의 모든 조각품, 벽걸이 융단 및 그림의 독점권을 획득하여 온 세계를 대상으로 경매인 노릇을 해보려고 마음먹었다. 예를 들어 아폴로 회화관을 사들여 모든 나라를 대상으로 그 값을 부르게 할 것이다― 아, 단지 시골의 조그만 별장 하나만 살 수 있다면 얼마나 좋겠는가!

그러던 어느 날 발자크는 자신의 소유로 집 한 채를 마련한다. 그러나 부유해졌다는 소식에 빚쟁이들이 늘어날 것이 두려워 그는 찾아오는 사람들에게 말한다. "여기 있는 것 중 내 것은 하나도 없습니다. 그래요. 내 친구들이 여기서 살고 있고 나는 그저 종노릇을 한답니다." 그러면 방문객들은 놀라서 집을 둘러본다. "오노레 드 발자크를 종으로 삼고서 여기서 살고 있는 그 기이한 사람들은 도대체 누굽니까?" 왜냐하면 방에는 사실 가구가 하나도 없었다. 그리고 회반죽을 바른 벽에서 띄엄띄엄 규격을 맞추어서 낯익은 필체로 휘갈겨 쓴 아주 웅대한 글이 발견되었다. "여기는 그리스의 파로스 섬에서 나온 대리석으로 치장한 곳이다"… "이것은 카라라(이탈리아의 서북부에 있는 대리석으로 유명한 도시: 역주) 산 대리석으로 만든 벽난로이다." 천정에는 "이 그림은 으젠느 들라크르와(1798?~1863. 프랑스의 화가: 역주)가 그린 것이다"라고 쓰여 있었고 마룻바닥에는 "이 모자이크 벽화는 지금까지 만들어진 것 중에서 가장 훌륭한 작품이다"라고 적혀있었다.

그리고 발자크는 금지팡이를 들고 다녔는데 거기에는 터키 말에서 따온 다음의 제명(題名)이 새겨져있었다. "나는 모든 곤란을 극복한 승리자이다."

초자연적인 계시가 발자크의 마음을 사로잡았고 최면술이 그의 머리에서 떠나지 않았다. 그는 자기가 중심축과 같은 인물이라고 믿고서 자기가 어떤 비법을 통달하게 되면 모든 사람을 굴복시킬 수 있을 것이고 모든 여자들로 하여금 자기를 사랑하게 만들 수 있다고 공언했다.

이렇게 발자크는 수천 가지 우스꽝스러운 이야기를 꿈꿨고 인간의 열정을 탐구하며 지상에서 기기묘묘한 무지개를 타고 넘어서 천당에 이르는 환상적인 길을 엮어나갔다. 비록 태어날 때에 어떤 착오가 생겨서 발자크는 날품팔이 노무자 집에서 태어나긴 했지만, 그는 자기 자신이 진정으로 귀족계급에 속한다고 생각했다. 예를 들면 줄거리를 계속 지어내는 사람들과 사람을 즐겁게 해주는 사람들의 황태자인 하로우날 라쉬드와 같은 왕족의 혈통을 타고났다고 생각했다.

발자크가 이야기를 엮어내는 데에는 정말로 말할 수 없이 풍성한 아름다움이 있었다! 그는 너무나 멋을 부렸다는 비난을 두려워하지 않았다. 그는 악덕조차도 모든 것을 알고자 하는 갈망이라고 주장하면서 자신의 운명을 파우스트와 파라셀수스(1493~1541. 유럽 각지를 돌아다닌 스위스 태생의 의학자, 연금술사: 역주)에다 연결시킬 것이다. 발자크는 이 세상에 대한 현실적인 환상으로 결코 고통 당하지 않는다. 최고조의 황홀경에 빠졌을 때 그는 사랑의 축제를 위해 훌륭하게 치장한 화려한 벌레와도 같이 죽어갈 것이다. 그리고는 행인의 발에 깔려 으스러질 것이다. "그렇다면 무엇 때문에 번쩍번쩍 빛나는 장식품을 추구하느라 그 하찮은 노력을 기울인단 말인가?"라는 질문이 나올 것이다. 맹세코 우리가 사랑하고 추구하는 것은 장식품이 아니다. 발자크는 몰래 자기 영혼에게 속삭였다. 수많은 친구들 중 그 말을 엿들은 사람은 거의 없었다. "내가 가난을 무서워하는 게 아냐. 만일 멸시와 불명예가 거지의 몫이 아니라면 내 마음을 가득 채우고 있는 문제들을 평화롭게 풀 수 있기 위해서 나도 구걸을 하련만. 때때로 나는 사고의 세계를 움켜쥐고 그것을 주물러 틀에 부어 만들어보기도 하고 그것을 꿰뚫어 보기도 하며 감지해 보려고 하지… 허나 두 세기나 앞선 미래를 예견하던 자가 교수대에서 죽다니… 그렇기에 나는 정원을 가꾸고 사업계획을 세우지. 그래야 누더기를 입은 사람의 목을 매달 교수대를 세울 악령을 달래고 속일 수 있을 테니까… 맹세코 나는 침묵 속에서도 진리를 큰소리로 증언하리라. 천사여, 괴로움을 겪고 있는 이들을 위한 병원을 세워라. 허지만 천사들이 병원을 세울 때까지는 내가 그들을 위해 꿈의 궁전을 세우리라…"

4

30세가 넘은 젊은 몽상가로서 발자크는 엄청난 계획을 품었는데 일군의 소설을 써서 그것들을 융합하여 모든 풍속을 다루는 「인간 희극」을 펴내고자 하였다. 굉장한 꿈에 사로잡힐 때마다 항상 그랬던 것처럼 그는 누이동생에게로 달려가 군악대의 고수장과 같이 집안으로 들어가면서 장엄한 군대음악과 북을 둥둥치는 흉내를 내었다. 그러면서 그는 소리 높이 외치기를, "나의 귀염둥이야, 나를 축하해주렴!"

그는 사업을 본격적으로 진행하면서 콧노래를 불렀고 친구들을 만나면 어깨도 툭툭 쳐주고 신나게 익살도 부렸는데, 드디어 발자크의 서사시 모험은 실질적으로 서서히 발전되어 나갔다. 발자크는 의기양양했다가 의기소침해지기도 했고 돈을 흥청망청 쓰고 거만을 떨다가도 돈 한 푼 없이 다니기도 하였으며 실질적인 문제에서 아주 불안한 인물이지만 20년을 통해서 한 번도 자기 직무에서 벗어난 적이 없었다. 다른 소설가들은 일시적인 기분에 사로잡혀 자신들의 예술을 토해냈는데 1권, 2권 아니면 10권 정도의 책을 써냈다. 그런데 이제껏 세상에 어떤 작가가 96권의 책을 써낼 생각을 했던가? 더군다나 소설 한편 한편이 삶을 연속적으로 그린 한 폭의 그림에서 붓을 단 한 번 놀린 것 같은 역할을 담당하고 있지 않은가? 지상에서 일어나는 「인간 희극」은 단테가 하늘나라를 묘사한 「신곡」과 버금갈 만한 가치 있는 작품이다.

그러나 발자크의 작품은 단테 시의 단순한 동반자 이상의 역할을 해냈다. 그는 현대과학의 환경 속에서 살아가는 예술가이지 중세기 신앙이 팽배한 분위기 속에서 살아간 것이 아니었다. 뷔퐁(1719~88. 프랑스의 박물학자: 역주)이 동물세계를 위해서 이루어놓은 것을 발자크는 인간세계를 위해 이루고자 하는 계획을 세웠는데, 그것은 인간 종을 비교적 도덕적으로 분해하여 철저한 기록을 남기는 일이었다. 그리고 못할 것도 없지 않은가? 동물들도 형태에 따라 목록이 만들어지고 상세하게 명시되지 않았는가? "군인, 기술자, 학자, 정치가, 상인, 뱃사람, 시인, 거지, 성직자는 이리, 사자, 갈 까마귀, 독수리, 상어들이 서로 종류가 다르듯이 분명히 다른 부류의 인간형들이다." 오노레 드 발자크의 이론에 의하면, 인간세계를 이끌어가는 동기는 동물들의 감정인데, 특히 자기이익을 추구하는 열정이다. 인간은 "단지 예의로 장식하고 위선으로 감정을 은폐시키고 있다… 이러한 차이가 있지만 인간의 마음에는 동물성이 자리를 잡고 있고 인간의 마음은 훨씬 더 광활하므로 욕망과 모험심은 훨씬 더 크다."

이런 식으로 발자크는 인간발달사라는 박물관에다가 희망관, 욕망관, 야망관, 갈등관, 경쟁관, 사랑관, 증오관, 아부관, 공포관의 전시장을 세워놓고 나폴레옹1세와 루이 필립의 지배 하에 있었던 인간의 모든 비인간적인 양상들을 철저히 보여주었다. 발자크는 코르시카 출신의 자그마한 나폴레옹1세를 열렬히 숭배했다. 그는 종종 자기 자신을 나폴레옹과 비교하기를 좋아했다. "이 사람은 칼을 든 무사이고 나는 펜을 든 용사이다… 하지만 나폴레옹이 실패한 점에서 나는 성공을 거둘 것이다. 왜냐하면 나는 세계를 정복할 테니까."

그리고 「인간 희극」은 실제로 세계를 정복했다. 그 작품은 새로운 상공업자 계급의 기준을 새 세계의 주요한 자리에 갖다놓았다. 새로운 인간, 새로운 직종, 새로운 희망, 새로운 믿음을 낳았다. 그 믿음이란 일반 시민에 대한 신뢰감이고 민주주의라는 종교이다. 가스마스크를 쓴 광부, 무거운 퀼로트(덧 폭을 댄 바지식 스커트: 역주)를 입은 노동자, 카운터 뒤에 서 있는 초라한 가게주인, 이런 사람들이 새로운 문학의 주인공이었고 새로운 질서, 새로운 사회의 주인공들이 되었다. 에스킬러스(525~456 B.C. 그리스의 비극시인이며 극작가: 역주), 셰익스피어, 코르네이유(1606~84. 프랑스극의 아버지: 역주)는 귀족들과 왕을 중심으로 극을 썼다. 그러나 발자크는 이런 극의 독자들에게 도전장을 내밀었다. "내 시민소설은 당신들의 비극보다 훨씬 더 큰 슬픔을 보여주고 있다."

셰익스피어와 마찬가지로 발자크도 모든 다양한 인간형태를 그려냈는데 그는 밝은 면뿐만 아니라 그늘진 면도 보여준다. 또한 그는 셰익스피어와 마찬가지로 자신이 묘사하고자 선택한 정신병이나 도덕적 타락에 전염되지 않았다. 그는 귀족의 몰락과 타락, 상공업 계급에 속하는 은행가, 재산을 추구하는 자, 벼락 출세자의 출현을 그렸다. 발자크의 소설은 지저분한 열망, 즉 물질적인 성공을 위한 저항하기 어려운 갈증을 그린 서사시이다. 그는 자본주의적인 충동을 그린 계관시인이다. 돈이 인간의 가치를 재는 유일한 척도이고 그의 소설 주인공들의 혈관에 흐르는 생명의 피다. 돈은 폐에다 산소를 공급하고, 두뇌에는 양식을, 마음에는 복음을 전해준다. 금전소리가 음악이고 시이며 철학이고 종교이며 생명이다. 그것이 꿈을 구성하는 자료이다. 그 마술에 사로잡혀 소설 주인공들은 아름다움을 창조하고 범죄를 저지른다. 증권거래소는 영웅적인 전투가 벌어지고 불명예스러운 변절행위가 일어나는 경기장이다. 돈이 돈을 낳고 동전이 동전을 끌어들이며 5 프랑 지폐가 10 프랑 지폐를 부러워하여 커지고자 애쓴다. 돈은 지구를 지배하는 우주적 힘이다. 그것은 프로스페로(셰익스피어 극 「템페스트」에 나오는 마법에 능통한 밀라노의 공작: 역주)와 칼리반(같은 작품에 나오는 반은 동물모양을 한 프로스페로의 하인: 역주)이며 그들 사이에서 세계를 쥐고 흔드는 하나님과 악마이다.

그리고 발자크는 응접실이나 경리과로 살금살금 들어가 주인공들의 위선의 베일을 벗겨내고 그들의 영혼을 노출시킨다. 그러나 그는 그들을 비난하는 것을 수치로 여긴다. 왜냐하면 어떻게 그가 그들을 심판할 수 있겠는가? 인간은 모든 것을 추상적으로 분류한다. 선, 악, 미덕, 악덕, 이 단어들에다 사람들은 각기 다른 의미를 부여한다. 인간의 정의는 장님이나 다름없이 맹목적이다. "하나님만이 그의 정의로 보고 계신다." 그렇다면 우리가 살고 있는 이 어리석은 세상은 어떤가? "이 세상은 어리석음의 우주 속에서 존재하는가?" 이 질문에 대해 발자크는 부정적인 대답을 한다. 우주는 논리적인 종착역을 향하여 나아가고 있고 그 종착역은 우리의 사회처럼 구성된 사회일리가 없다. 우리와 하늘나라 사이에는 무시무시한 허공이 있다. 인간은 완전한 창조물이 아니다. 만일 인간이 완전한 창조물이라면 신이 그렇지 못할 것이다. 하지만 이 모든 것에서, "호화스러운 우리 사회—그 안에서 자선행위는 크나큰 실수이고 진보는 의미 없는 외침인 우리 사회에서 내가 얻은 것은 진리의 확인인데, 즉 삶이란 우리 안에 우리와 함께 존재하고, 동료들을 지배할 목적으로 그들 위로 부상하는 것은 단지 학교교사의 경력을 극대화하는 것에 불과하다는 것이다. 또한 하늘나라의 광경을 즐길 수 있을 정도까지 올라갈 만큼 강한 사람들은 절대로 그 눈길을 발끝으로 돌려서는 안 된다."

이런 철학을 기준으로 삼은 발자크는 이 세상 사람들을 영웅과 악당, 선한 자와 악한 자로 나누지 않고, 행동하는 자, 생각하는 자, 선견지명이 있는 자로 분류하였다. 제일 낮은 수준에 행동가들을 놓았는데, 투사, 상인, 환전업자, 밀고 치는 일의 책임자들을 말한다. 다음으로 생각하는 자들이 오는데 즉 과학자, 학자, 철학자, 교사, 지도자들을 말한다. 마지막으로 통찰력이 있는 사람들이 오는데, 시인, 예술가, 음악가, 예언자, 이 세상의 구원자들을 말한다. 발자크의 신념으로는 행위가 추상을 거쳐 선견지명으로 올라가는 것이 인간의 운명이다. 그런 다음 마지막 단계에 도달하면 인간의 관능적인 육체가 신성한 근원인 하나님의 정신세계로 되돌아가게 될 것이다….

발자크는 결코 그 웅장한 계획을 완성시키지 못했다. 그는 장인이라기보다는 예술가였다. 자기 작업을 완성시킬 수 있는 자는 장인뿐이다. 「인간 희극」에 나오는 소설은 모두 다 각고의 노력의 결과이다. 그 문체는 애매모호 하였고 영감의 불길은 종종 무거운 전문용어의 자욱한 연기로 꺼져가는 것 같았다. 그러나 발자크는 목숨이 다할 때까지 창조의 짐을 벗지 않았고 그리고 세련되지 않은 표현력으로 말미암아 더욱이 장엄한 불후의 명작을 남겼다.

5

그런 다음 운명의 여신은 50세에 가까운 발자크의 삶에서 일어나는 인간 희극에 마지막 장을 기록하였다. 발자크와 18년간이나 은밀한 포옹을 나누던 한스카 백작부인의 남편이 이 세상을 하직하였고 드디어 그녀는 발자크의 몫이 될 수 있었다. 발자크는 너무 기쁜 나머지 흥분하여 부인에게 편지를 보냈다. "여보, 나는 당신에게 한 푼도 신세지지 않겠소. 나에게는 「인간 희극」에서 나오는 돈을 계산하지 않고 언제라도 쓸 수 있는 돈이 50만 프랑은 될 거고, 또 「인간 희극」에서 나오는 돈도 그쯤 될 거요. 그러니 아름다운 부인이여, 당신은 내가 죽지 않으면 백만장자와 결혼하는 거라오."

발자크는 집을 하나 사들이고 도자기, 카펫, 다마스쿠스 비단, 조각한 초상화, 시계, 액자, 샹들리에를 사들였으며 결혼식 날 저녁에 풀 선물도 가득 준비해놓았다. 여기가 그들의 신혼집이 될 것이고 그 집을 지휘할 여왕을 맞이하는 당당한 저택이 될 것이다.

그러나 한스카 부인은 오노레 드 발자크에 대해 오래 전부터 싫증나 있었다. 이제는 심심하던 시절에 위안거리였던 이 천재에게 아주 무관심하게 대했다. 그녀는 발자크를 5년 이상이나 안달하게 만들다가 집요한 공격에 지쳐서 드디어 결혼을 하였다. 발자크는 여동생에게 "지금 이 순간이 내 생애 최고의 순간이고 나는 내 꿈의 절정에 도달했다"고 편지를 써 보냈다.

그 후 발자크는 꿈에서 깨어났다. 그가 꿈에 그리던 여인은 중년이었고 팔다리는 통풍으로 통통 부어있었다. 그래서 그녀는 걸을 수조차 없을 때도 있었다.

그러나 그녀는 자신이 이상적인 신랑감인 발자크보다 결코 못하다고 생각하지 않았다. 그녀와 의사들은 비밀을 간직하고 있었다. 발자크는 죽어가고 있었다. 생명과 사랑의 달 5월에 빅토르 위고가 작가 친구를 방문하고 나서 간결하게 언급하였다. "결혼하였고 부유하며 거의 죽은 상태였다."

세계문학사상 견줄 바 없을 정도로 정력을 소모해버렸기에 드디어 그 강건하던 육체가 무너진 것이었다. 발자크는 제일 먼저 시력을 상실했고 그 다음에 심장기능을 잃었다. 그런 다음에는 다리에 탈저(脫疽) 현상이 일어났다.

마지막 달에 발자크는 장엄한 집에 깊숙이 들어앉아서 빨간색 황금색의 무늬가 있는 비단소파에 누워있었다. 얼굴은 고통으로 붉어졌고 다리는 썩어가고 있었다. 그러나 머리엔 아직도 활화산과도 같은 계획이 들어있었다. "그는 몽상을 사랑했고 훨씬 더 아름다운 몽상을 위해 이전의 몽상을 내동댕이쳤다."

마지막 숨을 거두는 날에 빅토르 위고가 존경을 표하고자 방문했다. 그는 전설적인 조그마한 발자크의 집에 들어와 죽어가는 얼굴에서 생의 비밀을 알아내고자 노력했다. 그러나 위고가 볼 수 있었던 것은 죽음과 부패뿐이었다. "응접실에는 작가의 멋진 흉상이 놓여 있었다. 대리석 흉상은 죽어가는 사람의 유령과도 같았다… 발자크가 누워있는 침대로 다가갈 때 그의 옆얼굴이 보였다. 그것은 마치 나폴레옹의 모습과 흡사했다. 늙고 병든 간호원과 하녀가 침대 양편에 서 있었다. 나는 침대덮개를 들어올리고 발자크의 손을 쥐었다. 간호원이 나에게 '새벽녘에 운명하실 겁니다'하고 말해주었다."

발자크는 밤에 숨을 거두었다. 사람들이 발자크의 죽음에 별 관심을 보이지 않는 것을 보니 그때 분명 프랑스는 밤이었다. 허나 그의 생애에서 낮이라고 할 수 있던 때에도 사람들은 그에게 찬미가를 불러준 적이 없었다. 발자크가 문필가들로 구성되는 프랑스 학술원에 가입 신청했을 때 거만한 신사들은 "광대 같은 얼굴"을 바라보며 문을 쾅하고 닫아버렸다.

발자크는 다음과 같이 말한 적이 있었다. "영광, 그것은 죽은 자의 햇빛이다."

알렉상드르 뒤마

(1802~1870)

주요작품

「크리스티나」(희곡) 「앙리 3세」(희곡)
「안토니」(희곡) 「삼총사」 「20년 후(後)」 「몬테크리스토 백작」
「마르고 여왕」 「광대 시코」
「45세」 「프러시아의 공포」 「검은 튤립」

뒤마

Alexandre Dumas

1

알렉상드르의 아버지는 뒤마가 4살 때 돌아가셨다. 뒤마의 어머니는
남편의 임종을 지켜본 방에서 걸어 나오다가 조그만 아들이 층계를 올라
오는 모습을 보았는데 무거운 총이 질질 끌려 올라오고 있었다.

"얘야, 어디 가니?"

"하늘나라에 가는 중이에요."

"아뿔싸! 거기는 뭐 하려고 가려고?"

"아빠를 죽였으니 하나님과 한판 싸우려고요."

자신이 그려낸 삼총사처럼 알렉상드르도 어린시절부터 이겨내기 어려
운 상대와 맞서서 맹렬히 싸웠다.

2

뒤마의 조상 중에는 모험가와 투사들이 많았다. 할아버지는 귀족적인

데이비 드 라 파이에테리로, 혈기로 산 도밍고 섬을 향해 노르망디에서 출범했다. 이곳에서 그는 한 무리의 흑인 노예들에 둘러싸여 조운즈 황제(1920년에 발표된 유진 오닐의 표현주의적인 극작품 「조운즈 황제」의 주인공으로, 밀림 속에서 흑인들의 황제로 군림함: 역주)와도 같은 생활을 영위했다. 여자노예 중 하나였던 루이스 뒤마가 그에게 흑백혼혈 아들을 낳아주었고 그는 아들의 이름을 토머스 알렉상드르라고 지었다.

데이비 드 라 파이에테리의 이 아들은 아버지의 활기찬 성격을 이어받았다. "나도 군대에 입대하고 싶어요."

아버지는 대답했다. "그거 좋지. 그렇지만 너는 어머니의 성으로 응모해야한다. 만일 흑백혼혈아가 데이비 드 라 파이에테리라는 고상한 성을 쓰면 나는 망신살이 뻗칠 테니까."

이렇게 해서 토머스 알렉상드르는 뒤마라는 성으로 1793년 프랑스 군대에 입대하였다. 그리고 7년도 채 안되어 하사관에서 장교 직위에 올랐다. 이 흑백혼혈인 귀족은 검은색 피부에 밤색 머리털을 가지고 있었고 독특하고 용감했으며, 부드럽고, 사색을 즐겨하는 사랑스러운 투사였다. 그는 피레네 산맥에 맹렬한 공격을 가했고 2,000명의 죄수들을 잡아들였으며 오스트리아군의 일개 연대와 맞서서 단독으로 다리를 고수했고, 항상 사단의 선두에 서서 맹렬히 싸웠다. 그리고 언젠가 한 번 그는 전투가 있은 후 졸도를 한 적도 있었다. "장군님, 부상을 입으셨나요?"하고 뒤마가 눈을 뜨자 부관이 물었다.

"아냐. 그렇지만 말이지, 너무 많이… 내가 너무 많이… 죽였어."

뒤마는 나폴레옹 휘하에서 열렬한 공화주의자로 싸웠고 나폴레옹이 독재정치를 휘두를 때에도 여전히 열렬한 공화주의자로 남았다. 그는 불명예로 군대에서 쫓겨났다.

그 동안 뒤마는 결혼을 하였고 기골이 장대한 사내아이의 아버지가 되었다. 아이는 몸무게가 9파운드에 키가 18인치나 되었다. 그러자—"아이고 고맙습니다. 하나님!"하고 어머니는 소리쳤는데 아이가 백인으로 태어난 것이다. 분홍빛 살결, 은빛 머리털, 푸른 눈! 아이가 흑백혼혈아의 자손임을 나타내는 것은 유일하게 입술이 조금 두텁다는 것뿐이었다.

그들은 아이 이름을 알렉상드르라고 지었다.

그리고 이 아이는 아주 어렸을 때부터 몸과 마음 그리고 반역정신이 강한 아이로 자랐다. "저 사악한 놈(나폴레옹)이 우리 아버지를 불명예스럽게 만들었지. 내 평생 사악한 인간들과 대결하여 싸울 거야."

3

어머니는 뒤마를 학자로 만들려고 애를 썼다. 그러나 그는 공부하는 것을 아주 싫어했다. 그래서 어머니는 바이올린 연주자로 만들어보려고 노력했지만 그는 음악도 싫어했다. 그래서 어머니는 마지막으로 성직에 관심을 갖게 하려고 무진 애를 썼지만, 뒤마는 집을 뛰쳐나가 여러 날을 숲에서 지냈다. 그러자 어머니는 절망하여 포기했다. "저 아이가 잘하는 건 오로지 글씨 쓰는 것뿐인데 그거야 천치라도 할 수 있는 일이잖아."

그러나 알렉상드르는 천치하고는 거리가 멀었다. 그의 눈은 날카로웠고 마음에는 편견이 없었으며 세상을 포용할 수 있는 가슴이 있었다. 비록 공부하는 것은 싫어했지만 그는 끊임없이 변화하는 세상사를 재빨리 파악하는 법을 배우고 있었다. 그리고 당시는 혼란스런 세월이라 큼직큼직한 사건들이 비일비재하였다. 1815년 6월 알렉상드르는 마차 한 대가 비예-코테레 중심가를 질주하는 것을 보았다. 뒤마는 커튼 뒤로 한 신사의 윤곽을 흘깃 보았는데 그 모습은 단호하고 곧았으며 신념에 차 있는 듯했다. "저 사람이 나폴레옹이군. 지금 워털루로 달려가고 있구나." 며칠 후 그는 똑같은 마차가 반대방향으로 질주하는 것을 보았고 커튼 뒤로 똑같은 사람의 윤곽을 볼 수 있었는데, 풀이 죽어 쿠션에 몸을 파묻은 채 무너져가는 듯했다. "나폴레옹이 워털루에서 도망치고 있구나."

나폴레옹이 패배하고 난 후 알렉상드르의 어머니는 재산과 지위를 회복해보려고 안간힘을 썼다. 어머니는 아들에게 드 라 파이에테리라는 오래된 귀족 성을 갖든지 아니면 천하고 신분이 낮은 뒤마라는 성을 유지할지 선택하라고 했다.

"저는 알렉상드르 뒤마로 남겠어요"라고 젊은 반항자는 대답했다.

그렇지만 검은 노예의 손자인 알렉상드르 뒤마가 무슨 일을 해서 먹고 살 수 있을까? 이 문제에 대한 해결책은 뒤마가 산뜻한 글씨체를 구사할 수 있다는 것이었다. 그래서 그는 뒤마 가의 인심 좋은 공증인이며 친구인 메네송 씨의 사무실에서 서기로 일하게 되었다.

이 사무실에서 발이 기다란 16세의 젊은이는 쓰기보다는 읽기를 더 많이 했는데 그것은 고용주를 당황하게 만들었다. 뒤마는 볼테르에 심취했고 혁명의 불길에 부채질을 해대는 다른 많은 작가들의 작품을 통독했다.

그러나 이 시기에 뒤마는 또 다른 종류의 불길에 관심을 두게 되었다. 어느 날 갑자기 자신이 키가 크고 자세가 우아하며 현란한 하얀 미소가 굉장히 매력적임을 알게 되었다. 그래서 뒤마는 마을의 어린 소녀인 아델르 달뱅을 유혹하기 시작했다.

이 젊은 여인에 대한 작전이 너무 쉽게 성공하자 뒤마는 새로 발견한 자신의 재능을 부지런히 계발하기 시작했고 드디어 비예-코테레 지역의 돈 주안이 되었다.

그런 다음 뒤마는 새로운 야망에 불타오르게 되었다. 그가 만일 이 세상에 두각을 나타내도록 운명지어졌다면 이런 조그만 시골구석에서 재능을 썩힐 이유가 어디에 있단 말인가? 파리로 가는 것이 좋지 않겠는가?

그러나 어떻게 간단 말이지? 어머니는 너무 가난했고, 자기가 버는 수입으로는 파리로의 여행이라는 사치를 부리기에는 너무나 빈약했다.

　허지만 알렉상드르의 의지가 있는 곳에는 항상 길이 있었다. 뒤마는 빈둥빈둥 지내던 시절에 아주 능숙한 당구선수가 되었다. 어느 날 저녁 술집에서 그는 모든 사람들에게 기술을 요하는 당구 게임을 하자고 도전하였고, 주머니에 여행에 필요한 자금을 가득 넣고서 집을 떠났다.

　뒤마는 파리에 도착하자 프랑스 극장을 향했고 당시 위대한 비극배우인 탈마의 분장실로 뛰어들었다. 인간의 모습에 들어있는 이런 번갯불을 막을 길은 하나도 없었다.

　늙은 배우 탈마는 이 젊은 모험가의 혈기를 보고 흐뭇해하였다. "그런데 자네는 뭐하는 친구인가?"

　"저는 공증인 사무소의 서기입니다. 허나 저는 작가가 되고 싶습니다."

　"안될 것도 없지? 자네도 알겠지만 코르네이유(피에르 코르네이유, 1606~84. 프랑스 극의 아버지로 신고전주의 시대의 최대 극작가: 역주)도 한때 공증사무소에서 일한 적이 있거든."

　"감사합니다. 그런데 한 가지 부탁이 있는데, 괜찮으시다면 행운을 빌어주는 의미에서 손으로 제 이마를 만져주시지요?"

　"물론 괜찮고 말고"하며 배우는 웃었다. 그리고 손을 알렉상드르의 이마에 얹고 말했다. "본인은 그대 시인을 셰익스피어, 코르네이유, 쉴러(요한 프리드리히 쉴러, 1759~1805. 독일의 시인, 극작가: 역주)의 이름으로 세례를 주노라."

　이 말을 할 때 탈마는 진지했다기보다는 농담조였지만 뒤마에게는 그 말이 절대로 농담이 아니었다. 셰익스피어, 코르네이유, 쉴러의 이름으로 시인이라니? 이런 세상에! 허지만 뒤마는 이 예언을 반드시 실행시키고야 말 것이다! "나는 탈마 그리고 세상만인에게 이것을 꼭 증명해 보이고 말

테야. 그것도 당장!"

뒤마는 집으로 돌아와 본격적으로 영국의 소설가 월터 스코트의 소설 「아이반호」를 극화시키는 일에 착수했다.

<h1 style="text-align:center">4</h1>

뒤마는 「아이반호」를 상연해줄 연출가를 한 명도 찾아낼 수 없었다. 다음 희곡도 그러했고 그 다음 희곡도 연출가를 찾을 수 없었다. 그렇지만 뒤마는 희망을 잃지 않았고 여자 꽁무니를 쫓아다니며 계속해서 사생아를 만들어냈다. 그러면서도 그는 희곡작품과 소설들을 계속 썼고, 여러 차례의 시도를 거듭하면서 굽힐 줄 모르는 이 세상의 주목을 자기 재능으로 얻어내고자 애썼다. 연출가나 편집자가 만나기를 거절할 때마다 뒤마는 비서에게 미소를 지어 보이며 말했다. "아가씨 고마워요. 난 쉽게 낙담하지 않습니다. 다시 오겠습니다."

마침내 미소를 머금은 뒤마의 고집은 기회를 가져다주었다. 「스웨덴의 크리스티나 여왕」이라는 그의 희곡작품이 프랑스 극장에서 상연하기로 결정되었다. 출연진이 선정되고 예행연습도 진행되었다. 이 젊은 극작가는 분명 성공을 향해 달려가고 있었는데 갑자기 그 기회를 내동댕이쳤던 것이다. 뒤마는 단지 아량을 베풀겠다는 충동에서 이런 행동을 취했다. 또 다른 극작가가 있었는데, 그는 늙고 평생 무대에 서보기 위해 노력했지만 계속 실패만 거듭한 사람이었다. 당시 그 극작가도 뒤마와 마찬가지로 스웨덴 여왕을 주제로 극을 써냈다. 뒤마는 말했다. "저 불쌍한 노인네에게 기회를 주자. 이 세상에서 퇴장하기 전에 마지막으로 말이야." 그리고 뒤마는 의협심을 보이며 다른 이를 위해 자기 희곡을 거두어들였다.

그런 다음 뒤마는 계속해서 또 다른 희곡 「앙리 3세」를 써냈고 연출가를 찾았으며 열정에 들떠 그 극이 무대에 오르기를 기다렸다.

1828년 2월 11일 밤. 뒤마는 극장에 가려고 치장하기 시작했다. 그는 미리 옷을 다 꺼내놓았다. "서둘러야지. 늦어서는 안 되니까!" 신발을 신고 바지를 입고 셔츠를 입고 보니, 아차! 목에 달 칼라를 사두지 않았다는 것을 알게 되었다. 얼른 가위를 꺼내고 마분지로 칼라를 오려냈다.

그런 다음 이 마분지 기사는 극장으로 달려갔고 커튼 구멍으로 들여다보았다. 극장은 문까지 사람들로 가득 차있었다.

공연은 대성황이었다. 공연이 끝나고 커튼이 내려갔을 때 우레와 같은 박수소리가 터져 나왔고 작가가 모습을 나타내자 극장 안은 열광상태로 돌변했다. 뒤마는 "머리를 아주 드높이 치켜 올렸고 정돈되지 않은 더벅머리는 마치 별에서 불이라도 붙여올 것 같았다." 종이칼라를 단 이 흑백 혼혈아는 파리 무대의 새로운 왕이 되었다.

그리고 뒤마는 마치 제왕의 집안에서 태어난 것처럼 자신의 왕국으로 들어갔다. 그는 미소를 흩뿌리면서 명예를 받아들였고, 마치 "새벽이 다 가온 것을 감지하는 젊은이"처럼 성공의 달콤한 공기를 흠뻑 들이마셨다. 새로운 희곡, 새로운 성공, 새로운 정부(情婦)가 뒤를 이었다.

그런 다음 새로운 모험이 시작되었다. 뒤마는 투사가 되었다. 샤를르 10세(1757~1836. 프랑스 왕으로 1824~30 재위: 역주)는 칙령을 포고하여 언론의 자유를 금지하였다. 파리의 지식층은 이 칙령에 반기를 들었고 뒤마도 이에 합세하였다.

이런 반란을 하면서 뒤마는 총을 쏘기보다는 주로 고함을 쳤다. 이 투쟁에서 그는 주로 "자기 힘을 과시하고 허세를 부리는 자"의 역할을 맡고 있었다. 그렇지만 뒤마는 자기 얼굴을 땀과 분으로 더럽히면서 많은 박수 갈채를 받아내려고 온갖 노력을 다했다. "뒤마 씨, 훌륭한 극입니다"하고 라파예트(1757~1834. 프랑스 군인이자 정치가로 1789년과 1830년의 프랑스 혁명에서

지도적 역할을 담당함: 역주)는 뒤마를 포옹하며 칭찬해주었다.

뒤마는 라파예트에게 감사의 표시를 보였고 자기가 프랑스 소작농들을 조직해보겠다고 제의했다. 라파예트도 그 제의에 동의하였으므로 뒤마는 빛나는 제복을 차려입었다. 그도 아프리카 사람인지라 번쩍번쩍 빛나는 치장을 좋아하는 약점이 있어서 라커 칠을 한 부츠, 제일 좋은 푸른 바지와 은빛 견장을 단 자주색 코트를 차려입고, 바람에 흔들리는 빨간 깃털이 달리고 세 가지 빛깔의 꽃 모양 기장이 있는 샤코 모자(앞에 장식물이 달린 원통형의 보병용 군모: 역주)를 썼다. 그리고 뒤마는 부관을 대동하고 출발했는데 이 부관은 갤리선에서 구조해낸 가짜였다. 그는 농민들 앞에서 열변을 토하며 그들을 즐겁게 해주었지만 그들을 조직하는 일에는 처절하게 실패했다.

혁명 운동은 완전히 실패로 끝났다. 반란군이 한 일이란 나쁜 왕을 더욱더 못된 왕으로 바꿔놓은 것이었다. 뒤마는 마지못해 정치적인 실패에서 몸을 돌려 문학적인 성공을 향해 발길을 돌렸다. 뒤마는 「안토니(Antony)」라는 희곡을 써냈는데 사랑의 삼각관계에 새로운 변화를 덧붙였고 모든 파리시민들은 "외설적이고 극적인 효과"를 맛보기 위해 모여들었다. 첫 날밤의 열기 속에서 숙녀들은 뒤마의 코트자락을 찢었다. "나의 하나님! 아주 멋지고 젊은 극작가십니다! 어쩜 이렇게 매혹적일 수가 있을까!"

그리고 이 멋지고 매혹적인 혼혈아는 야한 조끼를 걸쳐 입고 번쩍이는 이를 드러내고 웃으며 운명의 소용돌이 속을 계속해서 달렸다. 아이의 출생, 정부를 버리는 일, 콜레라에 걸린 일, 성공을 거둔 또 한편의 희곡작품, 다시 한번 실패로 끝난 혁명, "위험한 공화주의자"로 지목받고 체포령을 피해 스위스로 도망간 일—그리고 나서 갑자기 뒤마는 성직자가 될 꿈을 꾸었다. "안될 게 뭐람? 새로운 희곡을 만들어냈으니 앞으로는 새로운 종단의 창시자가 되어야지."

그러나 뒤마는 그 생각을 품자마자 곧바로 포기했다. 수도원의 정적을 감당하기에 그의 성격은 너무나 불같이 격렬하였고 이 세상 기쁨은 하늘나라의 약속으로 대치될 수 없을 만큼 너무나 맛있었다. "나는 차라리 이교도로 남아서 그 대가를 치루는 게 좋겠어."

그리고 뒤마는 죽을 때까지 이교도로 일관했다. 그는 남자들을 즐겁게 해주면서 그들의 부인들을 유혹해내었고 희곡을 계속해서 공연하여 "영예와 유리구슬"을 한 몸에 지녔으며 성공과 실패를 여유롭게 예사로 받아넘겼다. 칭찬을 들으면 어깨를 한번 으쓱했고 모욕을 당할 때엔 미소로 맞았다.

그러나 때로 모욕이 지나칠 정도로 악의에 찼을 경우에 뒤마는 미소에다 신랄하고, 재치 있는 반박을 곁들였다. 어느 날 한 심술궂은 젊은 귀족이 뒤마 앞에서 자기 조상을 자랑하였다. 그리고는 뒤마를 향해 손으로 가리키며 묻기를, "당신의 조상에 대해서 말씀해주시겠습니까?"

뒤마는 대답했다. "내 아버지는 혼혈이고, 할아버지는 검둥이였으며, 증조할아버지는 원숭이였소이다. 우리 가문은 아마도 당신의 가문이 끊어진 가지에서 나온 것 같구려."

또 한번 뒤마는 그의 경쟁자였지만 비참해진 발자크를 문인들의 모임장소에서 마주쳤다. 발자크는 이 성공적인 젊은 극작가의 야심을 꺾어놓고자 한 마디 내뱉었다. "재능이 모두 다 없어지면 그때 가서 희곡이나 써야겠어."

뒤마는 재빨리 매섭게 되받았다. "그럼 당장 그러셔야겠네요."

5

1832년 2월 6일, 그 날은 몽파르나스 출신의 "재능 있는 어린 소녀" 이다 페리에가 알렉상드르의 최근작인 「테레사」에서 무대에 첫 출연한 날이었다. 이다는 마지막으로 커튼이 내려지고 관객들이 열렬하게 박수갈채를 보내자 뒤마의 가슴에 몸을 내던지다시피 안기면서 말했다. "뒤마 씨, 당신이 오늘의 저를 만들어주셨어요. 어떻게 이 은혜를 갚을 수 있을까요?"

"간단하지 뭐"하며 뒤마는 그녀에게 뇌쇄적인 사랑의 미소를 던졌다….

여러 해에 걸쳐서 이다는 뒤마의 친절에 계속 보답했는데 물론 금전으로가 아니었다. 그런 다음 두 사람은 결혼을 해서 세상 사람들을 놀라게 했다. "뒤마가 가정생활에 충실해진다고—번개가 사슬에 묶여 만족할 수 있다니!"

그러나 사슬도 뒤마의 격렬한 열정에는 느슨하게 매달려있을 뿐이었다. 그는 재차 해외의 모험을 위해 자주 가정을 비웠다. 뒤마는 또 부인도 나름대로 가정에서 모험을 즐길 수 있도록 관대하게 배려해주었다. "나도 살고 남도 살게 하자"가 그의 좌우명이었다.

뒤마는 항상 새로운 흥밋거리, 새로운 연애사건, 새로운 박수갈채를 찾아 헤맸다. 극장에서의 성공도 그에게는 이미 시들해졌다. 온 세계를 불사르던 반역의 불길도 거의 다 사그라진 때였으므로 뒤마의 민활한 정력은 새로운 출구를 찾아야 했다. 그러나 어디서 어떻게 찾을 수 있겠는가?

아! 뒤마는 드디어 찾아내고야 말았다! 역사소설, 그는 죽은 과거를 되살려서 떠들썩한 흥겨운 생활로 불러일으킬 것이다. 로맨스의 왕 월터 스코트는 이미 죽었다. 새로운 왕, 알렉상드르 뒤마! 부디 만수무강하소서!

열병으로 들뜬 사람처럼 뒤마는 첫 번째 역사소설인 「삼총사」에 착수하였다. 그는 역사적인 연구 자료로 도움을 줄 사람으로 줄거리를 엮어내는데 남다른 재주가 있는 오귀스트 마케를 찾아냈다. 뒤마에게 죽은 사실은 아무 관심거리가 되지 못했다. 그는 역사상 살아있는 진실을 알고 싶어 했다. "당신이 정말로 역사의 자식을 낳는다고 하면 역사를 겁탈하는 일을 허용할 수 있습니다"라고 그는 말했다.

뒤마는 지칠 줄도 모르고 소설을 써 내려갔다. 아침 7시부터 밤 7시까지 소매도 없는 셔츠를 풀어헤친 채, 어느 때는 점심식사에 손도 대지 않고 계속했다. 손님이 그가 일하는 도중에 찾아오기라도 하면 왼손으로 인사를 하며 오른손으로 작업을 계속해나갔다.

뒤마는 항상 초긴장 상태에서 일을 했다. 그러나 그것도 마치 놀고 있는 사람의 모습과도 같았다. 그는 주인공들과 함께 살았고 그들에게 말도 걸며 농담도 했다. 어느 날 한 영국인 손님은 작업실에서 터져 나오는 뒤마의 웃음소리를 듣고서 "손님이 가실 때까지 기다리겠소"하고 하인에게 말했다.

"주인님은 지금 혼자 계십니다! 주인님은 지금 주인님이 만들어내신 주인공의 재치 있는 농담에 웃고 계신 거예요,"하고 하인이 대답했다.

뒤마는 낮에는 주인공들과 함께 생활했고 밤에는 친구들과 지냈다. 그래서 사람들이 낮에 그렇게 고된 일을 하고 나서 어떻게 그토록 생생할 수 있느냐고 묻자, 뒤마는 낮에 하는 일이 하나도 싫증나거나 고되지 않다고 대답했다. "나는 이야기를 만들어내는 것이 아닙니다. 이야기들이 내 안에서 지네들끼리 만들고 있습니다."

"어떻게요?"

"저도 모릅니다. 자두나무가 어떻게 열매를 맺는지 자두나무에게 물어보시지요."

뒤마에게는 창작에 대한 흔치 않은 신비로운 재능이 있었다. 그렇지만 그가 우정을 만드는 재주는 한층 더 드물 정도로 신비스러웠다. 항상 집의 문은 열려있었고 마음의 문도 열려있었다. 뒤마의 집의 "점심시간"은 11시 반에서 4시 반까지 계속되었다. 항상 손님이 새로 들이닥쳐서 하인들은 항상 정육점으로 달려가야 했다. 뒤마는 일을 놓고 휴식을 취할 수 있는 날에는 손님들과 자유롭게 어울렸는데, 손님들 중 많은 사람이 초대받지 않은 사람들이었지만 그래도 똑같은 대접을 받았다. 한 친구가 어느 날 뒤마에게 "저기 있는 저 친구한테 소개시켜 주지 않으려나?"하자 뒤마가 대답했다. "조금 곤란한걸. 실은 나도 아직 소개받지 못한 걸."

뒤마의 손은 하도 헤퍼서 밑 빠진 체와 같았다. 그래서 수입을 모두 다 계속해서 그 체에 쏟아 넣는데도 항상 빚이 있었다. 그래서 집행관들이 손님들 중에서도 가장 낯익은 사람들이 되었다. 하루는 한 친구가 뒤마를 찾아와 며칠 전에 죽은 한 친구의 망령을 묻어주는데 필요하다고 기부 좀 하라고 요구했다. 뒤마는 주머니에서 15프랑을 꺼내어 주며 "그런데 그 불쌍한 친구가 누구지?"하고 물었다.

"어떤 집행관이야."

"그러니까 집행관을 묻어준다고! 여기 15프랑 더 있네. 두 사람을 묻어주게나,"하고 뒤마는 소리쳤다.

6

뒤마의 주머니는 텅텅 비어가고 있는데 반해 명성은 하늘 높은 줄 모르고 계속 높아갔다. 처음에 역사를 소설로 바꾸는 작업을 하던 뒤마는 이제 소설을 역사로 바꾸는 작업으로 돌진하였다. 「몬테크리스토 백작」은 다시 한번 마케와 합작한 작품으로 구조가 순수한 로맨스이다. 그렇지만 주인공들이 어찌나 생생한지 오늘날도 마르세유의 안내원들은 관광객들에게 메르세데스와 모렐의 집을 보여주고 이프 성채에서 에드몽 단테와 아베 파리아가 갇혀있던 감방도 보여준다. 뒤마는 안개와 구름으로 확고한 주거지와 살아있는 인물들을 만들어놓았다.

허지만 이것이 뒤마가 창작을 한 목적은 아니었다. 그는 단지 즐기고자 했을 뿐이었다. 뒤마에 의하면 작가가 할 일은 독자들이 즐겁게 살아갈 수 있도록 즐겁게 글을 쓰는 것이다. "만일 예술이 사람들을 즐겁게 해주지 못한다면 무슨 가치가 있겠는가?" 그는 감히 시인인 척도 학자인 척도 하지 않았다. 뒤마의 유일한 목적은 전문적인 이야기꾼이 되는 것이었다. 남을 잘 헐뜯는 한 비평가가 뒤마에게 "당신은 한번도 연구해보지 않은 사건들에 대한 글을 쓰는군요"라고 평하자, 뒤마는 "내가 사건들을 연구했다면 언제 쓸 시간을 마련할 수 있겠소?"라고 반박했다.

뒤마의 주위에 있는 마케나 다른 보조원들이 사실(史實)에다 아무 것도 가미하지 않은 채로 전달해주었는데, 뒤마를 비난하는 사람들은 이것을 보고 뒤마에게 정식으로 "소설공장"을 차렸다고 비난했다. 뒤마는 사실을 받아서 그 사실에다 상상의 불과 생명의 숨결을 불어넣었다.

이런 식으로 뒤마는 황혼기에 이르기까지 작업실에서 지냈는데 "마치 아라비아의 민담가가 별이 빛나는 사막의 하늘 아래서 벌어지는 마을의 축일 전야를 오래 동안 질질 끄는 것과도 같았다." 축제가 끝날 무렵에 뒤마의 성공의 잔은 시기심이 작동하여 다소 신랄해졌다. 그러나 이런 신랄함 속에는 자부심도 포함되어 있었는데 그것은 시기의 대상이 다름 아닌 자기 아들이었기 때문이다. 아들 뒤마는 「동백나무를 사랑한 창녀」― 일명 「춘희」라는 작품으로 아버지가 모든 작품을 통해 얻어놓은 인기를 능가하였다. 아버지와 아들은 서로를 이기려고 노력했고 서로 비웃기도 하면서 또한 동경에 가까운 사랑을 서로 나누었다. 아버지 뒤마가 익살스럽게 "제가 아들을 한 놈 키웠더니 그놈이 글쎄 독사로 변하지 뭡니까"하자 아들 뒤마도 장난스럽게 대꾸한다. "그런데 말입니다, 저는 아버지를 키워놓았더니 글쎄 아이가 되어 버렸지 뭡니까."

뒤마는 끝까지 제어할 수 없고, 웃음을 사랑하며 모험을 사랑하는 어린아이로 남았다. 비록 나이는 지긋하고 육체적으로 성공의 달콤한 고기를 맛본 후라 살이 뒤룩뒤룩 쪘지만, 뒤마는 정신적으로는 늙은 나이에도 불구하고 정열적이고 야성적이었다. 혁명이 일어났다 하면 그는 소용돌이 속으로 기꺼이 몸을 던졌다. 1848년 뒤마는 국민병을 이끌고 파리로 진격할 태세를 갖추었으나 국민병이 따라오기를 거부했다. 1859년에 뒤마는 가리발디 장군(기우세프 가리발디, 1807~82. 이탈리아의 애국자. 역주)과 합세했고 5만 프랑을 희사했을 뿐만 아니라 자신의 생명까지도 이탈리아의 자유를 위해 희생하겠다고 제의했다. 4년 후 그는 터키에 대항하여 봉기한 그리스 반란군을 이끌 수 있는 권한을 얻었지만, 나중에 알고 보니 반란군을 조직한 스칸덴베르그 황태자는 사기꾼이었다.

뒤마의 활발한 에너지는 항상 행동으로 바뀔 수 있도록 팽팽하게 긴장되어 있었고 결코 휴식을 취할 수 없었다. 63세의 어느 날 그는 "혁명적인" 이탈리아로의 방문을 마치고 파리로 되돌아왔다. 아들이 역으로 마중을 나왔고 밤 10시경에 열차가 도착했다. 아들이 "아버님, 그동안 힘드셨을 테니 무척 피로하시겠군요. 제가 집까지 모셔다 드리죠."라고 했다.

"아니다. 잠자리에 들기 전에 고티에를 보고 싶다"라고 아버지는 외쳤다. 그리고 그는 아들을 끌고 오래된 친구의 집이 있는 뇌이이로 향했다.

그들이 도착했을 때 집은 잠겨 있었다. 뒤마는 소란을 피우며 고티에를 잠에서 깨웠다.

"누구십니까?"

"아버지 뒤마와 아들 뒤마가 왔네."

"하지만 우리는 모두 잠을 자는 중인걸요."

"뭐라고, 이렇게 이른 시간에 잠을 잔다고? 이 게으름뱅이들 같으니, 모두 어서 일어나시오!"

아버지와 아들이 고티에의 집에서 돌아온 시각은 새벽 4시였다. 아버지는 아들에게 명령했다. "애야, 등불을 하나 갖다 주려무나."

"무얼 하시게요?"

"할 일이 있단다."

아들은 아버지를 남겨둔 채 잠이 들었다. 눈을 떠보니 날이 훤히 밝았는데 책상 위에는 3개의 잡지에 실을 3편의 글이 놓여있었고, 아버지는 거울 앞에서 면도를 하며 노래를 부르고 있었다.

"아버지, 괜찮으세요?"

"데이지 꽃같이 생생하단다." 눈을 반짝이며 아버지는 말했다. "너도 보다시피 우리 젊은이들은 너희 늙은이들과는 달라 그렇게 쉽게 피로해지지 않는단다."

7

드디어 68세의 젊은이는 펜을 놓고 휴식에 들어갔다. 그것은 이전의 모험에 싫증난 것이 아니라 뭔가 새로운 것을 하고 싶었기 때문이었다. 뒤마는 마지막 로맨스를 경험한 직후였는데, 그것은 아다 멘켄이라는 미국 여배우와의 사랑이었다. 여배우가 말에서 떨어져 죽었으므로 그 사랑은 짧고 신속하며 열정적인 폭풍우 같았지만 결국 비극으로 끝났다. 뒤마는 아들의 집으로 가서, "애야, 내가 너한테 죽으러 왔다"고 말했다.

그 후 뒤마는 잠잠해졌다. 친구들이 머리를 슬프게 흔들며 뒤마가 이제는 탈진했다고 말하려고 할 때마다 아들은 되받았다. "우리 아버지 같으신 분은 결코 탈진하실 분이 아닙니다. 혹시 아버지가 이 시대의 언어로 우리에게 말씀하시기를 거부한다면 그것은 그가 이제는 영원의 언어를 알아들으려고 공부하고 계시기 때문입니다."

빅토르 마리 위고

(1802~1885)

주요작품 ‧‧‧

「마리용 드 로름」(희곡) 「에르나니」(희곡)
「노트르담의 꼽추」 「왕은 즐긴다」(희곡) 『나폴레옹 3세』(정치 논문)
「레미제라블」 「바다에서 일하는 사람들」 「웃는 사나이」 「구십삼 년」
「여러 세기의 전설」 「한 범죄의 역사」 「지상(至上)의 연민」
그 외 몇 권의 극시와 서정시집들

위고
Victor Marie Hugo

1

1865년 빅토르 마리 위고는 겐지 섬(영국해협에 있는 섬: 역주)에서 유배생활을 하고 있었다. "꼬마 나폴레옹"(1803~73. 나폴레옹 1세의 조카로 대통령도 지내고 나폴레옹3세로 1852년부터 70년까지 재위함: 역주)은 위고가 인도주의를 지나칠 정도로 열렬하게 지지한다고 그를 파리에서 추방했다. 그해 4월 29일 위고는 편지 한 통을 받았는데 그의 명성이 하도 널리 퍼져있던 터라 주소는 '바다의 빅토르 위고에게'로 적혀있었다. 같은 날 그는 한 통의 편지를 부쳤는데 주소를 벨기에에 와있는 미국인 목사의 집으로 하고 수신인 이름으로는 '전 세계의 나의 동지들에게'라고 적었다. 이 편지에서 위고는 링컨 대통령의 암살에 대한 슬픔을 표명하였다. "워싱턴에서 발생한 청천벽력과 같은 일이 온 지구를 흔들어놓았다… 이 얼마나 무시무시한 정치적 대변동인가!" 그리고 위고는 미국의 국민들을 위로하는 말을 계속해서 써 내려갔고 그 말은 1865년에도 그랬지만 오늘날까지도 예언적이었다. "미국 국민은 청동으로 제조한 거상이다. 반역자들이 그 표면에다 상처를 낼 수는 있지만 쓰러뜨리지는 못할 것이다… 미국은 모든 나라의 지도자가 되었다… 미국은 자매나라에게 자유와 전 우주적인 형제애로 향하는 탄탄한 길을 지시해주고 있다." 그런 다음 추방자는 "인류공화국의 충실한 시민으로부터"라고 사인하고 편지를 끝맺었다.

어떤 사람들은 빅토르 위고와 아브라함 링컨을 19세기의 두뇌와 가슴으로 생각한다.

2

참으로 이상스럽게도 후에 유럽에서 가장 열렬한 공화주의자가 될 어린아이가 왕정을 숭배하면서 성장했다. 빅토르 위고의 아버지는 나폴레옹 군대의 장군이었다. 빅토르는 11살 때 나폴레옹이 파리 거리를 말을 타고 지나가는 모습을 보았다. "황제가 나타났을 때 나에게 신성한 경외감을 갖게 해준 것은… 노래를 함께 부르며… 그를 따르는 시끄러운 군중의 모습이 아니라… 청동으로 만든 신의 자태로 말 한 마디 없이 용감하게 나아가는 이 엄숙한 사나이의 모습이었다." 빅토르 위고는 나이가 제법 많을 때까지 프랑스의 황제들이 청동의 단단함과 하나님의 거룩함을 지니고 있다고 생각했다.

제국에 대한 위고의 사랑은 아버지가 아닌 어머니의 영향이었다. 위고 부인은 항상 녹색 신을 신었는데 녹색이 프랑스 왕의 빛깔이기 때문이다.

그런데다 녹색은 위고 부인의 눈 빛깔이기도 했다. 부인은 항상 남편에게 질투심을 품었고 남편도 역시 부인을 항상 질투하였다. 물론 이유가 없었던 것은 아니다. 두 사람의 결혼생활은 끊임없이 화해와 별거로 점철되었고, 위고 장군의 집에는 항상 생소한 여자들이, 위고 부인의 집에는 생소한 남자들이 들끓었다.

빅토르는 어머니, 아버지를 모두 숭배하였다. 그러나 부모들의 비정상적인 생활로 위고는 어린시절 끊임없이 떠돌아다녀야 했다. 파리에서 보르도로 그리고 보르도에서 세고비아로 그 다음에는 마드리드로 그리고 다시 파리로 와야 했다. 이토록 끊임없는 유랑생활을 한 탓에 어린 빅토르는 다소 무계획적인 교육을 받았는데, 그 결과로 확고함은 결여된 반면에 다양성을 보여주는 뒤죽박죽의 지식을 지녔다. 어머니의 한 친구가 "이 아이는 모든 것에 대해 조금씩 다 알고 있군요"하자 어머니는 슬픈 듯이 답변했다. "그리고 어떤 것은 정말로 아주 조금밖에 모른답니다."

이렇게 위고는 이 학교 저 학교로 날아다녔고 이 꽃 저 꽃 급하게 조금씩 빨아먹으며 13살에 이르렀고, 마침내 위대한 발견 즉 로마의 시인 버질의 시를 접하게 되었다. 그는 버질의 '전원시 1편'을 번역했는데 그 보상은 데코트 선생의 채찍질이었다. 왜냐하면 데코트 선생 자신이 동일한 '전원시'의 번역을 방금 끝마친 탓이었다. 이 조그맣고 건방진 녀석이 어떻게 감히 적으로 나설 수 있는가 말이다.

빅토르는 눈물을 닦아내고 자기 시를 계속 써나갔다. 그는 학교 백일장에서 오드(송가)를 한편 써내어 1등상을 획득하였는데 데코트는 심사위원이 아니었다. 그는 서사시, 희곡, 소설을 써냈고 선생님들은 위고를 "탁월한 소년"이라고 불렀다.

그리고 이 탁월한 소년은 문학만이 아니라 사랑에서도 조숙했다. 17세에 위고는 16세 소녀인 아델르 푸셰와 약혼한 몸이었다. "아델르, 기억해? 그날은 1819년 4월 26일이었어. 어느 날 저녁에 내가 당신의 발 밑에 꿇어앉자 당신이 물었지. 나의 가장 큰 비밀이 뭐냐고… 그래서 나는 당신을 사랑한다고 떨면서 고백했고 당신의 확답을 들은 후 나는 사자와도 같은 용기를 갖게 되었지…."

2년 후 두 사람은 결혼했다. 얼마나 잘 어울리는 한 쌍인가!—소녀는 용감해 보이는 검은 눈과 탐스러운 미소를 띠고 있었고, 소년은 시인의 입과 군인의 용모를 지니고 있었다! 그리고 정말로 유쾌한 결혼식이었다—그것은 "꿀과 우유, 꽃과 과일 그리고 우거진 잎, 웃음과 사랑이 흘러넘치는" 의식이었다.

그러나 불협화음이 한 가닥 흘러나왔다. 결혼식 잔치가 한창 진행되는데 한 남자가 도끼를 들고 뛰어 들어와 곧장 신랑에게로 덤벼들었다. 사람들이 간신히 그를 꼼짝 못하게 붙잡았다. "미친 놈!" 그 사람은 다름 아닌 빅토르의 형 유진이었는데 질투로 제정신이 아니었다. 형 역시 아델르와 결혼하고 싶었던 것이다.

결혼식장에서의 폭풍과도 같은 장면이 빅토르의 폭풍과 같은 인생의 출발점이었다. 그리고 변덕스러운 바람은 기쁨과 슬픔을 똑같이 실어다 주었다. 성공적인 시집 출간, 성공적인 희곡 작품, 대중의 박수갈채, 비평가들의 호평, 레지옹 도뇌르 훈장, 아기의 출생과 죽음, 어머니의 죽음, 진정으로 믿었던 친구의 배반이 이어졌다. 가장 친한 친구였던 당대 최고의 비평가 생트 뵈브가 등을 돌렸다. 물론 실패로 끝났지만 뵈브는 위고의 부인을 유혹하려고 시도했었다.

위고는 이토록 쓰라린 심정으로 「에르나니」의 공연 첫날밤에 참석했다. 심상치 않은 일이 터지고 말았다. 빅토르 위고가 고전주의 관습을 따르지 않고 쓴 이 극으로 낭만파와 고전파 사이에 싸움이 전개되는 계기가 마련되었다. 그것은 "새로운 불과 오래된 재의 싸움이었다." 위고는 과감하게 적과의 싸움에 도전하였다. 그는 선언했다. "이 작품에서 나는 모든 이론, 시작법, 제도를 가루로 분쇄해버리겠다. 아름다운 표면을 뒤덮고 있는 낡은 석고를 모두 다 뜯어낼 것이고 이제부터는 규칙도 전범도 없게 될 것이다…"

이 극은 야유와 갈채가 뒤섞인 가운데 공연되었고 마지막으로 커튼이 내려가자 격려의 갈채소리가 우세하였다. 모든 청중이 새로 왕관을 쓰게 된 로맨스의 왕을 황홀하게 우러러보았다. 그러나 위고는 존경의 환호성을 알아채지 못하는 듯했다. 그의 두 눈은 생트 뵈브가 앉아있는 좌석으로 집중되어 있었고 생트 뵈브의 눈길은 아델르에게 꽂혀있었다.

<h1 style="text-align:center">3</h1>

위고의 간곡한 부탁으로 생트 뵈브는 두 번 다시 아델르를 만나지 않겠다고 약속했다. 그러나 생트 뵈브는 약속을 지키지 않았다. 그는 계속해서 아델르를 만나고 편지를 보내면서 그것이 비밀 속에서 진행되고 있다고 여겼지만 그런 비밀은 위고의 눈을 피할 수 없었다.

그래서 위고는 창작활동으로 슬픔을 잊고자 노력했다. 그는 「노트르담의 꼽추」라는 소설을 썼는데, 1830년 9월 4일에 시작하여 미친 듯이 정열적으로 써 내려가 가을과 이른 겨울을 지내고 1월 15일에 완성을 보았다.

이 신성한 성당의 이야기는 살아 있는 영혼이 깃들어 있는 돌로 지은 사원의 이야기이다. 프랑스 역사가인 미셸레는 다음과 같이 적고 있다. "노트르담 성당과 나란히 빅토르 위고는 그것만큼이나 단단한 기초 위에 확고하게 자리 잡고 있고 똑같이 높은 탑을 지닌 시의 사원을 세웠다."

더 많은 박수갈채, 더 많은 가슴앓이 그리고 더 많은 일에 매달렸고 그런 다음 위고는 새로운 사랑을 잉태하는데 그것은 "꾀꼬리 같은" 줄리엣 드루에를 향한 것이었다. 그동안 수많은 남자들의 노리개였던 이 아름다운 여배우는 이제 그녀의 마음을 온통 한 남자에게 바쳤다. 드루에는 50년 동안 열정적으로 빅토르 위고에게 헌신적인 사랑을 바쳤다.

또한 빅토르 위고도 줄리엣 드루에에게 정열적으로 헌신했다. 그렇다고 아델르에 대한 사랑이 끝난 것은 아니었다. 아내에 대한 사랑도 변함없이 계속되었지만, 그것은 아내를 향한 남편의 사랑이라기보다는 엄마에게 보내는 아들의 애정이었다. 그리고 아델르는 그러한 조용한 애정에 만족한 듯싶다. 위고에 대한 아델로의 감정은—그리고 그 문제에 관해서는 생트 뵈브에 대한 감정도—소유욕이라기보다는 항상 정신적인 것이었다. 그녀에게 사랑은 머나먼 태양이었다. 비스듬히 비치는 태양의 따스함을 즐겼고 수직으로 내리쬐는 폭염에서 비켜있다는 점을 만족해했다.

그러나 위고와 줄리엣의 감정은 마치 격렬히 타오르는 불길과도 같았다. 줄리엣 역시 그녀 안에 있던 시의 불꽃이 튕겨진 것이었다. 두 사람은 "슬프게도 싫증나"는 사랑이라는 것을 알지 못했다. "첫날 밤"을 지낸 지 50년이 지난 후에도 위고는 줄리엣의 도취시키는 키스에 여전히 감응을 보였다. "나는 당신의 몸과 당신의 영혼에 키스하노라. 당신은 아름다움이요. 당신은 빛이요. 당신을 사무치도록 사랑하오!"

위고가 사랑한 줄리엣은 버려진 아이였다. 위고에게 그녀가 상징하고 있는 것은 이름 없는 모든 세상 사람들이었다. '그녀의 헌신적인 사랑'을 통해서 위고는 점차 보수주의자에서 진보주의자로, 왕당파에서 사회주의자로 변모되었다. 위고는 이제부터 자신의 생활은 "파멸되고 그늘진 것에 대한 충성으로" 점철될 것이며, 자신이 가지고 있는 모든 힘을 사용하여 힘없는 사람들을 옹호하겠다고 선언했다.

위고는 이것을 죽는 날까지 자신의 지도 원리로 삼았다. 1830년과 1848년에 그는 명성과 생명의 위험을 무릅쓰고 "국민들의 대의명분"에 기꺼이 합세했다. 1848년 혁명 때에는 바리케이드 위에 올라서서 함께 싸웠는데 줄리엣에게 그는 다음과 같은 편지를 보냈다. "사흘 낮 사흘 밤을 투쟁하느라 지쳐죽을 지경이라오. 침대도 없고 마실 것도 먹을 것도 거의 없고 때때로 쉬기 위해 그저 도로 위에 잠깐씩 주저앉을 뿐이오…"

위고가 바리케이드에서 투쟁을 벌이는 동안 그의 집은 그가 구하고자하는 바로 그 사람들에 의해 약탈되었다. 이 방 저 방 돌아다니며 그들은 내리치고, 찢고, 부수며 법석을 떨다가 마침내 빅토르 위고의 서재에 들어가게 되었다. 창문 가까이에 놓여있는 높다란 책상에서 위고는 선 채로 집필하곤 했는데, 책상 위에서 폭도들은 수많은 종이가 흩어져있는 것을 보았다. 폭도들의 지도자는 이전에 학교 선생이던 고베르트라는 사람이었는데 그는 종이들을 흘끗 들여다보았다. 그것은 어떤 소설의 첫 부분이었다. 그는 제목을 펼쳐보았다. 그리고 "흠, 소설 제목으로 그럴듯한데" 하고 말했다.

"제목이 뭔데요?" 하고 한 동료가 물었다.

"레미제라블."

4

위고는 「레미제라블」의 집필을 파리에서 시작했다. 그것을 끝마친 곳은 젠지 섬이었는데, 그곳은 위고가 나폴레옹 3세의 독재를 반대하다가 유배당했던 곳이다. 폭풍과도 같은 운명이 아직도 그를 뒤쫓고 있었다. 삶과 죽음이 번갈아 그를 포옹하기도 하고 강타하기도 했다. 학술원 회원으로의 선출되었고, 딸 레오폴딘이 세느 강 어귀에서 익사했다. 프랑스의 최고시인으로 인정받았고 또 다른 딸이 불시에 죽었다. 선각자들의 명소인 슈라인 섬으로 순례를 하고 오자 또 다른 딸이 불행한 정사를 겪은 후에 미쳐버렸다. 위고가 「레미제라블」을 집필할 때의 상황은 그러했다. 위고가 인간의 슬픔을 이 서사시로 집약하고 있을 때, 하나님은 그의 어깨를 어루만지시며 그의 눈길을 땅에서 하늘로 바꿔주셨다. "땅이 나에게 시인이라고 소리치자 하늘은 예언자라는 메아리를 보냈다." 위고는 고통을 겪으면서 희망의 예언자가 되었다. "죽음의 공포를 대면한 후 나는 그 너머에서 생명의 꽃을 발견했다."

생명의 꽃, 가망 없는 자들의 희망, 초라한 자들의 복음, 고통 받는 모든 자들에게 보이시는 하나님의 자애로움, 이런 것이 「레미제라블」의 주제이다. 고통은 연민으로, 연민은 다시 사랑으로 변모한다. 격렬하게 사나우면서도 인도주의적인 책은 이 세상을 정화의 불로 휩쓸었다. 그 소설이 출판되어 나오던 날 파리 시민은 파그네르 책방을 이미 새벽 6시에 에워싸고 있었다. 몇 시간 만에 소설책 5만 부가 모두 팔렸다. 겐지 바위섬에서 고독한 유배생활을 보낸 빅토르 위고는 '최초의 세계시민'으로 환호를 받았다.

　그리고 이 최초의 세계시민은 그 영광을 "겸손한 자부심"으로 받아들였고, 나이가 들면서 점점 더 젊어졌다. "나의 백발 아래로 봄의 사랑이 깃들어 있다… 대가는 나이를 모르는 법이다." 위고는 육체적으로나 정신적인 인내심에서 타이탄과 같이 되었다. 새벽에 일어나 바다에 뛰어들어 수영을 한 후 태양이 떠오르기도 전에 벌써 책상 앞에 선 채로 집필을 한다. 오후에는 그림 그리기를 즐겨하여 크레용을 가지고 잠시 휴식을 취한 다음 태양과 물보라를 마주하고 바닷가로 긴 산책을 나간다. 바위에 올라탈 때에도 지팡이를 사용하지 않았고 비를 막기 위해 우산을 쓰지도 않았다. 태양열도 추위도 겁내지 않았다. "불멸의 인간인 나를 아무도 해칠 수 없을 거야." 식욕 또한 대단하여 위고는 한 번에 몇 접시의 고기를 해치웠으며, 어떤 날은 닭고기 두 마리로도 만족하지 못하는 때도 있었다. 왕성한 식욕, 풍성한 사고, 그리고 삶의 기쁨과 더불어 슬픔을 기꺼이 받아들였다. "슬픔은 기쁨의 전주곡일 뿐이다." 삶의 교향곡은 만일 우리가 그 곡조에 맞춰 우리의 귀를 조절해놓기만 한다면 승리의 화음으로 바뀐다. 이런 확고한 신념으로 위고는 두 아들과 부인 아델르의 죽음을 견뎌냈다. 그리고 이런 믿음 속에서 위고는 1870년에 있었던 독일의 프랑스 침공(1870~71년 프러시아와 프랑스 사이의 전쟁으로 프러시아가 승리. 그 결과로 프러시아 왕이 황제가 되고, 프랑스는 나폴레옹 3세가 쫓겨나고 공화국이 되었다. 역주)을 맞았고 그는 이제 겐지 섬의 유배생활에서 돌아오게 되었다. "모든 사람들이여, 전선으로 향하라! 모든 도시여 봉기하라, 모든 들이여 불을 붙여라!… 도시, 도시, 도시! 창으로 숲을 만들고 검을 늘리고 대포를 장치하라. 그리고 너, 마을이여, 기치를 높이 들어라! 모든 사람들이여! 부자 가난뱅이, 노동자, 농부, 서기 모두 다 무기가 될 것은 무엇이든지 집어 들고 앞으로 나오라! 돌을 굴리고 포석을 쌓고 도랑을 참호로 만들어라… 우리의 신성한 땅에서 돌을 집어 들고 어머니 조국의 뼈로 침략자들을 처부셔라…" 그리고 눈에 예언의 빛을 띠고 그는 외쳤다. "오늘의 패배를 두려워 말라. 당신들의 마음과 손을 한 가지 목표인 최종적인 승리에 집중시켜라!"

건전한 인간의 슬픔과 뜻있는 인간의 노고를 확신하는 위고는 그가 쓴 소설 중에서 가장 아름다운 작품이라고 할 「바다에서 일하는 사람들」을 또다시 세상에 내놓았다.

소설내용을 대충 간추려보면 다음과 같다.

매력적인 드뤼쉐트의 삼촌이며 후견인인 르티에리는 모험가 랑텐느를 친구로서 도와준다. 모험가는 그런 호의를 르티에리에게서 5만 프랑을 훔치는 것으로 되갚는다. 이 돈은 르티에리가 40여 년에 걸쳐 저축한 것으로 드뤼쉐트의 지참금으로 사용될 것이었다.

드뤼쉐트는 은밀하면서도 열렬한 숭배를 받는 대상이다. 의심할 바 없이 용감하긴 하지만 출생이 의심스러운 질리아트라는 젊은이는 멀리서 그녀를 흠모하고 있었다. 그러나 젊은이는 사랑을 고백하기에는 너무나 수줍었다.

어느 날 질리아트는 높은 파도에서 젊은 목사를 구조한다. 목사는 고마워서 금화를 제의했으나 질리아트는 그것을 거절하고는 대신 성경 한 권을 받는다.

흥미로운 상황이 벌어졌다. 지참금을 도둑맞은 아름다운 소녀, 그 소녀를 열렬히 사랑하는 천한 계급의 젊은이, 높은 지위와 학식이 있는 또 다른 젊은이, 이 세 사람 사이에 예로부터 피할 수 없는 애정의 삼각관계가 생겼다. 그러나 작가가 어떻게 주제를 발전시키고 이 세 젊은이의 운명을 다른 사람들의 운명과 어떻게 엮어내는지 좀더 두고 볼 일이다.

드뤼쉐트의 삼촌인 르티에리는 뒤랑드라는 기선이 있었고 그 배의 선장은 클뤼벵이었다. 르티에리는 다른 배를 모두 다 잃었으므로 모든 희망을 뒤랑드와 그 배의 선장에게 걸고 있었다. 이 선장은 정직한 사람이어서 주인이 신임할 만한 사람이었다.

클뤼벵 선장은 항해 중에 르티에리의 돈을 훔쳤고 이제 7만5천 프랑을 가지고 도망가려고 하는 악당 랑텐느를 우연히 마주쳤다. 클뤼벵은 총부리를 겨누고 랑텐느에게서 돈을 받아낸 다음 르티에리에게 돈을 건네주기 위해 항해를 서두른다.

이제 작가는 이야기의 실마리를 늘리기 위하여 복잡하게 끌고 나간다. 뒤랑드 호는 파선을 하게 된다. 클뤼벵은 손님들을 대형보트에 옮겨 태워 보내고 자신은 라앉는 배에서 조용히 죽음을 맞는다.

드뤼쉐트에 대해 르티에리가 가졌던 희망은 실질적으로 끝이 났다. 뒤랑드 호는 르티에리 자신이 고안해낸 엔진을 제외하고는 전액 손실이다. 그가 만일 엔진을 찾는다면 그것으로 또 다른 배를 만들 수도 있으련만. 그러면 인생도 계속될 수 있을 텐데.

누구든 엔진을 구해낼 방도를 알고 있는 사람이 있을까? 그것을 해낼 수 있는 사람이 있기만 하다면 드뤼쉐트와의 결혼을 허락할 텐데.

거의 불가능한 이 일을 떠맡을 사람이 드디어 한 사람 나타났다. 그는 바로 질리아트였다.

질리아트는 난파선을 찾아서 출발했다. 배는 해협의 위험한 벼랑에 가라앉아 있었다. 그곳에 가려면 밧줄을 묶고 기어내려 가야만 했다. 그것은 극도의 위험이 따르는 초인간적인 작업이었다. 하루하루를 그는 애써서 일했고 기진맥진해지고 있었다. 왜냐하면 그가 준비한 식량의 일부가 바다에 휩쓸려갔기 때문이다. 손에 닥치는 대로 그는 조개나 게를 먹으면서 생존해나갔다.

한번은 질리아트가 어떤 동굴의 얕은 여울을 힘들여 지나가다가 가오리의 공격을 받고 거의 죽을 뻔했다.

이렇게 질리아트는 힘들여 전진해 나간다. 그의 이런 모습은 고통과의 투쟁을 통해 꿈의 안식처로 나아갈지도 모른다고 희망하는 인간의 모습을 상징한다.

이제 작가는 우리를 클라이맥스로 안내하기 시작한다. 질리아트는 좀더 깊숙이 동굴 속으로 들어가는데 그곳에서 그는 한 사람의 시체를 찾아낸다. 벨트에 적힌 이름을 보고 그 해골이 누구임을 질리아트는 판명할수 있었다. 그것은 배의 선장인 클뤼벵의 것이었다. 벨트에 꽉 묶어놓은 철 상자가 있었고 그 속에 7만5천 프랑이 들어있었다.

질리아트는 그 돈을 취하고는 자기 일을 계속했다. 드뤼쉐트는 지참금을, 르티에리는 엔진을 갖게 될 것이다.

마침내 질리아트는 엔진을 구해내는 데 성공했고 자기가 한 일에 대한 보상인 드뤼쉐트를 아내로 받아들일 준비를 갖춘다.

저녁에 그는 드뤼쉐트가 살고 있는 집으로 다가가는데 나이팅게일의 노래 소리가 들렸다. 그의 마음속에서도 노래가 흐르고 있었다.

드뤼쉐트는 정원에 있었다. 허나 그녀는 혼자가 아니라 질리아트가 목숨을 구해준 젊은 목사와 함께 있었다. 두 사람은 포옹하고 있었다. 질리아트는 두 사람의 사랑이 계속되도록 뒤돌아 서서 나온다.

드뤼쉐트와 애인은 결혼을 하고 영국을 향해 출발한다. 질리아트는 물가에 있는 바위에 올라서서 배가 떠나는 것을 지켜본다. 조수가 밀려오고 있다. 그의 무릎까지, 그의 어깨까지 그의 머리까지 수위가 높아진다. 이렇게 바다에서 일한 자는 삶의 마지막을 맞았다.

그러나 질리아트는 보상이 있었다. 비록 그는 드뤼쉐트와 결혼하지 못했지만 훨씬 더 중요한 것, 즉 드뤼쉐트의 행복을 얻었다.

5

위고의 80회 생일날, 한 친구가 소리쳤다. "꽃! 꽃이 있어야 한단 말이야!" 니스에서 파리에 이르도록 거리가 온통 마차마다 가득, 열차마다 가득 꽃을 싣고 즐거움에 들떠 있었다. 그리고 그의 집은 문자 그대로 장미꽃에 파묻혔다. 위고 할아버지에게 경의를 표하기 위해 살아 있는 아름다운 꽃들인 5만 명의 어린아이들이 노래하며 춤을 추었다. 파리 거리에 50만 명의 노동자들이 모여들어 위고가 좋아하는 국가인 라마르세예즈를 소리 높여 부르며 행진하였다.

이루어 놓은 그의 성공의 높이와 겪은 슬픔의 깊이. 위고의 80회 생일을 축하한지 얼마 지나지 않아서 그의 "가장 소중한 친구"인 줄리엣이 저 세상으로 가버렸다. "그대가 가버린다 해도 여전히 나는 그대를 사랑하리라." 그녀가 떠나기 얼마 전에 위고는 이런 편지를 보냈다. "그리고 내가 죽더라도 나는 그대를 사랑할 것이고… 그대가 가면 나도 가리다…"

줄리엣이 가버리자 위고의 지상에서의 생활은 끝이 났고 저 너머에 있는 더 큰 삶에 대한 실체에 대해서 그는 조금도 의심하지 않았다. "내가 개미의 생명을 부수어 버리려는 그 순간에 개미가 나에게 슬픈 두 다리를 들고 빈다면 나는 관대함을 보일 것이다. 그런데 하나님이 무엇 때문에 나에게 관대하지 않겠는가?… 나는 당신에게… 그리고 나에게… 그리고 모든 이에게… 영생을 내려달라고 하나님께 탄원할 것이다.”

위고는 비록 연인을, 부인을, 한 아이를 제외하고 모든 아이들을—딸 아델르는 아직도 절망적인 정신 이상의 상태로 살아남아 있었다—잃었으나 외롭지 않았다. 손자들 틈에서 살아가면서 그는 마치 튼튼한 어린 나무들에 둘러싸인 참나무와도 같았다. 위고는 하늘의 소환장을 받으려 할 때 아이들을 모두 다 곁으로 불러들였다. “귀여운 천사들아, 나는 이제 너희들을 두고 떠나려 한단다. 하나님이 나를 부르고 계심을 느낄 수 있지. 나는 하늘에 먼저 간 다른 사랑하는 사람들을 다시 보게 될 거야. 너희들은 나를 다시 보지 못할 테지만 나는 항상 너희 곁에서 너희들과 함께 있을 거야. 지금보다도 훨씬 더 가까이 말이다. 그리고 내가 지금 축복하듯이 너희들을 항상 축복해 줄 거야.”

위고는 줄리엣의 영명 축일인 성 줄리아 날 즉 5월 22일에 이 세상을 떠났다.

친구들은 “화려한 장례식”을 기대했다. 그러나 위고의 마지막 요청을 알게 되었을 때 그들은 놀라지 않았다.

“나는 가난한 사람들에게 5만 프랑을 주고 싶습니다… 가난한 사람들이 타고 가는 영구차를 타고 묘지로 향하고 싶습니다….”

그리고 유언장 끝에 위고는 펜으로 자신의 신념을 다음과 같이 간단하게 적어놓았다. “나는 모든 교회가 기도해주는 것을 거절합니다… 나는 하나님을 믿으니까요.”

구스타브 플로베르

(1821~1880)

주요작품

「보바리 부인」
「살람보」「감성 교육」「성 앙트완느의 유혹」
「부바르와 페퀴셰」

플로베르
Gustave Flaubert

1

1840년 낯설고 부끄럼 타며 꽤 까다로워 보이면서도 괜찮게 생겼고, 게으르면서도 자존심이 강하며 예민하고 신랄한 18세의 한 젊은이가 법률 공부를 하기 위해 파리로 왔다. "그 친구는 꼭 그리스 신이 빨간 플란넬 셔츠와 푸른 작업복을 입고 있는 것 같았어." 젊은이는 말을 별로 하지 않았지만 일단 입을 벌렸다 하면 "혀가 한 통의 식초에 담겼다 나온 것 같았다." 그는 그 시대의 관습을 철저하게 무시하는 태도를 보였고 자신을 포함하여 모든 사람들을 순전히 바보로 여기는 것 같았다. "날마다 제일 먼저 마주치는 멍청이는 아침에 면도하러 거울 앞에 섰을 때 만나는 나 자신이고," 하루 중 마지막으로 마주치는 바보는 "여하튼 잠자리에 들기 전에 말하게 되는 사람이다"라고 말했다.

이토록 특이한 친구가 도대체 누구람? 학생들은 알고 싶어했다.

"플로베르, 구스타브 플로베르. 아버지는 루앙 병원의 외과과장이셔."

"그토록 대단한 사람의 아들이라면 정말 신나겠는 걸," 하고 한 학생이 플로베르에게 말했다.

"신날 게 뭐가 있는데?"

"어째서, 너희 아버지가 살려내는 사람들을 생각해봐."

"그렇지. 우리 아버지는 앞으로도 계속해서 얼빠진 짓들을 하라고 명청이들을 살려내고 계시긴 해"하고 플로베르는 콧방귀를 뀌었다.

2

플로베르는 처음부터 특이했다. 항상 삶의 병적인 면에 관심을 두었다. 어린시절에 그는 수술실의 사체들을 보려고 아버지의 병원 담장을 기어올라갔다. 그는 특별히 정신병자와 천치들에게 매력을 느꼈고 정신병자와 천치들도 자기에게서 특별한 매력을 느낄 것이라는 공상을 했다. 태어날 때부터 관찰자 기질이 있던 플로베르는 글쓰기를 배우자마자 사람들에 대해 기록하기 시작했다. 인간의 육체를 해부하는 의사의 아들인 플로베르는 자라서 인간의 영혼을 해부하게 되었다. 아주 어린아이에 불과하였을 때에 그는 벌써 희곡작품을 썼고 손수 꾸민 무대, 즉 가족들이 모여 식사하는 식탁에 올라서서 여동생과 함께 그 작품들을 공연했다. 자신의 희곡작품에 만족하지 못한 플로베르는 소설도 썼고 두 편의 "과학" 수필도 썼는데, 코르네이유와 변비에 관한 것이었다. 이런 일은 모두 그가 10대가 되기 전에 일어났다.

그러나 글을 쓸 때 플로베르는 아버지가 보지 못하는 데로 숨어야 했다. 왜냐하면 의사인 아버지 플로베르는 아들이 문학자가 되는 것을 단호하게 싫어했기 때문이다. 구스타브가 아버지에게 자기가 쓴 "대작"을 읽어드리려 하자 아버지는 잠에 곯아 떨어졌다. 아버지는 구스타브가 자기처럼 훌륭한 외과의사가 되기를 열망하였다. 형 아킬레 역시 의사였다. "우리 플로베르 가문은 품위 있는 집안이다. 우리 가문에서 건달이나 시인 나부랭이가 나오는 것은 원치 않는다."

그래서 구스타브는 이름 있는 학교에 다니게 되었고 8년 동안 그는 몽상 속에서 관찰하고 작품을 썼으며, 동료 학생을 조소하면서도 그들과 친밀한 관계를 유지했다. 다른 모든 냉소가들이나 마찬가지로 플로베르의 마음속에도 부드러운 영혼이 들어 있었기 때문이다. 18세에 이르자 그는 아버지에게 의사가 되지 않겠다고 단호하게 잘라 말했다.

플로베르의 아버지는 협상할 자세를 갖추고 있었다. "네가 만일 의사가 되지 않겠으면 변호사가 되어야 한다,"고 말하고 법률 공부를 하라고 그를 파리로 짐을 싸서 보냈다.

그러나 구스타브도 완고하였다. "나는 야만인입니다. 내 몸 속에 야만인의 고집이 들어있어요." 그리고 모험에 대한 야만인의 사랑도 있었다. "나는 시칠리아 섬에 사는 해적의 자손입니다." 플로베르 역시 해적이 되고 영혼의 방랑자가 되어 완전한 표현법이라는 황금을 찾아서 길을 떠날 것이다. "나는 작가 외에는 아무 것도 되지 않겠다는 것입니다."

아버지는 가망이 전혀 없다고 아들에 대한 희망을 단념했다. 해방된 구스타브는 법률 책을 모두 다 내팽개치고 "인간의 어리석음에 대해 가장 권위 있는 책"인 「돈키호테」를 집어 들었다. 이 책은 플로베르 철학의 주요원천이 되었고 그의 신념의 중요원칙이 되었다. "인간의 문제는 그들이 악당이어서가 아니라 바보이기 때문이다." 이런 철학의 영향을 받아 그는 인생의 다소 우울한 면을 다룬 수많은 희곡과 소설을 썼다. 예를 들면 피터 슐러밀이 자신의 그림자를 잃어버렸듯이 자신의 영혼을 잃어버린 사람의 이야기, 산 채로 땅에 묻혀 자신의 운명을 저주하며 죽어가는 강직증(强直症) 환자의 비극, 인간인 어머니와 원숭이 아버지 사이에서 태어난 피조물의 모험 이야기―이런 이야기들은 오직 자기 자신과 친구들을 즐겁게 하기 위해 쓴 환상적이면서도 미숙한 작품들이었다.

그리고 플로베르의 이야기를 읽는 친구들은 플로베르보다도 훨씬 더 염세적이었다. "우리는 기이한 세계를 살아가는 우스꽝스러운 젊은이들이다… 우리는 광기와 죽음 사이에 낯익은 길을 다져나갔고… 어떤 젊은이는 자살했고 또 다른 젊은이들은 자다가 죽었으며 하나는 넥타이로 목졸라 죽었고 몇몇은 생각을 쫓아내기 위해 술에 의지했다."

그러나 플로베르는 광기와 자살 사이에서 건전한 균형을 유지할 수 있었다. 이것은 다소 전통적인 세 명의 친구들, 즉 에르네 슈발리에, 알프레드 르 프와트뱅, 막심 뒤 캉의 덕택이었다. 구스타브는 문학과 죽음에 병적인 관심을 보인 반면에 이 세 젊은이는 문학과 삶에 건전한 관심을 보였다.

시인—정치가인 슈발리에는 균형 잡힌 사람으로 머리는 구름 속에 있었지만, 두 발은 항상 땅을 딛고 있었다. 르 프와트뱅은 성공적인 사업가의 아들로, 자신도 사업가로 성공하게 운명지어져 있었다(특이한 일은 르 프와트뱅의 누이가 모파상의 어머니였다). 뒤 캉은 「파리 평론」지의 편집자로, 환상의 정원에서나 속세에서 플로베르의 지도자라고 자청하였다. 그는 플로베르를 고독의 껍질에서 끌어내어 사람들을 만나게 했고 1849년에는 그를 데리고 동방여행을 떠났다.

이 동방여행이 플로베르의 생을 통해 한 매혹적인 삽화가 되었다. "나는 이 경험을 결코 잊지 않을 거야. 이집트의 빛깔과 소리, 나일 강, 시리아, 팔레스티나, 말타, 콘스탄티노플을." 그는 특히 피라미드에 매혹되었다. "피라미드가 서 있는 언덕 기슭에 도달했을 때, 말을 전속력으로 달리게 했지. 뒤 캉도 마찬가지였고… 그 웅장함에 머리가 현기증으로 핑 돌더군… 그때 해가 지고 있었는데 세 개의 피라미드는 온통 장미 빛으로 물들어져 마치 빛 속에 잠긴 듯 했다네…"

세 개의 피라미드, 세 명의 친구, 그리고 한 애인. 플로베르는 루이스

콜레를 만났고 그 소녀는 후에 그의 정부(情婦)가 되었다. 두 사람이 만난 곳은 프라디에라는 예술가의 화실이었다. 콜레는 재능이라고는 거의 없는 시인이었지만 매력만은 굉장했다. 파리에 있는 많은 문학의 대가들이 그녀가 쓴 시의 아름다움에는 냉담함을 보였으나, 그녀의 아름다움(美)이라는 시가에 대해서는 아주 열렬했다. 한번은 빅토르 위고가 밀로의 비너스가 절단된 것을 통탄해 하자 콜레는 이 유명한 석고상의 팔을 찾았다고 말했다.

"그래요?" 위고가 놀라서 물었다. "그게 어디 있지요?"

"내 소맷자락 속에요"라고 루이스 콜레가 답했다.

수줍은 플로베르가 건방진 이 젊은 고급매춘부를 마주했을 때 그는 마음, 정신, 모든 비판능력까지 모두 다 콜레에게 굴복했다. "콜레는 파리에서 가장 아름다운 여인일 뿐만 아니라 가장 재능 있는 젊은 여인이다!" 그는 연인의 속성인 맹목성을 드러냈다.

그러나 플로베르는 그녀와 결혼하지 않았다. 우선 어머니가 그 결혼을 승낙하지 않았다. 아버지는 이미 세상을 떠났고 플로베르는 지금 루앙 근처의 크로와세에서 어머니와 함께 살고 있었다. 플로베르 여사는 신경질적인 자그마한 여인이었는데, 아들에게 병적으로 집착하고 있었다. "내 아들을 다른 여인과 공유할 수 없지—그 여자가 하늘에서 내려온 천사일지라도 절대로 안 되고 말고."

그러나 플로베르 자신도 결혼을 싫어했다. 자신의 육체를 완전히 소유하는 것을 제외하고 그는 연인에게 무엇이든 기꺼이 바치고자 했다. 육체는 단지 그림자에 불과했다. 그는 사물이 아니라 이념의 세계에서 살았다. 플로베르는 말한다. "사실 나는 여인을 가슴에 품어본 적이 없다. 심지어 루이스도 마찬가지다. 내가 품에 안고 있는 것은 사랑의 가면일 뿐이지 사랑 자체는 아니다."

그러나 이 "사랑의 가면"은 플로베르의 일생을 통하여 영향력을 발휘할 정도로 강력했다. 왜냐하면 그가 자기 문학의 스타일을 완성시켜서 세계문학사에 등장하는 대가들의 앞줄에 낄 수 있게 하는 일련의 소설을 쓸 수 있었던 것은 루이스의 격려 덕택이었기 때문이다.

그러나 사랑의 격려나 우정의 헌신은 플로베르의 이념세계에서는 단지 지나가는 그림자에 불과했다. 플로베르는 본질적으로 고독한 사나이였다. 그는 자기 생각 속에 묻혀 홀로 살아갔다. 그는 루이스와의 관계를 끊었고 세 친구와 절교했으며 자신의 적성대로 은자의 껍질 속으로 숨어들었다. 그의 신랄한 혀와 마찬가지로 신랄한 그의 펜을 거두어들였다. 뒤 캉이 순전히 친절한 마음에서 플로베르에게 책을 출판해보지 않겠느냐고 실질적인 충고를 했을 때, 플로베르는 그것을 모욕으로 받아들였다. "자네가 형편없는 책을 출간하는 것에 대해서 나는 비난하지 않겠어. 그리고 자네가 내 책도 출판해보라고 나한테 충고하는 그 친절한 마음씨는 정말 고맙네만, 내 복지를 걱정하는 자네의 이런 광적인 태도는 나로서는 다소 우스꽝스런 일이야… 자네와 나, 우리는 더 이상 같은 길을 가지 않는걸. 우리는 같은 배를 타고 있지 않단 말이지. 신이시여, 우리가 각자 가고자 하는 길로 잘 인도하소서! 자네는 안전한 항구, 그리고 나는 망망대해를 향하고 있잖은가."

이런 식으로 플로베르는 친구, 동료, 애인의 곁을 떠나서 타협하지 않는 문학경력이라는 망망대해를 향해 돛을 달았다.

3

작가로서의 플로베르는 낭만주의와 사실주의를 교묘하게 조화시켰다. 그는 다음과 같이 적고 있다. "내 속에는 분명히 다른 두 사람이 존재한다. 그 중 한 사람은 소란을, 서정적인 맛을, 독수리의 위대한 비상을, 울려 퍼지는 모든 표현법과 사고가 도달할 수 있는 모든 극치를 사랑한다. 다른 한 사람은 현실을 찾아 가능한 한 깊이 탐구하며, 굉장한 사실뿐만 아니라 사소한 것까지 밝히기를 좋아하고 자신이 재생시키고 있는 사물들을 거의 구체적으로 느낄 수 있게 만들고자 한다. 그는 웃음을 좋아하고 인간의 동물성에서 기쁨을 취한다."

플로베르는 일생을 통해서 환상과 현실의 두 세계를 헤매었다. 때때로 상상의 날개를 타고 비상하다가 또 어떤 때에는 물적 실체라는 하찮은 것에 굴복한다. 그리고 어떤 정해진 순간에 살게 되는 그 세계가 어떤 것이든지 그는 항상 다른 세계를 갈망한다. 그래서 그는 자신이 작업하고 있는 책에 대해 언급하는 적이 결코 없다. 항상 그는 다음에 쓸 책을 언급한다. 그리하여 그가 발표하는 작품의 순서는 항상 변함없이 현실적인 것과 낭만적인 것이 번갈아 나왔다. 「보바리 부인」에 이어 「살람보」, 그 다음은 「감성 교육」, 「성 앙트완느의 유혹」, 그리고 「부바르와 페퀴셰」 순서로 말이다. 이런 교체는 단순히 우연만은 아니었다. 그것은 그가 항상 예술가와 과학자, 시인과 냉소가, 인간의 위로자와 멸시자 사이에서 내적 갈등을 했던 결과이다.

그러나 어떤 작품을 썼건 간에 플로베르는 항상 더할 나위 없는 예술가였다. "태초에 말씀이 계시니라." 플로베르에게는 한 단어가 단순히 한 가지 생각을 전달해주는 것이 아니었다. 그것은 살아있는 실체로 목소리, 향기, 개성, 그리고 영혼이 깃들어 있었다. 그는 매 페이지마다 다듬고 또 다듬어서 어떤 때는 한 구절을 다듬는데 하루 온종일을 소비하기도 했다. 그리하여 마침내 페이지에 나타난 말들이 서로 한 사회를 이루어 노래하는 완전한 한 단위로 축소되었다. 또한 그는 가능한 한 같은 단어를 같은 페이지에서 두 번 사용하지 않았다. "독자들의 마음에 상처를 주는 것이 옳지 못하듯이 귀를 상하게 하는 것도 나쁜 일이다."

그러나 플로베르는 독자들의 정신에 대해서 존경심을 갖고 있지 않았다. "인간의 정신은 슬프게도 어리석은 것이다." 이토록 한없이 깊은 인간의 어리석음은 그를 역겹게도 했고 매혹시키기도 했다. 그는 양심적인 한 의사가 지긋지긋한 병을 연구하듯이 인간의 어리석음을 탐구하였는데, 그 원인이 밝혀진 만큼 혹시라도 치료법을 찾아낼 수 있지 않을까 해서였다. 에르네 르낭(1823~92, 프랑스의 역사가, 비평가로 1863년에 유명한 「예수의 생애」를 썼다. 역주)은 항상 바보에게서라도 조금의 지혜를 찾아내고자 노력했다고 한다. 그러나 구스타브 플로베르는 항상 현자에게서도 일말의 어리석음을 찾아내고자 애썼다고 한다. 허나 이점에서조차 우리는 플로베르의 선조들이 수세기 동안 의사였던 덕분에 그의 혈관 속에 의사의 기질이 내재해 있었음을 알 수 있다. 그래서 그는 인간의 성품을 즐겨 캐냈고 질병이 처음 나타났을 때 발견하고 제거할 수 있도록 주기적으로 철저하게 검사할 것을 주장했던 것이다.

플로베르가 바로 이렇게 대중의 무가치함이라는 질병을 발견하고 그것을 제거하고자 노력했던 덕분에 우리는 그토록 훌륭한 「보바리 부인」이라는 소설을 만날 수 있었다. 이 작품은 괴테의 「파우스트」와 마찬가지로 실수 투성이 인간을 그리고 있다. 그러나 괴테의 주인공이 실수 투성이 속에서도 올바른 길을 찾아가려는 본능의 지배를 받은 반면에, 플로베르의 여주인공은 계획을 했음에도 불구하고 잘못된 길로 가고자 하는 본능에 의해 잘못 인도되었다. 그 길은 관습에 대한 도전으로 권태에서 죽음으로 연결된다. 엠마 보바리의 이야기는 낭만적인 인간을 현실적으로 그려낸 것이다. 엠마는 종교심은 하나도 없이 허영의 짐만 과도하게 지고 있는 인정 많고 관능적이며 무사태평한 농부의 딸이다. 엠마는 아주 어릴 때부터 지평선 너머를 바라보며 자랐다. "저 건너 들판에서 열리는 과

일이 당신 밭에 열린 과일보다 언제나 훨씬 더 달콤하다는 상상을 하였다." 수녀원에서 자란 엠마는 일요일이면 기분전환을 위해 읽어도 되는 종교적인 전설들의 섬세한 선정적인 맛에 흠뻑 빠져들었다. 수녀원에서 농장으로 되돌아온 엠마는 자신이 보기 흉한 주위환경과 낭만적인 몽상의 한가운데에 놓여있음을 깨달았다. 엠마는 외양간과 들판에서 나는 소리, 풍경, 냄새로부터 벗어나기를 열망했다. 여기에서 벗어나 어떤 다른 곳으로 가고 싶었다. 그녀는 이런 인생행로를 펼쳐줄 그 누군가를 찾고자 갈망했다. 드디어 한 젊은이가 등장하였고 그의 이름은 샤를르 보바리이다. 그는 착하지도 악하지도 영리하지도 미련하지도 않았다. 단지 평범한 별 볼일 없는 인간이었으며 보통의 지루한 사람이었다. 그러나 엠마에게 그는 권태로부터 구출해줄 매력적인 왕자였다. 그녀는 그와 결혼을 한다.

그러나 결혼한 순간부터 보바리 부인은 끊임없는 몽상의 세계로 되돌아간다. 왜냐하면 보바리는 진부한 이곳을 대표하는 인물이고 엠마는 항상 저 영광스러운 다른 세계를 열망하기 때문이다.

그러다가 또 다른 사나이가 나타나고 엠마는 그가 자신을 구출하러 왔다고 믿는다. 이름이 레옹인 그는 젊고 우아하며 낭만적인 사내였다. 잠간의 황홀한 순간을 경험하고 수평선 너머의 하늘나라를 살짝 들여다보게 해준 레옹은 그녀 곁을 떠났다.

현실로 다시 돌아왔고 그것은 전보다 더 무겁고 지루했으며 더욱더 답답했다. 하루하루가 지루하게 흘렀고 활기 없는 그녀의 다리를 더욱 더 무겁게 해주었다. 이제는 꿈조차도 단조로운 권태로 인해 시달림을 당하고 있었다.

그러자 또 다른 연인이 나타나고 보바리 부인은 멋대로 그에게 온몸을 맡긴다. "그녀는 황홀한 어떤 세계로 진입하고 있으며, 그곳에서는 모든 것이 정열과 황홀과 환희뿐이다. 광활한 푸른 공간이 그녀를 에워싸고 있고 낭만의 극치가 머리 속에서 빛을 발하며 평범한 존재는 저 멀리 아래 쪽으로 계곡의 그림자 속에서 가물거릴 뿐이다."

엠마는 새 연인인 로돌프와의 꿈을 새롭게 꾸고 있다. 두 사람은 환상 속에서 머나먼 세계로 함께 여행한다. 탬버린 소리 들리는 스페인으로, 푸른 하늘의 나라 이탈리아로, 그리고 뾰족탑과 상점이 즐비한 동방의 세계로.

그러나 이 꿈도 곧 깨지고 말았다. 로돌프와 다툰 엠마는 절망의 담장으로 지어진 현실 세계로 다시 침잠한다. 실생활은 참기 어렵고 낭만 세계는 산산이 부서졌으니 보바리 부인에게 남은 길은 망각뿐이었다. 그녀는 미친 듯이 관능의 황홀 속에서 이런 망각을 찾는다. 레옹을 다시 만나 그의 두 팔에 몸을 맡기지만, 이번에는 연인이 아니라 매춘부로서의 행동이었다. 이제 그녀의 꿈은 현실에서 도피하는 것이 아니라 자기 자신에게서 도피하는 것이었다.

이렇게 보바리 부인은 타락의 늪으로 점점 빠져들어, 레옹에게서 오페라 테너 가수의 품으로, 그리고 다시 한 공증인 사무소의 서기에게로 몸을 맡긴다. 이제 그녀는 꿈을 꾸는 일조차 단념했다. 그녀의 인생길은 무질서하고 가망 없고 겁에 질린 도피 행각이 되었다.

그런 다음 빈민굴과 무덤 중의 하나를 택해야 하는 최후 선택의 길에 놓인다. 그러자 엠마는 무덤을 택한다. 왜냐하면 빈민굴은 단지 현실로 또 다시 되돌아가는 것일 테니까. 허나 죽음은 두려우면서도 수평선 너머로 떠난다는 희망의 여정이다. 로맨스의 세계를 향하여 최후의 장엄한 여행을 떠난다.

엠마 보바리는 끝까지 낭만적이었다.

4

플로베르가 「보바리 부인」을 출간하자 비평가들은 그를 도덕적인 문둥이라고 비난했다. 프랑스 정부는 그를 "에로 문학을 대중에게 속여 팔려고 했다"는 죄목으로 체포령을 내렸다. 폭풍우와도 같은 격렬한 심리(審理)가 있은 후에 플로베르는 무죄 방면되었지만 수석 재판관은 무참하게 언어로 채찍질을 하였다. 그러나 프랑스의 대중은 비평가나 정부당국으로 하여금 「보바리 부인」이 현실생활을 정직하게 기술해 놓았으며, 현실의 진실에 충실하다는 면에서는, 눈사태를 정직하게 묘사하는 것만큼이나 부도덕할 것이 하나도 없다는 사실을 깨닫게 해주었다.

플로베르는 폭풍과도 같은 욕설에도 격렬한 박수갈채에도 무관심한 채, 수도승과도 같이 집속에 은둔한 채 번갈아서 세상을 조롱하기도 하고 좀더 행복한 기분이 들도록 웃기기도 하였다. "분명코 나는 풍자가이다. 그런데 풍자란 사람들이 단조로운 생활을 좀더 잘 소화시킬 수 있게 해주는 소금인 것이다."

친구들은 플로베르를 유럽에서 가장 고독한 자라고 놀려댔다. 그는 한 해의 대부분을 크로와세에서 지냈고 이따금 조르주 상드(1804~76. 뮈세, 쇼팽과의 연애사건으로 유명한 프랑스의 여류작가: 역주)와 만나 잡담을 하거나 빅토르 위고 또는 다른 몇몇 마음 맞는 친구들과 저녁식사를 하러 파리로 나올 뿐이었다. 풍채는 커다랗고 수염은 꼭 해적과 같았으며 어린아이의 눈을 지니고 있었다. 그는 이따금 친구들과의 교제를 즐기긴 했지만 혼자 있기를 더욱더 좋아했다. 그는 세느 강변에 있는 기다랗고 나지막한 집에서 살았는데 2층 서재는 창문이 5개나 되었다. "눈길을 어디로 향하든 광활한 하늘과 마주할 수 있다네."

견고한 낡은 집에서 딱딱한 늙은이가 한결 같은 습관대로 살았다. 그는 항상 10시에 일어나서 편지와 신문을 읽은 후에 11시에 가벼운 식사를 했다. 그 후 강가를 따라 산책을 하고 12시 30분에 집으로 돌아와 일에 매달려 7시까지 지낸다. 그런 다음 저녁 식사를 하고 정원에서 잠깐 산책을 한 다음 다시 책상머리에 앉아 "발작적으로 또 다른 작업"을 시작하는데 그것은 거의 자정에 이르기까지 계속되었다.

플로베르는 온통 책 속에 파묻혀 살았다. 이웃사람들은 그를 보고 "무뚝뚝하고 늙은 인간 혐오가"라고 했지만, 그들은 "이 인간 혐오가"가 대부분의 재산을 그 돈을 필요로 하는 몇몇 먼 친척들을 위해 희생적으로 사용했다는 사실을 몰랐다.

이렇게 그는 홀로 지냈고 감사받을 것은 기대도 하지 않고 자비를 베풀었으며 명성에 대한 욕심도 없이 창작생활에 몰두했다. "최종적으로 분석해 보니 인간은 자신의 이념 속에서 살아가더군. 그곳에서 인간은 유일하게 즐거움을 발견하고 보상을 받을 수 있는 유일한 곳이지."

그리고 죽음이 플로베르의 손을 잡아끌고서 더 훌륭한 작품을 쓰게 하기 위하여 새로운 경치로 데려갔을 때에 그는 자신의 이념 속에 몰입하여 「부바르와 페퀴셰」라는 소설을 한창 쓰고 있었다.

나다니엘 호손
(1804~1864)

주요작품 ....

「진부한 이야기들」「블리드데일 로맨스」
「구목사관의 이끼」「주홍 글자」「일곱 박공의 집」「대리석의 목양신」
「돌리버 로맨스」「엉겅퀴나무 이야기들」「눈사람」
「큰 바위 얼굴」

호손
Nathaniel Hawthorne

1

호손의 창작활동이 삶의 시적 표현이듯이, 그의 생애는 창조의 시적 표현이었다. 그는 뱃사람의 후손으로 태어났으므로 바닷가에 홀로 앉아 모래와 밀려오는 파도의 영원한 투쟁을 조용히 기록하였다. 좀더 활동적인 성격의 소유자에게는 이렇게 소극적인 격리된 생활이 시간낭비로 여겨질 것이고 세상의 성인들이 대면하는 심각한 문제를 마주한 채 단지 시시한 어린애 장난을 하고 있는 것에 불과할 것이다. 그러나 호손이 관찰했듯이 "어린애 장난일지라도 장엄한 규모로 보면 거창해진다." 다른 사람들은 필사적으로 자기 이름을 모래 위에 남기고자 애를 쓰는 동안, 호손은 그 흔적을 씻어내는 파도의 침입을 지켜보고 있었다. "(모래 위에) 글자를 크게 써라. 두 걸음으로도 잴 수 없을 정도로 크게 쓰고 가장 긴 획은 세 걸음으로 잴 수 있게 써라! 기록이 영원하도록 깊이 파라! 정치가, 무사, 시인 그 어느 누구도 이보다 더 큰 대의명분을 위해 정력을 소비하지 않았다. 그 대의명분이 성취되었는가? 한두 시간 후에 돌아와서 이 거대한 이름의 자국을 찾아보아라. 비록 시간은 계속해서 정치가, 무사, 시인의 이름 위로 소멸의 파도를 세차게 굴리고 있지만, 바다는 이미 그 이름을 휩쓸어버린 지 오래이다. 들어라! 바다의 파도는 당신을 비웃고 있나니!"

호손의 일은 이렇게 정성 들여 만든 자국을, 인간의 노력이 소멸되는 것을 지켜보다가 파도가 휩쓸어가기 직전에 모래 위에 새겨진 글자들의 특징을 역사에 옮기는 것이었다. 그는 특히 그가 살던 시대에 사그라지는 청교도 정신에 관심이 있었다. 호손은 남북전쟁 후에 팽배한 화려한 낙관주의에 그것이 길을 양보하기 직전에 바로 그 청교도 정신을 낚아채어 영원한 망각으로부터 구해냈던 것이다.

2

문학에 일생을 바치고자 결심하였을 때 호손은 자기 운명이 빈곤과 고통과 무시로 일관되리라는 것을 깨닫고 있었다. 왜냐하면 미국에서 문학이란 팔릴만한 상품이 못 되었기 때문이었다. 정말로 청교도들은 예술의 유혹이 카드놀이 혹은 위스키를 들이키는 일, 남편 있는 부인네를 사랑하는 것과 똑같이 죄악이라고 간주하였다. 그리하여 미국의 초기 극들은 청교도의 검열을 통과하기 위해서 듣기 좋게 "도덕 강의"라는 이름으로 불렸다. 호손의 시대에 이르러서는 검열이 다소 완화되기는 했어도 작가라는 직업은 여전히 모험적인 것이었다. 하지만 호손은 기꺼이 그 위험을 떠맡았다. 왜냐하면 호손의 가문은 모험을 좋아하는 그런 혈통이었기 때문이다. 나다니엘은 자기 성에 w자를 첨가하여 Hathorne에서 Hawthorne이 되었고 그 가문은 과거 수대에 걸쳐 선장노릇을 해왔다. 그들의 혈관에는 바다의 피가 흐르고 있었다. 알지 못하는 위험을 향해 돌진하는 것은 그 가문의 제2의 천성이었다.

게다가 호손이 어릴 때 받은 훈련은 사업을 하거나 전문직종을 갖기에 적당하지 못했다. 그는 이른바 현대 심리학자들의 용어를 빌리면 내성적인 사람이었다. 그는 자신의 사고범주 내에서 생활했고 세기가 바뀔 때 태어났으며(1804년), 어려서 선원인 아버지를 잃었다. 어머니는 나다니엘과 어린 두 딸을 데리고 외로운 세일럼(미국 매사추세츠 주 동북부의 항구도시로 호손의 고향: 역주)의 집 속에 숨어버렸다. 이곳에서 그들은 나머지 세상과 일체 절연된 상태로 살았는데 마치 대서양 한가운데에 있는 배속에 격리된 것과 마찬가지 상태였다. 가족 구성원끼리도 각자의 생활을 영위하도록 배웠다. 그것은 특이한 청교도 수녀가 자기 아이들에게 운명지어준 기이한 작은 수도원 생활이었다. 그들은 각자 다른 방에서 먹고 놀고 읽고 생각했기 때문에 나다니엘은 어쩔 수 없이 동무해줄 가상의 인물들을 만들어야 했다.

게다가 호손은 어려서 다리에 심한 상처를 입었는데 그 상처로 인해 여러 해 동안 다리를 절었으므로 다른 아이들과 함께 놀 수가 없었다. 천성이 예민한데다 어머니의 병적인 성질을 영향 받아 나다니엘은 하루 종일 실내에서 보냈고, 단지 새벽이나 어둑어둑해진 다음에야 들판이나 해변으로 산책하러 나갔다. 이런 습관으로 그는 자연의 음울한 분위기에 익숙해졌고 일생을 통해서 그는 단지 회색이나 검은색 망토를 걸친 세계만 보았다. 이런 분위기는 그의 문학양식 전체에 반영되어 있고, 그의 언어에는 세상이 스스로 잠들기 위해 부르는 구슬픈 부드러움이 들어있었다.

3

17세에 호손은 보도인 대학에 입학했고 그곳에서 그는 훗날 인생에 중대한 영향을 미친 롱펠로(헨리 워즈워드 롱펠로, 1807~92. 미국 시인으로 「에반젤린」의 저자: 역주)와 프랭클린 피어스(1804~69. 미국의 14대 대통령[1853~57]: 역주) 두 친구를 만났다. 학교생활에서 그는 선생님들이 다루기에는 너무 심오한 천재들이 흔히 당하는 수난을 겪었고 성적도 몹시 저조했다. 호손은 졸업한 다음 세일럼으로 돌아가 그의 표현을 빌리면 "인생을 살아가기 위해서라기보다 인생을 꿈꾸기 위해" 그곳에 정착했다. 그는 소설을 쓴 다음 혼자 읽어보고는 불 속에 집어넣었다. 인생이라는 극의 배우가 될 수도 없고 단순히 방관자로 남아있기도 싫은 호손은 빈틈없고 관찰력이 예리한 논평가가 되기로 마음먹었다. 아침에는 독서를 했고 오후에는 작품을 썼으며 밤에는 오랫동안 산보했다. 그는 어두운 풍경을 관찰하였고 풍경에다 당대는 물론 지나간 세대의 열정과 형체를 지닌 사람들로 가득 채웠다. 그는 보이지 않는 것을 탐구하였으며 인간 영혼의 신비를 찾아내고자 했다. 역사라는 마른 골격을 취하여 그것에다 살로 옷을 입혔다. 그 살은 비록 창백하고 핏기라고는 하나도 없었지만 아름다웠다. 그런 다음 그는 이 연약한 인물들을 죄악에 빠뜨리고서 그들의 반응을 청교도의 엄격성과 시인의 연민으로 분석하였다. 우리는 경건함과 동정심 사이의 이런 끊임없는 갈등을 기이하게 조화시키는 호손의 재능을 예를 들면 단편집 「진부한 이야기들」로 알려진 초기작품에서도 찾아볼 수 있다. 그 중에서 가장 특징적인 작품으로 '메리 산 5월 축제의 기둥'(광장에 세우고 꽃이나 리본으로 장식한 높다란 기둥으로 메이데이[May Day]에 그 주위를 돌며 춤을 춘다: 역주)을 들 수 있다. 그 작품에서 호손은 청교도주의의 본거지라고 할 수 있는 뉴잉글랜드 지방(미국 동북부 지방으로 코네티컷, 매사추세츠, 로드아일랜드, 버몬트, 뉴햄프셔, 메인 주를 가리킴: 역주)으로 마음속에 야만적인 이교도정신의 기미를 가지고 들어온 젊은 남녀의 이야기를 그리고 있다. 청교도들에게 삶은 엄격한 현실이었지만 이교도들에게는 단지 즐거운 춤에 불과했다. 그리하여 두 젊은이는 죄인이었고 그 대가로 처벌을 받아야 했다. 그래서 두 젊은이가 5월 기둥(May Pole) 주위에서 결혼식을 거행할 때, 엔디코트 주지사는 군인들을 데리고 밀고 들어와 5월 기둥에 꽂혀있는 꽃들을 모두 없애고 겁에 질려있는 이 한 쌍의 젊은이들의 일생에 육체적 고통과 어두운 도덕생활을 부여하였다. 그러나 호손 안에 숨어있던 시인의 기질이 목소리를 드높여 호손 안에 들어있는 청교도를 나무란다. 한 쌍의 젊은이가 행복의 장면에서 얼굴을 돌리고 쫓겨날 때, 준엄한 늙은 주지사는 "무너진 5월 축제의 기둥에서 장미화환을 집어 들어 갑옷의 손 가리개를 끼고 있던 손으로 내던졌는데, 그것이 그들의 머리 위에 얹혔다." 두 사람의 추한 죄악에 대한 강타이고 그들의 아름다운 고통을 위한 장미화환이었다. 이것은 미국 문학에서 전에 없던 새로운 선율이었다.

그러나 미국의 대중은 아직 이런 새로운 종류의 문학에 조율되지 못했기 때문에 이 책의 출간은 경제상의 손실이었다.

4

호손의 급우들은 출세하고 있었다. 롱펠로는 하버드 대학의 교수였고, 피어스는 미국의 상원의원이었다. 그러나 호손은 아직도 표류상태였다. 한동안 그는 보스턴 세관에서 석탄무게를 재는 일을 했는데, 새 대통령 해리슨(윌리엄 헨리 해리슨, 1773~1841. 미국 제9대 대통령: 역주)이 당선되고 나서 호손은 정치적인 "엽관제"(정권을 잡은 정당이 승리의 보수로 관직 및 기타 이권을 당원에게 배분하는 제도: 역주)의 암류(暗流)로 일거리를 빼앗겼다.

그래서 호손은 대략 천 달러정도 되는 저축액을 브룩 농장(매사추세츠 주 웨스트 럭스베리에 있는 공산주의 실험농장[1841~47]으로 실패함: 역주)의 협동부락에 투자해놓고는 생계를 위해 싸우지 않고도 살아갈 수 있으리라고 생각했다. 그때는 미국 역사상 실험기여서 온갖 주의들이 생겨나고 있었다

—사회주의, 남녀평등주의, 초월주의, 무정부주의, 공산주의, 공상적 사회주의 등. 이상주의자들은 황금시대의 도래를 알릴 준비를 하고 있었다. 마가렛 풀러(1810~50. 미국의 여류 평론가. 역주)가 지휘한 브룩 농장은 지상에 세워질 천당의 정원 중 하나였다. 그리고 브룩 농장의 단원들은 그들이 하고 있는 일에 대한 실질적인 능력을 증명하기 위하여—모든 사람 중에서!—호손을 그 부락의 재정담당 고문으로 임명했다.

이리하여 호손은 농부들의 재정담당 고문이라는 새로운 역할을 맡게 되었다. 그는 펜을 내려놓고 갈퀴를 집어 들었다. 종이에다 잉크를 뿌리는 대신 그는 이제 들판에 비료를 뿌렸다. 호손의 모습은 거름더미 위의 천사와도 같이 전혀 어울리지 않았다. 이런 생활을 한 일 년 정도 지탱하다가 다시 세일럼으로 돌아갔다. 브룩 실험농장에 투자한 돈을 모두 다 잃었지만 그래도 호손은 화려한 소설 「블리드데일 로맨스」의 소재를 그곳에서 발견했다. 그의 다른 작품의 주인공들이 보여주는 우울한 성격과는 달리 이 작품의 주인공들은 한낮에 내리쬐는 태양의 따스함으로 젖어 있다.

호손은 이제 특이하게 아름다운 모습에다 쓸모 없는 감상으로 가득 찬 38세의 장년이었다. 헤라클레스의 육체와 아폴로의 두뇌를 지닌 호손의 두 눈은 놀란 아이, 아니면 이국땅에서 온 걱정 많은 이방인과도 같았다. 그는 타인과의 모임을 꺼려했고 세일럼의 주민들과 있을 때보다도 작품에 등장하는 인물들과 있을 때가 마음이 편했다. 호손은 언덕 위에다 외로운 자리를 만들어놓고 그곳에서 삶을 소설로 옮기는 일을 시작했는데, 소설이 실생활보다 생명력이 훨씬 더 넘쳐흘렀다.

호손은 자기 예술에 도취되어 세계와 완전히 절연한 상태에서 살고 싶었다. 누구든지 감히 자신의 사색에 잠긴 고독 속으로 뚫고 들어오면 그 사람의 접근에 대해 호손은 "내면적인 혐오감을 가지고 황급히 지나감으로써" 분개심을 나타냈다. "다른 사람이 나에게 겁을 주었듯이 나는 재빨리 그런 사람들로부터 달아나 바위 위를 기어 넘어가 혼자만의 많은 비밀스런 시간을 가질 수 있는 곳으로 도망간다."

허나 호손이 항상 혼자만 있었던 것은 아니다. 1842년 여름 호손은 소피아 피바디라는 여인과 결혼하였고 이 여인은 그에게 성취된 삶이라는 행복을 가져다줄 여인이었다. 두 사람은 콩코드로 이사했는데, 그 마을에는 혁명의 추억이 깃들어 있었고 브론슨 알코트(1799~1888. 미국의 철학자, 사회개량가: 역주), 엘러리 채닝(1780~1842. 미국 유니테리언 파의 목사, 작가: 역주), 랠프 왈도 에머슨(1803~82. 미국의 초월주의자, 시인, 철학자: 역주)과 헨리 쏘로우(1817~62. 미국의 초월주의자, 저술가: 역주)와 같이 반역정신을 가진 사람들이 살고 있었다. 여기에서 호손은 좀더 포근함을 느낄 수 있었고 자기의 생활과 많은 공통점을 지닌 생활을 좀더 가까이서 맛볼 수 있었다. 하지만 이곳에서도 호손은 특유의 수줍은 모습을 드물게 드러냈고 혼자 따로 떨어져서 지냈다. 그는 그 마을의 외딴 구석에 있는 누추한 집을 하나 빌렸다. 너덜너덜한 옷을 걸치고—그는 말했다. "나는 비록 지주는 아닐지라도 이 지방에서 가장 큰 셋집에서 살지(말장난으로 가장 많이 해진 옷의 의미도 있음: 역주)"—책상에 앉아 청교도 정신을 배경으로 하여 이교도들을 만들어내는 일을 계속했다.

4년 동안 호손은 자기 소설에서 나오는 수입으로 그럭저럭 간신히 살아가고 있었는데 갑자기 뜻밖의 행운이 찾아왔다. 민주당원들이 다시 한 번 대통령 직을 차지하였고 호손은 세일럼 세관의 검사관으로 임명되었다. 봉급은 연간 천이백 달러였다. 이것은 1846년의 세일럼에서는 막대한 금액이었다.

그러나 그의 행운은 단지 1849년까지 유지되었다. 자카리 테일러(1784~1850. 미국의 12대 대통령[1849~50]: 역주)가 대통령으로 선출된 것은 호손이 세관에서 해고당하는 것을 의미했다. 그의 처지는 가련하였다. 43세밖에 안 되었는데도 자기 자신이 노인인 것 같았다. 호손에게는 돌보아야 할 아내와 두 명의 자식이 있었고 의지할 수입은 하나도 없었으며 새 직업을 구할 전망은 전혀 없었다. 그러나 그를 구원해주는 것이 세 가지가 있었는데, 그것은 부인의 격려, 친구들의 관대한 태도 그리고 출판업자가 대작을 써내리라고 호손의 능력을 믿어주는 것이었다.

부인은 호손의 해고를 반가운 소식으로 받아들였다. 그녀는 용감히 웃으며 말했다. "드디어 당신이 훌륭한 소설을 쓸 수 있는 여가를 얻게 되었군요." 부인은 서재에 불을 지폈고 책상을 정리해주었으며 옷을 입는 것을 거들어 책상에 앉아 글을 쓸 수 있게 해주었다. 그리고는 위층으로 올라가 바로 이런 위급사태가 생기면 쓰려고 은밀히 모아둔 반짝반짝 빛나는 금화 150달러를 가지고 돌아왔다.

며칠 후에 호손은 헌신적인 부인과 맞먹을 정도로 자신이 친구들의 애정 속에 풍요롭게 둘러싸여 있다는 것을 알게 되었다. 그는 조지 힐라드에게서 감동어린 편지와 함께 동봉된 상당한 금액의 수표를 받았다. 힐라드는 롱펠로우가 이끄는 케임브리지(하버드 대학이 있는 보스턴과 마주보는 매사추세츠 주의 동부 도시: 역주)의 지식인 모임의 일원이었다. "자네의 다정한 몇몇 친구들과 나는 자네가 지금 약간의 재정적인 도움이 필요할지도 모른다는 생각을 했다네. 그래서 자네의 재능을 흠모하고 자네의 성격을 존경하는 몇몇 친구들과 함께 이 편지에 동봉한 약간의 돈을 모았다네… 자네에게 상당히 민감한 기질이 있다는 것을 내가 잘 알지만 말이지, 부담스럽다고 말하지도 생각하지도 말게나. 이 돈은 자네가 미국문학에 기여한 것으로 인해서 우리가 자네에게 진 빚을 불충분하지만 아주 조금이나마 갚는 것이니까 말이네… 친구여, 절대로 실망의 그림자가 자네에게 은밀히 다가가지 못하게 조심하게나. 자네 친구들은 자네를 잊지 않고 있고 결코 잊지 않을 것이네."

힐라드에게 보낸 답장에서 호손은 다음과 같이 적고 있다. "자네의 편지는 지금까지 그 어느 고통도 가질 수 없었던 눈물을 내 눈에서 흐르게 했다네!… 눈물 속에는 달콤한 것이 아주 씁쓸한 맛과 함께 섞여 있었다네… 친애하는 힐라드, 자네가 보내준 돈은 한동안 나의 여정을 평탄하게 해줄 거야. 친구들의 관대함을 이용하면서도 자존심을 보유할 수 있는 단 하나의 길은 그것을 자극으로 여기고 전력을 다해 노력해서 두 번 다시 친구들의 도움이 필요하지 않도록 하는 것이겠지."

그리고 호손은 정말로 "전력을 다해 노력"하게끔 자극을 받았고 계속해서 작품을 써나갔다. 그러나 호손은 자신을 믿을 수 없었다. 그런데 어느 날 출판업자인 제임스 T. 필즈 씨가 세일럼을 방문하여 호손이 서재에서 난롯가를 어슬렁대는 것을 보았다.

"출판할 것 좀 준비되셨습니까?" 출판업자가 물었다.

"아니요. 되지 않았습니다. 어떤 출판업자가 나같이 미국에서 가장 인기 없는 작가의 책을 출판할 모험을 하겠습니까?" 호손이 대답했다.

"내가 하지요."

"허지만 실제로 나에게는 그럴만한 가치가 없습니다." 호손은 고집을 피웠다.

필즈 씨가 문을 열고 막 떠나려는 순간에 호손은 서랍에서 한 묶음의 원고를 꺼내왔다. 그리고는 주저주저하며 말했다. "개의치 않으시다면 이 하잘것없는 것이라도 대충 훑어보시지요."

출판업자는 원고 꾸러미를 집으로 가져갔고 그날 밤 호손에게 열렬한 편지를 썼다. 필즈 씨가 방금 읽은 원고는 「주홍글자」의 대충 개요를 적어놓은 것이었다.

5

「주홍글자」에서는 행동이 처음부터 개시되지 않는다. 호손은 이 소설에서 회상 장면 도입방법을 사용한다. 첫 장면은 헤스터 프린이 감옥에서 방면되는 것으로 시작된다. 사랑에 대한 간절한 욕망이 있고 고통을 수용할 능력이 대단한 헤스터는 두 팔에 세 달된 아기를 안고 음울한 성벽에서 나온다. 그녀의 옷가슴에 주홍색 글자 A자가 보인다.

겉으로 보기에는 침착해 보이지만 마음속에는 고뇌를 지니고 있는 헤스터 프린은 형틀이 있는 곳으로 걸어간다.

멍청히 서있는 군중들의 한쪽 변두리에 한 조그만 사나이가 서있다. 그 남자는 총명해 보이는 이마와 잔인한 눈을 지니고 있었는데 이 사람이 헤스터 프린의 남편인 로저 칠링워드이다. 그는 여러 해를 외국에 나가있었으므로 이 마을에서는 새롭게 나타난 낯선 얼굴이다.

아더 딤즈데일이라는 이 마을의 인기 있는 목사는 그 용기가 헌신을 따라가지 못하는 젊은이로 지금 무리를 헤치고 들어가는 모습이 보인다. 그는 헤스터의 옆으로 다가와 그녀와 함께 죄를 지은 아빠의 이름을 밝히라고 권유한다. 그러나 헤스터는 완강하게 그의 권유를 물리친다.

그런 다음 저자는 더 이상 지체하지 않고 4명의 주인공 즉 헤스터, 의사 칠링워드, 목사 아더 딤즈데일, 그리고 어린 펄의 삶을 얽어매는 거미줄을 엮기 시작한다. 헤스터 프린이 감옥에서 방면되고 바로 그 다음날 밤에 아기가 아프게 되고 칠링워드가 집으로 왕진을 오게 된다.

"당신에게 큰 잘못을 저질렀어요," 헤스터가 나지막하게 말했다.

"당신 잘못뿐만 아니라 내 잘못도 되지"하고 남편은 대답했다. "나는 사색적인 남자이고 당신은 미인이잖아. 우리가 결혼했던 것이 옳았을까?"

로저 칠링워드는 이해는 하지만 용서는 하지 않는다. 머리와 가슴이 조화를 이루지 못한다. 그는 아내의 상대남자를 알아내어 벌을 줘야겠다는 결심을 한 것이다.

헤스터는 생계를 이어가기 위해 바느질을 하게 된다. 그 마을의 유지들은 처음에는 그녀에게서 "죄의 씨앗"을 떼어놓아야 한다고 고집한다. 그러나 딤즈데일 씨가 마침내 그들을 설득하여 아기가 엄마와 함께 지낼수 있게 한다.

"당신은 이 가련한 여인에게 이상한 관심을 보이시는군요." 로저 칠링워드가 웃음 띤 얼굴로 말한다.

딤즈데일의 건강이 악화되고 있다. 칠링워드는 그를 치료하겠다고 자청하고 나선다. 그는 목사관으로 거처를 옮겨 같이 생활한다. 왜냐하면 그는 딤즈데일의 가슴속에 숨어있는 비밀을 염탐해내기로 마음을 먹었기 때문이다.

저자의 수법에 유의하자. 그는 이 두 사람의 정신적 도덕적 반응의 실마리를 엮어나가기 위해 두 사람을 신체적으로 함께 데려다놓았다. 칠링워드는 죄를 지은 목사의 양심의 화신(化身)이 된다.

딤즈데일은 칠링워드를 볼 때 점점 공포감이 늘어간다. 몇 번이고 연단에서 자신의 죄를 고백하려고 했지만 항상 용기가 뒤따르지 못한다.

한번은 칠흑같이 어두운 밤에 그는 헤스터가 부끄러움을 감수하며 사람들 앞에 서있던 형틀에 올라선다. 그는 모든 사람이 잠들어 있으리라고 믿었다. 그러나 그를 보고 있는 사람이 셋이었다. 그들은 죽어가는 여인의 집에 들렀다 돌아오는 헤스터와 펄 그리고 의사 칠링워드였다.

동정하는 척하며 의사는 목사를 집으로 데리고 간다. "훌륭하신 딤즈데일 목사님, 공부를 너무 열심히 하셨군요!"

이 이야기의 실 가닥이 분명하면서도 비극적인 무늬로 짜였다. 이야기는 이제 재빨리 진행되어 피할 수 없는 클라이맥스에 달한다. 헤스터는 칠링워드의 악의에 찬 영향권에서 도망칠 궁리를 한다. 헤스터는 영국으로 가는 통행권을 산다. 딤즈데일과 펄이 그녀와 함께 가기로 되어 있다.

그러나 그들은 칠링워드를 그렇게 쉽게 따돌릴 수 없음을 알게 된다. 헤스터는 그도 역시 영국으로 가는 같은 배의 통행권을 예약했음을 알게 된다. 여기서 작가의 수법을 유의해야 하는데, 이 정보가 매우 중요한 때에 드러난다. 그 날은 바로 딤즈데일 씨가 새로 임명된 주지사를 기념하여 당선 설교를 하려고 선택한 날이었다. 이렇게 고조에 달한 딤즈데일 씨의 명성과 그의 비극의 정점이 바로 같은 날에 벌어진다. 왜냐하면 딤즈데일 씨는 헤스터와 함께 지은 죄를 더 이상 숨길 수가 없기 때문이다. 칠링워드가 그의 영혼의 가장 깊은 곳까지 끝없이 파고 들어옴으로 해서 앞으로도 계속해서 고통하기보다는 지금 망신이 뒤따르더라도 고백하는 편이 나았다.

그래서 딤즈데일은 자신을 우러러보는 군중을 향해 당선 설교를 한다. 그리고는 극적인 동작으로 헤스터와 어린 펄과 함께 형틀에 오른다.

"뉴잉글랜드의 주민들이여, 드디어, 드디어 저는 칠 년 전에 제가 올라서야 했던 이곳에 섰습니다…" 하고 목사는 울부짖었다.

이제 비극적인 폭로의 순간이 다가왔다.

울려 퍼지는 목소리가 뒤이었다. "자, 보시오. 헤스터가 달고 있는 저 주홍글자… 저도 역시 저의 주홍글자를 달고 있습니다!"

딤즈데일은 입고 있던 목사 의복의 가슴 부분을 잡아 뜯었다. 그의 가슴에 불로 지져 만든 주홍글자 A가 두드러지게 나타난다.

그러자 그곳에 모인 사람들은 놀라움과 연민에 차서 목사를 응시했고, 그의 머리는 헤스터의 가슴으로 떨어진다. 딤즈데일은 목숨으로 자신의 죄의 대가를 치렀다.

6

「주홍글자」는 호손의 다른 장편소설이나 단편집과 마찬가지로 뉴잉글랜드 지방의 도덕의 역사로 청교도들의 종교에 대한 사랑과 이교도들의 사랑에 대한 종교 사이의 갈등을 나타낸다. 그러나 이 작품은 뉴잉글랜드 지방뿐만 아니라 호손 자신, 즉 청교도적인 육체와 이교도적인 영혼을 가진 사람을 그리고 있다. 이 작품에 나오는 모든 등장인물들에게서 호손의 모습을 조금씩 찾을 수 있다. 헤스터 프린이 아더 딤즈데일과 지은 범죄를 벌준 심판관들의 엄격성, 젊은 목사에게 복수하고자 양심이 있는 척하는 칠링워드의 냉혹성, 관습적인 규범의 잿더미 속에 가슴의 불길을 감추어둔 딤즈데일의 우유부단함, 그리고 헤스터의 사랑의 복장에다 헌신의 표시로 고통의 상징을 달고 있는 헤스터 프린의 도전적인 태도는 호손의 일부였다.

이 작품에서 호손은 두 가지 죄 즉 전통에 대항하는 사랑의 죄와 사랑에 대항하는 전통의 죄를 나타내려고 했다. 그리고 이 둘 중에서 호손이 더욱 용서할 수 없는 것은 후자였다. 시인 호손은 도덕가 호손에게서 이탈하고자 애썼다. 미국에서는 청교도 정신이 주조를 이루고 있었지만 이제 새로운 무엇인가가 대신해야 했다. 호손은 그 새로운 뭔가가 어떤 거라는 것을 아는 척하려 들지 않았다. 아마 그것은 어린 펄로 나타내고 있는지도 모른다. 펄은 청교도와 이교도가 잉태해낸 모호하면서도 무모하고 영묘한 자식이고, 꿈에 나타나는 한 줄기 햇빛과도 같이 아름답고 덧없으나 양쪽 부모보다는 뭔가 좀더 완전한 것을 기약하고, 세상 사람들의 마음에 더 잘 화합할 것 같은 모습이다. 호손은 성숙해진 어린 펄의 이야기를 쓰기에는 미국역사상 너무 일찍 태어났다. 그런 일은 누군가 뒤에 오는 소설가를 위해 남겨두었다.

호손은 미국의 정신사에서 전환기를 나타낸다. 그는 과거의 잘못에서 벗어나고자 노력하는 정신적인 선구자 그룹에 속한다. 그는 과거의 캘빈파가 그려낸 인류의 모습, 즉 천당에 있는 잔인하고 엄한 선생과 지옥에 있는 잔인한 사형집행인 사이의 함정에 빠져있는 죄 많은 인간 집단에 대해 회의를 가지기 시작한다. 호손은 청교도의 자식이고, 그의 선조들은 퀘이커교도들의 목을 달아매고 마녀들을 불에 태워 없앴다. 그러나 호손은 또한 반항아들의 아버지이다. 결국 그의 연민은 심판관이나 교도관이 아니라 희생자를 향한 것이다. 「주홍글자」에서 가장 많은 동정을 받고 있고 가장 숭고한 인물은 헤스터 프린이다.

그러나 호손은 지금 더듬거리고 있다. 그는 아직 자신의 입장에 대해 확신을 갖지 못했다. 주인공들과 마찬가지로 호손은 여명과 신비의 세계에서 살고 있다. 물체들이 분명치가 못하고, 거리간격도 희미하며 지평선도 엷은 안개에 싸여 있다. 어디가 땅의 끝이고 어디가 하늘의 시작인지 알 수가 없다. 그러나 그가 알고 있는 한 가지 사실은 과거의 실수가 미래의 희망으로 바꾸어질 것이라는 점이다. "하늘이 정해놓은 시간에 따라 좀더 밝은 시기가 되면 새로운 진리가 나타나서 상호행복이라는 좀더 확실한 기반 위에 인류가 정착하리라는 것이다."

상호행복이라는 좀더 확실한 기반, 그것은 영감을 받은 시인과 도덕적인 선구자들이 영원히 추구하는 것이다.

7

호손의 여생에 대해서는 단 몇 마디로 충분하다. 피어스가 대통령 직을 맡게 되자 피어스는 급우였던 소설가를 영국 리버풀의 미국 영사로 임명하였다. 호손은 외국에서 살면서도 고향에서와 마찬가지로 사회와는 격리된 생활을 하며 지냈다. 그는 영국 국민들보다는 역사에 친숙해지려고 애를 썼다. 영사직 임기가 만료되자 호손은 이탈리아로 여행을 떠났고 그곳에서도 역시 현재보다는 과거 속에서 살았다. 그런 다음 호손은 가장 편안함을 느끼는 미국으로, 지방민들의 삶 속에 투영된 현재와 과거의 변경지방으로 돌아왔다.

자기 지방에서 일어나는 문제성 있는 사건들에 너무 깊이 몰입된 나머지 호손은 자신의 눈앞에서 앞으로 연출될 국가의 비극을 거의 눈치 채지 못했다. 남북전쟁이 발발하자 그는 어깨를 으쓱하면서 그 사건을 가볍게 취급했다. "전쟁을 찬성하긴 하지만 우리가 무엇을 위해 싸우는지는 잘 모르겠는걸."

그러나 호손 역시 참전하고 있었다. 즉 인간의 영혼을 주위 환경의 올가미에서 구출해내고자 하는 전쟁 말이다. 그는 이런 전쟁을 「일곱 박공의 집」에서 그리고 있는데 이 작품에서는 조상들의 죄가 자손들의 행복을 방해하는 함정을 엮어내고 있다. 그는 이 주제를 「대리석의 목양신」에서 또다시 다루고 있다. 이 작품에서는 반은 인간인 한 야생 동물이 과거에서 벗어나 현재의 심각한 인간적인 문제 한가운데로 되살아나온다. 이것은 호손이 즐겨 다루는 죄와 고통의 주제이다. 그리고 생이 끝나갈 무렵에 호손은 다시 한번 영혼의 투쟁에 참가하여 불가피한 운명의 명령에 맞서 싸우고자 했지만 미완성으로 끝났다. 그 소설제목은 「돌리버 로맨스」로, 여기서 호손은 죽음을 정복할 수 있고 모든 사람들을 불멸의 길로 이끌어줄 수 있는 불로장생의 영약을 찾으려고 애를 쓴다. 그러나 운명의 얄궂음으로 인하여 소설가이자 철학가인 호손은 영생을 찾아 나섰을 때 죽음을 맞이한다(1864년 5월).

그리고 호손과 함께 미국 역사의 정신적인 신기원(新紀元)도 땅에 묻힌다.

윌리엄 메이크피스 새커리

(1811~1863)

주요작품

「다이아몬드 기담(奇談)」「노란 플러시 문서」
「배리 린든」「영국의 속물들」「허영의 시장」「펜더니스」
「헨리 에스몬드」「뉴컴 일가」「버지니아 사람」
「홀아비 로벨」 수많은 수필과 시

새커리
Thackeray

1

　인도의 캘커타에서 태어난 새커리는 5세 때 아버지를 잃고 치스윅에서 살고 계신 아주머니와 함께 살기 위해 영국으로 배를 타고 건너왔다. 그는 생김새가 별나서 마치 콩의 버팀대 위에 올려놓은 호박 같았다. 아주머니는 이 조그만 아이의 머리에다 (다소 사이즈가 큰) 남편의 모자를 씌웠는데, 그 모자가 아이에게 꼭 맞는 것을 보고는 소스라치도록 놀랐다. 그래서 아이를 의사에게 데려가 진찰해보라고 하였다. 의사는 그녀를 안심시키면서 "너무 놀라지 마십시오. 이 아이의 머리는 큰 편이지만 그 속에는 많은 것이 들어있답니다"라고 말해주었다.

　그러나 어린 윌리엄의 커다랗고 용량이 큰 머리가 성숙하게 발전하는 데에는 상당한 시간이 소요되었다. 윌리엄이 주간학교 학생으로 등록한 차터하우스 학교(1611년 런던에 세워진 영국의 유명한 공립학교: 역주)에서 받은 성적은 평균 이하였다. 친구 조지 베나블즈는 "새커리가 학교를 여러 해 다니는 동안 성적이 한번도 수위로 올라간 적이 없었고, 운동장에서 놀 때도 두드러지지 못했다"고 회고하였다. 허나 이 시기에도 "귀엽고 온순하며 어리벙벙한 이 조그만 친구"는 훗날 그를 특출한 사람으로 만들어 줄 정색을 하고 자연스럽게 하는 익살을 조금씩 발휘하였다. "제가 다니는 학교가 마음에 들어요. 같이 놀 좋은 친구들이 아주 많으니까요"라고 윌리엄은 캘커타에 계신 어머니께 편지를 썼다. 그리고는 이해하기 힘든 말을 추신으로 덧붙였다. "이 학교의 학생은 370명인데요. 제 소원은 369명만 다니는 것이에요."

새커리는 정기적으로 어머니와 계부 카마이클 스미드 소령에게 편지를 보냈다. 그는 항상 그들에게 자기가 오늘은 얼마나 게을렀는지를 고백했고 내일부터는 정말로 부지런해지겠다고 약속했다. 그러나 부지런해질 내일은 결코 오지 않았다. 차터하우스 학교를 졸업했을 때 그는 케임브리지 대학에 들어가기 위해 추가로 개인지도를 받아야 했다. 계부 스미드 소령과 어머니가 지금은 영국으로 건너와 살고 있었으므로 윌리엄은 계부에게서 개인지도를 받았고, 1829년 2월 캠브리지 대학에 입학하였다. 이곳에서의 생활도 역시 새커리에게는 예민하고 고독하며 별로 두드러지지 못했다. 한 교수는 "누군가가 저 게으름뱅이를 분발하게 만들 수만 있다면!"하고 안타깝게 소리쳤다. "어쩌면! 이 친구는 뭔가 선택해서 집중만 하면 뭐든지 할 수 있을 텐데. 허나 절대로 선택하는 법이 없단 말이야." 그 점이 바로 새커리의 문제점이었다. 결코 그는 한 가지 일에 안주할 수 없었다. 어느 날은 「호라티우스」를 번역하다가 다음날은 익살맞은 만화를 스케치하고 있었고 또 그 다음날에는 풍자시를 쓰곤 했다. 그가 하는 것은 다 괜찮았지만 훌륭할 정도는 되지 못했다. 새커리는 어떤 한 가지 일에 전문가가 될 수 있을 만큼 충분히 집중하지 않았다.

새커리는 분명 학업에도 전념하지 않았다. 대학에서 2년 동안 빈둥거린 후 그는 학위도 받지 못한 채 대학에서 떠나달라는 권고를 받았다.

그래서 새커리는 대학을 그만두었고 발이 닿는 대로 세상을 방랑하였다. 그는 유럽대륙을 여행했고 박물관, 극장, 도서관을 드나들었으며 스케치를 하고 시를 쓰면서 삶의 허영, 연민, 아름다움을 두루 관찰했다. 10만 달러 정도를 유산으로 물려받은 젊은 새커리는 키가 크고 껑충하며 과묵하였고, 명예욕은 왕성하면서도 일하기는 죽어도 싫어했던 귀족이었다. 기질은 물론 외모도 역설적이어서, 거인과 같은 신체에 얼굴은 아기 천사 같았고 코는 광대와 같았다. 차터하우스 학교 시절에 싸우다가 코가 부러져서 일생동안 보기 사나왔다. "내 부러진 코만 아니었더라면, 나는 서커스의 거인으로 일할 수도 있었을지 모르는데"하고 언젠가는 농담 삼아 말했다. "내가 그 일을 하겠다고 응모하면 흥행사는 나의 흠을 잡으려고 두루 살펴보고는 머리를 흔들었겠지. '젊은이, 제법 키는 쓸 만하게 큰데 미안하네만 너무 못 생겼군.'"

낮에는 빈둥거리고 밤에는 놀면서 지내던 중 쓰라린 경험을 하게 되었다. 재능을 타고난 사람의 고통이 점차 커진 것이다. 계속해서 방랑생활을 하던 어느 날 저녁에 새커리는 도박하는 집에 들렀다. 짜릿짜릿한 기쁨은 맛보았지만 많은 비용이 들었다. 채 몇 달이 지나지 않고도 있는 재산을 모두 다 날렸다.

그런 다음 새커리는 진지한 인생사업을 시작하였다.

2

새커리는 한동안 미술에 전념했지만 자신의 재능이 적합하지 못함을 깨달았다. 그런 다음 그는 문학을 하기로 마음먹었다. 여행 도중에 새커리는 "많은 도시와 사람들"을 보았고 어디를 가나 목적은 없으면서 남의 일에 참견하느라 바쁜 사람들이 많다는 것을 알게 되었다. "보라! 모든 것이 허영이고 바람을 잡으려고 애쓰는 것이다." 그는 우연히 일어나는 순간적인 쇼를 관찰하는 현대의 코헬렛("성경』의 전도서에서 솔로몬에게 붙인 이름으로 "설교자"란 뜻이 있다: 역주)이 될 것이고 가능하다면 애매모호한 몇몇 구절의 의미에 대해 변변찮게나마 해설할 수 있기를 바랐다.

이런 목적으로 새커리는 시, 수필, 소설을 쓰기 시작했고 그들 중 대부분은 퇴짜를 맞았다. 그러나 그것들이 거부당한 데에는 나름대로의 이유가 있었다. 새커리는 동문서답 식으로 글을 썼다. 그는 신념적으로는 인간을 경멸하면서도 기질적으로는 인류에 대한 사랑을 갖고 있었다. 편집자들은 그를 어떻게 분류해야할지 몰랐으므로 그를 이해하지 못했다. 그는 문학상으로 조화되기에는 상당히 역설적이라고 할 수 있는 감상주의적인 냉소가였다. 새커리는 인생의 어리석음을 보긴 했지만 안개로 자욱한 슬픔의 창을 통해 그것을 보았다.

왜냐하면 새커리 자신이 삶을 시작하는 문턱에서부터 크나큰 슬픔을 맛보았기 때문이었다. 그는 아름다운 아일랜드 출신의 소녀 이자벨라 쇼와 결혼을 했다. 그녀는 두 딸을 낳아주어 "누구나 맛볼 수 있는 가장 달콤한 하늘의 맛을 미리 맛보게" 하고는 열병에 걸렸다. 아내의 몸은 회복되었지만 정신은 영원히 죽었고 새커리의 행복도 그녀의 정신과 함께 사라졌다. 다정한 한 가정에게 아내를 보살펴달라고 부탁하고 그는 별로 마음에 맞지도 않는 클럽생활의 소용돌이 속으로 빠져들었다. "내 사회활동은 단지 평생 동안 슬픔과 고통을 잊고자 하는 노력일 뿐이다."

그리고 새커리의 문학 활동은 평생 조롱하려는 노력일 뿐이었다. 그는 동료들을 동정했기 때문에 그들을 조롱했다. G. K. 체스터튼(1874~1936, 영국의 평론가, 소설가, 시인, 수필가: 역주)이 우리에게 상기시켜 주듯이 익살꾼들은 이 세상에서 가장 진지한 사람들이다. 새커리의 풍자에는 악의라고는 전혀 없다. 손은 이삭(성경의 구약에 나오는 아브라함의 아들: 역주)의 맏아들 에서와 같지만 목소리는 이삭의 둘째 아들인 야곱의 것이다.

그리고 이렇기 때문에 그는 문학가로서의 명성을 구축하기가 아주 어려웠다. 대중은 단지 애무하기 위해서 채찍을 사용하는 저자의 의도가 무엇인지 도무지 이해할 수 없었다. 그의 자식들조차 나이를 먹으면서 아버지의 미묘한 유머는 이해하기 힘들다고 불평했다. "아버지, 디킨스처럼 모든 사람들이 알기 쉽게 간단한 유머로 쓰시지 그러세요?"

새커리는 자신의 문학작품이 팔리지 않자 몹시 실망했다. 그는 자기 작품이 잡지에 실리지 못하자 자기 스스로 「내셔널 스탠더드」라는 잡지를 만들었다. 그 사업은 단지 새커리를 세상의 "웃음거리"로 만드는 결과를 낳았다. 그러나 그는 「홀아비 로벨 (Lovel the Widower)」에서 "그대가 결코 바보짓을 해보지 않았다면 그대는 결코 현인도 될 수 없다는 것을 잊지 마시오"라고 쓰고 있다.

잡지는 실패로 끝났고 새커리는 그런 어리석은 짓을 통하여 계속해서 지혜를 터득해나갔다. 점차로 그의 글들이 잡지의 중요치 않은 부분 즉 사람들 눈에 잘 띄지 않는 지면을 차지하기 시작했다. 한 편집자의 평을 빌리면 "새커리는 시원찮은 수필을 쓰고 어떤 때는 빼어난 시도 쓰지만 그 이상은 아닌 그렇고 그런 작가"였다. 그러자 새커리는 "나는 당신들이 생각하는 것보다 훨씬 괜찮은 사람이라는 것을 당신들에게 보여 주겠다"라고 반박했다.

그러나 새커리가 그것을 증명하는 데에는 오랜 시간이 걸렸다. 새커리보다 한 살이 어린 디킨스는 런던의 명사였지만 새커리는 "아무도 읽으려들지 않는 별 볼일 없는 풍자가"일 뿐이었다. 그가 「다이아몬드 기담(奇談)」이라는 빼어난 글 한편을 써냈을 때 존 스털링(1806~44. 영국 작가: 역주)이 "필딩(헨리 필딩, 1707~54, 「톰 존스」를 쓴 18세기 영국의 소설가: 역주)이나 골드스미스(올리버 골드스미스, 1728~74. 아일랜드 태생의 18세기 영국의 시인, 소설가: 역주)에게서보다 더 훌륭한 게 있는가?"라고 말하자 몇몇 잡지들은 그 글을 싣지 않았다. 새커리가 「포린 쿼털리 리뷰(*Foreign Quarterly Review*)」지의 편집부에 지원하자 "그 직책에는 정말로 유능한 사람이 필요합니다"라는 응답을 받았고, 응모서는 휴지통 속으로 들어갔다. 그는 잡지 「블랙우즈 매거진(*Blackwood's Magazine*)」에 연재물을 쓰겠다고 제안했다. "저는 이 마을에 있는 몇몇 클럽에 소속되어 있고 많은 두서없는 생각을 잘 정리해서 발표할 수 있습니다." 그러나 그의 제의를 들어주는 일은 한번도 일어나지 않았다. 펜으로 생계를 이어보겠다는 노력은 무위로 돌아갔고, 정말 의욕을 꺾는 일이었다. 그러나 그는 "이것 말고 내가 또 무엇을 할 수 있겠는가?"하고 그것에 매달렸고 드디어 12년 동안 중단 없는 실패를 거친 후에 조금이나마 성공을 거두게 되었다.

제법 성공을 거두었다고 말할 수 있는 첫 작품은 「아일랜드 스케치북」이었다. 그 책이 1,000부나 팔렸다. 새커리는 그 기사를 읽으면서 자신의 눈을 믿을 수가 없었다. 쓴웃음을 지으며 새커리는 외쳤다. "드디어 나도 디킨스와 거의 유사한 인기를 얻게 되었군. 그의 책은 거의 십만 부는 팔린다던데."

그리고는 "성공을 거둔" 사람의 선심으로 아일랜드에 있는 문학친구인 찰스 레버(1806~72. 「해리 로르케」라는 소설을 썼다. 역주)라는 소설가에게 영국으로 건너와 행운을 시험해보라는 충고를 하였다. 심지어 새커리는 친구에게 경제적인 도움까지도 제안했는데, 친구 레버는 머리를 물밖에 내놓고 헤엄치려고 버둥거리는 놈이 친구에게 수영을 가르치는 것과 같다고 익살스럽게 말했다.

새커리가 최초로 맛본 성공의 흥분상태도 차츰 가라앉았고 평소의 슬픔과 무명상태로 돌아갔다. 한 친구는 「아일랜드 스케치북」을 가리키면서 그토록 재기가 번득이고 유머 가득한 책을 쓴다는 일은 무척 재미있을 거라고 평했다. 응답으로 새커리는 그에게 짧은 이야기를 해주었다.

어느 날 병자가 진찰을 받으러 의사를 찾아왔다. 의사가 "당신은 지나치게 우울하시군요. 당신에게 필요한 것은 기분을 북돋아줄 것입니다. 무언 극이라도 구경 가서 유명한 광대 풀시넬로의 익살스런 몸짓이라도 보시지요?"하고 말했다.

병자가 답했다. "제가 풀시넬로입니다."

새커리 자신은 너무 울고 싶은 나머지 웃는다고 말했다. "난 말이죠, 목을 매고 싶은 충동을 느낄 때 그런 웃기는 글들을 써낸답니다!"하고 한 편지에서 밝히고 있다.

3

새커리는 계속해서 재미있는 소설, 시, 에세이들을 썼고 대중은 그 보답으로 한 줌의 돈을 보태주고 간간이 박수를 보냈다. 사실 대중은 그의 이름을 몰랐다. 새커리는 무명이기를 어찌나 바랐던지 티트마쉬, 옐로우플러쉬, 이키 솔로몬즈, 가하간 소령, 폭스톤 캔터베리, 골리아 머프, 레오니투스 허글스톤, 피츠부들, 티클토비 부인, 폴 핀다, 피츠—짐즈 드 라 플루쉐, 프레드릭 할타몽 드 몽모랑시 등의 필명으로 글을 써냈다. 이렇게 많은 가명으로 위장하는 것은 단지 역설적인 성격에서 또 다른 역설을 보여주는 것에 불과했다. 그렇게도 개인적인 명망을 갈망하면서도 새커리는 자신이 구체화되어 나타나지 않게 하려고 온갖 노력을 기울였다.

그러나 새커리는 자신의 익명성에 대해 충분한 정당성을 부여하였다. "나의 이차적인 야망은 유명해지는 것이다. 그러나 나의 일차적인 야망은 내 자식들을 먹여 살리는 일이다"라고 말했다. 그리고 그는 한 단어당 그렇게 많은—아니 반대로 그렇게 적은—돈을 받고 계속해서 잡지에 기고함으로써 생계를 이어갈 수 있었다. 새커리는 한 편지에서 다음과 같이 설명했다. "문학자에게는 그가 한 출판사에서 받은 돈으로는 가족에게 밥도 끓여 먹이지 못하는 경우가 생기기 때문에 다른 곳에도 글을 써내야한다. 만일 브라운이 일간 신문에 글을 써내는데 주간지, 월간지에도 글을 기고하는데 그런 글 모두에다 같은 이름을 쓴다면 글줄이나 늘이고 있다고 인기가 떨어지겠지." 그래서 새커리는 자기 이름을 너무 자주 들먹거리지 않기 위해서 자기 이름을 아주 감춰버렸다. 아주 드물게 새커리가 본명으로 글을 써낸 경우에 한 잡지의 독자는 "이 새로운 작가는 누구지? 그의 글은 티트마쉬의 글과 비교할 때 상당히 아마추어 티가 나는군"하고 말했다.

새커리는 이제 "거의 사십이 다 되어가고" 있었고 아직도 무명이고 익명상태였다. 그는 자신이 무명으로 남아있는 것에 대해 씁쓸한 기분이 들어 잡지에 기고한 글에서 다음과 같이 적었다. "친구여, 검은 장화를 닦아도 좋고 깨끗한 칼을 휘둘러도 좋으니 무엇이나 하시오. 그러나 문학가는 되지 마시오." 그는 또 다른 상황에서 문학은 사업도 아니고 직업도 아니며 단지 불운일 뿐이라고 말했다.

그러나 새커리는 불운에 매달렸다. 왜냐하면 그는 자신이 "당신들이 생각하는 것보다 괜찮은 사람"이라는 것을 세상 사람들에게 보여주겠다고 결심했기 때문이다. 이렇게 결심한 결과 새커리는 1847년 「허영의 시장」을 썼고, 이 작품은 "주인공이 없는 소설"이라는 흥미로운 문학적 시도였다.

새커리는 「허영의 시장」의 진가에 대한 확신이 전혀 없었다. "이 소설이 인기를 끌 것인지, 출판업자들이 받아들일는지 그리고 세상 사람들이 이 책을 읽을는지 걱정이 태산이다." 그리고 처음에 이 작품은 인기를 끌지 못했다. 새커리는 「콜번즈 매거진」에 소설의 도입부를 제출했는데 편집자는 원고를 되돌려주며 "이 친구는 소설은 안 되겠는걸"하고 말했다.

또 다른 잡지의 편집자는 작품을 되돌려주면서 평하기를 "어투가 꼭 납이라도 달아놓은 날개 같구먼." 「에든버러 리뷰」지의 편집자인 맥비 나피에는 평하기를 "아무나 낯선 사람의 작품을 받아들이는 데에는 굉장히 많은 주의가 요구되는데… 「에든버러 리뷰」와 같은 잡지는 이름값을 유지하는 것이 항상 중요하다."

몇몇 다른 잡지회사나 도서 출판업자들이 「허영의 시장」을 거부했지만 마침내 「펀치」지의 편집자가 관심을 표명했다.

대중이 이 작품의 진가를 인정하기까지는 상당히 오랜 시간이 걸렸다. 그러나 비평가들과 작가들은 이 작품이 영문학의 새로운 이정표임을 단번에 알아보았다. 토머스 칼라일 부인은 남편에게 다음과 같은 편지를 보냈다. "「허영의 시장」의 마지막 4회분을 가져다가 밤을 새워 다 읽었어요… 이 작품은 디킨스를 완패시킬 만큼 빼어나더군요." 그리고 단지 이 소설의 몇 회분만 발표된 이후에 논평한 평론가 아브라함 헤이워드는 "현대소설 100권 중 99권이 사라질 것이 확실한 만큼이나 「허영의 시장」이 살아남을 것을 확신한다"고 예견했다. 몇몇 다른 평론가들도 이 작품을 대작이라고 환호했다. 그러나 여류 소설가 샬롯트 브론테는 문학 동지가 펴낸 이 작품의 진가를 제대로 평가하고 있다. 그 당시 출간된 그녀 자신의 소설 「제인 에어」가 큰 선풍을 일으켰지만 그런 성공 속에서도 브론테는 시간을 내어 적수라고 할 작품에 갈채를 보내는 관대함을 보여주었다. 브론테의 견해로는 새커리의 작품이 자신의 소설보다 더욱더 큰 성공을 이룰만한 가치가 있었다.

브론테는 「제인 에어」의 재판 서문에서 다음과 같이 적고 있다. "내 생각에는 우리가 살아가는 요즈음에도 이믈라(열왕기상 22장과 역대하 18장에 나오는 사마리아의 예언자 미가야의 아버지: 역주)의 아들이 유다와 이스라엘의 왕들 앞에 나왔던 것과 마찬가지로 우리 사회의 훌륭한 사람들 앞에 나올 사람이 있다. 새커리는 마치 예언자와 같은 힘을 가지고 극히 중요하고도 심오한 진리를 말하고 있다. 그는 아주 대담하게 조금도 겁내지 않는 태도로 말한다…"

"내가 무엇 때문에 이 사람을 언급했을까? 독자들이여, 이 사람을 언급한 까닭은 나는 이 사람에게서 동시대 사람들이 지금까지 알아챘던 것보다 더 심오하고 독특한 지성을 발견했기 때문이다. 나는 또 새커리 씨가 우리 시대 최초의 사회개혁자라고 생각하고… 지금껏 새커리의 작품을 다룬 어떤 비평가도 그에 합당한 비유를 발견치 못했고 그의 재능을 올바르게 특징짓는 용어를 찾아내지 못했다고 생각하기 때문이다. 사람들은 새커리가 필딩과 유사하다고, 그의 위트, 유머, 희극적인 능력에 대하여 말한다. 새커리가 필딩을 닮았다고 말하는 것은 수리가 독수리를 닮았다고 말하는 것과 같다. 필딩은 죽은 짐승의 고기를 보고 덮칠 수 있지만 새커리는 결코 그런 짓을 하지 않는다. 그의 위트는 산뜻하고 그의 유머는 고혹적이지만 여름날의 구름 끝에서 단지 부드럽게 빛나는 막전광(幕電光: 번갯불이 구름에 반사하여 환하게 밝아지는 현상에서 나오는 빛: 역주)이 그것을 잉태한 자궁에 숨겨진 자극적인 죽음의 섬광과 깊은 관련이 있듯이 그것들은 모두 새커리의 창조적인 재능과 관련이 있다. 마지막으로 내가 새커리의 이름을 언급하는 까닭은―만일 그가 이 낯선 사람의 헌사를 받아준다면―그분에게 「제인 에어」의 제2판을 헌정했기 때문이다."

「허영의 시장」과 같은 최고의 소설을 이해하는 데에는 최고의 소설가가 필요했다. 이 작품은 주인공만 없었던 것이 아니라 전문적으로 말해서 줄거리도 없었다. 주인공도 없고 줄거리도 없이 우리 인간생활의 한 단면을 실제로 보여주는 작품이다. 이 작품은 「허영의 시장」이 출판되고 몇 년이 지난 후 새커리가 쓴 단 한 연의 시로 요약될 수 있다.

오, 헛되고 헛되나니
하늘의 지시는 어쩌면 이다지도 제멋대로일까,
바로 그 현명하던 자가 어쩌면 이다지도 연약하며
바로 그 위대하던 자가 어쩌면 이다지도 옹졸할 수 있을까!

4

새커리는 이제 커다란 명예도 얻었고 안락한 생활도 할 수 있게 되었다. 그러나 아직도 그는 불행했다. 왜냐하면 새커리 역시 자기 소설의 주인공들과 마찬가지로 끊임없이 인간의 욕망이라는 회전목마를 타고 항상 손길이 미치지 않는 것을 목표로 하는 「허영의 시장」의 꼭두각시였기 때문이다. 집을 소유하게 되자 그는 사륜마차를 원했다. 사륜마차를 손에 넣게 되자 사회적인 지위를 얻고 싶었다. 사회적 지위를 얻게 되자 그는 의회에서 한 자리를 차지하고 싶었다. 그래서 정치에는 적성이 전혀 맞지 않는데도 그는 하원의 한 자리를 차지하려고 감히 후보자로 나섰다.

다행히 새커리 자신을 위해서—아마도 영국을 위해서도—그의 유머감각이 발동하여 새커리는 당선되기 위한 지나친 노력을 기울이지 않았다. 새커리를 위한 선거유세의 사회를 보던 몽크 경이 "더 나은 자가 선출되기를,"하고 말하자 새커리는 미소를 띠며 대꾸했다. "저는 그렇지 않기를 바랍니다!" 새커리는 상대 후보자인 에드워드 카드웰이 훨씬 더 나은 정치가가 되리라는 것을 알았다. 카드웰이 선출되어 정말로 훌륭한 정치가임을 증명해 보였다.

그리고 새커리는 창작활동을 계속하였다. 유일하게 그 일만이 새커리가 남들보다 더 나은 사람임을 보여줄 것이기 때문이다.

그러나 새커리는 욕망이 지나쳐 끊임없이 많은 일을 하였다. 그는 "어린아이들을 위하여" 연이어서 강의를 떠맡았고 칭찬이 듣고 싶어 초대라면 모두 다 받아들였다─"이 감언의 잔치는 그토록 오랫동안 굶주렸기에 더욱더 환영한다." 새커리는 미국을 두 번 방문하였고 돌아올 때는 많은 명예와 소화불량증도 가지고 왔다. "이제 귀여운 아이들의 뒷바라지도 걱정 없고 내 삶에서 큰 걱정거리도 사라졌으니 한동안 자유롭게 숨을 쉴 수 있겠지."

그러나 새커리는 자유롭게 숨을 쉴 수 없었다. 그의 마음은 아직도 들뜬 상태였고 이룰 수 없는 것을 달성하기를 아직도 갈망하였다. 이륜마차를 사륜마차로 교환해야 하고, 시종도 한 사람이 아니고 여러 사람이 필요했으며 작은 집도 큰 저택으로 바꾸어야 했다. 미친 듯한 경주에서 허영의 시장의 상류 사회 무리들과 보조를 맞추어야 했다. 새커리는 어머니에게 다음과 같은 편지를 보냈다. "토머스 칼라일은 첼시(템스 강 북부지역으로 화가, 문인들의 거주지로 유명하다: 역주)에 있는 자그마한 40파운드짜리 집에서 완벽하게 품위를 지키며 살아갑니다. 지저분한 스코틀랜드 하녀가 문을 열어주는데, 그 문을 영국의 가장 훌륭한 친구들이 두드립니다." 그러나 이렇게 격리된 명예는 새커리의 취향에 맞지 않았다. 그는 도시의 명사가 되고 싶었다. "디킨스의 인기를 보라!" 그도 역시 세상 사람들의 응접실이나 술집에서 고함치는 사자임에 틀림없었다. 플램두들 경이 그의 손을 다정하게 잡아주고 플램두들 부인은 우아하고 상냥하게 활달한 미소를 보내주고 웨이터들이 그를 위해 베풀어지는 만찬에서 음식을 날라다주며 자기네들끼리 눈짓으로 감탄하고 신호를 보내는 것을 보니 얼마나 큰 기쁨인지! 새커리는 미국의 세인트루이스에서 식사를 하면서 엿듣게 된 아일랜드 출신의 웨이터 두 사람이 나누던 이야기를 즐겨 말했다. "이 사람이 누군지나 알아?"─"아니 모르겠는걸, 누구야?"─"이 사람이 그 유명한 새커리야"─"그 사람이 뭘 했는데?"─"젠장, 내가 그걸 어떻게 알아? 허지만 훌륭한 사람인 건 확실해."

그리고 새커리가 잇달아 내놓은 소설마다 위대함을 더해갔고, 사람들의 혀는 계속해서 그의 명예를 지껄였다. 이유도 모르는 채 말이다. 왜냐하면 동시대 비평가의 말을 바꿔서 간단히 말하면, 모든 사람들은 그를 숭배하면서도 그의 작품을 읽는 사람은 한 명도 없었기 때문이다. 새커리의 최고 걸작소설인 「헨리 에스몬드」—새커리는 이 소설에 관해서 미국 출판업자인 제임스 T. 필즈에게 "나는 이 작품을 굳게 믿습니다. 그래서 어디에 가든 나는 기꺼이 이 작품을 명함대신 놓고 나올 수 있습니다"라고 쓴 편지를 보냈다—바로 이 소설조차도 "영문학에서 가장 아름다우면서도 가장 인기가 없는 소설"로 낙인찍혔다. 대중은 비평문을 열심히 보고는 등장인물에 대해 토론을 벌였고 저자를 떠받들었으며 소설책을 샀다. 그리고는 책의 가장자리를 자르지도 않은 채 서가에 꽂아두었다.

우리 한번 책의 가장자리를 자르고 「헨리 에스몬드」의 이야기를 잠깐 살펴보자.

스튜어트 왕조(1371~1714년까지 스코틀랜드와 잉글랜드를 다스린 영국의 왕가: 역주)가 끝날 무렵 캐슬우드 부인의 집에 생각은 많이 하면서도 말은 거의 하지 않는 한 어린아이가 살고 있었다. 이름이 헨리 에스몬드였는데 사람들은 모두 다 그 아이가 토머스 캐슬우드 자작의 사생아일 것이라고 생각했다. 이 어린 소년이 나이를 먹으면서 영적으로 캐슬우드 가의 상담을 책임 맡은 예수회 신부 홀트 씨가 그의 교육을 떠맡았다.

얼마 지나지 않아서 캐슬우드 가의 가장은 폐위당한 제임스 왕(1688년 명예혁명으로 쫓겨난 가톨릭계의 왕 제임스 II세: 역주)을 섬기다 죽었고 프란시스 캐슬우드가 새롭게 이 집의 가장이 되었다.

헨리 에스몬드는 자신의 바뀐 운명을 조용히 사려 깊게 받아들였다. 주인이 바뀌면 새로운 의무가 따르게 마련이다. 그리고 새로운 최고의 기뿜도 있었다. 젊고 아름다운 캐슬우드 부인은 프란시스의 아내라기보다는 딸같이 보였는데 헨리에게 친절하게 대해주었고, 헨리는 캐슬우드 부인을 존경에 가까운 감정으로 대했다. 그리고 그는 부인의 두 자녀 베아트릭스와 프랭크를 애정이 깊은 친형제처럼 사랑하였다.

처음에는 캐슬우드 집안에 평화가 감돌았지만 차차 새로운 슬픔이 그 집에 밀어닥쳤다. 천연두가 캐슬우드 부인의 아름다운 얼굴을 공격하여 얼굴을 보기 사납게 만들었고, 남편은 부인이 보기 흉하게 되자 다른 여인들의 품속에서 위로를 찾기 시작했다.

허나 아내에게 그토록 차갑게 대하던 남편은 모헌 경이 부인에게 사랑을 구하려 하자 질투심이 발동하였다. 그는 모헌 경에게 결투를 신청하였고 이제 성인이 다된 헨리가 주인을 대신하여 싸우겠다고 간청했는데도 자작은 자기가 직접 복수하고야 말겠다고 고집피우다가 결투에서 죽음을 맞게 되었다. 자작은 죽기 직전에 헨리 에스몬드가 토머스 캐슬우드의 친아들임을 밝혔고, 그래서 캐슬우드 가의 합법적인 상속인이라고 고백했다. 그러나 헨리는 캐슬우드 부인과 그녀의 자녀들에 대한 충성심이 자기 개인의 명예욕보다도 강했다. 그래서 그는 고백서를 불살라버리고 그대로 "그 집의 종"으로 남았다.

그뿐만이 아니라 헨리는 이제 미움 받는 하인이 되었다. 왜냐하면 그가 결투에서 맡았던 역할로 인해 부상을 입고 감옥에 갇혀있는 동안 캐슬우드 부인은 헨리 때문에 남편이 죽게 되었다고 비난했기 때문이다.

이런 상황 하에서 살아간다는 것이 헨리로선 견디기 힘들었다. 그는 군에 입대하여 말보로 장군 휘하에서 싸우고 피를 흘렸으며 점차 승진하여 대령의 직위까지 올라가서 웹 장군의 부관이 되었다. 헨리는 로우 컨트리즈(지금의 베네룩스의 총칭: 역주)에서 전투하던 도중 마침내 과거의 스승이던 홀트 신부님을 우연히 만났다. 홀트 신부님은 헨리에게 출생에 얽힌 이야기를 해주었다. 헨리의 아버지 토머스 캐슬우드 자작은 한 직조공의 딸인 헨리의 어머니와 결혼을 했다가 그녀를 저버렸다. 헨리의 어머니는 한 수녀원에서 숨을 거두었고, 아버지는 아들 헨리를 "양육원의 아이"인 양 집으로 데려갔다.

그러나 헨리 에스몬드는 계속하여 자신의 출생의 비밀을 혼자 간직하였다. 비록 그들이 더 이상 자기를 사랑하지 않는다 해도 헨리는 자기가 사랑하는 사람들의 마음을 아프게 하면 안 된다고 생각했다.

어느 날 헨리는 윈체스터 성당에서 기도를 드리던 중 기쁘게도 기도 응답을 받았다. 헨리의 눈앞에 캐슬우드 부인이 서 있었다. 두 사람의 눈이 마주치자마자 과거의 정이 그들의 마음에서 되살아났다.

이제 헨리 에스몬드의 마음에는 새로운 감정이 일어나게 되었다. 16세로 궁중의 시녀가 된 캐슬우드 부인의 딸 베아트릭스에 대한 열렬한 사랑이 불붙었다. 그녀는 지금까지 영국인의 마음을 산산이 흩어놓은 그런 아름다운 여인으로 등장했던 것이다. 헨리는 10년 동안이나 한결같이 그의 희망을 베아트릭스에게로 집중시키고 있었지만 헛일이었다. 그토록 많은 재치 있는 아첨꾼들이 그녀가 지닌 마력의 불꽃에 날개를 태우면서 명성을 손상하고 있었기 때문에 이 돈 한 푼 없고 이름도 없는 군인 따위는 거들떠보지도 않았다.

그리고 헨리는 캐슬우드 가에 대한 옛정의 새로운 출구를 누이만큼이나 무모하고 매력적이며 사랑스러운 젊은이인 베아트릭스의 남동생 프랑크에 대한 헌신적인 사랑에서 찾아내었다. 헨리는 프랑크와 함께 전투에 참가했고 여러 전투에서 그를 보호해주었으며 그의 교육에 힘썼다. 프랑크가 자기보다 훨씬 나이가 많은 네덜란드의 귀족과 결혼하는 것에 대해 아버지의 심정으로 다소 염려가 되었다.

그러는 동안에도 베아트릭스는 남의 마음을 비탄에 빠뜨리는 다소 싫증나는 놀이를 계속하고 있었다. 그러다가 드디어는 자기 자신의 마음이 비탄에 빠지게 되었다. 그녀는 재빨리 아름다운 청춘의 시기를 넘어갔지만 아직도 노처녀로 남아있었다. 남자들은 그녀가 탐이 나서 "죽을 것"처럼 행동했고 그녀에게 결혼을 신청할 듯이 굴었으며 약혼할 듯이 말했다. 그리고는 좀더 적당한 배우자를 잡기 위해 그녀를 저버렸다. 그녀는 아직도 좀더 나은 남자가 나타나지 않을까 하고 바라며 계속해서 헨리 에스몬드의 사랑을 거절하였다.

베아트릭스는 마침내 남편감을 골라잡았는데, 그는 해밀턴의 공작으로 그녀보다 지위나 나이가 두 배나 되는 홀아비였다. 헨리 에스몬드는 자신의 패배를 감수하고 그녀에게 결혼선물로 아버지의 (두 번째) 부인인 토머스 캐슬우드 부인에게서 받은 아름다운 다이아몬드 목걸이를 주겠다고 제의했다.

그러나 해밀턴 공작은 이 제의를 거절했다. 그의 주장으로는 자기 아내가 이름도 없는 그런 사람의 선물을 받아서는 안 된다는 것이었다.

그러자 베아트릭스의 어머니가 화가 나서 응답했다. "헨리 에스몬드는 이름 없는 사람이 아니에요. 그는 캐슬우드 자작님의 법적인 아들이고 이 집의 진정한 상속인이에요. 우리는 단지 그의 자비심으로 살아가고 있을 뿐입니다."

그리고 나서 이 부인은 자신이 돌아가신 자작 부인에게서 듣게 된 헨리의 출생이야기를 설명하였다. "그리고 이 분은 다른 사람에게 그런 말을 한 마디도 하지 않았답니다."

베아트릭스와 해밀턴 공작의 결혼식이 거행된 날 저녁, 공작과 과거 캐슬우드의 징벌자인 모헌 경 사이에 결투가 일어났다. 해밀턴이 결투에서 죽음을 당했고 베아트릭스는 다시 한번 홀로 남게 되었다.

허나 그녀는 아직도 헨리를 거부하였다. 왜냐하면 그녀의 꽁무니를 따라다니는 또 다른 사나이가 있었기 때문이다. 이번에는 최고의 결혼 상대자로 다름 아닌 영국의 왕위를 노리는 젊은 스튜어트 황태자였다.

그러나 황태자는 아내가 아니라 정부로서 베아트릭스에게 눈독을 들이고 있었다. 헨리 에스몬드나 베아트릭스의 남동생 프랑크 캐슬우드는 두 사람 모두가 스튜어트 황태자(명예혁명으로 쫓겨난 제임스 2세의 아들로 왕위 계승을 계속 노렸다. 역주)의 대의명분을 지지했다. 그러나 스튜어트가 베아트릭스에게 흑심을 품고 있다는 것을 알고서 그들은 칼을 분지르고 황태자를 탄핵하였으며 황태자가 비운을 맞이하게 내버려두었다.

그러고 나서 황태자와 베아트릭스가 프랑스로 도망갔을 때 런던 거리는 죽음의 울음소리로 깜짝 놀라게 되었다. "앤 여왕이 승하하셨다! 새로운 왕 조지 하노버여, 장수하소서!"

헨리 에스몬드와 캐슬우드 부인은 서로를 위로하고자 했다. 그리고 그들의 위로는 부부애로 무르익었다. 과거에 품었던 그들의 사랑이 되살아났다. "가장 오래된 사랑이 가장 새로운 것이고 최상의 것이다."

5

새커리가 옛 친구와 나눈 우정은 헨리 에스몬드의 옛사랑과 유사했다. 찰스 디킨스야말로 항상 새커리의 최초 친구이자 최상의 친구였다. 그러나 둘 사이에 말다툼이 벌어졌고—문학하는 친구들 사이에서는 불씨 하나로도 커다란 불화의 화염으로 불타오를 수 있다—여러 해 동안 두 사람은 서로 말을 하지 않았다. 그러다가 새커리가 53세 때인 어느 날 저녁, 두 사람은 아테나 신전 층계에서 마주쳤고 새커리는 충동적으로 디킨스에게 손을 내밀었다. 디킨스도 인사에 응답을 보냈고 해묵은 말다툼은 수습되었다.

마치 새커리는 서둘러서 옛 친구와 화해하고 작별인사를 해야 한다는 것을 알았던 것 같았다. 왜냐하면 몇 밤도 채 지나지 않은 1863년 12월 23일 그는 잠자리에 들었고 그것이 마지막이었다. 하나님의 점호가 있었고, 새커리는 마치 자신이 쓴 소설에 나오는 뉴컴 대령과 같이 부드럽게 응답했다. "네—여기 있습니다."

찰스 디킨스

(1812~1870)

주요작품 ··

「픽윅 페이퍼즈」「올리버 트위스트」
「니콜라스 니클비」「버나비 러지」「골동품 가게」「마틴 처즐위트의 생애와 모험」
「크리스마스 캐롤」「돔비 부자(父子)」「데이비드 커퍼필드」
「쓸쓸한 집」「어려운 시대」「귀여운 도릿」
「두 도시 이야기」「거대한 유산」「어울리는 친구」

디킨스
Charles Dickens

1

찰스 디킨스의 세계는 사랑스럽고 어리석으며, 서투르고, 고래고래 소리 지르며, 말썽꾸러기에다 장난기가 많고 장래성이 밝은 아이들의 세계였다. 디킨스 자신도 그들 중 한 명이었다.

그러나 디킨스가 어린시절에 장난기가 많았다거나 장래성이 밝았던 것은 전혀 아니었다. 조그맣고 병약했으며 영양분을 제대로 공급받지 못했던 디킨스는 주기적으로 경기(驚氣)를 일으켰다. "이 아이는 절대로 나이 들어 고통을 맛볼 때까지 살아남지 못할 거야"라고 아버지는 말했다.

디킨스의 아버지는 고통의 단짝친구였는데 그 고통을 너무나도 관대하게 가족과 나눠가졌다. 포트시에 있는 해군 보급기지에서 서기였던 아버지는 돈을 너무나 천천히 벌어들였고 그 돈을 너무나 빨리 소비하였다. 그 결과로 계속해서 그는 높이 솟아오르는 빚의 조류에 맞서서 헤엄쳐야만 했다. 찰스가 두 살이었을 때 아버지는 런던으로 전근되었다. 이것은, 봉급은 약간 상승하고 그것을 소비할 기회는 막대하게 증가했다는 것을 뜻했다. 게다가 엎친 데 덮친 격으로 아버지는 방탕하였을 뿐만 아니라 아이도 많이 낳았다. 몇 년도 흐르지 않아서 디킨스의 아버지는 이 세상에 8명의 아이를 내놓았다.

그리고는 아이들을 키우는 일을 아주 자비로운 섭리에 내맡겼다. 그리고 자신은 마샬시에 있는 안전한 채무자들의 감옥 속으로 들어갔다.

이런 환경 하에서 찰스가 정규교육을 받을 가망성은 거의 없었다. 엄마의 무릎에서 읽기―쓰기―셈하기를 배우고 존경스러운 자일스 씨가 경영하던 학교에서 라틴어를 수박 겉핥기식으로 배웠다. 사촌인 제임스 라멜트의 보호 아래 이따금 극장을 출입하면서 11세에 이르게 된 찰스 디킨스는 공부하는 것을 졸업하고 돈벌이의 세계로 옮겨갈 준비를 갖추었다.

처음에 디킨스는 라임하우스(런던의 동쪽 끝에 있는 한 구역: 역주)에 있던 선창가 사람들에게 익살스러운 노래를 불러주고 몇 푼씩 벌어들였다. 흥이 오른 한 런던내기는 "이 아이는 진짜 천재로군. 아니면 내 손에 장을 지지라고!"하고 큰 소리로 외쳤다. 그러나 찰스는 배가본디아의 교외에서 재능을 낭비하고 있었다. 이 세상의 의붓자식들에게 노래를 하여 벌어들이는 돈은 충분하지 못했다. 그래서 아버지는 제임스 라멜트의 도움을 받아 찰스에게 좀더 "실속 있는" 일거리를 구해주었는데 그것은 헝거포드 스테어즈에 있는 구두약 공장에서 상표를 붙이는 일이었다.

해가 뜰 때부터 해가 질 때까지 상표를 붙이면서 공장 앞 창문에 서있기란 정말 지겨운 일이었다. 반면에 공장 앞을 지나가는 행인들은 멈춰서서 "재빠르게 손가락을 움직이고 있는 이상하게 생긴 조그마한 소년"에 대해 한 마디씩 했다. 그러나 디킨스는 한 주일이 끝나 육 실링(약 1달러 50 센트 정도: 역주)되는 "막대한" 봉급을 받아들면 마치 부자가 된 듯했다. 자기가 먹을 오래된 과자를 조금 사는데 2펜스―그것은 엄청난 액수였! ―를 쓰고 나머지 돈은 모두 부모님께 드렸다. 이제는 아버지가 빚쟁이들의 감옥에서 풀려나와 있었으므로 일요일이면 아버지와 함께 걸어서 런던내기들의 세계에서 요정의 세계로 찾아들어갔다. 이 "부자들의 요정의 세계"에서 디킨스가 가장 즐겨 찾던 목표물 중의 하나는 개즈 힐에 있던 눈부신 저택이었다. "계속 인내하면서 열심히 일하면 너도 언젠가는 바로 이런 집에서 살 수 있겠지"하고 아버지는 말했다.

"세상에 그런 불가능한 꿈을 꾸다니!" 하고 찰스는 생각했다.

2

디킨스는 나이를 먹어가면서 열심히 일했고 인내했으며 야망을 갖게 되었다. 만일에 요정의 나라에서 실제로 살 수가 없다면 혹시 가공의 나라를 하나 만들어낼 수는 있지 않겠는가. 디킨스는 작가가 되기로 마음을 먹었다.

디킨스가 작가수업을 처음 쌓은 것은 웰링턴 하우스 아카데미에서 신문을 창간하고 편집하면서부터였다. 아카데미는 그가 일을 하면서 사이에 잠깐 동안 다녔던 학교였다. 그리고 그는 자신의 신문판매원이기도 했다. 디킨스는 공기돌이나 석필조각을 받고 신문을 팔았으며 스스로를 굉장히 성공한 사업가로 여겼다.

그러나 디킨스의 부모는 먹고살기 위해서 공기돌이나 석필조각 이상의 것이 필요했으므로 찰스가 15세 때 학교를 그만두게 했고 변호사 사무실에서 일을 하게 만들었다.

그러나 디킨스는 변호사가 되고 싶은 마음은 전혀 없었다. 그는 작가가 되기로 굳게 결심했다. 그는 속기술을 터득하여

끊임없이 헐떡이며 일을 하는 인간들의

우주적인 쇼를 기록하기 시작했다.

20세가 된 지금 디킨스는 낮에는 의회 출입기자였고 밤에는 런던의 생활을 상상으로 묘사해내는 작가였다. 그는 이런 소묘집에 보즈라는 필명으로 서명했다.

이중 몇 편이 무보수로 잡지 「먼스리 매거진」에 발표되었다. 디킨스는 보즈 이야기가 처음으로 활자화된 것을 본 순간 웨스트민스터 홀을 향해 걸어 내려가다가 "반시간 동안 그 속에 들어가 있을 수밖에 없었다."—우리는 지금 그가 한 말을 인용하고 있는 중이다—"왜냐하면 내 눈이 기쁨과 긍지감으로 어찌나 흐릿해졌던지 거리를 제대로 쳐다볼 수 없었기 때문이다…."

그 당시 젊은 보즈가 영위하던 삶은 매우 흥미롭고 파란만장하며 지칠 줄 모르는 삶이었다. 일할 때에는 아주 진지한 활동가였고 놀 때에는 아주 활기 있는 친구였다. "객실에서 저런 얼굴을 만날 수 있다니!" 하면서 리 헌트(1784~1859. 영국의 시인, 수필가, 평론가. 역주)는 외쳤다. "저 사람의 얼굴에는 50명에 해당하는 삶과 영혼이 담겨져 있다."

허나 디킨스의 얼굴에는 그가 다른 누구보다도 특히 사랑하는 한 사람의 마음을 얻을 수 있는 삶과 영혼이 들어있지 못했다—아니 차라리 그의 지갑 속에 돈이 한 푼도 없었다고 말하는 편이 옳다. 그 여자는 은행가의 딸 마리아 비드넬이었다. "디킨스는 괜찮은 젊은 친구지만 소설작가로서는 결코 나에게 호화로운 생활을 누리게 해주지 못할 거예요."

이렇게 해서 디킨스는 마리아를 잃었다. 그녀는 좀더 부유했던 구혼자와 결혼을 하였는데, 그는 채 몇 년도 안가서 거지가 되었다. 디킨스는 계속해서 소설작품을 썼고 영국에서 가장 부유한 사람 중에 속하게 되었다.

3

디킨스에게 첫 번째로 금소나기가 쏟아진 때는 20대 초반이었다. 그의 「보즈 소묘집」은 채프만과 홀이라는 출판업자들의 관심을 끌었고, 그들은 로버트 세이무어라는 인기만화가의 멋진 그림 옆에다 그 그림을 설명하는 문장을 한 달에 한 번씩 연재물로 쓰도록 디킨스에게 의뢰했다. 이 연재물은 진부한 보조역할로 주문한 것이었다. 그러나 영감에 불타오르는 디킨스의 붓에서 탄생한 이 작품은 불멸의 「픽윅 페이퍼즈」라는 결실을 가져왔다.

「픽윅 페이퍼즈」의 처음 몇 작품은 별 인기가 없었다. 그러나 그 작품들로 인하여 디킨스는 사귀던 젊은 여성들 중에서 "두 번째로 마음에 드는" 캐더린 호가스와 결혼할 수 있을 정도로 충분한 용기가 생겼다. 그러던 중 갑작스럽게 불행한 일이 발생했다. 로버트 세이무어가 자살을 한 것이다. 그렇지만 이 사건은 또한 갑작스럽게 똑같은 정도의 행운을 가져다주었는데, 그것은 피츠라는 필명을 택한 하블롯 나이트 브라운이 새로운 삽화가로 선택된 것이었다.

그 순간부터 「픽윅 페이퍼즈」의 성공은 약속된 것이었다. 보즈와 피츠는 완벽한 팀을 이루어 서로를 격려하며 "최고의 난센스 책"을 만들어내기에 이르렀다. 그곳에는 웃으면서 울게 하고 울면서 웃게 하는 구절들이 가득했다.

그리고 디킨스 자신에게도 「픽윅 페이퍼즈」를 쓰면서 웃음 속에서도 울어야만 하는 일이 생겼다. 왜냐하면 결혼할 때부터 함께 살아온 처제 메리 호가스를 잃었기 때문이다. 디킨스는 두 달간이나 자신의 연재물에 손을 댈 수 없었다. 출판업자들은 다음과 같이 설명했다. "이 작품의 최종회가 발간된 이후 작가는 오랜 시간 상당히 친밀한 관계를 유지하면서 그가 고생스럽게 작업하는 동안 위로를 아끼지 않던 사랑스러운 젊은 친척의 갑작스러운 죽음으로 인하여 슬픔에 잠겨있다."

디킨스는 슬픔에서 완전히 회복하지 못했다. 그 이후에 죽음의 장면들을 쓸 때마다 옛 상처는 새롭게 열렸다. 「픽윅 페이퍼즈」를 다시 쓰기 시작한 디킨스는 24세의 슬프고도 현명한 노인이었다.

그리고 그는 런던의 명사였다. 도시 전체에 보즈 마차, 픽윅 넥타이, 샘 웰러 코르덴 옷들이 넘쳐났다. 당시의 어떤 사람의 말을 빌려보면 "영국에서 보즈가 침투되지 않은 곳은 한 군데도 없습니다.… 벤자민 브로디 의사 선생님은 한 환자를 진료한 다음 또 다른 환자에게로 가는 동안에 마차에서 읽으려고 그 책을 가지고 다닙니다. 그리고 덴만 경은 배심원들이 심사숙고 하는 동안에 법관석에 앉아 픽윅을 연구하지요." 죽음에 임박한 어떤 사람은 목사님께 "신이여 감사하옵니다. 이제 저는 평화롭게 눈을 감을 수 있습니다. 방금 「픽윅 페이퍼즈」의 최종회를 다 읽었거든요"라고 말할 지경이었다.

인기가 높아지자 출판업자들은 디킨스에게 기사, 단편소설, 장편소설 등을 마구 맡겼다. 그리고 그는 그 제안들을 모두 다 받아들였다. "인생이 이토록 짧은데 내 환상 속에는 생명을 갖게 해달라고 애걸복걸하는 주인공들로 가득하다." 그는 과로로 거의 죽을 지경이었다. 1년이 지나자 그는 동시에 세 권의 소설을 내놓았고, 잡지 한 권을 편집하였으며 남는 시간에 오페레타 한 편과 익살극 한 편을 단숨에 써버렸다.

그리고 저녁에는 사교계를 이곳저곳 돌아다녔는데 상류계급 사람들이 모이는 곳이 아니라 "이 지상의 소금"과도 같은 지식인들이 모이는 곳이었다. 디킨스의 모든 등장인물 중에서 가장 흥미로운 인물 하나는 미소를 머금고 있는 자기 자신이었는데, 연한 녹색 조끼와 연보라빛 바지를 입고 주홍색 넥타이를 매고, 모든 이에게 "신이여 이들에게 복을 내리소서"하고 정답게 말하는 듯한 눈길을 보내며 찬란하게 서있는 모습은, "객실에 피어난 꽃송이"와도 같았다.

디킨스는 초의 양쪽 끝에다 불을 붙이고는 그 휘황한 광채 속에서 환희를 느꼈다. 그는 돈과 건강을 헤프게 썼고, 책 높이는 점점 높아졌으며 그의 명성 또한 높아만 갔고, 사랑하지 않는 여인과의 사이에서 생겨나는 가족의 수도 점점 늘어갔다. 캐더린은 신체상 매력이 없는 것은 아니었지만 모든 일에 서툴렀고—"그녀는 의자마다 부딪쳐서 정강이가 까졌다"—하찮은 일로 고민했고 의심이 많았으며 갑자기 이치에도 맞지 않는 성질을 폭발시키기 일쑤였다. 이것은 디킨스의 눈을 통해서 바라보게 되는 캐더린의 모습이지만 그래도 아주 공정하게 쓰였다는 것을 인정해야 한다. 말할 것도 없이 캐더린의 편에서도 할 말은 있을 것이었다. 불행하게도 그녀는 남편과는 달리 그런 것을 이야기할 재능이 없었다. 하여튼 영국에 있는 모든 여성의 숭배를 받는 명사의 부인이 되려면 보통 이상의 요령이 필요했다. 그러나 디킨스의 부인인 케이트 디킨스는 그런 비범한 재주가 전혀 없었다.

이 부부의 결혼 생활이 무엇 때문에 그토록 틀어졌든지 간에 찰스 디킨스로서는 성공이라는 달콤한 맛에 불만이라는 쓰디쓴 고뇌로 양념을 쳐야 했다. 그러나 디킨스는 당분간 운명이라는 혼합주를 삼키면서 자신의 일을 계속했다.

4

30세 때 디킨스는 첫 번째 미국여행을 하였다. 이 여행은 상호기대 속에서 시작되었고 상호실망으로 끝이 났다. 보스턴, 뉴욕, 필라델피아, 볼

티모어, 워싱턴 그리고 미국의 다른 여러 도시에서 성공적인 강연과 만찬회와 시위를 하면서 디킨스는 신세계를, 또 신세계는 디킨스를 감상적인 허풍선이 기질이 어느 정도 있다고 여기게 되었다. 친밀감이 경멸을 낳았고, 각기 상대방의 결점을 과장하는 형국이 되었다. 디킨스는 "대체로 미국에는 구역질나는 것이 너무 많다"라고 말했다. 그런 다음 계속해서 평하기를 언젠가 기차여행을 하는데, 얼마나 "봇물이라도 터진 듯 길을 가는 동안 끊임없이 영속적으로 창문 밖으로 침이 흩뿌려 날리던지 마치 기차 안에 있던 깃털요가 찢어지고 바람이 그 깃털들을 모두 다 날려 보내는 것과도 같았다." 이번에는 미국이 불평하기를 디킨스는 "자기 주머니에 돈을 쏟아 넣고 있는 손을 물어뜯고 있다. 그는 오로지 배은망덕한 기생충에 불과하다."

양편이 서로 상대방의 부족한 점을 과장하고 있었지만, 그래도 양측이 불평할 근거는 충분했다. 디킨스는 미국에 저작권 보호법이 없었으므로, 미국 출판업자들이 그에게는 아무런 보상도 해주지 않고 그의 책을 마구 찍어냈기 때문에 "저작권 침해"로 손해가 막대했다. 그는 몇몇 강연회에서 이것의 부당성을 언급했고, 청중들은 디킨스가 공석에서 사적인 문제를 언급하자 몹시 불쾌하게 여겼다. 그리하여 디킨스가 미국을 떠나자 관련된 사람들은 모두들 안도의 한숨을 내쉬었다. 디킨스를 숭배하는 한 영국인은 익살스럽게 말했다. "디킨스 씨, 그리고 미국인들 모두에게, 그들의 거래가 즐거웠기를 소원하나이다."

디킨스는 영국으로 패잔병을 위한 기나긴 일련의 전투로 되돌아왔다. 소설을 매개로 한 기쁨이 넘치는 전투였다. 풍자화가의 펜과 시인의 마음으로 디킨스는 영국 정부를 꾸짖고 즐겁게 해주고 위협하고 감언이설로 꾀어 연달아 개혁을 하도록 만들었다. 새커리가 다소 질투심을 품고 정당하다고 주장하였듯이, 디킨스의 작품은 어린아이의 정신상태를 지닌 성인을 대상으로 쓰였다. 그리고 디킨스는 그런 소견을 발표해준 새커리에게 감사했다. "바로 맞았소. 나는 인류를 위해 글을 쓰고 있소."

악의가 있다기보다는 어리석은 인류를 위한 것이다. 그러나 어른은 단지 수염이 난 아이들에 불과하기 때문에 그들 앞에서 뒤틀린 그들 자신들의 모습을 그대로 보여주는 '펀치 앤드 주디 쇼'(익살스러운 꼭두각시 인형극. 펀치는 주인공이고 주디는 그의 아내이다: 역주)를 상연하여서 웃음을 통해 그들의 어리석음을 떨쳐버리게 할 수 있었다. 디킨스의 소설을 통한 여행은 마치 볼록거울과 오목거울로 이루어진 요술 집을 방문하는 것과 같다. 이 모든 사람들과 그들의 우스꽝스러운 몸짓을 보라—미코버, 픽윅, 웰러, 서전트 부즈푸즈, 찰스 치어리블, 스마이크, 스미어즈, 퀼프, 스쿠르지, 딕 스위블러, 봅 크랫치트, 톰 핀치 등. 그들은 다만 우스꽝스러운 거울유리 뒤로 행진하는 우리 자신들이 아니겠는가? 바로 우리의 이름이 우스꽝스러운 모습으로 뒤틀린 것이다. 하지만 얼마나 놀랄 만큼 닮았는가 말이다! 그리고 그것들은 우리의 기억 속에 지울 수 없게 얼마나 확고한 자리를 차지하고 있는가! 디킨스는 단지 몇 마디만 가지고도 인간의 그림을 영구히 살아있게 만들 수 있었다. "조나스 처즐위트는 모든 귀중품을 단단한 상자 속에 계속해서 쑤셔 넣었고 마침내 귀중품들은 조나스 자신의 보잘 것 없는 육체를 관이라는 단단한 상자 속에 쑤셔 넣고 말았다."

영국은 세상에서 가장 위대한 두 미술가를 배출했다고들 하는데, 하나는 인간의 신체를 그려내는 레이놀즈(조수아 레이놀즈, 1723~92. 영국의 초상화가로 로열 아카데미(학술원)의 초대 회장: 역주)였고 다른 하나는 인간의 영혼을 그려낸 풍자만화가 디킨스이다.

5

그러나 디킨스는 화가 이상의 인물로 뛰어난 이야기꾼이었다. 그가 줄거리를 쉽게 엮어낼 수 있었던 것은 다소 철학적이긴 해도 상상력은 부족했던 새커리의 시기심을 불러일으켰다. "내가 그 사람 앞에서 아니 옆에서라도 달리고자 노력한들 무슨 소용이 있겠는가? 나는 그를 만질 수도 없고 그 사람 곁에 가까이 갈 수도 없다"하고 「허영의 시장」의 저자인 새커리는 언젠가 탄식했다.

그러나 디킨스가 만들어낸 그 모든 다양한 이야기 속에는 그 자신의 삶이 들어있다. 디킨스의 동시대인은 말했다. "이 사람은 어디든지 다 가본 것 같고 누구든지 다 알고 있는 것 같으며 모든 사람의 경험을 나눠 가진 듯하다." 모든 소설은 작가가 이 세상을 통해 육체적으로 정신적으로 순례한 것을 우화로 나타낸 것이다. 이 말은 특히 찰스 디킨스의 작품, 특히 「데이비드 커퍼필드」에서 유효하다. 디킨스는 "내 생활이 어땠는지 알고 싶으면 「데이비드 커퍼필드」를 읽으시오"라고 말했다.

그러나 이 작품이 상상으로 만들어낸 그의 인생이야기라는 점은 강조되어야한다. 디킨스는 언젠가 「데이비드 커퍼필드」를 프랑스어로 번역한 사람에게 말했다. "내 삶에서 정말로 특이했던 것들은 내 마음속에 감추어두었다."

데이비드 커퍼필드는 일그러지긴 했어도 그래도 우스꽝스럽게 만드는 재주가 있는 거울을 통해서 보는 찰스 디킨스의 낯익은 모습이다. 데이비드 커퍼필드의 머리글자인 D. C.는 바로 찰스 디킨스의 머리글자를 바꾸어놓은 것이다. 찰스와 마찬가지로 데이비드는 가난한 집 아이이다. 그러나 찰스와는 달리 데이비드는 잔인한 계부인 에드워드 머드스톤과 함께 살아야 했다. 11세 때 데이비드와 찰스는 둘 다 구두약 공장에서 일을 하게 되는데 여기서 다시 현실과 허구가 다시 한번 뒤섞인다. 데이비드는 공장에서 일을 하는 동안에 윌킨스 미코버 부부와 그들의 어린 자식들과 함께 살게 된다. 이 미코버 하숙집은 사실은 디킨스의 집이다. 윌킨스 미코버는 찰스 디킨스의 아버지를 그린 것으로, 숭배할 만하나 생활 능력이 없으며 소란스럽고 앞날을 생각지 않는 사람으로 신의 섭리를 굳게 믿고 있었으며, 항상 뭔가가 나타날 것을 기대하면서도 단 한번도 뭔가가 일어날 수 있는 계기를 만들지 않았던 사람이었다. 미코버 씨는 빚쟁이들에게 내몰려 감옥에 들어가게 되고 계속해서 파렴치한 착취꾼들의 손아귀에 들어가는데 마침내 데이비드의 고모의 도움으로 호주에서 새로운 출발을 할 수 있게 된다. 그곳 호주는 아마도 아버지가 안전하고 착실하게 그리고 소중하게 그러면서도 가능한 한 디킨스의 시야에서는 멀리 떨어진 곳에서 살아가길 바랐던 그런 땅인 것 같다. 왜냐하면 한번도 제대로 처신하지 못하는 디킨스의 아버지는 아들의 지갑에서 계속 돈을 꺼내가고 있었고 평화스러운 아들의 마음에 항상 당혹감을 주었기 때문이다.

이 작품의 나머지 부분도 역시 현실과 공상이 교묘하게 서로 엮여져 있다. 찰스처럼 데이비드도 변호사 사무실의 서기 노릇을 하며 속기를 배우고 성공적인 작가가 되며 사랑스럽지만 무미건조한 귀여운 소녀와 결혼한다. 그리고 여기서 유사성은 또다시 끊어진다. 데이비드는 아내를 잃는다—현대 정신분석학자들은 이것을 찰스 디킨스가 소망하던 바를 달성한 것이라고 말할 것이다—그리고 그의 성미에 더 잘 맞는 여인과 재혼을 한다.

나머지 이야기를 살펴보면—하녀 피고티는 항상 충심으로 원하던 마부 바키스와 결혼하고 유라이아 힙의 위선은 탄로가 나며 귀여운 에밀리의 배신, 그리고 에밀리를 사랑하던 햄은 그녀를 배신한 스티어포스를 난파당한 배에서 구해내려다 죽음을 당한다—이 모든 삽화들과 주인공들은 찰스 디킨스의 생애에서 상상적인 부분에 속한다. 이것들은 상상적인 것이긴 해도 작가에게는 역시 현실로 느껴진다. 왜냐하면 독창적인 예술가의 마음에서 허구적인 것과 사실적인 것의 경계를 긋는다는 것은 어렵기 때문이다. 디킨스는 "나는 내 모든 등장인물들과 함께 살아가고 있다"고 말했다.

6

디킨스는 점점 나이가 많아질수록 다른 사람들과 어울리는 것을 점점 더 열정적으로 좋아했다. 그의 삶은 이제 유쾌한 흥분을 자아내는 회전목마가 되어버렸다. 그는 끊임없이 새로운 책을 썼고 새로운 친구를 사귀었으며 새로운 춤의 스텝을 배웠다. 딸이 전하는 바에 의하면 언젠가 한번은 복잡한 스텝을 배우려고 디킨스는 한밤중에 추운데도 잠자리에서 벌떡 일어나 직접 휘파람을 불면서 그것에 맞추어 스텝연습을 한 적도 있었다고 한다. 그 바람에 잠을 자던 식구들이 모두 다 잠에서 깨어나 투덜대어도 전혀 아랑곳하지 않고 계속해서 스텝연습을 했다.

디킨스는 무책임하고 불안해했으며 변덕스럽고 사치스러웠다. 얼마나 쉽게 돈이 그에게로 굴러 들어오던지! 그리고 얼마나 빨리 돈이 계속해서 굴러나갔던지! 그는 자신의 삶이 취해있는 회전목마와도 같이 계속해서 변전되는 것을 인식하고 있었고 또 그것을 즐거워했다. 그는 환희에 취하여 소리쳤다. "아! 나는 세 부분은 미쳐 있고 네 번째 부분은 광란상태이다!"

디킨스의 정신상태는 단연코 여느 다른 사람의 정신상태보다 훨씬 더 바쁘게 움직이고 있었지만 이제는 새로운 흥분상태로 돌입한 것이었다. 그리고 그의 지친 육체는 무모하게 그 뒤를 쫓고 있었다. 그는 극장의 프로듀서가 되었고 경영자, 배우가 되었다. 그는 지방을 이곳저곳 여행하였고 자신과 유사한 무모한 사람과 사귀면서 지나간 희곡작품들을 다시 상연하였으며 새로운 희곡작품을 쓰면서 "빙카 꽃"을 가지고 장난쳤고 그가 지나간 자리마다 온정과 웃음의 자국을 남겨놓았다.

디킨스는 특히 아이들을 위한 희곡을 제작하고 싶었다. 왜냐하면 그는 아이들을 가장 잘 이해했고 그들도 디킨스를 이해했기 때문이다. 그토록 바쁘게 휘몰아치는 소용돌이 속에서도 디킨스는 아이들을 즐겁게 해주지 못할 정도로 바빴던 것은 아니었다. 집에는 항상 아이들로 가득 찼고―자기 자식만 해도 열이나 되었으며 자식들을 찾아오는 "셀 수 없을 만큼 많은" 꼬마친구들이 있었다. 딸의 기록을 보면 "보즈 아저씨"는 몇 번이고라도 "작은 악당들"과 함께 떠들며 뛰어놀기 위해서 글을 쓰던 도중에라도 일어나서 나오곤 했었다.

아이들에게 디킨스가 보여준 태도 중에는 재미있는 모습뿐만 아니라 아주 자애로운 모습도 포함되어 있었다. 디킨스의 한 친구는 어느 추운 겨울날 밤에 디킨스와 함께 빈민가를 걸어가던 일을 들려주었다. "어느 일 페니짜리 하숙집의 문 앞에 다다랐을 때(시간은 아침이 되려는 때였고 으스스 추운 공기가 뼈 속까지 갉아낼 듯이 추웠다), 디킨스는 술에 취해있는 초라한 여자의 품에서 아기를 재빨리 안아 올리더니 더러운 냄새가 나는 아이를 품에 꼭 안아서 아기의 몸이 따스해지도록 보듬어주는 것을 보았다." 또 다른 친구도 디킨스와 함께 헝거포드 시장을 걸어 내려가다가 보게 된 디킨스의 매력적인 모습을 우리에게 보여준다. 그들 앞에서 석탄 하역인부가 어린아이를 데리고 가는데 그 아이의 장미 빛과도 같이 붉은 얼룩투성이의 얼굴이 아버지의 어깨 너머로 보였다. 디킨스는 아이에게 윙크를 했고 아이도 디킨스에게 윙크를 보냈다. 그리하여 두 사람 사이에 상호이해의 끈이 형성되었고 디킨스는 과일 파는 노점에서 버찌를 한 봉지

사더니 아이에게 하나씩 먹여주면서 길을 걸어갔는데 그 동안 그 아이의 아버지는 이런 조그만 희극이 벌어지는 것을 전혀 눈치 채지 못했다.

디킨스와 아이들이 알고 있었듯이 모든 삶이란 제대로만 들여다본다면 한 토막의 희극으로 뒤바뀔 수 있었다. 숙명 역시 디킨스에게 버찌를 계속 먹여주어 큰 기쁨과 입에 달콤한 맛을 느끼게 해주었다.

그리고 최후의 소화불량 상태가 발생했다. 디킨스는 가즈 힐을 사들였다. 그것은 언젠가 아버지가 디킨스에게 열심히 인내하고 노력하면 소유할 수 있게 되리라고 말한 바로 그 "궁전"이었다. 이 집을 소유하고 유지한다는 것은 더 많은 인내와 더 많은 작업을 의미하는 것이었다. 그리고 더 많은 친구, 더 많은 연회, 아내의 더 많은 짜증을 유발하는 것이어서 —마침내 아내와의 분명한 이별을 가져왔다.

그러다가 건강에도 고장이 나고 말았다. 그러나 디킨스의 작업은 중지가 없었다. 경비는 계속 늘어나고 있었고 굶주린 대중은 그의 작품에 더 많은 박수를 보내고 있었고, 그가 개인적으로 대중들 앞에 나타나는 것도 아주 좋아했다. 디킨스는 자기 작품을 가지고—영국과 미국에서—대중 앞에서 몇 차례에 걸친 낭독회를 열었다. 그리고 어디를 가든지 돈과 박수가 쏟아져 나와 그를 감동시켰다. 엑세터에서 그는 런던에 있는 한 친구에게 편지를 보냈다. "이 사람들이 나에게 퍼부어 준 이런 사사로운 감정을 지금까지 경험한 적이 없었다." 뉴욕에서는 한 여인이 길을 가로막고 말하기를 "디킨스 씨, 내 집을 그렇게 많은 친구들로 가득 채워주신 당신의 손을 제발 한 번만이라도 잡아보게 해주세요." 마치 "내 작품을 읽은 적이 있는 사람들은 누구나 내가 지금 그 작품을 그들에게 다시 읽어주기를 갈망하는"것 같았다. 그리고 그것은 놀랄 일이 아니었다. 왜냐하면 보스턴에 사는 한 숙녀가 말했듯이 "이 사람은 진짜 마술사여서… 그 사람 안에는 흠하나 없는 온전한 스톡 극단(레퍼토리 식의 전속 극단: 역주)

이 들어있으며… 그는 한 인물에서 다른 인물로 바뀔 때 신체상으로도 변형을 하는 것 같다. 이 사람은 책에 나오는 인물들만큼이나 아주 다른 목소리들을 많이 지니고 있다." 어떤 때는 청중 모두가 병적으로 흥분되어 추종의 흐름을 타고 떠내려가는 듯한 감동의 상태가 일어날 때도 있었다. 웃음, 눈물, 박수, 발 구르기나 앙코르, 앙코르하고 미친 듯이 외치는 소리, 그리고 또 계속해서 앙코르 하고 외치는 소리를 막는다는 것은 정말로 힘들었다!

그리고 디킨스는 자기를 숭배하는 사람들을 달래주려고 앙코르 공연을 하였고 수익금을 모아들였으며 체력을 소모시켰다. 다섯 달에 걸쳐 미국을 순방하고 돌아온 후 지갑에는 수십만 달러나 들어있었고—얼굴에는 죽음의 도장이 찍혀있었다.

디킨스의 마음은 아직도 어린아이와 같았지만 육체는 이제 아주 늙은 사람의 것이었다. 한 여자친구는 일기장에 "조금이라도 흥분하면 그의 손에 핏기가 몰려들어 어떤 때는 거의 까맣게 되기까지 했다"고 적고 있다. 소화불량 상태가 아주 악화되어 디킨스는 딱딱한 음식은 손도 못 댈 정도였다. 매일의 식단을 살펴보면 크림에 적신 과자 몇 개, 쇠고기를 곤 영양음료 한 잔, 세리 주 한 잔, 그리고 "인간적인 맛"을 느끼기 위해 소량의 럼주를 탄 에그노그(달걀, 우유, 설탕을 휘저어 섞은 것에 술을 탄 음료: 역주) 한 잔이 전부였다. 디킨스는 빈번히 발생하는 불면증으로 고생했고 "나의 일부분은 이미 죽은 것처럼" 별스럽게 왼쪽 발에 마비현상이 일어나는 것을 느꼈다.

그러나 디킨스는 계속해서 낭독회를 열었고—1869년 봄을 그렇게 지내고 짧은 한여름에 휴식을 취한 다음, 가을과 겨울 내내 낭독회를 열면서 지내다가 1870년 봄에 이르렀다.

이제 디킨스는 더 이상 지탱할 힘이 없었다. 최후로 모습을 드러낸 낭독회에서 그는 "이렇게 휘황찬란한 불빛으로부터 이제 나는 진심에서 우러나서 감사하는 마음으로 경의를 표하고, 애정을 담아 작별 인사를 드리며 그만 물러가겠습니다"라고 말했다.

몇 주일도 채 안되어서 디킨스는 새로운 대중 앞에 처음으로 그의 모습을 드러냈다. 웃음을 사랑하는 불멸의 청중인 아이들 앞에 나타났다—"왜냐하면 하나님의 나라가 이런 자들의 것이니까."

샬롯트 브론테

(1816~1855)

주요작품

「제인 에어」「셜리」「빌레트」

브론테
Charlotte Brontë

1

　브론테의 고향집 하워스는 높다란 언덕 꼭대기에 있어서 마치 하늘로 올라가는 것 같았다. 자그마한 교회 뒤에 안개와 비에 휘감겨 조용한 털 북숭이 개처럼 목사관은 자리하고 있었다. 그곳에서는 아무런 웃음소리도 흘러나오지 않았다. 목사관에 딸린 정원인 묘지에 서있는 묘비들은 집 안에서 살아가는 목사와 그의 가족들에 비교하면 환락의 회전목마 같았다. 앞은 묘지, 뒤는 황무지에 둘러싸인 방에서 독자들이 상상하는 것만큼이나 특이한 여섯 명의 아이들이 태어났다. 여자아이 다섯과 남자아이 한명의 아일랜드 아이들이 그 아이들이다. 아이들의 어머니가 세상을 떠났을 때 첫째 아이는 여덟 살이었고 막내는 두 살이 채 안 되었다. 아이들은 목사 아버지의 캘빈주의 교훈에 따라 양육되었다. 그들은 사치라는 이유로 고기를 전혀 먹지 않았다. 아이들은 전혀 게임도 할 수 없었다. 그저 슬픔과 인생에 대한 책임감이라는 사상을 교육받았다. "그들은 손가락을 빨고 있을 나이에도 죽음 이후에 대해 토론하기를 배웠다." 그들은 가족이 아닌 바깥세상의 어느 누구도 보지 못했다. 어떻게 그들이 저 너머의 세상을 알 수 있었을까? 아이들 방의 창문 앞에는 묘지의 음울한 침묵과 황무지의 거친 고요, 죽음, 악마가 아이들의 육체와 영혼을 소유하기 위해 끊임없이 거대한 싸움을 벌이고 있었다.

그리고 추위를 막으려고 목 주위에 흰색 실크 손수건을 두른 상복을 입은 엄격한 게일족의 아버지는 자연의 힘들 사이에서 장엄한 투쟁을 하는 하나님이 아니었을까?

아이들은 고모 브란웰의 지도 하에 있었다. 일주일에 한 번씩 브론테 목사님은 아이들을 서재로 불러놓고 구두시험을 보았다. 작은 노인들처럼 아이들은 아버지 앞에 온순하게 서있었다. "앤, 너 같은 어린아이에게 가장 부족한 것이 무엇이지?"

"나이와 경험이에요, 아빠." 푸른 눈의 네 살짜리 꼬마학생 앤이 대답했다.

에밀리가 옆에 서 있었다. "네 오빠 브란웰이 버릇없이 굴 때 내가 어떻게 해야 하는지 말해다오."

그러면 다섯 살 짜리 에밀리가 대답한다. "오빠를 설득하세요. 그리고 오빠가 이성적으로 행동하지 않으면 매질을 하세요."

아버지의 속마음을 알고 있는 뛰어난 아이들이고 성실한 작은 청교도들이 아닌가! 크고 비뚤어진 입과 엄마 거위에서 벗어난 아이와도 같은 눈빛을 한 여덟 살 짜리 못생긴 꼬마요정 샬롯트를 향해 아버지는 돌아섰다. "세상에서 가장 훌륭한 책이 무엇이지?"

"성경─그리고 자연이에요, 아빠."

다음은 마리아 차례다. "말해 보거라, 우리가 시간을 소비하는 가장 훌륭한 방법이 무엇이지? 대답하기 전에 주의 깊게 생각하렴. 그리고 네 자신의 마음을 들여다보렴, 얘야."

그러면 열 살 짜리 아이는 대답한다. "시간을 보내는 가장 훌륭한 방법은 영원을 위한 준비를 하는 거라고 믿어요."

이제 브론테 목사가 모든 희망을 걸고 있는 아들 브란웰 차례다. 망나니처럼 장난이 심한 일곱 살 짜리 사내 아이. "남자와 여자의 지적 능력의 차이를 알 수 있는 최상의 방법이 뭐지?"

브란웰은 얼굴을 찌푸렸다. "남자와 여자의 신체의 차이를 생각해보는 겁니다."

이 대답은 아버지 브론테 목사를 다소 난처하게 했다. 그러나 아들은 천재였다.

이제 문답은 끝나고 하늘에 태양은 높이 떠있으며 여섯 명의 침울한 꼬마아이들은 신앙심을 모르는 황무지를 개와 함께 기어오르려고 집밖으로 나간다. 얼마 안 되는 이런 귀중한 시간에 기이한 연금술에 의해 다른 아이들로부터 무시당한 것 같은 이 아이들의 외로움이 하나님의 무시를 받은 것 같은 황무지의 외로움을 간파한다―어머니를 상실한 두 고립된 집단의 영혼들이 하나가 된다.

2

브론테 목사는 딸들을 브래드포드 근처의 코완 브릿지 학교로 보냈다. 그러나 형편없는 음식과 피폐한 생활로 큰 언니인 마리아와 엘리자베스는 연약한 몸이 견디지 못하고 삶을 마감하였다.

다시 하워스로 돌아온 샬롯트는 이제 맏이였다. 그녀는 다른 아이들을 가르치고 다스리고 보호하였고 아버지가 커피를 마시는 동안 아침신문을 읽어드렸다. 샬롯트는 무서운 유령이야기를 위하여 아이들을 데리고 태비라는 하인을 집단 공격하였고 자신의 영웅인 웰링턴 공과 함께 고립된 섬에 있는 척 했다. 하워스에서는 사람들과 사귈 수 있는 분위기를 만들어낼 필요가 있었다. 왜냐하면 감히 이곳을 방문하는 손님이 거의 없었기 때문이다. 그리하여 아이들로서는 이야기책에 나오는 가장 매혹적인 영혼을 소유한 사람들을 상상해내야 했다. 아이들은 전설상의 인종들―공상 속에서 수천 개의 거울에 반영된 그들 자신의 이미지였다―이 거둔 공적으로 공책을 가득 채웠다. 그들은 서로의 닮은꼴 속에서 온 세상을 창조하였다.

그러나 아버지는 샬롯트가 좀더 관습적인 교육을 받아야한다는 결정을 내렸다. 그는 열 네 살짜리 딸을 로우 헤드 학교로 보냈다. 학기 첫 날에 샬롯트가 몸을 움츠리고 햇빛이 부신 듯 눈을 깜빡이며 미스 울러 선생님의 응접실에 섰을 때 다른 소녀들은 흥미롭기도 하고 두렵기도 하여 눈물이 날 만큼 가슴이 찡했다. "샬롯트는 너무나 작아 보였어요… 열 살이라고 해도 믿을 정도였거든요… 손과 발은 믿기 어려울 정도로 작았어요. 심한 근시로 인해서 그녀는 갑자기 드넓은 햇볕으로 데려간 두더지와 같은 인상을 주었어요." 샬롯트의 머리카락은 곱슬거렸고 브란웰 고모에게서 물려받은 초록색 모직 드레스는 낡았으며 그녀의 움직임은 마치 깜짝 놀란 조그만 동물과도 같았다.

선생님은 샬롯트를 살펴본 후 그녀가 수학, 지리, 문법에서 기초가 많이 부족함을 발견했다. 그러나 공부를 시작하자 이 놀라운 아이는 종이에 코를 박고 즉흥적인 이야기를 계속해서 써내기 시작했다. "선생님, 저는 집에 있을 때 스물 두 권의 이야기책을 썼어요," 그녀는 웅얼거렸다.

그리고 선생님은 이 조그만 숙녀의 머리를 풀어보고는 머리칼이 대단히 멋지다는 것을 알았다. 선생님은 그 조그만 몸이 살아오는 동안 처음으로 맛볼 고기와 스프, 고기국물로 된 식단을 준비했다. 샬롯트는 통통하고 아름답게 성장하였다. 조그맣고 불쌍한 비에 젖은 쥐를 구해낸 것이다. 그리고 밤에는 기숙사에서 황무지 이야기들로 다른 친구들을 잠들지 못하게 만드는 아가씨였다! 샬롯트는 무섭고 환상적이며 머리털이 쭈뼛서는 이야기들을 즉석에서 만들어냈다. 그녀의 눈은 반짝거렸고 얼굴은 장작불처럼 타올랐다. "어느 날 밤" 그녀의 친구가 말했다. "샬롯트는 몽유병자가 헤매고 돌아다니는 이야기로 공포의 도가니를 만들었어요. 그녀는 자신의 상상력이 만들어낼 수 있는 모든 공포를 끌어냈답니다. 넘실거리는 바다… 휘감아 올라가는 성벽과 높은 절벽들… 그녀는 거의 구름높이에서 몽유병자가 흔들리는 탑 위로 걸어 다니게 했어요. 샬롯트는 표현 가능한 최상의 목소리로 이야기를 했답니다. 부들부들 공포로 떨고 있는 울음소리가 그즈음 병상에서 회복된 친구를 사로잡았어요… 잠시 후억제된 고통의 울음소리가 샬롯트 자신에게서 터져 나왔어요. 그리고 그녀는 전율하면서 도움을 청하러 사람을 보냈어요. 그녀는 끔찍할 정도로눈물을 흘리고 비탄에 잠겼고… 몇 주 동안이나 우리는 샬롯트에게 이야기를 계속해달라는 말을 할 수가 없었답니다."

샬롯트의 상상력은 최고였다. 그녀는 세상을 떠난 두 언니들과 얽힌사건들을 연결시켜 이야기하면서 아주 고통스러워했다. 언니들이 죽었을때 그들은 아주 어렸고 또 샬롯트는 훨씬 더 어렸을 텐데도 그때의 일들을 어떻게 그토록 잘 알 수 있는지 사람들이 모두 놀라움을 표시하자 샬롯트는 이렇게 대답했다. "나는 다섯 살 때부터 사람들을 분석하기 시작했어요." 그리고 샬롯트는 아주 어렸을 때 하워스에 머물렀던 두 명의 손님들에 대해 자신이 적어놓은 비망록을 내밀었다.

무기력한 육체에 정신은 무척 활동적이었다. "놀이 시간에 샬롯트는앉아있거나 아니면 책을 들고 가만히 서 있었다. 언젠가 우리들이 공놀이를 그녀도 함께 하자고 재촉한 적이 있었지만… 우리는 곧 그녀가 공을제대로 볼 수 없다는 것을 발견하고는 그녀를 내보냈다." 샬롯트의 시야로는 다른 친구들이 던진 공을 받기 힘들었다. 그녀는 친구들과 놀이를 함께 하기에는 시력이 너무 약하거나 아니면 시력이 너무 높았다. 하워스의 빛과 그림자는 샬롯트에게 보통과 다른 시야를 훈련시켰다.

3

고요한 하워스의 낮과 밤은 고요한 세월로 묻혔다. 샬롯트는 이제 미스 울러의 학교에서 보조교사로 일하게 되었지만 그녀는 가르치는 일을 좋아하지 않았다. 그녀는 자신의 시 몇 편을 로버트 사우디(1774-1843: 당시 영국의 계관시인: 역주)에게 보내면서 자신의 문학적 경력이 장려할 수준인지 물었다. 그러자 심술궂은 늙은 청교도는 답장을 보내왔다. "문학은 여성이 할 일이 될 수 없고 그래서도 안 된다." 샬롯트는 소설의 일부분을 당대 최고시인인 윌리엄 워즈워스에게 보냈다. 연륜 있는 시인으로 오래 전부터 한 인간에서 평판 있는 명사로 바뀐 워즈워스는 이 시를 쓴 샬롯트가 "공증인인지 아니면 정신이 나간 침모"인지 분간할 수 없다고 단언했다. 그것으로 충분했다. 샬롯트는 런던 중류계층의 집안에 가정교사로서의 일을 수락했다. 그러나 그런 생활이 끔찍할 정도로 불행할 것임을 잘 알았다. "여기서 지낸 즐거웠던 오후는" 샬롯트는 익숙한 냉소로 기록하였다. "시드윅 씨가 자기 자식들과 뉴펀들랜드 개를 데리고 산보하러 나가면서 나에게는 조금 떨어져서 따라오라는 지시를 내렸을 때였다."

"사랑스런 어린 아이들의 경우," 그 아이들은 더러움을 만끽했다. "테이블에 우유를 쏟고 서로의 컵에 손가락을 풀썩 집어넣었으며 입과 손을 엄마의 치마에 닦았다… 황소가 울부짖듯 소리를 질러대고 서로의 얼굴이나 가정교사의 가방에 침을 뱉어댔다!" 아이들은 무엇 때문에 한여름 밤 꿈속에 등장하는 요정과도 같은 작은 여인의 말에 복종해야 하는가?

샬롯트는 혼란한 상태로 가정교사 일을 그만두었다. 그녀의 실패는 오로지 자신의 열등감을 악화시켰다. 무엇을 해야 하나? 결혼은 "전혀 아름답지도 않고 전혀 부유하지도 않은" 여자에게는 불가능한 일이라고 느꼈다. "낯선 남자는 내 얼굴을 한번 본 후에는 시선을 어디에 둘지 몰라 당황해한다"는 것을 눈치 챘다고 그녀는 비꼬듯이 말했다.

샬롯트는 전혀 잘 지내지 못했다. 다른 가족들도 마찬가지였다. 브론테 일가는 이 세상의 사람들이 아닌 것처럼 보였다. 가여운 앤은 낯선 사람들과 대면하는 것이 견디기 힘들었으므로 가정교사 일을 하면서 아주 비참한 나날을 보내고 있었다. 에밀리는 집밖에서 일을 찾고 싶지 않았기 때문에 황무지의 연인처럼 그곳에 머물러 있었다. 아버지의 최대 희망이던 아들 브란웰은 자신의 이야기들을 팔려고 몇 차례 시도했지만 성공하지 못하고 이제는 주로 "두 손으로 동시에 글씨를 쓰는 재주"와 재치 있게 아일랜드 조크를 한다는 이유로 그를 인정해주는 청중들이 있는 선술집에서 시간을 소모하고 있었다. 여행자가 하워스의 여관에 묵을 때마다 여관주인은 그 사람에게 "근처 목사관에 명석한 젊은이가 있는데 분명 그 친구는 기꺼이 내려와 술을 한두 잔 마시며 함께 시간을 보낼 것"이라고 말하곤 했다. 가여운 브란웰은 요크셔지방의 농부들을 위하여 셰익스피어 비극이 담당했던 역할을 하고 있었다!

가족의 사기를 되살릴 무언가가 필요했다. 그리고 샬롯트는 맏자식으로서의 책임감을 느꼈다. 브론테 가족을 늪에서 구하는 임무는 그녀의 몫이었다.

그리고 기회가 생겼다. 샬롯트는 학교 때 단짝친구로부터 한 통의 편지를 받았는데 그녀는 당시 브뤼셀에 있는 학교에 다니고 있었다. 샬롯트는 유럽 벨기에에 있는 학교로 동생 에밀리를 데리고 갔다. 재치와 수완을 익히는 대륙에서 일 년을 보낸 뒤 소녀들을 위한 상류학교를 열기 위하여 하워스로 돌아와야지.

그래서 스물 여섯 살의 자그맣고 꼼꼼한 노처녀는 대성당이 있는 대륙을 향해 항해를 시작하였다.

<h1 style="text-align:center">4</h1>

샬롯트는 헤거 부부의 학교에 등록했는데 끊임없이 헤거 선생님에게 마음이 끌렸다. 그는 다섯 아이의 아버지였고－"세상에서 가장 냉정한 남자로… 태생은 독일이고, 짧은 다리에 솟아오른 두개골, 짧게 자른 머리칼은 숱이 많았고 안경은 코에 걸쳐 있었으며 안경 너머로 보이는 두 눈은 석탄처럼 이글이글 타올랐다… 얼굴에 다양한 표정이 드러나는 작고 거무스름한 남자. 그는 종종 미친 수고양이나 광란의 하이에나 기질을 드러내기도 했다." 연령이나 기호, 기질 면에서 샬롯트와는 정반대였다. 헤거 선생님은 날카롭고 생기가 넘쳐흘렀으며 큰일이 아니어도 자제력을 잃고 펄펄 뛰었고 강의 도중에도 흥분하여 흐느껴 울었다. 허나 그는 샬롯트가 남자에게서 최초로 발견한 명민한 지성을 소지하고 있었다.

헤거 선생님은 샬롯트를 가장 아끼는 제자로 삼았다. 그녀는 선생님에게서 가장 신성한 첫인상을 받았다. 샬롯트는 특별수업을 받았고 조숙한 아이의 정신이 "강한 남성적 정신"으로 바뀌었다. 선생님은 샬롯트에게 철학과 과학, 미술의 세계를 보여주었고 인간 경험의 새로운 차원을 열어주었다.

학기가 끝날 무렵 샬롯트는 하워스로 돌아왔다. 그러나 헤거 선생님은 그녀의 아버지에게 자신의 특별한 수제자가 다시 돌아오기를 자신이 얼마나 고대하는지를 편지로 써 보냈다. 그리고 샬롯트는 "저항할 수 없는 충동에 이끌려" 브뤼셀로 돌아갔다. 이제 하워스는 그녀에게 무엇인가?

말로 표현할 길 없는 희열! 선생님은 샬롯트에게 영어를 가르쳐달라고 부탁했다. 이제 그녀는 자신의 전부가 된 선생님과 단 둘이 있게 될 것이다!

혜거 부인은 냉정하게 이런 현상을 관찰하였다. 수줍어하는 이 조그마한 영국여자는 자기 남편을 제외하고는 그 누구에게도 말도 걸지 않고 웃지도 않았다. 두 사람이 함께 있을 때 "샬롯트의 얼굴은 환히 빛났고 자신도 알지 모르는 아름다움을 발하였다." 그녀는 매력적인 여인으로 변할 것이다. 혜거 부인은 이 상황을 나이에 맞게 기술적으로 처리했다. 절묘한 솜씨로 부인은 남편의 일정을 조정하여 그의 여가시간이 제자의 일정과 일치하지 않도록 하였다. 부인은 샬롯트에게 더 이상 자기 집의 거실을 마음대로 사용할 수 없다는 것을 넌지시 암시했다.

혜거 선생의 부인은 정말로 샬롯트에게 두려움을 느꼈을까? 이 소박한 아가씨는 "사랑이란 내가 이해하기로는 옳지 않고 고상하지 않고 진실하지 않은 것이 결코 아니다"라고 썼다. 샬롯트는 사랑의 손길은 전혀 원하지 않았다. 그녀는 그와 함께 있으면서 "그의 시선을 훔쳐보고, 한 시간 동안 그의 목소리를 듣고" 자기 서랍에 선생님이 반쯤 피우다 버린 담배 꽁초를 모으고 싶었다. 그것이 샬롯트가 바라는 전부였다. 그러나 그것조차도 거부당했다.

샬롯트는 2년 더 브뤼셀에 머물렀다. 혜거 선생님은 샬롯트 브론테의 열정을 보지도 느끼지도 못했다. 그는 열정이 마치 추상적인 개념인 것처럼 말했고, 샬롯트는 감정의 과잉으로 거의 죽을 지경에 이르렀다.

2년 동안, 샬롯트는 친구도 없이 한밤중에 깨어있었다. 그러던 중 브론테는 무심코 이사벨 가 주변을 헤매던 중에 한 친구를 만났다. 그것은 성구들 교회였다. 그녀는 잠시 동안 문틈으로 촛불의 불빛을 쳐다보았다. 그러다가 그녀는 아버지나 동생들이 결코 이해하지 못할 일을 하였다. 그녀는 교회 입구로 걸어 들어가 가톨릭 친구의 품속에 안겨 고해실 옆에 무릎을 꿇고서 자신의 사랑이야기를 모두 털어놓을 차비를 하였다.

그런데 말을 어떻게 시작할 수 있을까? 형식이 낯설고 생소했다. "신부님, 저는 신교도인데 고백의 축복을 구하고 있습니다"하고 말하면 되나? 천천히 교회의 종소리가 울렸다. 그리고 돌로 만들어진 교회의 커다란 가슴은 그녀의 향기를 어머니의 부드러움으로 내뿜는 것 같았다. 어린아이처럼 샬롯트는 자신의 비밀을 고백했다. 그런 다음 그녀는 짐을 꾸려 영국의 하워스로 돌아왔다.

샬롯트는 펜을 들어 헤거 선생님에게 편지를 썼다―뜨겁고 열정적이며 간절한 편지는 끓어 넘치는 마음의 용암이었다. "선생님, 가난한 사람들은 삶을 지탱하는데 그다지 많은 음식이 필요치 않습니다. 그들은 오직 부유한 사람들의 식탁에서 떨어지는 빵 부스러기를 원할 뿐입니다. 나 역시 내가 사랑하는 사람으로부터 흘러나오는 아주 작은 애정만을 원할 뿐입니다. 나는 온전하고 완벽한 헌신을 어떻게 해야 하는지 알려들지 않습니다. 나는 그런 생각에 너무나 익숙하지 않으니까요… 그러나 이 편지를 읽고 나서 '이 여자가 헛소리를 하는군,'하고 차갑고도 이성적으로 말할 사람들이 있다는 것을 잘 압니다. 내 복수는 이런 사람들이 단 하루 만이라도 내가 여덟 달 동안 경험한 고문을 경험하기를 바라는 것입니다. 그때 그들도 또한 헛소리를 하는 것이 아닌지를 살펴보아야 합니다. 사람은 힘이 있는 한 침묵 속에서 고통을 당합니다. 그러나 힘이 다 빠지면 우리는 생각하지 않고 말을 하게 됩니다."

답장은 전혀 없었다. 헤거 선생은 "정확했다." 그는 관심이 없었다. 그는 보지 못했다. 그는 느끼지도 못했다. 또다시 샬롯트는 펜을 집어 들었다. "나는 당신을 잊기 위해 노력했습니다. 모든 일을 다 했고 아주 바쁘게 움직이려고 애썼습니다… 무엇 때문에 나는 당신이 내게 대해 느끼는 우정으로, 그 이상도 이하도 아니게 당신을 대할 수 없을까요? 그러면 나는 상당히 자유로울 텐데! 여러 해를 평화롭게 보낼 수 있을 텐데!… 선생님, 한 가지 부탁할 게 있습니다. 당신의 아이들 이야기를 해 주세요… 주인님, 말하실 수 있다면 제발 이야기해주세요… 나에게 그것은 생명 자체입니다… 내가 편지 쓰지 못하게 금지시키는 것, 즉 답장을 거부하시는 것은 이 세상에서 유일한 나의 즐거움을 빼앗고 내 마지막 특권을 빼앗는 일입니다." 그리고 마침내 답장이 왔다. "당신의 편지는," 샬롯트는 말한다. "여섯 달 동안 나를 지탱시켜준 영양분이었습니다. 이제 또 다른 편지가 필요해요. 그리고 당신은 내게 편지를 보낼 겁니다. 우정에서 비롯된 것은 아닐 겁니다. 당신은 그런 감정을 그다지 느낄 수 없을 테니까요. 그렇지만 당신의 마음은 자비로워서 얼마 안 되는 지루한 순간을 아끼기 위해 다른 사람을 연장된 고통에 처하게 할 사람은 아니잖아요…"

그리고 샬롯트는 이성을 잃지 않기 위해 다시 펜을 들었다. 그러나 이번에는 비는 내리치는데 편지는 도통 오지 않았다. 그녀는 후세의 사람들을 위하여 자신의 고통을 소설로 승화하였다.

5

소설 『제인 에어』는 폭풍처럼 영국을 휩쓸었다. "작가들은 틀렸어. 여주인공을 당연히 아름답게 묘사하는 것은 도덕적으로 잘못된 거야." 샬롯트는 여동생들에게 말했다. "그들이 틀렸다는 것을 증명해 보일 거야. 나처럼 평범하게 생기고 키가 작은 여주인공을 너희들에게 보여줄게."

책이 출간되고 2주일도 지나지 않아서 공연장이나 차를 마시는 곳마다 이 놀라운 일을 놓고 기쁨과 공포감이 넘쳐흘렀다. 자신의 이름을 "커러 벨"—분명히 필명임—이라고 밝힌 이 작가는 누군가? 미친 아내가 있는 유부남을 사랑하는 못생긴 가정교사의 사랑이야기와 같은 비—인습적인 이야기를 누가 감히 썼을까? 패륜아의 소행인가? 이 소설이 여자의 작품이라고 추측하는 사람은 거의 없었다.

발표하자마자 베스트셀러가 되어버린 "똑같이 비—인습적인" 이야기에 빠져있는 당시의 대소설가 윌리엄 새커리는 이 천재를 알아보았다. 새커리는 반인반수인 사티로스의 미소를 지으며 『제인 에어』의 저자에게 자신의 이름을 서명한 『허영의 사랑』을 보냈다. 그는 이 소설의 저자가 목사의 딸이었다는 것을 알았을까?

샬롯트 브론테는 자신의 책의 두 번째 판을 새커리에게 헌정함으로써 경의를 표했다. 그리고 영국대중은 그녀의 정체를 알게 되자 브론테가 새커리의 정부임에 틀림없다고 정했다. 왜냐하면 "사랑에 빠진 두 영혼은" 이 세상에서 오래 떨어져서는 견딜 수 없기 때문이었다.

그러나 새커리를 비롯한 어느 누구도 이 멜로드라마의 상당 부분이 샬롯트 브론테 자신의 이야기라고는 전혀 상상하지 못했다.

브론테의 필명인 "커러 벨"이 서점에서 영광을 맛보고 있을 때 샬롯트 브론테는 집에서 슬픔을 맛보고 있었다. 하워스에서 기괴한 그림자를 조금도 드리우지 않던 브란웰이 서른한 살의 나이로 갑자기 죽었다. 그는 그림을 그리러 런던으로 갔고 동료미술가들의 방탕한 생활에 함께 휩쓸렸다. 브란웰은 부잣집 아이들의 가정교사로 일하다가 그 아이들의 어머니와 도망가려던 계획이 발각된 후 해고당했다. 한동안 그는 철도회사의 매표원으로 일했다. 그러나 그의 소지품을 검사했을 때 검시관은 돈이 들어있는 통장 대신에 비너스의 두상과 흉상을 스케치한 것과 한 묶음의 시를 발견했을 뿐이었다. 브란웰은 세상 사람들의 평가에서 맨 밑바닥에 다다랐을 때 호라티우스의 『송가』를 섬세한 영시로 번역하고는 마지막으로 술 한 잔을 마시고서 이 세상을 떠났다. 마치 그의 두 눈은 "이 모든 것의 의미가 무엇인가?"라는 거대한 질문을 가슴으로 터뜨린 듯 보였다.

몇 주후 어둑한 눈빛의 에밀리가 브란웰을 따라 암흑의 강을 건넜다. 수줍어하고 응접실의 작약처럼 말수가 적은 에밀리의 입술은 침묵을 지키고 있었지만 그녀의 가슴은 불타는 성당과도 같았다. 에밀리는 버터를 휘저을 때만큼이나 조용히 『폭풍의 언덕』이라는 소설을 썼다. 그녀는 평생 동안 자기 앞에 놓인 그 어느 일도 결코 주저하지 않았고 지금도 주저하지 않았다. 에밀리는 황무지에서 들려오는 목소리를 따라서 바람의 근원을 찾아갔다. 그리고 에밀리가 키우던 개는 그녀에게 다시 집으로 돌아오라며 헛되이 짖어댔다.

한 달이 지나자 "꼬맹이" 여동생 앤이 에밀리처럼 기침을 시작했다. 치명적인 폐병! 샬롯트는 소금기 도는 공기가 동생을 구해줄 것을 간절히 희망하며 앤을 바닷가 근처로 데리고 갔다. 그러나 앤은 누구보다도 더 잘 알았다. 언니의 손을 꼭 잡고 그녀는 속삭였다. "언니, 용기를 가져." 앤이 죽던 날 오후에 멀리 있는 배는 "바다 위에서 불붙은 황금처럼 빛났다." 샬롯트는 저물어가는 태양을 바라보며 서서 고개를 끄덕이며 아무런 꿈도 꾸지 않고 에밀리가 밤을 향해 내던진 말들을 들었다.

비록 세상과 달이 사라지고,
태양과 우주가 더 이상 존재치 않고,
당신이 홀로 남게 되더라도,
모든 존재는 그대 안에 존재하리라.

6

어느 날 저녁 해리엇 마티노 부인의 집 하인이 손님들에게 "브로그덴

양"이 왔음을 알렸다. "손님들은 박람회를 제외하고는 여태껏 본 적이 없는 가장 작은 숙녀"가 걸어 들어왔다. 이 숙녀는 자신의 이름을 어찌나 작은 소리로 말했던지 하인은 그녀의 이름을 잘못 알아들었던 것이다. 그녀는 "브론테 양"이었고 그녀가 주빈이었다. 브론테 양은 차가운 작은 손을 "작은 새의 발톱처럼" 안주인에게 내밀었고 구석에 앉아 주위를 흘끗거렸다. 어느 토요일에 브론테는 런던에 있는 출판업자 스미스와 엘더를 만나기 위해 처음으로 하워스를 벗어나서 소심한 방문을 감행하였다. 그리고 출판업자들은 있는 힘을 다 해서 브론테가—국립 미술관을 방문하는 일이나 시골에서의 저녁식사, 강의, 런던의 훌륭한 방에서의 숙식 등, "아침이나 저녁이나 밀랍양초와 벽난로가 타오르는 그녀의 침실"과 같은 —유명인사의 바쁜 일정을 수락하도록 설득했다. 전문가는 암양에게서 암사자를 끌어내기 위해 미친 듯이 노력했다. 그러나 브론테 양은 "쾌락 욕망에 대해 가장 비—여성적인 결핍증상에 사로잡힌 것 같았다." 그녀는 간단히 포효하기를 거절했다. 기라성 같이 대단한 유명인사들이 브론테양의 "탁월한 대화"에 참여하기 위해 새커리의 집으로 모여들었다. 몇 시간 동안 아무도 말하지 않았다. 마침내 한 숙녀가 생각다 못해 말없이 소파에 앉아있는 자그마한 여류작가에게로 몸을 돌렸다. "브론테 양, 런던이 마음에 드시나요?" 브론테 양은 입술을 오므렸다가 모두가 숨을 죽이고 있을 때 잠시 동안 집중하려고 극적으로 뜸을 들이더니, "네—그리고, 아니요,"하고 답했다. 그러자 소설가 새커리가 자리에서 일어나더니 손님들에게 양해를 구한 뒤 술을 마시려고 클럽으로 가버렸다.

브론테는 "가구 뒤에 숨을 수 있기를" 바랐다. 사람들의 존재는 그녀에게 육체적인 고통을 주었다. 오페라나 독서회에서 사회의 "유명인사들"은 두 줄로 나뉘어 브론테가 옆으로 걸어갈 때 입을 벌리고 서있었고—브론테는 에스코트의 팔에 매달려서 부들부들 떨었다. 마침내 출판업자는 브론테가 자신이 좋아하는 것을 선택하도록 허락하였고 그녀가 정말로 보고 싶은 사람들을 방문하게 허용했다. 그녀는 두 군데의 감옥을 찾아갔는데 기아들을 위한 병원과 베들레헴 정신병자 수용소였다.

그러나 브론테는 리전트 파크 사회에 마지막 양보를 했다. 그녀는—그녀의 눈에 언뜻언뜻 나타나는 슬픔을 그려내는 데에는 실패한—리치먼드에게 자화상을 그리게 했고 그런 다음 하워스로 되돌아왔다.

『제인 에어』의 후편으로 브론테는 소설을 두 권 더 썼다. 그녀는 이 소설들을 "몸으로 대가를 지불하는 사람처럼 고통스럽게" 썼다. 런던에서 가정교사로 일하던 그날부터 자기 자서전의 실마리를 풀어나갔다. 그녀는 삶을 무상으로 누릴 수 있었던 시절에 응접실에 앉아서 농담을 하던 부목사들과 여동생 에밀리를 기념하기 위해 『셜리』를 썼다. 이 부목사들 중 한 사람은 수줍은 구혼자였다. 그는 정말로 사랑하는 한 사람을 "당황스럽게" 만들지 않으려고 자매들 모두에게 발렌타인 카드를 보냈다. 그런데 그 사람도 이제 죽고 없어서 그의 비밀은 지하에 묻혔다. 추억 외에는 현재 남은 것이 하나도 없었고 모든 것은 과거 속으로 사라졌다.

그리고 브론테는 자신의 기억을 벨기에로의 여행과 헤거 선생님의 학교로 돌렸다. 그녀가 『빌레트』를 쓸 때에도 집안 분위기는 여전히 조용하여 "부엌에 걸려있는 시계가 째깍거리며 돌아가는 소리나 응접실에서 윙윙거리는 파리소리 같이 집에서 나는 모든 소리를 들을 수 있었다."

고요하고 불안한 샬롯트 하워스에 있는 브론테를 방문하기 위해 바람 부는 오솔길을 걸어온 손님들이 잠자리에 누우면 그들은 잠들기 전까지 샬롯트가 마루 위로 오가는 소리를 들었다.

이 여자는 몇 살이었을까? 사람들이 런던에서 물었다. 거의 마흔 살에 가까웠다. 그리고 브론테를 본 사람들은 그녀가 육십에 더 가깝게 보였다고 말했다. 로맨스를 만들기에는 너무 늦었다.

그러나 근처에 사는 한 목사가 브론테에게 사랑고백을 했다는 소문이 나돌았다. 소문은 사실에 근거한 것이었다. 이웃에 사는 목사는 실제로 브론테에게 삶을 다시 시작할 기회를 제안했다. 그는 평범하고 무덤덤한 하나님의 아들이었다. 브론테는 슬프고 명성을 가진 재능 있는 숙녀였다. 그들은 하늘이 맺어주신 짝이었다! 브론테는 웨딩드레스를 펼쳐놓고 교회 종소리가 울릴 때까지 어린 신부의 꿈을 꾸며 잠들었다. "힘들고도 기나긴 투쟁을 거친 후에, 많은 걱정과 슬픔 뒤에, 그녀는 마침내 행복을 맛보고 있다." 샬롯트가 목사의 옆에 "눈송이처럼 보이는" 하얀 웨딩드레스를 입고 선 날은 크리스마스 오후였다. 다시 한 번 하워스에는 곤궁한 여덟 명 자녀의 어머니가 이층 방에서 죽어가며 누워있던 말 이후에 한 남자를 사랑하는 여자가 서있었다. 이 결혼식이 있기까지 삼십년 동안 행복한 일은 전혀 일어나지 않았다.

여러 달이 흘러 요크셔에서 런던으로 새로운 소식이 전해졌다. 샬롯트가 아기엄마가 된다는 소식이었다. 벽을 환한 색으로 칠하고 웃고 춤추는 화려한 커튼을 달았다. 하워스는 뒤죽박죽이 된 행운과 인생의 고락, 기쁨과 슬픔이 함께 하는 인생의 위대한 연극을 바라보는 새로운 사람이 태어날 것이다.

브론테는 병들고 지쳐서 잠자리로 들어간다. 의사가 그녀를 안심시킨다. 이것은 그녀의 상태로 보아 예견된 일이다. 놀랄 이유가 전혀 없다. 그녀는 창 밖을 내다본다. "폭풍우가 정원을 휩쓸고 있어요. 황무지는 두꺼운 안개 속에 숨어있군요." 브론테는 연약한 가운데 병적인 힘을 느꼈다. 삶의 전율과 함께 나란히 그녀의 몸 안에서 죽음이 자라고 있다. 퍼지고 자라서 브론테의 양식을 빼앗아먹고 그녀를 정복하기 위해 고대시대의 복수의 여신들처럼 병마는 그녀와 씨름을 한다. 천천히 그녀는 아이에 대한 모든 욕망을 상실하고 모든 호기심들과 다가올 모든 기쁨들을 잃는다. "너무 지쳐서 이제 나는 신경을 쓸 수가 없어요… 아마도… 나중에!"
… 브론테는 남편을 향해 머리를 든다. "나는 죽지 않아요. 하나님은 우리를 갈라놓지 않을 거예요. 우리는 아주 행복하잖아요!"

　그러나 3월의 바람이 불던 날 사람들은 바람을 따라 브론테를 운구했다. 암흑의 강을 건너 새롭게 살아갈 기회를 찾아서.

조지 엘리엇

(1819~1880)

주요작품 ···

「예수의 생애」(번역) 「아담 비드」
「플로스 강의 물방앗간」
「사일러스 마너」 「로몰라」 「펠릭스 홀트」 「스페인 집시」(극)
「미들 마치」 「다니엘 데론다」

엘리엇
George Eliot

1

사람들은 조지 엘리엇의 얼굴을 처음으로 들여다보면 이상한 인상을 받는다. "회녹색 두 눈이 마치 갓 씻어낸 것 같았다." 엘리엇의 얼굴 윗부분은 묵직하여 대부분의 남성들보다 좀더 남성적이었고 턱 부위는 대부분의 여성들보다 좀더 섬세했다. 엘리엇은 슬픈 분위기에 빠져있을 때에는 흡사 "말처럼 못생겨" 보였지만 미소를 지으면 성스러움 그 자체였다.

그러나 엘리엇은 그다지 웃지 않았다. "그녀는 희망의 향기와 덕목의 솜씨가 다소 결여되어 있었다." 엘리엇은 햇빛이 비치는 세상에서 겁먹은 손님으로 6개월을 보내야 하는 지옥의 여신 프로세르피나와도 같은 표정을 하고 있었다. 다른 사람들도 모두 다 엘리엇이 느끼는 외로움 즉 "슬프게도 고상하게 격리된 채 살아가는 자의 외로움"을 느낄 수 있었다.

메리 앤 에반스는 성 시실리아의 날에 아든의 숲 언저리에서 태어났다. 메리 앤의 아버지는 영국 중부의 농부로 "정부(government)"라는 단어를 자식들이 놀라서 종교적인 경외감으로 빠져들도록 발음하는 "정직한 나이 든 토리당원"이었다. 그는 지방의 귀족들을 위해 땅을 감정해주었고 커미션을 받고 모든 것을 팔았으며, 웰링턴 공작이 나폴레옹을 혼내주었듯이 모든 과격주의자들도 혼을 내주어서 "상황을 바로 잡"아갈 것으로 알고 있었다. 아버지는 대쪽처럼 곧고, 성경처럼 신실한 사람이었다. 아버지에 대해서나 아내에 대해서 평범한 것에서 조금이라도 어긋났음을 나타내는 것은 전혀 없었다. 그런데 여기 바람을 타고 걸어간 그들 부부가 낳은 자식 메리 앤이 있었다. 메리 앤은 성깔과 상상력, 그녀 자신만의 정의와 보복에 대한 법칙이 있었다. 소 한 마리가 그녀에게는 단지 소 한 마리가 아니었다. 인형도 그냥 인형이 아니었다. 메리 앤은 인간에게 화를 낼 때—아버지가 행한 어떤 것에 대해—자기 인형 머리에 못을 박았다. 그러고 나서 마치 여신과도 같이 뉘우치고 찜질 약을 발랐다. 다섯 살에 메리 앤을 "나이가 더 많은 소녀들이 귀여워하며 '꼬마 엄마'라고 불렀을 정도로 강하게 도드라지는 성질을 부리고 엄청날 정도로 진지하게 표현하는 기묘한 존재였다." 메리 앤은 여덟 살에 종교를 역동적인 힘이라고 생각했다. 열두 살이 되기 전에 그녀는 넌이튼 농장의 주일 학교에서 소년 소녀들을 가르쳤다. 열세 살에는 종교적 정통성이 성격적인 고귀함에 필연적인 것이 아니라고 판단했으며 당시 영국의 최고시인인 윌리엄 워즈워스를 읽었다. 에반스 농장의 일상적 평온함 속에서 살아가던 나이든 사람들은 척박한 밤의 들판에 별처럼 돋보이던 반짝이는 두 눈을 보고 깜짝 놀랐다. 그들은 그녀를 도덕적인 아름다움이라는 꽃말을 가진 '클레마티스'라고 불렀다.

하지만 도덕적인 꼬마 학자에게는 야성도 있었다. 메리 앤은 들판을 헤맸고 가시나무들 때문에 발에서 피가 나도 개의치 않았다. 머리카락이 진흙범벅이 될 때까지 동생과 씨름을 하였다. 아무 데나 쓰러져서 잠들거나 아주 확실하게 검은 딸기를 쥐어짜는 일을 좋아했다. 그리고 나들이옷을 입고 예배 보러 가면 그녀는 마치 궁전 안의 원주민 아이 같이 자신이 어울리지 않는다고 느꼈다.

그러나 마침내 어설픈 메리 앤의 모습도 몇 년 후에는 어쩔 수 없이 말끔히 사라졌다. 키가 자랐고, 훨씬 우아해졌으며—그리고 자의식이 강해졌다. 어린 시절의 "장난감들"을 거의 다 버렸다. 그래도 올리버 골드스미스의 책들 그리고 월터 스코트, 찰스 램의 수필들, 존 번연의 우화는 간직하였다. 이제 그녀의 관심사는 자연적으로 주어진 게 아니라 신중히 개발되었다. 파스칼의 『명상록』을 읽었고 바하의 미사곡과 헨델의 오라토리오를 들었다. 한동안 교회에도 가지 않았다. 메리 앤은 여러 나라 말과 비관습의 대명사가 되었다. 다른 여성들이 남자들을 잡으려고 으스대며 화장으로 치장할 때, 그녀는 배움의 시신(詩神)을 잡으려고 안경을 썼다. 그리고 낭만적 기질을 지닌 모든 남성들을 쫓아내는 향기처럼 현학을 감싸고 다녔다. 그녀는 여전히 집시였다—더 이상 집시 아이가 아니고 분명 집시 철학자였다. 메리 앤은 절대로 "한 곳에 머물러" 있는 적이 없었고 자리 잡고 앉아서 자기 세대의 난로가 도덕성으로 몸을 덥히는 법도 없었다. 전적으로 그녀는 자신만의 도덕과 불운과 계시의 여정을 따라서 떠돌아다녔다. 메리 앤은 영국의 아버지나 남편들에게 충격을 주었을 것이다. 도대체 그 누가 빅토리아 시대의 영국에서 존경할 만한 여성이 시험과 착오로 인생을 배워나간다는 말을 들어보았겠는가? 분명히 아내나 어머니는 많은 시험들을 견뎌내야 한다고 남자들이 말했다. 그러나 거기에 잘못이 전혀 없을지라도—분명 배움도 전혀 없었다.

그러나 스물한 살의 메리 앤 에반스는 어느 영국남성보다 훌륭했다.

2

메리 앤은 런던으로 올라와 『웨스트민스터 리뷰』지의 보조편집자가 되었다. 그녀는 고도의 지적 세련으로 지식인들을 사로잡았다. 또 골상학이라는 새로운 과학—사람의 두뇌의 모양과 두상에 의해 인물의 성격을 읽어내는 것—에 관심을 가지게 되었고 골상학회가 자신의 머리통으로 회반죽 주형을 떠서 실험할 수 있게 머리를 깨끗하게 밀어버렸다. 머리카락이 다시 자랄 때까지 몇 주 동안 무도장이나 극장에서 모자를 썼고 홀로 앉아 데이비드 스트라우스의 장황한 독일어로 쓰인 『예수의 생애』를 번역하면서 마음을 달랬다. 이 번역작업이 끝나자 그녀는 『웨스트민스터 리뷰』지의 논평가로 하루에 15시간 동안 허드렛일을 한 후에는 라틴어로 된 스피노자(1632~1677: 합리주의적 범신론을 믿었던 화란의 철학자)의 『윤리학』을 번역하면서 저녁시간을 보냈다.

　문학비평가들 중에 이 작은 여성보다 더 무서운 식인상어는 없었다. 근대소설들에 대한 메리 앤의 논평은 무시무시했으며 급소를 찔렀다. 토머스 칼라일(1795~1881: 『의상철학』으로 유명한 스코틀랜드의 문인이며 사회비평가), 토머스 헉슬리(1825~1895: 진화론을 믿었던 영국의 과학자이자 인본주의자), 존 스튜어트 밀(1806~1873: 『자유론』과 『공리주의』를 쓴 영국의 철학자이자 경제학자), 존 틴들(1820~1893: 빛의 분산을 연구하여 '틴들 현상'을 발표한 아일랜드의 물리학자) 그리고 다른 주도적인 사유 거래자들과 의견을 물물 교환했다. 저명한 이민자들, 대륙에서 도망 온 정치적 망명자들, 탁월한 작가들과 함께 식당에 앉아 메리 앤은 루이 블랑과는 사회주의를, 마치니와는 봉기의 기술을 이야기했다.

　인생길의 이 시점에서 메리 앤은 이론화 기술의 천사장인 허버트 스펜서(1820~1903: 고전적 자유주의와 진화이론으로 유명한 영국의 철학자)—당시 『사회통계학』의 저자로 알려진—를 만났다. 스펜서는 평생 통계학으로 포장되고 지탱되고 강화될 사람이었다. 그는 메리 앤 에반스를 데리고 "그토록 많은" 오페라, "그렇고 그런" 연극 개막식, "그렇고 그렇게 많은" 템스 강 산책길로 나섰다. 그리고 친구들은 정신 나간 두 명의 항해자가 비품 속에서 배를 인수하여 조종할 수도 있는 밀항자의 마음을 발견해냈다고 걱정스럽게 속삭이기 시작했다. 허버트 스펜서는 그토록 존경스럽게 분석적인 구애를 한 후에 소신을 밝힐 것이라고 친구들은 예상했다. 스펜서는 모든 점에서 능력이나 약점이 자기 자신과 그토록 유사한 여자를 이전에는 만나본 적이 결코 없었다는 점을 자신에게 그리고 공개적으로 시인했다. 그리고 메리 앤은 이 대담한 이론과 숫자의 건축가에게서 이상적인 남편의 모습을 발견했다. 그러나 청혼은 없었다. 허버트 스펜서는 통계학의 마지막 기둥을 덧붙이고 나서 그 결과가 독신임을 발견했다.

곧바로 그 커플은 더 이상 함께 나타나지 않았다. 메리 앤은 조심스럽게 사무실로 들어가 일을 하면서 쓰디쓴 이별 후의 감정들을 소진시켰다. 드디어 삶은 그녀를 따라잡아 삶에 대한 고자세를 털어내도록 비틀어댔다. 삶은 그녀가 여자라는 점과 상처받을 수 있다는 사실을 상기시켜 주었다. 서른 살의 메리 앤은 자신이 너무 구식이고 시간이 어떻게 할 수 없는 옛날 사람이라고 생각했다. 이제 매리 앤은 서른 살을 훌쩍 넘어섰다. 그런데 메리 앤은 갑작스러운 노년에 또 다시 젊음을, 그것도 너무 젊어 시간이 손질할 수도 없는 젊음을 느꼈다. 한때 지혜의 미네르바―자신에게도 아킬레스의 발꿈치가 있다는 것을 발견하기 이전에―인 메리 앤은 귀엽고도 진실하게 말했다. "노인에게는 슬픔이 슬픔이지만, 젊은이에게 슬픔은 절망이다." 메리 앤은 그런 말을 했었지만, 이제는 그 말의 의미를 깨달았다. 슬픔에서 절망으로 이어지는 그 모든 고통스러운 단계를 속속들이 깨달았다.

그녀는 더 이상 배움이라는 말로 설명하지 않았다. "슬픈 순간에는 마치 거대한 행렬이 휩쓸고 지나간 후에 마지막 행진곡 소리도 사라져버리고 빈 들판에 나만 홀로 남겨진 것 같은 느낌이 든다."

그러나 시간은 계속 흘러가서 메리 앤은 풍자적인 위엄으로 말했다—
"큰 소리로 실컷 울부짖고 구름과도 같은 모든 슬픔들을 소진시키고 났
더니 날씨도 나도 훨씬 나아졌다. 심지어 나는 여섯 달을 더 살 생각을
한다."

3

　런던에는 아라비안나이트의 등장인물과도 같은 조지 헨리 루이스(181
7~1878: 『괴테의 전기』 등 다양한 책을 쓴 저술가)라는 학자가 살았다. 그는 비평
가, 철학자이자 훌륭한 배우였다. 그는 너무나 못생겨서 아이들이 그를
가까이하려들지 않았다. 런던 동물원에 있는 침팬지는 혹시 조지 헨리 루
이스가 자기 자리를 빼앗을지도 모른다는 질투심 섞인 불안감으로 죽었
다는 농담이 나돌 지경이었다. 그리고 루이스 씨는 못생긴 만큼 박식했
다. 날마다 그는 "칸트의 글을 아침식사로 삼고 한 장씩 읽었고 저녁식사
로는 괴테의 시를 읽었다."

　메리 앤 에반스는 루이스 씨를 사교적으로 만났다. 지나칠 정도로 혐
오스러운 신체와 이 세상이 감당하기에 너무나도 커다란 정신을 자연이
이 사람에게 주었다는 장난과도 같은 이 반어적 속임수에 메리 앤은 경
탄했다. 그의 일생에 대한 이야기는 그의 외모 못지않게 놀라웠다. 루이
스 씨는 젊어서 글쓰는 재주가 있었기에 변호사 사무실에서 증서를 쓰는
일을 담당하였다. 봉급은 "칭찬"이었다. 그는 러시아 상인의 책들을 보유
하였고, 약품과 그리고 다음으로는 철학에 관심을 가졌으며, 저녁에는 스
피노자 클럽에서 시간을 보냈다. 그는 독일로 달려가 과학 분야에 입문했
다. 그러나 "어느 것도 오래 지탱할 수 없었기에" 그는 배우로 변신하여

찰스 디킨스가 조직한 극단의 멤버가 되었으며, 샤일록 역으로 대성공을 거두었다. 그런 다음 루이스 씨는 무대를 떠나 극본을 썼고, 여러 언어를 가르쳤으며, 프랑스 혁명에 대한 소설과 철학사를 출간했고, 국회의원의 아름다운 딸과 결혼했으며, 동업으로 잡지사를 시작하였지만 동업자의 아내와 도망을 가는 바람에 동업협정은 끝나고 말았다. 그런 후에 그는 비판적인 논평을 썼고, 기발하고 대담한 행동들로 사회를 몹시 놀라게 했으며, 영국에서 가장 외롭고 쓸쓸한 사나이로 밤마다 숙소로 돌아왔다.— 그러던 어느 날 저녁 그는 웨스트민스터 리뷰지의 편집자로 일하는 영국에서 가장 외롭고 신랄한 여자를 만났다.

그리고 상당히 충격적인—전적으로 논리적인—일이 일어났다. 메리 앤 에반스가 조지 헨리 루이스와 도망을 가버렸다. 루이스는 법적인 문제와 사방에 펼쳐놓은 빚 때문에 전 부인에게 이혼허가를 얻어낼 수가 없었다. 아무 일도 아니었다—메리 앤 에반스는 관례와 상관없이 제 마음대로 하는 사람이었다. 런던에서 가장 못생긴 여자가 영국에서 가장 못생긴 남자와 "부정하게 결혼"했다는 소문이 퍼졌을 때, 이 두 사람은 이미 편협한 비판의 범주에서 벗어나있었다. 그들은 대륙으로 도망가 이국적인 환경에서 신혼생활을 시작했다.

두 사람의 신혼여행은 정신적으로 완벽한 결합이었다. 그들은 루이스가 괴테의 생애에 대해 연구할 때 괴테 정신의 섬광을 붙잡았던 장소인 독일의 바이마르로 갔다. 리스트의 지휘로 오페라 '에르나니' 연주를 들었다. 브뤼셀 호텔에서는 테이블 너머로 붉은 머리 베를리오즈에게 말을 걸었고 그의 눈에서 환상적 심포니에 대해 뭔가를 보았다. 해변에서는 두 마리 게가 싸우는 것을 보고 웃음을 터뜨리고 환호했다. 들판에서 잠자는 소녀를 발견하고는 손에 동전을 쥐어주었다. 그러나 정착하려고 영국으로 돌아왔을 때 두 사람은 어디를 둘러봐도 웃을 일을 찾을 수가 없었다.

메리 앤의 아버지와 형제자매들은 그녀와의 대화를 일체 거부했다. 메리 앤은 호텔 숙박부에다 대담하게 자기 이름을 "조지 헨리 루이스 부인"이라고 기록했다. 그러나 전 영국이 그녀의 손길을 피했다.

루이스는 가난한 전부인의 생활비를 떠맡았다. 그리고 아들들은 비싼 기숙학교에 보냈다. 이 부부는 "절대로 자선가도 사기꾼도 아니었기" 때문에 재정적으로 버티기가 힘든 것을 알아차렸다. 그들은 기사나 평론을 써서 벌어들이는 빈약한 수입으로 일곱 사람을 먹여 살리기 위해 미친 듯이 일했다. 공간 부족으로 두 사람은 낮에는 같은 방에서 일했다. 그러나 밤이 되어 그리스어로 쓰인 원전 『일리아드』를 두 사람이 함께 읽을 때면 마치 마법에 의해 우주 속으로 들어가는 것처럼 방의 벽이 열렸다.

메리 앤은 남편을 "작은 페이터," 남편은 아내를 "마돈나" 혹은 간단히 "폴리"라고 불렀다. 철저하게 두 사람 뿐이었다. 여러 날이 지나가도록 그들은 한 사람도 보지 못했고, 방문하는 사람도 전혀 없었다. "사랑의 고귀한 비밀을 알려면 여성은 반드시 밟기 힘든 곳을 종종 밟아야 하고, 차가운 공기를 느껴야 하며, 어둠을 뚫고 걸어가야 한다."

"즐거운 고립"의 생활이었다. 루이스는 아내 "마돈나"를 유심히 살펴본 다음 아내는 반드시 방 하나에서의 이런 실존으로부터 여하튼 자유로워야하고 아내가 느끼는 예리한 고통의 모서리가 반드시 부드러워져야 한다는 것을 깨달았다. 그렇지 않으면 슬픔이 그녀 안에 있는 훌륭한 것을 없앨지도 몰랐다. 남편은 아내가 닥치는 대로 써놓은 습작 소설을 조금 읽어보았다. "당신은 반드시 소설을 써야해, 폴리. 당신에게는 위대한 소설가가 될 소지가 충분하다고 나는 확신해."

그 생각은 매혹적이었다. 그러나 메리 앤이 무엇에 대해 쓸 수 있단 말인가? 그러던 어느 날 필립 시드니 경의 말이 그녀의 마음속에서 번쩍하고 섬광처럼 나타나더니 불을 지폈다. "그대의 마음속을 깊이 들여다보고 글을 써라!"

4

메리 앤은 "1856년 9월 내 인생에 새로운 시대가 시작되었다"고 일기
에 썼다. 왜냐하면 매리 앤은 바로 그날에 『성직생활의 여러 장면들』—어
렸을 때 알고 지냈던 시골사람들에 대한 단편소설—의 연작을 시작했기
때문이다. 이 이야기들은 『블랙우드 매거진』이 출판해주겠다고 즉각적으
로 약속했다. 그러자 그녀는 온전한 길이의 장편소설을 쓰기 시작했다.
그녀는 환경의 변화로 재미삼아 철학에서 소설로 옮겨온 것이었다. 그녀
의 글은 "별 볼일 없는 사람들"—아무도 돌보지 않는 낙오자들과 부랑자
들의 문학일 것이다. "가능하면 우리를 천사로 그려주세요… 그렇지만…
과로로 닳아빠진 손을 문질러 닦고 있는 노파들, 더러운 선술집에서 휴일
을 보내고 있는 육중한 광대들, 삽에 의지하여 세상의 거친 노동을 하느
라 비바람에 시달린 멍청한 얼굴과 휘어진 등을 지닌 사람들을 예술의
영역에서 쫓아내지 마세요… 이런 평범한 사람들—그들 중 많은 사람들
이 양심을 지니고 있고 고통스럽더라도 도리를 행하려는 숭엄한 자극을
느낍니다. 그들에게는 표현하지 않은 슬픔과 신성한 기쁨이 있습니다. 그
들의 마음은 아마도 첫 번째 출산으로 향했을 터이고 돌이킬 수 없는 죽
음에 대해 슬퍼했을 겁니다… 그들의 이런 하찮은 일에는 비애감이 없을
까요?" 메리 앤은 현학자들의 명단에는 『웨스트민스터 리뷰』지의 비평가,
메리 앤이라는 이름을 적어 넣었다. 그리고 새로운 대중을 위해서 그녀는
필명을 조지 엘리엇으로 정했다—조지는 남편인 조지 헨리에게 경의를
표하기 위해서였고 엘리엇은 "입안을 꽉 채우는 단어"이기 때문이었다.
　　조지 엘리엇은 목수인 아담 비드와 감리교 목사인 그의 연인 디나 모

리스의 이야기를 썼다. 이 소설은 대단한 성공을 거두었다. 영국 전체가 '조지 엘리엇'에 대한 궁금증으로 들썩거렸다. 이 사람은 어떤 사람인가? 다양한 소문이 입에서 입으로 번져나갔다. 어떤 지방판사가 이 작가가 누구인지 자기가 알아냈다고 주장했다. 그는 다름 아닌 뉴니튼에 사는 리긴스 씨로—"제빵업자의 아들이며 자기 마을에서 전혀 주목받지 못했기 때문에 그 사람에 대해서 들어보지 못했을 수 있다… 리긴스 씨는 소설 『아담 비드』에서 나오는 수익금은 전혀 받을 생각이 없고 아낌없이 블랙우드 출판사에 내놓았다고 한다."

즉각적으로 엘리엇을 존경하는 일단의 사람들이 이 수줍음 많고, 일선에서 물러나 있는 경이로운 '작가'를 보기 위해 마을로 몰려왔다. 그들은 리긴스 씨가 펌프에서 빨래하고 있는 것을 보았다. "그는 하인도 없고, 모든 일을 직접 한다." 그리고 그 남자는 "무례한 질문을 하지 못하도록 공손한 태도로" 사람들을 고무시켰다. 전 영국으로부터 구독신청이 밀려들어 가련한 리긴스 씨는 독립할 수 있었다—사실은 술값 때문에 좀더 악화되었다. 점차 더 많은 수의 저명인사들이 펌프 옆의 이 성스러운 땅으로 모여들었다. 그리고 그동안 내내 이 가련한 리긴스 씨는 "도대체 아무 일도 한 것 없이" 갑자기 유명인사가 되어 새로 형성된 신봉자들에게 예의를 갖추어 겸손하게 인사했다. 골치 아픈 다른 소식들이 진짜 조지 엘리엇의 귀에 닿았고 마침내 그녀는 사람들 앞에 나와서 자신이 『아담 비드』의 저자임을 밝혔다.

그런 다음 엘리엇은 두 번째 소설 『플로스 강의 물방앗간』을 썼다. 그녀는 이 책을 자신이 유명하지 않은 작가인 것처럼 상당히 불안한 마음으로 썼다. 사람들이 알아주지 않는 것은 하나도 두렵지 않았다. 다만 예술적으로 실패작이 되는 것을 무척 두려워했다. 엘리엇은 형제자매 간의 사랑에 대한 이 자전적 연구서로 또 한번의 성공을 거둔 다음 털리버 가의 이야기에서 레이블로의 직조공인 사일러스 마너의 이야기로 전환한다—주인공은 냉혹하고 몸이 구부러졌으며 사회에서 추방된 냉소적인 부랑자로, 그는 금은보화를 쌓아놓았는데 어느 날 밤 집에 돌아와 그의 재물은 모두 사라지고 어린아이만 현관 층계에서 발견하게 된다. "천국이 바로 이럴 것이다."

그러나 조지 엘리엇은 조바심이 나서 요크셔에 머물며 아이를 양육할 수 없었다. 그녀는 모든 시대에 모든 인간 정신의 경험들을 자신의 상상력 안으로 끌어들여 포용하기를 원했다. 엘리엇은 이탈리아로 건너가 르네상스 연구에 몰두하면서 다시 깨어난 15세기의 철학과 음악, 시와 미술 속에 빠져서 "다시 살았다." 그리고 나서 엘리엇은 플로렌스의 순교자인 사보나롤라의 생애와 그가 살던 시대에 대한 역사소설을 썼다. 이 작품도 또 하나의 문학적 선풍과 성공을 거두었다.

그러나 이 작품을 쓰면서 "엘리엇은 너무 힘이 들어 노파가 되었다." 그녀는 십자군 원정 시의 스페인 집시들에 대한 극시를 쓰면서 "휴가를 가졌다." 그런 다음 "재충전되고 평안을 되찾은" 엘리엇은 영국으로 다시 돌아와 펠릭스 홀트라는 급진적인 노동자의 모습을 그려냈다. 중부지방의 생활에 대한 소설을 한 권 더 펴낸 엘리엇은 안절부절 못하고 또 다시 대륙으로 건너갔다. 네덜란드로 건너간 그녀는 유태인들의 관습을 연구하려고 유태인 회당을 방문했다. "여자는 한 명도 없었고, 독실한 남자들만 많았다… 주문을 외우고 몸을 흔들고—거의 꿈틀거리는 동작이었다—뭔가 느낌이 이상했다. 그렇지만 내 기억에서 멀어진 숭고한 종교의 상징을 희미하게나마 목격하고는 눈물이 흘러내렸다." 그리고 나서 엘리엇은 다니엘 데론다와 그의 고향 팔레스타인에 대한 불타는 꿈에 대한 이야기를 썼다.

엘리엇은 소설을 끝내고 여행을 계속했다.

유부남과 함께 사는 이 여인은 시련이 많았다. 어쩌면 엘리엇은 지구에 나뒹굴어진—그리고 하늘로 다시 올라가는 길을 잊은—여신과도 같은 심정일지도 몰랐다. 그녀는 이 특이하고 자그마한 지구인들의 법칙을 깨뜨렸기에 이제 그들 앞에서 심판을 받고 있었다. 그녀는 무죄 방면되기 위해서 비웃거나 화를 낼 수 없었다. 하늘의 이름으로 사람들의 동정심을 불러일으켜야 한다. 그렇지만 엘리엇은 우선 인간의 사랑과 인간적인 연민에 대한 설득력 있는 이야기를 해야 한다. "하나님의 연민에 대한 이야기가 인간적인 연민으로 감동되지 못하는 사람의 입술에서 나온다면 그것을 어떻게 믿을 수 있단 말인가." 그런 이유로 헤티 소럴, 작은 에피, 매기 털리버는 탄생할 수 있었다.

5

조지 엘리엇은 40세가 되기 전에는 단지 조지 헨리 루이스만의 여왕이었다. 60세가 되기 전 그녀는 런던에서 가장 화려한 살롱의 여왕이었다. 엘리엇은 친구들을 다시 찾아냈다. 그녀는 부자이고 유명했으며, 우울했다—전반적으로 매력적이고 기분이 어떻게 바뀔지 다소 예상할 수 없는 여주인이었다. 리전트 파크에 고급주택을 사들여 그곳의 이름을 '수도원'이라고 붙였다. 조지 헨리는 『포트나이트리 리뷰』지의 편집인의 지위를 수락하였고 로버트 브라우닝, 헉슬리, 틴들(Tyndall)을 끌어들이기 위해 표지 끝에 자기 이름을 썼다.

일요일 오후에 '수도원'에서는 허버트 스펜서가 자기 작품들을 조수들에게 넘겨주면서 제스처 게임을 할 자세를 취했다. 미국에서 온 랠프 에머슨은 러시아 소설가 투르게네프와 어깨를 맞대었다. 그리고 리처드 바

그녀는 새 오페라 『탄호이저』에 대하여 이야기했다. 조지 엘리엇이 "런던에서 가장 유명한 친구"라는 사실에 모두 동의했다. 자비로운 여주인은 "형용할 수 없이 매혹적인 목소리"로 손님 한사람 한사람에게 짤막하게 말을 건넸다.

그러나 엘리엇은 훌륭한 대화자는 아니었다. 이야기가 끊어지지 않게 계속해서 진행시키는 기술을 소유한 사람은 바로 그녀의 남편이었다. 루이스는 별난 난쟁이처럼 이 그룹 저 그룹 뛰어다니다가 때로 빈정대는 말이 들리면 모퉁이에 서서 익살을 부려 분위기를 바꿔놓고는 미소를 지었다.

루이스는 형언할 수 없을 만큼 행복했다. 그의 크고 인자한 심장은 다른 사람, 즉 그의 폴리(Polly)의 삶을 위하여 고동치고 있었다. 아내는 명민한 천재였으므로 그는 명석하고 비범한 아내의 대의명분을 위해 자원한 행복한 전사였다. 명성의 잔을 맛보는 것은 그의 몫이 아니었다. 그렇지만 적어도 그는 자신이 찬미하는 여신의 입술에 닿은 그 잔을 받쳐 들 수 있었다. 루이스는 그 역할을 자기보다 더 잘 해낼 수 있는 사람을 발견할 때까지 그의 작은 무대에서 두각을 나타냈다. 그리고는 오로지 최고의 연기를 꿈꾸는 우아한 예술가의 솜씨로 무대를 준비하였다. 필요하다면 루이스는 엘리엇의 공연이 계속될 수 있게 "두 손으로 무대라도 받쳐 들고" 있을 것이다.

전심을 다해 헌신하면서도 루이스는 여가 시간을 이용하여 『단순한 세포와 인간에 이르기까지』라는 연속강연을 하였고 아리스토텔레스에 관한 책을 완성하였으며, 광기에 대해 연구하고, 정신병원들을 방문하였으며, 마취제의 효능을 관찰하고 원생동물들에 대한 연구조사를 하였다.

그러나 마침내 루이스의 건강이 악화되기 시작했다. 아내가 부자가 될수록, 남편의 귀는 점점 들리지 않았다. 이 부부는 리전트 파크에서 써리에 있는 더 넓은 집으로 이사했다. 그들은 고용인들의 시중을 받았고 마차를 타고 다녔다. 그러나 루이스는 현미경을 통해 들여다보는 일에 전적으로 만족하여 돈 몇 파운드를 받고 새로운 철학책을 기획하고 있었다. 엘리엇의 천재성을 숭배하는 어떤 사람이 루이스에게 지팡이를 보냈다. 기력이 쇠하자 루이스는 침대 옆에 지팡이를 놓고서 어디를 가든 그걸 사용했다. 그러나 루이스의 천재성 때문에 지팡이를 보낸 사람은 한 사람도 없었다. 아무려면 어떠랴. 루이스는 기이한 삶의 조각을 이해할 수 없었다. 이상하게 분위기가 "별 볼일 없는 놈이 훌륭한 처녀에게 장가온 격"이었다. 한동안은 그런 말을 들어도 아무렇지도 않고 오히려 가장된 안정감이 생겼다. 어느 때보다도 그는 걷고, 놀고, 전에 없던 농담도 했으며, 폴리의 피아노 반주와는 음이 맞지도 않았지만 노래도 불렀다. 그러던 어느 날 루이스는 자다가 죽었다. 그는 자신이 곧 죽을 것을 깨닫지도 못했다. 그렇지 않았더라면 그는 분명 아주 대담한 농담을 만들어내고 또 그것에 대한 멋진 노래도 불렀을 것이다.

6

조지 엘리엇은 남편의 마지막 원고를 수정하여 출판사로 보냈다. 그리고 엘리엇은 남편 루이스의 이름으로 생리학연구 장학회를 설립했다. "죽은 자들은 우리가 그들을 잊을 때까지 결코 죽은 것이 아니다." 그리고 엘리엇의 영혼은 점차 소생되었고, 삶에 대한 애착도 다시금 강해져서 하나님의 은혜로 다시 살아나게 되었다. 그녀는 자기에게 쏟아지는 찬사를 받아들였다. 이런 찬사들이 세계 각처에서 끊임없이 숭배의 물결처럼 밀려들어왔다. 노년의 어떤 스위스 신사는 "원서로 엘리엇의 소설을 읽겠다"는 단 하나의 목적을 위해 영어를 배웠다고 썼다. 다른 숭배자는 자기 재가 엘리엇의 무덤에서 가능한 한 가까이 묻히게 해달라고 간청했다. 그러나 가장 큰 칭찬이 젊은 영국 은행업자인 존 크로스로부터 왔다. 그는 엘리엇과 결혼했다.

메리 앤 에반스와 존 크로스 사이에는 20살의 차이가 있었다. 크로스는 41세, 메리 앤은 61세였다. 그러나 그런 것은 문제도 아니었다. 작품을 통해 젊음과 아름다움을 창조할 수 있는 펜의 마법을 구사하는 여자라면 그녀는 젊고 아름답다. 봄에 관한 글을 쓰는 여자라면 그녀는 봄이다.

"마치 우리의 생각이 종종 우리보다 더 좋은 것과 마찬가지로 그것은 종종 우리 자신보다 더 나쁘기도 하다"—그러나 생각은 절대로 우리처럼 나이 먹지 않는다. 마치 그녀가 대성당들이나 라인 강을 처음 보았던 때부터 40년이라는 세월이 지나지 않은 것처럼 엘리엇은 남편과 함께 대륙으로의 대장정을 떠났다. 두 사람은 장 자크 루소의 정원에서 장미꽃을 땄고 단테의 『신곡』을 함께 읽었다. 이태리 밀라노에서의 여름 더위가 남편에게는 끔찍했지만 아내는 견딜만했다. 엘리엇은 강하고 평안해 보였다. 그녀는 남편이 아파서 침대에 눕자 그를 간호했다. 이 부부는 함께 괴테의 『파우스트』를 읽었고, 영혼을 팔고 젊음을 사들인 늙은 철학자가 시간이 지나가지 않게 해달라고 간청했던 것처럼 엘리엇의 입술이 살짝 떨렸다. "잠시 지체하라. 정말로 공평하신 그대여!" 잠시 지체하라… 서두르지 마라. 파우스트와도 같이 엘리엇도 역시 한 번 더 살 수 있다면 악마에게 영혼이라도 팔 수 있으련만!

아, 그러나 대륙에서 여름을 보내고 싸늘한 고향 영국의 가을로 올 때마다 무사하기를 바라다니 얼마나 어리석은가! 사랑하는 사람이 또 하나 떠나갔다는 것을 알게 되는구나! 어리석음으로 가득한 위대한 작가 괴테는 파우스트에게 두 번째 삶을 허용했다. 그러나 지혜로우신 위대한 하나님은 괴테에게 단 한 번의 삶을 허락했다—모든 피조물에게 단 한 번의 삶을 그리고 희망 하나를…

> 오 보이지 않는 합창단에 나도 가입할 수 있다면
> 다시 살고 있는 불멸의 죽은 이들로 이루어진 그곳에서
> 그들의 존재로 더 훌륭해진 마음으로 살아가리라…

　시간은 느림보가 아니다. 결혼서약을 하고 7개월이 지난 후 엘리엇은 영국의 콘서트홀에서 마지막 숨을 들이켰다.

　웨스트민스터 수도원의 왕들 옆에 이 문필가 집시 여왕을 눕힐 수는 없었다. 왜냐하면 엘리엇은 품위 있는 윤리 코드에서 벗어나서 한 남자를 사랑했기 때문이었다. 그래서 엘리엇은 그 대신에 그녀가 사랑한 사람 옆에, 이 사랑을 제외한 다른 어느 종교에 의해서도 축복 받지 못한 땅에 묻혔다—이 땅에서 추방된 아이들을 위하여 머리를 깔끔하게 빗질해두지 않은 집시의 터에 집시 시인 조지 엘리엇은 안치되었다.

삶은 절대로 경멸할 것이 아니고, 또한 죽음도 절대로 두려워할 것이 아니다.

표도르 미하일로비치 도스토예프스키

(1821~1881)

주요작품 ┄┄┄┄┄┄┄┄┄┄┄┄┄┄┄┄┄┄┄┄┄┄┄┄┄┄┄┄

「가난한 사람들」「이중인격자」「여주인」
「프로하르틴 씨」「죽음의 집의 기록」「지하생활자의 수기」
「죄와 벌」「도박자」「백치」「악령」「카라마조프 가(家)의 형제들」
「영원한 남편」「백부님의 꿈」

도스토예프스키
Dostoyevsky

1

본래 도스토예프스키 집안은 리투아니아 지방 출신으로 가톨릭을 믿는 집안이었고 혈관에는 북유럽의 피가 흐르고 있었다. 그리스 정교도 신부의 자손으로 태어난 그들은 교만하고 편협했으며 신앙심이 깊었다. 그리고 무척 가난했다. 그들은 하나님의 말씀에 굶주려있었고 빵에도 굶주려있었다. 그들은 우크라이나로 옮겨왔고 몸 안에서 흐르고 있는 노르만 족의 혈통과 좀더 일치하는 것으로 종교도 바꿨으며 양식과 영혼이 추구하는 영원한 질문에 대한 영원한 해답을 얻고자 노력했다. 그들은 방랑 기질이 있는 지식인들로 사람들 눈에 띄지 않는 곳을 제외하고는 충동적으로 어디든지, 하늘나라 아니면 지옥에라도 갈 사람들이었다.

표도르는 1821년 화려한 명성을 꾀하고 가톨릭을 믿는 이 기이한 노르만 족의 자손으로 태어났다. 아버지는 모스크바에 있는 빈민병원의 의사였다. 그리고 그것은 표도르에게는 적절했다. 지식인들이 지성의 덕택이 아니라 빈민들의 담당의사이기 때문에 존재한다는 사실은 이 소년에게 감동을 주었다… 겨울의 모스크바는 귀에다 선율을 남겨줄 뿐만 아니라 가슴을 찔러대는 매서운 바람으로 구멍이 뚫려있었다. 의사 도스토예프스키가 다니는 병원은 자연이 인간에게 내리는 학대의 갖가지 징후로 꽉 차 있었다. 바람이 따뜻한 여름에는 다리가 하나인 아이들이나 더러움과 병으로 초췌해진 노인들이 절뚝거리며 표도르의 집과 인접한 병원의 정원을 서성이고 있었는데 미소 짓는 풍경을 배경으로 미친 듯한 의문이 생겨난다.

병자들의 정원, 이것은 표도르가 상기할 수 있는 최초의 것이었다. 그는 일찍이 아름다운 자연 속에서 살아가는 인간의 고통이라는 놀라운 삶의 패러독스를 인식하게 되었다. 삶의 대극성이라는 전율하는 부조화가 그를 밑바닥까지 흔들어놓았다.

높은 담이 표도르의 집과 정원을 가로막고 있었다. 그러나 표도르는 걸음마를 배우자마자 어느 것도 자신을 그 아름다움으로부터, 그리고 또 그 고통으로부터 가로막지 못한다는 것을 알아차렸다. 높은 담에는 문이 있었다. 그는 그것을 열었고… 그리고 어느 날 밤 아버지는 굉장히 격분하여 표도르의 면전에서 문을 쾅 닫더니 두 번 다시 이 문을 열지 말라고 말했다. 그러나 표도르는 이 문이 누군가 매질에 도전하는 사람, 아니 심지어 매질을 환영하는 사람의 손이 와서 열어주기를 기다리고 있다는 것을 알았다. 그래서 그는 아버지가 간수처럼 열쇠를 쥐고 있는 한, 담 저편에서 고통당하고 있는 사람들과 함께 동반자로서의 고통을 겪음으로 해서 맛보게 될 기쁨을 위하여 하루 세 번씩 스스로 채찍질을 가하기로 굳게 마음먹었다. 아름다움의 한가운데에 놓여있는 고통 받는 자들. 누구라도 이 정원에서 걷기 위해서는 아파야만 했다….

의사 도스토예프스키는 두 아들 표도르와 미하일에게 꽤나 엄격했다. 어떤 담장에나 그것을 통과할 수 있는 문이 있으면 아버지는 항상 그것을 잠갔다. 그리고 담장이 없으면 담장을 만들어 세웠다. 자식들은 가족

이외의 어느 누구와도 교제해서는 안 되었다. 이런 엄격함 때문에 표도르는 자라서 은둔자가 되었다. 페테르부르크에 있는 공병사관학교에 입학했을 때 그는 16세였는데 선생님들과 학생들은 모두 그를 잘난 척하는 속물로 여겼다. 그의 유일한 말상대는 몽상의 세계뿐이었다. "나는 위대한 사람과 아름다운 사람을 꿈꿉니다. 나는 꿈의 세계에서 살고 있지요. 나는 낭만적인 희곡을 한 편 쓰는 중입니다."

아버지가 현실의 세계에서 사는 것을 결코 허락하지 않았기 때문에 그는 공상의 세계에서 살았다. 표도르는 낭만적인 희곡에 대하여 무엇을 알고 있었을까? 아버지는 청교도적인 젊은 자식에게 극시에서를 제외하고는 여자에 대해서 일체 언급하지 말라고 명령했다. 16세에 공병사관학교를 다니는 러시아의 젊은 악마들은 여자에 대해서 모든 것을 알고 있었다. 그들은 그들 가운데에 있는 하얀 피부의 자그마한 수도사와 같은 시인을 비웃고 욕했다.

그러나 얼마 후 금지된 통로를 통해서 표도르에게로 우정이 살그머니 다가왔다. 왜냐하면 표도르는 자기와 마찬가지로 푸시킨(1799~1837. 러시아의 대표적인 시인, 단편 소설가. 역주)을 읽고 시를 쓰는 동료 몽상가들인 몇몇 문학 동지를 만났기 때문이다. 그리고 그들은 종종 여자들과의 교제를 꾀하였다. 표도르는 이 젊은이들에게 열정적인 애정을 느꼈다. 그러나 그의 아버지는 이런 애착을 이해할 수 없었다. "너의 주위에다 담장을 쌓아라. 친구들에게서 악이 오염되지 않도록 가까이 하지 마라." 표도르는 아버지께 보내는 편지에서 새 옷을 사 입고 위로 겸 친구들과 외출하여 저녁을 사 먹을 수 있게—그렇지—그리고 죄를 조금 범할 수 있는 돈을 조금만 보내달라고 요청했다. 이런 요청에 대해 표도르가 받은 것은 단지 화가 잔뜩 난 반박뿐이었다. 아버지는 병원에서 시골의 저택으로 이사를 갔다. 아버지는 이 저택에 들어가는 비용으로 그의 전 재산이 모두 다 들어갔다고 불평하였다. 아버지는 아들들이 돈을 달라는 요청을 그만두지 않으면— "항상 더 많은 돈을 달라고 요구하는데…" 그가 죽은 후 아들들이 거지가 되고 말 것이라고 선포했다.

표도르는 편지의 글씨체가 안정되어 있지 않을 것을 알아챘다. 너무나 많은 술을 마신 것인데 그것은 과거로부터 아버지의 약점이었다. 그리고 어느 날 그는 아버지의 집에서 온 편지를 받았는데 그 필체는 가련하게 흔들리는 글씨체가 아니라 또 다른 사람의 손을 빌린 것이었다. 아버지는 약간의 토지를 둘러보기 위해 여행을 떠났는데 그것으로 마지막이 되었고… 마차의 쿠션 밑에서 질식하여 죽은 채로 발견되었고… 마부는 말을 가지고 사라져 버렸다는 것이 편지내용이었다. 그리고 이것은 지주 도스토예프스키의 잔인함을 더 이상 견딜 수 없었던 농노들이 복수로 저지른 범죄라는 소문이 나돌았다. 그리고 많은 마을 주민들도 이 계획에 참여했다는 소문이 무성했다….

표도르는 두 번 다시 아버지의 이름을 언급하지 않았다. 그러나 아버지 도스토예프스키가 살해된 사실, 그리고 그럴듯한 살해 원인은 그의 영혼에 상당한 혼동을 일으켰다. 카인에게 내린 것과 같은 저주가 표도르에게도 내린 것이다. 표도르는 죽음의 암흑을 응시하였다.

2

그리고 그 암흑을 비전들이 가득 채웠다. 그 비전들은 그의 호기심을 자극했고 그에게 놀라움을 주었으며 굉장한 교훈을 지시하였다. 그리고 표도르는 이 비전들을 종이에 옮겨놓았는데 이것은 주인공을 제외하고 연출되는 글이 아니라 주인공들 내부에서 일어나는 극, 즉 심리적인 모험소설이었다. 그리고 어떤 추상적인 개념이 그의 눈길을 단단히 끌고 있는 괴물의 형태로 구체화되었다. 러시아 민족. 표도르는 그것을 해석하고자 했고 그것을 위해 일하고 그것을 위해 노예처럼 고역을 치르고자 했다. 그는 그것의 진수를 살려내고자 불과 물을 나르고자 했고… 그것의 커다란 발로부터 머리끝까지 골고루 쓰다듬으며 표현해내고자 했다. 페테르부르크에서 지식인들과 있을 때에는 단지 머리 부분만 볼 수 있었다. 이제는 다리 부분을 볼 때였다. 다리 부분을 형성하고 있는 고통을 겪고 있는 이 수백만의 대중은 한 잔의 보드카를 앞에 놓고 술집에서 거의 자유롭게 자기 의사를 털어놓고 있음을 표도르는 알게 되었다. 그는 수줍어하고 까다롭긴 했지만 "어머니 대지의 의붓자식들"의 말에 귀 기울이기 위하여 페테르부르크에 있는 술집으로 들어갔다. 표도르는 낯선 사람들이 말을 걸만한 사람이 아니었다. 얼굴은 수수했고 침울했으며 눈은 흐릿하였다. 그래서 그는 테이블에서의 대화가 아니라 얼굴이 수그러지고 귀가 예민해지는 당구 게임으로 사람들을 유혹했다.

보잘 것 없는 당구선수였지만 귀담아듣기를 잘하는 표도르는 돈을 잃고 지혜를 얻었다. 그러던 어느 날 그의 원고가 어떤 명민한 러시아 비평가의 손에 들어가게 되었다. 비평가는 도스토예프스키를 부르러 보냈다. "젊은이, 자네가 요즈음 써낸 작품을 아는가? 아니, 모르겠지. 자네는 아직 이해할 수 없을 테니까."

도스토예프스키는 그 원고의 제목을 「가난한 사람들」이라고 지었다. 그것은 겨우 반만 만들어진 그러니까 소량의 진흙을 가지고 서투른 천사들의 손으로 보기 흉하게 만들어진 측은한 사람들의 이야기였다. 불구의 신체와 영혼을 지닌 사람들. 인간의 패러독스. 아름다운 눈을 지닌 백치들. 뒤틀린 사지의 거인들. 도스토예프스키는 이 불쌍한 빈민들의 삶을 응시하였고 그곳에서 이성도 운(韻)도 발견해내지 못했다.

그러고 나서 표도르는 다시 지식인들에게로 눈을 돌렸다. 적어도 그들은 도스토예프스키가 창조에의 질서, 삶의 의미를 발견하는 것을 도와줄 것이었다. 이런 지식층이 사회의 면모를 바꿔놓을 것이고 러시아의 황제를 전복시킬 것이며 자유민의 공화국을 세울 것이다. 신이 아니라 인간 스스로가 인간 자신의 구세주임에 틀림없었다. 인간의 정신은 반드시 집중되어 인간의 마음이 고통에서 벗어나 무아의 경지로 불타오르게 하도록 힘을 기울여야 한다.

표도르는 세상 사람들의 마음을 바꾸어놓을 이런 급진적 지식층의 자문을 얻기 위해 응접실로 나왔다. 그는 정부 관리들의 불의에 대항하는 그들의 고함소리에다 자신의 목소리를 첨가했다. 어떤 모임에서 그는 체포되었다. 형식적인 재판이 있은 후 그는 다른 정치범들과 함께 죽음을 기다리기 위해서 피터 폴 요새로 끌려갔다.

도스토예프스키의 육체는 구금되었다. 그러나 그들이 어떻게 그의 정신을 감금할 수 있겠는가? 그들이 어떻게 감방의 네 벽 속에 무한성을 잠가버릴 수 있겠는가?

이제 그들은 그를 마차에 태워 세메노프 연습장으로 데려갔다. 지금은 크리스마스 시즌이다. 공기는 상쾌하다. 다른 마차들이 다른 정치범들을 태우고 도착한다. 군대가 차려 자세로 서서 군법재판소가 내린 판결인 사형을 집행할 준비를 갖추고 있다. 목사 한 명이 손에 십자가를 쥐고서 죄수들을 이끌고 검은 천으로 휘장을 둘러놓은 처형대로 향한다. 몇 명씩 몇 명씩 총살형을 집행하는 사살대원들과 마주하도록 정돈시킨다. 표도르는 세 번째 그룹에 속해 있다. 그는 5분 정도 더 살 수 있으리라고 어림해본다. 그런 순간에 정신이 이토록 또렷할 수 있다니 이상했다….

그러고 나서 군인들이 총을 들어 겨누려 할 때 한 기수가 황제로부터의 전갈을 가지고 처형대로 달려온다. 죄수들의 사형집행 연기. 사형선고는 시베리아로의 유배로 감형되었다. 그것은 조그만 신부에게는 기분 나

뻔 조소였다. 죄수들 중 한 사람은 사형집행 유예소식을 듣자 단단히 미친다. 또 다른 사람은 "총을 빨리 맞았더라면 더 좋았을걸!" 하고 처참하게 울부짖는다. 왜냐하면 그들은 시베리아에서 죽은 듯이 살아갈 생활이 죽음보다 못한 형벌임을 알기 때문이다.

3

크리스마스 전야에 그들은 도스토예프스키를 피터 폴 요새로부터 강제 이송하여 시베리아 행 열차를 타게 했다. 첫 번째 정거장에서 한 여인이 그의 손에 한 권의 성경을 쥐어주었다. 성경은 황무지로 들어가는 여행자에게는 유일한 실질적인 안내서였다. 성경의 책갈피 사이에서 그는 25루블의 지폐 한 장을 발견했다. 그 정도면 담배, 리넨 셔츠, 비누와 빵을 사기에 충분했다.

그러나 마음의 평화를 사기에는 충분치 못했다. 유행을 따르고 안락을 좋아하던 젊은이가 팔과 다리를 사슬로 묶고 죄수복을 입고 지낸다는 것은 쉬운 일이 아니었다. 펜보다 무거운 그 어느 것도 결코 다뤄보지 않던 손이 이제 중노동에 시달리고 있었다. 하나의 잘못에도 부끄러워하고 소심했던 표도르는 러시아에서 가장 악명 높은 도둑들과 살인자들 사이에 내던져졌다. 구제될 수 없는 사람들이 늘 만나는 동료들이었다. 그들은 도스토예프스키의 생각 속에 침투했고 이전에 범행했던 그 어느 범죄보다도 훨씬 더 무시무시한 범행을 저지르겠다고 위협했다. 이 범죄는 칼 없이도 정신을 살해하는 것이었다.

그러나 도스토예프스키의 마음은 살해당하지 않았다. 이 극도의 번뇌 속에서 인간의 운명이라는 커다란 문제가 다시 한번 그를 동요시켰다. 그는 시베리아의 수용소가 단지 페테르부르크 당구장의 또 다른 방에 불과하다는 것을 알았다….

이렇게 고통스러운 상념에 빠져있는 도스토예프스키에게 한 줄기 새로운 빛이 다가왔다. 이제 그는 구제 받을 수 없는 사람들이 인간을 통해서가 아니라 인간 외부에 있는 어떤 힘을 통해서 구원받는다는 것을 깨닫게 되었다. 그는 흰 빵을 사기에 충분한 25루블 짜리 지폐가 끼어있던 성경을 더욱더 갈망하고 의존했다. 성경이 전하는 말 속에서 그는 새롭고 좀더 강한 지구력을 키워주는 빵 즉 영혼을 위한 흰 빵을 발견했다… 인간을—성인(聖人)뿐 아니라 죄인까지도—구원해 주는 것은 하나님이다….

그러나 만일 하나님이 죄인을 구원한다면 과연 죄악 속에는 어떤 위험이 있는 것일까? 사실상 죄악이란 하나의 확실한 유혹이고 하나님의 자비에 대한 설계도이며, 하나님의 무한한 선에 대한 시험이다. 그것은 마치 친구에게 빌려준 돈이 그의 선에 대한 시험인 것과 같다. 도덕적으로 좀더 나은 세계를 추구했던 페테르부르크의 지식인들은 만일 십자가에 못 박힌 예수 곁에 같이 못 박혔던 살인자가 없었더라면 예수가 십자가에 못 박힌 것에는 아무런 의미가 없었을 것이라는 것을 인식하지 못했던 것은 아닐까? "하나님이 죄인을 만드시고—그리고 죄인이 하나님을 만든다." 페테르부르크 지식인들의 꿈인 완벽한 지성의 세계는 하나님의 창조목적을 말살시킬 것이고—"하나님 자신을 말살시킬 것이다."

이렇게 도스토예프스키가 악의 문제를 더 깊이 생각할수록 인간의 범죄와 인간의 악, 법정이 내린 형벌과 하나님의 의지 사이에 아무런 등식도 성립되지 않음을 한층 더 인식하게 되었다. "인간이 벌한 자들을 하나님은 구원하신다." 도스토예프스키는 인간을 구원하려는 진지한 희망을 가지고 혁명 활동에 참여했는데 엄숙한 법정은 인간을 살해한 살인자들과 나란히 그에게 처벌판결을 내렸다. 그래서 그의 의식세계로 사물들의 진정한 논리를 발견하기 위해 사물들의 표면 아래를 뒤져보아야 한다는 느낌이 떠올랐다.

4

시베리아에서 4년을 지낸 후 도스토예프스키는 중노동에서 방면되었다. 그러나 러시아 법은 형벌이 아직 끝난 것이 아니라고 규정하였다. 그는 시베리아에서 사병으로 복무하여 자유의 몸이 되기 전에 장교의 지위까지 오르도록 강요받았다.

그는 세미팔라틴스크라는 자그마한 마을에 있는 부대에 배속되었고 같은 중대에 있는 대위의 아내인 마리아 드미트리에프나와 사랑하게 되었다. 그녀는 "제법 예쁜 금발미인이었고 키는 중간 정도였으며 매우 날씬하고 열정적이며 명랑했다." 마리아의 남편은 죽어가고 있었다. 그러나 표도르에게 엄습한 생각은 "결코 결혼해서는 안 되겠다. 난 독신으로 살아야 해"였다. 왜냐하면 감옥에 있는 동안 심상치 않은 병이 규칙적으로 나타났기 때문이다. 간질병. 의사들은 간질병이 노년이 되면 비정상적으로 완전히 발전한다고 말했다. 이곳에서 그는 30세를 훨씬 넘어있었고, 그리고 이번에 처음으로 정열적인 사랑을 느꼈던 것이다. 그것은 오랫동안 연기되었던 정열이었고, 다 자란 성인이 갑자기 사춘기 소년과 같아진 것이다. 마리아의 남편은 갑작스레 죽었고 표도르는 스스로를 "완쾌된 사람"이라고 자칭하며 의사의 충고를 무시하고 친구의 부인을 아내로 맞았다. 그녀가 결혼식 전날 밤에 표도르보다 몇 살 어린 연인과 밤을 지냈다는 추잡한 소문이 나돌았다. 그리고 마침내 그가 러시아로의 귀환허가를 받았을 때 그들이 집으로 오는 마차 뒤를 한 정거장쯤 떨어져서 부인의 연인이 뒤를 쫓아왔다는 소문이 자자했다.

그러나 축축한 겨울날씨로 인하여 부인의 얼굴에는 곧바로 자주색 반

점이 나타났고 그녀 역시 첫 남편과 마찬가지로 곧 죽게 되리라는 것이 분명했다.

시간이 흐르면서 마리아는 사람들이 알아볼 수 없게 되었다. 이제는 그녀가 정숙하지 않음을 두려워할 필요가 없었다! 아직도 죄악의 문제와 씨름하면서 전력을 기울이고 있는 표도르는 저 멀리 어린시절—병자들의 정원으로 기억을 더듬어갔다. 담장을 사이에 두고 한쪽 편에는 병자들, 다른 한편에는 건강한 사람들… 글쎄, 병자는 죽어야 하고 건강한 사람은 살아야 하겠지. 오랫동안 미결상태로 두었던 그의 열정이 속박에서 벗어나기를 갈망하였다. 그리고 그는 열망의 대상을 아폴리나리아 판크라티에프나 수슬로프라는 한 젊은 학생에게서 찾아내었다. 이 여학생은 빨간 기를 들고 라 마르세예즈(프랑스 국가. 역주)를 부르며 행군을 하는 사회주의자들의 데모대열에 끼어있었다. 어느 날 아폴리나리아는 표도르의 강연을 듣고 그에게 사랑을 고백하는 편지를 써 보냈다.

"그녀는 냉담하게 감각적이었다. 그녀는 사랑을 하면서도 고통을 주는 사람이었다… 사드 후작이 그녀의 수업을 들었을 수도 있었다… 그녀는 죄도 지나치게 냉담하게 저지를 수 있을 것 같다… 그녀는 겨울날의 얼음장과도 같이 차가왔다… 마치 중세기 수녀원의 대수도원장과 같이 일말의 감정도 없이 모든 사람을 상대했다… 그렇지만, 그렇게 육감적인 여인도 없었다…."

그녀의 연인인 표도르로서는 내부에 두 명의 인물을 가지게 되었다. 둘 중 하나는 집중적으로 죄와 벌이라는 문제에 골몰하며 대사, 문안, 주인공의 행적을 따라가고 고딕 양식의 창문을 그리면서 라스콜니코프라는 학생의 이야기를 만들어내느라 고통하고 있었다. 왜냐하면 그는 내적 세계를 추구하고, 예술이라는 수도원에서 살고 죽기로 맹세한 몸이 아니던가?… 그런 상태가 잠이 깨어있을 동안의 모습이다.

열에 들뜬 몽상의 날개를 타고 돌진하는 다른 한 사람은 아폴리나리아와 함께 전 유럽을 돌진하고 있다. 그녀는 표도르를 좌절시키고 괴로움을 주며 번갈아서 그녀를 향유하거나 증오하도록 강요한다. 표도르는 눈에 맹목적인 눈물을 담뿍 담고 그녀 앞에 무릎을 꿇고, 밤마다 그녀의 방 밖에 가두지 말아달라고 탄원한다.

그러고 나서 그에게 온 소식은 아내의 병이 드디어 종착역에 도달했다는 것이었다. 표도르는 집으로 돌아와 끊임없이 아내를 간호해주었고, 끊임없는 기침으로 생명이 다할 때까지 그녀를 지켜보았다.

5

어느 날 아침 도스토예프스키에게 어린 소녀가 찾아왔다. 그녀는 그의 최후의 소설이 될지도 모를 작품을 받아써줄 비서를 찾는 것을 보고 온 것이다. 그녀는 죽어가는 아내 곁에서 「죄와 벌」을 쓰고 있는 이 사람의 얼굴을 외경심을 가지고 들여다보았다. 이 작품이 완성단계에 이를 무렵 도스토예프스키는 기이하게도 괴로움이 커졌다. 그러나 비서인 안나 그레고리에브나는 "표도르 미하일로비치, 두 개의 산은 결코 함께 만날 수 없을지 모르나 두 사람은 아마도…" 하고 말했다. 그리고 그녀는 표도르와 결혼을 하였다.

「죄와 벌」… 온 세상 사람들이 읽고 있는 라스콜니코프의 이야기… 몽상 속에서 생활하는 명석한 젊은 학생… 많은 지적 이론을 조달해주는 자, 어떤 억제도 받지 않는 정신을 통하여 선악의 깊이를 탐구하는 자였다. 그리고 이런 몽상 속에서 드디어 그의 의지는 초인이라는 지적인 추상개념 속으로 녹아 들어갔고 그의 육체는 정신의 노예가 되고 말았다… 그가 써낸 모든 사고(思考), 모든 수필, 모든 이론은 어떤 기계적인 의지로 바뀌었고 그는 그 의지가 지시하는 대로 움직이게 되었다. 추상적인 것이 생명력을 얻고 살아있는 것이 추상으로 녹아 들어갔다. 두 개의 인격체가 서로 교체되었다… 그리고 그의 사고와 이론은 죄의 존재, 즉 인간이 생각해낼 수 있는 가장 끔찍한 죄를 포함하기 때문에 그는 어쩔 수 없이 죄를 저지르게 되었고, 자신의 이론을 시험해 보고자하는 정신의 힘에 자동적으로 내몰린 것이다… 그가 자기 물건을 몇 가지 맡긴 적이 있던 전당포를 경영하는 노파가 있다. 그는 그 노파를 죽여야한다고 결심한다. "무슨 목적으로?"하고 자문해본 다음 그는 다음과 같은 답변을 마련한다. "왜냐하면 노파의 돈은 수전노에게는 별 소용이 없을지 모르지만 내가 공부를 계속할 수 있는 자금은 되거든…."

신혼여행을 하던 중에 안나는 도스토예프스키의 머리가 침대가로 거의 떨어질 듯 흔들리면서 발작을 하며 누워있는 것을 보게 되었다. 조금만 있으면 그는 떨어질 것 같았다. 발작이 있기 전에 그는 묘하게 황홀한 감정을 느꼈고 얼굴이 온통 무아지경에 빠져 축복을 받은 사람처럼 변했다. 안나는 이마의 땀을 닦아주었고 입술에 묻은 거품을 씻어주었다. "그는 차츰 의식을 회복하였고 내 손에 입맞춤을 해주더니 나를 품에 꼭 껴안았다…."

도스토예프스키는 그런 중에도 계속해서 소설을 썼다… 죄를 저지르기로 마음먹은 날에 라스콜니코프는 대부분 잠에 취해있었고 정말로 그 약속시간을 지날 때까지 잠을 잤다. 그러고 나서 잠에서 깨어난 표도르는 노파가 살고 있는 곳을 향하여 집을 나섰다. 그는 어떤 핑계를 대면서 노파를 붙들어두고는 도끼를 집어 들었다. 마지막 순간까지 그는 이 모든 것이 현실이 아니고 어떠한 범죄도 발생하지 않을 것이며… 어떤 공상적인 꿈… 이라는 느낌이 강하게 밀려든다. 깨어있는 세상이 어떤 것이고 잠을 자는 세상이 어떤 것인가? 기계적으로 그는 노파의 머리를 도끼날로 내리친다. 머리에서 줄줄 흘러내리는 피는 시장에서 파는 펀치일지도 모른다… 노파의 여동생이 층계를 올라온다. 그는 여동생이 없으리라고 계산했었다. 그는 여동생도 죽인다. 그는 노파에게서 시시한 장신구 몇 개와 지갑을 빼내어 집어 든다. 그의 내부에서 계속해서 우물거리는 소리가 들려온다. "네가 그 노파를 죽인 것은 이 돈 때문이었어… 왜냐하면 너는 굉장히 가난한데 노파는 부자이고 나이를 먹어서 별 쓸모가 없거든… 그리고 이 돈으로 너는 출세도 할 수 있고 공부도 계속할 수 있을 테니까." 그는 지갑을 열어보지도 않고 지갑을 던져버린다. 왜냐하면 지금 기계와 같은 그의 마음에 새로운 생각이 스쳐가고 있기 때문이다. "약한 자! 논증을 대어 설득하려 들지 말고 그런 시시한 동기를 찾아내려 하지 마라, 네가 이 노파를 죽인 것은 그저 살인이라는 것에 매력을 느꼈기 때문이지 다른 동기는 없었잖아. 너는 범죄를 저지를 필요성을 느꼈기 때문에 살인을 한 거야…"

도스토예프스키는 계속해서 카지노에 가서 빨강색과 검은색에만 돈을 걸었다. 정열, 빛깔, 모험이 삶 자체와 마찬가지로 그를 불가항력적으로 끌어당겼다. 그리고 어느 날 그는 크나큰 절망감을 느끼며 집으로 돌아왔다. "그는 모든 것을 잃었다고 하면서 나에게 전당잡힐 것이 있으면 좀 달라고 애걸하기 시작했다. 나는 귀걸이, 브로치 등을 꺼내주었다…. 그는 내 앞에 무릎을 꿇고 앉아 자기는 계속해서 노름을 해야 한다고, 노름을 반드시 계속해야 한다고 말했다… 그때 나는 그가 평범한 노름꾼이 아니라는 것을 알아차렸다… 그는 이기기 위해서가 아니라 단지 돈을 잃을 필요가 있었기 때문에 노름을 했던 것이다…"

…그러나 라스콜니코프의 범죄가 이 작품의 끝이 아니다. 그것은 시작에 불과하다. 사람은 죄를 짓기 위해서가 아니라 그 뒤를 따르는 처벌을 받기 위하여 죄를 저지를 필요가 있다. "아하, 바로 그런 이야기구나! 여

러분은 선악을 넘어서 뒤죽박죽 얽혀있는 미로를 따라서 더 멀리 가보고 싶은가?” 살인은 풀리지 않는 신비한 사건으로 분류된다. 분명히 페테르 부르크에 사는 그 어느 누구도 이런 이상한 이론을 가난한 학생인 라스콜니코프가 가지고 있으리라고 생각하지 않는다… 현실세계와 비현실세계—사이에 놓여있는 그런 알 수 없는 국경지방에서 무의식적으로 기계적으로 라스콜니코프는 살인현장을 다시 찾아가고, 한담을 나누러 경찰서를 가며, 끔찍한 암시를 떨어뜨리고, 자기 자신을 대중의 눈앞에 내놓기도 하며, 사람들의 관심을 자기가 지은 죄로 끌어들이기 위해 온갖 종류의 일을 필사적으로 저지른다.

정말로 그는 죄의식을 위해서 죄를 저질렀다…. “이미 죽은 자들의 죄와 앞으로 살아갈 사람들의 죄를 모두 등에 지고 나는 이 세상에 태어나지 않았던가?” 사람들은 너무나 어리석고 사람이 만들어놓은 법률은 너무나 조야하다. 인간들은 영혼의 창공에서 떠돌고 있는 만져볼 수 없는 막연한 범죄들을 결코 알아차릴 수 없을 것인가? 왜냐하면 인간들은 살인과 피를 분명히 보았을 때뿐만 아니라 영혼의 구원을 위해서 고해신부를 부를 것이기 때문이다. “그래서 영혼이 태어날 때 초래한 죄 값을 요구하기 위해서 누군가는 살인을 해야 한다.” 주 하나님은 자신이 죄를 짓고 있다고 느끼는 사람 그리고 손이 폭력행위로 인해 더럽혀지지 않은 사람에게 자비를 베푸신다. 그러니 그가 미칠 수밖에!

라스콜니코프는 몸을 내던지다시피 무릎을 꿇고 사람들에게 도끼로, 피도 눈물도 없이, 계획적으로 자신이 두 노파를 죽였다고 고백한다… “제발, 착한 사람들이여, 마음의 연대기에 이보다 더 무서운 죄를 생각지 마세요”… 그는 선고를 받았다. 그는 입술에 노래를 머금고 시베리아로 향한다. 이상하게도 비꼬였지. 자기 손으로 두 명을 죽인 지금에야 자신이 지금까지 살아오는 동안 처음으로 아주 결백하다고 느낀다. “마치 더

할 나위 없는 무아의 경지에 처한 순교당한 천사와도 같이….”

그리고 도스토예프스키는 속삭인다. “설마! 신이 정말 있단 말입니까?” 그러자 가장 멀리 있는 베일도 뚫을 것 같고 단테처럼 저주받은 자들의 집을 통해서 그를 인도할 것 같은 목소리가 답했다. “인간은 단지 악마가 존재하기 때문에 구원을 받는다. 왜냐하면 악마를 통해야만 인간은 양심을 얻게 되니까.”

6

그리고 표도르 도스토예프스키는 찾아온 젊은이들과 함께 차를 마시면서 인간의 사회적 운명을 이야기하였다. 그들이 황제를 몰아내고 러시아에도 프랑스나 미국 공화국의 본을 따라 공화국을 세울 꿈을 이야기했을 때 표도르의 마음은 자신이 도끼나 총을 사용한 살인자들과 함께 지냈던 정치적 유배시절로 되돌아갔다. 그리고 그는 머리를 슬프게 내저었다. “잠깐! 여러분, 우리가 이 세상을 혁신하는 데 필요한 것은 폭력적인 행동이 아니라 위대한 행위, 즉 내부로부터 일어나는 커다란 대변혁입니다.” 그러자 젊은이들은 눈에 불을 켜고 반대했다. “그렇지만 어떻게 당신은 모든 사람이 말씀하시는 내부로부터의 변혁, 즉 그 위대한 행위라는 영감을 느끼도록 만들 수 있겠습니까?”

“자네들은 무엇 때문에 모든 사람을 불러일으킬 필요가 있다고 생각하는 거지?”하고 도스토예프스키는 반박하였다. “자네들은 단 한 명의 올바른 사람이 얼마나 커다란 영향력을 발휘할 수 있는지 깨닫지 못한단 말인가? 한 명의 올바른 사람이 나타나고 다른 모든 사람이 그를 따르면 되지 않겠는가…”

그런 다음 표도르의 눈은 별이라도 머금은 듯 부드러워졌다… 그리고 그의 목소리에 의존한 삶은 펜에 의존하는 삶으로 변형되었다. 그리고 그가 놀리는 신기한 펜대 밑에서 정말로 완벽한 귀족을 대표하는 절대미의 주인공 미시킨 왕자가 자라고 있었다. 그는 정신병원에서 풀려난 간질병 환자이고 천치였다. 아, 미시킨 왕자는 어쩜 그렇게 단순할 수가 있는가. 인간의 원한을 마주보면서 어쩜 그렇게 인간의 본성을 굳게 믿고 있는지 말이다. 그는 악당들의 세상을 헤치고 나아가다가 그들에게 몰매를 맞고 모든 것을 빼앗기고, 거의 파멸에 이를 지경이다. 그러나 그는 그들을 저 지시키기 위해 손가락 하나 까닥하지 않는다. 그는 값싼 인간들을 향해서 "현명해지기"를 거부한다. 그것이 그들을 분노케 하는 점이다. 악당들은 그에게서 모든 것을 속여 빼앗을 수 있지만 그들이 선량하다고 믿는 그의 신념만은 빼앗을 수 없다. 악당들이 때리면 마치 그는 주먹으로 인해 고통받는 자는 자기가 아니라 그들인 것처럼 연민을 가지고 그들을 보살 핀다. 그리하여 최고 멍청이라도 곧바로 그가 자신들과는 다른 더 높은 수준의 의식 속에서 살아가고 있다는 사실을 깨닫기 시작한다.

그러나 그 높이는 현기증이 날 정도로 높다. 모든 사람들은 결국 쓰러 져야 한다. 그는 죄 지은 여인과 사랑에 빠진다. 지상에 사는 또 다른 연인은 그 여인을 다른 사람이 절대로 소유하지 못하도록 광란 속에서 그녀를 살해한다. 그리고 사람들이 그 방으로 모여 들어와 보게 된 것은 살인자가 시체를 유포로 감싸고 주위에 소독하는 약병들을 늘어놓은 것이다. "그들은 살인자가 완전히 무의식 상태에서 사납게 날뛰는 것을 보았다. 왕자는 마루바닥에 미동도 하지 않고 살인자 옆에 앉아있었고 병자가 외마디 소리를 지르거나 재잘거리며 소리를 낼 때마다 얼른 그는 떨리는 손을 부드럽게 환자의 머리와 뺨에 대주었고, 그런 모습은 마치 환자를 달래고 조용히 진정시키려는 듯했다. 아하, 슬프도다! 그러나 살인자는 자기에게 무슨 말을 하고 있는지 하나도 이해하지 못했으며 자기 주위에 누가 있는지도 전혀 알아보지 못했다…"

도스토예프스키는 아직도 베일을 하나하나 들춰가면서 자신의 가장 깊은 곳까지 속속들이 조사한 다음 자신에게 할당된 삶 중에서 노년기에 기이한 모습을 보여준다. 그는 자신의 생각의 무게로 머리를 밑으로 구부린 채 정원으로 간다. 부질없는 생각과 타오르는 정열이 혼합되어 있는 이 피조물이, 천사와도 같은 이 악마가 어떻게 어리석은 짓을 하면서도 그렇게 현명할 수가 있고, 그렇게 지혜로우면서 어떻게 그토록 어리석을 수 있단 말인가! 그리고 도스토예프스키는 백치, 죄수, 현자, 성인과 같은 등장인물을 만들어냈고 그들 개개인에게 인생이라는 수수께끼의 답을 달라고 요청했다. 그리고는 거리를 따라 걸어가면서 그는 스쳐가는 사람들의 말에 귀를 기울였다. 아마도 단 한 마디 말, 고갯짓, 미소, 희망으로 황홀히 빛나는 어떤 얼굴에 갑자기 스쳐가는 한줄기 빛이라도 그에게 대답을 줄지 모른다.

그리고 도스토예프스키는 종종 사색을 통하여 동료들의 의식수준 이상으로 올라간다. 그는 우주를 통해 날아올라 새로운 태양과 새로운 지구를 본다. "미소 짓는 에메랄드 빛 바다는 부드럽게 해안을 감싸고서 사랑으로, 분명하고 눈에 보이며 거의 의식적인 사랑으로 그들에게 입 맞추고 있었다… 키가 크고 근사한 나무들은 꽃이 만발한 가운데 의기양양하게 서 있었으며… 셀 수 없을 만큼 수많은 잎사귀들은 마치 사랑의 밀어라도 나누는 양 달콤하고 애무하는 듯한 소리로 나를 반겨주었다. 잔디는 달콤한 냄새를 풍기면서 찬란한 빛깔로 불타오르고 있었고 드높이 비상하는 새들은 공중을 선회하다가 겁도 없이 내 어깨와 손에 내려앉더니 파득거리는 작은 날개로 장난스럽게 나를 톡톡 쳤다… 그곳은 아직도 죄악으로 오염되지 않은 땅이었다. 그 땅에는 아직 죄라는 것이 무엇인지 모르는 사람들이 살고 있었다… 그들은 나에게 나무를 보여주었건만, 나는 나무를 쳐다볼 때 그들이 얼마나 그윽한 사랑을 가지고 대하는지 이해할 수 없었다… 이 사람들은 여하튼 하늘의 별들과 사귀고 있다고 나는 확신한다… 그들에게 종교는 없었지만 그들이 누리는 지상의 즐거움이 이 세상 자연계의 한계에까지 도달하는 경우에… 전 우주와 그들의 교감이 더욱더 크게 확장하는 일이… 새롭게 시작될 것이라는 것을 확고하게 알고 있었다… 그들은 서로에 대해 완전하게 우주적으로 매혹당하고 있었다… 그들은 다정하고 사랑이 충만한 눈길을 나에게 보냈다… 그리고 나는 그들 모두를 더럽혔! 어떻게 그런 일이 이루어질 수 있었는지—나는 모른다… 단지 나는 타락의 원인이 나였다는 것만을 알 뿐이다—그들은 거짓말하기를 배웠고 거짓말하기를 좋아했으며 거짓말의 아름다움을 알게 되었다… 곧 너무나도 빨리 첫 번째 피가 흘러나왔다… 그들은 여러 개의 다른 혀를 놀리기 시작했고 그들은 슬픔이란 것을 알게 되었고 또 사랑하게 되었다. 그들은 고통을 갈망하였고 진리는 단지 고통에서만 솟아날 수 있다고 말했다… 그들은 화가 나자 형제애니 인간애니 하고 말하기 시작했다… 그들은 죄를 짓자 정의를 만들어내고 정의를 유지하기 위해 온갖 종류의 규범들을 스스로 규정하였다.

그리고 규범을 지키기 위해 그들은 단두대를 세웠다… 그들은 자기네가 무엇을 상실했는지 그것조차 기억해내지 못했다… 그래서 무엇보다도 자기 자신을 계속 사랑하면서도 다른 사람의 방해가 되지 않을 수도 있는 그런 식으로 어떻게 결합될 수 있는 방법이 있지 않을까 궁리하는 사람들이 나타나기 시작했다… 모든 전쟁은 이런 생각을 지지하고자 일어났다… 나는 그들이 불쌍해서 그들을 위해 눈물을 흘렸다. 나는 절망 속에서 나 자신을 비난하고 저주하고 경멸하면서 그들을 향해 내 손을 뻗쳤다. 나는 그들에게 이 모든 것이 내가 꾸민 것이라고 말했다… 나는 그들에게 나를 십자가에 못 박으라고 탄원했고, 나는 그들에게 십자가 만드는 법을 가르쳐주었다… 그러나 그들은 단지 나를 비웃었고 마침내는 내가 미쳤다고 생각하기 시작했다… 그리고 나서 나는 잠에서 깨어났으며… 손을 들어 영원한 진리를 달라고 소리쳐 호소했다…"

그리고 마침내 답변이 인간의 타락, 어리석음, 고통이라는 뒤틀린 출입구를 통해서 나왔다. "그가 나타날 것이다. 세상 사람들이 백치라고 조롱했던 신과 같은 인간이 나타날 것이다. 그리고 세상 사람들은 그가 선과 악의 진정한 의미, 즉 고통을 가하는 자와 고통을 당하는 자는 다른 두 피조물이 아니라 하나로 된 같은 신체이고 하나로 된 같은 영혼이라는 것, 그리고 각 사람은 전 인류의 행위에 책임이 있고 전 인류는 각 개인의 행위에 책임이 있다는 것을 그들에게 가르칠 때 그를 따르기를 배우게 할 것이다. 이 천치 구세주는 인간이 유령이 아니라 실제로 존재하는 이 지구상에 오실 것이다. 그는 드디어 모습을 드러내어 우리에게 단 하나뿐인 극히 중요한 진리, 즉 모든 인간은 제일 위의 성자로부터 제일 아래 살인자에 이르기까지 똑같은 빛의 근원을 향하여, 전 우주의 독자적인 빛을 향하여, 전 우주의 사랑의 빛을 향하여 여러 가지 다른 길로 더듬어 찾아가고 있는 중이라는 진리를 가르쳐줄 것이다…"

도스토예프스키는 의자에 앉아 머리를 감싸 쥐었다. 갑자기 그는 두 손에 이상하게 축축한 느낌이 들었다. 손은 폐에서 흘러나온 피로 덮여 있었다.

"삶은 절대로 경멸할 것이 아니다. 또한 죽음도 절대로 두려워할 것이 아니다…"

울부짖는 아내와 자식들은 그의 몸 주위에 촛불을 밝혔다. 모든 러시아의 현자들은 위로의 전갈을 보내왔고, 특히 수도사들에게서 훈련을 받은 학자들은 밤이 새도록 기도문을 외었다….

"얘들아, 우리 영원한 미래의 생활을 갈망하지 말자. 얘들아, 우리가 이 세상에서 영원을 얻지 못하면 우리는 결코 그것을 얻지 못할 것이다. 영원은 바로 이곳이고 지금이니라. 우리가 도달해야만 하는 순간이 있으니, 시간도 정지하고 모든 인류의 온갖 삶이 너의 생활 속으로 스며드는 최상의 존재순간이다. 이런 순간들이 바로 영원의 순간들이리라…"

찬미의 노래, 끝없는 찬미의 노래가 이어졌다. 그런 다음 그들은 도스토예프스키를 영원히 잠들게 하였다. "전 인류가 움직여 가는 방향은 시간을 초월한 이런 완전한 순간을 향해서이다." 삶의 의미는 세대에서 세대로 인간을 전수하는 데에 있는 것이 아니라, 야수에서 천사로, 죄인에서 성인으로 변화되는 것에 있다. 인생은 의식의 낮은 수준에서 높은 수준으로, 마침내는 성인의 최고 순간이 죄인의 영원한 믿음이 되는 순간까지 위로 끊임없이 상승하는 것이다. "그리고 모든 창조물은 어둠에서 빛으로 퍼져나간다."

레오 **톨스토이**

(1828~1910)

주요작품

「유년 시대」「두 경기병(輕騎兵)」「세 죽음」
「전쟁과 평화」「안나 카레니나」「고백」「이반 일리치의 죽음」
「주인과 하인」「내 신앙은 어디에 있는가」「예술이란 무엇인가」「부활」
「한 광인의 회고록」「크로이체르 소나타」「암흑의 힘」(희곡)
「살아 있는 시체」(희곡) 등

톨스토이
Leo Tolstoy

1

톨스토이는 드물게 만날 수 있는 인물이었다. 그는 남다른 야망 때문에 신분 상승을 한 것이 아니라 오히려 남다른 동정심 때문에 자발적으로 신분을 낮춘 사람이었다. 목적을 달성하기 위하여 굴욕을 참았던 위대한 부처님과 마찬가지로 톨스토이도 어느 고대 왕가에서 태어났다. 한 선조는 피터 대제와 가까운 친구사이였다. 1828년 야스나야 폴리아나(써니글렌)에서 태어난 톨스토이는 2살에 어머니를 잃었고 9살에 아버지마저 잃었다. 두 형과 두 누이와 함께 그는 먼 친척뻘 되는 타티아나 "아주머니"의 보호를 받게 되었다. 이 여인에게는 두 가지 뛰어난 덕목이 있었는데 "침착성과 사랑"이었다. 그리고 그녀가 갖고 있는 한 가지 커다란 약점은 그녀가 신비주의자나 성인으로 여기는 어리석은 순례자들과 사귀는데 열심이라는 점이었다.

이런 순례자들의 이야기에 귀 기울이면서 톨스토이는 결코 털어 버릴 수 없었던 형이상학에 대한 맛을 일찍이 터득하였다. 톨스토이는 삶이 다할 때까지 19세기의 최고 지식인인 그의 활력에 종종 근심의 그림자를 던져준 백일몽과 신비주의적인 사색에 몰두하였다.

학교에서 톨스토이는 매우 우둔한 학생이었다. 선생님들은 종종 톨스토이 삼형제에 대해 이렇게 말하곤 했다. "세르게이는 의욕적이고 유능하며, 드미트리는 의욕은 있으나 유능하지 못하고, 레오는 의욕도 없고 유능하지도 못하다."

그러나 레오는 유별날 정도로 진지한 인생관을 지니고 있었다. 5살이라는 어린 나이에 그는 벌써 "삶이란 즐거움이 아니라 단지 아주 힘든 작업일 뿐이다"라고 결론짓게 되었다. 16세 때에 레오는 그리스 정교회에 대한 신앙을 잃었다. 그리고 그 자신이 명명했듯이 "사막과도 같은 청년기"를 거쳐서 철학적인 방황의 시기가 뒤따랐다. 종교에서 불가지론으로 또다시 불가지론에서 허무주의(무신론)로 옮겨간 톨스토이는 마침내 절망의 벼랑에 다다랐다. 당시 그의 나이는 19세였다.

톨스토이의 불행은 주로 신체상의 매력이 없었기 때문이다. 그는 숭배의 대상이 되고 싶은 커다란 욕망이 있었다. "나는 모든 이에게 알려지고 싶고 또 사랑받고 싶다"고 일기에 적었다. 그러나 그는 자기처럼 인상이 좋지 못한 자에게는 도대체 행복이란 있을 수 없다고 믿었다. 얼굴은 "고릴라처럼 못생겼고"—조그만 눈은 움푹 들어갔고 이마는 좁았으며 입은 두툼했고 커다란 주먹코에 귀도 엄청나게 컸다. 그는 캘리반(셰익스피어의 「템페스트」에 나오는 반수반인: 역주)의 육체에 에어리얼(「템페스트」에 나오는 공기의 요정으로 자유자재로 변신하여 공중을 날아다니며 주인 프로스페로를 도와줌: 역주)의 정신을 지니고 있었다. 정말로 못생긴 자기 모습에 너무나도 민감했던 톨스토이는 삶을 끝내야겠다고 마음먹었다.

그러나 다행히 톨스토이는 마음을 고쳐먹었고 죽음이라는 영원한 망각의 세계 대신 방탕이라는 일시적인 망각을 찾아 나섰다.

그러던 어느 날 그는 쟝 쟈크 루소(1712~78. 「사회계약」, 「에밀」 등을 저술한 스위스 태생의 프랑스 사상가, 저술가, 사회개량주의자: 역주)를 발견하였다.

이 발견은 그 당시 톨스토이에게 꼭 필요한 강장제였다. 이 약은 못생긴 자기 자신에 대해 만족할 수 있게 해주었고 눈을 뜨고 자연의 아름다움을 바라보게 해주었다. 톨스토이는 교회라는 종교를 거부했었는데 이제 루소라는 종교를 마음으로 받아들였다. 그는 루소를 신처럼 숭배했고 루소의 초상이 그려진 메달을 마치 성스러운 영상이라도 되는 것처럼 목에 걸고 다녔다.

루소의 철학으로 영감을 받은 톨스토이는 첫 번째 소설 「러시아 지주」를 써냈다. 이 작품은 일생동안 톨스토이를 붙잡아두게 될 그런 문제를 다루고 있다. 즉 예언자의 이상과 대중의 무관심 사이에 있는 영원한 갈등 문제였다. 소설 주인공인 네흐류도프 왕자는 소작인들을 돕기 위해서 대학을 떠난다. 그러나 대부분의 다른 낙오자들과 마찬가지로 네흐류도프의 소작인들도 틀에 박힌 무기력한 상태로 남기를 선호한다. 소작인들은 자기네를 때리는 폭군은 이해하지만 자기들에게 친절한 주인을 어떻게 생각해야 좋을지 모른다. 소작인들은 주인과 만나기를 기피하고 조소하며 주인이 제공하는 도움을 의심스럽게 생각하고 그를 스파이나 악당 아니면 바보로 여기면서—주인이 단순히 자기들의 친구가 되고자 노력하는 사람이라고는 전혀 생각하지 못한다.

네흐류도프는 좌절한다. 그는 피아노 앞에 앉아 건반을 두들긴다. 음악에 대한 재능은 없지만 그는 상상력을 발휘하여 서투른 손가락으로는 칠 수도 없는 노래를 엮어낸다. 그는 합창단의 노래를 듣고 오케스트라의 연주를 듣는다… 과거와 미래가 함께 어우러져 그가 꿈꾸던 일이 성공적으로 완성된다.

네흐류도프는 마음의 눈으로 소작인들과 제정 러시아의 농부들의 모든 추함뿐만 아니라 모든 사랑스러움도 본다. 그는 소작인들의 무지, 게으름, 완고함, 위선, 불신을 모두 용서한다. 왜냐하면 이제 그는 그들의 거죽만 보는 것이 아니라 내부도 들여다보았고, 그들의 고통, 인내심, 쾌활함, 조용히 삶을 받아들이는 자세 그리고 죽음에 직면하여 용기 있게 단념하는 자세를 보았기 때문이다.

"참 아름답구나" 하고 그는 중얼거린다. 비록 소작인들은 그의 접근을 거부했지만, 그는 이제 그들을 이해하고 그들과 공감한다. 왜냐하면 그들 모두가 형제이고 그와 농부들은 같은 살과 피를 나누었기 때문이다─무기력한 한 무리의 농부들은 피도 눈물도 없이 무자비한 지주(地主)인 운명의 채찍 밑에서 고통 당하며 살아가다가 죽어간다.

2

1851년에 톨스토이는 노름으로 돈을 모두 날려 없애고, 빚쟁이들을 물리치기 위해 코카서스 지방으로 도망갔다. 그는 형이 장교로 있던 부대에 입대했다.

19세 때 톨스토이는 죽으려고 애를 쓴 적이 있었다. 이제 23살이 된 그는 삶에 대한 확고한 믿음이 생겼다. 그는 철학적인 의문점과 불가항력적인 죄의식을 내버린 것이다. 그는 또 다시 신비주의에─그리고 아름다운 여성에게 관심을 갖게 되었다. 젊은 파우스트와 같이 톨스토이는 세상을 받아들였고 세상이 가지고 놀기 좋은 장난감이라는 것을 알게 되었다. 모든 경험은 단지 그의 기쁨에 더해질 수만 있다면 좋은 것이었다. 「코사크족」에서 그는 "나쁜 것은 하나도 없다. 예쁜 소녀를 데리고 재미있게 논다고 해서 죄악이 될 수 없다. 그것은 단지 건강하다는 것을 나타내는 증거이다"라고 말한다.

톨스토이는 산맥의 아름다움에 열중하였고 싸움을 하였으며 노름을 즐겼고 사랑을 했으며 시적인 현실주의를 나타내는 대작을 만들어냈다. 어린시절 이야기, 전쟁 이야기, 코사크 족에 관한 소설, 수필, 편지 등— 이 모든 것들이 재빨리 연속적으로 톨스토이의 펜을 통해서 폭포수처럼 흘러나왔다.

창작에 몰두한 톨스토이는 군복무에는 주의를 별로 기울이지 않았다. 그는 창조하는 일을 어찌나 사랑했던지 파괴에는 많은 관심을 기울일 수 없었다. 아직도 자신의 제복에 대해 긍지를 느끼고 옷에 달린 예쁜 메달과 황동색 단추를 자랑스럽게 여겼지만 톨스토이는 벌써부터 전쟁의 진정한 모습을 보기 시작했다. 24세 때 쓴 「침략」이라는 작품에서 그는 군국주의에 대한 항변을 처음으로 터뜨렸다.

"그렇다면 이토록 아름다움으로 가득 찬 이 세상에서, 셀 수도 없을 정도로 수많은 별이 반짝이는 하늘 아래에서 우리 인간이 평화롭게 살아간다는 것이 불가능한가? 어떻게 이런 곳에서 살고 있는 인간들이 증오심과 복수심으로 똘똘 뭉쳐 동포들을 파멸시키겠다는 욕망을 지닐 수 있는가? 인간의 마음속에 들어있는 악의 요소들이 모두 다 자연과의 접촉에서 사라져야 한다. 왜냐하면 자연은 아름다움과 선함을 가장 즉각적으로 표현해주기 때문이다."

지금까지 톨스토이는 군대의 기동연습을 통하여 단지 전쟁의 이미지만을 보았다. 그러나 1853년 그는 전쟁을 직접 대면하게 되었다. 러시아는 터키를 향하여 선전포고를 했다. 그리고 톨스토이는 황제의 더 큰 영광을 위해서 "자신의 몫을 하라"는 부름을 받았다.

처음에 톨스토이는 애국심에 들떠서 넋을 잃었다. 러시아의 다른 젊은이들과 마찬가지로 그도 갑자기 광폭하게 되었다. 신비스러운 광란의 물결에 휩싸인 톨스토이는 터키 인을 살해했고 그런 살육을 할 수 있게 도와주신 하나님께 감사의 기도를 올렸다.

그러나 머지않아 톨스토이는 살생의 마취상태에서 깨어났다. 크리미아 전쟁(1853년에 발생한 러시아와 터키의 전쟁: 역주)이 계속되는 동안 그는 세 편의 작품을 써냈다. 첫 번째 작품은 광신적인 애국주의에 대해 격분하고 있고 두 번째 작품은 인간이 상호 살육을 자행하는 데 대해 슬프게 이야기한다. 세 번째 작품의 서문에서 톨스토이는 세상 지도자들이 자국의 백성을 단순히 "대포 밥"으로 만들고 있다고 비난을 퍼붓는다.

전쟁을 더 오래 지켜보면 볼수록 톨스토이는 전쟁의 모든 역겨운 면을 점점 더 선명하게 보게 되었다. 이제부터 그는 전쟁에 대항하는 전쟁을 전 세계적으로 일으키는 데 헌신할 것이다. 1855년 3월 5일, 톨스토이는 일기에 다음과 같이 적어 넣었다.

"나는 한 위대한 생각을 품게 되었다. 그 생각을 실현시키기 위해 나는 내 일생을 모두 다 헌신할 수 있다는 생각이 든다. 이 생각이 바로 새로운 종교의 기반이다…."

그것은 바로 무저항주의라는 종교, 국제적으로 형제의 인연을 맺는 종교, 전 우주에 평화를 가져올 종교이다.

3

1856년 톨스토이는 제대하고 성 페테르부르크(레닌그라드)로 돌아왔다. 군인이자 작가로서의 명성이 톨스토이보다 앞서서 그곳에 와있었다. 그는 단번에 문단의 총아가 되었다. 성 페테르부르크의 주요 작가들과 예술인들이 자기들 모임으로 그를 맞아들였다. 그러나 톨스토이는 그들에게서 성미에 맞지 않는 속물근성을 발견해냈다. 그들은 자신들이 선택된 사람, 그 시대의 지적 슈퍼맨, 창조라는 영광의 왕관을 쓰고 있다고 여겼다. 그들은 지식계급을 위한 글을 썼고 나머지 사람들은 고매한 이념을 나눠가질 가치가 없다고 생각했다. 그러나 톨스토이의 태도는 이것과는 아주 정반대였다. 그에게 문학이란 종교여서—모든 사람들이 다 같이 공유해야할 아름다움과 지혜의 성스러운 복음이었다. 그러므로 톨스토이는 소수를 즐겁게 해주기 위한 글을 쓰는 대신 다수를 교육시키기 위해서 작품을 썼다.

보통 사람들을 위하여 일하였지만 톨스토이는 그들의 지적수준에 대해서 착각하지 않았다. 그는 사람들의 "짐승 같은 면과 멸시할만한 면을" 아주 잘 알고 있었다. 그러나 네흐류도프 왕자와 마찬가지로 톨스토이도 사람들이 본능적으로 광명을 찾아 헤맨다고 생각했다. 그들은 단지 길을 가르쳐줄 지도자, 선생님, 주인을 기다리고 있을 뿐이다. "사람들이 원하는 것을 알기 위해 사람들에게로 가까이 다가가라… 그들의 욕구를 이해하려고 노력하고 그들이 가진 욕구가 만족될 수 있게 도와주어라."

톨스토이는 야스나야 폴리아나에 농부들을 위한 학교를 열었다. 이 학교에서 그는 주인이 아니라 동료—학생이 되고자 노력했다. 왜냐하면 그는 모든 사람이 신비스러운 인생서(書)의 첫마디를 한자 한자 간신히 읽고자 애쓰는 어린아이들에 불과하다고 생각했기 때문이다.

학교는 경찰에 의해 폐지되고 톨스토이는 농부들 모르게 홀로 떠나라는 권고를 받았다. 그런 다음 그는 몇 달 동안 질병과 낙담 속에서 지냈다. 두 형이 폐결핵으로 사망하자 톨스토이는 자신도 같은 병에 걸렸을 것이라고 여기게 되었다. 그는 "선에 대한 신념, 모든 것에 대한 신념"을 잃었고 다시 한번 자살을 생각하기 시작했다.

이번에 톨스토이는 자신의 예술에 의해 그리고 17살 난 소피아 안드레예브나 뻬르스에 대한 사랑 때문에 살아남게 되었다.

톨스토이는 이 어린아이와 결혼했다—정확히 신부 나이의 두 배였다. 그 후 그는 거의 50년간 지속된 구름 하나 없는 맑은 행복의 시기로 돌입했다. 나면서부터 재능이 있던 톨스토이 백작 부인은 자신의 표현을 옮겨 보면 "진정한 작가의 아내"가 되었다. 부인은 톨스토이가 부르는 대로 받아썼고, 남편의 환상에 자극을 주었고, 그를 격려해주었다. 부인은 남편의 원고를 힘들여 복사해놓았고 톨스토이가 그려낸 몇몇 매력적인 인물의 모델이 되었다.

이런 행복에 사로잡혀 톨스토이는 두 편의 대작을 쓰게 되었는데—개인의 정열이 이끈 비극「안나 카레니나」와 모든 사람들의 고통을 그린 서사시「전쟁과 평화」가 그것이다.

카레닌의 아내인 안나의 이야기에서 톨스토이는 괴테 시의 주제를 발전시키고 있다. "하늘의 능력은 우리를 삶으로 이끈다. 그것은 우리로 하여금 죄를 짓게 만들고 그런 다음에 우리를 죄와 고통 속에 내버려둔다." 안나는 처음 8년간의 결혼생활에서는 남편에게 충실했고 귀여운 아들 세료자를 사랑하면서 행복하게 지냈다. 아들은 엄마를 여신으로 공경하였다. 안나 카레니나가 모스크바에 있는 오빠 스티븐을 방문하게 되는 불행만 없었더라면 모든 일이 순조로웠을 것이다. 러시아의 귀족들이 모이는 모스크바의 흥겹고 냉혹한 사교계에서 안나 카레니나는 좋은 말, 활기찬 싸움, 예쁜 여인을 사랑하는 정중하고 잘 생긴 부유한 청년 브론스키 백작을 만나게 된다. 안나 카레니나와 브론스키 백작은 쉽사리 사랑의 노예가 되었다.

안나는 브론스키가 정복한 최초의 여성은 아니다. 브론스키가 안나와 만나고 있던 바로 그 순간에 그는 모스크바 사교계에 처음 등장한 매력 있고 인기 있는 아가씨인 스티븐 오빠의 처제 키티와 연애 중이었다. 키티를 숭배하는 남자들이 많았다. 그러나 키티는 그 중에서 특히 두 남자를 좋아했는데—사랑하는 브론스키와 숭배하는 콘스탄틴 레빈이다.

모스크바의 귀족인 콘스탄틴은 부유층이고 회의적인 기질의 진지한 젊은이였다. "그는 믿을 수가 없다. 또한 그는 믿지 않을 수도 없다." 비극이 자기 눈앞에서 전개되는 동안 그는 기묘하게도 무기력하게 방관하고 있다. 콘스탄틴이 보기에 안나와 브론스키는 서로를 향해서 속수무책으로 부지중에 빠져들고 있었다. 두 희생자는 이 사실을 잘 알면서도 그것을 멈출 수가 없었다.

안나는 극도로 브론스키의 사랑을 갈구하면서도 그것을 극도로 두려워한다. 안나는 아들의 사랑을 갈망하고 남편의 보호를 갈망한다. 모스크바 여행을 단축하기로 마음먹고 열애상태에서 도피하려고 결심한다. 안나는 성 페테르부르크로 향하는 차표를 산다. 그러나 기차에서 그녀는 브론스키를 보게 된다.

브론스키는 안나를 따라가기로 작정하였다.

두 사람은 성 페테르부르크의 사교계에서 종종 만난다. 사교계는 두 사람의 연애사건을 킬킬거리고 웃으면서 묵인한다. 이 사실은 그들에게는 흥미로운 심심풀이였고—수다 떨기에 좋은 화제 거리였다.

안나의 남편은 아내에게 조용히 그 행동의 어리석음을 지적해주고는 조심스럽게 두 눈을 감아버린다. 그는 이혼으로 스캔들을 일으키는 모험을 감행하기 싫었고 결투로 생명의 위협을 맛보고 싶지도 않았다.

그러나 사태가 막바지에 다다르게 되었다. 경마대회에서 사고가 발생하여 브론스키 백작이 심하게 다쳤다. 안나가 대중이 보는데서 걱정하는 모습을 보이자 남편 카레닌은 아내를 나무란다. 그러자 안나는 브론스키에 대한 사랑을 고백한다.

안나는 남편에게 자기를 자유롭게 놓아달라고 애원한다. 그러나 남편은 복수를 하기로 굳게 마음먹는다. 남편은 아내에게 자기 지붕 밑에서 계속해서 살도록 강요한다.

고통당하고, 체면을 잃고, 압도당한 채로 안나는 계속해서 브론스키와의 관계를 비밀리에 유지한다. 안나는 세 가지 감정 사이에서 갈피를 잡지 못한다. 즉, 안나는 아들 세료자에 대한 사랑, 브론스키를 빼앗긴 키티에 대한 동정심, 그리고 브론스키를 향한 열정에 사로잡혀 있었다. 키티는 마침내 브론스키를 잊고서 콘스탄틴 레빈과 결혼한다. 이것은 안나가 처한 어려움 중의 하나를 없애주었다. 그러나 세료자에 대한 사랑과 브론스키를 향한 사랑이라는 두 가지 어려움이 쓰라림의 강도를 더하면서 여전히 그녀의 마음속을 사로잡고 있었다.

그러자 새롭게 복잡한 문제가 발생한다. 안나가 딸을 분만하고 남편 카레닌은 브론스키의 자식에 대하여 아량을 베푼다. 그러나 브론스키는 굴욕을 느끼고 자살을 기도한다.

안나는 견딜 수 없을 지경이 되었다. 세료자와 브론스키 가운데 하나를 선택해야 한다. 그녀는 브론스키를 따르기로 결정을 한다.

그러나 이야기는 아직 끝나지 않았다. 작가가 줄거리 속에 엮어 넣을 음울한 실마리가 또 하나 있었다. 안나와 브론스키는 외국으로 나간다. 얼마 동안 두 사람은 부도덕한 열정 속에서 어느 정도 행복을 누린다. 그리고 러시아로 되돌아와 카레닌에게 이혼을 허락해달라고 다시 한번 간청한다. 그러나 카레닌은 거절한다.

안나는 명상적이 되더니 그 다음에는 침울하게 된다. 그리고 마침내 그녀는 불타는 듯한 질투심에 온통 사로잡힌다. 안나는 브론스키가 충실하지 못하다고 의심하게 된다. 그녀의 유일한 위안은 망각에 있다—아편을 맞으며 죽음과도 같은 삶을 살아간다.

그런 다음 결말이 난다. 철길에서의 자살.

「안나 카레니나」에서 톨스토이는 한 개인의 영혼의 투쟁을 묘사한다. 나폴레옹의 러시아 침공을 그린 「전쟁과 평화」에서 톨스토이는 인류 전체의 영혼의 투쟁을 묘사한다. 야만 상태에서 문명 상태로, 유혈극에서 조화로, 증오에서 사랑으로 향하는 투쟁. 개인의 문제를 해결하는 것만으로는 충분치 못하다. 온 인류를 위한 문제도 해결되어야 한다. 「전쟁과 평화」의 주인공인 안드레이 공작은 부상당한 채로 아우스테르리쯔에 누워있을 때 갑자기 이 세상의 내적 평화를 언뜻 엿볼 수 있었다. "대지 위에서 벌어지는 불법적인 행위와 비열한 행위를 조용히 뒤덮고 있는 무한한 하늘"을 보았던 것이다. 그것을 목격한 안드레이 공작은 형언할 수 없는 기쁨에 휩싸인다. 이런 내적 평화, 어두운 인생을 헤치고 때때로 나타나는 이런 빛이 톨스토이가 동포들에게 알리고자 갈망하던 것이었다. 허나 그는 자신의 예술이라는 매체를 통하여 이것을 할 수 없다고 느꼈다.

톨스토이는 새로운 종류의 예술을 생각하기 시작했다—인간과 인간 사이에 공감대를 확립하는 예술. 그는 사람들을 빛으로 인도하기를 원했다. 그는 이미 그리스 정교회에 대한 신앙을 잃은 후라—루소에 대한 일시적 관심을 제외하고—그것을 대신할 신앙을 발견하지 못했다.

진정한 믿음을 추구하고자 톨스토이는 교회로 되돌아갔다. 그는 교회의 교리와 의식을 자세히 재검토했다. 3년 동안 그는 교회의 의식을 모두다 경험하였다. 그러나 아무런 쓸모가 없었다. "나는 틀에 박힌 기독교인이 되기에는 너무나 열렬히 그리스도를 추종하는 것 같아." 톨스토이는 러시아 교회가 기업체로 변신했다고 선언했다. 목사는 황제의 계율을 집행하는 데에만 너무나 많은 관심을 보이고 예수의 가르침을 전파하는 데에는 너무나 관심이 없었다. 톨스토이는 "러시아 교회에서 그리스도교의 교리의 의미는 완전히 사라졌다"고 말했다.

그리하여 톨스토이는 "교회와의 관계를 끊고 신에게로 돌아갔다." 그는 새로운 종교의 예언자가 되었고—아니, 차라리 그는 "거의 잊혀진" 부처, 이사야, 공자(孔子), 그리스도의 종교를 새롭게 해석하였다. 자신이 주제넘지 않은 지도자가 되기를 희망했던 이 종교는 의식도 교회도 목사도 필요하지 않고 단지 몇 가지 간단한 계율에 기초할 것이었다. 즉, 어떤 사람에게도 적이 되지 마라. 절대로 분노를 터뜨리지 마라. 결코 폭력에 의지하지 마라. 이것은 교리의 부정적인 측면이 될 것이다. 긍정적인 측면에서 보면 그의 종교는 항거의 종교였다. 톨스토이는 귀족들의 사치에 대해, 목사들의 편협성에 대해, 황제의 폭정에 대해 이의를 제기했다. 그는 "공산주의자, 체제반대자, 반항아—간단히 말해서 그리스도의 진정한 사도"가 되었다. 톨스토이는 인류에 대한 봉사를 위해서 명성, 지위, 부귀, 필요하다면 인생까지 포기할 준비가 되어있었다. 농부의 작업복을 입고 그는 대등한 관계로 하류민들과 어울렸다. 그는 목적을 달성하기 위하여 굴욕을 참았다. 톨스토이는 귀족들의 무관심한 태도를 버리고 평민들의 인간적인 수준으로 몸을 낮추었다. 그렇게 함으로써 그는 인간이 새로운 높이의 도덕적인 위엄을 지니도록 고양시켰다.

　세상 사람들은 톨스토이를 예언자로 맞았다. 그러나 가족들은 그를 바보로 취급했다. 톨스토이의 아내는 남편이 혹시 이성을 잃은 것이 아닌가 걱정하기 시작했다. 그가 인간의 형제애에 대한 이야기를 하려들면 자식들은 하품을 하고는 얼굴을 돌렸다. 완전히 이타적인 생활을 영위하는 톨스토이가 그들에게는 확실하게 미친 사람으로 여겨졌다. 톨스토이가 자기 자신을 희생하는 것이야 나쁠 게 하나도 없고 좋은 일이다. 그렇지만 그가 무슨 권리로 자신의 특이한 이상(理想) 때문에 가정을 희생시켜야 한단 말인가? 가족들은 의문을 제기했다. 톨스토이는 자기 자신의 집에서 이방인이 되었다. 그는 한 친구에게 보내는 편지에서 "아마도 자네는 내 말을 믿지 못할 거야. 하지만 자네는 내가 얼마나 고립된 생활을 하는지, 내 주위에 있는 사람들이 얼마나 나의 진정한 모습을 비웃고 무시하는지 상상도 못할 걸세"라고 쓰고 있다.

　그러나 톨스토이는 그런 정신적인 고통에도 불구하고 그리스도를 19

세기의 언어로 해독하는 작업을 계속했다. 그리스도는 하나님의 왕국을 건설하고자 노력했다. 톨스토이는 인간의 민주주의를 확립할 수 있다고 굳게 믿었다. 그는 인간의 연민과 악에 대한 무저항의 원칙을 설명하기 위하여 많은 수필과 소설을 썼다. 이에 대한 보복으로 톨스토이는 정교회에서 1901년에 파문을 당했다.

톨스토이는 늙어감에 따라 자신의 가르침에다 환상적인 새로운 곡조를 첨가하기 시작했다. 동료들에게서, 자식들에게서, 부인에게서 소원해진 톨스토이는 모든 인간관계를 특이하고 신비적이며 초자연적인 견지에서 바라보기 시작했다. 그는 금욕주의자가 되었다. 그는 일찍이 간음을 비난한 적이 있었다. 이제 70세가 된 톨스토이는 완전한 금욕을 옹호하였다. "여자를―아내도 포함하여―육욕적으로 바라보는 사람은 이미 그 여자와 간음을 저지른 것이다." 자기 자신의 무기력한 욕망에 비추어 이 세상을 다시 건설해보고자 하는 노인의 모습에서 우리는 감상적인 면을 엿보게 된다. 심지어 그는 완벽한 독신생활을 확립함으로써 인류의 말살까지 권장하게 되었다. 그러나 당시 톨스토이의 정신상태는 이미 빗나가고 있었다. 신비주의가 그의 지성을 완전히 장악하고 있었다. 마지막 소설인 「부활」에서 톨스토이는 한 늙은 성자의 영혼을 한 젊은 죄수의 육체에다 집어넣었다. 네흐류도프―톨스토이의 마지막 소설 주인공이 첫 번째 소설 주인공과 같은 이름인 것에 유의하라―는 역설적인 면에서 주목할 만하다. 그는 악당으로 시작하여 순교자로 끝맺는다. 몇 년도 채 안 되어서 이 평범한 인간은 아주 비범한 톨스토이가 일생을 통해 성취할 수 있었던 도덕적인 전환을 경험한다.

「부활」은 세상에서 가장 아름다운 연민의 시가 중 하나이다. 그러나 이 작품은 한 노인이 써낸 것이다.

4

톨스토이 자신의 위대함보다도 더 오래 남은 것은 톨스토이의 비극이었다. 마지막 10년의 삶을 통해 그는 초인의—아니 노인들의 세계에서나 가능할 수 있는 사회적, 정치적, 윤리적 이상을 옹호하였다. 시간이 흐름에 따라 톨스토이는 점차 심오한 철학가이자 단순한 어린아이로 변했다. 평생을 통해 실천했던 거의 모든 행동과 마찬가지로 일생의 바로 최후 순간에 그가 행한 행동에도 어리석음과 숭고함이 기묘하게 뒤섞여 있었다. 1910년 10월 28일 새벽 5시에 톨스토이는 가정의 보호로부터 도망쳐 나와 평화를 찾아 황야로 갔다. 가출했을 당시 그의 나이는 82세였다. 농부의 옷을 걸쳐 입고 나이로 인해 미화되고 고통으로 주름진 얼굴로 톨스토이는 부처와 같이 이 세상의 고속도로를 따라 방황하였다. 부처는 삶을 찾아 집을 떠났지만 톨스토이는 죽음을 찾아 나아가고 있었다.

톨스토이는 홀로 죽고 싶었다. 자신의 일생을 연민에 모두 다 바친 톨스토이는 가족들의 연민으로부터 지금 도망쳐 나왔다. 여러 날을 이 마을 저 마을 헤매다가 그는 마침내 길가에 쓰러졌는데 두 번 다시 일어나지 못했다. 시중을 들어준 의사에게 톨스토이는 말했다. "이 지구상에는 고통당하고 있는 사람이 수백만 명이나 있습니다. 당신은 무엇 때문에 나만을 염려하십니까?"

1910년 11월 10일 일요일에 톨스토이는 평생 동안 추구하던 평화를 찾게 되었다. 고통으로 몸부림치던 그의 육체가 "죽음, 축복받은 형제 죽음이여"라고 자신이 이름 지은 그 "최후의 위대한 해방"속에서 편안한 휴식을 취하게 된 것은 오전 6시가 조금 지난 시간이었다.

기 드 모파상

(1850~1893)

주요작품 ·········

「비계 덩어리」「피피 양(孃)」「여자의 일생」
「이베트」「한 가닥 줄」「목걸이」「벨아미」「피에르와 장」
「남자의 마음」
그 외 수편의 희곡들과 시집

모파상
Guy de Maupassant

1

모파상은 노르망디의 미로메닐 저택에서 출생하였다. 아버지 쪽으로는 파산하여 몰락한 귀족가문의 자손이었고 어머니 쪽으로는 예술창작을 하게 된 평민의 혈통을 이어받았다. 모파상의 핏속에는 불같은 방탕함, 예민한 상상력, 냉철한 각성 그리고 노르만 해의 차가운 율동적인 박자가 교묘하게 섞여있었다.

아버지는 지위고하를 막론하고 여자라면 누구하고나 교제하던 난봉꾼이었다. 어머니는 앉아서 추억의 불꽃으로 몸을 덥히던 몽상가였는데—불시의 죽음으로 재능을 발휘할 수 없었던 시인—오빠에 대한 추억을 지니고 살았다. 오빠에게서 완전한 인간을 보았던 어머니는 남편 안에 들어있는 인간의 뒤틀린 파편들을 동정하는 법을 알고 있었다. 그리고 그녀는 아들에게서 그 부서진 파편들을 모아 다시 완전한 인간으로 개조할 수 있으리라는 희망을 끊임없이 지니고 살아갔다.

어머니의 희망인 이 아들은 사티로스(신화에 나오는 반인반수의 숲의 신으로 술과 여자를 좋아함: 역주)를 이해하고 여신을 숭배하도록 양육되었다. 그러나 모파상은 자신이 일시적인 기분이 빚어낸 불행스러운 결합의 소산이라는 생각에 마음이 혼란스러울 때마다 바다로 나갔다. 창조의 모든 기쁨과 잔인성이 바다의 얼굴에 있었다. 모파상은 해변을 따라 동굴을 찾아 헤매었고 바로 뒤에는 두 마리의 개가 따랐다. 그리고 달빛 아래 고등어 잡이를 나갈 때에 자신도 데리고 가달라고 어부들에게 뇌물을 주었다. 모파상은 또한 마치 활력을 주는 숨결처럼 바다에서 불어오는 차가운 공기와 회색 안개 속에서 벌어지는 노르망디 농부들의 모든 놀이에 참가했다. 시골축제에 참석하여 사과나무 아래에서 바이올린이 흥겹게 웃어댈 때 모파상은 시골처녀들과 춤을 추었고, 밤에는 빨간 뱀과도 같은 횃불을 나르는 시골청년들과 함께 행진했다. 그는 여관에서 만나는 사람이면 친구건 낯선 사람이건 간에 그 사람과 함께 치즈 한 조각에 사이다 한 잔을 쭉 들이켰다. "노련한 해적들"과 함께 벼랑위에 서서 커다란 계획을 세웠고 쌍안경을 통해서 경계선 저 너머를 바라보았다. "내 혈관 속에는 해적들의 피가 흐른다. 어느 봄날 아침에 배를 저어서 이름모를 항구로 나아간다면 그 이상 무슨 기쁨을 바라겠는가."

모파상의 인생은 북부지방의 차가운 열정이었다. 그러나 자식에 대한 사랑이 넘쳐흐르는 어머니는 바람을 조절해주고 방향을 정해주려고 굳게 마음먹었다. 어머니는 10대 초반의 아들을 위브토에 있는 가톨릭 신학교로 보냈다. 그러나 모파상은 신부가 되려는 의도는 추호도 없었다. 그는 슈피리어 신부의 지하실에 있던 술통에 구멍을 내고는 100번의 미사를 빼먹으며 학우들을 불러모아놓고 주연(酒宴)을 벌였다. 이런 범죄를 몇 차례 더 저지른 모파상은 학교에서 쫓겨났고—자유를 찾았다.

모파상은 짓궂은 장난을 즐겨했다. 언젠가 그는 젊은 처녀로 분장하고서 영국의 한 노처녀에게 나타났다.

"당신은 여행을 많이 하셨다고 그러셨죠?" 노처녀가 응접실에서 대화를 나누던 중에 물었다. "고향이 어디신가요?"

"저는 방금 누메아(프랑스 죄수들을 정착시킨 곳: 역주)에서 오는 길이랍니다."

노처녀는—매우 놀라면서—걱정스러워서 계속해서 물었다. "젊은 처녀가 혼자 여행을 하세요?"

"하지만 당신도 아시다시피 저에게는 시종이 둘이 있답니다."

그리고 "그녀의" 눈은 꿈을 꾸는 듯이 멍한 눈길로 얌전하게 "그녀의" 옷매무새를 만지면서 "저에게는 또 저를 돌보아주는 기마병 한 사람과 갑기병 한 사람이 있거든요"라고 말했다.

이 말에 불쌍한 노처녀는 거의 기절할 지경이었다.

16세 때 모파상에게는 첫 번째 정부가 있었다. 그는 스스로를 "탐욕스런 인생 포식자"라고 불렀다. 그리고 노르망디라는 작은 세계는 그 세계가 제공해줄 수 있는 온갖 진미를 재빨리 제공해주었다.

2

모파상은 법조계에 나갈 준비를 하기 위해서 국립고등학교에 들어갔고 학업에서 "통과할 수 있는" 점수를 받고자 애를 썼다. 그러나 그럴 즈음에 1870년이 되었고 세단(프랑스 동북부 뫼즈 강가의 요새도시로 1870년 보불전쟁 때 나폴레옹3세가 참패한 곳: 역주)을 거쳐서 프러시아가 침공하였다. 모파상은 프랑스군의 군수부대에 입대하였다. 그러나 그것은 멋진 삶이 아니었다. 프랑스 군대가 후퇴할 때 모파상은 쇼펜하우어를 읽었고 연시를 썼으며 독일인에 대한 복수의 꿈을 꾸었다. 얼음과 같은 증오심으로 그리고 불같은 사랑으로 이 젊은 친구의 재능은 점차 형태를 갖추게 되었다.

전쟁이 끝나자 모파상은 일거리를 찾아 파리로 향했다. 왜냐하면 법을 공부한다는 것은 이제 궁핍해진 귀족집안의 재력으로 감당할 수 없었기 때문이다. 모파상은 해군성에서 서기관 일을 하게 되었다. 그리고 상사나 동료 서기관들 중 어느 누구도 이토록 거대한 인간사자가 사로잡혀있다는 사실을 전혀 몰랐다. 나머지 파리사람들도 아무것도 몰랐고 모파상에게 아무런 관심도 기울이지 않았다. 이런 도시 세계에는 많은 유익한 것들이 다락방 속에 숨겨져 있었다. 왜냐하면 그곳에서 예술가들과 시인들이 자신의 비전들을 무관심한 세상에다 표출하고 있었기 때문이다.

모파상은 밤에는 큰 거리를 따라 거닐면서 낯익은 모습, 마음이 통할 것 같은 사람을 찾아 가스등 아래 비쳐지는 얼굴들을 눈여겨보았지만 한 사람도 찾을 수 없었다.

그런데 모파상에게 친구하자는 요청이 왔다. 그것은 세느 강의 목소리였다. 새벽, 저녁, 일요일, 모든 잊혀진 시간에 모파상은 배를 타고 세느 강을 오르내리며 그 커다란 열정을 가라앉혔다. 세느 강은 다소 바다와 같은 점이 있었다. 세느 강의 차가운 향기는 먼지 나는 사무실에서, 포도주 향기 나는 카페에서 의심스러운 여인들의 품에서 모파상을 끌어냈다. 세느 강은 모파상의 열정의 대상이었고, 정부였고, 그와는 극단적으로 대조되므로 순종하고 저항하지 않는 파트너였다. "아! 아름답고, 조용하며, 변신하며, 향기롭고도 악취 나는 강이여, 꿈과 서러움으로 가득 찼구나!" 서서히 그의 영혼은 안개에 싸여 성숙해졌고 세 가지 세상─하늘, 땅, 그리고 바다의 갈림길에서 단조롭게 목쉰 소리로 이야기를 나누면서 폐선과 기선의 굴뚝 주위를 떠도는 망령 사이로 방랑하였다.

"나는 노를 젓다가 헤엄을 치고, 헤엄치다가 노를 젓는다. 쥐들과 개구리들은 밤 시간 내내 내 배에 켜 있는 등불에 하도 익숙해져 있어서 그들은 모습을 나타내고 저녁인사를 하기도 하지요. 내가 큰 배를 다루는 모습은 다른 사람이 작은 배를 다룰 때와 같아 부르기발에 있던 내 선원 친구들은 내가 한밤중에 나타나 술 한 잔 달라고 하면 기절초풍할 정도로 놀란답니다.”

밤 그리고 세느 강—그리고 한 위대한 인간의 정신. 집안간의 연고로 모파상은 귀스타브 플로베르를 만났다. 「보바리 부인」의 저자인 플로베르는 몇몇 대담한 사람들이 삶에서 시도하는 방식을 예술에서 실험한 보헤미안 기질의 천재였다. 플로베르는 용감무쌍한 소설로 법정 소송까지 당했으며 사람들이 접촉하기를 기피하는 거대한 격리된 피조물과도 같이 무시당한 채로 살아갔다. 그러나 그는 무사태평했다. 자신의 유령과도 같은 유해만이 살아가도록 남겨놓고서 플로베르는 자기만이 열쇠를 가지고 있는 예술이라는 정교한 사원에 신처럼 앉아있었다.

플로베르는 완벽한 제자를 찾고 있었고 모파상은 완벽한 스승을 찾고 있었다. 이제 방황하는 이 두 명의 반쪽 영혼들이 똑같이 외로운 상태에서 만나서 하나의 영혼으로 합체되어 의기양양하게—그러면서도 외로이—방황하였다.

7년 동안 모파상은 일요일이면 더부룩한 수염에 음울한 눈을 지닌 이 “어깨가 널따란 바이킹”에게 자신이 지은 시, 희곡, 소설을 가지고 가서 플로베르가 푸른 연필을 들고 자신의 작품을 훑어보는 모습을 지켜보았다. 그리고 두 사람은 밤에 헤어지면서 각자 아픈 가슴을 감추기 위해 상스러운 농담을 주고받았다.

점차로 제자는 스승이 지닌 재능의 비밀을 알게 되었다. 그것은 시디신 산(酸)에 담갔던 화살로 삶의 위선들을 관통시킨 명사수의 재능이었다.

3

모파상이 발언의 기회를 얻을 수 있기까지는 한참을 기다려야 했다.

그는 심한 두통을 앓았지만 "한겨울에 사람의 마음을 유혹하는 다리"에서 뛰어내려 사라졌다가 주위에 모인 사람들을 향해 극단의 욕설을 퍼붓기 위해 얼음물 위로 나타나면서 원기를 되찾았다. 모파상은 사무실에 있는 동료 서기들에게 추잡한 이야기들을 하였고 파티에서 만나는 숙녀들에게는 두 가지 의미가 있는 단어들을 속삭였다. "모파상은 파리에서 가장 파렴치한 젊은이야,"라고 누구나 입을 모아 말했다.

가장 파렴치하고 재기가 가장 번득이는 사람. 그렇지만 모파상은 아무리 재기가 번득이긴 했어도—아니 오히려 그런 재기 때문에 그는 항상 시끄러운 일에 휘말려들었다. 모파상이 외설스러운 희곡을 한편 써서 몰락한 화가의 스튜디오에서 상연하였을 때 "존경할만한" 파리사람들은 그를 멀리하였다. 모파상이 비도덕적인 시를 한편 써서 한 몰락한 잡지 기고란에 발표했을 때에는 경찰이 그를 법정으로 끌어냈다.

그리고 항상 그 지독한 두통이 계속되었다. 두통의 강도가 심하게 되자 모파상은 몇 시간이고 거울에 비치는 자기 눈을 들여다보고 있었다. 혹시 너무 열렬하게 사랑을 해서 이렇게 지쳐있는 것은 아닐까? 어젯밤에 자신의 삶으로 뛰어 들어와 30분 만에 다시 뛰어나간 이름도 모르는 그 길거리 여자 탓은 아닌가?

모파상의 고통과 불안은 특히 파리의 겨울이 닥치면서 강도가 더해갔다. 어머니에게—어머니를 향한 온유한 사랑이 그의 삶의 목표였다—모파상은 편지를 썼다. "12월이 되면 나는 공포에 떨게 됩니다… 12월은 암흑의 달이고 헤아리기 어렵게 불길한 달이며 일 년의 한밤중입니다. 사무실에는 이미 등불이 놓여있고 한 달만 지나면 우리는 불을 밝힐 겁니다… 홀로 테이블에 앉아 등불이 슬프게 타오르는 것을 보고 있노라면 나는 종종 실의에 빠지게 되고 어디에 의지해야 할지 당황스럽습니다."

그러나 결국 모파상은 항상 작품에 의존하였다. 그는 어부, 농부, 여배우, 매춘부, 서기관들의 입술에서 나와 뿔뿔이 흩어져있는 이야기를 주워 모았다. 언젠가 모파상은 에밀 졸라의 집에서 식탁에 둘러앉아 그곳에 모인 사람들과 달을 어떻게 컵에다 잡아넣을까 하는 이야기를 주고받을 때 졸라가 자신이 쓰고 있던 새로운 문학이론에 대해서 논하게 되었다. "잊지 마십시오, 여러분. 우리는 정확한 관찰의 출발점에서 별을 향하여 도약해야 합니다." 그러자 그곳에 있던 한 사람이 제안하기를 "그럼 우리 각자가 우리나라와 프러시아 사이에 있었던 전쟁에 대하여 작품 한 편씩을 써내면 어떨까요?—역사가나 정치가들이 전쟁을 기술하는 것과는 다르게 말입니다. 대신 지옥의 귀신들이 전쟁을 어떻게 생각하고 또 어떻게 지상에서 전쟁을 일어나게 했는지 그런 식으로 말입니다. 우리 모든 망상을 파괴하고 진정한 영웅적 행위가 어디에 놓여있는지 보여줍시다." 그래서 모파상은 이 책에 「비계 덩어리」라는 진정한 영웅적 행위에 대한 이야기를 기고했다.

이 비계 덩어리는 남자들이 허둥지둥 사랑하고는 여유롭게 경멸하는 "고급 창녀"였다. 프랑스와 프러시아의 전쟁이 한창이던 어느 날, 그녀는 한 무리의 신분 높은 사람들과 같은 마차를 타고 파리에서 아브르(프랑스 북부 세느 강 어귀에 있는 항구: 역주)까지 여행을 하게 되었다. 이 점잖은 사람들은 그녀가 어떤 여자인지 알게 되자마자 옷자락을 끌어당기고는 그녀와 말도 하지 않으려 들었다. 그러나 그들은 그녀 혼자만이 현명하게 도시락을 준비해왔다는 것을 알게 되자 언제 경멸했던가 싶게 그녀가 내놓은 음식을 마음껏 집어먹었다.

그날 저녁 그들은 한 여관에 묵게 되었는데 독일 군사들이 이미 그곳을 장악하고 있다는 것을 알게 되었다. 사령관은 그들을 모두 체포하였고 그 "통통한 여인"이 자기와 하룻밤을 지낼 때까지 그들을 풀어주지 않겠다고 선언했다. 그녀는 분개하여 그 명령에 굴복하기를 거절했다. 그러나 함께 마차를 타고 온 사람들은 자유를 얻고 싶은 마음에 마침내 그녀가 굴복할 때까지 온갖 말로 탄원도 하고 강요도 하였다.

다음날 아침 그들은 여행을 계속하였다—그리고 자기들을 대신해서 그렇게 커다란 희생을 치른 이 여인에 대해 그들은 다시 한번 경멸적인 태도를 취하였다. 이번에는 모두들 도시락을 준비했지만 그 여인은 흥분한 탓에 도시락을 준비하지 못했다. 그들은 도시락을 열고는 게걸스럽게 먹으면서 그녀에게는 한 숟가락도 먹어보라고 권하지 않았다. 그녀의 눈자위가 붉어지면서 눈물방울이 반짝였다.

"부끄러워서 우는가 봐요." 그들은 경건하게 속삭였다….

「비계 덩어리」에서 작가는 인간의 어리석음에 대한 멸시와 아이러니를 보여준다. 그러나 몇몇 다른 작품을 보면 멸시는 연민으로 바뀌어있다. 그런 예로 「목걸이」를 들 수 있는데—어떤 사람들은 이 작품을 프랑스 소설의 높다란 수위표로 생각한다.

「목걸이」는 아름다우나 가난하게 태어난 르와젤 부인의 이야기를 그린 희비극이다. 부인은 왕자를 꿈꾸면서 한 서기와 결혼을 하였다. 그녀는 궁전에서 살기를 갈망하면서 조그만 셋집에서 살아갔다. "그녀에게는 향수도, 보석도 하나도 없었습니다. 그녀는 아라비아 함대가 고향의 사막을 그리워하듯이 이런 것들을 갈망하였습니다."

그러나 부인에게는 한 가지 선물이 있었다—그것은 수녀원에서 만난 동창생인 한 부유한 친구였다. 그러나 그녀는 이 친구를 한번도 방문하지 않았다. 왜냐하면 그녀는 자신이 가질 수 없는 것을 보게 되는 고통을 겪고 싶지 않았기 때문이었다.

어느 날 저녁, 남편이 싱글벙글하면서 집으로 돌아왔다. "여보, 우리 초대를 받았소. 공공교육부 장관 부부가 베푸는 야회(夜會)에 참석하게 되었다오."

"하지만 저는 입고갈 옷이 없는 걸요," 부인은 대답했다.

남편은 옷을 한 벌 사주었다. 그러나 부인은 아직도 만족하지 못했다. "보석이 하나도 없는 걸요."

"당신 친구인 포레스티어 부인에게 가서 보석을 하나 빌려달라고 부탁해보지 그래?"

부인은 기뻐서 외쳤다. "어머, 정말 그렇게 하면 되겠군요─왜 그 생각을 못했을까."

그녀는 친구에게로 가서 아름다운 다이아몬드 목걸이를 빌렸다. 야회에서 그녀는 그곳에 모인 어떤 여인보다도 눈부신 모습을 하고 있었다. 그녀는 의기 충전하여 집으로 돌아왔다. 거울 앞에 서서 옷을 벗기 시작했다. 그리고는─갑작스러운 외마디소리가 들렸다. "포레스티어 부인의 보석이 없어졌어요."

파리 시내를 온통 뒤져보았다─그러나 헛일이었다. "여하튼 그 보석을 대신 사다줘야 해요!"

남편과 함께 부인은 보석상을 모두 뒤져 마침내 잃어버린 것과 비슷한 목걸이를 발견하였다.

"이것이 얼마죠?"

"4만 프랑입니다. 허지만 싸게 드리죠─3만 6천 프랑에요."

친구들, 은행, 고리대금업자, 돈 놀이하는 사람을 숨 막힐 듯 찾아다닌 끝에 그들은 마침내 3만 6천 프랑을 긁어모을 수 있었다.

르와젤 부인은 목걸이를 되돌려주었고─그리고는 빚을 갚는 노예의 생활로 전락하였다. 날이면 날마다 빨래하고, 걸레질하고, 손을 더럽히며 아름다움을 손상시키며, 건강을 잃어가면서 일을 하였다. 그리고 남편도 상인들의 장부를 결산하여 주고, 또 한 장에 5 센트를 받고 서류를 복사해주느라 밤을 종종 새면서 부인과 함께 힘써 일했다.

그들은 이렇게 10년을 보냈고 마침내 모든 채무—원금과 이자를 모두 변제할 수 있었다.

어느 일요일, 이제는 늙고 지친 르와젤 부인이 샹젤리제 거리를 걷고 있었다. 그때 갑자기 부인의 눈에 반대편에서 걸어오는 젊고 아름답고 매력적인 부인이 들어왔다. 그녀는 포레스티어 부인이었다. 르와젤 부인은 그녀에게 인사를 건넸다. "안녕, 진."

포레스티어 부인은 그녀를 알아보지 못한 채 쳐다보고 서있었다.

"진, 나를 모르겠니? 나는 마틸드 르와젤이야."

"아니, 이럴 수가—어떻게 이렇게 변한단 말이니!"

"그동안 고생이 아주 심했어—모두 너 때문에 그랬단다."

"나 때문이라고? 어째서?"

"너에게 빌린 목걸이를 잃어버렸지. 그렇지만 그것과 똑같은 것을 샀단다. 10년 동안 목걸이 값을 갚아야 했어."

마음 속 깊이 감동한 포레스티어 부인은 가련하게 거칠어진 손을 꼭 쥐었다. "아, 가련한 마틸드! 그렇지만 내 목걸이는 가짜였어. 기껏해야 500프랑밖에는 안할 텐데 말이야."

4

친분이 두터웠던 시절에 귀스타브 플로베르는 모파상에게 문학가로서 성공할 수 있는 세 가지 공식을 가르쳐주었다. "관찰하라, 그런 다음 다시 한번 관찰하라, 그리고 다시 또 한번 관찰하여라."

플로베르는 갑자기 죽었다. 모파상은 7년 동안 일요일이면 찾아가던 방으로 걸어 들어가 죽은 플로베르가 누워있는 곳으로 가기 위해 층계를 올라갔다. 이 관찰자에게 신성한 것은 하나도 없었다. 모파상은 죽은 사체를 씻고 매장 준비를 하는 동안에도 장차 작품에 이용할 수 있도록 사소한 일들을 머리에 담아두느라 눈과 마음이 바빴다. 그는 묘지까지 관을 따라 걸으면서 울타리 너머에서 소 한 마리가 자기가 이해할 수 없는 일을 보고는 햇빛이 비치는 곳에서 음매하고 울던 모습에 주목했다. 묘지에서 모파상은 땅 파는 사람들이 얼마나 서투른 자세로 관 줄을 팽팽하게 잡아당기느라 땀을 빼던지 그 모습을 눈여겨보았다. 관이 땅 속에서 미친 듯이 옆으로 쑤셔 박히면서 더 많은 인부들이 힘을 합할 때까지 무덤 속으로 들어가기를 거부하는 모습을 유심히 살펴보았다. 모파상의 가슴은 조화되지 않는 사물을 바라보는 예술가의 숨 막힐 듯한 전율로 팔딱였다. 이 순간 그는 인생의 허망함과 잔인성을 볼 수 있도록 이곳에 참석하게 해주신 것에 대해 감사기도를 올렸다.

소설가의 감각, 사냥개의 후각과도 같이 자연스러운 본능… 그렇다 해도 동정심도 있었다. 이따금 모파상은 펜을 놓고 슬픔이 눈에서 모두 사라질 때까지 몇 시간이고 기다리며 의기소침해 있었다. 그는 종종 에테르를 들이마셨고 그 냄새를 맡으며 고개를 끄덕였고 몽상으로 고통을 쫓아버렸다. 그리고는 여름에 쓰려고 모아두었던 돈을 모두 털어서 시럽으로 된 작은 약병을 샀다.

그러나 고통이라는 몽롱상태의 저변에는 항상 이교도의 아름다움이라는 선명한 곡조가 있었다. "하늘을 나는 새처럼 나는 창공을 사랑합니다. 이리처럼 숲을, 알프스의 영양(羚羊)처럼 바위를 사랑합니다. 그곳에서 구르고 싶어 무성한 잔디를 사랑하는 말처럼 나도 무성한 잔디를 사랑합니다. 나는 물고기처럼 헤엄치고 싶어서 맑은 물을 사랑합니다. 나는 모든 동물들에게 공통된 어떤 것, 즉 하등동물이 지닌 온갖 본능과 온갖 애매모호한 욕구 가운데 몇 가지 감정이 내안에서 꿈틀거리는 것을 느낍니다. 나는 동물들이 이 세상을 사랑하듯이 이 세상을 사랑하며, 당신네 인간들과는 다릅니다. 나는 이 세상을 숭배하지 않고도 또 그것을 미화하지 않고도 또 높은 하늘로 솟아오르지 않고도 이 세상을 사랑합니다. 나는 심오하고도 야만적인 사랑으로, 하잘 것 없지만 성스러운 사랑으로 이 세상을 사랑합니다…"

모파상은―비록 그의 작품은 입에서 나오는 말과는 어긋나지만―인간에 대한 연민의 정이 하나도 없는 척했다. "도대체 그 속에 뭐가 들어있는지 알고 싶은 호기심 하나만으로도 나는 시인의 골통을 까부술 수 있다." 그러나 자신은 우둔한 동물이 겪는 불가사의한 고통으로 공포에 떨게 되고 또 그것은 자신의 모든 부드러운 본능을 뒤흔들어 놓는다고 모파상은 말했다. 덫에 걸려 울부짖는 늑대 울음소리는 곧 그의 울음소리였다. 평범한 인간의 재능을 훨씬 능가하는 그의 천재성은 인간생활보다는―진화의 척도로 볼 때―하급생물의 신체적인 감각과 연관되어 있었다. 정부에서 거두는 8프랑의 견세(犬稅)를 내지 않으려고 자기가 기르던 개를―"짖지도 못하던 개를"―구덩이에 던져버리기로 마음먹은 구두쇠인 늙은 시골아낙에 대한 작품을 모파상은 썼다―아니 에테르 냄새를 맡으면서 그것을 꿈꾸었던가?

처음에 노인네는 그 일을 해줄만한 한 노무자에게 접근했다. 그러나 노무자는 5펜스를 요구했다. "돈을 너무 많이 요구하는 것 같군요. 이웃 농장에서 일하는 사람은 2.5펜스를 받고 해주겠다고 했는데 사실 그것도 너무 많은 액수인데요." 그래서 노인네는 직접 구덩이를 파고 개의 목을 잡아끌어 그곳에다 집어넣었다. "처음에 둔하게 쿵하고 떨어지는 소리를 들었다. 그 다음에는 날카로운 비명소리가 들렸는데, 상처 입은 동물이 가슴이 찢어지는 것처럼 울부짖었다. 그러고 나서 고통으로 신음하는 소리가 계속해서 자지러들 듯이 났고 개는 구덩이의 입구 쪽을 향해 머리를 쳐들고 절망의 탄식을 토해내고 있었다."

그날 밤 자리에 누워 잠이 들었을 때 노인네는 꿈에서 개를 보았다. 아침에 그녀는 개를 다시 구덩이에서 꺼내 와야 되겠다고 마음먹고는 열심히 진흙 구덩이를 파고 있는 사람에게로 가서 도와달라고 부탁했다. 그러나 그는 개를 꺼내는데 4프랑을 요구했다. 그녀는 아연실색하여 "4프랑이라니. 이럴 수가!"하고 화가 나서 소리쳤다. 글쎄, 적어도 노인네는 피에로를 위해서 구덩이에다 빵 한 조각이라도 던져주어야 양심의 가책을 덜 느낄 수 있을 것이다. 그러나 그러는 동안에 피에로가 있는 구덩이에 더 큰 개가 버려져 있었다. 그리고 부인이 빵 부스러기를 던져 주자 "노인네는 끔찍한 난투가 벌어지는 소리를 똑똑히 들을 수 있었고 그런 다음 힘이 좀더 센 개에게 물린 피에로가 구슬프게 울어대는 소리가 들렸다. 그녀가 '피에로야, 이것은 네 것이다'하고 구별해주었더라면 아주 좋았을 것이었다. 피에로는 하나도 먹지 못했다는 것이 너무나 분명했다."

그러고 나서 노인네는 스스로를 정당화시키는 어조로 "아 그렇지. 어떻게 내가 구덩이에 버려진 개들을 모두 다 먹여 살릴 수 있겠어"… 그리고 자기 돈으로 거기 살고 있는 개들을 모두 다 먹여 살린다는 생각이 들자 숨이 막힐 듯하여 노인네는 그 자리를 떠나면서 가지고 갔던 빵 조각을 도로 가지고 오면서 모두 먹어치웠다.

모파상은 영혼을 같이 나누는 동료들의 소리 없는 고통을 이야기할 때 눈에서 눈물이 솟아났다. 그리고 당나귀가 평생 동안 주인을 위하여 힘써 일하면서 그토록 가고 싶어 했던—헛되긴 했지만—푸른 초원에서 단지 세 발짝도 안 되는 곳에 누워 썩어가면서 파리 떼의 입을 즐겁게 하고 있는 당나귀 사체에 대하여 아름답고도 애정 어린 목가시를 썼다.

그렇다면 훨씬 더 하등동물인 인간왕국은 어떠한가? 운명은 인간이 당나귀나 개를 지배할 때처럼 바로 그런 잔인성으로 인간을 지배한다고 모파상은 말했다. 그는 플라스틱 펜을 몇 차례 대담하게 휘둘러서 노르망디 농부들의 온갖 헛된 투쟁을 소생시켰다. 그러나 모파상은 이 불쌍한 농부들과 마음과 마음이 아니라 감각과 감각으로, 촉감과 촉감으로, 후각과 후각으로 교제를 나눴다. 그는 들판에서 뛰노는 동물들과 마찬가지로 후각이 예리하여 농부들의 감정을, 그들의 생활방식을, 그들의 본능을, 그들의 참된 생각을 냄새로 알아차렸다. "그의 소설에 적혀있는 모든 인생살이는… 마치 냄새들의 연주회처럼 보인다."

대부분은 냄새가 좋지 못하다. 인생을 보는 그의 비전은 아름답지 못한 것으로 가득하다. "모파상은 인간생활의 자그마한 얼룩에 관심을 집중시키는데, 주로 그 얼룩은 처량하고 초라하고 더럽다. 그는 그 조각을 집어 들고서 그것이 찌그러지거나 아니면 급기야 피를 흘리고 죽어갈 때까지 쥐어짠다."

그러나 모파상의 가장 보기 흉한 작품도 말로 하면 육감적인 맛으로 밝아진다. 그는 인간 육체와의 자극적인 접촉을 사랑했다. 모파상은 문단의 르노아르(1841~1919, 프랑스의 인상파 화가: 역주)였다. 그는 농부 이야기건 왕자 이야기건 간에 자신이 이야기해야만 하는 삶에서 섬세한 유머를 전혀 볼 수 없었다. 그러나 그는 고통, 우둔함 그리고 조잡함의 희극을 묘사하면서 가장 섬세한 예술을 달성했다. 모파상의 단편 소설들은 라 퐁텐느(1621~95. 「우화」를 쓴 프랑스의 우화작가: 역주)의 우화를 재현시켰고 보카치오의 재치 있는 이야기들을 재생시켰다. 외설스러운 콩트는 항상 라틴계 사람들의 덧없는 불꽃과도 같은 마음에 호소력을 발휘했다.

모파상은 단편소설의 대가였다. 그러나 그의 표현방식은 서사시를 이야기하는 방식이었다. 그는 단편으로 된 소설을 여러 편 써냈다. 그리고 그 단편 소설들은 모두가 소설이었다.

모파상이 만들어 낸 사람들은 모두 다 종교의 즐거움도 전혀 맛보지 못했고 영혼도 전혀 없다. 하지만 그는 냉소가인 척 가장하는 시인이다.

모파상의 염세주의, 과학적인 정밀성, 찬란하고 단순하며 고전적인 문체는 단지 주위에 있던 젊은 세대의 옷을 입은 것에 불과하다. 모파상도 자기 세대의 다른 사람들과 마찬가지로 자신이 신에 의해서 창조되었다고 생각하면서도 냉소적으로 신의 보호를 부정하려 했던 것이었다. 그에게는 의지할 철학적 신조가 전혀 없었다. "인간의 수만큼이나 많은 진리가 있다… 우리는 각자 자신을 위하여 환상의 세계를 만들어놓는데 그것은 본성에 따라 시적이기도 하고 감상적이기도 하고 명랑하거나 우울할 수도 있고 더럽거나 음울하기도 하다… 아름다움에 대한 환상은 인간의 풍습이고… 추한 것에 대한 환상은 자꾸 변화하는 견해이며… 비열한 사람에 대한 환상, 그것은 아주 많은 사람들을 유혹한다! 위대한 예술가란 특수한 환상을 사람들이 받아들일 수 있게 만드는 사람들이다."

모파상을 그들의 사회로 기꺼이 받아들인 생 오노레 사교계는 당황하였다. 모파상은 그토록 높은 명성과 화려했지만 여하튼 원기 왕성한 시골뜨기에 불과했던 것이다. 그리고 그의 견해는 이곳에 어울리지 못했다. 모파상의 두 눈은 보통 사람의 것이 아니었다. 그것은 열정을 전혀 발산하지 못했다.

그리고 이제 즐거움이 없는 웃음의 대가가 된 모파상은 거울 속에 비치는 자신의 두 눈을 응시하고서 자신도 또한 당혹감을 느꼈다. 거울에 비친 두 눈은 마치 그것 나름대로의 자연법칙을 따라 육욕으로 살아가는 것처럼, 그의 얼굴은 점차 초췌해졌다. 아침에 면도를 할 때면 그와 거울 사이에 안개가 피어올랐다. 모파상은 쑤시고 아픈 머리에 손을 얹었다. 그리고 그는 무엇 때문에 자신이 모든 사물의 세세한 원자까지도 그토록 깊숙하게 보게 되었는지를 깨닫기 시작하였다. 아무도 알아채지 못했을까? 그 이유는 자기 자신의 마음이 서서히 모든 사물의 세세한 원자로 부서져가고 있었기 때문이었다. 그렇다, 모파상의 생각은 의식의 방울로 하나씩 용해되고 있었다. 그리고 그의 생각의 모든 원자는 각기 최종적으로 분해되기 전에 도취감에 빠져있는 찬란한 비전속에서 다른 동료 원자들을 보았다. 그래서 모파상은 재능에서 더 큰 재능으로 그리고 유아기에 이르기까지—그리고 원시인에 이르기까지—그리고 그 너머 범주에 이르기까지 예술의 범주를 올라가고 있었다. 그런 다음 모파상은 진화의 단계를 타고 미끄러져 내려와 선사시대 인간으로, 반쪽 인간의 단계로 그리고 그 밑으로 내려갔다.

5

모파상은 자신이 무엇 때문에 알 수 없는 불확실한 순간에—망령과 함께 한 하나의 모험에서 얻게 된 성병으로 죽어가야 하는지 그 까닭을 알 수 없었다. 그는 이해할 수도 없었고 죽는다는 생각으로 공포감에 시달렸다. "인간이 죽으면 분명히 모두 다 멸절된다고 나는 굳게 믿는다." 어떤 사람이 일단 인생살이를 조롱하면 사람들은 그 후로 그를 익살꾼으로 취급할 것이다. 모파상의 작품을 읽은 수백만의 독자들은 그의 작품에 나오는 환영과 망령들이 모파상 자신이 은밀한 순간에 겪은 경험에서 끌어낸 것임을 깨닫지 못했다. 그는 의학 서적에 몰두하였고 의사들을 찾아 어디라도 길을 찾아 나섰으며 병에 대한 자문을 구했다. 현명한 사람들은 "모파상이 현재 의사들에 관한 풍자시나 비정상적인 것에 대한 연구서와 같은 새로운 책을 쓰기 위해 자료를 수집 중에 있다"고 결론지었다. 그리고 모파상이 그가 베푼 만찬회에서 손님들에게 "저는 요즈음 정신이상에 흥미를 느끼고 있습니다. 그래서 사람이 서서히 미쳐가는 과정을 묘사하려고 합니다"하고 차분히 말했을 때—사람들은 무슨 말인지 이해했을까? 모파상이 혼자 자는 것이 두려워 정부들의 내실을 찾았을 때 정부들은 그 사실을 이해했을까?

모파상은 정신분열 상태로 고통을 겪고 있었다. 때때로 그는 마치 자신을 거울 속에서 들여다보고 있는 것처럼 똑똑히 볼 수 있었다. 어느 날 오후에 방에 들어갔을 때, 모파상은 얼마 전 그 방을 떠날 때 두고 나간 책을 자신이 의자에 앉아서 읽고 있는 모습을 발견했다. 그가 쓴 「라 오를라」라는 이야기는 자기와 똑 닮은 사람이 늘 따라다니며 괴롭히는 사람에 대한 것이었다. 그리고 언젠가는 책상에 앉아 작품을 쓰고 있는데 자신과 똑같은 사람이 소리 없이 나타나 맞은편에 앉아서 자신이 지금 쓰고 있는 글자들을 한자 한자 따라 적기 시작했다. 모파상은 창백해지면서 비명을 질렀고 그 환영을 쫓아버리고자 손을 필사적으로 휘둘렀다.

모파상의 혈관 속에는 죽어가는 세계의 서늘함이 깃들어 있었다. 그는 여느 때보다도 겨울이 다가오는 것이 두려웠다. 불가에 앉아 벌벌 떨고 있었다. 따뜻한 날에도 방마다 불을 지폈다. 요트를 구입해서 지중해의 태양 아래서 항해를 해나갔고 아프리카의 모래를 밟으며 돌아다녔다. 그러나 추위 속에서처럼 열기 속에서도 모파상은 몸서리치면서 글을 적어 내려갔다. 그의 생각은 몇 시간 동안 살아있는 파리로, 며칠만 사는 짐승으로, 몇 년 동안 살아가는 인간으로 그리고 몇 세기를 살아가는 세상으로 뻗어나갔다. 벌레와 우주의 차이는 무엇인가? 몇 번 더 새벽을 맞게 되겠지. 그것이 전부였다!… "지금 내 옆에 서있는 죽음을 보면서 나는 손을 뻗어 그것을 밀어내고 싶은 생각이 든다. 내 주위 어디에나 죽음이 있다. 사람들의 발에 밟혀 길거리에 놓여있는 벌레들, 떨어지는 나뭇잎, 친구의 머리에서 발견되는 흰 머리칼, 이런 것들은 내 가슴을 찢어놓고 나를 향해 부르짖는다. '이것 좀 보세요!' 그런 모습은 내가 하는 모든 것, 내가 보는 모든 것, 내가 먹고 마시는 모든 것, 그리고 내가 사랑하는 모든 것—영롱한 달빛, 해돋이, 광활한 바다, 당당히 흐르는 강물, 그리고 어찌나 달콤한지 맘껏 들이마시고 싶은 여름날의 부드러운 저녁공기—을 나에게서 빼앗아간다."

이제 모파상은 일곱 번째 감각으로 들을 수 있었는데 지중해의 미풍을 타고 그에게 끔찍한 소식이 전해졌다. 태양이 잠자고 있는 해수욕장을 내리치듯이 운명이 갑자기 모파상의 동생인 에르베—그토록 강건하고 의심치 않고 조용하던—의 마음에 치명적인 강타를 쳤다. 친척들이 에르베를 정신병원으로 끌고 갈 때 동생 에르베는 모파상을 손가락으로 가리키며 소리쳤다. "정말이지, 형이야말로 미쳤잖아! 형이 바로 우리 집안의 미치광이잖아!"

에르베는 곧바로 무표정하고 조용히 죽음의 침상에 누었다. 그러나 마지막으로 온 힘을 다해 형에게 외쳐댔다. 마치 소년시절 두 사람이 같이 놀면서 부르짖었던 것처럼 "형, 정원에 가서 같이 놀자"하고 외쳤다. 모파상이 눈물을 닦아내자 두 눈은 영원히 감겼다.

그리고 슬프면서도 얄궂게 모파상은 문학창조의 가장 위대한 시기로 접어들었다. 마치 길을 헤매다가 갑자기 보이지 않는 신들의 보호 속으로 들어가기라도 한 것 같았다. 왜냐하면 핏속에 들어 있는 독성이 모파상을 파멸시키기 전에 그에게서 가장 훌륭한 재능의 꽃을 쥐어짜내고 있었기 때문이다. 모파상의 펜에서 조용히 작열하는 열대지방의 이야기와 아름다운 인간의 사랑 이야기, 창조적인 달빛 아래서 항성으로 용해되는 지중해를 따라 여행하는 이야기들이 흘러나왔다

그리고 모파상의 고통은 아름다움과 같이 재빠르게 커졌다. 도서관의 책상, 의자, 등불들이 동물로 변해 방 안팎을 넘나들었고 층계를 내려와 거리로 나섰다. 수천 억 마리의 세균들이 모파상의 혈관을 타고 활보하고 있었다. 발뒤꿈치가 땅에 닿는 순간 그것은 갑자기 위로 당겨졌다. 언젠가 모파상은 하인과 함께 들판을 거쳐 천천히 산보하다가 한 커다란 십

자가상 앞에 이르렀다. "아, 프랑소와, 예수님이 십자가에 못 박혔을 때 나이가 33세였지. 그런데 나는 지금 41세를 바라보고 있군."

이제 모파상은 "점잔을 빼고 있는 인간의 얼굴을 그리는 위대한 화가"였다. "그는 증오도 사랑도 없이, 분노도 연민도 없이 그림을 그린다… 모파상은 온갖 기이한 영혼의 모습을, 사회의 모든 낙오자들의 모습을 우리에게 아주 생생하게 보여주고 있어서 우리는 그것들을 눈으로 직접 볼 수 있고, 현실 자체보다도 더 생생하게 그것들을 보게 된다. 그는 생명을 줄 뿐 판결을 내리지 않는다… 그의 무관심은 자연과 비견할 만하다."

새해를 맞이하고 몇 시간이 흘렀다. 모파상은 머리에 총구를 갖다 대고는 방아쇠를 잡아당겼다. 그러나 그의 총에 총알이 장진되어 있지 않다는 것을 알고서 모파상은 면도칼로 목을 베고는 무표정한 미소를 띠고 멍하니 서 있었다. 하인이 방으로 뛰어 들어오면서 비명을 지르자 모파상은 조용히 되뇌었다— "프랑소와, 자네는 내가 한 짓을 보았지. 목을 칼로 베었다네. 이것은 바로 미친 짓의 표본이라네."

자연주의자인 모파상은 단지 인간이란 동물을 대상으로 마지막 실험을 했던 것이다. 이제 모파상은 교훈을 따로 남겨놓을 채비가 되었던 것이다. 의사들은 그의 목에 붕대를 감아서 피를 멈추게 했다. 아침이 하늘을 나는 고속버스와도 같이 나타나자 의사들은 모파상이 혹시 요트 벨아미를 보게 되면 제정신으로 돌아올지도 모른다는 희망을 안고서 그가 사랑하는 바다로 내려가도록 허락해주었다. 모파상은 얼마 동안 요트를 응시하였다. 입술이 마치 말하는 법을 아직 배우지 못한 아이처럼 움직였다. 그러나 한 마디도 하지 못했다. 그런 다음 그는 돌아섰다. 모파상은 주위환경에 완전히 무심해졌다. "그는 조수도 없는 그 끔찍한 물결을 타고 잔디 사이로 버드나무 사이로 구름처럼 부드럽게 흘러가고 있었다."

에밀 졸라

(1840~1902)

주요작품

「테레즈 라켕」「루공 가(家)의 운명」
「목로주점」「나나」「파스칼 박사」「제르미날」「대지」
「꿈」「로마」「루르드」「파리」「다산(多産)」
「노동」「진실」「정의」
「나는 고발한다」

졸라
Emile Zola

1

4명의 작가—졸라, 플로베르, 투르게네프와 알퐁스 도데—그룹은 1874년 한 달에 한 번씩 파리에 있는 리슈 카페에서 저녁식사를 같이 하기 위해 모임을 가졌다. 환영받지 못하는 작가들의 만찬회라고 불렸던 이 모임은 정기적으로 모여 웅대한 생각이나 향긋한 담화, 더 나아가서는 더욱더 풍미 있는 음식을 함께 나누는 축제로 발전하였다. "우리 모두가 먹보들이었다. 내 경우만 해도 그래야만 할 충분한 필요성이 있었다. 나는 몇 년 동안 비워두었던 위장을 채워야 했다"고 졸라는 적고 있다.

그들은 오후 7시에 식탁에 모여 앉았고 12시에 음식점을 나섰다. 그러나 모두 헤어져 집으로 가는 것이 아니었다. 우선 그들은 새벽 2시, 3시, 4시가 될 때까지 거리를 쏘다녀야 했다—이야기 줄거리도 주고받고, 다음번에 쓸 소설에 대해서도 의견교환을 하고, 이 세상을 찢어발겨 놓았다가 자기들 마음에 맞게 그것을 다시 세웠다.

투르게네프가 제일 먼저 그룹에서 떨어져나간다. 그 다음은 알퐁스 도데였다. 그런 다음 졸라는 "플로베르 할아버지"를 따라서 뤼 뮈리요 거리로 간다. 그 거리에 있는 자기 집 앞에서 플로베르는 졸라의 양 뺨에 뽀뽀를 한다. 그런 다음 선생님이 제자에게 "애야, 우리 이제 할 말은 모두 다 했지. 똑같은 말을 반복하는 일밖엔 남은 말이 없구나. 하지만 우리는 좀 더 아름답게 그 말을 표현해야 되겠지…"라고 마지막 말을 하면 두 사람은 서로 헤어졌다.

졸라는 사는 동안 이미 있었던 일들을 좀더 아름다운 말로 표현하였을 뿐만 아니라 새로운 일들을 세상에 다시 울려 퍼져야만 할 말로 묘사하였다.

2

'졸라'라는 단어는 흙덩어리를 의미한다. 에밀은 자기 이름에 어긋나지 않게 살았다. 왜냐하면 그는 어머니 대지의 아들이었고, 어머니 대지에서 태어난 모든 평범한 피조물들을 사랑했다.

졸라는 여러 종족이 혼합된 가문의 자식이었고—좋은 것은 모두 다 조금씩 갖고 있었다. 할머니는 그리스 계통이었고 어머니는 프랑스 여인이었으며 아버지는 이탈리아 계통이었다.

토목기사였던 아버지 프란체스코 졸라는 항상 올바른 생각을 가지고 있었지만 그런 생각을 지원하는 좋지 못한 사람들과 어울렸다. 드디어 엑스의 주지사들이 산간지방에서 도시로 물을 끌어오게 될 수로를 건설하라고 위임하자 졸라 아버지는 성공의 문턱에 간신히 다다르게 되었다. 그러나 아버지는 결코 그 문턱을 넘어서지 못했다. 왜냐하면 수로를 건설하는 일이 시작되기도 전에 그는 저 세상으로 가버렸기 때문이었다(1847). 어머니 졸라 부인은 7살 난 에밀을 데리고 혼자 남았고 그녀에게 남은 것은 오로지 남편을 지탱시켜주던 좌절된 꿈뿐이었다.

졸라는 5년 동안 일관성 없는 산만한 교육을 받았는데, 그것마저 톨세둑으로 놀러가느라 빼먹는 일이 다반사였다. 그런 다음 이 난폭한 작은 악당은 정식교육을 받기 위해 엑스 대학으로 보내졌다.

졸라가 대학에 머무르던 시기는 질질 끌며 오래 계속되는 형벌과도 같았다. 그는 과묵했고 친구를 사귄다는 것은 정말로 힘들었으며 곤혹스럽게도 혀가 잘 돌아가지 않아서 아주 고통스러웠다. 친구들이 이름을 물으면 졸라는 더듬거리며 톨라(Thola)라고 대답했다. 그래서 톨라가 별명이 되었고, 그것은 말을 더듬거리고 어쭙잖고 민감한 이 조그맣고 쓸쓸한 친구에게는 고민거리였다.

그러나 졸라는 그런 형벌을 무조건 감수하지 않았다. 그는 투사였다. "패거리를 상대로 혼자" 싸우긴 했지만 그는 주먹에는 주먹으로 맞섰다. 어느 날 아침 졸라는 한마당 가득한 학교친구들 모두에게서 공격을 당했을 때 어떻게나 난타를 당했던지 숨도 쉴 수 없었고 흘러내리는 눈물을 막느라 정말로 힘들었다. 그곳에 막 도착한 한 친구가 졸라에게 다가오며 "이런 일이 일어나다니 정말 유감이로구나," 하자 "아냐, 괜찮아. 정말 아무 문제없어. 이 정도를 가지고 뭘 그래," 하고 대꾸했다.

새로 도착한 이 친구는 감격하여 충동적으로 손을 내밀면서 "자네와 친구가 되고 싶어"라고 말했다.

"나도 그래"하며 졸라는 내민 손을 맞잡았다. "그런데 자네 이름이 뭐지?"

"세잔, 폴 세잔이야."

이렇게 앞으로 오랜 세월 유지해갈 친구관계가 시작되었다. 두 사람은 세상을 상대로 반항하기로 마음을 굳게 먹었다.

3

엑스 대학 시절 젊은 졸라는 훌륭한 작가가 되어 있었다—13세에 이미 소설 한편을 지었고 3막 짜리 희곡을 써낸 바 있었다—그러나 학업 성적은 아주 형편없었다. 그래서 파리에 있는 에꼴 노르말에 입학하기 위해서 엑스를 떠날 때 졸라는 학생으로서는 조금도 나아지지 않았다. 졸라는 수업을 빼먹었고 이름을 불러서 시켜도 "암송하기"를 거부했으며 시간을 모두 "시를 쓰고 라블레, 몽테뉴, 위고, 뮈세를 읽느라고" 소비했다. 최종 시험에서 졸라는 "문학"에서 낙제점수를 받았다.

졸라의 학업실패는 어머니에게 크나큰 충격이었다. 어머니는 졸라를 대학에 보내기 위해서 온갖 허드렛일을 도맡아서 했다. 어머니는 아들이 아버지처럼 기술자가 되기를 바랐다. 이제 그녀의 희망은 무위로 끝났다. 에밀은 서기가 되어 따분한 생활을 하든지—신이여 제발 금하소서!—아니면 작가가 되어 궁핍한 생활을 해야 할 팔자였다. 에밀 자신도 절망감에 빠져있었다. 그는 한 친구에게 편지를 띄웠다. "지난주일 내내 나는 이 크나큰 우울감에 어찌할 바를 모르고 지냈소… 벌써 스무 살인데 직장이 없다니… 지금까지 꿈을 꾸며 이리저리 흘러내리는 모래 위를 걸어 왔다네. 언제 쓰러질지 누가 알겠나?"

다행스럽게도 아버지의 옛 친구였던 라보 씨로 인해 졸라는 즉시 쓰러지지는 않았다. 그는 졸라에게 나폴레옹 하역장에서의 점원 자리를 구해주었다. 자기 몸 하나 간신히 생존할 만큼의 돈을 받았을 뿐 영혼을 살찌우게 할 수는 없었다. "하역장에서 즐거움이라고는 하나도 없다. 나는 한 달 동안 그 지옥 같은 우리 속에서 살았다. 빌어먹을! 등으로 다리로 아니 나의 전 사지(四肢)로 느끼고 있다. 책상에서도 역겨운 냄새가 나지. 정말

넌덜머리가 난다니까. 이 불결한 창고를 엎어버리고 싶어."

졸라는 몇 달 후 그곳을 떠났다. 그리고는 2년간을 빈민굴에서 지냈다. 궁핍, 기아, 쓰라림, 누더기 옷, 절망감—그리고 몽상. 인간의 갱생을 위한 계획들, 천당을 지상에 더 가까이 가져다줄 새로운 성경을 쓸 계획들. 그런 성경을 만들어낼 힘을 찾을 수만 있다면 얼마나 좋을까! 뱃속에서 그토록 그를 괴롭히는 기아(饑餓)를 멈추게 할 수만 있다면!

세잔과의 재회가 이루어졌다. 세잔은 졸라를 따라 파리로 왔다. 그들은 함께 방을 구했고 함께 몽상을 했고 함께 배를 주렸다. 문단의 새로운 사도, 미술계의 새로운 사도가 아무도 사도에 관심을 두지 않는 시대를 살아가고 있었다. 졸라는 시를 썼고 세잔은 그림을 그렸다. 그리고 두 사람 모두가 그들이 만들어낸 상품을 좋아하는 대중을 찾을 수 없었다. 사실을 말하자면 두 사람 모두가 대중을 찾을 만한 자격이 아직은 없었던 것이다. 그들이 겪는 고통의 연료는 영감의 불꽃으로 화할 기회를 아직은 찾지 못했다.

"그렇지만 나는 언젠가 훌륭한 작품을 써내고야 말겠어. 두고 보라지!"

그러는 동안에도 더 많은 시련이 닥쳐왔고 더 많은 절망감을 느꼈으며 더 많은 궁핍을 겪어야 했다. 1861년에서 1862년으로 넘어가는 겨울에는 어찌나 격심하게 배가 고프던지 졸라는 살고 있던 다락방위 지붕에다 참새 덫을 설치해놓은 다음 커튼 막대 끝에 촛불을 켜놓고 잡은 참새들을 구워 먹었다. 굶주린 나머지 기절을 한 때도 있었다.

그 후 아버지의 한 친구를 통해서 졸라에게 다시 한번 도움의 손길이 나타났다. 이번에는 하세트라는 출판사에서 "책을 포장하는 일"을 맡게 되었다. 여러 달 동안 졸라는 발송부에서 책을 포장하면서 남는 시간에는 취미로 그 책들에 관한 논평을 썼다.

어느 날 주인은 이 "한가한 짓거리"를 하고 있는 졸라를 목격하였다.

주인은 논평을 읽어보았다. 그리고는 말하기를 "졸라, 자네는 발송하는 일에는 나태한 것 같은데 글은 제법 쓸 줄 아는군. 앞으로는 광고부에서 일해 보는 것이 좋겠는 걸."

졸라에게 이 승진은 하늘이 주신 뜻하지 않은 행운이었다. 드디어 졸라는 펜으로 밥을 벌어먹을 수 있는 기회가 주어진 것이었다.

이제 펜도 많이 날카로워져 있었고, 졸라는 밤낮을 가리지 않고 그것을 주도면밀하게 이용했다. 그는 정규적인 사무실 일이 끝나면 집으로 돌아왔다—지금은 어머니와 살고 있었다. 그리고 배가 부르도록 저녁식사를 한 다음 "비정규적인" 작품 활동을 위해서 책상 앞에 앉았다. 졸라는 이제 시에서 소설로 방향을 전환했다. "나의 뮤즈 여신은 여태껏 새끼를 낳지 못하는 암말에 불과했어. 이제부터는 산문을 써야겠어." 졸라는 단편소설을 써서 발송하기 시작했고 그 중 몇 편이 지방신문에 실리게 되자 기쁨을 금치 못했다. 그런 다음 졸라는 이 단편소설을 모아서 「니농을 위한 이야기」라는 이름을 붙여—자기가 다니는 출판사가 아니라 "덜 보수적인" 회사인 헷첼과 라크로아라는 출판사로 가지고 갔다. 때는 1864년 초봄이었다. 라크로아 씨가 일하던 책상에서 얼굴을 들었을 때 눈앞에는 땅딸막하고 세련되지 못한 친구가 고슴도치 같은 머리를 하고 호전적인 들창코를 보이며 서있었다. "선생님, 이 작품들을 읽어주시지 않으시겠어요? 청컨대 아무거나 한 편만 말입니다. 저에게 재능이 있다는 것을 단번에 아실 겁니다."

이 청년이 자신 있게 말하는 모습에 흥미가 당겨져서—그러나 말하는 어조가 매우 소심했다—라크로아 씨는 원고를 읽어보겠다고 약속했다. 초조한 졸라에게는 몇 년처럼 여겨진 몇 주일이 흘러간 다음에 출판업자는 원고를 받아들였다.

"싸움은 짧았다… 이제 나는 출발점에 서있다… 이 시점에서 나에게

남은 것이란 전진뿐이다. 나는 계속 전진할 것이다!" 졸라는 기쁨에 넘쳐
외쳤다.

4

인정도 받게 되었고 이제는 낭만의 시기였다. 졸라는 세느 강의 왼쪽
둑에 있던 의과대학에서 가까운 거리에 있는 아파트를 하나 얻었다. 어느
날 저녁 졸라는 알렉산드린느 메즈리를 만났다. 그녀는 그에게 방을 빌려
준 하숙집 주인의 딸이었다. 그 소녀는—"옛날 스페인의 초상화에 나오
는 어린아이와 같은" 눈에 키가 크고, 인상적인 브루넷(피부는 황갈색, 눈과
머리는 갈색 또는 검은 빛: 역주) 여자였는데—울면서 졸라를 피하려고 애를
쓰고 있었다. 졸라는 점차 그녀의 과거를 알게 되었다. 그녀는 애인에게
몸을 바쳤는데 그 애인은 지방 출신의 젊은 의대생이었다. 젊은 연인은
그녀를 저버리고 고향으로 내려갔다. 졸라는 그녀를 집으로 데려가 정부
로 삼았다가 얼마 후에는 따뜻하게 아내로 받아들였다.

양쪽 모두가 똑같이 사랑하는 결합이었다. 두 사람 사이에 신체적인
공통점은 거의 없었다. "졸라는 악몽처럼 추남이었고 알렉산드린느는 꿈
처럼 사랑스러웠다." 졸라가 그녀의 육체의 아름다움을 경모했다면, 알렉
산드린느는 졸라의 영혼의 아름다움을 흠모했다.

그리고 앞으로 보게 되겠지만 알렉산드린느 역시 아름다운 영혼의 소
유자라는 것이 증명되었다.

새로 가정을 꾸몄고 명성도 조금씩 올라가는 가운데 졸라는 작품을 꾸
준히 써나갔다. 그는 "사실주의적인" 형태의 문학—플로베르의 「보바리
부인」과 같은 소설들과 공쿠르의 「앙리에뜨 마레샬」과 같은 희곡들—에
홍미를 갖게 되었다. 이 작품들은 사랑에 대한 임상적인 연구였고 인생의

가장 깊숙한 비밀들을 탐구하는 눈을 가지고 있었다. 졸라 자신도 사회 체제가 치유될 수 있도록 사회의 여러 병폐들을 드러내 보여주는 날카로운 눈을 가진 작가가 되기를 원했다. 졸라는 몇 편의 사실주의적인—자신은 '자연주의적'이라고 부르는 것을 선호했다—소설들을 써냈다. 이 소설들은 널리 읽혀졌고 또한 여기저기서 욕지거리를 들었다. "나는 점잖은 사람들의 마음속에서 미아(迷兒)가 되었다!"

그리고 대중은 계속해서 졸라를 욕하면서도 계속해서 그의 소설들을 읽었고 졸라의 지갑에 계속해서 돈을 넣어주었다. "점잖지 못한" 사람들의 모임에서 졸라는 다소 사자와 같은 존재가 되고 있었다. 아니 오히려 털 많은 얼굴과 튀어나온 배와 세련되지 못한 언행 때문에 곰과 같은 존재가 되어 있었다. 졸라는 세잔과 다른 "경멸당하는 새로운 예술가들"—옥석(玉石)을 가리지 못한다고 자신이 인정하기는 했지만—을 칭찬하는 일련의 글을 써냈고 졸라 자신의 "광기 있는" 사상들에 대한 노도와 같은 논쟁을 불러일으켰다. 그리고는 자신의 "광기"와 명성을 즐겼다. 이 모든 것이 졸라가 여러 해 동안 마음속으로 간직했던 새로운 성경을 쓰겠다는 위대한 계획을 향하여 순조롭게 길을 열어 주었다. 새로운 성경이란 한 가족이 여러 세대의 삶을 통해 보여주는 인간성의 완전하고도 꾸며지지 않은 모습이었다. 그것은 고발(告發)의 서사시로서 동시에 희망의 복음서로 사용될 것이었다.

열권으로 구성된 이 고발의 서사시를 쓰는 동안 졸라는 동시에 학생, 비평가, 동료들의 교사가 되어야 했다. 그는 이 소설의 각 권을 쓰기 시작하기에 앞서서 소설 구조물 속에 들어가는 장면들, 등장인물들, 상황들, 언어, 인간의 원자를 구성하는 희망, 두려움, 신념들에 대해 철저히 조사했다. 졸라는 각 주제에 대한 책들을 읽었고 여러 곳을 방문했으며 사람들과 이야기했고 그들의 행동과 억양과 속어 등을 관찰하여 노트해두었으며 각각의 이야기들을 위한 비망록들이 쌓여갔다. 그리고 나서 졸라는 산더미같이 쌓인 자료들을 꺼내어 다시 읽고 분류하며 주제(사상)와 플롯을 만들어냈고 천천히, 조직적으로, 공을 들여 모든 것을 설계해 나갔다. ―"나한테는 글을 쓴다는 것이 아주 힘겹다"―마침내 몇 달간의, 때로는 수년간의 노력 끝에 새로운 예술작품이 탄생했다.

이런 예술작품들 중 하나인 「목로주점」을 간단히 살펴보기로 하자. 이 작품은 열심히 공들여 축적한 무진장한 연료로 솟아오른 불꽃이었다. (졸라는 우리에게 이 소설을 준비하고 썼던 과정을 자세히 설명해주었다.) 이 이야기는 가난한 사람들의 고통을 그린 것이다―졸라는 주(註)에서 "끔찍한 모습"이며 "그 나름의 도덕을 가지고 있는 소설"이라고 적고 있다. 소설의 여주인공 제르베즈 마케르는 어머니 대지(大地)의 불행한 의붓자식의 원형(原型)인 세상물정에 밝은 닳고 닳은 여자이다. 채 스무 살이 되기도 전부터 그녀는 벌써 랑티에와의 불장난으로 생겨난 두 아이―에티엔느와 클로드―의 어머니이다. 제르베즈는 13살에 부모의 학대를 피하기 위해 랑티에의 보호 아래 자신을 내맡겼다. 랑티에는 처음에는 그녀에게 친절하게 대해주었으나 뒤에는 그녀를 돌보지 않게 된다. 랑티에는 거의 매일 밤 외박을 했고 아침에 들어오면 거의 몸을 가누지 못할 정도가 되어 있었다. 이웃의 목로주점과 그곳의 또 다른 여자인 아델르 때문이었다. 제르베즈는 아직도 매력은 남아 있었지만 한 가지 신체적 결함이 있다. 그녀는 다리를 조금 절었고, 과로로 피로하면 특히 더 두드러지게 나타났다. 이 즈음에 제르베즈는 정말로 무척 피곤했다.

어느 날 아침 제르베즈가 공공 세탁소에서 가족들의 옷을 세탁하고 있을 때 아이들이 달려와 랑티에가 아델르와 함께 제르베즈의 모든 소지품을 가지고 달아났다고 말해 준다. 설상가상으로 몸집이 큰 아델르의 동생 비르지니가 세탁소로 와서 자기 언니에게 남편을 빼앗긴 불쌍한 제르베즈의 약을 올리며 괴롭혀댔다. 제르베즈는 자신을 괴롭히는 비르지니에 비해 몸집도 작고 연약했지만 몸을 날려 달려들어서 비르지니가 목숨을 살려달라고 빌 때까지 비르지니를 차고 물어뜯고 때렸다.

"그렇지만 두고 봐, 이 일을 절대로 잊지 않을 테니까"고 중얼거리며 비르지니는 세탁소를 도망쳐 나왔다.

얼마 동안 제르베즈는 세탁부로 일하면서 자신과 두 아이의 생계를 꾸려나갔다. 제르베즈를 아는 사람들 중에는 랑티에와의 불행한 결혼생활을 잘 아는 양철장이인 쿠포라는 젊은이가 있었다. 쿠포는 제르베즈에게 정부가 되어달라고 요구했지만 그녀는 계속해서 거절했다. 결국에 쿠포는 청혼을 하였고 제르베즈는 그 청혼을 승낙하였다.

쿠포 家(가)의 파란만장한 생활은 어느덧 비교적 행복한 간주곡으로 접어들어 평안을 누리게 되었다. 쿠포는 착실한 양철장이였고 제르베즈는 기술 좋은 세탁부였으므로 두 사람은 힘을 합쳐서 두 자녀를 위하여 "남부럽지 않은 버젓한" 가정을 그럭저럭 꾸려나갈 수 있었다. 결혼한 지 4년 후에 세 번째 아이 나나가 태어났다.

제르베즈는 나나를 해산하고 난 직후에 세탁부 일로 다시 돌아갔다. 그녀의 한 가지 꿈은 어느 날엔가 자신의 세탁소를 가지는 것이었다. 사정이 그렇게 나쁜 것은 아니었다──특히 열심히 일하고 정직하며 계획을 세우기만 한다면 말이다…

그러나 어느 날 그녀의 계획은 갑작스러운 타격을 입었다. 남편이 수선하던 지붕에서 떨어진 것이었다. 제르베즈는 남편을 병원으로 보내지 않고 집에서 돌볼 것을 고집했다. 길고도 돈이 많이 드는 회복기간 동안에 쿠포는 점차 변해갔다. 지붕에서 떨어져 부서진 것은 몸뿐만이 아니었다. 쿠포의 영혼까지 부서지고 말았다. 더 이상의 야망도 더 이상의 계획도 더 이상의 희망도 없었다. 단 하나의 끈질긴 열정만이 남았을 뿐이었다. 그것은 목로주점에 출입하는 것이었다….

운명은 쿠포 가를 노리갯감으로 삼고 있었다. 잠시 동안 한 조각의 행복을 가져다주었고, 그런 다음 절망에 빠뜨렸으며, 이제는 행복에 대한 또 다른 거짓약속을 한다. 금빛 수염과 금빛 마음을 가진 대장장이인 구제라는 사나이는 제르베즈를 남몰래 사랑하고 있었는데 그녀가 오백 프랑의 돈을 꾸게 만들었다. 그 돈은 세탁소를 열고자 하는 제르베즈의 꿈을 이루기에 충분하였다.

그러나 다음해 봄 그 살쾡이 같은 운명이 제르베즈를 기다리고 있었다. 아델르의 동생인 비르지니가 쿠포 가의 이웃이 되었다. 비르지니는 제르베즈에게서 심하게 매 맞은 일을 결코 잊어버리지 않고 있었다. 우정을 가장하여, 비르지니는 제르베즈에게 랑티에가 이곳으로 돌아왔다는 것을 알려준다. "랑티에는 아델르를 차버렸어요. 그 사람은 아직도 당신을 사랑하고 있어요"라고 말했다.

제르베즈는 깜짝 놀랐다. 허지만 얼마 동안 옛 애인은 제르베즈를 만나려는 노력을 전혀 하지 않았다. 그 대신 그는 제르베즈의 남편인 쿠포와 친구관계를 맺으려고 했다. 두 남자는 목로주점에서 떨어질 수 없는 단짝친구가 되었고 드디어 랑티에는 자진해서 쿠포네 하숙생이 되었다.

이제 타락한 두 남자의 영향으로 제르베즈도 서서히 타락하기 시작했다. 세 아이는 물론이고 두 남자까지 먹여 살려야 했던 그녀는 얼마 동안 과도한 부담에 발버둥치면서 고군분투했지만 결국 굴복하고 말았다. 제르베즈는 남편과 다투고 세탁소 일을 소홀하였으며 랑티에의 품에서 시름을 달랬다. 그런데 결정적인 불행이 찾아왔고 제르베즈는 랑티에와 세탁소를 모두 잃었다. 비르지니가 그 모두를 차지하였다.

남편과 함께 이제 제르베즈도 목로주점의 소용돌이에 완전히 빠져버렸다. 망연자실한 쿠포는 마침내 술에 만취된 채 영원한 불귀의 객이 되었다. 완전히 성장한 딸 나나는 가출하여 창녀가 되었다. 제르베즈 역시 길거리로 나가 매춘부가 되려고 하였지만 이제는 아무도 그녀를 따라오지 않았다. 기아와 술과 절망뿐이었다. 깊은 절망의 벼랑뿐이었다. 대장장이 구제가 마지막으로 제르베즈를 구원하려 하였으나 때는 이미 늦었다. 목로주점―쓰디쓴 슬픔의 술 한 잔으로 가난한 사람들을 취하게 만드는 이 세상과 같은 선술집―은 그녀의 부음을 들었다.

5

가난한 사람들을 소재로 한 졸라의 소설들은―운명의 또 다른 농담이 되어―그를 아주 부자로 만들었다. 아주 비대하고 아주 침울하게 만들었다. 우리가 무슨 일을 하든지 인생은 우리의 목을 조른다. 가난하면 굶어 죽고 부유하면 우리는 부(富)에 먹혀 죽는다. 어려서부터 신경증 환자였던 졸라는 어렸을 때의 궁핍과 그 이후의 방종했던 결과로 태양아래 있는 온갖 질병에 시달린다고 믿고 또 그렇게 말했다. 사실 졸라는 말과도 같이 건강했다. 졸라의 진정한 근심 걱정은 기력이 없어서가 아니라 자식이 없어서였다. 자식이 하나도 없던 졸라는 자신이 반쪽뿐인 인간이라고 느꼈다. 무엇 때문에 운명은 어머니로서의 기능을 이행 못할 아내를 그에게 주었단 말인가? 졸라의 집에는 개인 몸종인 잔느 로제로라고 하는 다른 여인이 있었다. 키가 크고 건강하며 회색 눈동자의 아름답고 신선한 여인이었다. 잔느라면 자기 아이들의 어머니 역할을 얼마나 훌륭하게 감당할 것인가!…

안될 이유가 어디 있단 말인가? 물론 잔느는 갓 스물이고 졸라는 이미 50세에 머리칼은 희끗희끗하고 큰 통처럼 퉁퉁하였다. 그렇지만 음식 조절을 적절하게 한다면 졸라는 30년은 젊어 보일 수 있을 테고 몸무게도 평소보다 30파운드는 줄일 수 있었다. 희끗희끗한 머리칼은 잔느에게 위엄을 더해줄 수 있을 것이다.

여러 달 동안 어떤 기름기도, 파이도, 술도 입에 대지 않으면서 극단적인 절식을 실천한 늙은 교수는 젊음을 되찾은 파우스트처럼 나타났다. 졸라는 잔느 로제로를 위해 집을 구했고 너무나 기쁘게도 두 아이의 아버지가 되었다.

그러나 졸라의 아내 알렉산드린느에게는 아무런 기쁨도 없었다. 부인은 항의하고 호통치고 집을 나가겠다고 협박했다. 그리고 결국 부인은 우선 집안에서, 다음은 마음으로 자신의 역할을 감수하였다. 부인은 한걸음 더 나갔다. 프랑스 금언에 노블레스 오블리제(귀족에게는 의무가 있다)란 것이 있다. 알렉산드린느의 경우는 그 반대였다—의무감이 귀족을 만드는 격이었다. 슬픔에서 생겨난 아량으로 졸라의 아내는 남편 아이들의 어머니 잔느와 왕래하였고, 졸라의 이름으로 아이들을 법적으로 입적시켰으며, 살아생전에 아이들의 복지에 개인적으로 관심을 표명했다.

졸라는 알렉산드린느에게 감사한 마음을 표시하기 위해 다음 소설인 「파스칼 박사」를 그녀에게 헌정했다. "나의 사랑하는 아내에게 내 모든 작품의 요약이고 결론인 이 책을 바친다"고 썼다. 그러나 이 소설의 다른 복사본에다 그는 다른 헌정사를 썼다. "나에게 멋진 젊음의 향연을 베풀어주고 또 드니스와 쟈끄라는 선물을 준 나의 귀여운 잔느에게 이 책을 바친다. 내 사랑하는 아이들을 위하여 나는 이 책을 썼으며 아이들은… 그들을 낳아준 어머니를 내가 얼마나 경모하는지 알았으면 좋겠다."

에밀 졸라는 죽는 순간까지 이 두 관계— "나의 사랑하는 아내"에 대한 헌신과 "나의 귀여운 잔느"에 대한 그의 경모—를 유지했다.

6

졸라가 열권으로 된 "진리를 위한 서사시적인 투쟁"을 완성했을 때에 그에게 남은 일이라고는 이미 얻은 명예에 만족하는 것뿐이었다. 그러나 그의 진정한 투쟁이 시작된 것은 바로 이때부터였다.

그것은 알프레드 드레퓌스 사건(프랑스의 반유대주의 음모사건으로, 유태인인 포병대위 알프레드 드레퓌스[1859~1935]가 군사기밀을 누설했다는 혐의로 유죄선고를 받아 투옥된다. 그러나 졸라 등 많은 사람들의 구명운동으로 1906년 무죄임이 증명되어 복직됨: 역주)과 관련된 것이었다.

재판 초기에 졸라는 이 사건에 별 관심을 보이지 않았다. "또 다른 유태인이 반애국적인 행위로 피소되었다"는 정도였다. 졸라는 유대인들을 결코 좋아하지 않았었다. ─젊었을 때 그는 유대인들을 단연코 싫어했었다. 그러나 재판이 진행되는 동안 졸라는 재판과정에서 어딘가 구린데가 있는 것을 알아채기 시작했다. 소설을 준비하면서 정확한 관찰자로 훈련된 졸라는 드레퓌스에 대한 혐의에서 무고한 사람을 유죄로 날조하려는 음모를 감지하였다. 졸라는 그 사건을 연구하기 시작했다. 의심은 확신으로 변했다. 끔찍한 불의(不義)가 자신의 조국 프랑스에서 행하여지고 있었다. 한 애국시민으로 불의를 바로잡는 것이 졸라의 장엄한 의무였다. 세상 사람들 앞에서 재판을 받는 것은 드레퓌스 대위가 아니라 바로 프랑스였다. 졸라는 프랑스라는 이름을 깨끗이 하기 위해 드레퓌스라는 이름을 깨끗이 하는 일에 몸과 마음을 타하여 적극적으로 달려들었다.

드레퓌스는 악마의 섬(프랑스령 기아나 앞바다에 있는 유형지(流刑地)이던 섬: 역주)에서 고독한 유폐생활을 하고 있었다. 그는 절망에 빠져 오직 바람과 파도만이 그의 절규를 들을 것이라 믿으며 "나는 무죄이다!"라고 수천 번을 울부짖었다.

그러나 졸라가 그 소리를 들었고 온 세상 사람들에게 그 절규를 들으라고 강력하게 요구했다. 졸라는 「나는 고발한다」라는 소책자를 써서 발간했다. 그 소책자에서 졸라는 사건 전모를 자세하게 분석하였다. 이 책자에서 졸라는 드레퓌스 대위의 무죄를 증명하였을 뿐만 아니라 고발정신이 강한 손가락으로 죄가 있는 사람들과 기관들을 지적했다. "이 사건이 시작된 것은 바로 오늘부터이다. 왜냐하면 지금 이 순간 편이 분명히 갈라졌기 때문이다. 한편에는 이 사건에 광명이 비쳐지기를 전혀 원치 않는 피의자들이 있고 다른 한편에는 정의를 사랑하여 목숨까지 기꺼이 내던질 사람들이다… 나에게는 오로지 광명에 대한 한 가지 열정만이 있다… 나의 격렬한 항의는 내 영혼의 절규일 뿐이다… 피의자들이여, 감히 나도 법정으로 끌고 들어가 보라! 그런 행동은 진실과 정의의 폭발을 앞당길 뿐이리라!"

정말로 폭발이 일어났다—그러나 진실과 정의의 폭발이 아니라 졸라에 대한 증오와 폭력이 폭발하였다. "졸라를 타도하라! 반역자를 죽여라! 유태 놈들에게 팔렸다!" 집은 공격당했고 돌멩이들이 창문으로 휙 소리를 내며 날아들었다. 졸라가 쓴 책들은 판매금지 당했고 그의 초상화는 불에 태워져 세느 강에 던져졌다. 파리에서 발간되는 「리브르 빠롤(언론자유)」이라는 신문은 "졸라를 암살하고 가택을 몰수"할 것을 요구했다.

드디어 소요는 극에 달했다. 졸라는 명예훼손죄로 체포되었다. 재판은 하나의 긴 소극(笑劇)이었다—졸라의 변호사가 사건과 관련하여 사실이 제시될 수 있을 정보를 말해줄 증인을 요청할 때마다 재판관은 말을 가로막으며 "그런 질문은 하지 마시오!"라고 잘라 말했다. 재판이 끝날 무렵에 졸라는 자신을 위해서가 아니라 드레퓌스를 위해서 정의에 대한 설득력 있고 웅변적인 탄원을 했다. "…맹세코 드레퓌스는 무죄이다. 나의 인생과 명예를 걸고 확신한다. 이 장엄한 순간에 인간의 정의를 대표하는 법관들 앞에서, 모든 프랑스 사람들 앞에서, 전 세계의 이목 앞에서, 나는 드레퓌스가 무죄라고 엄숙히 맹세한다. 그리고 40년간의 작가생활과 그런 노력이 나에게 가져다준 권위를 걸고 나는 드레퓌스가 무죄임을 주장한다. 내가 획득한 모든 것을 걸고 내가 얻은 명성을 걸고 프랑스 문학계에 기여한 내 작품들을 걸고 나는 드레퓌스가 무죄라고 선언한다. 만일 드레퓌스가 무죄가 아니라면 이 모든 것은 무너지고 내 모든 작품들은 사라질 것이다. 드레퓌스는 무죄이다!…"

자신의 운명에 대해서 졸라는 "나는 평온하다… 나는 여기서 유죄선고를 받을지도 모른다. 그러나 나는 승리하리라. 언젠가 프랑스는 내가 프랑스의 명예를 구하도록 도와준 것에 대해 감사할 것이다"라고 말했다.

배심원들은 졸라에게 (드레퓌스를 고발했고 투옥시킨 사람들에 대한) 명예훼손죄를 선고했다. 3만 프랑의 벌금형이 내려졌다. 정의를 위한 투쟁으로 졸라는 자신의 노력, 건강, 명성, 평생의 저축금, 친구들을 모두 잃었다. 그는 40여 년 전처럼 다시 무시당했고 궁핍했으며 외로웠다.

그러나 졸라는 투쟁을 계속했다! 그리고 마침내 그는 프랑스의 양심을 일깨우는데 성공했다. 드레퓌스 대위는 다시 재판을 받았고 무죄판결을 선고받아 석방되었다. 졸라는 승리했다. 졸라는 재판할 때 예언했던 바와 같이 살아있는 동안에 자기 조국이 "프랑스의 명예를 구하는데 도움을 주었던 것"에 대해 감사를 표하는 날을 보았다.

7

인생무대에서 진행되는 졸라의 행동은 끝났다. 운명이 폐막의 신호를 할 때가 되었다. 졸라와 같이 능력 있는 주인공에 알맞게 극적인 것이었다. 1902년 9월 30일 아침이었다. 졸라의 오랜 친구 세잔은 엑스의 스튜디오로 들어가 그 날 그릴 작품을 위해 팔레트를 준비하기 시작했다. 하인인 폴린이 뛰어 들어왔다. 그는 숨을 헐떡이며 "주인님, 세잔 씨, 졸라가 죽었습니다!"

세잔의 심장이 불규칙적으로 뛰었다. "자초지종을 얘기해봐라."

"사고였습니다. 세잔 씨! 지난밤에 잠자리에 들 때 불을 피운 채로 내버려둔 바람에 불이 꺼지자 연기가 심해 질식사했답니다."

졸라는 죽는 날 밤에도 늦게까지 글을 쓰고 있었다. 이튿날 졸라의 책상 위에서 사람들은 끝을 맺지 못한 원고지를 발견했다. 그 종이에 흘려 쓴 구절이 있었다—그것은 졸라의 인생철학의 총체요 요체였다. "진실을 통해 좀더 고상하고 좀더 행복한 인간성을 재창조하자."

마크 트웨인
(1835~1910)

주요작품 ....

「그 이름도 드높은 뛰어오르는 개구리」「철부지 여행기」
「좌절당하랴」「도금 시대」「톰 소여의 모험」「왕자와 거지」「허클베리 핀」
「코네티컷의 양키」「미국인 원고(原告)」「얼간이 윌슨의 비극」
「잔 다르크」「하들리버그를 타락시킨 사나이」「아담의 일기」
「인간이란 무엇인가」「스톰필드 선장 천당에 가다」
「신비스러운 이방인」

트웨인
Mark Twain

1

마크 트웨인은 오늘날에 이르기까지 충분한 인정을 받지 못했다는 생각이 든다. 트웨인의 작품은 비록 영예란 영예는 모두 다 누렸지만 그 진가를 제대로 이해 받지 못했다. 트웨인의 명망은 두 번째로 좋은 작품에 기인한 것이었다. 우리는 트웨인을 미국의 최대 해학가로 찬양하면서 미국의 가장 심오한 철학자 중 한 사람으로서의 그의 면모는 무시하였다. 우리는 그가 던지는 익살에 웃음을 보내면서 그 속에 숨어있는 채찍은 잊고 있다. 트웨인이 쓰고 있는 모자나 그곳에 달려있는 종에 관심이 집중되어 우리는 광대의 가면을 쓴 예언자의 모습을 보지 못했다.

분명코 마크 트웨인은 해학가였다. 그러나 이런 유형의 해학가들은 얼굴에는 미소를 띠면서도 마음속에는 시큼한 산(酸)을 품고 있는 사람들이다. 또 다른 익살스러운 염세주의자인 볼테르가 지적하였듯이, 해학가들은 자기 목을 매달지 않으려고 웃음을 짓는다. 모든 사물의 내부를 깊이 들여다본 그들은 "저주받을 인간 족속"의 가련한 어리석음을 보고는 기가 막혀 말도 못할 정도로 압도당한다. 그래서 해학가들은 남이 보지 못하게 눈물을 감추기 위하여 우스꽝스러운 마스크를 쓴다.

아주 심한 고통을 경험한 사람들은 잘 웃는 법을 터득하였다. 해학가, 풍자가, 냉소주의자와 같은 문학의 장난꾸러기 부랑아들은 인생에서 패배한 반항아들이다. 그들은 자신들의 무능함을 깨닫고는 자기들에게 더이상 남은 다른 제스처가 없음을 알기 때문에 운명을 향해 조롱한다.

마크 트웨인도 이런 패배한 반항아에 속했다. 인간의 모든 노력은 목표가 없는 막연한 광대극—"백치가 하는 이야기로 소리도 크고 맹렬하지만 의미는 하나도 없다"—이라고 그는 믿었다. 우리는 기를 쓰고 무지개를 향하여 간신히 기어오르지만 결국 도랑 속에 빠지고 만다. 달을 향해 손을 내뻗치지만 결국 뼈는 부러지고 만다. 끊임없이 실패를 거듭하면서도 우리가 계속해서 큰 뜻을 가지는 것은 신들을 즐겁게 해주기 위해 구경거리를 만드는 것이다. 그러나 마크 트웨인도 믿은 것처럼 웃음이라는 진통제로 패배의 고통을 완화시킬 수 있다면 우리도 역시 즐거울 수 있다. 우리는 충분히 초연한 상태에서 우리 자신의 고통을 구경하며 즐길수 있다. "삶이라는 극 속에서 배우처럼 번민하는 법을 배워라. 그러나 또 배워둘 것은 방관자로서 너 자신의 번민을 보고 미소 짓는 법이다."

2

사무엘 클레멘스(마크 트웨인의 본명: 역주)는 그가 살던 시대와 장소의 소산이다. 변경지방에서 어린 시절을 보낸 트웨인은 모든 개척자들과 마찬가지로 냉혹한 유머 감각으로 삶에 대처했다. 전기 작가 알버트 비지로우 페인에 의하면, 이런 유형의 유머는 "독특한 상황, 즉 변경지방과의 투쟁에서 생겨난 것이다. 그 싸움은 아주 처절하여, 그것을 심각하게 받아들이는 것은 항복하는 것이었다. 여인들은 울지 않기 위하여 웃었고 남자들은 더 이상 욕도 할 수 없을 때 웃었다. '서부의 유머'는 그 결과였다. 그 것은 세상에서 가장 신선하고 거친 유머지만 그 뒤에는 항상 비극이 도사리고 있다."

사무엘 클레멘스는 어린아이였을 때 벌써 생의 비극을 많이 알고 있었다. 가난한 백인들이 모여 사는 중서부 마을에서 자란 클레멘스는 흑인 노예들이 매질당하고 사람들이 거리에서 총 맞아 죽는 모습을 목격했다. 그의 부모는 희망도 없고 사랑도 없는 궁핍한 방랑의 생활을 유지했다. 그들은 항상 "서쪽을 향한 여행"을 하였는데 해안 지대에서 켄터키 주로, 켄터키 주에서 테네시 주로, 다시 테네시 주에서 미주리 주로 고된 여행을 했다. 사무엘이 태어난 것은 1835년 11월 30일 미주리 주에서였다.

아버지는 침울하고 의욕을 상실한 낙오자였는데 자식들과 놀아준 적도 없었고 자식들에게 애정을 나타낸 적도 없었다. 1847년 겨울, 아버지는 세상을 떠났다. 그래서 제멋대로이고, 초라하며, 키도 보통보다 작고 병약하고 신경질적이며 작고 난폭한 11세의 사무엘은 자신이 애정이라고는 찾기 힘든 세상 사람들의 자비의 손길에 떠맡겨진 존재임을 알게 되었다. 학교도 그만두게 된 사무엘은 "인쇄업자의 견습공"으로 일하게 되었다. 주인의 묘사에 의하면, 사무엘은 머리가 커다랗고 얼굴은 잉크로 얼룩졌으며 나태의 능력이 무한한 젊은이였다. 그는 마을의 게으름뱅이들과 어울려 다니면서 인간이 할 수 있는 온갖 탈선행위를 익혔다.

사무엘은 또한 인간의 슬픔도 10대 초반에 형과 누이의 죽음을 통해 목격하였다. 23세에 그는 또 다른 형이 미시시피 강에서 증기선의 폭발로 타죽었을 때는 머리가 이미 하얗게 세어있었다. 사무엘은 30세에 생이 하도 역겨워서 "탄환이 장전된 총을 머리에 겨누었지만 방아쇠를 당길 용기가 없었다." 살아남기로 마음을 굳힌 사무엘은 슬픔을 웃음으로 바꿔 보겠다고 결심했다. 그러나 나중에 겪게 되는 경험들도 그에게 많은 영예를 안겨주기는 했지만, 별로 웃음을 가져다줄 것들은 아니었다. 첫 아이는 태어나자마자 곧바로 저 세상으로 갔고, 둘째 아이는 마크 트웨인이 방심상태에서 부주의했던 결과로 폐렴으로 쓰러졌다. 트웨인은 눈이 오는 날에 몽상에 휩싸여 아이를 데리고 드라이브를 나갔는데 추위에 대비하여 아이를 충분히 싸주는 것을 잊었다. 또 다른 아이 하나는 마크 트웨인이 가파른 언덕 꼭대기에서 조심성 없이 유모차를 놓는 바람에 죽을 뻔하다가 간신히 살아났다. 마크는 머리에 피를 흘리는 아이를 언덕 밑의 돌 사이에서 안아들면서 "나는 이런 일을 떠맡지 말았어야 했는데"하고 말했다. "나는 그런 책임을 떠맡을 자격이 없답니다. 적어도 제정신이 조금이라도 있는 사람이 데리고 나갔어야 했던 거죠. 반드시 나는 얼빠진 공상을 하느라 정신을 잃을 게 뻔하니까요." 몇 년이 지나서 트웨인이 전 세계를 돌면서 성공적인 강연 여행을 하고 집에 돌아와 보니 자식 중에서 재능이 가장 뛰어난 수지가 아버지도 없는 사이에 죽어있었다. 그 후에 가장 비극적인 모진 일이 일어났다. 1909년 12월 23일 딸 진은 크리스마스 축하파티를 준비하느라 하루 종일 열심히 일했다. 트리도 세우고 선물도 산뜻하게 포장하고 이름도 쓰는 등 크리스마스를 위해 모든 것이 준비되었다. 진은 평소처럼 아버지에게 안녕히 주무시라고 키스를 하고는 잠자리에 들었다. 다음날 아침에 마크 트웨인에게는 진이 죽었다는 전갈이 전해졌다. 진은 목욕하던 도중에 간질병 발작이 일어났다.

마크 트웨인보다 더 유명한 사람은 아마 드물 것이다. 그리고 마크보다 더 불행했던 사람도 아주 드물 것이다. 트웨인은 소란스럽게 웃는 방법을 알았다. 그러나 그의 웃음 속에는 비극이 들어 있었다.

3

마크 트웨인은 변경지방―인간의 희망과 실망 사이에 위치하는 변경지방의 진정한 아들이었다. 어디를 여행하든지 간에 ― 미시시피 강의 수로 안내인으로건 네바다 주의 채광자로건 샌프란시스코의 기자로건 간에 ― 트웨인은 "똑같이 저주받은 형제들"의 고통과 좌절과 되풀이되는 고통을 "개인적으로 친밀히 정통하게" 되었다. 어디에서든지 그는 변경지방의 삶과 유머에 몰두하게 되었다. 그것은 우악스러운 삶이었고 상상력이 넘쳐흐를 듯한 유머였다. 개척자들은 쓰라린 현실과 터무니없는 환상 사이에 있는 지역에서 살았다. 사막의 신기루 속에서 생겨난 그들의 이야기는 조잡하고 생생했으며 거인과 같은 영웅들과 초인간적인 모험이 흥청대는 이야기였다. 그 중에는 폴 번연(미국 서북부 삼림지대 및 5대 호수지방의 벌목 인부들 사이에 전해지는 전설상의 거인: 역주)과 같이 전설적인 미국의 삼손들의 이야기가 있었다. 폴이 산중턱에서 일하며 흘린 땀이 계곡을 타고 흘러내려와 그레이트솔트 호(유타 주 북서부에 있다: 역주)를 형성하게 되었고, 짐 브리지즈와 같은 미국의 먼초오즌(허풍선이의 대명사: 역주)들의 무용담도 있었다. 짐은 인디언에게서 도망치려다가 페트리화이드(석화된) 숲에서 길을 잃어버렸고 깊은 협곡을 건너뛸 때 그 자신도 공중에서 돌로 변해 버리고 말았다. 왜냐하면 그 숲에서는 바로 인력의 법칙 자체가 석화가 되었기 때문이었다. 그리고 환상적인 해학극도 이야기되었다. 한 예로 메뚜기에 관한 이야기가 있는데, 그 엉덩이에서 상당한 살점을 떼어내어 한 음식점에 있던 모든 손님에게 대접할 수 있었다고 했다. 또 무 뿌리가 어찌나 땅속 깊은 곳까지 뻗어나갔던지 그것을 뽑아내려고 잡아당기자 깊은 우물에서 물이 얼굴로 뿜어 올라와 당신을 공중으로 던져 올렸다는 이야기도 있었다. 한 소녀가 우연히 발에 바늘이 꽂혔는데 두 세대가 지난 후에야 그 바늘이 손녀딸의 머리를 통해 나오게 되었다는 이야기도 있다. 그리고 변경지방에서 살고 있던 사람들이 가장 듣고 싶어 하던 것으로 새로 태어난 미국의 백만장자들에 관한 터무니없는 익살극 도 있었다. 네바다 주의 은광 하나를 소유한 백만장자가 있었는데, 그는 한 여관에서 이층침대의 위 침상에서 잠을 자고 있었다. 이야기의 흐름을 따라가 보면 아래 침상에서는 일반 노동자가 잠을 잤다. 아침에 노동자가 잠을 깨보니 견디기 힘들 정도로 온몸이 쑤시고 아팠다. 아픔을 낫게 해 줄 약이 하나도 없어서 마침내 그는 터키탕으로 갔다. 그랬더니 그가 자면서 위에 있던 백만장자에게서 흡수한 은 먼지가 거의 417.92달러나 될 정도로 땀구멍에서 흘러나왔다.

이런 민간설화들이 19세기 중엽의 개척자들을 흥겹게 해주었다. 그들은 마크 트웨인 문학의 맛을 일찌감치 만들어낸 것이었다.

그러나 지나칠 정도로 활기 있게 떠들어대는 소란한 사람들의 웃음에 덧붙여진 것은 죽음과 싸우는 부드러운 성품을 지닌 사람들의 슬픔이었다. 마크 트웨인은 염세주의자였다. "염세주의자가 되지 않는 사람은 세상에 대해 아는 것이 거의 없다"고 트웨인은 주장했다. 그 자신도 세상을 너무 잘 알고 있었으므로 세상을 그저 "신들의 축구공"정도로 생각할 수는 없었다. 삶이 우리 인간에게 줄 수 있는 최대의 선물은 죽음이라고 그는 말했다. "나는 죽은 자를 제외하고는 어느 누구도 그토록 부러워해 본 적이 없다. 나는 항상 죽은 자를 부러워했다." 딸 진이 물에 빠져 죽은 다음 트웨인이 처음으로 슬픔을 터뜨리며 한 말은, 자기는 할 수 있다 하더라도 진을 다시 소생시키지 않을 것이라는 신념의 표시였다. "진을 잃은 나는 거의 파산상태고 내 삶은 비참함 그 자체지만 만족스럽다. 왜냐하면 내 딸 진은 다른 모든 선물들을 보잘것없고 초라하게 만드는 죽음이라는 가장 고귀한 선물로 더욱더 가치가 부요해졌기 때문이다. 나는 어른이 된 후에 현실에서 풀려난 나의 어떤 친구도 다시 소생하기를 바란 적은 없었다."

고대의 그리스 철학가 솔론(638?~559? B. C. 고대 아테네의 정치가, 입법가, 일곱 현인 중 한 사람: 역주)과 같이 마크 트웨인은 죽기 전에는 어느 누구도 행복하다고 생각해서는 안 된다고 믿었다. 인간의 고통에서 잉태된 인간의 지혜에 대한 이런 내용의 글이 마크 트웨인의 작품에서 계속 메아리치고 있다. 그는 「얼간이 윌슨의 비극」이라는 작품에서 "삶이 무엇인지 알아낼 만큼 오랫동안 산 사람이라면 누구든지 인간의 최초로 위대한 은인인 아담에게 우리가 얼마나 많은 감사의 빚을 지고 있는지 알" 것이다. 아담은 이 세상에 죽음을 가져왔다"고 적고 있다. 그러고 나서 계속하기를 "모든 사람들은 우리가 죽어야만 한다는 것이 얼마나 괴로운지 모른다고 말하지만, 삶을 살아야 했던 사람들의 입에서 나오기에는 아주 이상한 불평"이라고 말했다. 「신비스러운 이방인」에서는 마귀가 인간의 행복에 관해서 다음과 같이 논평한다. "온전한 사람은 결코 행복할 수 없다. 왜냐하면 그는 삶이 현실이고 그게 얼마나 무서운 것인지를 알기 때문이다. 단지 미친 사람들만이 행복을 느낄 수가 있을 것이다…."

마크 트웨인의 입장에서 보면 이 모든 것이 단순한 마음자세에 그치는 것이 아니다. 삶과 죽음에 대해서 그가 한 말들은 진실성이라는 것이 둘러싸고 있었다. 그것들은 트웨인 자신의 직접적인 경험에서 나온 것이었다. 자기 자신도 씁쓸한 만족을 느낄 정도로 트웨인은 과거의 호라티우스가 시인들에게 준 충고의 타당성을 증명해 보였다. 코네티컷 주의 양키인 트웨인은 이렇게 말한다. "당신이 묘사해내고자 하는 고통을 너 자신이 몸소 겪어보지 않고서는 말로서는 당신에게 아무 것도 이해시키지도 못하고 생생하게 보여주지도 못한다." 자기와 마찬가지로 제대로 인정받지 못한 19세기의 위대한 또 다른 사색가였던 월트 위트만(1819~92. 시집 「풀잎

」을 낸 미국 낭만주의의 최대시인: 역주)처럼, 마크 트웨인은 모든 질병 가운데에서도 가장 끔찍스러운 병인 삶에서 우리를 해방시켜줄 다정한 의사를 맞아들이듯이 "죽음, 축복받은 죽음"을 자신이 환영하였을 때 자신이 무슨 말을 하고 있는지 잘 알고 있었다.

4

　모든 위대한 아이러니 속에는 연민의 감정이 흐르고 있다. 마크 트웨인의 아이러니도 연민과 비웃음 속에서 자라났다. 그는 약자의 무력함에 대하여 연민을 가졌고 강자의 무정함에 대하여 비웃음을 보냈다. 아나톨 프랑스(1844~1924. 「타이스」 등을 지은 프랑스 소설가. 1921년에 노벨상 수상: 역주)는 인류의 전 역사를 단 몇 마디로, 즉 인간은 태어나서 고통을 겪다가 죽는다는 말로 요약할 수 있다고 말한다. 마크 트웨인은 이 말을 이해하기 쉽게 다음과 같이 고쳤을 것이다. 인간은 태어나서 고통 당하도록 서로 괴롭히다가 죽는다고 말이다. 시달림을 당하는 사람들을 사랑하면서도 트웨인은 인간들이 괴로움을 주는 한 떼의 이리떼들이라고 몹시 증오하였다. 맑은 눈에 신랄한 펜을 소유한 젊은 신문기자 트웨인은 샌프란시스코 시의 부정직한 사업내용과 부패한 정치 행태를 비난한 일 때문에 그곳에서 도망쳐 나와야만 했다. 동부로 옮겨온 그는 비전이 좀더 분명해졌고 펜도 더 신랄해졌다. 버나드 드 보토 씨의 적절한 말을 인용하자면 동부 사람들은, 특히 뉴잉글랜드 사람들은 "이류(二流)를 본능적으로 선호하는" 경향이 있었다. "교양 있는 사람들"은 서부에서 온 이 빨강머리 무정부주의자를 이해할 수 없었다. 그러나 이 빨강머리 무정부주의자는 "교양 있는 사람들"을 이해했고 하트포드에 있건 보스턴에 있건 케임브리지에 있건 다른 어느 곳에 있건 간에 사람들이 그다지 교양이 많지 않다는 것을 알게 되었다. 전체적으로 트웨인은 자기 자신을 포함하여 공명 정대하게 말해서 모든 인간들이 동물 중에서도 가장 낮은 그룹에 속한다고 생각했다. 혹시 인간을 쥐와 같은 수준에 감히 놓을 수 있겠는가라는 질문을 받았을 때 그는 아주 신중하게 대답했다. "그럴 수 없겠지요… 왜냐하면 그렇게 하면 쥐에게 불공평할 테니까요." 트웨인이 「얼간이 윌슨의 비극」에서 말한 것을 보면 인간과 개의 주요한 차이점은, "만일 굶어서 죽어가는 개를 데려다가 잘 대해주면 그 개는 당신을 물지 않을 겁니다"라는 바로 이 점이다. 트웨인은 인생의 대부분을 이런 생각에 사로잡혀 있었다. 죽기 며칠 전 그는 평소의 신랄하면서도 농담하는 어조로 다음과 같이 적어 놓았다. "당신이 천당 문에 이르면 개는 밖에다 두고 들어가십시오. 하늘도 정실(情實)이 통하는 곳이니까요. 만일 그곳이 공적(功績)으로만 심사한다면 당신이 밖에 머무르고 개가 안으로 들어갈 것입니다."

마크 트웨인의 주장에 의하면 인간은 동물이지만 야수는 아니라고 했다. 인간은 아직 야수의 도덕적 수준에 미치지 못했다는 것이다. 야수는 기아로 인하여 살생을 하지만 인간은 악으로 살생을 한다. 「신비스러운 이방인」이라는 작품에서 악마는 한 소년에게 한 이단자가 자신을 처형하고 비난하는 자들에 의해 얼마나 많은 고통을 당하는지를 일러준다. 소년은 그 광경을 보고 몸서리치며 악마에게 저것은 정말 잔인한 짐승이나 할 짓이라고 말한다. 그러자 악마는 "아니야, 저것이야말로 인간들의 짓이야"라고 답한다.

마크 트웨인은 어떠한 동물도 자존심이 있다면 가능한 한 인간들과 함께 살아가는 길을 택하지 않을 것이라고 말했다. 「어떤 말(馬)의 이야기」에서 세이지 브러쉬와 몽그렐이라는 두 마리의 철학적인 말이 신들의 방도와 인간들의 간계에 대해 의견을 나누고 있다.

세이지 브러쉬 왈(曰): 나는 지금까지 살면서 많은 훌륭한 인간들을 보았다네. 그들은 지금 그대로의 모습으로 만들어졌으니 어쩔 도리가 없겠지. 만들어질 때부터 그들은 단지 야수 같을 수밖에 없거든. 야수들도 만일 그렇게 만들어졌다면 야수 같을 테니까.

몽그렐: 세이지 브러쉬, 나로서는 인간이 정말로 이상하고 이해할 수 없다네. 무엇 때문에 인간은 어리석은 동물들을 잔인하게 다뤄야 할까?… (생각하는 자세로 얼마 동안 있더니 말을 잇는다.) 세이지 브러쉬, 우리가 죽게 되면 하늘나라에 가서 인간들과 함께 살까?

세이지 브러쉬: 우리 아버지는 그렇게 생각하지 않으셔. 아버지는 우리가 벌을 받지 않는 한 하늘나라에서 인간과 함께 살 필요가 없다고 믿고 계시다네.

<h1 style="text-align:center">5</h1>

인류를 상대로 하는 마크 트웨인의 고발이 추상적이기만 한 것은 아니다. 가장 익살스럽다고 할 수 있는 작품에서조차 트웨인은 여러 차례 인간이 인간에게 비인간적인 성향을 드러내는 구체적인 실례를 언급한다. 그는 억압, 부패, 착취, 뇌물 수수, 위선, 강제, 증오, 탐욕 등의 모든 면을 하나하나 웃음거리로 삼는다. 그는 부정행위를 조소의 바다 속에 빠뜨리고자 노력한다. 트웨인은 도금시대(남북전쟁[1860~65]부터 25년간에 걸친 호경기시대: 역주)의 피상적인 허식을 씻어 없애고 친구들의 불운을 이용하여 살찌는 정치가들이나 부당이득을 보는 사람들의 조잡하고 장식되지 않은 추한 모습을 드러내어 보여준다. 그는 폭군들이나 황제들이 차고 있는 장식물들을 뜯어 없애고 그 속을 들여다보면 단지 "허울 좋은 인공물"에 불과하다는 것을 증명해낸다. 코네티컷 주의 양키와 아더 왕은 가장을 하고

여행을 하는데 그들은 한 쌍의 시골뜨기로 취급받아 노예로 팔린다. 코네티컷의 양키는 9달러를 받고 팔리는데 아더 왕은 7달러 이상은 한 푼도 더 줄 수 없다고 선고받았다.

왕들은 위험천만한 사치물이라고 마크 트웨인은 말한다. 만일 세상 사람들에게 숭배할 뭔가가 필요하다면 고양이들로 왕가를 이루도록 하라. "대체로 이 고양이들의 성질이 보통 왕보다 훨씬 나을 테니까… 그들은 누구의 목도 베지 않았고 누구의 목도 매달지 않았으며 누구도 감옥에 처넣지 않았고 어떤 잔인함도 불의도 행사한 적이 없으니까 통례적인 인간 군주보다 더 깊은 사랑과 존경심을 받을 가치가 있을 것이다… 그런 점을 알게 될 것이다… 고통을 당한 모든 세상 사람들의 이목이 곧 이 인간적이고 관대한 제도에 끌리게 될 것이고 왕가의 백정(白丁)들은 곧바로 사라지기 시작할 것이다."

마크 트웨인은 평화를 애호하는 지배자들과는 한번도 말다툼을 벌이지 않았다. 그는 다만 왕가의 백정들하고 싸웠던 것이다. 인간 가족의 버릇없고 오만한 자손들에 대해서 언성을 높였다. 그들은 자신들에게 분배된 땅덩이에 대해 불만을 품고 몫 이상을 달라고, 그리고 점점 더 많은 몫을 달라고 소동 피우고 있다. 마크 트웨인은 이 세상에서 그 어느 것보다도 군대의 공격적인 정신을 증오하였다. 그는 어린시절 악다구니하고 싸우는 것을 하도 많이 본 터라, 여생을 통해서 그 점은 완전한 치유가 이루어졌다. 어떤 깡패가 싸우자고 덤비면 아주 천천히 신중하게 코트를 벗고 그런 다음 계속해서 상대방의 눈을 똑바로 노려 보라. 그런 다음 계속해서 천천히 신중하게 조끼를 벗어라. 그 후에 소매를 걷으며 계속해서 상대방의 눈을 똑바로 노려보라. 그리고 이쯤에도 상대방이 아직도 도망치지 않았으면 네가 먼저 도망치는 편이 나을 것이라고 했다.

이것은 마크 트웨인이 지조가 없었다거나 겁쟁이였다고 말하려는 것이 아니다. 그와는 반대로 남북전쟁이 일어났을 때 그는 북군에 입대하였고 명예롭게 제대할 때까지 군복무를 했다. 그는 정당한 싸움은 두려워하지 않았으나 부당한 약탈행위에 대한 공포감은 있었다. 그리고 트웨인의 말에 의하면 인류 역사는 이런 부당한 약탈행위의 예로 가득 차있고, 그것들은 항상 고상한 대의명분의 구실 하에 이루어졌다. "인류의 이야기는 인간의 학살행위를 대충 요약해놓은 것에 불과하다. 처음에 이름모를 전쟁, 살인, 대학살들이 길게 이어져있었고… 그 다음으로 아시리아 전투가 있었으며… 그 다음으로는 이집트 전쟁, 그리스 전쟁, 로마 전쟁, 소름끼치도록 세상을 피로 물들이는 일들이 일어났고… 그리고 우리는 항상 전쟁을 수행했으며 더 많은 싸움이 전 유럽 지역을, 전 세계를 뒤덮었다. 어떤 때는 왕가의 사사로운 이해관계를 위해서였고, 어떤 때는 약한 나라를 붕괴시키기 위해서, 그러나 단 한 번도 어떤 깨끗한 목적을 위해서 어떤 침략자가 전쟁을 일으킨 적은 없었다—인류 역사에 그런 전쟁은 전혀 없었다."

그러나 마크 트웨인이 여태껏 붓을 휘둘러서 아니 어떤 미국작가가 지금껏 필봉을 휘둘러서 기소한 것 중 공격의 잔인성에 대해 가장 통렬하게 조롱한 것은 트웨인의 풍자적인 작품인 「병사의 기도문」이다. 이 "상상"의 기도문은 실은 나폴레옹 식의 정신상태를 구체적으로 보여준다. 만일 마크 트웨인이 오늘날에도 살아 있다면 그것을 히틀러식의 정신상태라고 불렀을 것이다.

"오, 우리 주 하나님, 우리의 포탄으로 저 군사들을 피로 얼룩진 토막으로 자를 수 있게 도와주소서. 웃음이 만발할 그들의 전쟁터를 죽은 애국자들의 창백한 모습으로 가득하게 할 수 있도록 도와주소서. 우레와 같은 총소리 대신 다쳐서 고통으로 몸부림치며 내는 신음소리로 가득 찰 수 있도록 도와주소서. 보잘 것 없는 그들의 집을 폭풍우와도 같은 불길로 파괴시킬 수 있게 도와주소서. 남에게 해를 끼치지 않는 과부들의 마음을 쓸모 없는 슬픔으로 쥐어짜게 만들도록 도와주소서. 집도 없지만 어느 누구의 도움도 받지 못한 채 어린 자식들을 데리고 누더기를 입고 기아와 갈증 속에서 황폐한 황무지를 여기저기 떠돌아다니게 하소서. 여름에는 햇볕에, 겨울에는 매서운 바람에 희롱 당하면서 의기소침해지고 고통으로 기진맥진해져서 하나님께 무덤으로 도망가게 해달라고 탄원하지만 당신을 숭배하는 우리들을 위하여 그런 소망도 거부당한 채 지내도록 하소서. 주여, 그들의 희망을 수포로 돌아가게 하소서! 그들의 생명을 망치게 하소서! 그들의 쓰디쓴 순례의 길을 길게 연장시켜 주소서! 그들의 발걸음을 무겁게 하소서! 그들의 길이 눈물로 적셔지게 하시고 하얀 눈을 상처가 난 발에서 흐르는 피로 물들게 하소서! 오, 우리 주 하나님, 우리의 기도를 들어주소서. 그러면 당신을 영원히 찬양하고 영광을 올려드리겠나이다, 아멘."

6

마크 트웨인은 증오를 미워했다. 때때로 내부에서 이런 감정이 너무나 강렬해졌을 때 트웨인은 "펜을 들고서 내 생각이 내부에서 나의 격정을 북돋우는 것을 막기 위하여 그 생각을 종이에다 쏟아놓아야만 했다"고 표명하였다. 트웨인이 한참 전성기일 때 그는 예언가 무리에 소속되어 있었다. 그러나 자기 자신도 인정했듯이 트웨인은 항상 이 세상에 자신의 최상의 것을 제공한 것은 아니었다. 그는 사치를 너무 좋아했고 명성에 대해 너무나 굶주려있던 터라 어느 초기 작품에서도 자신의 주장을 전부 말할 수 없었다. 트웨인은 자신의 영혼 속에 들어있는 반항심을 체통이라는 외투로 덮으려고 노력했다. 샌프란시스코의 정치를 "정화시켜 보고

자" 시도하였을 때 한 번 드러내놓고 심각하게 반항의 유람길을 떠난 결과 그는 직장과 집에서 깨끗하게 쫓겨났다. 그 이후로 "흐름에 거슬러 헤엄치는 것은 수지가 맞지 않는 일이다"라고 마음을 굳게 먹었다. 성공하려면 권좌에 있는 집단에 소속되어야 한다는 사실을 알아냈다. 중국에 파견된 미국공사 앤슨 벌링겜도 언젠가 트웨인에게 말해준 적이 있었다. "결코 자네보다 못한 자들과 친히 사귀지 말고 항상 위로 올라가라." 알버트 비지로우 페인은 이 충고가 마크 트웨인에게는 "결코 잊지 않을 복음"과도 같았다고 적고 있다.

마크 트웨인은 생의 대부분을 주로 출세에 관심을 두었다. 그 자신의 말을 빌려 보면 트웨인은 "책 속에 돈이 들어있지 않으면 그것도 많은 돈이 들어있지 않으면" 그런 책은 쓰려들지 않았다. 그러므로 그는 "돈 벌어 출세해 보려했던" 시기에 쓴 책에서 빈정거리는 많은 부분을 삭제했고 친구들이 삭제하는 것도 허용했다. 그의 대중들은 심각한 사고를 이해하지도 못할 것이고 보상해주지도 않을 테니까 말이다. 트웨인은 「얼간이 윌슨의 비극」에서 "아이러니"는 "그런 사람들을 위해 있는 것이 아니었다. 그들의 정신적 비전은 그런 것에 집중되어 있지 않기 때문이다"라고 적고 있다. 그리하여 그는 그들에게 일련의 작품을 선보였다. ─ 「철부지 여행기」, 「톰 소여」, 「허클베리 핀」, 「왕자와 거지」 그리고 많은 단편 소설들 ─ 이 작품들 속에는 다량의 꿀로 달콤해진 극소량의 고뇌의 씨앗이 들어있었다. 트웨인 자신의 취향은 많은 독자들의 취향보다 한결 우월한 것이었다. 「그 이름도 드높은 뛰어오르는 개구리」와 같이 무미건조한 이야기를 보고도 웃을 수 있는 독자들의 순진한 정신상태를 보고 그는 놀랐다. 트웨인은 이 그룹에 속하는 최고작품인 「허클베리 핀」에 대해서도 그다지 자신감을 가지지 못했다. 이런 이야기들의 호소는 "발육이 제대로 되지 않은 사람들을 향한 호소"라는 헨리 제임스(184

3~1916. 「어떤 부인의 초상화」등을 쓴 미국 소설가, 만년에 영국으로 귀화함: 역주)의 말에 동의했다. 트웨인은 예술보다 돈을 더 원했으므로 많은 대중을 상대로 작품을 썼다. 그는 수많은 독자들을 부끄럽게 여겼다. "당신들은 유머에 대한 잡다한 인식능력을 가졌을 뿐이지 그 이상은 아닙니다. 당신들의 다수가 그것을 지니고 있습니다. 이런 사람들은 대체로 수천 가지 저열하고 사소한 것들, 즉 주로 그대로 드러나는 부조화, 기괴한 것이라든가 터무니없는 일이라든가 너털웃음을 자아내게 하는 불합리한 일들의 익살스러운 면을 바라봅니다."

트웨인은 거대한 무비판적인 대중에 대해 수치감을 느꼈고 자신이 좀 더 적은 수의 독자 그리하여 좀더 엄격한 청중을 위해 작품을 쓸 용기가 없음을 부끄럽게 여겼다. 그는 언젠가, "명랑한 외모 뒤편으로 나에 대해 화가 나서 터놓고 멸시를 보내고 있는 악마가 숨어있는" 것을 "유의하여 보시오"라고 말한 적도 있었다.

트웨인은 번쩍거리는 금으로 자신이 정신을 잃었다고 고백했다. 자신이 기대치 않았던 명성을 얻고 성공하게 된 것은 마치 아라비안나이트에 나오는 옛날이야기와도 같았다. 그래서 그는 그런 놀라움을 결코 극복할 수 없었다. 인쇄업자의 견습공, 미시시피 강의 증기선에서 수로안내원 활동, 네바다 주에서 채광자로의 실패, 샌프란시스코에서 무명기자 생활 등을 거쳐 트웨인은 갑자기 유명한 작품의 저자로 부자가 되어 있었다. 그는 「철부지 여행기」로 30만 달러를 벌었고 갑부 석탄왕의 사위가 되었다. 머리가 완전히 돌아버린 트웨인은 많은 동시대인들과 마찬가지로 무지개를 잡고자 목표하였고 달을 향해 달리기 시작했다. 문학은 이제 그의 사업이었다. 트웨인은 장인인 로저스 씨에게 석탄을 파는 것만큼 책을 써서도 돈을 벌 수 있다는 것을 보여주고 싶었다. 우리가 해야 할 일은 대중이 원하는 것을 대중에게 제공하는 것이다.

그래서 트웨인은 웃음을 팔고 금을 받았고 금은 그의 손에서 재로 변했다. 왜냐하면 그는 이중인격이었기 때문이다. 그는 돈을 추구하는 사무엘 클레멘스의 신체에 자유를 사랑하는 마크 트웨인의 영혼을 가졌다. 중요한 주제에 관해 사람들에게 의견을 전할 때 그는 두 통의 편지를 쓰는 것이 규칙적인 습관이었다. 자신의 견해를 적은 한 통의 편지를 책상 속에다 넣어두었다. 통속적인 견해를 적어 넣은 또 다른 한 통의 편지를 그는 보냈다. 트웨인은 "나에게는 먹여 살려야할 가족이 있어서 진실을 털어놓을 수 없다"고 설명했다.

그러나 트웨인은 우유부단하긴 했지만 정신적으로—비록 도덕적으로는 그렇지 않다 해도—개척자였다. 마크 트웨인의 이런 개척자적인 영혼이 「톰 소여」, 「왕자와 거지」, 「스톰필드 선장 천당에 가다」, 「얼간이 윌슨의 비극」, 「코네티컷의 양키」, 「하들리버그를 타락시킨 사나이」, 그리고 「허클베리 핀」에서 위험을 무릅쓰고 조심스럽게 나타났다. 이 작품들은 나른한 햇볕과 웃음으로 가득 차있는 연속적인 한여름 날들과 같이 나타났지만 때로는 멀리서 들리는 아이러닉한 천둥소리로 중단되기도 하였다. 그리고 「신비스러운 이방인」에서 드디어 겁도 없이 마구 큰 소리로 용기 있게 말하게 된 것도 바로 이 개척자적인 영혼 덕분이었다. 이 작품은 부인의 요청으로 트웨인이 죽기 전에 출간되지는 않았지만 여기서 그는 드디어 자신이 본 그대로 진실을 털어놓았다. 그는 무지개를 좇았지만 발견한 것은 단지 일시적인 신기루에 불과했다. 재산도 여러 번 모았다가 잃었고, 우정과 명성도 "슬프게 물릴 만큼" 맛보았고, 사랑의 행복도 경험했고, 사랑하는 자들을 잃는 쓰라림도 경험해 보았기 때문에 트웨인은 지혜와 고통의 실타래를 모두 모아 단 한 편의 대작인 「신비스러운 이방인」이라는 작품을 엮어내었다. 이 작품에 대한 구상은 여러 해 동안 그의 머리 속에서 자라났다. 트웨인은 윌리엄 딘 하월즈(1837~1920. 미국 소설가,

비평가: 역주)에게 말했다. "오랫동안 나는 아무런 기탄없이 책을 한 권 써 보려고 생각하고 있었다. 그 작품은 어떤 사람의 감정도 고려해서는 안 되고 어떤 사람의 편견, 의견, 신념, 희망, 환상, 착각 등 그 어느 것도 고려하지 말아야 한다. 그 작품은 내 마음에서 곧바로 나와 내가 말하고자 하는 의도를 가장 평이한 언어로 어떤 제한도 없이 말해야 한다."

「신비스러운 이방인」은 마크 트웨인이 말하고자 했던 것을 모두 표현한 유일한 작품이다. 예술상으로 그 작품은 「허클베리 핀」보다 못할지도 모르지만 철학적으로 아주 뛰어난 작품이다. 이 작품만이 트웨인을 주브날(67?~140? 로마 최고의 독설 풍자시인: 역주), 세르반테스, 스위프트, 볼테르, 아나톨 프랑스와 같은 세계의 위대한 풍자가들과 똑같은 수준으로 올려놓는 작품이라고 믿는다. 「신비스러운 이방인」은 에셀돌프(아스빌)라는 오스트리아의 중세적인 도시를 사탄이 방문하는 이야기이다. 에셀돌프는 이 세상의 축소판이고 그곳의 주민들은 인류의 대표적인 횡단면이다. 이 이야기에 나오는 사탄은 인간을 개선시키는 일에도 타락시키는 일에도 전혀 무관심이다. 사탄은 더 재미있는 일이 없을 때 재미있다는 듯이 방관자로서 때때로 우리의 고통을 지켜볼 뿐이다. 사탄은 에셀돌프에 왔을 때 세 아이에게 자신의 모습을 드러낸다. ─ 사탄의 눈에는 우리 모두가 어린아이이다. 그리고 얼마 동안 사탄은 탁월한 지혜를 가진 자가 인생을 보는 방법으로 세 아이도 인생을 보게 해준다. 우리 인간이 우리에게 준 아름다운 정원을 얼마나 보기 흉한 거름더미로 만들어놓았는지를 보여준다. 피터 신부라는 늙은 성직자는 하나님이 선하심 그 자체라는 교리를 감히 주장했기 때문에 교회에서 얼마동안 쫓겨났다. 에셀돌프의 주민들은 그런 사람들을 계속해서 설교강단에 머무르게 허용한다면 지옥에 대한 공포감은 어떻게 될까 하고 자문(自問)한다.

그리고 에셀돌프의 판사들은 피터 신부를 처형하는 방향으로 사람들의 마음을 이끌고자 더할 나위 없이 갈망한다. 하나님은 영원히 죄인들에게 고통을 주지 않을 것이라고 주장하는 신부 자신이 분명 죄인이라고 판사들은 결론짓는다. 그래서 그들은 피터 신부에게 절도죄를 씌워서 감방에서 재판을 기다리도록 가두어놓는다.

피터 신부를 사랑하는 세 소년은 신부가 고통을 겪는 광경을 보고 아연실색한다. 그러나 사탄은 모든 일이 좋은 결과를 가져올 것이라고 그들을 안심시킨다.

신부가 재판을 기다리는 동안 사탄은 두 소년에게 사건의 본질을 흘낏 들여다볼 수 있는 기쁨을 맛보게 한다. 그것은 아름다운 광경은 아니었다. 세 번째 소년을 위해서 사탄은 또 다른 신나는 기쁨을 준비하였다. 그는 소년을 물에 빠뜨렸다. 사탄은 죽은 소녀의 마음 상한 두 소꿉친구들에게 죽음이야말로 살아있는 피조물에게 일어날 수 있는 최상의 행운이라고 설명한다.

피터 신부는 드디어 재판에 회부된다. 그가 무죄 방면될 가능성은 아주 희박하다. 왜냐하면 판사들은 신부에게 불리한 증거를 완벽하게 날조해놓았기 때문이다. 그러나 사탄은 소년들에게 염려하지 말라고 말한다. "모든 일이 좋은 결과로 나타나게 될 것이다."

그리고 과연 악마는 언행이 "일치하고" 있음이 판명된다. 그는 온유한 늙은 신부의 무죄를 입증할 뿐만 아니라 말년을 더할 나위 없이 행복하게 지내게 해준다. 피터 신부의 행복을 가져다주는 방식은 엄청나게 단순하다. 사탄은 감방에 있는 늙은 죄수에게 거짓판결문을 가지고 간다. "재판은 끝났소. 당신은 영원히 도둑으로 체면을 잃은 채 살아갈 것이오!"

신부는 이 말을 듣고 정신을 잃고 "새처럼 행복하게" 되었다. 이제부터 신부는 전 세계의 황제가 되는 상상을 한다. 그는 절대군주가 누릴 수 있는 모든 명예를 누리고 걱정거리라고는 하나도 없다. 피터 신부의 친구들은 공포로 아연실색한다. 그러나 악마는 그들도 안심시킨다. 악마의 설명에 의하면 정신이상은 죽음 다음으로 신들이 인간에게 줄 수 있는 최대의 선물이다. 신들이 인간을 엄청나게 행복하게 해줄 수 있는 유일한 방법은 인간을 엄청나게 미치게 만드는 것이다.

마크 트웨인은 이 세상이 정신병원이기 때문에 삶이란 잠과 잠 사이에 있는 미친 악몽이라고 결론짓는다. 그는 선언한다. "당신들이 당신의 우주와 그 내용물이 단지 꿈과 환상과 허구뿐이라고 의심하지 않았다니 정말 이상스러운 일이로다! 이 세상이 모든 꿈과 마찬가지로 그토록 솔직하게 병적으로 미쳐있기 때문에 더욱 더 이상도 하다. 신은 나쁜 아이를 만들 수 있는 만큼 착한 아이들도 쉽게 만들 수 있는데도 나쁜 아이만 만들어내기를 좋아하고, 모든 인간을 행복하게 만들 수도 있으련만 한 사람도 행복하게 만들지 않았고, 인간들이 쓰라린 인생을 중히 여기게 하면서도 인색하게도 갑작스럽게 삶을 끝내 버린다. 천사들은 애쓰지 않아도 영원한 행복을 누리게 하면서 다른 자식들에게는 그것을 애써서 얻게 만든다. 또한 천사들에게는 고통 없는 삶을 주면서 다른 자식들은 저주로 살을 에는 듯한 고통을 주고 정신과 육체의 병으로 신음하게 만들고, 입으로는 정의를 뽐내고 말하면서 지옥을 만들어 내었고—자비를 큰소리로 뽐내며 말하면서 지옥을 만들었고—황금률(마태복음 7장 12절에 나오는 예수의 산상수훈의 일절. "누구든지 남에게 대접을 받고자 하는 대로 너희도 대접하라": 역주)과 일곱 번씩 일흔 번을 용서하라고 큰소리로 뽐내고 말하면서 지옥을 만들다니… 초대장도 없이 인간을 창조해놓고는 인간이 인간에게 하는 행동에 대한 책임을 면하려고 애를 쓴다….

"…내가 지금까지 여러분들에게 밝힌 것은 사실이다. 우주는 결코 없고 인류도 없으며 이승의 삶도 없고 천당도 없으며 지옥도 없다. 그 모든 것이 꿈에 불과하다. 기이하고 어리석은 꿈 말이다. 당신을 제외한 그 어느 것도 존재하지 않는다. 그리고 당신도 한 가지 생각에 지나지 않는다. 변하기 쉽고 쓸모없고 안주할 집도 없어서 텅 빈 수백 년을 쓸쓸히 방황하는 생각일 뿐이다!"

그런 다음 자신이 진지하게 믿었던 바를 마침내 선언한 이 위대하고 슬픈 개척자의 풍자가 아들인 마크 트웨인은 변경지역 너머—그 누가 알랴?—아마 좀더 공명정대하고 진실한 꿈속으로 걸어 들어갔다.

토머스 하디

(1840~1928)

주요작품

「궁여지책」「푸른 숲의 그늘」「광란의 무리들을 외면하고」
「에델버타의 손」「힘 빠진 팔」「귀향」「냉담한 사람」「탑 위의 두 사람」
「캐스터브리지의 시장(市長)」「삼림 지대의 사람들」「웨섹스 이야기들」
「귀부인들」「더버빌 가(家)의 테스」「삶의 작은 아이러니들」
「비운의 주드」「사랑받는 사람들」'패왕들' (극시)
그 외 여러 권의 서정시집

하디
Thomas Hardy

1

아놀드 베넷(1867~1931. 영국의 소설가. 역주)은 언젠가 휴 월폴(1884~1941. 뉴질랜드 출신의 영국 소설가. 역주)에게 "다정한 친구여, 자네가 태어났을 때 자네는 이미 끝난 인생이었지!"하고 말한 것으로 전해진다. 농담으로 한 이 말이 보편적 진리임은 토머스 하디의 삶이 잘 증명하고 있다. 연약한 신체, 강인한 정신과 자비심이 많은 영혼을 지니고 태어난 하디는 태어난 그 순간부터 작가로 지내야 할 "운명"이었다. 어린 시절 하디는 영국남부 의 돌셋셔 지방의 아버지 집 근처 진흙투성이 웅덩이에서 꿈틀거리는 구 더기들을 관찰하기를 좋아했다. 이 무력한 조그만 벌레들은 "미친 듯이 광란의 잔치로 세월을 보내면서… 말라버린 웅덩이의 미지근하고 끈적끈 적한 물 속에서 버둥거리며 숨을 헐떡이고 있었다…" 하디는 종종 이 모 든 것이 무엇을 의미하는지 스스로에게 물어보곤 하였다. 점차 나이를 먹 어가면서 하디는 지상이라는 진흙 투성이 웅덩이에서 버둥거리고 그 수 를 번식시키며 죽어가는 훨씬 크기는 하지만 마찬가지로 무력한 인간 구 더기들로 관심을 돌렸다. 그리고 하디는 길가에 앉아서 그 모든 것의 의미를 밝혀내고자 노력하면서 일생을 보내기로 결심하였다.

<h1 style="text-align:center">2</h1>

1840년 6월 2일 하디가 태어났을 때 너무 허약했으므로 의사는 하디를 죽었다고 선포했다. 그러나 하디 가의 담당 간호원이 활기차게 궁둥이를 때린 덕분에 하디는 거의 90년간 지속되는 이 지상의 생명 세계로 "다시 부름 받았"다. 건축 청부업자였던 아버지는 "노인의 얼굴을 하고 태어난 이 어린아이"를 학교에 가는 대신 황야를 쏘다니며 지내게 했다. "그 아이는 햇볕을 충분히 쏘이도록 내버려 둬. 공부는 나중에라도 할 수 있으니까."

그리하여 이 아이의 유아교육은 야외에서 이루어졌다. 교과서는 "흐르는 시냇물"이었다. 하디는 오감(五感)을 통해서 살아있는 것들과 친해졌다. 그리고 육감을 통해서 모든 것을 포용하는 동정심을 배우게 되었다. 하디는 동물, 새, 나무들의 얼굴과 목소리에 온몸이 짜릿짜릿했다. 하디는 후에 다음과 같이 적고 있다. "어린아이였을 때 나는 모든 종류의 나무들이 그들 나름대로의 모습을 가졌을 뿐 아니라 목소리도 제각기 다르다는 것을 알게 되었다. 미풍이 흔들고 지나가면 전나무가 흔들리는 것만큼이나 분명한 소리로 흐느끼고 비통해하는 소리를 들을 수 있었다. 그리고 호랑가시나무는 자기 자신과 싸움이라도 하듯 울부짖었고 물푸레나무는 떨리는 목소리로 노래하는 가운데 쉿소리를 냈으며 너도밤나무는 밋밋한 나무 가지가 오르내리며 살랑거리는 소리를 냈다."

하디는 자연과의 일체감, 즉 바람과 구름, 나비와 벌, 참새와 다람쥐와 양들과 어떤 "혈연관계"가 있는 듯한 느낌이 들었다. 눈에 보이는 듯한 상상력을 통해 하디는 이러한 외부적인 물체나 피조물과 동일시하려고 무척 애를 썼다. 어린 시절 언젠가 한 번 그는 양이 "되었고" 들판에서 네 발로 기면서 풀을 "뜯어먹기" 시작했다. 그러다가 위를 쳐다본 순간 하디는 "너무나 당황하여 어쩔 줄 몰랐다"—후에 이렇게 표현하였다. 하디는 다른 양들의 눈 속에서 자기들 무리로 새로 들어온 놈이 하는 짓을 보고 "경악"을 금치 못함을 알아차렸던 것이다.

하디는 9학년이 되자 마음을 온통 자연의 마음에 맞추었다. 이제 정식 교육도 시작되었다. 아버지는 하디가 살고 있는 시골집에서 3마일 정도 떨어져 있는 사립학교인 "젊은이들을 위한 라스트 씨의 학교"에 보냈다. 하디는 학교를 매일 오가면서 걸음을 멈추고 놀이친구인 에그돈 황야의 야생동물들과 "다정한 대화"를 나누었다. 그러나 하디는 특히 인간들의 얼굴을 지켜보기를 좋아했다. 학교가 위치하고 있던 도체스터 시에 가려면 돌다리를 건너야 했다. 하디는 항상 돌다리 중간에 멈춰 서서 행인들을 관찰하곤 했다. "인간의 얼굴에는 너무나 많은 재미있는 이야기가 적혀있다."

하디는 자기 반에서 키는 가장 작으면서 머리는 가장 큰 학생이었다. 선생님들은 그가 지식을 흡수하는 속도에 놀라움을 금치 못했다. 16세에 졸업할 때 하디는 라틴 문학, 프랑스 문학, 영문학을 완전히 섭렵하고 있었다. 특히 셰익스피어의 희곡을 좋아하여 거의 외우다시피 할 정도였다.

이 조용하고 학구적이며 다정다감한 조그만 비운의 주드(하디의 「비운의 주드」 주인공과의 동일시: 역주)는 무척 대학에 가고 싶어 했다. 그러나 아버지는 그런 사치를 누리게 할 능력이 없었다. 젊은이는 이제 자신의 생계를 꾸려나가기 시작해야 할 때였다. 그는 전문기술이나 장사하는 법을 배워야 했다. 좀 쉬운 것으로 연약하고 허약한 하디의 신체에 과중한 부담을 주지 않는 것이어야 했다. 음악? 토미(토머스의 애칭: 역주)는 바이올린을 꽤 잘하는 편이었다. 아버지가 악기 다루는 법을 가르쳐주었다. 그러나 그것으로는 돈을 벌 수가 없었다. 분명 아버지와 아들은 종종 시골 결혼식에서 연주하곤 했었다. 그렇지만 돌셋셔의 자존심 강한 바이올린 연주자가 행여 그렇게 우호적인 연주를 해주고 돈을 받을 생각이나 했겠는가? 그렇다면 다른 것으로 무엇을 해볼 수 있겠는가? 목사? 그러나 이 직업을 택하는 데에는 두 가지 반대 이유가 있었다. 즉, 지갑이 너무 빈약하다는 것과 몸집이 감동을 일으킬 수 없을 정도로 너무 작다는 것이다. 그렇다면 남은 것은 오직 한 길, 즉 건축학뿐이었다. 아버지가 건축 청부업자니 아들을 건축 설계사로 만들어야 하겠다.

그래서 토머스 하디는 이웃에 있는 도체스터 시에 사무실을 갖고 있던 건축가 존 힉스의 도제가 되었다.

그러나 하디는 청사진을 그리는 일에 열정을 보이지 않았다. 그 일은 너무나 기계적이었다. 천성이 예술가였지 과학자는 아니었다. 그래서 자기 일에 충실하려고 노력하는 한편, 하디는 여가시간을 공부와 몽상에 모두 바쳤다. 새벽 5시에 일어나—어떤 때는 4시일 때도 있었다—독학으로 그리스어 읽는 공부를 하며 몇 시간을 보냈다. 3년 후에는 「신약」은 물론 아이스킬로스나 호메로스와 유창하게 "대화할 수" 있었다.

그리고 이 동안에도 하디는 가장 좋아하는 언어, 즉 자연이라는 보편 문법과의 교제를 지속했다. 그리고는 이 문법을 영어라는 음악으로 옮겨 놓았다. 토머스 하디는 자신이 시인이라는 사실을 깨달았던 것이다. "나는 시를 써야만 했고, 마음속 명령을 들었기 때문에 시를 쓰기 시작했다."

마음속 명령은 있었지만 외부로부터의 격려는 하나도 없었다. "나는 시를 여러 곳에 보냈지만 그것은 한 번도 빠짐없이 되돌아왔다. 편집자들은 여러 해 동안을 그것에 손도 대지 않았다." 토머스 하디의 판매술은 빈약했고 너무나도 소극적이었다. 말년에 이르기까지 하디는 자기선전의 기술을 습득할 수 없었다. 제임스 M. 바리 경(1860~1937. 「피터 팬」 등을 쓴 스코틀랜드 출신의 소설가, 단편작가, 극작가: 역주)은 언젠가 다음과 같이 말했다. "그 어느 천사가 천당 입구를 지키고 있다 해도 그는 반드시 토머스 하디를 천당 안으로 밀어 넣어야 했을 것이다." 현재로서는 편집자의 서재를 지키고 있는 그 어느 천사도 하디를 기꺼이 그 안으로 밀어 넣으려 하지 않았고 심지어는 초대조차 하려들지 않았다. 해를 거듭해서 꼭 돼지라고는 할 수 없지만 그래도 진주를 진흙으로 만든 조잡한 것이라고 생각하는 편집자들에게 하디는 계속해서 진주를 갖다 바쳤다.

사실을 말하자면 하디의 초기 시 중 많은 것이—후기 시 중 몇몇 시조차—진흙이 너무 많이 섞여있었다. 하디는 위대한 시인은 아니었다. 하디는 시인이 지녀야할 모든 것, 즉 음악성, 상상력, 연민, 적절한 구문에 대한 감각, 사고의 간결성, 그리고 "음절을 변화시켜 아름답게 빛나는 별"로 만드는 마술 등 모든 것을 지녔지만 간단히 말해서 열정이 부족했다. 하디는 자신의 재능의 창고에 그것이 결여되어 있음을 알아차렸다. "나는 결코 작가가 될 수 없을 것 같아. 평생 청사진이나 그리며 살아야 할 팔자인가 봐."

그리하여 하디는 훌륭히 자립할 수 있는 건축가이자 아마추어 시인으로 런던으로 나가서 아더 블룸필드라는 교회건축가 사무실에 제도사로 취직하였다. 이곳에서 그는 5년간을 일했다—턱수염을 길렀고 창백한 얼굴에 조용하고 자그마한 친구였으며 말수는 적었지만 몰두하면 굉장했다—"아주 가치가 없는 친구는 아니고 별로 보잘것없는 가문에서 태어나긴 했지만 철저한 예술가이며… 한 26세쯤 되었고… 조끼를 다소 단정치 못하게 입고… 철저한 책벌레… 셰익스피어 작품은 각주에 나오는 사소한 사항까지도 알고 있고… 그는 세속적인 의미로는 결코 성공할 수 없을 것이고… 진지함이나 친구를 사귀는 데 필요한 정력, 친지들을 이용하고자 하는 마음이 결여되어 있다…"

위의 묘사는 하디가 (「궁여지책」의 한 주인공인) 에드워드 스핑그로브를 그려낼 때 쓴 것이지만 20대 후반의 하디를 충실하게 묘사한 것이다. 하디는 무뚝뚝했고 그렇기에 그만큼 더 성공할 수 없는 젊은 "시골뜨기"였고—무의식중에 아직도 돌셋셔 지방의 사투리를 사용했으며—미래가 촉망되는 것하고는 거리가 먼 무명의 제도사였다.

하지만 장래가 촉망되지 않는 이 젊은 제도사는 자기보다 사회적 신분이 높은 소녀를 만나 구애를 해서 결혼을 하였다. 하디는 고용주인 블룸필드 씨의 추천으로 콘월의 성 줄리오 교회의 복구 작업을 하던 중에 그 교회 교구 목사의 처제인 엠마 기포드 양과 사귀게 되었다. "변호사, 성당 참사회 회원, 부주교" 같은 사람들의 자손인 기포드 양은 명 기수였고, 노래도 잘 불렀고, 그림도 제법 잘 그리는 편이었으며 만능을 자랑하는 그런 아가씨였다. "엠마가 가난한 석공의 아들인 나에게서 무엇을 찾았는지 나로서는 알 수 없다." 그러나 여하튼 하디는 불쑥 구혼을 하게 되었고 엠마는 하디의 남루한 복장과 더부룩한 수염을 깜박 잊은 채 "겸손하게" 그의 구애를 받아들였다. 그래서—"나는 눈에 마술을 가득 담고 리용네스(콘월)에서 돌아왔다!"

일시적으로 황홀한 신혼생활을 보낸 다음에는 성미가 맞지 않아 양립하기 어려운 길고 긴 결혼생활이 지속되었다. 왜냐하면 두 사람은 서로를 결코 이해할 수 없었다. 두 사람은 사회적으로 신체적으로 서로 다른 보조로 살아갔다. 엠마는 말안장에 걸터앉아 질주하기를 사랑했고 하디는 걷기를 선호했다—하디는 결코 말 타는 법을 배우지 않았다. 두 사람은 함께 살아가는 동안 보조를 맞추어 걸을 수 없었다.

3

그러나 하디는 한 번도 불평을 토로하지 않았다. 그는 부인에게 안락한 가정을 꾸며주려고 애썼고 적어도 아내의 지위에 알맞게 최소한도로 "필요한 물건"을 제공해주려고 노력했다. 생계를 꾸려가기 위하여 건축은 계속하는 한편, 하디는 평생의 업으로 삼은 창작활동에 점차 더 많은 시간을 바쳤다. 엠마의 부추김으로 하디는 시에서 산문으로 전환하였다. "나는 산문 소설을 쓸 마음이 추호도 없었다. 그렇지만 어쩔 수 없이 그것을 지어내게 되었다. 상황—엠마의 완곡한 표현임—이 어쩔 수 없어 산문 소설을 만들어내게 되었다."

이리하여 영문학사상 가장 위대한 몇 편의 사랑 이야기가 남편을 사랑하지 않는 한 여인의 잔소리로 생겨나게 되었다.

하디의 소설은 대체로 이룰 수 없는 사랑의 공식으로 짜여졌다. 이런 공식을 「에델버타의 손」에 나오는 크리스토퍼 줄리안이 익살스럽게 묘사하고 있다. "나는 짝사랑, 둘이 나누는 사랑 등 모든 종류의 사랑에 대해 알게 되었다. 그렇지만 이번에 알게 된 사슬 모양의 애정은 나로서는 처음 경험하는 것이다. 당신은 나를 따르고 나는 에델버타를 따르고 그녀가 따르는 사람을—하늘만이 누구인지 알겠지!" 그리하여 애정의 영역에서 모든 인생살이는 실수투성이 희극이다. 사랑을 받고 있는 사람은 누군가 다른 사람을 사랑하고 있다. 그러나 어느 두 사람도 서로 사랑하지 않는다는 것은 모든 연인들에게 내려진 저주다.

하디는 이렇게 인간 감정에 대해 냉소적인 태도를 보였기 때문에 출판업자들이나 비평가들과의 관계가 처음에는 제대로 진척될 수 없었다. 하디의 명망은 서서히 성장하였다. 여러 편의 소설—그 중 몇 편은 자비로—이 출간된 후에야 세상 사람들은 커다란 슬픔에서 연유한 커다란 부드러움의 존재를 알아차리게 되었다. 하디 소설의 특징적인 두 가지 가락은 아이러니와 연민의 정이다. 하늘의 아이러니와 인간의 연민의 정. 심지어 근대의 몇몇 비평가들조차도 하디 철학의 이런 이중성을 알아보지 못한 경우도 있다. 최근에 한 비평가는 "하디는 다만 세상의 추한 면만을 다루고 있다"고 말했고, 똑같이 일방적인 또 다른 평자도 "하디의 조상은 틀림없이 슬피 우는 버드나무와 결혼을 했을 것이다"고 말했다. 그러나 오늘날 대부분의 비평가들은 하디에게서 새로운 종류의 아름다움을 인식하게 되어, "비극적인 음조로 노래한 부정적인 아름다움"인 동시에 "부드러움을 내포하고 있는 긍정적인 아름다움"이라고 말했다.

새로운 아름다움, 그리고 새로운 철학. 그 철학은 낙관주의도 아니고 염세주의도 아니었으며 그 둘 사이에 있는 어떤 것이었다. 하디 자신도 그것을 '사회개량론'이라고 불렀는데, 즉 그것은 아주 나빠졌지만 꽤 좋아질 가능성이 있는 세상을 개선시키려는 노력을 의미하였다. "우리가 해야 할 일은 인간이 태어나면서 닥치게 된 불행을 동료들이 어떻게 과감하게 맞서서 헤쳐 나가야 하는지 가르쳐주는 것이다."

상호 고통에서 벗어나도록 상호 협조하자는 이런 '연민'의 사회개혁 이론은 토머스 하디의 철학에서 점차적으로 발전하였다. 초기소설에서 하디는 창조주를 향하여 자기가 만들어 놓은 피조물을 전혀 돌보지 않는 무감각하고 감정이 없는 삼라만상의 왕을 향해 주먹을 흔들어댔다. 그 후에 하디는 비난의 방향을 점차 신에게서 인간에게로 돌렸다. 하디는 셰익스피어와 대화를 나누었을지도 모른다. 친애하는 브루투스여! 잘못은 우리의 별자리에 있는 것이 아니라 우리가 부하 노릇을 하는 우리 자신 속에 있다네. "당신에게 대항하고 있는 것은 운명이 아니라 당신 자신의 약점이다─풍요보다 지혜를 가져다주는 그런 지식이 당신에게는 없지 않은가." 몇 년이 흐른 후 하디는 다음과 같은 결론을 내린다. 우리 인간이 겪는 대부분의 고통의 책임은 하나님의 악의도 아니고 개인의 어리석음도 아니고 다만 대중, 즉 사회의 잔인성 때문이다. 하디는 나이 들어가면서 개인에 대한 사회의 조직적인 부당함을 놓고 사회와 점점 더 격심한 싸움을 하게 되었다. 1928년 하디는 크리스마스 풍자시를 한 편 썼는데 그것은 군중들의 "치유하기 힘든 만행"에 대해 느끼는 모든 괴로움을 간략하게 표현하고 있다.

"지상에 평화가 내리기를!" 이라는 말이 들렸다.
우리는 그것을 노래하고
그것을 가져오게 해달라고 수많은 목사님들께 봉급을 지불한다.
이천 년간의 미사가 있고난 후
우리는 독가스까지 얻게 되었다.

하디는 인간 육체와 인간 영혼의 살해에 대해 몹시 분노했다. 그는 후기 소설에서 되풀이해서 이 문제를 취급했다. 하디의 주장으로는 사회가 개인의 실수를 처벌하는 것은 인간의 예절이나 공평의 범주를 훨씬 넘어선 것이었다. 하디의 좀더 성숙해진 철학의 중심원리인 이런 주장은 「더버빌 가의 테스」에서 가장 완전하게 표현되었다.

테스는 완고한 도덕법과 냉혹한 사회 규범의 희생물이다. 테스의 아버지 존 더비필드는 방탕한 건달이었는데 자신이 가문 있는 더버빌 가의 후손이라는 사실을 알게 되자 우쭐해졌고 존의 아내 조운은 딸 테스가 훌륭한 신랑감을 얻어 결혼하는 꿈을 꾸기 시작한다. 그러므로 테스의 부모는 딸을 설득하여 천박한 더버빌이라는 노부인의 농장에서 양계를 돌보아주는 일을 하게 만든다.

이곳에서 테스는 노부인의 아들 알렉 더버빌을 만난다. 그는 잘생기고 파렴치한 젊은 불한당이었다. 일순간의 로맨스, 환멸, 그리고 사생아. 그 아이는 곧 죽게 된다.

테스는 집으로 돌아온다.

얼마의 시간이 흐른 후 테스는 용기를 내어 다시 한번 세상을 대면한다. 그러나 테스는 마침내 탈보디 씨 농장에서 젖 짜는 일을 하게 된다. 이곳에서 그녀는 앤젤 클레아를 만나게 된다. 앤젤은 늙은 목사의 아들로 아버지에게는 유감스럽게도 영혼을 인도하는 길로부터 흙을 일구는 일로 방향을 바꾼 사람이었다.

두 젊은이는 서로에게 끌렸다. 그리하여 앤젤이 사랑을 선언했을 때 테스는 자신의 과거를 고백할 용기가 없었다. 테스의 꿈은 그 보기 흉한 괴물인 사회 규범에 의해 무산되기에는 너무나 아름다운 것이었다.

결혼식 날짜는 다가왔다. 처절한 절망감에 휩싸여 테스는 기다란 고백의 편지를 썼고 그것을 문 밑으로 밀어 넣었다. 그러나 그녀의 손은 신비로운 운명의 손에 의해 인도되었다. 편지는 카펫 밑으로 미끄러져 들어갔다. 결혼식 직전에 테스는 그것을 발견하고는 찢어버린다. 처벌에 대한 테스의 용기는 사랑을 바라는 그녀의 마음을 따를 수 없음이 증명되었다.

두 사람은 결혼했다. 그들이 교회를 떠날 때 수탉이 우는 소리가 들리고, 그것은 사회의 불만을 나타내는 상징이었다. 때를 잘못 만난 잡음이었고, 오후에 수탉의 울음소리, 그것은 흉조였다.

테스와 앤젤은 그림과도 같은 낡은 농가에서 살려고 왔다. 이곳에서 앤젤은 자기가 저지른 죄, 즉 한 술집 여자와 이틀간 지낸 이야기를 고백하고는 젊은 아내의 용서를 빈다. 이 잘못을 기꺼이 용서한 테스는 자신의 과거 이야기를 하게 된다. 그러나 앤젤 클레아는 용서해줄 준비가 되어있지 않았다. 사회가 지닌 이중적인 규범. 여인은 결코 죄를 지어서는 안 되었다.

둘은 별거하게 되고 테스는 집으로 돌아온다. 어머니는 그 일을 가볍게 받아들였지만 술에 취한 아버지가 갖고 있던 더버빌 가에 대한 자존심은 깊은 상처를 받았고, 그것을 용서할 수 없는 모욕이라고 생각한다.

테스는 농장에서 여름 일을 찾아내어 자기가 버는 대부분을 부모에게 바친다. 그러나 겨울이 오면서 일이 거의 없게 되었다. 어쩌다가 단조롭고 힘들며 급료가 싼 일을 맡았지만 그 후에는 기아와 절망이 오래 계속되었다. 테스는 마침내 필사적으로 앤젤의 부모를 만나보고자 시도해야겠다는 결심을 했다. 그들이 혹시 남편의 소식을 줄지도 몰랐다. 비와 눈을 뚫고 테스는 먼 거리를 터벅터벅 걸어갔다. 그러나 목사관은 텅 비어 있었다.

테스는 되돌아섰다. 또다시 여러 날에 걸친 기아와 가망이 없는 좌절만이 기다리고 있었다. 사회는 그 대가를 강요해야 했다.

언젠가 테스가 헛간 옆을 지나가는데 소란한 복음 전도사의 목소리가 들렸다. 목소리가 낯익어서 안을 들여다보니 다름 아닌 알렉 더버빌이었다.

알렉은 테스에게 자기한테로 돌아오라고 애원했다. 처음에는 거절했지만, 테스는 아버지가 돌아가신 지금 어머니의 빈곤을 생각하고는 마침내 그의 요청에 굴복하게 되었다.

테스는 알렉에게 다시 몸을 맡기게 된다. 그러나 테스의 마음은 아직도 앤젤 클레어를 찾아 방황하고 있었다. 그리고 앤젤 역시 테스를 찾고 있는 중이었다. 앤젤은 불행하고 몸이 허약해 있었다. 앤젤이 과거에 품었던 분노는 모두 가라앉았고 그 자리에는 아내를 향한 깊은 갈망이 들어섰다.

앤젤은 일류 하숙집에서 아내를 보게 되는데 테스는 이미 품위를 상실한 여인이 되어있었다. 사회 규범이 나타내는 냉혹한 운명은 그들의 삶의 실오라기를 어찌나 헝클어놓았던지, 두 사람은 더 이상 서로를 향하여 손을 뻗을 수가 없었다. 앤젤 클레어는 집을 향하여 출발한다.

도시 변두리에서 테스는 앤젤을 따라잡았다. "내 손으로 그 사람을 죽였어요… 그 사람이 당신을 더러운 이름으로 불렀어요… 당신을 위해 그렇게 해야 했어요… 오직 그것만이 당신을 위해 내가 할 수 있는 것이었어요."

두 사람은 손에 손을 잡고 고통의 장면을 떠난다. 운명의 신은 마침내 그들을 함께 있게 한다. 그러나 그것은 단지 순간적인 비극적 아이러니를 느끼기 위해서였다. 새벽이 다가오고 테스는 체포된다─떠오르는 태양과 스러지는 희망을 대조해보아라. 테스는 심판을 받고 유죄판결을 받는다.

조종이 여덟 차례 울리고 검은 모습이 공중에서 발작적으로 몸부림친다.

테스는 사회 규범에 진 빚을 갚았다.

4

「더버빌 가의 테스」가 출간되자 비평가들은 한 떼의 독수리들처럼 하디에게로 달려들었다. "그토록 타락한 여자주인공을 그려낼 수 있다니 그는 분명 부도덕한 작가임에 틀림없다"라는 윌리엄 제임스(1842~1910. 「실용주의」를 쓴 미국의 심리학자, 철학자: 역주)의 간결한 말이 거의 만장일치로 하디에게 내려진 선고였다. 이구동성으로 떠들썩한 비난의 소리 가운데서 솔직한 마음으로 자그맣게 칭찬하는 목소리를 듣는다는 것은 거의 불가능한 일이었다. 이런 잠잠한 소수그룹은 이곳에 "자비심과 더 큰 인내심을 요구하고 사회의 위선을 거부하는 탄원서"를 감히 써낸 영국의 작가가 있다는 것을 마침내 깨달았다.

호의적인 비평가는 물론 약점을 물고 늘어지는 평자들에게 하디가 보인 반응은 단지 어깨를 으쓱하고서 "하여튼 나로서는 이 작품을 쓰는 데 최선을 다했다"라고 말한 것이었다.

그리고 하디는 "나의 전력을" 다음의 중요한 소설인 「비운의 주드」에 쏟았고 한층 더 많은 욕설을 듣게 되었다. 미국의 한 신문에다 한 비평가는 이렇게 적었다. "토머스 하디는 비평가들의 빈축을 샀고 친구들을 아연실색하게 만들었다… 하디의 마음이 이 작품 전편을 통하여 엎드려 기고 있는 듯하다… 그는 일부러 악의를 내보였으며… 그 소설을 다 읽고 나서 나는 문을 열고 공기를 환기시켰다." 한 미국인 교수는 「비운의 주드」가 자기가 여태껏 읽은 소설 중 "가장 불쾌한 작품 중 하나"라고 비난했다. 한 영국 잡지는 하디의 풍자화를 그려냈는데, 저속하고 뚱뚱한 거인이 진흙에다가 장미를 짓밟아 뭉개 넣으면서 모든 방관자들에게는 오물을 잔뜩 끼얹는 모습이었다. 그런디 여사(세상 평판, 고상한 체하는 인습 존중: 역주)가—속치마를 입었는지 아니면 속바지를 입었는지 모르겠지만—여하튼 무기를 들고 일어섰다. 하디는 감히 진실을 그려냈던 것이었다. 소설의 일부가 한 잡지에 출간되자 하디는 어쩔 수 없이 주인공이나 아슬아슬한 장면들을 인식할 수 없게 삭제해야 했다. 이제는 더 이상 존경받을 수 없게 되었다. 편집자들은 하디의 소설을 거부하거나 아니면 "독자들의 과민한 성격에 맞추기 위해서" 그 작품을 고쳐 썼다. 하디가 와튼 부인(에디쓰 와튼, 1862~1937. 「순진의 시대」등을 쓴 미국의 여류소설가: 역주)에게 유감스러운 듯 말한 것처럼 하디는 한 작품에서 여주인공과 남주인공이 어느 일요일에 산보하는 순진무구한 모습을 그려낸 적이 있었다. 하디가 그 작품을 스코틀랜드의 편집자에게 보냈을 때 분개한 편집자는 그것을 즉각 되돌려주면서 산보를 평일에 한 것으로 고치도록 요구했다.

하디는 정나미가 떨어졌다. "이해력이 있는 독자들을 상대로 글을 쓰고 있다고 생각했었는데"라고 그는 말했다. 하디의 산문은 19세기를 살고 있는 비위 약한 위장을 가진 사람들에게는 너무나 단단한 음식물이었다. 하디는 시로 돌아갈 결심을 했다. "아무도 읽지 않을 테니까 내 시로 인해 상처 입는 사람은 없겠지."

하디는 8권의 서정시와 나폴레옹의 생애를 그린 극시 「패왕들」을 써서 출간했다. 그리고 서서히 하디는 잃었던 존경심을 되찾았다. 이제 드디어 하디의 작품을 읽는 사람이 없게 되었고 대신 모든 사람의 숭배를 받게 되었다. 하디는 아내를 잃은 슬픔을 제외하고는 고요하게 노년으로 접어들었다. 두 사람 사이에 부부로서의 차이점은 있었지만 그래도 부인의 죽음은 하디에게 심각한 타격이었다. "파란만장한 생애도 그 나름대로의 묘한 풍미가 있는 법이다."

그리고 폭풍우가 지나가고 나서 고요가 그 뒤를 이었다. 하디는 재혼했고 또 한번 가을이 지나고 봄이 지나서 그는 74세, 새 부인은 35세가 되었으며 두 사람은 완벽한 결합이라는 조화를 이루었다. 두 번째 하디 부인은 자신도 역시 시인이었지만 그녀의 표현을 빌리자면 "하디에게서 반사되는 명예로 만족했다."

하디의 긴 생애를 마감하는 날은 찬란하고 고요한 저녁놀이 빛났다. 그리고 하디는 달콤한 기억과 숭고한 사상을 남겨놓았다. 성 존 어빈(1883~1972. 아일랜드 출신의 영국 극작가, 소설가. 역주)이 하디에게 증정한 헌사에서 말했듯이 "자부심이 강한 마음은 가장 쓰라린 운명도 정복할 수 있음을 우리는 당신에게서 배웠습니다. 당신이 적어 놓으신 모든 글에서 당신은 좌절 속에서도 계속 살아있는 인간의 기백을 보여 주셨습니다."

'소설 읽기'와 '소설의 힘'에 대한 단상

소설이란 텍스트를 어떻게 읽을 것인가? 나는 이 서양 소설가들에 대한 흥미진진한 이야기를 번역하면서 '소설'에 대해 특히 '소설 읽기'에 대해 다시 한번 생각하게 되었다.

소설이란 다양한 '텍스트 읽기'에 대한 단상(斷想)

모든 읽기란 궁극적으로 롤랑 바르트의 말을 빌리면 '쓰기적(writerly) 읽기'가 되어야 한다. '읽기적(readerly) 읽기'는 단순하고 수동적이고 비생산적이고 비참여적이고 소비적인 작업이기 때문이다. 소설이란 텍스트 읽기가 좀더 창조적이고 능동적이고 공감각적이고 역동적이 되기 위하여 우리는 코울리지처럼 '불신의 마음을 의연히 떨쳐버리는'(willing suspension of disbelief) 자세로, 초현실주의 화가인 살바도르 달리처럼 편집광적으로, 조루지 풀레처럼 현상학적으로, 루이 알튀세르처럼 징후적(symptomatic)으로, 미셸 푸코처럼 계보학적으로, 그리고 바흐친처럼 카니발적으로, 바르트처럼 텍스트를 육감적으로 읽는 것이 어떨까? 그러면 텍스트의 황홀경(textasy=text+ecstasy)에 다다르지 않을까?

이번에는 들뢰즈/가타리처럼 소설이란 우리에게 작동하는 '문학기계'로 보는 것은 어떨까?

> 하나의 텍스트를 읽는다는 것은 그것이 의미하는 것, 즉 기의를 찾기 위한 학문적 훈련이 결코 아니고 기표를 찾기 위한 고도의 텍스트 훈련은 더더욱 아니다. 오히려 텍스트 읽기는 문학기계를 생산적으로 사용하는 것이며, 욕망하는 기계들을 다양하게 배치하는 것이며, 텍스트로부터 혁명적인 힘을 추출해내는 정신분열증적 훈련이다. (들뢰즈와 가타리 『앙띠-오이디푸스』)

이밖에 '몽상적 읽기'도 있다. 불의 정신분석가이며 상상력의 이론가인 가스통 바슐라르(Gaston Bachelard)에게 '몽상'(reverie, 夢想)은 (가능한) 현실세계도 (불가능한) 꿈의 세계도 아니다. 그것은 현명한 중간지대(twilight zone)이다. 문학은 현실〔지옥〕과 이상〔천국〕의 중간에 위치하기 때문에 언제나 매력적이고 건강하다. 연옥에서 우리는 삶을 직시하며 천국으로 갈 희망을 가진다. 몽상이란 형식과 내용, 의식과 무의식, 이념과 기교, 안과 밖, 이성과 감정, 남성과 여성, 문명과 야만, 중심과 주변 등 억압적이고 차별적인 이분법을 일시에 용해시켜 새로운 종합을 창조하는 일종의 정치적 행위이다.

이 중간지대에서는 기표와 기의가 고정불변의 마당이 아니다. 자크 라캉이 지적했듯이 기표와 기의의 관계는 기표가 기의가 되고 기의가 다시 기표가 되는 항상 미끄러지면서 의미가 확정되지 않고 끊임없이 새로운 의미의 고리를 형성한다. 현실과 꿈, 선과 악, 미와 추, 정의와 불의의 관계도 항상 고정되어 있는 것은 아니다. 문학이나 예술 세계에서만은 (또는 인간의 무의식 또는 우주창조자의 의식 속에서는) 현실(현실원칙)과 꿈(쾌락원칙)의 끊임없는 자리바꿈이 일어나야 할 뿐 아니라 이들의 대화적·역동적 관계 속에서 새로운 의미망과 관계망이 형성되어 일종의 생태적 체계가 생성되어야 하지 않을까?

'몽상'이란 현재와 같은 실용적, 물질적 사회에서는 비생산적, 비실제적, 심지어 비도덕적인 것으로 치부된다. 그러나 이제 무감각한 우리 시대에 몽상의 가치와 의미를 되살려내야 한다. 21세기 소설은 궁극적으로 삶의 중간지대를 가로질러 횡단하는 몽상의 담론이 되어야 할 것이다. 몽상의 이론가 가스통 바슐라르의 소설 읽는 법을 소개한다.

> 소설을 읽을 때 우리는 고뇌하면서도 희망을 가지고 공감하게 되는 다른 삶 속으로 들어간다. 그러나 그것은 자유를 누리는 상황에서도 우리는 고뇌하며, 그 고뇌는 급진적이지 않다는 복잡한 인상과 아주 유사하다. 그러므로 고뇌하게 만드는 책은 고뇌를 경감시키는 기술도 제공한다. 고뇌하게 만드는 책은 고통당하는 사람들에게 고뇌에 대한 동종요법(어떤 질병과 같은 증상을 일으키게 하는 약을 소량 투여하여 그 질병을 치료하는 요법)을 제공한다. 그러나 이 동종요법은 무엇보다도 문학적 관심으로 수립된 명상적인 독서 중에 작동한다. 그러면 영혼의 힘은 두 개의 층위에서 분리되고 독자는 두 개의 층위에서 참여하게 되어 독자가 '고뇌의 미학'을 확연하게 의식하게 되면 그는 거의 사실성을 발견하는 데까지 이른다. 왜냐하면 고뇌는 사실적이기 때문이다. 그런 다음 우리는 편하게 호흡한다.… 저위 하늘의 천당은 거대한 도서관이 아닐까?… 우리에게는 우선 먹고 마시고 읽고 싶다는 욕망이 필요하다. 우리는 많이, 더 많이 읽기를, 언제나 읽기를 원해야 한다.
>
> ― (바슐라르『몽상의 시학』서문)

서양 소설가들의 생애라는 재미있는 이야기 읽기

역자는 본서를 읽으며 무수한 목소리의 병치와 반향 속에서 서서히 현실의 끈을 풀기 시작하였다.

> "런던 시민들이 이 소설(「트리스트램 샌디」)을 읽기 시작했을 때 책을 한참 쳐다보기도 하고 경탄하기도 하며 이해하지 못해 거북살스러워 머리를 긁기도 하였다. 그러면서도 그들은 계속 읽었고 점점 빠져들게 되었다. 얼마나 진기한 생각들인가! 얼마나 사랑스런 인물들인가! 오디세이와 같이 이 얼마나 이국풍의 머나먼 모험들인가!"
> ―로렌스 스턴

> "여러분은 재기로 이 소설을 맘껏 즐길 수 있다… 그것은 남자가 정부(情婦)를 가지고 노는 것과 같다… 만지작거리며 희롱하는 남자에게는 아주 즐거운 위안물이지만 그냥 쳐다보고 서있는 구경꾼에게는 별로 재미가 없다."
> ―로렌스 스턴

그것은 분명 롤랑 바르트의 '텍스트의 즐거움'이었고 나아가 '텍스트의 황홀경'(textasy=text+ecstasy)이었다. 소설과의 정사(情事)는 분명 외람된 짓이겠으나 적어도 그것은 수잔 손탁의 '독서의 에로학,' 조루지 풀레의 '의식의 비평'에 이르는 길목이리라!

아니면 책갈피 사이를 들락날락하며 장자(莊子)의 나비 꿈을 꾼 것은 아닐까? "장주(莊周), 나는 꿈속에서 나비가 되어 이리저리 날아다니니 어디까지나 나비였다. 나는 나비인 줄로만 알고 기뻐했고 내가 장주인 것은 생각하지 못했다. 나는 곧 깨어났고 틀림없이 다시 내가 되었지. 지금 나는 장주라는 인간으로 나비의 꿈을 꾼 것인지, 아니면 나비라는 곤충으로 사람의 꿈을 꾸었는지 알 길이 없다. 분명히 사람과 나비 사이에는 구별이 있을 터인데. 바뀌는 것을 만물의 변모라고 한다."

나는 산초 판자가 되었을까? 파뉘르즈가 되었을까? 걸리버? 트리스트램 샌디? 딤즈데일? 라스콜니코프? 제르베즈? 아니면 라블레? 스코트? 뒤마? 도스토예프스키? 클레멘스? 주관과 객관이 넘나들며 현실과 예술의, 성녀와 창녀의, 그때와 지금의, 이승과 저승의, 거기와 여기의, 지옥과 천당의, 순간과 영원의, 남자와 여자의, 광인과 정상인의 경계가 몽롱해진다. (아, 얼마나 끊임없는 이분법인가?) 그것은 분명 가스통 바슐라르의 꿈과 현실의 안락한 중간 지대인 몽상의 지대에서 장자적인 소요(逍遙)였으리라.

그러나 어찌 그뿐이었으랴! 내 어찌 행간에 번득이는 비수(匕首)를 지나칠 수 있겠는가.

일찍이 '이성적인 동물'이라는 효력을 잃어버린 인간에 대한 정의를 단지 '이성이 가능한 동물'(Animal Rationis Capax)에 불과하다고 수정할 수밖에 없었던 가장 정상적인 위대한 광인(狂人), 조나단 스위프트여!

> "…이제 그녀도 목로주점에 완전히 빠져버렸다. 쿠포는 혼수상태로 왔다 갔다 하다가 마침내 술에 만취된 채 영원한 불귀의 객이 되었다. 완전히 성장한 소녀 나나는 가출하여 창녀가 되었다. 제르베즈도 길거리로 나가 매춘부가 되려고 하였지만 이제는 아무도 그녀를 따라오지 않았다. 기아와 술과 절망뿐이었다. 깊은 절망의 벼랑뿐이었다. 대장장이 구제가 마지막으로 그녀를 구원하려 하였지만 이미 때는 늦었다. 목로주점—슬프고 쓰디쓴 술 한 잔으로 가난한 사람들을 취하게 만드는 이 세상과 같은 선술집—은 이미 그녀의 부음을 들었다."
>
> —에밀 졸라

"어떤 사람이 나타날 것이다. 세상 사람들이 백치라고 조롱한 신과 같은 인간(God-man)이. 그리고 세상 사람들은 그가 선과 악의 진정한 의미, 즉 고통을 가하는 자와 고통을 당하는 자는 악의 진정한 의미, 즉 고통을 가하는 자와 고통을 당하는 자는 두 개의 다른 피조물이 아니라 하나로 된 같은 몸이고 하나로 된 같은 영혼이라는 것, 그리고 각 개인은 전 인류의 행위에 책임이 있고 전 인류는 각 개인의 행위에 책임이 있다는 것을 그들에게 가르칠 때 그에게서 배워야 될 것이다. 이 천치 구세주(Idiot-Savior)는 인간이 실제로 존재하는 것 같지만 실재하지 않고, 신이 존재하지 않는 것 같지만 실제로 존재하는 것 같은 이 지상에 나타날 것이다. 그는 마침내 모습을 드러내어 우리에게 단 하나뿐인 극히 중요한 진리, 즉 모든 인간은 제일 위에 있는 성자로부터 제일 아래의 살인자에 이르기까지 똑같은 빛의 근원을 향하고 전 우주의 본체의 빛을 향하여 전 우주의 사랑의 빛을 향하여, 여러 다른 길로 더듬더듬 찾아가는 중이라는 진리를 가르쳐줄 것이다…."

—표도르 미하일로비치 도스토예프스키

우리 시대의 '소설'을 위한 7개의 비망록

이 서양 소설가들의 전기를 번역하면서 끊임없이 나의 뇌리를 떠나지 않는 또 다른 문제는 21세기라는 우리 시대 소설이 갖고 있는 의미 또는 소설의 '힘'에 대한 생각이었다. 영화나 TV가 중심인 고도영상 매체시대에 문자와 인쇄매체와 운명적 관계를 유지하고 있는 소설이 이 궁핍한 시대에 우리에게 어떤 힘을 부여할 수 있을 것인가? 나는 다음의 7가지 항목으로 나누어 다소 현학적으로 사유해보았다.

(1) 소설은 '사랑'이란 상상력의 기계이다.

소설이란 무엇인가? 소설이란 무엇보다도 우리의 혼을 울려 '사랑'을 실천하는 상상력의 기계이다. 사랑은 상상력이다. 상상력은 타자의식을 작동시켜 사랑을 이루는 추동력이다. 이것이 소설의 핵심이다. 우선 사랑의 입법자인 영국의 낭만주의 시인 P. B. 셸리의 감동적 문학론인『시의 옹호』에서 상상력에 관한 선언을 들어보자.

> 도덕의 요체는 사랑이다. 즉 자기 본성에서 빠져나와 자기의 것이 아닌 사상, 행위 혹은 인격 가운데 존재하는 미와 자신을 일체화시키는 것이다. 사람이 크게 선해지기 위해서는 강렬하고 폭넓은 상상력을 작동시키지 않으면 안 된다. 다른 한사람, 다른 많은 사람의 처지에 자신을 놓아보지 않으면 안 된다. 동포의 괴로움이나 즐거움도 자기의 것으로 삼지 않으면 안 된다. 도덕적인 선의 위대한 수단은 상상력이다. 그리고 시는, 원인인 상상력에 작용함으로써 결과인 도덕적 선을 조장한다. 시는 언제나 새로운 기쁨으로 가득 찬 상념을 상상력에 보충하여 상상력의 범주를 확대한다. 이와 같은 상념은 다른 모든 상념을 스스로의 성질로 끌어당겨 동화시키는 힘을 가지고 있다.

셸리는 모든 도덕의 요체가 사랑이고 사랑의 추동력은 공감(共感, sympathy), 즉 '상상력'이라고 선언하였다. 소설=상상력=타자의식=사랑=공감이라는 등식이 성립된다. 인간, 사회, 문명을 끝까지 지탱시켜 주는 것은 '사랑' 뿐이다. 이것은 소설에서 우리를 작동시키는 상상력에 의해서 가능하다. 사랑 없는 인간세계는 암흑과 혼란으로 가득 찰 것이다. 희랍어를 예로 들면 '사랑'은 적어도 4가지 의미가 있다. '에로스'는 남녀간의 육체적, 성적 매력이며 감정이다. '필리아'는 부부간, 동성간, 친구간의 교제를 맺는 사랑이다. '아가페'는 대가를 바라지 않고 상대방이 필요한 것을 제공하는 이타적인 사랑이다. '스톨게'는 가족간의 사랑을 주로 가리킨다. 사랑은 이 4가지 모두이다. 여기에 자연에 대한 사랑과 스피노자의 '신(神)에로의 이성적인 사랑'도 포함될 수 있다. 소설은 사랑이다. 소설은 사랑기계이다.

(2) 소설은 흔들리는 삶을 지탱시키는 생존기계이다.

포스트구조주의 철학자 질 들뢰즈는 철학자들의 예수라고 부른 16세기 화란의 철학자 스피노자의 주저『에티카』의 요체를 '삶에 대한 긍정'이라고 간파하였다. 스피노자의 삶의 철학은 기쁨의 실천윤리학이며 긍정의 철학이다. 삶의 복합성, 역동성, 실험성은 스피노자 철학의 핵심이다. 들뢰즈는 스피노자 철학의 삼위일체를 "개념 혹은 새로운 사유방식, 지각 혹은 새롭게 보고 파악하는 방식, 그리고 정서 혹은 새로운 느낌의 방식"으로 제시하였다. 철학이든 윤리학이든 스피노자에게는 결국 삶에 귀착하려면 이 3가지 모두를 동시에 적용시켜야 한다. 그래야만 삶이라는 하나의 오페라가 역동적으로 작동된다.

들뢰즈는 이를 다음과 같이 풀어서 설명하고 있다.

> (우리의 처지로 인해 우리는 자연 속에서 나쁜 만남들과 슬픔들을 가질 수밖에 없는데) 어떻게 즐거운 정념의 극한에 도달해서, 그로부터 자유롭고 능동적인 감성으로 이행할 것인가? (우리의 자연적 조건으로 인해 우리는 우리의 신체, 우리의 정신, 그리고 다른 사물들에 대해 부적합한 관념들만을 가질 수밖에 없는데) 능동적인 감정들을 가능케 하는 적합한 관념들을 형성하는 데까지 어떻게 이를 것인가? (우리의 의식은 환상들과 분리될 수 없는 것처럼 보이는데) 어떻게 자기 자신, 신, 그리고 사물들을 어떤 영원과 필연성에 따라 의식할 것인가?
> — 질 들뢰즈『스피노자: 실천철학』28쪽

위와 같은 맥락에서 스피노자의 윤리학은 소설(문학)의 요체와 그리 멀지 않다. 소설은 말하자면 '개념,' '지각,' '정서'의 복합체인 삶을 다양하게 그리고 역동적으로 작동시키는 하나의 긍정적인 문학기계이다. 소설이란 문학기계는 삶을 끊임없이 창조하는 가장 비실용적인 것으로 보이지만 궁극적으로는 가장 실천적인 변형과 생성의 추동력이다. 그렇다면 기계란 무엇인가? 기계란 체계적이고 수동적인 폐쇄회로가 아니다. 소설은 삶의 불꽃을 지피고 지탱시켜주는 생존기계이다.

스피노자의 인식의 삼위일체인 개념, 지각, 정서(느낌)는 위계질서 없이 서로 상호침투하면서 동시에 작동되어야만 우리는 우리의 삶을 '부분적'이 아니라 '전체적'으로 파악할 수 있는 것이 아닌가? 이런 의미에서 스피노자의 인식의 삼위일체는 소설이 작동하는 방식과 크게 다르지 않다. 문학기계로서의 소설이 우리의 삶의 기계와 생존기계로 다가온다.

(3) 소설은 개인의 창조적 공간이고 사회비판의 토대이다.

소설은 무엇보다 '개인'의 창조적 공간을 만들어내는 시공간이다. 시민사회가 시작된 18세기 유럽에서 근대소설 생성의 인식론적 토대는 공적영역(사회) 속에서의 사적영역(개인)에 대한 인식이다. 소시민으로서의 개인은 집단의 기본단위이고 사회는 개인의 집합체이다. 소설이 개인문제에 천착하는 이유는 개인이 사회의 일차적 징후이기 때문이다. 18세기에 개인의 시민적 권리와 자유가 등장한 것은 소설의 생성과 밀접한 관계가 있다. 혁명이나 전쟁과 같은 억압적인 집단적 광기 속에서 인간의 자유로운 사색공간을 어떻게 확보할 것인가? 자본이 판을 치는 신자유주의의 전 지구적 무한경쟁 가운데서 욕망의 폐쇄회로에 갇힌 우리는 어떻게 사적공간을 유지할 것인가?

그렇다. 소설은 가장 민주적인 담론이다. 시민으로서의 개인들이 전면으로 등장하던 이 시기에 소설도 등장하였던 것이다. 자유로운 내면적 공간을 가질 수 있는 인간이 인류역사상 최초로 근대적 시민이 아니었던가? 이제 개인으로서의 시민들은 소설에서 자신의 사적공간을 지키고 보이지 않는 압제적인 큰손에 저항하는 힘을 얻게 되었다. 소설이 소멸하면 민주주의도 소멸할 것이다. 진정한 민주주의 체제 안에서 개인은 상상력을 통해 모든 공적 압제로부터 자신만의 사적공간을 지켜낼 수 있을 것이다.

(4) 소설은 이념(정신)을 전복시키는 몸(신체/육체)담론이다.

소설은 (통합을 꿈꾸는 변증법이 아니라) 억압적인 이분법을 단번에 해체시키는 대위법적인 또는 나선형의 대화주의이다. 소설은 추상성, 단순성, 논리성, 정체성을 거부하고 주체성, 복합성, 비논리성, 역동성을 담보해내는 문학양식이다. 소설은 '몸'의 장르이다. 소설은 정신이나 영혼에 빠져있던 우리의 사유체계를 끄집어내고 지금까지 업신여기고 중시하지 않았던 몸을 전경화 시킨다. 소설은 몸의 잠재성과 가능성을 탐구하고 나아가 정신에 대한 몸의 우위성을 확보하려 한다.

16세기 최초의 서구 근대철학과 데카르트로부터 시작한 영혼/신체의 이원론에서 20세기 후반의 새로운 신체담론으로 뛰어 넘어가기 전에 우리는 스피노자와 니체를 반드시 거쳐야 한다. 서구 신체담론에 관한 한 스피노자라는 디딤돌이 없었다면 니체도 없었을 것이고, 니체가 없었다면 우리 시대의 푸코와 들뢰즈도 없었을 것이다. 데카르트를 거부한 최초의 철학자는 화란계 유태인 철학자 베네딕트 스피노자(1632~1677)였다. 스피노자는 일원론으로 데카르트의 이원론의 해결을 시도하였고, 신체에 대한 철학적 칭송 그리고 관용에 대한 옹호를 내세워 당시 서구 철학계는 물론 유대인 사회에서도 추방당한 이단자였다. 17세기의 스피노자가 우리에게 가져다준 커다란 통찰력은 정신과 신체의 동일성이다. 정신의 결정은 신체의 결정과 분명 동일하다는 것이다. 인간의 마음과 신체는 상호적이기 때문이다. 스피노자는 심지어 마음의 본체론적 토대가 신체 속에 있다는 암시까지도 보여준다.

19세기의 또 다른 이단자 프리드리히 니체는 스피노자를 이어받아 새로운 신체론을 논하였다. 니체는 감각이나 신체처럼 당시 기존 철학에서 다루기를 꺼렸던 주제들을 과감하게 다루기 시작하였다. 신체에 대립되는 의식이 이제는 겸손해져야하는 시대가 왔다고 니체는 선언하였다. "신체는 역사를 통해 생성하고 투쟁한다. 그리고 영혼의 신체와의 관계는 신체의 투쟁, 승리 그리고 반향의 전조일 뿐이다.… 우리의 신체는 고귀해지고 부활된다. 즐거운 마음으로 신체는 영혼을 창조자, 숭배자, 애호가, 그리고 모든 것의 은혜를 베푸는 사람으로 만들 것이다"라고 말했다. 니체의 새로운 가치체계에서 신체는 복합적이고 언제나 정치적이다. 복합적인 신체는 권력과 통치의 관계 속에 있고 다른 외부 신체들과의 관계에 따라 불안정하고 변화에 민감하다. 주어진 신체의 정치적 가치나 실천 뿐 아니라 윤리적 가치와 실천들은 역동적이며 도전과 수정에 민감하다.

소설은 빛나는 이성적인 정신의 안티테제로서 몸을 복권시킨다. 소설은 몸의 가능성을 극대화함으로써 해묵은 몸-정신의 이분법을 해체시키는 전복의 담론이다.

(5) 소설은 타자 '되기'(becoming)와 변형의 도구이다.

니체는 미래를 위한 예언서인 『짜라투스투라는 이렇게 말했다.』(1888)의 첫 장에서 자신의 철학적 삶의 3단계 변모를 다음과 같이 비유를 들어 설명한다.

나는 여러분에게 정신의 3가지 변형에 대해 이야기하고자 한다. 정신이 어떻게 뿌리가 되고, 낙타가 어떻게 사자가 되고, 사자가 결국에는 어떻게 어린아이가 되었는가?

많은 무거운 짐이 정신에게 부여된다. 강력한 짐을 지는 정신이 생겨났다…… 이 모든 무거운 짐들을 낙타가 지고 사막을 간다. 정신도 사막의 황야로 들어간다.

그러나 가장 외로운 황야에서 두 번째 변형이 일어난다. 여기서 정신은 사자가 된다. 사자는 자유를 잡고 황야의 주인이 된다…… 자신에게 자유를 주고 의무까지도 버리기 위해 우리는 사자가 필요하다……

그러나 사자도 할 수 없는 것을 어린아이가 할 수 있는 것이 도대체 무엇인가. 백수의 왕이 어째서 아직도 어린아이가 되어야 하는가?

어린아이는 순진성, 망각, 새로운 시작, 유희, 스스로 구르는 바퀴이고 첫 번째 움직임이며 신성한 긍정이다. 창조의 경기에서는 삶에 대한 신성한 긍정이 필요하다…… 그 자신의 세계가 버려진 세계를 얻는다. 정신의 세 가지 변형이 이것이다.

소설은 삶의 변형이라는 신화를 현실화시켜준다. 니체는 현실의 질곡을 짊어지고 사막을 건너야하는 '낙타'에서 자신의 정체성 수립을 위해 포효하고 싸우는 '사자'가 되었다. 동물의 왕 사자가 된다는 것은 물론 신나고 황홀한 일이다. 사자되기를 통해 우리는 우리 자신을 박제화하고 무력화시키는 현실의 무게로부터 벗어나 고단한 삶을 구해내고 부정적 삶을 긍정하고 염세적 삶을 낙관적으로 만들며, 수동적 삶을 창조적 삶으로 만드는 '힘에의 의지'(will to power)의 화신이 된다. 낙타 같은 노예적 삶을 생동감 있고 기쁜 삶으로 변형시키는 '힘'을 가진 사자되기는 손쉽고 단순한 초월이 아닌 타고 넘어가는 포월의 '초인'(overman)되기에 다름 아니다. 그러나 니체에 따르면 사자되기로만 끝나서는 안 된다. 우리는 여자되기, 남자되기, 동물되기, 나무되기, 꽃되기, 바람되기…의 수많은 타자되기라는 변형신화를 경험해야 한다. 그렇지만 아직도 남아있는 것은 무얼까? 그것은 어린아이 되기라는 타자되기이다. 영국의 낭만주의 시인 윌리엄 워즈워드는 '어린이는 어른의 아버지'라고 하지 않았던가? 어린아이 되기는 이처럼 철학의 꿈이요 문학의 꿈이다. 해체(deconstruction)의 선구자인 니체의 스승으로 또 다른 고대동양의 해체주의자였던 노자(老子)도 '무위'(無僞)를 실현하기 위해 어린아이가 되기를 꿈꾸지 않았던가?

우리는 소설이라는 환상과 꿈을 통해 낙타되기→사자되기→어린아이 되기의 단계를 체험할 수 있다. 소설은 어린이 되기를 통해 니체가 말하는 '영원 회귀'(eternal return)에 이른다. 영원한 것으로의 회귀는 과거의 단순한 반복이 아니라 끊임없는 개선이고, 위반이고, 전복이다. 영원 회귀는 '차이'의 반복이고, 차이의 반복은 인간, 사회, 문명 등에 대한 새로운 주체 형성과 이론창출의 길이다. 이러한 다양체, 복합체로서의 삶은 정치적이 아닌 잠정적인 가능성을 활성화하여 끊임없이 과거와 현재를 부둥켜안고 뒹굴면서 미래를 향해 긍정적으로 나아간다. '영원 회귀'로서의 어린이 되기는 소설이라는 삶의 도구가 수행하는 '되기'의 궁극적 단계이다.

(6) 소설은 다성적, 대화적 복합체이다.

20세기 초반에 러시아의 놀라운 문학이론가 미하일 바흐친이 등장했다. 바흐친은 소설의 새로운 생명의 불꽃을 정교하게 이론화하여 우리에게 보여주었다. 그것은 소설의 다성적 구조이다. 소설은 나쁜 변증법처럼 끊임없이 통합만을 꿈꾸는 것은 아니다. 소설은 인간 사회의 다양한 목소리, 다시 말해 불협화음, 잡음 등으로 시끄러운 야시장 바닥과 같다. 이것은 진정으로 건강한 보통사람들의 삶의 호흡이요 맥박이다.

바흐친의 언어관부터 살펴보자. 바흐친은 언어가 어떤 의미에서건 고

정되거나 안정된 것이 아니라 언제나 불확정한 흐름의 상태에 있다고 했다. 의미란 결코 단선적이거나 비-논쟁적인 것이 아니라 다원적이며 논쟁적이다. 바흐친에게 언어란 투쟁의 장이다. 서로 다른 것을 의미할 수 있다는 언어의 가능성을 그는 '대화적'(dialogic)이라고 부른다. 대화적이라 함은 언어를 소쉬르 언어이론의 단일화 현상이 아니라 왕복 또는 복잡한 과정으로 보기 때문이다. 바흐친은 언어를 단선적이며 고정적인 의미를 부과하려는 구심적인 힘과 단선적인 것을 다원적이거나 복합적인 의미로 저항하거나 파편화시키는 원심적인 힘의 투쟁의 장으로 본다.

바흐친은 또한 카니발적(carnivalesque)이라는 개념으로 문학이 위계적인 구조나 모든 형태의 공포, 존경, 경건성 또는 그와 관련된 에티켓을 연기(지연)시키기 위해 권위가 아닌 기존 언어 밖의 담론을 끌어낼 수 있다고 말한다. 카니발은 침투할 수 없는 위계적인 장애물에 의해 삶 속에서 분리된 사람들이 자유롭고 친숙한 접촉을 하게 되고 나아가 기존의 공식적인 질서를 저지시키고 새로운 관계들이 부상하는 것을 허용한다. 바흐친에게 카니발은 본질적으로 애매모호하고 이중적이어서 대화적 관계를 공개적으로 허락하고 자극을 준다. 공적 세계의 영역이 완전히 전복되지는 않지만 변형되고, 이러한 대립을 통해 좀더 참을 수 있는 타협적인 해결이 모색된다.

문학, 언어, 문학비평에 대한 바흐친의 이론이 지니는 의미는 중요하다. 문학은 무시간적이며 보편적인 안정된 지식체계가 아니다. 언어도 더 이상 통합되고 동질적이며 추상적인 체계가 아니다. 그것은 지식과 의식을 구성하는데 이질적이고 물적인 토대가 된다. 문학비평은 그 자체의 대화적인 속성이 있고 역사적 상황에 의해 변화될 수 있는 언어나 담론의 복합체라고 말할 수 있다. 따라서 바흐친의 이론들은 소설에 있어서 좀더 대화적이며 좀더 열린 반응을 독려한다.

(7) 소설은 여성에 의한, 여성을 위한 여성의 문학 장르다.

많은 소설의 주제는 무엇보다도 여성문제이다. 소설의 발생부터 여성의 역할은 얼마나 컸는가? 그리고 그 후 얼마나 많은 여성소설가들이 나왔는가? 다른 어떤 예술분야나 장르보다 바로 이 '소설'에서 여성들이 탁월하고도 놀라운 재능을 발휘하고 있다. 그러므로 소설은 본질적으로 여성적 장르이다. 소설이란 장르가 나오기 전에 여성들의 글쓰기는 실로 미약했다. 약간의 역사를 들추어보자.

정통성을 인정받지 못하던 여성의 글쓰기는, 처음으로 글을 써서 생계를 유지했던 영국의 여성작가 아프라 벤(Aphra Behn, 1640~1689) 이래로, 소설이란 장르의 발생과 더불어 새로운 국면으로 접어들게 되었다. 20세기 최고의 여성소설가 버지니아 울프가 이미 그 유명한 「여성과 소설」이란 글에서 "소설이란 여성들이 가장 쉽게 쓸 수 있는 것"이라고 지적했듯이, 소설의 발생과정부터 여성과 소설의 관계는 숙명적인 것이었다. 버지니아 울프는 시보다 소설을 쓰는 것이 여성에게 더 적합하다고 믿었다. 『화강암과 무지개』(*Granite and Rainbow*)에서 울프는 다음과 같이 말한다.

> …여성들은 여러 사람이 함께 쓰는 거실에서 사람들에 둘러싸여 살기 때문에 관찰하고 성격 분석하는 데에 그들의 온정신을 쓰도록 훈련받았다. 여성들은 시인이 아니라 소설가가 되도록 훈련받았다.

영어의 'novel'(소설)이란 개념자체가 전통적인 시나 희곡에 비하여 '새로 나온' 장르란 뜻이다. 서구에서 17, 18세기에 자본주의가 생겨나고 산업화, 도시화가 이루어지는 과정에서 문학을 소비하는 중산계급의 독자층이 형성되었고, 이러한 민중시대에 보통사람의 작고 사소한 이야기[중국에서 대설(大設(?)인 경전과 대비되어 생겨난 소설(小說(또는 패설)이란 개념과 일치된다)가 자리를 잡게 되었다. 그리하여 중요한 독자층인 여성들이 새로운 장르인 소설의 생산과 소비에 대거 참여하게 된 것은 당연한 일이다.

또한 소설은 그 독특한 담론적 특성에 의해 지금까지 변두리 타자였던 여성의 내밀한 영혼의 울림이나 육체의 흐느낌을 가장 잘 재현할 뿐만 아니라 하나의 저항담론으로서의 문학 장르가 되었고, 한 걸음 더 나아가 단순한 재현이나 저항이 아니라 여성들에게 새로운 비전과 가능성을 가져다주는 중요한 문학적 또는 문학적 담론체계가 되었다. 소설 읽기는 그 속의 배경이나 주제, 인물이나 기법들을 논의하는데서 끝나는 것이 아니다. 소설 공부의 궁극적 목표는 우리의 삶의 변화이다. 소설이 우리 삶의 한가운데에서 생성과 변형을 이루어내지 못한다면 소설은 창밖으로 내던져질 수밖에 없다. 아니 우리가 소설에서 그러한 변화를 경험하지 못한다면 소설은 우리를 비웃을 것이다.

21세기에도 '소설의 힘'은 지속 가능한가?

오늘날 전 지구화라는 세계체제 속에서 문학의 적은 무엇인가? 누구인가? 보이지 않는 적은 보이는 적보다 항상 치명적이다. 오늘날과 같이 소위 신자유주의시대의 더욱 순수해진 자본주의 하에서 자본의 교란작전에 휘말려 무한경쟁 속의 실용주의, 업적주의, 일류주의에 함몰되어버린 인간사회에서 소설은 무엇을 할 것인가? 인터넷의 스피드와 경쟁하는 바쁜 삶 속에서 '소설'은 설 자리가 없는 것은 아닌가? 그리고 고도전자영상매체시대에 문자문학인 소설이 갈 길은 어디인가? 더욱이 고맙게도 갈 때까지 가버린 실용주의, 과학주의, 경제주의는 '무엇이든 좋다'(anything goes!) 식으로 모든 것이 녹아 없어지는 거대한 용광로 속에서 문학은 단지 '그들 중 하나'(one of them)가 되어 그 마술적 힘을 상실하는 것이 아닌가? 우리시대에 소설은 주적(主敵) 개념이 사라지고 만 상황에서 중심부가 아닌 변두리 지역에서 서성이고 있는 것은 아닌가? 어떤 의미에서 오늘날 문학(소설)은 어떤 정치적 억압, 이념적 탄압, 그리고 전쟁의 폭력 속에서 겪었던 어떤 '위기'보다 더 순수해진 다시 말해 더 큰 (그러나 잘 보이지 않는) 위기에 빠져있는 것이다.

문학 중 특히 이야기(소설)의 역할은 이미 언제나 중심적이다. 이야기에 대한 충동(narrative impulse)은 언제나 놀이하는 인간(homo ludens)의 무의식적 욕망이다. 더욱이 이야기는 언제나 인간과 현실을 배반하는 현실에 적대적 태도를 취했다. 인간 자신의 모든 부도덕성과 악정과 치부까지도 적나라하게 드러내어 역설적으로 치유하는 계기를 만들었고 사회에 횡행하는 허위, 압제, 탄압, 거짓말, 착취 등에 대해서도 뒤로 물러서지 않고 도전하는 저항적 태도를 견지하였다. 어찌 보면 문학은 인간이 만들어낸 최고의 산물인 언어를 통해 하나의 아름답고 추악한 현실을 추상적이거나 교훈적이 아니라 구체적이고 자유롭게 그려냄으로 이미 언제나 우회적으로 그러나 역설적으로 정면으로 인간과 사회의 문제를 파헤치고 드러내놓는다.

소설은 허구의 세계를 만들어낸다. 여기서 허구는 거짓, 가짜, 꾸미기라는 나쁜 의미만 있는 것은 아니다. 그것은 하나의 가치창조와 새로운 저항의 중간지대이며 이루고 싶은 꿈의 수립이다. 허구의 꿈은 우리가 현실에서 가지고 싶어도 가지지 못하는 불가능의 세계이며 동시에 절대적으로 우리가 가지고 싶어 하고 이루고 싶어 하는 이상세계이다. 높은 이상은 우리의 현실을 위한 소망의 잣대이며 횃불의 광명이 아니겠는가? 그것은 결코 피해자의 비겁이나 용기 없는 자의 도피가 아니다. 소설 속에서 우리는 어떤 환상을 통하여 역경 속에서도 삶을 지탱시킬 수 있는 어떤 '힘'을 찾아낸다.

여기서 '힘'(power)은 세속적인 의미로 타락하기 쉬운 정치사회문화의 '권력'의 의미가 아니다. 여기서 '힘'은 탈주하고 포월하고 창조해내는 능력이다. 소설은 보잘 것 없고 힘없고 타락하기 쉽고 부서지기 쉬운 인간을 적어도 인간답게 살려두는('살림') 마술적 장치이며 전략이다. 우리는 역사의 아이러니를 잘 알고 있다. 인간에게 평등과 자유를 준다는 현실 '정치'가 역설적으로 얼마나 많은 고통과 억압을 가져왔는가? 평등을 내세우는 공산주의 이데올로기는 그동안 얼마나 많은 무고한 사람들을 잔인하게 희생시켰는가? 볼셰비키혁명, 한국전쟁, 월남전 그리고 무엇보다도 인구의 3분의 1이 살해당한 캄보디아의 킬링필드를 보라. 높은 이상을 가진 '종교'와 '정치'는 오히려 억압과 착취, 살인의 도구가 되지 않았는가? 이것은 분명히 역설(paradox)이다. 부조리한 현실을 역설로 대처하는 것이 '소설'이다. 가장 약한 언어로 이루어진 '소설(문학)'을 통해 우리를 살려주는 가장 '강한' 환상과 꿈의 허구 세계를 만들어내고 있다. 이것은 얼마나 다행스러운 역설인가? 소설을 통해 우리는 어떠한 억압과 착취를 타고 넘어가는 자유로운 생명력의 '힘'을 얻는다. 생의 비극적 환희를 가져오는 소설의 '힘'은 어떠한 종교의, 정치의, 경제의 '힘'보다 끈질기고 항구적이다. 그러나 우리는 여기서 '소설(문학)'을 신비화해서는 안 된다. 소설은 권력, 욕망, 이데올로기를 '탈신비화'하는 최전방 부대이기 때문이다.

이 책은 원래 1983년 종로서적에서 『위대한 소설가』란 제목으로 출간되었다. 이 책의 원제는 *Living Biographies of Famous Novelists*(1943년 초판)이

다. 그 후 이 책은 절판되었고 이제 종로서적마저 문을 닫았다. 그러나 나는 이 책의 내용이 전문적이지도 않고 일반 독자들이 재미있게 읽을 수 있는 것이기에 절판된 것이 너무나 아쉬웠다. 그래서 2003년 여름 미국을 방문하였을 때 번역권 문제로 이 책에 대한 정보를 수집하였으나 미국에서도 이 책은 절판되어 있었고 저자와 출판사도 찾을 수 없었다. 번역권을 얻을 수 없어 낙심하였다. 그러나 역자는 1983년도 번역을 대폭 개역하고 여류소설가 샬롯 브론테와 조지 엘리엇을 추가하여 다시 출판하기로 결심하였다. 이 열전에 서양의 소설가들이 모두 포함된 것은 아니다. 독일이나 이탈리아 출신 소설가들이 포함되지 않았고 허만 멜빌과도 같은 일부 주요 19세기 소설가들과 콘래드, 로렌스, 조이스 등 20세기 소설가들도 포함되어 있지 않아 아쉬움이 크다. 그러나 일단 이곳에 모아놓은 22명의 주요소설가들만으로도 충분하다는 생각이 든다.

요즘같이 어려운 때에 이 책의 출간을 흔쾌히 승낙해주신 푸른사상사 한봉숙 사장님께 감사드린다. 한 사장님을 통해 망각 속으로 사라져버릴 뻔했던 소설가들의 삶의 이야기가 다시 살아나게 되었다. 그들의 부활이 이 소설의 위기시대에 교양 있는 일반 독자들에게 새로운 자극제가 되기를 바란다. 소설이 우리의 삶의 한 가운데서 있던 시대는 지나갔을지 모른다. 그러나 인간의 생존양식 또는 생존기계로서의 소설의 정신만큼은 영원히 사라지지 않을 것이다. 아무쪼록 서양의 주요소설가들에 관한 간략하면서도 재미있는 전기들이 그 삶의 이야기를 읽은 독자의 고단한 삶에 작으나마 유익한 '힘'을 주기를 기대한다.

2004. 6. 11
반포동 우거에서
정 정 호

◆ 역자 소개

정 정 호
1949년 서울출생
서울대학교 영어교육과 졸업, 대학원 영어영문학과 석·박사과정 수료
미국 위스콘신(밀워키) 대학교 영문학 박사학위(Ph. D.)
국제 펜클럽 한국본부 전무이사
문학과 환경학회 초대회장
현재: 중앙대학교 문과대학 영어영문학과 교수
        인문과학연구소 소장
        한국영어영문학회 부회장
        『현대비평과 이론』지 편집위원

저·역서: 『탈근대인식론과 생태학적 상상력』
         『세상위의 세상들 -P. B. 셸리 시선집』
         『포스트모더니즘과 한국문학』
         『문화와 제국주의』(에드워드 사이드 저)
         『문화의 타작』 外

서양 소설가 열전

2004년 9월 1일 1판 1쇄 인쇄
2004년 9월 10일 1판 1쇄 발행

지은이 ● 헨리 토마스 외
옮긴이 ● 정 정 호
펴낸이 ● 한 봉 숙
펴낸곳 ● 푸른사상사

등록 제2-2876호
서울시 중구 을지로3가 296-10 장양B/D 202호
대표전화 02) 2268-8706(7) 팩시밀리 02) 2268-8708
편집 · 송경란／심효정／이수정 · 기획 마케팅 · 김두천／한신규／지순이
메일 prun21c@yahoo.co.kr / prun21c@hanmail.net
홈페이지 //www.prun21c.com

ⓒ 2004, 정정호
ISBN 89-5640-256-6-03840

값 18,000원

☆저자와의 협의에 의해 인지 생략함